LES CHRONIQUES DES SAGICIENS

CAMP D'ENTRAÎNEMENT

LES CHRONIQUES DES SAGICIENS

CAMP D'ENTRAÎNEMENT

RAIN

TWIG

CASH

PEÑO

LAB

CRÉÉ PAR

KOBE BRYANT

ÉCRIT PAR

WESLEY KING

Traduit de l'anglais (États-Unis) par

ANATH RIVELINE

Michel LAFON

Ceci est une œuvre de fiction.
Les noms, personnages, lieux et événements sont issus de l'imagination des auteurs où sont utilisés de façon fictive.
Toute ressemblance avec des personnes et entités existantes ou ayant existé est purement fortuite.

Titre original :
THE WIZENARD SERIES – TRAINING CAMP
Créé par Kobe Bryant, écrit par Wesley King
Publié avec l'accord de Granity Studios

Design du livre par Karina Granda
Direction art et couverture par Jeff Toye et Spandana Myneni

118, avenue Achille-Peretti
CS 70024 - 92521 Neuilly-sur-Seine Cedex

www.lire-en-serie.com

Loi n°49-956 du 16 juillet 1949 sur les publications destinées à la jeunesse

À mes Sagiciens –

Bill Russell, Tex Winter, Phil Jackson

et Gregg Downer – qui ont consacré leur temps

à enseigner aux athlètes que la magie était en eux.

Pour l'intégrer, il suffit d'un peu d'imagination.

– KOBE BRYANT

PAR LA PRÉSENTE,
MOI, LE LECTEUR,
J'ACCEPTE D'APPRENDRE
DU P[R] ROLABI SAGICIEN
LA NATURE DE
TOUTES CHOSES.

CE CONTRAT EST RÉGI PAR LES LOIS
QUI GOUVERNENT LE ROYAUME DE GRANITY.

SIGNATURE

LIVRE 1

RAIN

1
LE PROFESSEUR

À tout instant de la journée, tu dois faire des choix.
Tu les ignores ou tu les vois, libre à toi.

✧ SAGICIEN - PROVERBE N° 12 ✧

Rain ouvrit les portes et plongea dans la pénombre. Il plissa les yeux le temps de s'habituer à la lumière pâle et crue des néons. Des formes se dessinèrent, pareilles à des spectres, accompagnées de l'écho indistinct de plusieurs voix. Rain sourit.

Comme c'est bon d'être de retour ! songea-t-il.

L'air poisseux du complexe sportif de Fairwood l'enveloppa alors, chargé de poussière et d'un mélange d'odeurs de moisi et de crasse. Rain poussa un soupir résigné dès qu'il sentit les premières gouttes de sueur sur son front. Fairwood était un vieux gymnase. Soixante-quinze ans de transpiration s'étaient incrustés dans le parquet, les murs jaunis, et jusqu'aux poutres fendues au-dessus de lui. Sans aucune fenêtre ni ventilation, le bâtiment baignait dans sa propre moiteur.

Rain posa les yeux sur l'unique ligne de fanions multicolores usés, suspendus au plafond. Il pouvait décrire en détail toutes les victoires qu'ils symbolisaient : l'année, l'équipe et le titre. Quand Rain était plus jeune, son père venait à tous ses entraînements et à tous ses matchs.

Après l'effort, ils admiraient ensemble les fanions, échangeant tout bas leurs rêves d'en ajouter de nouveaux. L'endroit avait beau être délabré, Rain l'avait dans la peau. Il en connaissait tous les coins et les recoins, les taches, les odeurs et la gloire perdue.

– Plus perdue pour longtemps, chuchota-t-il pour lui-même en rejoignant ses camarades sur le banc.

– Rain ! Le Faiseur de pluie ! appela Big John, les deux mains autour de la bouche en guise de haut-parleur.

Rain rit et lui fit un check.

– Alors, Big John, t'as encore poussé ? demanda Rain en mesurant du regard le pivot remplaçant de l'équipe.

– T'as vu ça ? fanfaronna Big John en bandant son biceps. J'ai pas arrêté de m'entraîner !

– Et de manger, aussi, plaisanta Rain.

Big John se frotta le ventre.

– Tu sais, ma mère fait les meilleurs gâteaux du monde !

– Comment on pourrait savoir ? demanda Jérôme. Tu les termines toujours avant qu'on puisse les goûter.

– Tu m'étonnes, ils sont trop bons !

– Et toi, Peño ? T'as toujours pas grandi ?

– Rain… mon point fort, c'est la *cabeza*, répondit le meneur des Badgers, un doigt sur la tempe. Et heureusement, parce que c'est pas avec le pois chiche que Big John a à la place du cerveau qu'on pourra aller loin.

Rain secoua la tête, amusé. Si l'équipe dépensait autant d'énergie à s'entraîner qu'à se vanner, ils gagneraient peut-être plus de matchs. Mais Rain était le seul à faire de son mieux et c'était bien ça le problème. Il s'assit au bout du banc, tandis que Peño traversait le terrain en dribblant sur un rythme entêtant.

Le martèlement régulier résonnait dans le gymnase décrépit. Rain sentait les vibrations dans le sol, le banc. Il les entendait sur les poutres telles des explosions lointaines. Les battements de cœur de Fairwood.

– Tu as trouvé notre hymne pour la saison ? interrogea Jérôme.

– Vous êtes pas prêts pour une telle démonstration de génie ! répondit Peño avec un rictus espiègle.

– On est pas prêts, ça, c'est sûr ! confirma Lab, son petit frère.

Il était loin d'être fan de son aîné.

– Marque la cadence, steup', demanda Peño en lançant la balle à Jérôme.

Il salua son public et Lab se tapa le front.

– Pitié, non !

Pour faire le *beatbox*, Big John sauta sur le banc qui, contre toute attente, résista à son poids.

– *Poum, tche, da, doum, tche, padapoum, tche, da, doum…*

– Arrête ! supplia Lab.

Jérôme dribbla pour ajouter la batterie.

Boum, poum, tche, boum, da, doum, boum, tche, boum, padadoum, boum, tche, du, doum…

– J'aurais dû rester au lit, se lamenta Lab.

Peño entonna le refrain en dansant avec les mains :

Les Badgers sont de retour
Et ils valent le détour
Même si not' gymnase, il craint
On n'a vraiment besoin de rien
On est là pour tout rafler
Les prix, les coupes, les trophées
Dren, surveille bien tes Badgers
Parce qu'on est… euh…

Il s'interrompit.

… grave des winners ?

Éclat de rire général. Cela faisait deux ans que Peño essayait de trouver une rime vraiment percutante et originale pour *Badgers*. Il avait lancé une pétition pour changer ce nom. *Badgers*, ça signifiait « les blaireaux ». Pourquoi n'auraient-ils pas pu être des ours, des lynx ou même des chauves-souris ? *Bears*, *Bobcats*, *Bats*. Tout aurait été plus stylé que « blaireaux ». Mais il fallait croire que Freddy, le propriétaire de l'équipe, avait une affection particulière pour cet animal – peut-être parce qu'il ne courait pas les rues à Bottom, le quartier le plus pauvre de la ville de Dren. D'un autre côté, à part les chiens errants et les rats…

Rain se tourna vers Twig, à l'écart, sur le banc le plus éloigné. Ses maigres jambes noires s'étendaient devant lui telles des branches chétives. Et ses longs doigts fins posés sur ses genoux complétaient encore le tableau. *Twig*, « la brindille ». Ce surnom, il n'était pas près de le perdre, Rain pouvait le parier.

– Hey, Twig ! le salua-t-il.

Le garçon lui répondit d'un geste rapide de la main.

– Rain. Yo !

– T'as pas changé.

Twig se gratta nerveusement le bras. Il hésita.

– J'ai pris un peu plus d'un kilo, bredouilla-t-il enfin.

Big John éclata de rire.

– Un kilo ? Un kilo d'acné, plutôt ?

– Ohhh, lâcha Jérôme. J'aurais pas aimé !

Twig baissa les yeux et se tritura les doigts.

– Le gosse a dit qu'il avait pris un kilo, continua Big John. Ce type me tue !

– Je… mais… c'est vrai… assura Twig sur la défensive.

Il ne savait plus où se mettre, c'était évident. Mais si Rain intervenait pour l'aider, ça ne ferait qu'empirer les choses. Twig devait apprendre à s'imposer, sinon il ne s'en sortirait jamais dans la ligue junior. Surtout pas dans celle de Bottom. Personne ne survivait ici sans un minimum de cran.

– Un kilo ! répéta Big John. Moi, j'ai pris un kilo *ce matin* ! Il t'en faut encore dix pour jouer dans la raquette. Je comprends même pas pourquoi t'es revenu. Ton père, il le paye combien, Freddy, pour que tu restes dans l'équipe ? Gosse de riches… C'est un secret pour personne comment t'es là.

– T'es impitoyable, mec, lança Jérôme, ravi. Le pauvre gars, il se réveille juste pour se faire enchaîner.

Twig détourna la tête, la lumière des néons se reflétant dans ses yeux humides. Rain se demanda s'il allait pleurer, ce qui serait une très mauvaise idée devant les autres. Ils avaient tous douze ans, à l'exception de Lab, qui en avait un de moins. Et à douze ans, à Bottom, on en avait déjà bien bavé. Rain était désolé pour Twig, mais il fallait qu'il s'endurcisse. Pour l'instant, il n'avait pas sa place au sein des Badgers. Il était trop… tendre. Et voilà ! Les premières larmes.

– Tu vas pas pleurer, maintenant ! se moqua Big John.

Twig fila dans les vestiaires, sous les rires gras de Big John et Jérôme. Rain se trémoussa sur le banc, mal à l'aise… peut-être même un peu coupable. Mais il se chassa cette idée de la tête. Ce n'était pas son rôle de gérer ça.

– Joli, ironisa Reggie, tout bas. Le premier jour.

– Il a qu'à s'affirmer… sinon, qu'il dégage, répliqua Big John.

Reggie secoua la tête et partit s'échauffer. En passant à côté de Rain, il lui adressa un regard mauvais, l'air de dire : *C'est pas toi le leader de cette équipe ?*

Rain fronça les sourcils.

Il sortit ses chaussures de son sac. Mama lui avait préparé un déjeuner copieux, comme d'habitude : deux bouteilles d'eau, une boîte de thon et un récipient rempli de riz complet, de poulet et de haricots verts. Toujours le même repas, qui représentait un véritable sacrifice. Pour se le permettre, sa mère faisait des extras, traversant la ville jusqu'aux beaux quartiers nord, ce qui lui allongeait d'autant ses journées de travail. Et elle mangeait moins, pour que son fils en ait plus. Tout ça parce que Freddy lui avait expliqué que Rain avait besoin de bien manger s'il voulait réussir. Elle avait pris ce conseil à cœur et cuisinait sain et équilibré, même si Larry, son frère, n'en pouvait plus de manger tous les jours la même chose.

Rain serra ses lacets, attrapa son ballon et commença, lui aussi, à s'échauffer. Un sourire se dessina instantanément sur ses lèvres. Même s'il habitait à plusieurs rues de là, ce gymnase était sa maison. Dehors, il n'était qu'un mendiant de Bottom. Sur le terrain, il devenait un joueur brillant, une star. Le monde se résumait à deux cercles orange. Pas de factures, pas de remords, pas de souvenirs.

Trop concentré sur la balle et sur la planche, il oublia ses coéquipiers. Rien d'autre n'avait d'importance. Pas de côté, shoot. Feinte, shoot. Petit saut en arrière, shoot. Un tour sur lui-même, shoot. *Un autre tour, shoot.*

Il pouvait presque entendre la voix rauque. Voir les bras croisés sur le ventre rond. Sentir la fumée.

Regarde-moi ! voulut-il crier. *Regarde-moi ! S'il te plaît !*

Machinalement, il inspecta les gradins. Qu'est-ce qu'il espérait ? Bien sûr qu'il n'était pas là ! Ça faisait quatre ans qu'il n'était plus là. Rain enfouit le souvenir au plus profond de sa mémoire.

– Les gars ! cria Freddy en entrant dans le gymnase. Tout le monde est arrivé ? Approchez. Je voudrais vous présenter Devon.

Rain se tourna vers lui. Le propriétaire des Badgers arborait sa tenue habituelle : jean noir, chemise, chaînes en or et casquette à visière plate enfoncée sur le crâne jusqu'en dessous des sourcils façon bec de canard. Il avait la trentaine mais paraissait dix-sept ans.

– Rain, voilà le joueur dont je t'ai parlé.

Curieux, Rain coinça sa balle sous son bras et avança. Freddy l'avait appelé, un soir, pour lui parler de Devon et du nouveau coach. Rain s'était davantage intéressé à l'entraîneur : il voulait savoir comment celui-ci allait l'utiliser en attaque. Mais visiblement, Freddy n'avait pas exagéré : la nouvelle recrue était en effet « immense ». Il devait mesurer au moins un mètre quatre-vingts de muscles. Ses avant-bras étaient plus épais que les jambes de Rain.

L'équipe se rassembla autour de Devon.

– Ça va, le géant ? le salua Rain, impressionné.

Devon avait la tête baissée, les bras ballants. Il donnait des petits coups de pied au parquet.

– Ça va, murmura Devon.

Rain adressa un regard intrigué à Freddy. Possible qu'il soit nerveux, ce colosse ?

– C'est pas un bavard, expliqua Freddy en tapant sur l'épaule de Devon. Mais c'est un sacré gaillard.

– Carrément, acquiesça Peño. Un vrai clydesdale.

– C'est qui, ça, Clyde Sdale ? demanda A-Wall. Un basketteur ?

– C'est une race de cheval, expliqua Peño. Laisse tomber.

Rain examina Devon. Même timide, il pourrait leur être utile. S'il arrivait à faire écran plus ou moins correctement, il pourrait offrir de belles ouvertures à Rain.

Mais toi, qu'est-ce que tu feras pour lui ?

Rain tressaillit et regarda autour de lui. Une voix faible mais aussi profonde que le tonnerre avait résonné au loin. Sûrement son imagination. Il se gratta le nez. Il n'avait pas dû dormir assez.

– T'as perdu quelque chose ? lui demanda A-Wall, intrigué.

– Non, ça roule.

Il reprit ses esprits et se concentra sur ce que Freddy avait à leur dire. Il ne lui avait pas donné beaucoup d'informations sur leur nouveau coach, hormis son nom. Il avait beaucoup d'expérience, ne venait pas de Bottom et allait les entraîner dix jours pour préparer la saison. En réalité, Freddy n'avait pas l'air d'en savoir beaucoup plus.

– Il est où, le nouveau coach ? demanda Rain. Rolobo, c'est ça ?

Au-dessus de lui, les lumières crépitèrent comme des œufs dans une poêle. Rain leva la tête vers les néons qui clignotèrent un moment avant de reprendre leur lueur grise habituelle.

– Je lui ai demandé d'être là à dix heures, répondit Freddy en fronçant les sourcils. Je voulais qu'on…

Il s'interrompit, les yeux rivés sur le panier le plus proche. Rain suivit son regard.

De part et d'autre du terrain, les deux filets s'agitaient dans l'air comme s'ils étaient pris dans une violente tempête. Rapidement, ils se figèrent de nouveau.

Décontenancé, Freddy continua :

– Donc, je voulais qu'on se retrouve d'abord et…

Il ne put terminer sa phrase.

Les lumières s'éteignirent brusquement, pour retrouver un instant plus tard leur lueur grise. Poussées par une bourrasque glacée, les portes s'ouvrirent et tapèrent avec fracas contre les murs. Le vent s'engouffra dans les fanions et souffla un épais nuage de poussière sur l'équipe.

– Un tsunami de saleté ! hurla Peño. Fuyez !

Rain tourna la tête et se protégea les yeux.

Tu ne peux pas te cacher, la route est tracée.

– Quoi ? cria Rain pour couvrir les rafales.

– J'ai dit que j'aurais dû apporter un pull ! répondit A-Wall tout aussi fort.

Le calme revint enfin et Rain se tourna vers l'entrée.

La silhouette d'un homme gigantesque bloquait la lumière qui provenait de l'extérieur.

Il dut se pencher pour passer la porte et ses cheveux poivre et sel frôlèrent le cadre haut de plus de deux mètres. Il portait un costume trois-pièces, un nœud papillon et des chaussures noires en cuir cirées. Rain n'avait vu une telle élégance que dans les films. Une magnifique montre dorée sortait de la poche de sa veste, tenue par une chaîne en or. Sur sa peau marron clair, deux cicatrices fines couraient de ses joues à son menton. Il portait dans son énorme main une mallette de médecin. En avançant, il promenait sur les joueurs ses yeux vert vif entourés d'un cercle jaune. Ses pupilles noires, au départ minuscules, commençaient à s'agrandir.

Quand le regard de Rolabi se posa sur Rain, le garçon recula malgré lui, troublé par ce qu'il crut y apercevoir : deux images identiques d'une montagne couverte de neige dressée sur une île. Rain plissa les yeux. Le paysage avait disparu.

– Oh, lâcha Freddy en retirant la main de l'épaule de Devon. Vous êtes en avance…

– En avance, en retard, ce n'est qu'une question de perspective.

– En effet… Les gars, je vous présente Rolbi Sagi… euh, Secien… non…

– Vous pouvez m'appeler « professeur Rolabi », « professeur Sagicien » ou juste « professeur ».

Pas si compliqué comme nom. Pourtant Freddy ne l'avait jamais prononcé correctement.

Le nouveau coach dévisagea à nouveau Rain, plus insistant cette fois-ci.

Qu'est-ce que tu cherches ? demanda la voix, profonde et lointaine.

Rain ouvrit la bouche, se retint de répondre et se ratatina.

Ce n'est pas ce que tu crois, continua la voix.

– Professeur… murmura Freddy. Bien sûr. Je vais faire un tour rapide des joueurs. Voici Rain…

– Ça suffira pour aujourd'hui, Frédéric, l'interrompit Rolabi.

Il parlait sur un ton posé teinté d'une autorité de plomb.

– Je pensais qu'on allait discuter de la prochaine saison… hasarda Freddy.

Rolabi ne réagit pas. Impassible, il dominait de toute sa hauteur le propriétaire désabusé, qui finit par tourner les talons et partir.

Les portes se refermèrent derrière lui dans un claquement assourdissant. Comme emprisonné, le bruit continua à vibrer un moment dans le gymnase, avant de s'éteindre enfin. Un silence sinistre envahit alors Fairwood.

Rolabi ne bougea pas, ne dit rien. L'atmosphère semblait peser des tonnes. Rain n'en supporta vite plus le poids.

Tu pensais que ce serait plus simple ? demanda la voix.

Rain éprouva une drôle de sensation et baissa les yeux. Il crut qu'un trou s'était creusé dans son torse. Il y posa les mains, mais son corps était intact. Il prit une inspiration pour se ressaisir et chasser les frissons qui taquinaient sa peau. Qu'est-ce qui lui prenait ? Le manque de sommeil, certainement. Il tenta de se détendre.

Rolabi finit par sortir d'une poche intérieure un papier plié et un stylo en or.

– Je vais vous demander à tous une signature avant de commencer, annonça-t-il.

– C'est quoi ? demanda Big John, méfiant.

– Un contrat. Qui veut être le premier ?

Rain fit un pas hésitant. Il était le leader de l'équipe, après tout. Rolabi lui tendit une feuille assez grande et rigide pour servir de plateau. Un *S* bleu foncé s'affichait au milieu de l'en-tête et une bordure dorée entourait le texte.

S

JE SOUSSIGNÉ SEAN « RAIN »
ADAMS ACCEPTE PAR
LA PRÉSENTE D'APPRENDRE
DU PR ROLABI SAGICIEN
LA NATURE DE
TOUTES CHOSES.

CE CONTRAT EST RÉGI PAR LES LOIS • QUI GOUVERNENT LE ROYAUME DE GRANITY. •

SIGNATURE

Rain étudia le contrat, perplexe. Il ne voyait pas ce qu'il pouvait bien vouloir dire, mais pourquoi ne pas le signer ? Le basket faisait partie de « la nature de toutes choses », non ? Le professeur était manifestement un excentrique, mais aucune importance s'il savait entraîner. Rain s'approcha.

– Je me mets par terre pour signer ou…

– Ce n'est pas nécessaire.

Rain s'empara du contrat et s'étonna de la consistance du papier. Comment Rolabi avait-il pu le déplier, alors qu'il était aussi rigide que de l'acier ? Il prit également le stylo gravé du nom de Rolabi Sagicien et apposa sa signature habituelle :

– Merci, lança Rolabi. Suivant ?

Big John s'arma de courage pour avancer à son tour. Il voulut prendre le contrat, mais Rain ne le lâcha pas tout de suite. C'était le sien, avec son nom à lui.

– Il nous en faut un autre, non ? demanda Rain.

– Pourquoi ?

– Ben, il y a mon nom sur celui-ci…

Il s'arrêta net.

Sur le papier, la formule précisait désormais Jonathon « Big John » Renly. La signature de Rain avait disparu. Le leader des Badgers n'insista pas et laissa son camarade signer.

Il devait rêver éveillé. C'était la seule explication. Il avait vraiment mal dormi la nuit précédente, après tout. Il faudrait qu'il rattrape quelques heures de sommeil.

Au contraire ! Tu dois te réveiller, ordonna la voix.

Rain se frotta le front. C'était quoi, son problème, aujourd'hui ?

Rolabi fouilla dans sa mallette.

– Tenez ! Un par personne.

Il lança brusquement à Big John un ballon, qui alla rebondir sur sa joue. D'autres balles fusèrent de sa mallette à un rythme précipité pour chacun des joueurs, sans que Rolabi n'ait besoin de lever les yeux.

– On pourra les garder ? demanda Reggie, ravi.

Ils n'étaient que quatre à avoir un ballon : Twig, Peño (qui le partageait avec Lab), Vin et Rain. Twig et Vin venaient de familles plus aisées, et Peño en avait trouvé un tout défoncé dans un vide-grenier. Celui de Rain était un cadeau de Freddy. Tout neuf deux ans plus tôt, il était maintenant usé, lisse et glissant.

– Ils sont à vous, confirma Rolabi, qui continuait d'en lancer jusqu'à ce que chaque membre de l'équipe en ait un.

Rain mit les mains juste à temps devant son visage pour attraper le boulet orange qui se dirigeait vers lui. Dès qu'il l'eut entre les doigts, il fut parcouru d'un frisson. Tout avait changé autour de lui. Il se retrouvait seul.

– Les gars ? murmura-t-il. Les gars ? Vous êtes où ?

Sa voix résonna dans le gymnase vide, glissa sur les gradins et les casiers et revint vers lui sans réponse. Rain serra le ballon contre lui. Comment avaient-ils pu s'en aller si vite ? Et il venait d'où, ce courant d'air ? Il s'insinuait en lui, jusqu'aux os.

C'est ce que tu voulais.

– Qui est là ? cria-t-il en tournant sur lui-même.

Il n'y comprenait rien. *Pourquoi est-il parti ? Qu'est-ce que j'ai fait ?*

Arrêtez !

Rain courut vers les portes, mais elles n'existaient plus. Il était enfermé à Fairwood.

– Laissez-moi sortir !

Tu es prêt à prendre la route ?

Rain sentit la panique monter. Son cœur battait si fort qu'il vibrait sur les poutres du plafond.

– Peño ? Big John ? Mama ? Laissez-moi sortir !

Les murs semblaient se resserrer sur lui, infranchissables. Une prison.

– À l'aide !

Il eut soudain l'impression d'être observé. Il fit volte-face. Les mains croisées derrière le dos, Rolabi le transperçait du regard.

– Qu'est-ce qui… ? commença Rain.

– Hmm, intéressant, lâcha Rolabi. Ce sera tout pour aujourd'hui. À demain.

L'équipe réapparut alors, tous les joueurs visiblement chamboulés. Rolabi referma sa mallette et se dirigea vers les portes qui s'ouvrirent avec une nouvelle rafale de vent glacé.

– À quelle heure ? demanda Peño, passant une main tremblante dans ses cheveux.

Les portes se refermèrent et Peño courut derrière lui.

– On peut garder les balles ? cria-t-il en faisant un pas dehors. À quelle… Professeur ?

Rolabi était déjà parti.

2

SENTIMENT DE NAUFRAGE

Sache reconnaître ta peur
pour ne pas la croiser à toute heure.

✧ SAGICIEN – PROVERBE N° 2 ✧

Rain restait assis sur le trottoir dans le coin du parking de Fairwood, là où deux clôtures en bois vermoulu se rejoignaient sous un chêne noueux. Arrivé tôt, il n'osait pas entrer dans le gymnase. Peño et Lab passèrent devant lui sans le remarquer, puis Vin et A-Wall leur emboîtèrent le pas. Personne ne tournait la tête dans cette direction et, de toute façon, les branches du chêne faisaient office de rideau et le cachaient. C'était l'un des derniers arbres encore en vie à Bottom. Rain l'avait toujours aimé, même s'il ignorait comment il tenait encore debout.

Selon la grand-mère de Rain, cette partie de Dren était plus verte de son temps. Mais désormais, c'est là que s'installaient les usines au point d'en saturer l'air et d'en empoisonner les sols. Il ne restait pratiquement plus de jardins ni de coins d'herbe. Les déchets coulaient dans la rivière et envahissaient toutes les rues. Et partout, ça puait la crasse.

Certains jours, Rain avait l'impression de n'être qu'un détritus de plus. Les quartiers riches de Dren jetaient là tout ce dont ils ne voulaient plus, y compris les gens. Sa mère travaillait en tant que serveuse dans un vieux restaurant et gagnait juste assez pour subvenir à leurs besoins. Son petit frère était en échec scolaire, sans perspective d'avenir. Sa grand-mère habitait tout près d'eux, dans une maison de retraite vétuste infestée de cafards. Ils étaient tous perdus… son père plus encore que tous. Le ballon orange était leur seule chance de s'en sortir.

Et cette chance l'attendait à l'intérieur. Rain se releva et prit une profonde inspiration avant de tirer une des portes du gymnase. Il était prêt à partir en courant s'il le trouvait de nouveau vide.

Mais une partie de ses coéquipiers s'y échauffaient déjà. *T'étais juste crevé*, se répéta-t-il pour la centième fois.

Mentir, ça fatigue aussi.

Rain se crispa en entendant la voix profonde qui l'avait hanté la veille. On aurait dit celle de Rolabi. Il regarda autour de lui. Personne.

– Yo, Rain ! appela Peño, sa balle coincée sous le bras. Qu'est-ce que tu fais, frère ?

– Rien, mec, répondit Rain en se forçant à sourire. Ça va, toi ?

– Je travaille mon jeu. Même quand on a atteint la perfection, faut continuer à s'entraîner.

Rain rit. Lab tirait dans le panier à côté de Peño, en bâillant comme d'habitude, tandis que Vin et A-Wall jouaient en un contre un à côté d'eux. À l'autre extrémité du terrain, Twig et Reggie s'entraînaient tranquillement au lancer franc. Seul sur le banc, Devon laçait ses chaussures.

Tout semblait parfaitement normal. Rain s'assit à côté du nouveau. Il avait affreusement mal dormi, réveillé en sursaut toutes les heures par des visions de gymnase vide. Il avait pourtant déjà sa dose de cauchemars et de mauvais souvenirs.

Rain s'étira les mollets, ce qui fit trembler le banc dangereusement.

C'était gênant de recevoir des équipes à Fairwood. Les visiteurs se moquaient toujours des Badgers, surtout ceux qui venaient des quartiers plus riches de Dren. Les pires, c'étaient les gosses d'Argen : ils les appelaient « les pouilleux de West Bottom ». Et c'étaient toujours les Badgers les hôtes, parce que les résidents de Bottom n'avaient pas le droit de jouer à l'extérieur. Apparemment, le gouvernement avait peur qu'ils ne reviennent plus. Les matchs de basket étaient une des rares exceptions, mais seulement pour le championnat national, les bourses d'études ou un poste dans la ligue professionnelle. Aucune équipe de Bottom n'était jamais allée jusqu'au championnat national. Deux joueurs avaient intégré la ligue de basket de Dren… mais aucun n'était particulièrement brillant. Pour Rain, ce serait différent.

Rain était né pour le basket. Certains jours, il ne pensait qu'à ça. Les couvertures des magazines, les trophées et, surtout, une nouvelle maison pour sa « mama », comme il l'appelait, une infirmière pour sa grand-mère, un avenir pour son frère. Il voyait tout ça quand il fermait les yeux le soir, et dès qu'il les rouvrait le matin. Il voyait la maison. Blanche, avec un toit qui ne fuyait pas et une pelouse verte. Sa mama se détendait sur une chaise longue. Larry chahutait dans le jardin. Son père roulait au volant d'une nouvelle voiture.

C'était son seul objectif dans la vie : quitter Bottom et prendre sa famille avec lui. *Toute* sa famille. Il les remettrait sur pied avec de l'argent en guise de pansement.

Rain ouvrit son sac et y trouva le papier plié qu'il gardait constamment là. Tellement abîmé par le temps, il en était presque soyeux. Rain en connaissait chaque mot par cœur et se les récitait tous les soirs en s'endormant, tous les jours en mettant ses chaussures ou en faisant un tir en suspension. C'était devenu une prière.

« Cher Rain, j'espère que tu trouveras ça le premier… »

Et il veillait à retenir ses larmes.

Il commençait à s'étirer quand Big John et Jérôme arrivèrent. Personne n'avait plus rien dit après le départ de Rolabi la veille. Ils s'étaient contentés de ranger leurs affaires avant de rentrer chez eux, à pied, en bus, ou raccompagnés par leurs parents appelés plus tôt que prévu. La mama de Rain travaillait tard et ne pouvait donc jamais venir le chercher, mais quand il lui raconta qu'ils avaient fini plus tôt, elle piqua une grosse colère.

– Dis à ton nouveau coach qu'on n'a pas de temps à perdre ! C'est ton année, mon trésor. C'est quoi son problème à ce type ? Qu'il ne m'oblige pas à venir lui rendre une petite visite ! Il vaut mieux pas pour lui.

Sa mama était connue pour ses « petites visites ». Freddy en avait une peur panique.

De mauvaise grâce, Rain se pencha sur son sac. Son nouveau ballon l'y attendait. Il avait hésité à le laisser chez lui, mais Rolabi comptait sûrement les voir revenir avec le matériel qu'il leur avait fourni. Rain le fit tourner autour de son index et inspecta le gymnase.

Personne ne disparut. Il s'essuya le front, exaspéré. Bien sûr que personne n'allait disparaître ! Rain commença à dribbler. Un dribble entre les jambes pour tester le poids du ballon. Parfait. Il s'avança alors sur le terrain. Il fallait le reconnaître, c'était un beau ballon. Il stoppa net et tenta un trois-points, son poignet se cassant avec grâce pour finir le geste.

Swish.

– Dans le mille ! s'écria Peño. T'as déjà le feu ?

– Toujours.

Rain consulta la pendule poussiéreuse au-dessus des portes. Rolabi était en retard.

– C'est pas trop son truc, la ponctualité, à ce Rolabi, commenta-t-il.

– Peut-être qu'il ne viendra pas, hasarda Lab, avec une pointe d'espoir dans la voix.

– Ou peut-être qu'il est déjà là.

La voix retentit dans le gymnase plus fort qu'un coup de tonnerre. Rain tourna sur lui-même. Assis dans les gradins, Rolabi mangeait une pomme. Il se leva, croqua encore une fois dedans à pleines dents et, sans même regarder, jeta le trognon dans la poubelle, à vingt mètres de lui.

– Waouh ! murmura Jérôme.

Rolabi avança jusqu'au centre du terrain, ses chaussures cirées claquant sur le parquet telle la trotteuse d'une montre.

– Rangez vos ballons.

Rain s'exécuta aussitôt pour ensuite rejoindre ses camarades dans un demi-cercle désordonné. Toute l'équipe semblait sur ses gardes. Certains faisaient rouler leur balle sous leur pied, d'autres se tordaient les doigts, mais tous évitaient soigneusement de croiser les yeux de Rolabi, qu'il braquait sur eux. Rain fixait le mur d'en face, sentant le regard lourd du coach sur lui.

– Euh… professeur Rolabi ? l'interpella Twig d'une voix faible.

– Oui ?

– Mon… euh… mon père voudrait savoir quand les parents peuvent venir vous rencontrer.

Rain tourna la tête rapidement. Sa mère avait posé la même question la veille au soir.

– Après la sélection, je rencontrerai les parents.

Silence.

– Une sélection ? répéta Peño. Mais l'équipe est déjà constituée !

– Elle l'était, corrigea Rolabi. Dans mon équipe, chacun doit gagner sa place.

Rain sourit. Ça lui convenait parfaitement. Rolabi allait peut-être ainsi remplacer quelques boulets, Twig pour commencer, A-Wall qui ne servait à rien en attaque, ou encore Jérôme qui était, au mieux, une sorte de plot humain.

– Donc ils vont devoir attendre dix jours pour vous parler ? demanda Vin en fronçant les sourcils.

– Si c'est urgent, ils peuvent appeler le 76522472442436.

Rain essaya de suivre, mais renonça pratiquement tout de suite.

Twig cherchait un stylo.

– Donc… 7… 8… ? Vous pouvez répéter ?

– Je suis sûr que ton papa le trouvera tout seul, se moqua Big John.

Twig baissa la tête, humilié.

– Nous allons commencer par un match, lança Rolabi.

Quelle surprise ! Les matchs se jouaient en général à la fin des séances d'entraînement. Selon Rain, les coachs finissaient par ça pour que les joueurs soient plus motivés pour en terminer avec les exercices. En tous les cas, c'était la partie qu'il préférait, alors il n'allait pas s'en plaindre. Rolabi n'était peut-être pas si horrible que ça, finalement. Rain supporterait volontiers un peu d'excentricité de sa part s'ils faisaient plein de matchs et qu'il pouvait s'entraîner en attaque.

– Le cinq majeur de l'an dernier contre les remplaçants, annonça Rolabi. Devon jouera avec les deuxièmes.

Rain serait donc avec Peño, Lab, Twig et A-Wall.

Big John et Twig s'avancèrent pour l'entre-deux et Rain se prépara à attaquer. Rolabi lança la balle dans les airs. Big John ne s'y intéressa pas, préférant donner un coup de hanche à son adversaire. Twig se plia en deux de douleur, et Big John put facilement dévier la balle pour Vin.

– Faute ! hurla Rain.

Freddy suivait toujours l'avis de Rain, mais pas Rolabi. Ce dernier s'était planté derrière la ligne de touche pour les regarder. Visiblement, il ne savait pas encore qui était la star de l'équipe. Il était temps que Rain le lui montre.

Rain marquait Reggie en défense, comme toujours, et il le suivait sur l'aile.

– T'as trouvé de nouvelles feintes ? demanda Rain.

– Quoi que je fasse, tu me bloques toujours, se lamenta Reggie.

– Alors améliore ton jeu, surprends-moi !

Reggie reçut le ballon et regarda autour de lui. Rain se tenait courbé, prêt à s'élancer, un bras tendu vers la balle, l'autre lui interdisant le passage. Reggie leva les mains pour faire une passe, mais de façon si évidente que Rain intercepta facilement la balle, puis s'échappa en dribblant à toute allure.

Complètement seul, Rain filait vers le panier.

Il tourna la tête pour vérifier qu'il n'était pas suivi, hésitant à faire un dunk. Là, il s'immobilisa, ramenant la balle contre son torse. Ses coéquipiers avaient disparu. En revanche, ses adversaires étaient toujours là, eux : Reggie le poursuivait, et Vin, Jérôme, Big John et même le nouveau remontaient pour empêcher sa contre-attaque. Rain n'en revenait pas. Les autres étaient là une minute plus tôt à peine, il en était sûr.

– Où sont-ils ? murmura-t-il.

Là où tu les voulais.

Il se tourna vers Rolabi. Les yeux de l'entraîneur étaient rivés sur lui.

Rain ne savait plus quoi faire. Son équipe avait disparu et il avait arrêté de dribbler. Il n'avait donc plus qu'une solution : tirer.

Il était encore trop loin du panier. Le ballon n'atteignit même pas le cercle, se contentant de rebondir mollement sur le sol avant de s'écraser contre le mur avec un claquement disgracieux. L'équipe de Rain se rematérialisa aussitôt autour de lui.

– Qu'est-ce qui t'a pris, Rain ? hurla Lab.

Rain se frotta les yeux, ayant du mal à croire ce qu'il voyait.

– Ouais… désolé.

Les remplaçants repartirent en attaque, se passant la balle à un rythme soutenu, tandis que Devon et Big John posaient des écrans dans la raquette. Mystérieusement, Devon réussit alors une passe parfaite pour permettre un double-pas à Jérôme qui esquiva facilement Lab et Twig.

Rain jura. Ils perdaient contre les *remplaçants*.

Il traversa le terrain pour se placer sur l'aile droite, sa position habituelle. De là, d'ordinaire, il coupait la raquette pour foncer jusqu'au panier et deux choix s'offraient à lui : soit il tirait avec sa main gauche, soit il passait rapidement le ballon sur sa main droite pour le déposer dans le panier en sautant. Aucun défenseur de la ligue junior n'arrivait à l'arrêter. Mais cette fois, la balle n'arriva pas jusqu'à lui.

Quand il se tourna, il vit que Vin venait de marquer une nouvelle fois. Ils étaient désormais menés 4-0.

– Qu'est-ce que tu fabriques, Peño ? gronda Lab en récupérant le ballon.

– Rien. J'ai perdu la balle, c'est tout, t'avais qu'à le stopper.

– Bon sang ! pesta Rain tout bas.

Il devrait prendre les choses en main.

Mais chaque fois qu'il touchait la balle, son équipe disparaissait. Il était contraint de tirer de trop loin ou d'aller au panier sans pouvoir faire de feinte et sans l'aide d'écrans, ce qui permettait à la défense de le prendre en sandwich à deux ou à trois. Rain enchaînait tirs en suspension en reculant et trois-points et, chaque fois qu'il ratait, il enrageait un peu plus. Après près d'une heure, ils étaient menés 28-24, un score insultant. Les remplaçants gagnaient ! Ridicule !

Malgré l'étrangeté de la situation, Rain refusait de perdre face aux remplaçants.

Quand Twig réussit à récupérer un rebond défensif, Rain accéléra.

– Twig ! Ici !

Twig se dépêcha de passer la balle, comme s'il était impatient de s'en débarrasser. Rain la rattrapa et se détourna de son équipe pour ne pas la voir disparaître.

Je n'ai pas besoin d'eux, de toute façon, se dit-il. *C'est moi, l'équipe.*

Sa chaussure droite resta bloquée par terre. Quand il baissa les yeux, il s'aperçut que son pied était en fait enfoncé dans le parquet jusqu'aux lacets. Il n'en revenait pas. Le sol s'était transformé en sable mouvant.

– Comment… ? lâcha Rain en libérant sa jambe avec un bruit de succion.

Il réussit tout de même à dribbler jusqu'au panier, mais ses pieds s'enfonçaient plus profondément à chaque pas. Il fut rapidement noyé jusqu'aux chevilles, mais il continua, décidé à gagner et à montrer à son entraîneur qu'il était la star de l'équipe.

Alors que ses tibias se retrouvaient pris dans l'étrange tourbière, il s'imagina entraîné sous la surface et prit peur. Il tira au-delà de la ligne des trois-points. Et, comme la première fois, la balle rebondit sous le panneau, sans même toucher le filet, et finit sa course contre le mur.

Le parquet retrouva sa consistance normale et Rain fit volte-face pour retrouver ses coéquipiers. Ils étaient tous là. La terreur qui lui avait tordu les tripes se calma pour laisser place à une violente nausée. Il inspira pour retenir la bile qui montait.

Il est si facile de se noyer en nous-mêmes.

Rolabi avança sur le terrain, les mains toujours croisées dans le dos.

– Ce sera tout pour aujourd'hui, annonça-t-il.

Peño fronça les sourcils.

– On ne fait pas d'exercices ?

Rolabi ne sembla pas l'entendre. Comme aimantée, la balle roula lentement jusqu'à ses pieds. Il la ramassa, la rangea dans sa mallette avec un bruit étouffé et retourna vers les gradins où il s'installa. La porte des vestiaires s'ouvrit alors, poussée par une rafale froide. Rain se tourna dans la direction du vent.

– Où… Comment… ? bredouilla Big John.

Rain lança un nouveau regard vers les gradins. Rolabi Sagicien s'était évaporé, une fois de plus.

– C'est pas cool, grommela Peño.

– Donc… on est d'accord, notre coach, c'est un sorcier ? demanda Big John.

– Quoi ? T'as six ans ? se moqua Lab. Ça existe pas, les sorciers.

– Ben oui, c'est les sorcières qui existent, acquiesça Jérôme.

– Ouais, des sœurcières, confirma A-Wall. Les mecs, c'est des frèrciers.

– Non mais vous êtes tarés ou quoi ? s'indigna Lab.

Se désintéressant de la dispute, Rain alla s'asseoir et examina les fanions.

Il n'avait pas le temps pour ça. Même si c'était de la magie, et il en doutait fort, ça n'avait aucune importance. Rain avait un objectif précis : remettre sa famille sur pied. Rolabi ne le comprenait pas, personne ici ne le comprenait. Ce n'était pas un jeu.

Il retira ses chaussures et, au moment de les ranger, s'arrêta net. Une carte de visite avait été posée sur ses affaires. Il y en avait également sur tous les autres sacs. Sur le verso, il ne trouva qu'un *S* écrit en bleu et un numéro : 76522472442436. Les autres joueurs le rejoignirent et découvrirent les cartes.

– Il les a mises quand ? demanda Big John. Qui a un portable ? Vin, appelle-le.

Rain mit sa carte dans sa poche et sortit. Il n'avait pas besoin de téléphoner à Rolabi, c'est sa mère qui le ferait. Elle lui remonterait les bretelles illico presto. Rain, lui, devait s'entraîner. Il devait se préparer pour la saison.

En approchant de la porte, il vit un message écrit à l'encre argentée sur le métal rouillé.

Comment un leader ouvre-t-il une porte ?

L'encre s'effaça sous les yeux de Rain.

Il poussa la porte et sortit seul dans la lumière du matin.

✧ 3 ✧

UNE VOIX OUBLIÉE

Le passé est un cadeau, un murmure pur,
un présent qui te rappelle qu'il existe un futur.

✧ SAGICIEN - PROVERBE N° 31 ✧

Le lendemain matin, Rain entra dans Fairwood, abattu. L'équipe était déjà là, au complet. Assis sur les bancs, ils discutaient tout bas. Il s'installa à côté d'eux.

– Ta mère… commença Big John.

– Oui, répondit Rain.

– Alors… ?

– Non, grommela Rain.

Dès que sa mama était rentrée du travail, il lui avait donné la carte. Il était près de dix heures du soir, mais elle avait tout de même composé le numéro tout en lui assurant que ce n'était pas un vrai indicatif téléphonique. Et soudain, elle s'était tue, avant de lâcher un « Oh » et un « Je vois » en chiffonnant d'une main son tablier de serveuse. Elle avait ensuite raccroché, lancé un regard à Rain et était montée à l'étage. Pour une fois, elle n'avait même pas retiré ses chaussures.

– Qu'est-ce qui s'est passé ? avait crié Rain dans son dos.

– Tu as un nouveau coach, avait-elle répondu doucement.

Il n'avait pas réussi à lui tirer un seul mot de plus de toute la soirée. Il avait été tenté de se confier à Larry, mais ne voulait pas qu'il s'inquiète. Du haut de ses neuf ans, Larry était un garçon timide et pas particulièrement populaire à l'école. C'était à Rain de le protéger, alors il n'allait pas maintenant le laisser penser que sa carrière était compromise. Rain lui répétait tous les jours qu'il allait les « sortir de Bottom ». Il voulait à tout prix que Larry continue à y croire, qu'il ne perde pas espoir.

– Si Mme Adams n'a rien pu faire, on est mal barrés, se lamenta Jérôme. En plus vous avez vu le numéro ? Je comprends même pas comment…

– T'as pas compris ? demanda Reggie.

– Quoi ? lâcha Peño.

– T'as pas essayé de composer le numéro ?

Rain fronça les sourcils. En effet, il l'avait juste donné à sa mère pour qu'elle le fasse.

– Non, répondit Peño.

– Les chiffres correspondent aux lettres de son nom sur le clavier du téléphone, « Rolabi Sagicien », expliqua Reggie.

Peño siffla pour briser le silence de stupéfaction qui suivit.

– Le gars, il a un numéro de téléphone personnalisé. C'est complètement dingue !

– Bon, nos parents ne peuvent rien pour nous, intervint Vin. On fait quoi ?

– Et si on parlait à Freddy ? suggéra Jérôme. On pourrait demander qu'il vire Rolabi.

Rain se redressa. *Bien sûr !* Freddy pouvait renvoyer le nouveau coach.

– On parle comme si tout était normal, lança Big John. Mais c'était pas normal ce qui s'est passé. C'est de la magie, mec !

– C'est un frèrcier, renchérit A-Wall.

– Ça existe pas, la magie, contredit Lab en levant les yeux au ciel.

– Ah non ? demanda une voix derrière eux, qui eut l'effet d'une boule de bowling sur un jeu de quilles.

Dans leur précipitation, tous les garçons se retrouvèrent par terre, bras et jambes enchevêtrés. Rain reçut un coup de coude dans les côtes. En grimaçant, il se tourna et vit Rolabi debout derrière le banc. Il les examinait de haut, toujours vêtu de la même façon.

– Si vous ne croyez pas en la magie, vous devriez sortir davantage, déclara-t-il.

Sans se relever, Rain suivit du regard le coach qui traversait le terrain. Il repensa à sa mama et à son visage hébété après le coup de fil.

– Vous avez hypnotisé ma mama ? demanda-t-il, outré.

Rolabi s'arrêta au centre du terrain.

– C'est la vérité qui hypnotise. J'ai reçu des appels de sept parents hier soir. Je pense les avoir rassurés. Que les autres n'hésitent pas à me téléphoner s'ils le souhaitent également.

– Et pour… la sélection… ? bredouilla Peño.

– Nous allons commencer par des tours de terrain.

Les joueurs se redressèrent enfin, se dégageant les uns des autres pour se mettre à courir. Rain fut le dernier à s'élancer, après avoir jeté un coup d'œil à Rolabi. La lueur qu'il aperçut dans les yeux de son coach le fit démarrer aussitôt.

Il y a ceux qui courent pour atteindre une destination. Et ceux qui courent pour fuir. Qui gagne ?

Et tu voudrais pas t'enfuir, toi ? songea Rain, furieux, à l'adresse de la voix dans sa tête.

Il arrivait que Freddy les fasse courir autour du terrain, mais pas plus d'un ou deux tours et juste pour s'échauffer. Après cinq tours de gymnase, alors que la plupart des garçons suaient déjà à grosses gouttes, Rolabi reprit la parole. Sa voix semblait les poursuivre et leur mordre les talons.

– C'est l'heure des lancers francs, annonça-t-il. Un par un. Dès qu'un joueur marquera, vous arrêterez de courir pour la journée. Mais si quelqu'un rate son tir, toute l'équipe repart pour cinq tours.

– À moi, lança Peño, à bout de souffle.

Rain voulut protester, mais Peño s'était déjà placé sur la ligne des lancers francs, une main sur le haut de la cuisse comme un vieillard après une opération de la hanche.

– Quoi… comment est-ce que je… ?

– Tire, s'il te plaît, demanda Rolabi.

Peño fronça les sourcils, qui se rejoignirent en un V noir au-dessus de son nez.

D'un geste inhabituel, il arma son bras tel un lanceur de poids et propulsa la balle bien au-dessus de la planche. Elle frappa le mur et ricocha plusieurs fois avant de retomber pour rouler misérablement dans un coin du gymnase.

L'équipe poussa un soupir de désolation.

– Cinq tours de plus, annonça Rolabi d'une voix d'un calme exaspérant.

Rain pesta. Il aurait dû insister pour s'en charger lui-même : c'était son job dans les matchs. Depuis le tout début, il devait traîner l'équipe derrière lui.

Pour l'emmener où ?

Rain ignora ce commentaire. Ils avaient fini la saison derniers de la ligue. Au moment de se remettre à courir, il se figea sur place. Le sol du gymnase était désormais incliné à quarante-cinq degrés. Rain glissait en arrière.

– Repartez, ordonna Rolabi.

– Tu n'es pas fou, tu n'es pas fou, se murmurait Peño.

– Professeur, appela Vin, accroupi pour ne pas tomber. Le sol…

– Quand on est fatigués, le terrain peut nous sembler plus raide qu'une montagne à escalader, expliqua Rolabi.

– *C'est* une montagne ! protesta Peño.

Rain se baissa également, les doigts sur le parquet. Il arrivait à peine à tenir debout. Son esprit ne parvenait pas à intégrer cette transformation et il fut pris d'une violente nausée.

– Allez, on court ! lança Reggie. On peut le faire !

Ils repartirent tous et Rain leur emboîta le pas après avoir jeté un regard au mur en parpaing derrière lui. Quelqu'un allait finir par tomber, c'était obligé. Il avançait pratiquement à quatre pattes, façon crapaud. Quand il atteignit enfin la ligne de fond, le gymnase se transforma de nouveau.

À présent, ils devaient descendre.

– Pas grave, marmonna Peño. Je deviens dingue, c'est tout.

– Bienvenue au club, grommela Rain.

– Et à part ça, la magie n'existe pas… commença Big John.

– La ferme, l'interrompit Lab.

Ils n'eurent aucun répit. Au tour suivant, le sol se changea en un escalier abrupt. Ensuite, il se mit à bouger dans le sens inverse comme un tapis de course. Il se changea en pelouse, puis se chargea de haies. À chaque nouveau tour, il prenait une autre forme et Rain sentait ses cuisses brûler et avait de plus en plus de mal à chasser ses points de côté. Ils ne tenaient encore que parce que Rolabi les laissait adopter leur propre rythme. Big John soufflait comme une locomotive à vapeur.

Quand ils arrivèrent à bout des cinq tours, le sol reprit son aspect habituel. Ils ralentirent et se tournèrent tous vers Rain, le meilleur tireur de l'équipe. Il accepta d'un hochement de tête.

– Je veux même pas voir ce qui va se passer, lâcha Vin, haletant.

– Je tomberai pas dans les pommes, déclara Big John.

Rain récupéra la balle dans le coin où elle avait roulé et se positionna sur la ligne des lancers francs. Il respira lentement pour se calmer. Il dribbla trois fois, comme toujours, pas une de plus, pour sentir le ballon et se concentrer. Épaules vers le cercle. Pieds bien plantés sur le parquet avec les pointes vers l'objectif. Poignets et doigts souples.

Les yeux plissés, il inspira et expira tout doucement. Il leva le coude dans l'axe du panier et, pliant très légèrement les doigts, il se prépara à tirer.

Tout dépend de toi, Rain.

La voix familière murmura dans son oreille au moment où le ballon quittait sa main et Rain sursauta comme s'il avait été touché par la foudre. Le tir fila vers le bord de la planche sous un concert d'exclamations de déception. Rain les entendit à peine. Il fit volte-face vers la voix. Mais il était seul. La voix n'avait pas de corps. Évidemment. L'homme à qui elle appartenait était parti depuis longtemps.

Rain se dépêcha de reprendre la balle pour tenter un deuxième lancer franc. Son cœur battait furieusement dans sa poitrine. Qu'est-ce qu'il cherchait exactement maintenant ? Il n'en était même pas sûr. La voix ne revint pas.

– Répétez-le ! supplia-t-il en direction de Rolabi. S'il vous plaît !

– Je n'ai rien dit, répondit le coach.

Rain s'élança vers lui, les poings serrés. Il tremblait de tout son corps.

– Refaites la voix !

– Je n'ai rien dit, persista Rolabi.

– Qu'est-ce qui se passe, Rain ? demanda Peño, inquiet, depuis la ligne de touche.

Rain dévisagea l'entraîneur pendant un moment. Il n'avait pas imaginé la voix. C'était impossible.

– Je peux aller aux toilettes ? murmura-t-il.

– Bien sûr, accepta Rolabi. Allez tous boire. Vous repartez bientôt pour cinq autres tours.

Rain se précipita dans les vestiaires. Il ferma à clé la porte du plus grand cabinet de toilette et agrippa le lavabo en tremblant. Il devenait fou. C'était la seule explication. La voix n'était qu'un souvenir douloureux, rien de plus. La lettre pliée dans son sac était là pour le lui rappeler.

Il leva les yeux vers son reflet craquelé et brisé en mille fragments par le miroir abîmé. Il remarqua que ses yeux brillaient, ce qui empira encore son humeur. Il se mit à renifler et s'essuya sans ménagement le visage du dos de la main, furieux de recommencer à pleurer après tant de mois à se retenir.

Il s'examina pour se calmer.

Rain ressemblait à son père. Tout le monde le disait. Il avait les mêmes cheveux coupés ras, le même nez pointu, la peau marron et les yeux couleur cuivre, le visage étroit et le menton en avant. Il avait la même taille, la même carrure maigre et élancée. Son père était en lui. C'était lui qu'il voyait à cet instant. Ici et maintenant.

Des larmes coulèrent sur les joues de Rain. Il empoigna le lavabo si fort qu'il eut peur de le casser.

– Pourquoi t'es parti ? murmura-t-il.

– Tu sais pourquoi, répondit son reflet.

Avec un cri de surprise, Rain recula et faillit trébucher sur les toilettes. Il se colla contre le mur, les yeux toujours rivés sur le miroir. Pendant une seconde, le visage devant lui avait été celui de son père. Il attendit, mais ne vit plus qu'un garçon en train de pleurer.

Lentement, il se força à retourner vers le lavabo pour s'asperger d'eau froide. Il arrêta de trembler, respira profondément et s'essuya avec sa manche. Il sortit ensuite rejoindre ses coéquipiers qui venaient de se remettre à courir et ignora leurs regards inquiets et interrogateurs.

– Ça va, frère ? demanda Peño en se plaçant à côté de lui.

– Ouais, c'est rien.

Il ne remarqua même plus les changements dans le sol et continua à rater ses tirs jusqu'à la fin de l'exercice. Leur calvaire ne cessa que lorsque Reggie réussit son lancer franc. L'équipe eut à peine la force de le féliciter.

– Pause, annonça Rolabi. Approchez avec vos bouteilles d'eau.

Rain examina son coach en avançant vers lui. Qu'est-ce qui se passait ? C'était Rolabi qui lui infligeait ça ? Comment ? Est-ce qu'il était au courant que son père était parti ? Comment pouvait-il imiter sa voix ?

Ou est-ce que c'était Rain qui se torturait tout seul ?

– Asseyez-vous en cercle, demanda Rolabi en se plaçant au centre du terrain.

Ils s'écroulèrent par terre comme des chiffons mouillés. Rolabi brandit une marguerite dans un petit pot en argile. Rain n'en avait vu qu'en photo ou à la télé. Elle était d'un blanc immaculé avec un cœur jaune. Rolabi la posa délicatement et recula pour l'admirer avec extase.

– On doit faire quoi avec cette fleur ? l'interrogea Peño.

– On va la regarder grandir.

Rain s'attendit à ce que le professeur sourie ou même éclate de rire. Il allait leur avouer que c'était une blague ou un test. Mais pas du tout. Il continuait à observer la marguerite, sans bouger.

– Pourquoi ? demanda Lab, déjà à bout de patience.

– De petites choses, pratiquement imperceptibles, font la différence entre victoire et défaite.

– Dans une fleur ? s'étonna A-Wall.

– Dans tout. Ne vous perdez pas en conjectures et en réflexions inutiles. Contentez-vous de regarder. Quand vous vous déconcentrez, revenez à la fleur.

Jérôme se gratta la tête.

– Et on fait ça combien de temps ?

Rolabi ne répondit pas et tout le monde finit par contempler la fleur. Rain chercha une position confortable sur le parquet dur et poussa un grognement mécontent. La fleur lui rendait son regard.

Il consulta l'horloge. Les minutes tournaient aussi lentement que des heures. Et bientôt, même les secondes ressemblèrent à des heures.

Au bout d'une demi-heure, Rain dut se retenir de fracasser le pot et de rentrer chez lui.

– Quelle partie du corps bouge en premier ? les interrogea soudain Rolabi. Si vous êtes sur un adversaire et qu'il approche, quelle partie de son corps va bouger avant le reste ?

Rain réfléchit, repensant à leur dernier match. Il ne s'était jamais vraiment demandé d'où partait le mouvement. Les pas venaient naturellement. L'adversaire bougeait et il le suivait. Rien de compliqué.

Rain se représenta un joueur qui avançait sur lui.

– Je regarde toujours son ventre.

– Excellent, le complimenta Rolabi. Mais uniquement pour le joueur le plus rapide du monde.

Rolabi fit un pas vers Peño et s'arrêta à côté de la marguerite.

– Ce qu'il faut bouger en premier, c'est l'esprit. L'adversaire doit avant tout décider ce qu'il va faire.

Rain se gratta la tête. Pourquoi Rolabi avait-il besoin de tout tourner en énigme ? Le jeu était pourtant si simple.

Seulement pour ceux qui préfèrent ne rien voir.

Comment ça se fait que je voie, alors ? songea-t-il, amèrement.

– Il te faut plus de temps, dit Rolabi tout haut.

– Et comment on peut se procurer plus de temps ? s'enquit Rain.

– En regardant la fleur pousser. Rangez vos bouteilles d'eau. Il nous reste une leçon pour aujourd'hui.

Alors que Rain repartait vers son sac, Rolabi installa un parcours d'obstacles. Il sortit de sa mallette de médecin des cônes, des poteaux pareils à des épis de maïs et un cerceau posé verticalement sur un support métallique plus grand que la mallette. Enfin, il plaça trois ballons sur la ligne médiane.

Rain prit une dernière gorgée d'eau avant de courir vers les ballons. Le reste de l'équipe le suivit, tandis que Rolabi se plantait au centre du terrain.

– Vous allez faire tout le circuit, expliqua-t-il. Un double-pas sur le premier panier et un trois-points sur le deuxième. Quand vous revenez, passez la balle au joueur suivant. Trois joueurs sur le terrain en même temps. C'est parti.

Rain ramassa la balle et poussa un hurlement. Il n'avait plus de main droite.

Il attrapa son poignet avec son autre main, une expression d'horreur sur le visage. Il avait été amputé très proprement, le moignon parfaitement lisse. La peau avait été ressoudée joliment. Quand il leva la tête, Rain constata qu'un vent de panique soufflait sur le reste de l'équipe.

Ils agrippaient tous leur poignet comme lui, mais personne n'avait perdu sa main. Alors pourquoi criaient-ils ainsi ?

– Où est ma main ? s'affolait Big John. C'est quoi, ça ?

– Un exercice d'équilibre, répondit Rolabi. Commencez !

Rain contempla son poignet, y lisant la fin de ses rêves et de ses projets d'avenir. Il ne serait jamais riche. Il ne quitterait jamais Bottom. Il n'offrirait pas de maison avec jardin à sa mère, pas de nouvelle voiture à son père. Sa famille réunie les week-ends ? Terminé. Tout avait disparu avec sa main. Ses genoux chancelèrent.

– C'est impossible, geignait Lab.

– Possible, impossible, ce sont des notions hautement subjectives, répliqua Rolabi. Je vous attends.

Ils se tournèrent tous vers Rain. Les yeux du coach et de ses coéquipiers le transpercèrent, mais comment pouvait-il commencer ? Sans sa main forte ?

Tu en as deux, non ?

Mais, songea-t-il, *ma main…*

Ça se regagne.

Furieux, perdu, terrorisé, Rain examina Rolabi. Est-ce qu'il avait le choix ?

Il ramassa maladroitement le ballon avec la main gauche et s'élança dans le parcours. Il réussit son double-pas, mais perdit le ballon en dribblant et rata de loin sa passe à travers le cerceau. Alors qu'il récupérait sa balle, celle de Big John lui percuta violemment le dos. Et, soudain, des tirs fusèrent dans tous les sens, accompagnés de cris d'avertissement.

– Désolé, mec ! hurla Vin après avoir touché Jérôme au visage.

– Attention !

– T'aurais dû te baisser…

Devon tenta une passe depuis la ligne de fond et frappa Vin si fort qu'il tomba en arrière. Alors que ce dernier gisait au sol, à moitié assommé, Rolabi interrompit l'entraînement.

– Ce sera tout pour aujourd'hui. Les ballons, s'il vous plaît.

Les joueurs les lui renvoyèrent et il les rangea dans sa mallette.

– Vous pouvez nous rendre nos mains, maintenant ? demanda Rain, désespéré.

– Demain, nous travaillerons notre défense, annonça le coach. Vous en aurez besoin.

Il prit sa mallette et partit droit vers le mur le plus proche.

Une lumière blanche aveuglante jaillit de nulle part en même temps qu'une rafale glacée. Rain se protégea le visage avec ses deux bras jusqu'à ce que l'éclat gris des néons revienne. Le vent se calma et Rain sut même avant de rouvrir les yeux que le professeur était parti. Rolabi venait de traverser un mur.

– OK, lança Peño. On devrait vraiment parler à Freddy. Rain ?

Tous les regards se braquèrent sur lui. Peño voulait se débarrasser de Rolabi, Rain l'avait bien compris. Il se rappela alors la voix familière. Il avait tenté en vain de réprimer l'espoir ridicule de l'entendre de nouveau. Mais la magie, les visions et les exercices, c'était trop ! Toutes ces distractions l'empêchaient de pratiquer son jeu. Elles entravaient ses projets. Son avenir. Il ne pouvait pas se le permettre.

– Il est temps de le faire partir, acquiesça-t-il.

Il se dirigea vers le banc, laissant les autres discuter. Certains s'opposaient apparemment à cette décision, mais peu importe. Ils ne comprenaient pas. C'était sa seule issue. D'autres pensaient peut-être aussi faire sortir leur famille de Bottom, mais pour eux ce n'était qu'un rêve. Ils n'y croyaient pas vraiment, ne se projetaient pas sérieusement. Pour Rain, c'était toute sa vie. Le basket était sa seule chance de tout réparer.

Il s'assit et leva la tête vers les fanions.

– Tu verras, papa, murmura-t-il. Je vais nous tirer de là.

4

LE TIGRE

Souffrir pour devenir fort et grandir.

✧ SAGICIEN - PROVERBE N° 7 ✧

Rain entra dans le gymnase, Freddy sur les talons, visiblement nerveux. Le propriétaire de l'équipe avait accompagné Rain à Fairwood en voiture – le garçon le lui avait demandé explicitement pour s'assurer que Freddy serait bien au rendez-vous. Pendant tout le trajet, il avait décoché à Rain des sourires angoissés, et il marchait désormais aussi lentement qu'un prisonnier projetant de s'évader. Rain avait passé plus d'une heure au téléphone avec lui pour le convaincre de venir.

Freddy était là désormais. Le cauchemar allait se terminer.

Rain n'avait toujours qu'une seule main. Sa mama et son frère n'en avaient pas parlé, malgré ses tentatives d'aborder le sujet. À l'école, Larry était plutôt réservé, mais c'était un véritable moulin à paroles à la maison, et pourtant même lui n'avait pas posé la moindre question. Rain avait agité son moignon devant ses yeux et, pour toute réaction, Larry avait dit :

– Comment est-ce qu'on se donne un surnom ? J'aimerais bien qu'on m'appelle Maelström. C'est bien, non ? Ou Déluge, j'adore.

Rain n'avait plus insisté. De toute évidence, cette amputation était une illusion. Mais pas pour lui. Il n'avait plus de main droite, il ne pouvait plus ni la voir ni la sentir. Avec sa main gauche, il avait mangé son dîner, s'était brossé les dents, s'était mis en pyjama… Tellement frustrant ! Il avait besoin de sa main la plus forte. Maintenant.

Alors fais-en une.

Sors de ma tête ! s'énerva Rain en avançant vers les bancs.

Quand les autres virent Freddy, ils se turent.

– Bonjour, les gars, les salua-t-il. Comment ça va ?

– Mal, grommela l'un d'eux.

Rain jeta un regard vers l'horloge au-dessus des portes. Quasiment neuf heures – bientôt, un courant d'air froid les ouvrirait à la volée. Freddy aurait-il assez de cran ? Et le reste de l'équipe ? Rain ne devait pas faiblir, lui non plus. S'il se montrait déterminé et résolu, alors Freddy renverrait Rolabi. Mais Rain avait le souffle court et son cœur battait trop vite. À l'évidence, ce coach était une sorte de magicien. Un sorcier, peut-être. Peu importe le nom qu'on lui donnait : ce qu'il faisait, personne d'autre n'en était capable. Comment allait-il réagir à son licenciement ?

Rain se mêla à la conversation de ses coéquipiers.

– Il m'avait l'air vraiment bien… disait Freddy.

– Il t'a sûrement hypnotisé, l'interrompit Peño. Il a eu la mama de Rain comme ça.

Freddy se raidit, un œil vers les portes.

– Rain… ta mama va venir aujourd'hui ?

– Aucun de nos parents ne vient, répondit Vin à la place de Rain. Rolabi leur a fait peur à tous.

– On veut qu'il dégage, lança Jérôme. On est tous d'accord.

– Très bien, lâcha Freddy en soupirant. Rain, tu en es sûr ?

– Certain, répondit le garçon fermement.

Freddy consulta son portable.

– Bon, il ne devrait plus tarder…

– Tu faisais partie de l'une de ces équipes, Frédéric ?

Rain se tourna vers la voix et vit Rolabi sous les anciens fanions. Il les contemplait, les mains croisées derrière le dos. Sa présence était déjà assez troublante, mais ce n'était pas tout.

Rain n'en croyait pas ses yeux : les fanions... ils étaient comme neufs. Les bords n'étaient plus effilochés, ils avaient retrouvé leurs couleurs vives et leurs lettres manquantes. C'était comme s'ils avaient été gagnés la veille.

– Impossible !

Rain les regardait tous les jours en arrivant dans le gymnase. Il se concentrait même sur l'un d'eux en particulier, qui représentait une victoire contre les District Runners-Up seize ans auparavant. Son père avait joué dans l'équipe gagnante, la meilleure de l'histoire de Bottom. Ils avaient perdu en finale, une défaite que son père mettait sur le dos de ses coéquipiers. « Ils m'ont laissé tomber à la fin, racontait-il. Mais on était tout près, mon fils. À deux doigts ! »

Et pourtant, le père de Rain n'était jamais entré dans la ligue de basket de Dren. Il n'avait jamais vu son rêve se réaliser. Pas étonnant qu'il ait détesté vivre à Bottom. Rain sentit une boule grossir au fond de sa gorge. Il déglutit. Pour lui, ce serait différent.

– Quoi... ? Où est-ce que... ? balbutia Freddy.

– Je suppose que tu étais trop jeune, continua Rolabi, songeur. Ça fait tellement longtemps.

Rain comprit ce qu'il insinuait : Bottom n'avait plus eu d'équipe gagnante depuis des années.

– Comment puis-je t'aider ? demanda Rolabi.

Freddy jeta un coup d'œil vers Rain qui hocha la tête et lui fit signe de répondre.

– Est-ce que je pourrais vous parler en privé ?

Rolabi avança et noya son regard dans celui de Freddy.

– Pourquoi en privé ? Je t'écoute.

Rain se tendit. Freddy devrait-il lui parler ici ? Devant tout le monde ?

Les yeux verts se posèrent sur Rain. Pareille à une éclipse solaire, la couleur formait un cercle fin autour de ses pupilles élargies. Rain y vit à nouveau la montagne sur l'île. La neige arrivait tout en bas, jusqu'à la plage et la mer. L'image semblait grossir.

Seras-tu prêt quand le moment arrivera ?

Freddy se gratta la nuque, son geste tirant Rain de ses pensées.

– OK, lâcha Freddy. Eh bien… euh… nous avons décidé, enfin, c'est moi qui ai décidé que, même si je suis sûr de vos qualités d'entraîneur, c'est juste… eh bien… que ça ne convient pas aux Badgers.

– Ah, donc tu voudrais me laisser partir ?

– Euh… oui… c'est bien ça, confirma Freddy en se tordant le cou pour regarder son interlocuteur.

Rolabi hocha la tête. Il inspecta tour à tour tous les joueurs. Son visage ne trahissait aucune contrariété, mais Rain se détourna tout de même pour ne pas croiser son regard. Les autres faisaient pareil, soudain passionnés par leurs chaussures, leurs ongles ou n'importe quel détail insignifiant.

Si nous nous entourons de peurs, quelle direction prendrons-nous ?

Inébranlable, Rolabi tendit une main vers Freddy.

– Je comprends. Bonne journée.

Freddy se racla la gorge.

– Merci, Rolabi. Je vais prendre le relais, le temps que…

Leurs mains se serrèrent, celle de Rolabi enveloppant celle de Freddy comme un gant de ski, et Freddy se tut. Son dos se redressa. Ses lèvres s'entrouvrirent. Il arrêta de battre des cils.

Freddy inspecta les lieux, les gradins, les fanions, les murs et enfin les joueurs. Ses yeux pétillaient et une larme dévala sa joue pour aller se suspendre au bord de sa moustache. Rolabi le lâcha, sans le quitter du regard. Freddy garda un moment le bras tendu, avant de le ramener lentement le long de son corps en hochant la tête.

– Rolabi restera votre coach, déclara-t-il. J'ai… j'ai hâte que la saison commence. À plus tard.

Sans rien ajouter, Freddy sortit du gymnase. Rain n’en revenait pas.

– Il l’a refait ! murmura Vin.

Rolabi posa sa mallette et fit face à l’équipe. Rain se demanda s’il allait les punir, s’il leur demanderait de faire des tours de terrain ou des pompes jusqu’à ce qu’ils vomissent d’épuisement. Il allait en tout cas sûrement leur hurler dessus et leur rappeler qu’on ne remet jamais son coach en question.

Mais comme toujours, Rolabi le surprit.

– Aujourd’hui, nous allons travailler la défense, annonça-t-il calmement. Avant de vous enseigner les zones et les stratégies, je vais d’abord apprendre à chacun d’entre vous à être un bon défenseur. Ce ne sont pas les mêmes leçons.

Un bruit sourd retentit soudain – comme un bruit de griffures. Agacé, Rain chercha d’où il venait.

– Qu’est-ce qu’un bon défenseur doit faire en permanence ? demanda Rolabi.

Nouveau crissement. Rain se sentait de plus en plus nerveux. Qu’est-ce que Rolabi leur réservait ? Allait-il se venger ? Savait-il que c’était Rain qui avait demandé son renvoi ? Il entendit à peine ses coéquipiers proposer des réponses aux questions du coach. Chaque grincement suraigu semblait courir le long de sa colonne vertébrale. Un frisson le parcourut. Qu’est-ce qu’il allait bien pouvoir faire ? Partir en courant ?

Toujours courir. En avant, en arrière, et nulle part à la fois.

Rain observa Rolabi et eut la sensation de rétrécir. Le gymnase s’obscurcit derrière lui et plus rien n’exista, à part le professeur et lui. Le géant fit un pas de côté.

– Regarde, dit-il doucement. Est-ce que tu le vois ?

Rain se concentra. Des images apparaissaient dans le noir. Des tirs gagnants. Un trophée, une voiture étincelante, une maison avec de la moquette dans toutes les pièces. Et lui, un peu plus âgé, un sourire dentifrice aux lèvres. Une famille de quatre personnes, assises sur un canapé moelleux…

– C'est ce à quoi tu aspires ?

Rain fit un pas en avant vers ces visions qu'il voulait par-dessus tout. Son père était là. Sa famille était réunie. Larry et sa mère souriaient. Et, visiblement, ils avaient de l'argent. C'est exactement ce dont il avait besoin.

Rain fut brusquement arrêté dans son élan. Il baissa les yeux. Une ceinture le retenait, attachée à une chaîne, reliée elle-même à une énorme balle en plomb presque aussi grosse qu'une voiture. Il tira sur la chaîne qui ne bougea pratiquement pas. Il releva la tête vers l'obscurité où sa famille s'était affichée.

Les images s'évanouissaient déjà, à côté de la silhouette d'un homme.

– Non ! hurla Rain. J'arrive ! Attendez !

Il tenta de courir, de propulser ses jambes en avant, griffant le sol devant lui. Tout son corps se tendit, au point qu'il menaça d'éclater sous la pression. Et pourtant, il continuait à lutter.

Plus rien. Rain tomba à genoux.

– Non, murmura-t-il. Pitié !

– La route est longue, intervint Rolabi. Mais plus encore quand tu te charges de tout ce poids.

– Je ne comprends pas…

– Patience, ça viendra.

Le crissement revint, assourdissant. Il résonnait dans le noir et faisait trembler le sol. Rain se couvrit les oreilles, le regard toujours rivé sur l'endroit où sa famille était apparue au complet.

– C'est quoi, ce bruit ? interrogea-t-il.

– Quelqu'un pourrait-il ouvrir la porte des vestiaires ? demanda calmement Rolabi.

L'obscurité se transforma en une clarté éblouissante, qui s'atténua petit à petit pour redevenir la lumière grise des néons. Des formes se dessinèrent.

Rain était de retour à Fairwood et ses camarades étaient tournés vers la porte des vestiaires. Le bruit venait de l'intérieur. Ce devait être une bête affreuse avec d'immenses griffes. Rain recula.

C'est pour de vrai cette fois ? songea-t-il.

C'est toujours vrai. Plus tôt tu le comprendras, plus vite tu pourras te mettre en marche.

Rain plissa les yeux. Twig tremblait à côté de la porte, la main posée sur la poignée en acier. Il l'ouvrit. Les garçons virent tout d'abord du noir et, soudain, un éclair de fourrure orange.

Rain regarda avec stupeur un tigre sortir des vestiaires. Les tigres étaient une espèce depuis longtemps éteinte, qu'on ne trouvait plus que dans les contes. Pourtant, c'est bien ce qu'il avait devant les yeux.

– Je vous présente Kallo, lança Rolabi. Elle a gentiment accepté de nous apporter son aide aujourd'hui.

La tigresse les inspecta du regard. Son pelage orange devenait blanc sur le ventre comme si elle avait traversé une étendue de neige. Ses yeux pourpres brillaient d'étoiles dorées. Mais Rain était fasciné par ses crocs brillants et ses griffes noires en partie rétractées dans ses immenses pattes.

– Rain, appela Rolabi. Avance.

Rain sentit la panique le gagner. Rolabi se vengeait, il s'en était douté. Le tigre était là pour le déchiqueter.

Les autres se tournèrent vers lui. Ils attendaient de voir ce qu'il ferait. Il voulait refuser. Il voulait abandonner et rentrer chez lui. Personne n'irait le lui reprocher : Rolabi le mettait en danger de mort. Il ne pouvait tout de même pas affronter ces crocs et ces griffes. Mais il resta sur place.

Rolabi les avait prévenus : si quelqu'un partait, il pourrait tirer un trait sur sa place au sein de l'équipe. Aucune discussion possible. Si Rain s'en allait, la saison était terminée avant même d'avoir commencé.

Il n'allait sûrement pas quitter la ligue junior et ses projets.

Rain avança, les yeux rivés sur l'animal.

– Oui ?

Rolabi posa une balle par terre et la poussa vers le centre du terrain. Elle s'arrêta pile au niveau de la mise en jeu.

– L'exercice est simple, expliqua posément Rolabi. Prends la balle. Kallo joue en défense. À tour de rôle, vous attaquerez. Je veux que tout le monde note attentivement ce qui se passe.

Kallo sourit, révélant deux rangées de dents pointues. Elle passa la langue dessus.

– Quoi ? s'indigna Rain. Je m'approche pas de cette chose !

Kallo prit un air vexé et Rain recula.

– Il vaut peut-être mieux pas l'appeler « chose », remarqua Peño.

Kallo se mit à faire les cent pas devant la balle. Elle marchait en rasant le sol, les muscles contractés, les rayures sur son pelage ondulant tranquillement. Rain se sentit hypnotisé.

Mais ça n'enlevait rien au fait que la tigresse allait le dévorer.

– Bon, j'ai compris, lâcha Rain, terrorisé. Je suis désolé qu'on ait demandé à Freddy de vous renvoyer.

– Ce n'est pas une punition, c'est un exercice. Prends la balle.

– Mais…

– Un vrai défenseur doit être un tigre. Le premier à ramasser la balle récupère sa main.

Rain examina son moignon. Il voulait retrouver sa main… plus que tout. Son avenir en dépendait, mais pas seulement… Alors, il tenta d'arrêter de trembler et fit un pas prudent vers la tigresse, à l'affût des réactions de la bête fauve. Kallo suivit paisiblement tous ses gestes. Rain partit vers la gauche et Kallo l'imita avec la grâce d'un courant d'eau douce.

OK, songea-t-il pour se donner du courage. *Je peux le faire.*

Rain fit alors une feinte vers la gauche, mais partit à droite, le plus vite possible. C'était impossible. À peine avait-il changé de direction que Kallo était sur lui, le renversant avec une délicatesse incroyable. La mâchoire ouverte, elle caressa le visage du garçon de son souffle. Rain s'attendait à ce qu'elle lui saute dessus, mais la tigresse se contenta de lui lécher la joue avec sa langue rugueuse avant de reculer.

Rain resta un moment allongé par terre, trop choqué pour bouger.

– Elle l'a tué ! hurla Peño.

– Je vais bien, les rassura Rain en se relevant. Elle ne m'a pas fait de mal.

– Devon, appela Rolabi.

Tu as du courage en toi. Exploite-le.

Comment ? songea Rain.

Tu connais la réponse.

Rain décocha un regard mauvais à Rolabi. Pourquoi ne pouvait-il pas s'exprimer normalement ? Pourquoi avait-il toujours besoin de parler en énigmes ? Rain espérait que leur coach serait renvoyé et, au lieu de ça, il lâchait un tigre sur lui et le plombait pour l'empêcher d'avancer. Rain bouillonnait de frustration tandis que ses coéquipiers se succédaient devant Kallo, cherchant à comprendre ce que Rolabi voulait d'eux.

Comment Rain pouvait-il exploiter son courage alors qu'il avait si peur ?

Personne n'arrivait à passer. Kallo faisait tomber tous les joueurs les uns après les autres et les léchait, déclenchant chez eux rires, petits cris ou exclamations de dégoût. Big John était le dernier. Les bras croisés, il refusa de s'y risquer. Malgré les moqueries de ses camarades, malgré les avertissements de Rolabi, il s'obstinait à rester sur place.

Kallo s'allongea sur le parquet et ferma à moitié les paupières, consciente que son adversaire n'était pas prêt. Même dans cette position, elle parvenait à avoir l'air féroce.

– Ce n'est pas si affreux, tenta de le rassurer Twig. Il est vraiment doux.

– Toi, tu me parles pas ! gronda Big John.

– Je voulais juste t'aider…

Big John fit volte-face brusquement, les joues en feu.

– J'ai pas besoin de ton aide !

– Du calme, les mecs, intervint Peño. Vous êtes dans la même équipe, n'oubliez pas.

– Tu te prends pour un caïd, maintenant ? demanda Big John.

– C'était pas méchant, se défendit Twig. T'avais l'air d'avoir besoin d'un coup de main.

Rain tressaillit. Ce n'était pas la chose à dire à Big John.

Ce dernier se précipita sur Twig et le poussa, ce qui le fit tomber lourdement sur le coccyx. Peño attrapa Big John par-derrière, l'enveloppant avec les deux bras et les deux jambes.

– Arrête ça ! cria-t-il.

Malgré le poids de Peño, Big John continuait à avancer, tremblant de rage.

– J'ai pas besoin de ton aide ! répéta-t-il. Tu penses avoir toutes les réponses, hein ? Gosse de riches. Avec tes belles godasses, ton téléphone dernier cri… T'as rien à faire ici, t'as pas gagné ta place.

Rain observa Twig. Big John avait raison. Twig venait des beaux quartiers nord, où tout le monde avait un jardin et une voiture qui roulait et où les lampadaires éclairaient les rues la nuit. À Bottom, c'était là que vivaient les gens les plus aisés, ceux qui voulaient quitter la région mais étaient enfermés derrière la frontière. Le père de Rain les appelait les « avant Bottom », ceux qui n'étaient pas vraiment faits pour être ici.

Rain regarda les chaussures de Twig avec une pointe de jalousie : parfaitement blanches, montantes, sans lacets. Les plus récentes sur le marché. Normal qu'il les ait. Twig avait tout ce qu'il voulait. Celles de Rain étaient complètement usées, la semelle déjà lisse, les lacets élimés jusqu'à la corde. Une partie de lui était d'accord avec Big John.

Twig n'avait pas sa place parmi eux.

Big John avançait toujours, Peño sur le dos. A-Wall et Jérôme l'attrapèrent chacun par un bras au moment où il se penchait vers Twig. Big John luttait contre les trois, furieux.

Twig se releva.

– De quoi tu parles ?

– Tu sais où je vais après l'entraînement ? hurla Big John en crachant. Travailler. J'ai deux boulots. Et on arrive quand même pas à payer les factures. T'as déjà passé une semaine dans le noir parce qu'on t'a coupé l'électricité ? T'as déjà raclé la moisissure sur ta bouffe parce que t'avais rien d'autre à manger ? T'as déjà ajouté des couvertures sur le dos de ta mère parce que tu pouvais pas te permettre de l'emmener chez le médecin ?

– Je…

– Le basket, c'est tout ce que j'ai ! cria Big John. Et tu me l'as pris !

La voix de Big John s'était cassée. Il était au bord des larmes.

Twig hésita.

– C'est Freddy qui a décidé qui fait partie du cinq de base. C'est juste de la stratégie…

Big John enragea de plus belle. Il serra le poing gauche, prêt à frapper.

Il en fut empêché. Une grosse main s'abattit sur son épaule et le souleva avec une aisance incroyable. Et pas seulement Big John. Il emporta avec lui A-Wall, Jérôme et Peño qui s'agrippaient à leur coéquipier. A-Wall et Jérôme lui lâchèrent rapidement les bras, mais Peño tenait encore sur son dos quand Rolabi fit pivoter Big John vers lui.

– Sais-tu pourquoi tu es en colère ? l'interrogea-t-il.

Big John le regarda, les lèvres tremblantes, les membres gigotant dans l'air telle une marionnette au bout d'un fil.

– Alors ? insista Rolabi.

– Parce qu'il m'a pris ma place ! hurla Big John.

– Parce que tu as peur, corrigea Rolabi.

Il reposa Big John au sol et Peño descendit enfin de son dos.

– La peur génère la colère et la violence, continua Rolabi. Elle prend les décisions à ta place. La peur de ne pas valoir assez. Elle te fait te tromper de cible. Mais j'apprécie l'honnêteté. Je pardonnerai une telle violence une seule fois.

– J'en ai assez ! gronda Big John. J'en ai ma claque de cet entraînement débile !

Des larmes noyaient ses joues. Rain ne l'avait jamais vu pleurer. Il jouait toujours les durs, depuis que son frère était mort. Son père les avait quittés bien avant cela.

Maintenant, il restait planté sur place, les épaules agitées par les sanglots, et Rain vit en lui le petit garçon qu'il était.

Si tu découvres l'enfant chez ceux qui t'entourent, tu découvres la vérité.

Comment ?

Ouvre les yeux.

Big John repartit furieux vers le banc. Il jeta un regard noir à Twig en passant.

– Restez avec ce coach débile et ce gymnase pourri et ce gosse de riches. Moi, j'ai pas besoin de ça. Le vrai monde m'attend.

– Dix minutes dans les vestiaires, ordonna Rolabi d'une voix profonde et suffisamment autoritaire pour que Big John se fige sur place.

Il se tourna vers le professeur.

– Quoi ?

– Va te regarder dix minutes dans le miroir des vestiaires. Pose-toi la bonne question, tu prendras ta décision après.

Big John hésita avant de se ruer vers les vestiaires. Il claqua la porte si fort que des éclats de peinture grise se décrochèrent du mur.

Rain observa, pensif, les morceaux de peinture s'éparpiller sur le sol du gymnase.

Pouvait-il seulement prétendre connaître ses coéquipiers ?

Rolabi caressa la tête de Kallo qui ronronna comme un chat géant.

– Aucun de vous n'a réussi à ramasser le ballon. Mais vous avez tous fait preuve de courage. C'est un bon début.

La main droite de Rain réapparut soudain. Il éclata de rire, euphorique, pliant les doigts et roulant le poignet pour vérifier que tout fonctionnait. Aucune raideur, aucune douleur. Comme si elle n'avait jamais disparu. L'équipe poussa des cris de joie et tous se tapèrent dans la main, mais Rain se contenta de contempler ses doigts. Son avenir.

Tout le reste était oublié. Plus rien n'avait d'importance. Il fallait juste qu'il joue à son meilleur niveau.

– C'est quoi ? demanda Jérôme.

Rain suivit son regard. Un globe noir flottait dans l'air, comme de l'huile dans de l'eau. Rain sentit les poils de ses bras se hérisser et il fit un pas en arrière. Le gymnase lui semblait tout à coup glacial, profond et sombre.

Les yeux rivés sur l'objet mystérieux, il entendit une voix plus posée encore que celle de Rolabi… presque sinistre.

Qu'est-ce que tu cherches ?

– Ah ! s'écria le coach. Juste à temps.

– Quoi… Qu'est-ce que c'est ? demanda Peño sur un ton qui trahissait clairement sa nervosité.

– Quelque chose que vous feriez bien d'attraper, répondit Rolabi. C'est dans votre intérêt à tous ! Celui qui s'en emparera deviendra beaucoup plus rapide. Mais ça ne durera pas. Et si personne n'y arrive, vous devrez faire des tours de terrain. Partez !

Ce mot eut le même effet qu'un coup de feu au départ d'une course. Rain s'élança sans même réfléchir, se dégageant de la mêlée. Il voulait tellement être le premier à l'attraper qu'il ne chercha même pas à savoir s'il en avait vraiment envie. Peu importe. Mais le globe était difficile à atteindre.

Rain tendit la main, la boule se sauva aussitôt, se mouvant dans un brouillard. Elle passa entre les joueurs, dansant de l'un à l'autre, impertinente. Plusieurs fois, Rain crut l'avoir, mais le globe continuait à lui échapper, à quelques millimètres à peine de ses doigts. Les garçons se rentraient dedans, Vin se tordit la cheville. Malgré les cris d'avertissement, personne n'arrivait à l'attraper.

Le globe se réfugia enfin tout près de Kallo. La tigresse bondit et l'avala en une bouchée.

– Un vrai défenseur, commenta Rolabi, admiratif. Allez boire. Ensuite, vous ferez des tours de terrain et des lancers francs.

Un grondement collectif retentit et ils partirent tous vers les bancs. Big John les rejoignit. Rain ne participa pas aux conversations, trop occupé à penser au globe. À la voix étouffée. *Qu'est-ce que tu cherches ?*

Il avait déjà entendu cette question le premier jour. Elle semblait idiote.

Ce qu'il cherchait, c'était évident. Et qui il cherchait aussi.

Il sentit un effluve d'après-rasage dans un souffle de fumée et inspira profondément. Un souvenir, bien sûr, mais il s'en emplit les poumons. Ce n'était pas agréable, mais l'odeur voulait dire qu'il était là. Une odeur si familière, si présente dans sa vie, une odeur qui le réveillait et l'animait.

Combien pèse le passé ?

Rain regarda Rolabi et se détourna. Il ne comprenait rien. Comment aurait-il pu ?

Ils entamèrent leur course et de nouveau le sol changea à chaque tour de terrain. Des collines s'élevèrent et des trous se creusèrent. De nouveau, personne n'arriva à mettre la balle dans le panier, pas plus Rain que les autres. Cette fois aucune voix ne l'en empêcha, bien qu'il l'attendît et fût incapable de se concentrer. Une heure passa. Prenant pitié d'eux sûrement, Rolabi leur fit observer la marguerite pendant une demi-heure. Ils en profitèrent pour boire avant de se remettre à courir. Twig marqua enfin et ils se plièrent tous en deux.

– C'est un début, commenta Rolabi en tapotant Kallo sur la tête.

– Un début ? répéta Lab, outré. J'en peux plus, moi !

– Demain nous travaillerons la défense collective, déclara Rolabi. Reposez-vous bien d'ici là.

Il prit sa mallette et se dirigea vers la sortie, Kallo à ses côtés.

– Vous… vous partez avec le tigre ? bredouilla Peño.

Les portes s'ouvrirent et Rolabi et le félin sortirent dans la lumière du jour.

– Il devrait apprendre à dire au revoir, quand même, pesta Peño.

Rain se traîna jusqu'au banc, à peine capable de soulever les pieds. Toute l'équipe s'écroula. Le banc se tordit mais résista.

– On s'est entraînés avec un tigre aujourd'hui, fit remarquer Peño sur un ton monocorde, le regard dans le vide.

Un des garçons se mit à rire et, très vite, toute l'équipe était hilare. Rain ne put se retenir, lui non plus. Leur entraînement était si ridicule et si invraisemblable que le rire lui semblait être la seule réaction envisageable.

– Un petit rap, Peño ? demanda Jérôme, essuyant les larmes qui avaient dévalé ses joues.

Peño réfléchit un instant et commença à bouger à un rythme intérieur.

On est venus jouer à la balle
Mais là, c'est clair, on cale
Notre coach, il est fou
Il sait pas qu'on est des mous
Après même pas deux tours
Big John est cuit comme un petit-four
Des tigres nous apprennent la défense
Twig, il aura jamais aucune chance
Et malgré tout ça
Peño assure, c'est lui le roi.

Il ponctua son petit freestyle en levant un doit vers les vieux fanions.

– Tu devrais p'têt arrêter de regarder les anciennes victoires de l'équipe et te mettre à en ajouter de nouvelles, suggéra Lab.

– C'est pour cette année, mec, déclara Peño. On n'a qu'à demander à Rolabi de mettre des bâtons dans les roues de nos adversaires.

Pas bête, songea Rain. Une partie de lui se demandait encore si les phénomènes étranges qui se produisaient étaient l'œuvre de Rolabi seul. Il en était responsable aussi, c'était certain, mais Rain restait perplexe ;

après tout, Rain voyait ce qu'il voulait : la maison avec jardin, son père… Comment Rolabi pouvait-il connaître tout cela ?

Rain leva à son tour la tête vers les fanions. Il regarda les dates et les équipes de l'époque et se revit assis là avec son père, son gros bras autour de ses épaules.

« On m'a pas donné ma chance, lui avait-il toujours répété. Mais toi, fiston, tu accrocheras un nouveau fanion au plafond. Je le sais. »

Fiston. Ce mot lui manquait. Son sens, la sécurité qu'il procurait.

Rain sentit un poids sur ses épaules. Puis de nouveau le parfum de l'après-rasage et de la fumée. Il voulut se pencher vers le torse puissant, recevoir sur son front le baiser réconfortant. Il faillit tomber, mais se rattrapa de justesse en posant une main sur le banc. L'odeur disparut. L'ombre n'était déjà plus là.

Il n'avait plus son père pour s'occuper de lui. Il ne lui restait que des promesses brisées. Des larmes chaudes lui inondèrent les joues sans qu'il s'y attende. Il ne fallait pas que les autres le voient dans cet état. Il était censé être le pilier de l'équipe.

Il s'essuya rapidement le visage avec le bras et partit vers les vestiaires.

Un garçon l'attendait dans le miroir, et ils devaient s'encourager mutuellement à devenir plus forts.

⑤ DÉFENDRE

Un champion est pareil à la marée :
contrôle, puissance et, avant tout, régularité.

✧ SAGICIEN – PROVERBE N° 41 ✧

Le lendemain matin, un château était érigé au milieu du gymnase. Rain venait de franchir les portes, persuadé qu'il était prêt à toutes les excentricités que Rolabi leur réservait… Mais il ne s'attendait clairement pas à ça.

Sur une base carrée, les murs en pierres grises semblaient ravagés par des années d'intempéries. Quatre rampes en retrait et protégées de l'extérieur grimpaient jusqu'au premier étage, et de là, une dernière conduisait tout en haut. Au sommet de la structure pyramidale trônait un immense trophée en granite et or gravé de tous les côtés.

Les genoux de Rain flageolèrent. Il le reconnut tout de suite.

Il devait faire près d'un mètre de hauteur et était décoré d'un ballon doré qui brillait même dans la lumière grise des néons. Le trophée de la ligue junior. Le remporter vous garantissait la célébrité, l'argent des sponsors, l'université. *L'espoir*. En quatre-vingt-douze ans de championnat junior, aucune équipe de Bottom ne l'avait jamais gagné. Et maintenant, il était là dans leur gymnase vétuste, perché sur un château !

Rain se retint de se pincer. Personne sur le banc, personne dans tout le gymnase. Il lança un regard à la vision, une main sur la poignée de la porte, prêt à déguerpir.

– C'est quoi pour toi le basket, Rain ?

Rolabi se tenait à côté des portes, aussi élégant qu'à son habitude : costume pimpant, chaussures cirées et visage frais et reposé. Ce n'était manifestement pas lui qui avait construit ce château. Même sa coiffure restait parfaitement à sa place depuis cinq jours, pas un cheveu n'avait bougé. Soit il était particulièrement soigneux, soit il ne se changeait jamais, pas plus qu'il ne se douchait, dormait ou vivait en dehors de ce gymnase.

– Ils sont où, les autres ? grommela Rain.

Les yeux rivés sur la forteresse, Rolabi ne réagit pas.

Rain se rappela que le professeur attendait lui-même une réponse. Il réfléchit un instant à la question qu'il lui avait posée en contemplant le trophée et en se retenant de monter le caresser. D'aussi loin que remontaient ses souvenirs, il avait toujours rêvé de le faire.

– C'est une chance, finit-il par dire.

– De quoi ?

– D'accéder à plus, bien sûr.

– Ah. *Plus*. Et qu'est-ce qui se passera quand tu auras tout ?

– Pardon ?

– Si tu remportais le trophée là-haut ? Et le championnat de Dren ? Si tu devenais une vedette du basket et même le plus grand joueur de tous les temps ? Si tu sortais ta famille de Bottom comme tu cherches si désespérément à le faire ? Si tu la réunissais ? Si tu la sauvais d'elle-même ? Si tout dans ta vie était parfait ? Qu'est-ce que le basket représenterait pour toi ?

– Qu'est-ce que vous savez sur ma famille ? murmura Rain.

– Qu'est-ce qu'il représenterait ? insista Rolabi.

Rain fronça les sourcils. Il n'y avait jamais réfléchi. Il y avait toujours plus. N'est-ce pas ?

– Euh… je… sais pas. Je m'en préoccuperai une fois que j'aurai atteint mes objectifs.

– Et comment les atteindras-tu ?

– En étant le meilleur.

C'était la réponse évidente, il n'avait pas eu besoin de beaucoup chercher. C'est ce qu'il voulait depuis qu'il avait appris à marcher.

– Je vois, ponctua Rolabi.

Rain sentit qu'il avait déçu le professeur, mais il ne comprit pas pourquoi.

– Où est l'équipe ? demanda-t-il de nouveau.

Rolabi souleva un de ses sourcils poivre et sel.

– Ils se préparent.

Quand il se tourna, Rain vit en effet que la plupart des joueurs étaient déjà là, assis sur le banc ou en train de s'étirer ou de s'échauffer. Peño dribblait tout au bout du terrain, fixant Rain d'un regard intrigué.

– Qui êtes-vous ? demanda Rain au professeur. Réellement ?

– Je suis Rolabi Sagicien.

– Comment faites-vous tout ça ?

– Comme toi, répondit Rolabi, un petit sourire aux lèvres.

Rain secoua la tête et courut vers le banc. Vin se jeta tout de suite sur lui pour l'interroger.

– Vous vous disiez quoi ? murmura-t-il.

– Aucune idée.

Vin gloussa.

– Tu m'étonnes. Il m'a parlé à moi aussi. Je… euh… Qui sait…

Rain examina une nouvelle fois l'étrange structure au milieu du terrain. Elle devait faire près de dix mètres de haut. Le trophée doré frôlait les poutres. Ce château pesait sûrement plusieurs tonnes, étonnant que le parquet ait résisté.

– Il vous a dit quelque chose… sur ça ? s'enquit Rain.

– Non, répondit Vin. Parce que c'est normal qu'un château pousse dans un gymnase.

En riant, Rain mit ses chaussures.

– J'ai parlé à ma mama du tigre.

– Et ?

– Elle m'a dit de faire confiance à Rolabi.

– Tout le monde a perdu la tête, commenta Vin, sidéré.

– Je sais pas, répliqua Rain. C'est peut-être nous.

L'équipe se rassembla devant le château. Maintenant qu'il était tout près, Rain remarqua que, contrairement à ce qu'il avait cru, il n'était pas fait en pierre, mais en une sorte de caoutchouc lisse, pareil à un pneu.

– Aujourd'hui, nous allons travailler la défense collective, annonça Rolabi.

– Comme… les défenses de zone ? interrogea Peño en contemplant la forteresse.

– Chaque chose en son temps. Tout d'abord, vous devrez apprendre les bases.

– Piller un château, par exemple ? plaisanta Peño en passant une main sur le mur.

Sans tenir compte de sa remarque, Rolabi déversa de sa mallette une cascade multicolore, et Rain entendit un cri de protestation venir de l'intérieur.

Les objets continuaient à tomber. Tout d'abord des casques de boxe rembourrés, bleus et rouges. Puis de gros boucliers de frappe en mousse qui se déplièrent en touchant le sol. Ils avaient la taille d'un pupitre et deux épaisses sangles fixées sur l'arrière. Quand il eut vidé sa mallette en une grande pile, Rolabi la referma et la posa à côté de lui, étouffant un dernier couinement agacé. Personne ne bougea, alors Rolabi leur montra le tas.

– Prenez chacun un casque et un bouclier. Serrez bien les casques.

Rain enfila un casque bleu, parfaitement ajusté à sa tête. Il s'empara ensuite d'un bouclier de la même couleur, bien plus lourd qu'il ne paraissait et aussi ferme que son matelas. On aurait dit un bloc de béton. Les autres s'équipèrent également, cinq en bleu, cinq en rouge. Rain examina les joueurs de son équipe : Peño, Big John, Twig et Jérôme. Les plus petits, ce qui était certainement un handicap vu la taille des boucliers et des casques.

– C'est simple, commença Rolabi, la main tendue vers la forteresse qui les dominait. Une équipe attaquera le château tandis que l'autre le défendra. Celle qui récupère le trophée le plus rapidement gagne. Les perdants feront des tours de terrain pendant que les vainqueurs s'entraîneront aux tirs.

– Comment est-ce que vous avez eu le trophée du championnat national ? l'interrogea Peño.

– Je l'ai emprunté, répondit Rolabi. Les bleus en défense.

Rain examina le château. Il devait le défendre. Pas compliqué. Il guida son équipe, cherchant à élaborer une stratégie.

Les murs étaient trop hauts et lisses pour être escaladés. Le seul moyen d'arriver au sommet était d'emprunter les rampes. Elles avaient un peu moins d'un mètre de largeur, comme leur bouclier de frappe. Par conséquent il suffisait d'un joueur pour en interdire l'accès. C'était relativement simple. Ses coéquipiers se réunirent autour de lui.

– On va devoir bloquer les quatre rampes inférieures, commença Rain. Un joueur se poste à l'entrée de chacune et deux, là où nos adversaires décideront de venir en force. Big John, occupe-toi de Devon, si tu peux. Les autres, vous vous mettez sur une seule rampe. Moi, je joue la sécurité et je viens en renfort.

– Et s'ils échangent et que je me retrouve contre Devon ? demanda Peño.

– Il faut communiquer, répondit Rain. Si quelqu'un arrive à passer, tu nous le cries tout de suite. Compris ?

Ils hochèrent la tête.

– J'ai aucune envie de refaire des tours de terrain pendant deux heures. Faut qu'on gagne, affirma Rain.

– On va se les faire, les gars ! s'exclama Peño.

Ils se séparèrent pour se ruer vers les rampes. Rain suivit Peño. C'était le plus petit, la cible idéale pour une attaque à deux contre un. De là, il verrait comment les rouges s'organisent. Devon avançait en roulant ses puissantes épaules. Rain savait que ce ne serait pas évident de l'arrêter, même pour Big John.

Inquiet, Rain inspecta son équipe. Son plan de placer un défenseur pour arrêter un attaquant était voué à l'échec. Les attaquants pouvaient ainsi choisir leur cible. La défense ne réussirait jamais à se déplacer à temps. Il chassa cette idée de son esprit. Il faudrait juste qu'il soit rapide et il en était capable. Il pouvait gagner ce jeu tout seul.

– Ça va être la folie, grommela Peño. Mais c'est génial.

– Exact, murmura Rain. On défend un château.

– Avec des armures, ça aurait été le top.

– Commencez !

Rolabi n'avait pas eu besoin de crier pour que sa voix résonne dans tout le gymnase. Aussitôt, une tranchée profonde se creusa autour du château. De l'eau s'infiltra entre les lattes du parquet pour former des douves vertes et marron d'algues et de sédiments. Au-dessus de la fosse, quatre ponts étroits apparurent, chacun menant à une rampe.

Le château changea également : ses murs se transformèrent en pierres, et des drapeaux bleus s'agitèrent aux quatre coins. Rain sentit ses vêtements tout à coup plus lourds. Il portait la tenue des chevaliers des livres d'histoire : armure en acier avec une bordure bleu foncé sur les épaules et le col, et bouclier en vieux cuir.

– Peño… murmura-t-il.

– Ouais, j'ai vu… Il fallait vraiment que j'ouvre ma grande bouche.

– Chargez ! hurla Lab, le bras pointé devant lui telle une épée, et l'équipe rouge se lança à l'assaut de la forteresse.

Ils étaient également en armure, mais à bordure cramoisie.

Leurs bottes claquaient sur le parquet. Ils formaient une phalange qui se divisa aussitôt. Vin se ruait sur Peño et Rain avec un hurlement de guerre. Rain vit Reggie et Lab courir vers un pont de l'autre côté. Ils faisaient exactement ce qu'il avait prévu : ils se mettaient à deux pour déborder un défenseur. Le plus faible. *Twig*. Rain devait faire vite.

– À l'aide ! hurla le garçon, confirmant l'intuition de Rain.

– Bonne chance, lança Rain à Peño au moment où Vin le percuta de toutes ses forces.

Il accourut vers le premier niveau. Son armure était lourde mais pas insupportable. Il put facilement glisser sur la rampe où Twig résistait tant bien que mal à l'assaut conjoint de Reggie et Lab. Rain profita de son élan pour tous les pousser en bas de la rampe. Reggie se dépêcha de repartir vers les douves pour attaquer une autre issue.

Le plan de Rain fonctionnait à la perfection.

– Continue à pousser, Twig ! lança-t-il.

Il remonta la rampe, contournant le château pour voir où Reggie allait émerger. Big John et Peño étaient respectivement en plein combat avec A-Wall et Vin. Ils tenaient bon, mais Rain vit Jérôme qui remontait sa rampe à toute vitesse. Aux prises avec le puissant Devon, il n'était manifestement pas de taille. Rain hésita. Il n'avait toujours pas repéré Reggie.

– J'ai besoin d'aide ! appela Jérôme en regardant par-dessus son épaule.

Rain n'avait plus le choix. Devon n'allait plus tarder à passer. Rain plongea sur la rampe pour arrêter sa progression régulière. Même à deux et malgré la pente, ils étaient à force égale. Devon avait une puissance incroyable et continuait son ascension avec une régularité déconcertante.

– Pourquoi tu fais pas ça sur le terrain ? demanda Rain, mais Devon l'ignora et poussa de plus belle.

– Deux contre moi ! cria Peño. Je vais pas tenir !

– Rain ! appela Jérôme à bout de souffle. J'ai besoin de toi…

Encore une fois, Rain n'avait pas le choix. Il devait aller aider Peño contre ses deux adversaires.

Rain partit vers la rampe de Peño. Il n'eut pas à aller loin, Vin et Reggie étaient déjà presque en haut et les pieds de Peño glissaient comme sur de la glace. Rain fonça sur lui, écrasant le meneur contre ses adversaires pour les faire redescendre.

– Plus fort ! cria Rain.

– A-Wall vient de partir ! avertit Big John.

– Lab aussi ! ajouta Twig.

Reggie leva les yeux en souriant.

– Les gars… lâcha Jérôme, à bout de forces.

Rain entendit un gros *boum* et rebroussa chemin à temps pour voir Devon, A-Wall et Lab passer au-dessus de Jérôme, allongé sur le dos. Les trois rouges fonçaient vers la dernière rampe. Et il ne restait que Rain pour les arrêter. Devon prit la tête de l'assaut.

– Aidez-moi ! hurla Rain.

Il tenta de les bloquer. Les pieds plantés au sol, il souleva son bouclier et ferma les yeux. Il savait à quoi s'attendre. Devon se précipitait sur lui. C'était comme être frappé de plein fouet par une locomotive.

L'impact le propulsa dans les airs et il cogna le mur en pierre avant de s'écrouler. Les rouges grimpèrent la rampe et Devon brandit le trophée sous les applaudissements de ses coéquipiers. Rain se releva lentement, silencieux et abattu.

– Vous en faites pas, lâcha Rain à ses partenaires. On les battra au temps.

La voix de Rolabi retentit alors, couvrant les exclamations de joie des rouges.

– Une minute et quarante-sept secondes. Aux bleus d'attaquer dans deux minutes !

– Allons-y, acquiesça Rain.

Il fit traverser les douves à son équipe, essayant de comprendre comment ils avaient été vaincus aussi rapidement.

– C'était dur, commenta Big John.

– Ce sera pareil pour eux, le rassura Rain. Nous aussi, on peut la jouer sournois.

Il jeta un regard au château. Des drapeaux désormais rouges s'agitaient malgré l'absence de vent. Les bleus se rassemblèrent et de nouveau Rain leur présenta son plan.

Ce qu'il avait compris, c'était que les attaquants choisissaient. C'était un jeu offensif.

– Bon, on a l'avantage. On a vu comment ça marchait. On décide qui on vise, pour avoir directement l'ascendant. Big John et moi, on prend Vin, c'est une cible facile. Twig, Jérôme et Peño, vous faites semblant de vous séparer, pour foncer tous les trois sur Reggie, sauf s'il est avec quelqu'un. Essayez d'éviter Devon, A-Wall et Lab. On va attaquer leurs maillons faibles et récupérer le trophée.

– On l'aura en trente secondes, confirma Peño en riant.

– Et s'ils renforcent les deux entrées qu'on veut attaquer ? demanda Jérôme.

– Alors ça veut dire qu'une troisième est libre ! répondit Rain. Ce jeu est un piège. C'est impossible de défendre le trophée.

Ils se séparèrent pour se placer en ligne, attendant que les rouges se positionnent. Aucun joueur n'apparut à l'entrée des rampes. Ils essayaient sûrement encore d'organiser leur défense. Rain les comprenait. Comment protéger quatre rampes quand l'adversaire avait toute la visibilité d'attaquer en conséquence ?

Rolabi nous montre que l'attaque mène le jeu, songea Rain.

Il était du même avis.

– Commencez !

– Ils ne sont pas encore placés ! cria Rain. Suivez-moi !

Les bleus chargèrent et Rain souriait à pleines dents en remontant la première rampe sans trouver aucune opposition. La victoire serait presque trop facile. Il tourna vers la dernière rampe, prêt à prendre le trophée dans ses mains, mais s'arrêta net en voyant Devon qui les attendait. Le reste de l'équipe se rangea derrière Rain.

– Mais… lâcha Peño.

Devon se tenait au pied de la dernière rampe. Tous les rouges étaient alignés derrière lui, leurs boucliers appuyés les uns sur les autres pour former une chaîne infranchissable. Ils faisaient corps pour interdire l'accès au trophée. Rain n'avait rien vu venir.

Mais il ne se déclara pas vaincu.

– Poussez ! ordonna-t-il.

Son équipe percuta Devon et, même si les rouges reculèrent d'abord, leur progression fut stoppée presque immédiatement. Rain faisait pression de toutes ses forces, mais grâce à Devon et aux autres rouges, les attaquants ne bougeaient pas d'un pouce. Rain sentait les muscles de ses jambes brûler. Tout son corps tremblait. Il serrait les dents au point de se faire mal à la mâchoire. Et pourtant, il continuait.

– Ça sert à rien ! protesta Big John.

– Poussez plus fort ! insista Rain.

Il cogna son épaule dans le bouclier, mais la défense était aussi solide que la forteresse elle-même.

– Ça suffit, renonça Big John. On a perdu.

– Non ! Plus fort !

– Mes jambes… se lamenta Peño.

– Plus fort ! cria Rain.

Il poussait encore et encore. Son corps le torturait. Peu importe.

Après une minute infinie, Devon et ses coéquipiers se mirent à pousser à leur tour. Les bleus tombèrent en arrière dans un enchevêtrement de jambes et de bras. Des cris de colère fusèrent dans tous les sens. Rain gisait au sol, furieux et humilié.

– Le temps a été dépassé. La victoire aux rouges.

Ces derniers poussèrent des cris de joie et brandirent une nouvelle fois le trophée. Les drapeaux disparurent et le château reprit sa texture de caoutchouc noir. L'armure chatoyante de Rain n'était plus qu'une tenue de basket en polyester : un short d'occasion et l'ancien maillot de son père. Tous les deux usés et dévorés par les mites. Un rappel de sa situation.

Rain regardait toujours vers le haut. Il était toujours en bas.

– Les rouges peuvent prendre des balles et s'entraîner aux tirs, annonça Rolabi. Les bleus, tours de terrain.

Rain se releva, évitant de croiser le regard de ses camarades. Ses stratégies avaient échoué. Depuis quelque temps, il ne réussissait rien.

Un leader ne pouvait pas perdre contre ses propres coéquipiers, il devait être le meilleur joueur. Il devait tout contrôler. Il devait être au-dessus des autres. Et maintenant, bien loin derrière, il regardait ses adversaires soulever le trophée de la victoire.

Découragés, les bleus descendirent la rampe sans leur casque et se mirent à courir. Après plus d'une heure, Twig réussit enfin un panier. Rain était déjà complètement trempé de sueur et exaspéré. Il avait insisté pour faire trois tirs… tous ratés.

C'est Twig qui avait mis fin à leur calvaire. *Twig.*

Rain n'y comprenait plus rien.

Il s'écroula sur le banc et but goulûment. Voir les rouges s'entraîner avait rendu les tours de terrain encore plus insupportables. Quelle perte de temps et de talent ! Quelle blague cruelle. Décomposé, il essuya la sueur qui coulait dans ses yeux.

– Quel était le sens de cet exercice ? demanda Rolabi.

Les deux équipes se rassemblèrent sur les bancs. Les rouges avaient encore l'air très contents d'eux. Rain leur décocha un regard mauvais. C'est lui qui aurait dû brandir le trophée. Ce n'était pas son plan, le problème, mais ses coéquipiers. Ils n'avaient pas poussé assez fort. Ils avaient abandonné.

– Nous apprendre la défense collective, grommela Peño.

– Oui. Les rouges ont joué en équipe, confirma Rolabi. Pas les bleus.

Rain se leva, offusqué.

– Et alors ? Vous voulez qu'on se déplace en paquet sur le terrain ?

– Je veux que vous jouiez comme une unité, corrigea Rolabi. Qu'est-ce que vous protégez en défense ?

– Le panier, répondit tout de suite Reggie.

Rolabi hocha la tête et se dirigea vers la forteresse, ses chaussures crissant sur le parquet.

– L'équipe bleue a essayé de protéger tout le terrain. La défense collective consiste à travailler ensemble. Vous devez vous transformer en tigres. Vous devez être rapides et forts et avoir des réflexes. C'est comme ça qu'on arrête l'adversaire. Mais si vous ne travaillez pas avec les autres pour protéger le panier, votre adversaire marquera tout de même. Le panier est le trophée. Protégez-le.

Rolabi attrapa un petit bouchon noir sur la paroi du château et tira dessus. De l'air froid s'échappa de la forteresse si violemment que Rain en sentit le souffle sur son visage, alors qu'il se trouvait à plusieurs mètres. Toute la structure se dégonfla. Après quelques secondes, elle fut à peine plus grosse qu'un ballon de basket. Rolabi la rangea dans sa mallette.

– Qu'est-ce qu'un défenseur doit faire en permanence ? demanda Rolabi.

– Se tenir prêt, répondit Reggie.

Rolabi hocha la tête.

Rain se tourna vers son coéquipier. Pourquoi est-ce qu'il prenait les commandes maintenant, lui ? Le *remplaçant* de Rain.

Il manquait un leader, il en faut bien un.

C'est moi, le leader ! songea Rain.

Ah oui ?

– Et ça vaut pour toute l'équipe, conclut Rolabi en partant vers la sortie. Si vous n'êtes pas prêts, vous perdez votre temps.

– C'est terminé pour aujourd'hui ? demanda Peño.

– Ça dépend de vous.

Les portes s'ouvrirent, poussées par une bourrasque froide, et déjà le professeur avait disparu.

– Qu'est-ce que ça veut dire ? demanda Jérôme.

– Qu'on peut rester, répondit Rain. On a des ballons.

Il n'avait même pas encore touché la balle de tout l'entraînement.

– On se fait un match ?

– Regardez ! lança Lab en tendant un doigt tremblant.

Ils se tournèrent aussitôt. Le globe flottait au centre du terrain. Comme la veille, il semblait suspendu dans les airs. La température baissa. La boule se transforma en un ovale parfait.

Rain vit quelque chose dedans. Un visage. Le sien ?

Qu'est-ce que tu regardes ?

– On fait quoi ? demanda Peño tout bas.

– Rolabi a dit qu'on devait l'attraper, suggéra A-Wall, pas particulièrement convaincu. Il a dit que ça nous rendrait plus rapides.

Aussitôt, Twig se précipita sur le globe, sans pouvoir l'attraper. Toute l'équipe tenta de s'en emparer en agitant les mains et en criant. Rain plongea tête la première et atterrit par terre. À côté de lui, Lab et Peño se percutèrent.

– Tu peux pas faire attention ? gronda Lab.

– Et toi, alors ?

Le globe tourna autour d'eux pendant dix minutes. Il les narguait et leur donnait la nausée. Ensuite, il fusa à la vitesse d'un boulet de canon vers un mur et disparut. Rain se frotta la hanche droite en pestant. Il avait sûrement déjà un bleu. Il retourna sur le banc en boîtant.

– Toujours partant pour un match ? lui demanda Peño.

Furieux, Rain s'assit. Tous ses échecs commençaient à lui miner le moral.

– Non, je veux juste m'en aller.

– Ça va ? demanda Jérôme à Big John venu s'asseoir sur le banc pour se masser la cheville.

– Je me suis foulé la cheville en courant derrière cette boule débile.

– On va faire quoi, demain, selon vous ? interrogea Jérôme. Un petit voyage dans l'espace ?

– Aucune idée, répondit Rain. Aujourd'hui, c'était le comble. Grave inutile !

– Sérieux ? s'étonna Reggie. Pourquoi tu dis ça ?

– Parce qu'il a perdu, répondit A-Wall en souriant.

Son rictus satisfait enragea Rain. Est-ce qu'ils avaient tous oublié qu'il était la vedette de l'équipe ? C'était facile, selon eux ? Il faisait les plus gros tirs, tout le monde comptait sur lui, tout dépendait de lui. Il sentit soudain la pression monter.

Il était encore plus en colère.

– Qu'est-ce que ça peut faire ? hurla-t-il. C'était même pas du basket !

– Bien sûr que si ! répondit Reggie. C'était la base. Défendre comme il faut. Comme une équipe.

– C'était un jeu débile. La défense, c'est arrêter la balle. Et tu gagnes en marquant des paniers.

Rain rangea ses chaussures dans son sac et se leva pour regarder Reggie de haut.

– Et c'est en général moi qui marque. Et on est pas près de gagner si j'améliore pas mes tirs. C'est une grosse année pour moi.

– Tu veux dire pour *nous*, corrigea Lab tranquillement.

– Ouais, Rain Adams et les West Bottom Badgers, répliqua Rain.

Puis il balança son sac sur l'épaule.

Il sortit en trombe du gymnase, laissant les portes claquer derrière lui. À mi-chemin sur le parking, il éprouva des remords. Mais il ne pouvait pas faire marche arrière et s'excuser. Ils étaient à Bottom, pas de magie, pas d'excuses, pas de pardon. Seuls les durs survivaient.

Il se rappela qui le lui avait dit et les larmes coulèrent enfin sur ses joues.

✧ 6 ✧

LA DEUXIÈME VUE

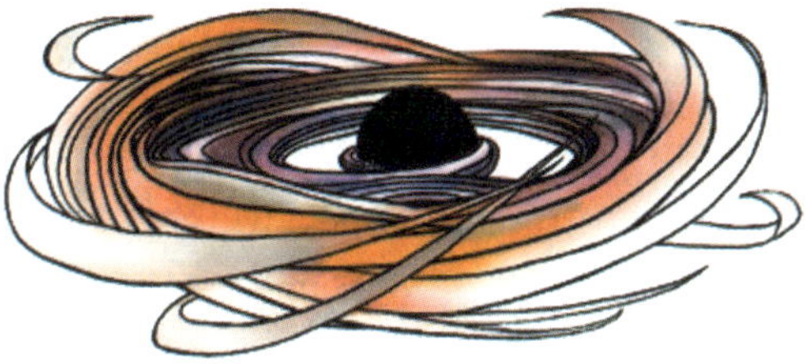

Le loup solitaire s'affame et se perd.

✧ SAGICIEN - PROVERBE N° 34 ✧

La nuit avait été longue. Rain avait regardé de vieilles photos de famille et avait fait tourner son ballon sur son index. Pour la millième fois, il regretta de ne pas avoir d'ordinateur, de téléphone portable ou de télé. Il ne s'était jamais senti aussi seul. Il pensait tout le temps à ce qu'il avait dit. C'était dur, mais c'était la réalité. S'ils ne pouvaient pas la voir, il n'y pouvait rien.

Sur le chemin vers Fairwood, Rain se demanda ce que ses coéquipiers disaient de lui. Le traitaient-ils d'égoïste ? D'arrogant ? Quelle importance ? Ils ne savaient pas ce que ça faisait d'avoir autant de responsabilités. Sa famille attendait de lui qu'il les sorte de Bottom. Qu'il les réunisse. Comment ses coéquipiers pouvaient-ils comprendre le poids qu'il portait sur ses épaules ? Ils n'avaient jamais vu Larry regarder en douce des photos de leur père, ils n'avaient pas vu sa mama travailler comme une forcenée pour payer les factures, tout en s'occupant seule de ses enfants. Ils n'avaient pas vu son père partir parce que rien n'était assez bien ici. Rain approcha de l'entrée du gymnase en maugréant.

Il n'avait pas besoin des autres. La solitude lui allait très bien, c'était même la clé du succès.

Il agrippa les portes, mais s'arrêta. Elles venaient d'être repeintes… en vert émeraude. Il les tira sans qu'elles grincent. Elles s'ouvraient tranquillement sur des charnières toutes neuves. Et le gymnase était plein.

La scène était presque floue sur les bords, comme sur une photo mouillée par la pluie. Les gradins étaient remplis et un match était en cours. Les joueurs étaient différents. Cheveux plus longs, shorts plus courts. Fairwood était plus propre, plus neuf. Rain ne vit pas son fanion préféré parmi les autres.

Il entra, les yeux rivés sur le terrain, et il s'assit au milieu des spectateurs. Personne ne semblait le remarquer. Après un moment, il comprit qu'il s'agissait des Braves, une ancienne équipe des West Bottom. Celle de son fanion préféré. Celle de son père.

Un garçon se démarquait clairement du reste des joueurs.

C'était la star de l'équipe. Il se déplaçait sur le terrain avec détermination, toujours un coup d'avance sur les autres, le regard en alerte. Passes nettes. Prises serrées. Il enchaînait les tirs. Après le troisième panier de suite, il se tourna vers la foule, le poing levé. Ses yeux…

– Papa ? murmura Rain.

Le garçon retourna parmi ses coéquipiers. Rain se leva, ému de voir son père dominer. Il était incroyable.

Rain ne tenait plus. Il descendit sur le terrain pour attraper son père, mais sa main passa à travers son épaule. Les traits du garçon se brouillèrent en même temps que toute la scène. Rain s'enfonça dans la brume pour retrouver ce visage familier.

– Papa !

Mais tout s'était évanoui. Assis sur les bancs, les Badgers actuels semblaient ne même pas le voir.

Rain chercha une dernière fois. Pourquoi avait-il vu ce match ? C'était vraiment comme ça que son père jouait ? Il était formidable. Comme Rain. Même peut-être meilleur. Il n'avait jamais dit à son fils qu'il était aussi bon. Pourquoi ? Et s'il était vraiment aussi bon, pourquoi n'était-il pas allé plus loin ?

Rain s'assit sur un banc à l'écart pour la première fois de sa vie. La planche trembla sous son poids et faillit basculer. Twig le salua d'un hochement de tête, et les autres murmurèrent quelques commentaires.

– Regardez qui est là ! lança l'un d'eux.

Rain leur adressa un regard noir et, en silence, il mit ses chaussures. Qu'ils disent ce qu'ils voulaient, c'était lui la star du groupe, tout le monde le savait. Rain sortit la balle de son sac. La lettre froissée était dessous et, sans savoir pourquoi, il fut tenté de la relire après plusieurs semaines sans l'avoir dépliée. Mais pas ici, pas devant les autres. Il la laissa au fond de son sac.

– Comment tu vas aujourd'hui ? lui demanda brusquement Twig.

Rain le regarda, étonné.

– Ça va. Et toi ?

– Un peu nerveux, je crois. Je sais pas à quoi m'attendre.

– Ouais, c'est de la folie, hein ? confirma Rain. Depuis quand tu parles, toi ?

– J'ai toujours parlé, répondit Twig sur la défensive. Mais personne m'écoute, c'est tout.

Rain réfléchit à sa remarque. Est-ce qu'ils l'avaient vraiment laissé se mêler à leurs conversations ? Est-ce qu'ils l'avaient interrogé sur sa vie en dehors du gymnase ? Rain ne trouvait pas un seul exemple… et Twig avait joué avec eux une année entière déjà.

– Pourquoi tu m'évites pas comme le reste de l'équipe ? l'interrogea Rain.

Twig esquissa un petit sourire en s'étirant les jambes.

– Je pense pas qu'ils t'évitent. T'étais énervé, hier. C'est pas grave, ça nous arrive à tous. À moi aussi… souvent.

– Je leur ai quand même dit que sans moi il y avait pas d'équipe, lui rappela Rain.

Twig haussa les épaules et prit son ballon.

– Ben c'est normal, c'est ce qu'on a pas arrêté de te répéter.

Il partit vers le terrain. Rain le suivit en pensant à sa mama et à Freddy. Twig avait raison : ils le lui disaient tout le temps. Sa mère, au moins trois fois par jour. Mais Rain n'avait jamais mis en doute leur parole. Il croyait tout ce qu'ils lui disaient. Il pensait qu'il était spécial.

Est-ce que papa le pensait, lui aussi ? se demanda-t-il.

– Approchez tous, lança une voix grave. Posez vos ballons.

Au milieu du terrain, Rolabi consultait sa montre à gousset.

Rain et Twig rejoignirent rapidement les autres. A-Wall et Lab évitaient clairement de croiser le regard de Rain, alors il fit pareil. Le malaise était évident.

– Aujourd'hui nous allons travailler l'attaque, annonça Rolabi.

– Enfin, murmura Rain.

– Nous commencerons par les passes, continua le coach. La base de toute attaque. Qu'est-ce que tous les grands passeurs ont en commun ?

Rain ne dit rien. Les passes, ce n'était pas son point fort.

Pourquoi passer la balle quand c'est toi qui marques ?

– La vision, répondit Peño.

– Très bien. Un bon passeur doit être rapide, agile et audacieux. Mais avant tout, il doit avoir une vision parfaite. Voir ce qui est et anticiper ce qui viendra. Il doit avoir une vision globale du terrain.

Lab fronça les sourcils.

– On doit s'entraîner… à voir plus ?

– Exactement. Et le mieux pour commencer, c'est de ne rien voir du tout.

La lumière clignota. Pas seulement les néons, mais aussi les rayons du soleil qui filtraient par les fissures autour des portes. Il faisait si noir désormais que Rain ne voyait même plus le bout de son nez.

– C'est pas cool, ronchonna A-Wall.

– Eh, fais attention ! hurla Peño. C'est mon orteil !

Rain ferma les yeux, les rouvrit. Aucune différence. Il n'avait pas peur du noir, mais l'obscurité l'enveloppait comme une présence étouffante.

Sa respiration accéléra.

– Il ne s'agit pas que de votre vision, commenta Rolabi.

Sa voix semblait encore plus autoritaire dans le noir.

– Tout ne dépend pas uniquement de notre vue. Nous pouvons entendre ce qui se passe, nous pouvons le sentir, nous pouvons le prédire. Si vous parvenez à faire tout ça, vos yeux ne sont qu'un bonus.

Des dribbles brisèrent le silence. Le rythme régulier détendit Rain : *boum, boum, boum*. Le parquet vibra sous lui et le bruit familier l'apaisa. C'était la seule berceuse qu'il aimait. Son père la lui jouait pratiquement tous les jours.

– Le jeu est simple. Les attaquants commencent à un bout du terrain et l'autre équipe attend au milieu. Les attaquants se font des passes en remontant le terrain. Ils n'ont pas le droit de dribbler, seulement des passes. S'ils arrivent de l'autre côté, ils gagnent. Les perdants feront des tours de terrain.

– Vous aimez vraiment nous faire courir, grommela Big John.

– Ne jamais sous-estimer la valeur de la sueur, répliqua Rolabi. Elle engendre les plus grands changements.

Rain essaya de se concentrer et commença à sautiller sur la pointe des pieds, sentant le sol réagir sous lui.

Il connaissait ce parquet.

– Les titulaires contre les remplaçants de l'année dernière. Les titulaires commencent. Trouvez le ballon.

Ils mirent cinq minutes à le récupérer. Penché en avant, Rain agitait les bras, sursautant chaque fois qu'il touchait un tibia ou les murs. Les titulaires parvinrent enfin à mettre la main sur le ballon et il leur fallut encore cinq autres minutes pour s'organiser sous le panier. Après avoir touché le mur, ils se tournèrent et firent un pas, tout ça en se cognant, en se rentrant dedans et en pestant.

Les deux équipes réussirent tout de même à se mettre en position.

– Bon, j'y vais ! cria Peño.

– Ici ! appela Rain en se dirigeant vers sa voix.

Il se détourna pour ne pas recevoir le ballon sur le nez, mais Peño eut la lucidité de faire une passe à terre. Rain parvint à attraper la balle au deuxième rebond. Il entendit le crissement des chaussures autour de lui qui avançaient timidement.

– À qui ? demanda Rain, le ballon contre la poitrine.

– Ici ! répondit Lab, à quelques pas seulement, selon Rain. Fais-moi la passe.

Rain fit lui aussi une passe à terre et entendit un grognement de douleur.

– Un peu plus haut, gémit Lab. Allez, on avance !

Ils progressaient lentement, mais ils finirent par arriver sur la ligne médiane. Quand les deux équipes se rejoignirent, ce fut le chaos. Les voix se mêlèrent, et Rain n'arrivait plus à entendre les rebonds. En quelques secondes seulement, ils perdirent la balle.

Ils durent de nouveau partir à sa recherche, et ce fut au tour des remplaçants d'attaquer. Ils n'atteignirent même pas le milieu du terrain avant que le ballon atterrisse dans les gradins en claquant plus fort que le tonnerre.

– Hmm, lâcha Rolabi. Changeons un peu la donne.

La balle émit alors un éclat rouge brillant, comme si un feu intérieur l'illuminait. Sans autre lumière dans le gymnase, la balle était tout ce que les joueurs pouvaient voir. Unique étoile dans le firmament. La boule cramoisie s'agita et flotta à travers le gymnase.

– C'est bizarre, commenta Peño qui rapportait la balle vers le point de départ.

Elle volait entre deux mains invisibles.

– Vous êtes prêts ? C'est parti !

– Quelqu'un me voit ? demanda A-Wall. Je suis perdu.

– T'es sérieux ? s'étonna Peño. Contente-toi de rester avec nous. Rain, t'es où ?

– Ici ! Donne !

Ils se déplaçaient plus rapidement à présent. C'était toujours compliqué de faire une passe sans voir la cible, mais au moins, grâce au rougeoiement, il était plus facile d'attraper la balle. Rain se concentrait sur les voix et le crissement des semelles, et les titulaires arrivèrent rapidement au milieu du terrain. Et alors, de nouveau, ce fut la débandade.

Quand les deux équipes se rencontrèrent, les cris devinrent un brouhaha général, les crissements ajoutant à la confusion, et Jérôme parvint à s'emparer de la balle.

– On tourne ! lança Rolabi d'une voix amusée.

Ils recommencèrent si souvent que Rain dégoulinait de transpiration, jusqu'à en avoir un goût de sel dans la bouche. Il ne voyait toujours rien, mais se sentait de plus en plus à l'aise dans le noir. À la trentième tentative au moins, il traversa la ligne des défenseurs, évitant de justesse une collision et se tourna pour recevoir la balle.

– Je suis démarqué ! Lancez-la-moi !

Un de ses coéquipiers obéit, et la balle fusa dans l'air pareille à une comète éclatante. Il la rattrapa et entendit des attaquants et des défenseurs se ruer sur lui.

La voix de Peño s'éleva au-dessus des autres :

– Ici, Rain ! Je suis démarqué… je pense !

Elle venait de plus bas sur le terrain. Devinant la direction, Rain fit un lob à une main. La balle semblait se déplacer au ralenti. Rain entendit plus de cris, de crissements et de bonds. Et soudain la balle s'arrêta à une dizaine de centimètres du sol.

– Je l'ai ! déclara Peño. À qui… ?

Les lumières s'allumèrent. Peño se tenait pile sous le panier.

– Les titulaires remportent la victoire. Pause, allez boire.

Peño, Lab, Twig et A-Wall se tapèrent dans les mains, mais Rain resta à l'écart. De toute façon, ils n'avaient sûrement aucune envie de lui parler, songea-t-il. Parfait pour lui. Il partit seul vers le banc, content d'avoir enfin remporté une victoire. Il sortit sa bouteille pour boire une grande gorgée quand Twig le rejoignit.

– C'était dingue, hein ? commenta ce dernier avant de boire si goulûment que l'eau dégoulina sur son menton.

– Ouais, mais c'était rien comparé au tigre.

– Pas faux, acquiesça Twig en riant.

Rolabi se tourna vers eux, ses immenses mains croisées dans son dos.

– Les perdants feront des tours de terrain à la fin de l'entraînement. Les gagnants décideront s'ils veulent courir avec eux.

Rain réprima un rire. Ils avaient gagné, pourquoi est-ce qu'ils s'infligeraient des tours de terrain ?

– Donc, pour résumer, en attaque, on doit apprendre à écouter, commenta Rolabi. Quoi d'autre ?

– Marquer ? hasarda Rain, espérant qu'ils pourraient enfin travailler leurs tirs.

– Oui, au bout du compte, oui. Mais plus fondamental ?

– Parler ? tenta Twig.

– Exactement. On parle en défense, mais on oublie de le faire en attaque. Twig, viens ici, s'il te plaît.

Affreusement embarrassé, le garçon posa sa bouteille et se planta à côté de l'impressionnant Rolabi. Le haut du crâne de Twig n'arrivait qu'au menton de Rolabi – et pourtant, Twig faisait un mètre quatre-vingt-quinze.

– Je voudrais que tu t'adresses à l'équipe. Le plus sincèrement possible.

– Que je leur dise quoi par exemple ? demanda Twig.

– N'importe quoi. Si vous ne pouvez pas vous montrer honnêtes les uns avec les autres, vous ne pouvez pas être une équipe.

Twig resta un instant sans voix.

– Euh… je… je trouve rien.

– Mais si. Je suis sûr que tu as plein de choses à leur dire. Prends la première qui te vient en tête.

– Mais…

– N'importe quoi.

Twig se gratta le bras, laissant des marques blanches sur sa peau foncée. Rain fronça les sourcils. Il remarqua que son camarade avait plein de traces partout sur le corps. Particulièrement sur les joues, des crevasses et des écorchures. Il n'y avait jamais réfléchi, mais à présent ça l'intriguait. Est-ce qu'il se grattait aussi les joues ? Est-ce qu'il s'était fait lui-même ces cicatrices ?

Rain chassa cette idée de son esprit. Twig allait bien, il vivait dans une belle maison avec une famille riche. C'étaient sûrement des marques de naissance, un accident.

Twig se trémoussa nerveusement.

– D'accord… euh… je me suis entraîné vraiment très dur. Vous savez, entre les deux saisons. Et j'essaie de toutes mes forces de m'améliorer. Je sais que certains d'entre vous ne voulaient pas que je revienne, mais je fais tout ce que je peux pour aider l'équipe. Je voulais que vous le sachiez, voilà.

Il se dépêcha de revenir sur le banc. Rain l'examina, repensant à la façon dont il s'était comporté avec lui. Il aurait préféré ne pas le revoir, cette saison… Aucun d'eux ne le souhaitait en fait. Et ils ne l'avaient pas caché. Et Twig, qu'est-ce qu'il avait fait pendant ce temps ? Il avait passé toutes ses vacances à s'efforcer de devenir plus fort et à améliorer son jeu pour qu'ils l'intègrent enfin. Et en le revoyant, Rain lui avait directement dit qu'il n'avait pas changé. Pas étonnant que Twig ait été bouleversé le jour de la rentrée. Rain eut froid dans le dos en se souvenant qu'il n'avait rien fait pour contrer les commentaires cruels de Big John. Il était aussi coupable que Big John et Jérôme. Rain avait essayé de se trouver des excuses, mais maintenant il regardait les cicatrices, intrigué et honteux.

– Jérôme, appela Rolabi.

Tous les joueurs passèrent à tour de rôle. Certains dirent des évidences, d'autres firent des révélations surprenantes. Ils parlèrent de leurs objectifs personnels, de leurs rêves pour l'équipe, et Peño expliqua avec hargne comment il comptait remporter le trophée national. Enfin, ce fut à Rain de s'exprimer. Il hésita. Il savait exactement ce qu'il devait dire… mais il était trop gêné.

Les choses les plus faciles à dire valent rarement la peine qu'on les dise.

Intimidé, il se leva, s'arrêta à côté du professeur et fit face à ses coéquipiers.

– Je suis désolé. Pour hier. Je n'aurais pas dû dire que j'étais l'équipe.

– C'est ce que tu penses ? demanda Vin.

– Bien sûr que non. C'est un sport collectif. Mais je suis le meilleur marqueur et le leader.

– Est-ce que c'est la même chose ? demanda Rolabi.

– Bien sûr que oui, répondit Rain sans l'ombre d'un doute.

– Mais non, protesta Vin. Le leader doit soutenir son équipe.

– C'est ce que je fais, pour que vous deveniez meilleurs ! assura Rain.

Lab secoua la tête.

– Non, tu veux juste marquer assez de paniers pour nous traîner derrière toi.

Rain serra les poings. C'est vrai qu'il marquait beaucoup de paniers. C'est ce dont l'équipe avait besoin.

– Et alors ? Qu'est-ce que vous voulez de moi ?

– Que tu fasses partie des Badgers, répondit Lab. Que ce soit pas Rain Adams et les Badgers.

Rain vit la colère sur le visage de son camarade. Elle s'étendit aux autres joueurs de l'équipe. Il les avait apparemment encore plus vexés qu'il ne l'avait imaginé. Dingue ! Et pourtant c'était lui qui avait le plus de chances de passer dans la ligue de Dren. C'était grâce à lui que l'équipe des West Bottom existait. Mais à quoi bon se mettre tout le monde à dos ? Il hocha la tête.

– D'accord, ça marche. C'est bon, maintenant ?

Personne ne répondit et Rain se demanda s'ils acceptaient ses excuses. Est-ce qu'ils allaient refuser de jouer avec lui cette saison ? Sérieusement ? Est-ce qu'ils allaient le jeter de l'équipe ?

Ce fut Peño qui réagit le premier.

– C'est bon, frère. On oublie.

Ils cognèrent leurs poings et des murmures d'approbation résonnèrent. Rain remarqua que Rolabi le regardait toujours et, l'espace d'un instant, il repéra une lueur de déception dans les grands yeux verts de l'entraîneur, qui se tourna alors vers le terrain.

– C'est l'heure du match, annonça-t-il.

– Sans piège ? demanda Peño, méfiant.

– Nous allons juste travailler notre vision. Rain, Vin, Lab, A-Wall et Devon d'un côté.

Il sortit une balle et, la tenant à bout de bras devant lui, l'examina un moment.

– Les humains se laissent facilement distraire. On se concentre sur un acteur et on rate les autres à l'arrière-plan. On regarde une carte du jeu alors qu'une deuxième est déjà sortie. On fixe la balle et on passe à côté du match.

Il leva une seconde la tête vers les joueurs avant de reposer les yeux sur la balle.

– Notre champ de vision est tellement large et pourtant on choisit de ne rien voir. Quelle drôle de décision.

La vision de Rain changea alors brusquement, comme s'il s'était mis les doigts devant les yeux pour ne plus voir qu'en périphérie. Les joueurs poussèrent des cris d'indignation. Ils étaient tous affectés. Rain se frotta les yeux en tournant sur lui-même.

Rien n'y faisait : il ne lui restait plus que sa vision périphérique.

– C'est pas cool ! lança Lab.

Rain le vit du coin de l'œil s'agiter dans tous les sens.

– Je vois plus rien ! s'affola Big John. Enfin… presque.

Rain tenta de se calmer. Ce n'était qu'une illusion de plus, comme la main droite manquante. Paniquer n'y changerait rien. Il inspira profondément, pencha la tête et tenta de prendre ses marques.

– Prêts à jouer ? demanda Rolabi.

– Juste pour être sûr, tout le monde a l'impression que c'est la main du coach qui nous parle ? interrogea Peño.

Rolabi lança la balle en l'air. Rain essaya tant bien que mal de suivre l'action avec sa vision réduite. Ça aurait dû être plus facile que dans le noir, mais il se sentait presque plus désorienté, parce qu'il avait oublié ses autres sens. C'était comme s'ils ne fonctionnaient plus. Vin finit par attraper la balle et commença à dribbler.

– Allez-y, parlez ! demanda-t-il à ses coéquipiers. Dites-moi où vous êtes !

– Je pars à mon poste ! répondit Rain.

Lentement, il alla se placer en agitant les mains. Il arriva dans le coin du terrain. Il voyait Vin qui dribblait dans la raquette, mais ne distinguait ni la défense ni le panier.

Pas grave, attends d'avoir la balle, se dit-il.

Vin lui fit une passe que Rain parvint à attraper. Il se tourna vers le panier, attentif au reste du terrain. Il dribbla sur la gauche, essayant d'apercevoir Reggie. Quand il le vit un pas derrière lui, il fila vers le panier et contourna Peño et Jérôme.

Il était seul avec les plus grands. Il se doutait que désormais Twig et Big John s'interposeraient pour le bloquer. Dans les conditions normales, il les aurait feintés pour faire un double-pas et déposer son tir, mais c'était impossible. Il ne voyait pas d'où ils venaient. Il lui fallait une autre option.

Il repéra Lab seul dans le coin et lui fit une passe.

– Bien joué ! le félicita son coéquipier en marquant.

Les sourcils froncés, Rain recula pour bloquer Reggie. Il faisait rarement une telle action, mais là c'était la seule solution. Alors qu'ils revenaient sur leur moitié de terrain, l'équipe parlait constamment pour se coordonner. On aurait dit des commentateurs sportifs.

– Je me place en haut de la raquette !

– On fait une défense de zone 2-3 ; Devon et A-Wall dans la raquette.

– Je prends l'aile droite… Peño a la balle… qui le marque ?

– Je le vois… Avancez ! Couvrez derrière moi.

– Reggie vient de me dépasser. Qui le prend ?

– Je le vois ! Il fait une passe en arrière. Attention aux coupes !

Sur l'aile, Rain défendit sur Reggie, se servant de sa main libre pour le suivre. Il devait tourner la tête en permanence. Quand un attaquant le dépassait, visible dans sa vision périphérique, il devait imaginer où il se dirigeait et criait des avertissements. C'était un jeu de stratégie, plus lent, plus méthodique. Au fil du temps, Rain se sentait de plus en plus lié à ses coéquipiers. Il s'appuyait sur eux, aux deux extrémités du terrain. Il n'était possible de comprendre le jeu que si tous les joueurs parlaient. Si l'un d'eux se taisait, la partie du terrain qu'il couvrait plongeait dans le noir, une partie de l'ensemble manquait.

Il se rendit également compte que dès qu'il avait une ouverture, sa vision se dégageait. Quand il avançait dans la mêlée, il ne voyait que sur les côtés. Pareil pour les fadeaways et les trois-points. Mais s'il avait une réelle opportunité de marquer, tout le terrain apparaissait. Pour ça, il devait bouger, poser des écrans, changer d'allure.

D'ordinaire, il demandait simplement la balle et se débrouillait seul. Aujourd'hui, il devait être à l'écoute et disponible.

Haletant, Rain avait déjà plus de points de côté qu'il ne pouvait en compter. Rolabi décida d'arrêter le jeu et entra sur le terrain. Rain l'observa.

Il semblait presque… content. Rain n'avait encore jamais vu cette expression sur son visage.

– Allez prendre vos bouteilles et retrouvez-moi au centre.

Au grand soulagement de Rain, sa vision redevint normale. Ravis, les joueurs rejoignirent rapidement leur coach.

– Qui a gagné ? demanda Peño.

– Personne, répondit Rolabi. Et tout le monde. Est-ce que vous jouez ainsi d'habitude ?

– Bien sûr que non, répondit Lab. On était au ralenti, là.

– La vitesse est relative. Pour les plus rapides, tout le monde se déplace au ralenti. Et sinon ?

Twig s'essuya le visage.

– On… on parlait beaucoup. Plus que jamais.

– Exact. Autre chose ?

– On a couvert tout le terrain en attaque, intervint Peño. Plus de passes autour de la raquette. Plus de déplacements.

Rolabi hocha la tête.

– Un choix naturel quand on ne voit pas devant soi. Et enfin ?

Long silence.

Rain but encore, se rejouant la partie dans la tête. Une chose l'avait frappé.

– On devait anticiper où les autres étaient et où ils devraient être. On devait prévoir le jeu.

– Absolument, confirma Rolabi. Il fallait voir plus que ce que nous permettent nos yeux. Maintenant, vous me devez des tours de terrain.

Les remplaçants se mirent en ligne en pestant, Vin à leur tête. Les titulaires les regardèrent. Certains lancèrent des regards à Rain, qui restait à sa place, les bras croisés. Il avait enfin gagné un exercice, il n'avait pas à courir. Les remplaçants s'élancèrent donc tout seuls. Rolabi semblait focalisé sur les titulaires. Rain ne tourna pas la tête vers lui, même s'il sentait son mécontentement.

Les remplaçants n'eurent pas à courir longtemps : Reggie réussit un lancer franc après cinq tours seulement. Tous se réunirent de nouveau au centre du terrain.

Rolabi ouvrit sa mallette.

– Vous avez retrouvé votre vue, mais est-ce que vous savez vraiment regarder ? Nous devons réapprendre à voir.

Il sortit sa marguerite de sa mallette et la posa au centre du cercle.

– Encore ! se lamenta Peño.

– Eh oui ! confirma Rolabi. Si vous espérez gagner, il faut ralentir le temps. Tu emporteras la marguerite chez toi, ce soir, Peño. Prends-en bien soin, s'il te plaît. Arrose-la.

Les portes d'entrée s'ouvrirent devant Rolabi, frappant les murs.

– Combien de temps on reste là ? demanda Rain.

Rolabi sortit dans la lumière du soleil.

– Jusqu'à ce que vous voyiez quelque chose de nouveau.

Les portes se refermèrent en claquant et le vent se calma. Rain poussa un soupir. Juste quand il pensait que ça allait mieux, Rolabi recommençait avec sa marguerite. Big John partit vers le banc.

– Tu vas où ? demanda Jérôme.

– Je contemple pas une stupide fleur si j'en ai pas absolument besoin. Je me tire.

– Ça va pas ? s'inquiéta Peño.

– Non, Peño ! C'est Bottom, ici. Comment tu veux que ça aille ? Vous pouvez continuer avec ce barge, mais pour moi, c'est pas un jeu. Rappelez-vous où vous êtes.

Il décocha un regard mauvais à Twig.

– Je vais aller faire quelques heures sup au boulot.

Il attrapa son sac et sortit. Rain regarda la fleur, hésita et s'éloigna à son tour. Big John avait raison : ils perdaient leur temps. Il prit sa balle et s'entraîna aux tirs. Il fallait qu'il améliore son jeu. Assez des exercices de Rolabi.

Au bout du compte, si Rain marquait, c'est ce qui ferait vraiment la différence.

Peño, Lab, A-Wall, Vin et Jérôme suivirent Rain, mais Devon, Twig et Reggie restèrent assis.

– Ils sont trop bêtes, grommela Lab. Quelle perte de temps.

Rain haussa les épaules.

– Qu'ils fassent ce qu'ils veulent. Moi, je travaille mes tirs.

– Je me demande si on va finir par faire de vrais exercices… lâcha Lab.

– Regardez ! l'interrompit Peño.

Le globe noir flottait au-dessus de la tête de Devon. Tout le monde se figea. Devon avait les yeux rivés sur la fleur. Personne ne l'avertit, ils étaient tous pétrifiés. Rain aurait juré que Devon sentait la présence du globe. Les secondes défilèrent de plus en plus lentement pour finalement s'arrêter complètement. Et soudain, sans crier gare, Devon leva la main et attrapa la boule. La matière noire à l'intérieur coula sur ses doigts, pareille à du goudron. Devon sourit.

Et il disparut.

✧ 7 ✧

QU'IL PLEUVE !

Regarde le ciel et décide de devenir montagne ou souris.
Dans les deux cas, c'est ta vie, tu as raison, tu choisis.

✧ SAGICIEN - PROVERBE N° 36 ✧

En soupirant, Rain jeta un regard vers les portes. Il devait être neuf heures. Il avait de nouveau attendu sous le vieux chêne et il avait vu tout le monde entrer dans le gymnase, sauf Reggie, Twig et Devon. Il imaginait que Reggie et Twig étaient arrivés avant lui, quant à Devon… Est-ce qu'il allait venir s'entraîner ? Pas sûr.

La veille, Devon était réapparu une minute à peine après s'être évanoui dans l'air, au moment où l'équipe hésitait à appeler à l'aide. Deux joueurs lui avaient demandé s'il allait bien, mais il s'était contenté de prendre son sac et de quitter le gymnase sans un mot. Rain y avait pensé toute la nuit. La disparition. La peur qui l'avait saisi.

Il avait peur de revenir à Fairwood. Il avait peur du globe, de Rolabi, des murmures. Une partie de lui voulait abandonner. Encore maintenant. Mais il ne pouvait renoncer à la balle, à son avenir, et laisser tomber sa famille. Jamais il ne ferait ça.

Alors tu as fait le premier pas.

Rain sursauta. Rolabi pouvait parler dans sa tête même quand il était à l'extérieur du gymnase. Rain se frotta les tempes, les yeux, les joues. Il eut l'impression de mettre un masque. Il tira les portes et s'attendit à voir le banc changer de forme.

– Prêt pour une nouvelle journée ? demanda Peño tout en visant le panier.

– Carrément pas, répondit Rain en riant.

En mettant ses chaussures, il leva les yeux vers les fanions. Son regard se posa sur celui de son père.

– Est-ce que ton père t'a déjà parlé de l'époque où il jouait ? demanda Rolabi.

Rain faillit tomber du banc mais se rattrapa de justesse. Assis à côté de lui, le professeur croquait dans une pomme. C'était ridicule de le voir ainsi plier ses immenses jambes, les genoux sous le menton, mais la position ne semblait pas l'incommoder. Songeur, il prit une autre bouchée en examinant les fanions.

Rain fronça les sourcils et attacha ses lacets.

– Juste qu'ils étaient arrivés deuxièmes cette année-là.

– Et qu'est-ce qu'il a dit sur lui ?

– Qu'il était bon, répondit Rain après quelques secondes. Mieux que ça, même. Qu'il était excellent.

– C'est vrai.

– Vous l'avez connu ?

– Je l'ai vu jouer, à l'instant, comme toi hier. Une vedette. Tout le talent qu'il faut.

Rain le regarda mordre de nouveau dans sa pomme.

– Alors pourquoi est-ce qu'il n'est pas allé plus loin ? demanda le jeune homme.

– L'arrogance. Il attendait que les récompenses lui arrivent, il ne les gagnait pas.

– Mais il m'a toujours dit que je devais travailler plus dur que tous les autres !

– C'est une leçon qu'il a apprise avec le recul. Et qu'il a voulu partager avec toi.

– Je travaille dur…

– Sur *ton* jeu. *Ton* avenir.

– Et alors ? Sur quoi je devrais travailler ?

– Le réel objectif. Mais tu dois d'abord le découvrir.

Rolabi se leva et jeta distraitement le trognon à travers le terrain. Son lancer se termina pile dans la poubelle. Quand le coach se tourna vers Rain, ses yeux émeraude n'étaient plus que deux étroites fentes.

– Tu es prêt à être le leader de cette équipe, Rain ?

Rain hésita.

– Je suis le leader, lança-t-il, mais sa voix vacilla.

– Non, c'est faux. Mais tu pourrais l'être.

Rolabi avança sur le terrain pour s'adresser à l'équipe.

– Approchez. Aujourd'hui, nous allons travailler les tirs.

Rain réfléchit à ce que son coach venait de lui dire, repensa au visage furieux de Lab après ses excuses. Il n'était pas le leader. Pas vraiment. Malgré la qualité de son jeu, ses coéquipiers ne voulaient pas le suivre. Ils ne le respectaient pas. Pourquoi ? Il se démenait plus que tout le monde. Il réussissait les meilleurs lancers. Il se battait en défense.

L'équipe était réunie et Rain courut la rejoindre.

– T'as bien dormi ? lui demanda Peño tout bas.

– Non.

– Moi non plus. J'ai pas arrêté de penser qu'à tout moment je pourrais, *pouf*, disparaître.

Le professeur sortit une balle et examina les joueurs, les uns après les autres.

– L'un d'entre vous a affronté les ténèbres. Le grana devient plus fort.

Il fit une passe à Devon et tout changea.

Rain recula, horrifié. Ils n'étaient plus à Fairwood. L'équipe était désormais perchée au sommet d'un rocher immense. De là où ils se tenaient, ils n'en voyaient pas la base qui était noyée dans le brouillard.

C'était comme si des millénaires de vent et de glace avaient façonné une ancienne montagne en une étroite tour irrégulière et fêlée qui s'élevait à plus de mille mètres d'altitude. Un panier de basket était fixé sur une tour de pierre encore plus fragile à trois mètres d'eux. Entre les deux massifs, une épaisse brume flottait.

Non, pas de la brume, songea Rain. *Des nuages.*

Il sentit son ventre se nouer et fit encore un pas en arrière. Le plateau sur lequel ils étaient regroupés devait avoir la taille d'un demi-terrain de basket et il faisait froid. Rain grelottait déjà, bien qu'il n'y eût pas un souffle de vent. Il chercha Rolabi, mais ils étaient seuls dans l'immensité du ciel.

Il reconnut l'endroit. Cette montagne. La cime sur l'île. Il l'avait vue dans les yeux de Rolabi.

Il entendit que les autres discutaient, mais il n'arrivait pas à se concentrer sur les mots. Sous le choc, il scruta les alentours. Impossible. Cette tour de pierre était trop étroite, squelettique, cassée. Et pourtant c'était la même, il le savait.

Un craquement assourdissant le sortit de ses pensées et lui fit faire volte-face. Un morceau de roche de la taille de la voiture de sa mère s'était détaché de la paroi de la montagne pour dégringoler dans le vide. Toute l'équipe fit un pas en arrière quand de nouvelles fissures fendirent le bord du plateau.

– On doit faire quelque chose ! lança Twig, plus fort que les autres.

– Comme quoi ? demanda Vin.

– On doit s'entraîner aux tirs, non ? Il faut peut-être qu'on lance la balle.

Rain laissa échapper un cri quand un autre bloc se sépara du reste de la montagne. Le bruit était effrayant, comme une véritable explosion. Rain jeta un regard par-dessus le bord et sentit de la bile remonter dans sa gorge. S'ils tombaient, ils auraient beaucoup de temps devant eux pour penser à l'impact.

Il pensa à sa mère, à son petit frère et à sa grand-mère et réprima un nouveau haut-le-cœur. C'était lui qui devait les sauver. S'il mourait ici, c'était terminé. Son père... Est-ce qu'il le saurait ?

– Vas-y, toi, Rain ! le pressa Reggie d'une voix affolée.

Devon lui passa la balle. Rain la rattrapa et sentit aussitôt qu'il tremblait. Ses doigts glissaient sur le caoutchouc. En général, il insistait pour prendre les tirs les plus importants, mais là il n'arrivait pas à se concentrer. Cependant, il ne faisait confiance à personne d'autre. Ils n'auraient peut-être qu'une seule chance.

C'était le tir ultime. Peut-être le dernier.

Il s'avança à quelques pas du bord de la falaise, aussi loin qu'il l'osait. Il porta le ballon dans la position habituelle, le coude vers le panier, les doigts détendus, les pieds écartés de la largeur des épaules. Il inspira profondément et tira. Il tremblait trop fort.

Il avait les doigts moites et incertains. La balle lui échappa trop tôt. Elle tapa contre le cercle et chuta dans les abysses. Rain la regarda disparaître. Il avait encore échoué et mis son équipe en mauvaise posture. Ils n'avaient qu'un seul ballon. Terminé.

Quand il se tourna, déconfit, vers le groupe, une balle atterrit dans les mains de Vin. Le garçon ouvrit de grands yeux. Et soudain un troisième rocher se détacha de la montagne avec un fracas assourdissant.

– Enchaîne ! lui cria Twig.

Ils se relayèrent tous. Deux autres tirs ratés, et la balle arriva dans les mains de Twig. Celui-ci prit une profonde inspiration, avança... et mit un panier !

– Yeah ! s'écria Vin. Maintenant on peut partir d'ici... Oh.

La balle revint, sur A-Wall cette fois.

– Apparemment, on va tous devoir y passer, grommela Twig.

– Parfait, lâcha Vin.

La série continua. Que le tir soit réussi ou non, la balle revenait aussitôt, catapultée par la paroi rocheuse et droit dans les mains du joueur suivant. La plupart rataient le panier. Devon et Peño ne touchèrent même pas la planche. Le sommet rétrécissait régulièrement, devenant de plus en plus étroit et dangereux. À chaque minute qui s'écoulait, un nouveau morceau du plateau s'effondrait dans les nuages, et l'équipe dut se resserrer.

Quand tous eurent tiré, le ballon revint sur Rain.

Il tenta de se calmer, mais respirer posément le rendait encore plus nerveux. Il se remit à trembler. La balle roula sur ses doigts et partit sur la droite. La montagne se fissura, un autre morceau tomba. Ils n'allaient bientôt plus tenir.

C'est à cause de moi ? songea-t-il. *On en est là à cause de mes échecs ?*

Le mot revenait sans arrêt dans sa tête. *Échecs.* C'était soit la gloire, soit l'échec. Il n'y avait rien entre les deux.

Et à présent, il voyait à quoi ressemblait l'échec. Une longue chute dans le brouillard. Son ventre se crispa.

– Plus vite ! cria Peño.

Vin réussit son tir et recula en s'essuyant le visage. Vin, Twig, Jérôme et A-Wall avaient marqué, deux titulaires qui marquaient rarement et deux remplaçants. Il restait encore six joueurs. Lab rata pour la deuxième fois et tressaillit en entendant un autre craquement menaçant.

– Concentrez-vous ! gronda Jérôme.

La balle arriva sur Reggie. Il se tint plus près du bord, les pointes de ses pieds dans le vide. Après quelques respirations, il roula les épaules et réussit.

Devon manqua le panier de loin.

– On est morts, murmura A-Wall.

Un autre bloc immense se sépara du reste du rocher. Les joueurs se tenaient désormais épaule contre épaule. Rain sentait la peur de ses coéquipiers, entendait leurs dents qui claquaient. Big John réussit son panier, Peño échoua largement. Et la balle revint vers Rain.

Il rata de nouveau. Effondré, il suivit la balle du regard. Une nouvelle explosion.

– Enfin, Rain ! hurla Vin.

Rain tremblait de tout son corps. Il n'aurait su dire si c'était la peur ou la frustration. La pression l'étouffait comme un étau. Devon rata. Lab rata. Peño réussit son tir et leva le poing. Mais la montagne se rétrécissait plus rapidement désormais et les trois joueurs restants se ratatinèrent au bord du rocher : Lab, Devon et Rain… Au tour de Rain. Encore raté.

– Mais non ! hurla-t-il.

Il n'y comprenait rien. Comment faisaient les autres pour marquer ?

Devon rata, mais Lab réussit enfin. Le plateau était si petit que Rain et Devon durent se mettre dos à dos. Rain ne parvenait pas à arrêter de trembler. Il rata de nouveau.

– Non ! s'écria Vin.

Devon reçut la balle, mais, avant qu'il la lance, Twig lui donna des conseils.

Twig lui apprend à tirer, songea Rain, sidéré. *Qu'est-ce qui se passe ?*

Devon marqua.

Rain était le dernier. Il se sentit soudain plus petit. Quelque chose en lui se brisa, en même temps que la montagne. Un autre morceau de rocher tomba. Il ne restait pratiquement plus rien du plateau.

Ses coéquipiers durent se raccrocher les uns aux autres pour ne pas tomber. Rain les poussa légèrement pour se placer. Il se ratatina encore. À cause de ses échecs, ils risquaient la mort.

Il arrive un moment où le succès nous déserte, lança une voix familière. *Et alors ?*

La balle revint dans ses mains. Il entendit des fissures sous lui. C'était la dernière chance. Ils n'avaient plus nulle part où se réfugier. Ils hurlèrent. Lab et Peño se tenaient les mains. A-Wall se mit à pleurer. Vin criait à l'aide. Mais tous les sons se mélangèrent dans la tête de Rain. Et soudain, une voix se détacha des autres.

– Fais pleuvoir les paniers, Rain ! cria Peño.

C'est ce qu'il disait toujours quand Rain marquait.

Ils entendirent un autre craquement gigantesque. Sûrement le dernier. S'il ratait, l'équipe tomberait. Il tenta de stabiliser ses mains, de respirer calmement. Il dribbla entre ses jambes sur le minuscule bout de pierre qui restait, se concentrant sur la sensation de sa peau sur le caoutchouc.

– Dépêche-toi ! le pressa Jérôme.

Le sol sous ses pieds remua et il comprit que toute la montagne allait s'écrouler.

– Tire ! cria A-Wall.

Rain s'exécuta. Le plateau se fissura encore. La balle quitta ses doigts, l'équipe hurla et l'immense tour de pierre vacilla. Rain suivit du regard sa balle qui se dirigeait vers le cercle. Il sentait la gravité l'attirer, ses membres se soulever tout seuls. Il tombait, mais ne lâcha pas la balle des yeux quand elle traversa le panier.

Aussitôt, les Badgers se retrouvèrent sur leur terrain à Fairwood et Rain s'écroula de soulagement. Des exclamations de joie accompagnèrent son tir et Peño s'accroupit pour embrasser le parquet du gymnase.

– Il est si pourri et si merveilleux ! commenta-t-il en s'essuyant la bouche avec le dos de la main.

Rolabi avait une mine sereine, comme s'ils n'avaient pas bougé de là.

– Bienvenue. Qu'est-ce qui fait un bon tireur ?

Rain était trop bouleversé pour réfléchir. Peu importe qu'il ait réussi son tir. Il avait été le dernier à marquer. C'est à cause de lui que son équipe avait été en danger. Parce qu'il avait eu peur. D'échouer ? De tomber ? Il n'aurait su le dire.

Tu t'approches.

– Pensez au *cœur* d'un bon tireur, déclara Rolabi. De quoi est-il dépourvu ?

Rain leva la tête. Il pensait avoir le cœur d'un tireur. Qu'est-ce qui lui manquait, alors ?

– De peur, répondit Devon. Un bon tireur n'a pas peur.

Rain repensa à la montagne. À sa panique. Ses jambes flageolantes. Rolabi hocha la tête.

– Les grands tireurs ne connaissent pas la peur. S'ils craignent de rater ou d'être bloqués ou de perdre, ils ne pourront pas tirer. Et même s'ils le font, ils se précipiteront. Ils permettront à la peur de faire bouger leurs coudes ou de transformer leurs doigts en pierre. Ils ne seront jamais de grands champions. Et comment se débarrasse-t-on de nos peurs ?

– On les affronte, répondit Devon.

– Oui, et ce qu'on redoute le plus, c'est de laisser tomber nos amis, de ne pas être à la hauteur, répliqua Rolabi. La clé du basket, c'est surmonter ses peurs. Si vous ne les affrontez pas, vous perdrez. Vous pouvez tirer mille fois, dix mille fois, vingt mille, si vous montez pour chaque panier au sommet d'une montagne qui s'écroule, vous deviendrez de grands tireurs.

– T'es dégoûtant ! lança Lab à son frère qui embrassait encore le parquet.

– Ce sera tout pour aujourd'hui, annonça le professeur. Demain, nous aurons une journée intéressante.

– Et là, ça l'était pas ? demanda Lab, ahuri.

Rolabi ne lui répondit pas et se dirigea vers le mur le plus proche.

– Encore ? murmura Big John.

Les néons clignotèrent et s'éteignirent. Quand ils se rallumèrent, Rolabi était parti. Rain examina le mur et leva la tête vers les fanions. Il pensa à la promesse qu'il avait faite à son père : « Je vais en ajouter un, avait-il dit. Celui du championnat national. »

Mais comment ? Il n'avait jamais rien fait pour l'équipe. C'était lui. Toujours lui. Son esprit tournait à mille à l'heure. Il ne gagnerait jamais comme ça. Il s'assit sur le banc et attrapa sa balle.

– Tu fais quoi, Rain ? demanda Peño.

Il ne leva pas les yeux vers son coéquipier. Il partit directement vers la ligne des lancers francs et souleva la balle.

– Des tirs, répondit-il simplement.

Il fallait bien commencer quelque part. Il ne serait plus jamais le dernier à marquer.

Quelque part, il sentit un éclair d'approbation.

8
LA CHAMBRE NOIRE

Si tes nuits te semblent vides,
fais que tes journées soient remplies et splendides.

✧ SAGICIEN – PROVERBE N° 18 ✧

Rain se précipita dans le gymnase, à bout de souffle, inspirant à pleins poumons l'air humide de Fairwood. Il était tout juste à l'heure. Sa nuit avait été peuplée de rêves de montagnes en train de s'effondrer, d'îles perdues dans l'océan et de lancers francs ratés. Il n'avait trouvé un sommeil paisible qu'aux petites heures du jour et n'avait pas entendu son réveil. Il s'était levé à peine un quart d'heure plus tôt et avait dû piquer un sprint sur tout le trajet et recevoir des coups dans le dos de son sac de sport.

– Panne d'oreiller ? demanda Peño.

– Qu'est-ce qui te fait dire ça ? répliqua Rain.

Il se dépêcha de s'asseoir sur le banc pour mettre ses chaussures. À peine les eut-il lacées qu'une puissante bourrasque ouvrit les portes. Cette fois une tempête de neige accompagna le courant d'air froid, dessinant des formes vagues : des joueurs fous, des supporters déchaînés et une boule de neige propulsée au milieu du terrain. Avec un bruit d'expiration, les silhouettes se changèrent en simples flocons qui s'évanouirent en touchant le parquet. Rolabi arriva immédiatement après, essuyant de ses épaules de la neige fraîche, et se planta sur la ligne médiane.

– Je rêve encore, là ? grommela Lab.

– Les rêves sont fugaces, répondit Rolabi. Un voile de fumée et ils sont partis. Le plus important, c'est de trouver leur cœur.

– Il est trop tôt pour de la philosophie, professeur, se plaignit Big John en se frottant les tempes.

– J'ai des rêves, intervint Peño. C'est essentiel d'en avoir. C'est eux qui vous font avancer.

– Un rêve n'est rien sans la vision, nuança Rolabi. Ne rêvez pas… aspirez. Trouvez les barreaux de l'échelle et montez. Et faites les bons choix. Si un rêve peut être atteint sans travail, sans sacrifice, c'est qu'il ne vaut rien. Il ne vous apportera aucune joie, aucune satisfaction. Vous ne l'aurez pas gagné, et par conséquent il n'est pas à vous. N'ayez pas de rêves futiles. La route vers vos rêves est pavée de difficultés.

Prêt à travailler dur pour accomplir ses rêves, Rain se leva d'un bond.

Mais es-tu prêt à souffrir ?

Il fronça les sourcils. Un frisson le parcourut et il chercha des yeux le globe. Il n'était pas là.

Prépare-toi.

– Rangez-vous en ligne devant moi, demanda Rolabi. Pour l'instant, trois d'entre vous ont attrapé le globe. Je vois des changements. Les autres doivent être vigilants. Ils devront être prêts le moment venu.

Rain examina ses coéquipiers. *Trois ?* Dans son souvenir, Devon était le seul à avoir réussi.

De nouveau, il était à la traîne.

Rolabi se mit à faire les cent pas, les mains derrière le dos.

– Aujourd'hui, nous nous concentrerons sur le jeu collectif en attaque. Vous avez travaillé les passes et la vision. Vous avez travaillé le tir. Mais le basket n'est pas un sport individuel, c'est un sport d'équipe.

Il se tourna vers Rain.

– Même les plus grands joueurs ne peuvent pas gagner un match tout seuls.

Rain croisa le regard de Rolabi. Ah, ça… Cette illusion, il l'avait perdue sur la montagne.

– Il est important de savoir qui défend sur nous à chaque instant. D'utiliser les avantages de la taille et de la vitesse dès qu'on le peut. Mais avant tout, il faut comprendre ce que veut dire « attaquer en équipe ». Par conséquent, éliminons ces avantages et créons des défenseurs parfaitement égaux.

La moitié des néons clignota et s'éteignit. Seuls ceux en face de l'équipe restèrent allumés, et ils éclairaient désormais le gymnase avec une intensité étrange. Rain vit des ombres s'étendre derrière chacun de ses coéquipiers, filiformes et plus sombres que la nuit. Il dévisagea Rolabi, intrigué. Qu'est-ce qu'il racontait maintenant ? Comment des défenseurs pouvaient-ils être « parfaitement égaux » à des attaquants ?

– Nous allons apprendre à attaquer comme un seul homme. Mais tout d'abord, il nous faut des défenseurs.

Rain sentit un souffle sur sa nuque, et frissonna malgré l'air toujours étouffant de Fairwood. Il se retourna et le regretta aussitôt.

Son ombre se tenait debout. Et elle n'était pas seule.

– Attention ! cria-t-il.

Dix ombres se mirent à courir sur place, agitant leurs longs membres comme si elles se réveillaient d'un profond sommeil. Alors qu'elles s'étiraient, elles se remplirent pour devenir les répliques en trois dimensions de leurs modèles. Sauf qu'elles étaient plus noires que du goudron et qu'il leur manquait un visage. Rain eut l'impression de se voir coupé du monde et entièrement vide. L'idée le fit frémir.

– Ce… sont… ? bredouilla Vin.

– Je vous présente les défenseurs pour aujourd'hui, lança Rolabi. Vous les connaissez bien.

L'ombre de Rain s'avança, la main tendue. Elle était longiligne et sinistrement familière. Rain hésita et finit par la serrer, grimaçant au contact sec et froid. L'ombre lui adressa un petit hochement de tête avant de continuer à s'étirer.

– En position, défenseurs ! demanda Rolabi.

Les ombres titulaires se dépêchèrent de former une zone 2-3 devant le panier.

– Vous saurez tout de suite qui vous marque, continua Rolabi. Mais ce n'est pas un match. Nous travaillons juste notre attaque. Vous tournerez régulièrement. Les titulaires commencent.

Rolabi lança une balle à Peño, qui examina l'équipe adverse avec méfiance.

– C'est parti, grommela-t-il.

Rain, Lab, Twig et A-Wall avancèrent de mauvaise grâce. Rain prit son poste habituel, et son ombre le suivit, se déplaçant tel un énorme crabe.

– C'est trop bizarre, commenta Rain.

Il l'examina… ou, plutôt, il s'examina lui-même.

– T'es… vivant ?

Son ombre haussa les épaules.

– OK, question idiote.

– Rain ! appela Peño avant de lui lancer la balle.

Rain attrapa la passe et son ombre s'approcha à quelques millimètres. Il dribbla, son corps entre la balle et le défenseur dans l'espoir de provoquer la faute. Mais son ombre, les bras tendus, se déplaçait avec lui, lui interdisant le passage.

Rain fit une feinte sur la gauche pour partir à droite, mais son ombre était prête. Elle ne se fit pas avoir et repoussa Rain. Il tenta de partir de l'autre côté avec aussi peu de succès. Il comprit alors que son ombre connaissait par cœur son jeu et s'attendrait à toutes ses actions habituelles. Mécontent, il repassa la balle à Peño.

Il essaya de partir sur l'aile gauche, mais Lab n'arrivait pas non plus à se dégager. Il finit par envoyer la balle dans la raquette à Twig, qui tenta un tir en suspension mais fut contré par sa longue ombre.

– On tourne ! lança Rolabi.

Ils continuèrent à tour de rôle pendant une heure. Rain fut bloqué deux fois et se fit voler la balle alors qu'il l'avait dans les mains. Quelle frustration ! Son défenseur était rapide et agressif, et le pire, c'est qu'il connaissait tous ses pas. Rain n'avait jamais été aussi bien marqué. Il n'arrivait pas à progresser d'un pouce.

Les remplaçants ne faisaient pas mieux. En les regardant se démener, il comprit ce qui se passait. La balle tournait, et chaque joueur qui la recevait s'efforçait de remporter la bataille en un contre un. Ils avaient toujours joué comme ça. Ils posaient parfois des écrans, mais en général ils faisaient tourner le ballon jusqu'au moment où ils trouvaient une ouverture. Seulement aujourd'hui, il n'y en avait pas.

Rain siffla sa bouteille et repartit sur le terrain. Il devait se montrer plus créatif. Il tenta des fadeaways et des renversements rapides. En vain. Il était constamment contré. En nage, il continuait pourtant à se battre. Mais les défenseurs de l'ombre étaient infatigables.

Ils ne parlaient pas, mais certains devenaient provocateurs. Les ombres de Peño et de Lab se cognaient régulièrement le torse, et celle d'A-Wall lui fit une cravate et lui frotta le crâne avec son poing. La plupart du temps, ils jouaient simplement leur rôle de défenseurs avec fermeté et résolution. Rolabi accorda une pause. Les défenseurs attendirent impatiemment sur le terrain que leurs modèles se désaltèrent.

– Pourquoi est-ce que vous perdez ? demanda Rolabi.

Rain descendit la moitié d'une deuxième bouteille et laissa l'eau couler sur son menton.

– On joue en un contre un. Je n'y avais jamais pensé avant, mais c'est évident. Notre plan, c'est de passer la balle au gars qui a le plus de chances de marquer, et c'est tout. Là, c'est impossible parce que ces… choses savent comment on joue.

Il s'abstint pour une fois de dire que c'était lui le gars qui avait le plus de chances de marquer. Il ne s'était jamais posé de questions parce qu'il pouvait pratiquement toujours marquer. Mais maintenant, il voyait le problème.

Qu'est-ce qui se passait quand c'était impossible ? Qu'est-ce qu'il devait faire ? Comment pouvait-il gagner ?

– Précisément, acquiesça Rolabi, un petit sourire aux lèvres.

– Mais c'est comme ça qu'on joue au basket ! protesta Peño. On passe, on bloque et, au bout du compte, on donne surtout le ballon à celui qui peut marquer ! C'est le basket, même chez les pros !

– C'est souvent vrai. Mais est-on vraiment cinq personnes seules qui jouent contre cinq autres ? Si oui, alors pourquoi ne pas s'entraîner seul ? Pourquoi s'embêter à se réunir ?

Peño se gratta le bras.

– Ben, on doit quand même se faire des passes…

– Votre stratégie offensive est la même que pour la plupart des équipes. Elle marche jusqu'à ce qu'elle ne marche plus. Pour le joueur le plus doué du monde, et pour lui seul, il y aura toujours une ouverture. Les autres doivent créer l'ouverture. Et ils le font toujours avec l'aide de leur équipe.

– Mais… commença Peño.

– On défend en équipe, on attaque en équipe. On se parle, on élabore des stratégies, on regarde le parquet.

– Mais… tenta de nouveau Peño.

– On attaque comme un seul homme, unis. Et ça commence avec un simple projecteur.

Rain fronça les sourcils. Un *projecteur* ? De quoi est-ce qu'il parlait ?

– À vos postes, messieurs.

Rain courut vers l'aile droite, son ombre sur les talons. Les néons qui étaient restés allumés faiblirent brusquement. Son ombre s'étendit, menaçante. Ses bras et ses doigts avaient aussi grandi. On aurait dit qu'elle avait des griffes. La lumière baissa encore et Rain recula d'un pas.

La peur grandit toujours dans le noir.

Peño lui lança le ballon. Son ombre essaya de l'intercepter, mais Rain la repoussa d'un coup d'épaule et attrapa la balle avec la main gauche. Un voile de ténèbres oppressant se posa sur lui et il fut ébranlé par un souvenir lointain, une voix familière.

Un projecteur l'éclaira alors et repoussa son ombre. La lumière blanche teintée de jaune forma un cercle parfait autour de lui. Mais Rain eut à peine le temps de considérer ses options, déjà l'obscurité s'épaississait et il n'arrivait plus à y voir clair. Son ombre grandit de nouveau et s'élança furieusement sur la balle.

– C'est quoi, maintenant ? grommela Rain.

Rolabi ne répondit rien. Les lumières continuaient à faiblir et Rain comprit qu'il n'avait pas beaucoup de temps avant que l'obscurité soit totale. Son ombre s'étendait encore, elle devait à présent dépasser les deux mètres.

– Twig ! appela-t-il.

Il feignit une passe avec rebond et fit un lob vers le centre.

Dès que Twig réceptionna la balle, le mystérieux projecteur s'orienta vers lui.

– Les passes ! s'écria Twig. Elles nous éclairent !

– Les options illuminent le terrain, acquiesça Rolabi. Quand tout le monde se déplace, l'obscurité recule.

Rain réfléchit. Les options. Ça voulait dire qu'il fallait un coéquipier bien placé pour que Twig puisse lui faire la passe.

Il partit vers le coin et la lumière blanche l'accompagna. Twig le visa et Rain dribbla pendant un moment, se préparant à partir. Mais plus il attendait, plus l'obscurité revenait et dissimulait ses coéquipiers.

Peño arriva sur l'aile. Le projecteur se dirigea sur lui. Rain fit la passe.

Cette fois, il n'attendit pas que la lumière baisse.

Rain traversa la zone, tout le temps éclairé, et Peño lui rendit la balle. Lab courut vers le coin pour la récupérer. Tous les joueurs se déplaçaient en même temps, ils n'avaient pas le choix.

S'ils restaient sur place, ils plongeaient dans le noir et perdaient le ballon. Dès qu'ils commençaient à bouger, couper ou poser des écrans, le terrain s'illuminait et les ombres perdaient leur ascendant.

À un moment, Twig attrapa la balle sur la gauche et Rain se rendit compte qu'il ne le verrait pas sur l'aile droite. En général, Rain appelait la balle et attendait qu'elle lui arrive pour repartir, mais il n'avait pas le temps. L'obscurité revenait rapidement et son ombre planait au-dessus de lui tel un spectre cauchemardesque. Il traversa donc la raquette, appelant la passe, et le projecteur se dirigea sur lui. Twig lui transmit la balle et Rain termina par un double-pas facile, son ombre désormais réduite, incapable de l'arrêter.

– Jolie passe, Twig ! lança-t-il à son coéquipier, ravi du compliment.

– On continue ! demanda Rolabi.

Ils refirent l'exercice pendant ce qui parut des heures à Rain. Les joueurs tournaient, buvaient des litres d'eau, menaient des « offensives projecteur », comme les appelait Rolabi. Les règles étaient simples : ceux qui ne se démarquaient pas plongeaient dans le noir ; par conséquent, tout le monde participait à chaque action.

Rain posa des écrans pour la première fois de sa vie. Il traversa la zone et prit plus de rebonds que jamais. Son ombre était infatigable, mais elle rétrécissait constamment ou se faisait contrer. Rain enchaînait les paniers. Twig n'avait jamais autant touché la balle. Il balayait tout le terrain et se montrait particulièrement habile. Une dernière passe décisive de Twig, un dernier panier facile de Rain et Rolabi siffla la fin de l'exercice.

– Asseyez-vous et regardez, dit-il après avoir sorti la marguerite de sa mallette.

Il congédia ensuite les ombres.

Les néons brillèrent de nouveau à leur pleine puissance. Rain attrapa sa bouteille, s'essuya avec sa manche déjà trempée et s'assit en cercle avec les autres.

Il se rejoua l'exercice dans la tête. Il avait été contraint de s'adapter. D'ajuster son jeu. De jouer avec les autres.

Et il n'avait eu aucun mal à le faire.

– Qu'est-ce que vous avez vu pendant cet exercice ? demanda Rolabi.

– Du mouvement, répondit Reggie.

– Et ?

– Une équipe, murmura Twig.

Rain le dévisagea. Il entendit dans sa voix sa fierté et son bonheur. Twig n'avait jamais eu l'impression de faire partie de l'équipe, et encore moins en attaque. Normal, Rain faisait tout, tout seul.

J'étais le leader de qui exactement ? songea-t-il.

Rolabi se tut et Rain se tourna vers la fleur immobile. Ça lui semblait déjà moins bizarre de la regarder, sûrement parce que maintenant ils avaient intégré cette excentricité dans leur entraînement quotidien. En plus, il avait bien besoin d'une pause. Il tenta de se concentrer sur la marguerite, mais comme toujours son esprit l'entraîna ailleurs. Il s'imagina qu'on l'acclamait et que son nom résonnait contre les murs du gymnase.

Et soudain, un calme bien plus profond que le silence enveloppa les joueurs.

Rain leva la tête et vit le globe flotter au centre du terrain. Il se sentit soudain frigorifié. Ce n'étaient pas les effets du globe, non, le froid venait de l'intérieur.

Tu as enfin trouvé la source.

– Le revoilà, annonça Lab doucement.

Aussitôt, tous se mirent à le pourchasser, à l'exception de Devon, Twig et Jérôme. Rain n'en revenait pas. Twig l'avait déjà attrapé. C'en était trop pour lui, son esprit de compétition rejaillit et l'embrasa tel un incendie. Il se prépara à rejoindre les autres dans la course.

Mieux vaut un feu froid. Il brûle plus lentement, plus intelligemment. C'est la puissance contrôlée.

Rain se souvint de la fin de ses derniers matchs, quand il devenait survolté, se battait pour avoir le ballon, hurlait pour qu'on le lui passe, bousculant tout le monde pour tirer depuis des positions impossibles.

Il avait toujours joué avec le feu, mais ça avait peut-être brouillé sa vision. Le feu avait pris les décisions pour lui.

Il inspira et suivit du regard les mouvements du globe. Il s'en approcha comme un tigre aux aguets, cherchant à en découvrir la trajectoire. Il fit d'imperceptibles mouvements, fit pivoter ses épaules, bougea un pied. Il avançait, se replaçant pour toujours garder le globe devant lui. Un léger changement d'angles.

La boule s'arrêta brusquement devant lui en pulsant. Mais Rain sentit que ce n'était pas le moment. Elle ne se laisserait pas attraper. Il devait la *gagner*. Il prit une nouvelle inspiration et passa ensuite à l'action.

Il fit un pas à gauche, puis à droite. Comme il l'avait imaginé, le globe anticipa la feinte et passa rapidement à gauche. Rain recula, le bras droit tendu, et referma la main sur le globe. Instantanément, le gymnase disparut.

Il se retrouva dans une pièce obscure, une chambre noire.

Le sol était gris terne, comme dans une cave, et il s'étendait à perte de vue dans l'ombre. L'obscurité totale l'enveloppait. Une terrible peur l'envahit. Elle s'insinua dans son ventre et dans ses os. Elle lui donna la chair de poule. Tous les muscles de son corps se crispèrent. Il n'avait jamais été aussi terrorisé de toute sa vie et il fut saisi d'un tremblement incontrôlable.

Pourquoi le globe l'avait-il emmené ici ? Qu'est-ce qu'il était supposé faire maintenant ?

Un mouvement attira son attention, une forme dans le noir.

– Eh ! Il y a quelqu'un ?

La forme bougea de nouveau. Rain se sentait tétanisé par la peur, son cœur battait si fort qu'il avait mal dans la poitrine.

La silhouette d'un homme se dessina devant lui.

– Papa ? dit Rain tout bas.

Il s'avança dans la lumière.

– Bonjour, Rain.

Il était plus élancé que dans les souvenirs de Rain, et ses boucles noires étaient tirées en arrière, laissant apparaître un début de calvitie. Ses yeux, autrefois en amande, étaient plus petits et plus sombres. Mais ses traits n'avaient pas changé. Rain les connaissait bien. Il regardait de vieilles photos tous les jours. Il rejouait leurs souvenirs communs. Il essayait les jeans que son père n'avait pas emportés, attendant patiemment qu'ils lui aillent enfin.

Il ne lâchait jamais.

– Coucou, le salua Rain doucement.

Il avait rêvé de leurs retrouvailles, avec une peur mêlée de délice. Il s'était imaginé courir dans ses bras. Mais maintenant, il n'en avait pas envie. Il restait sur ses gardes. Il ne bougea pas, se contenta de l'observer.

– Tu es étonné de me voir. Pourquoi ?

– Je pensais… répondit Rain, sa voix se cassant. Je pensais que tu étais peut-être mort.

– Tu le pensais… ou tu l'espérais ? demanda son père en soulevant un sourcil fin.

La honte le submergea. Mais c'était difficile de mentir ici. Même peut-être impossible. Il avait l'impression que cette obscurité était un miroir, et où qu'il regarde, il voyait ses peurs. Autant être sincère.

– Je… je l'espérais, je crois, reconnut-il.

– Pourquoi ?

Rain détourna le regard.

– Parce que ça aurait expliqué pourquoi tu n'es jamais revenu.

– Ah, ponctua son père en tendant les mains. Eh bien, comme tu peux le voir, je ne suis pas mort. Et tu le savais, dans ton cœur. C'est pour ça que je suis là, n'est-ce pas ? Parce que tu avais peur que je sois en vie.

Il fit un pas vers son père, qui plissa ses petits yeux puis lui fit signe d'avancer.

Rain resta sur place.

– Malgré cette peur, tu voulais me ramener. C'était ton projet. C'est pour ça que tu as tout fait pour être le meilleur. C'est pour ça que tu travaillais si dur.

Il tenta de toucher le visage de Rain.

– Quelque chose d'autre te faisait peur, également. Dis-moi ce que c'était.

Rain fixa un moment l'obscurité, n'osant parler. La réponse apparut devant lui en un éclair.

– Dis-moi, insista son père.

– Que tu aies préféré partir. Que tu nous aies abandonnés, mama, Larry et moi.

Des larmes coulèrent sur ses joues. Il sentit le sel sur ses lèvres.

Il s'en voulut de se laisser aller après tant d'années à s'être retenu, mais il n'y arrivait plus. La honte fit redoubler ses larmes. Il ne voulait pas pleurer devant son père. Il ne voulait pas lui montrer combien il avait mal. Que son départ lui faisait encore mal tous les jours. Parfois, ça l'empêchait même de respirer.

Rain voulait être plus fort et plus furieux, mais les larmes continuèrent à lui inonder les joues et la bouche.

– C'est pourtant ce que j'ai fait. Je suis parti. Je t'ai abandonné. Et ta mère et ton petit frère.

Il s'approcha à quelques centimètres à peine. Rain sentit son après-rasage. La fumée. Les odeurs qui le hantaient depuis quatre ans.

– Mais ce n'est toujours pas ça. C'est plus profond. Alors qu'est-ce que c'est, fiston ?

Rain sentit ses mains trembler. Ce mot. Cette promesse brisée. Il pleura de plus belle. Son père avait raison. Les cicatrices étaient plus profondes.

Rain se tourna vers lui, sans prendre la peine de s'essuyer le visage.

– Pourquoi ? demanda-t-il. Pourquoi est-ce que tu es parti ?

– Je n'étais pas heureux. À la maison, au travail. Je voulais m'en aller.

– Mais *pourquoi* ? hurla Rain, sans pouvoir se contrôler.

Son père esquissa un sourire d'une froideur déconcertante. Plus un rictus qu'un sourire.

– Maintenant, je crois que je sais, mais dis-moi, toi. Pourquoi penses-tu que je sois parti ?

Rain ne répondit pas tout de suite, agité par de violents sanglots.

Seulement la vérité lui apparaissait, limpide. Elle hantait ses nuits. Ses heures passées devant le miroir. Elle s'insinuait dans chaque tir désespéré de dernière minute. Elle expliquait son isolement forcé.

– Parce que je n'étais pas assez bon, répondit enfin Rain. Parce que je ne valais pas la peine que tu restes.

De nouvelles larmes jaillirent. Le dernier barrage avait cédé. C'était la vérité, bien sûr. Rain avait essayé de l'ignorer. Il avait tout fait pour la changer. Il avait essayé d'être plus fort, plus rapide, un meilleur joueur. Il avait essayé de tout prendre en main. Mais il n'avait pas réussi.

Parce que, toujours, il restait avec le sentiment qu'il avait déçu son père.

– Je comprends, lâcha son père. Et c'est pour ça que tu t'isoles. Pour que ton équipe ne puisse pas te laisser tomber, comme je l'ai fait. Et toi non plus, tu ne peux pas les laisser tomber : tu joues seul. Tu rêves seul.

– Tu as une nouvelle famille ?

– Oui. Un garçon de deux ans. Fort. Ce sera un bon joueur, j'imagine.

Le coup de grâce. Rain s'essuya le nez avec sa manche. De la morve et des larmes la trempèrent.

– Tu reviendras ? demanda-t-il, sans savoir quelle réponse il voulait entendre.

– Ça dépend.

– De quoi ?

– De toi, répondit son père en souriant.

Rain comprit tout de suite. Donc ses projets étaient sensés. S'il devenait pro, s'il gagnait assez d'argent pour quitter Bottom, son père reviendrait. Mais est-ce qu'il le désirait réellement ? Un père intéressé par l'argent ? Ce n'était pas ainsi qu'il voyait la famille. Mais c'était peut-être mieux que rien ? Pourquoi ne pouvait-il pas simplement avoir la famille qu'il voulait ?

Rain contempla l'homme devant lui… l'homme qu'il avait idolâtré pendant si longtemps.

– Tu n'es pas réel, lança Rain. Mais mon père est vivant, n'est-ce pas ?

– Je n'ai pas menti. Personne ne peut mentir ici.

Rain hocha la tête malgré la douleur que lui infligeaient ces mots. Son père avait choisi de partir et de rester loin d'eux. Il n'avait ni appelé ni écrit, il les avait juste abandonnés.

Pendant un instant, Rain sentit qu'il allait s'effondrer. Il n'avait plus assez d'air pour respirer. Ses épaules s'affaissèrent, il avait mal au ventre. Mais malgré tout, il résista.

Il avait vu ses peurs en face et pourtant il tenait encore debout.

– Tu peux y aller, maintenant, murmura Rain.

Son père le dévisagea longuement avant de disparaître dans le noir. Rain sanglota, le visage caché dans les mains. Encore maintenant, après tout ce qu'il avait entendu, il voulait lui courir après. Il voulait qu'il revienne. Qu'il le regarde jouer. Qu'il lui dise qu'il valait la peine.

Rain tomba à genoux et se demanda s'il allait jamais quitter cette pièce.

– Tu le reverras. Si tu continues dans cette voie, il reviendra, assura une voix familière.

Rolabi apparut à côté de lui et Rain se sentit étrangement soulagé de le voir.

– Pourquoi est-ce que je suis ici ? murmura-t-il. Qu'est-ce que vous voulez de moi ?

Rolabi ne répondit pas tout de suite.

– Une amie m'a un jour demandé pourquoi, de toutes les choses que j'aurais pu faire, j'avais choisi de devenir coach. Pourquoi j'étais tellement focalisé sur un simple jeu, comme elle le présentait. Je lui ai dit que ce n'était pas le cas. Je me concentre sur les gens. Le sport nous réunit mieux que n'importe quoi. Il révèle notre cœur. Quand l'objectif est simple, ce sont les gens qui font la différence.

– Qu'est-ce que vous dites ?

– Je dis que si tu veux devenir un meilleur basketteur, tu dois devenir une meilleure personne. Nous avons tous des chambres noires. Nous avons tous des cicatrices. Un champion les repousse, il les met de côté.

– C'est si dur.

– Si ça ne l'était pas, ça ne vaudrait pas la peine de le faire.

– Ma peur… elle est partie ?

– Non. Ça prend bien plus de temps. Mais aujourd'hui, tu as vu quelle voie prendre.

La chambre noire disparut, et Rain se retrouva dans le gymnase, dans la lumière pâle des néons.

– Ça va ? demanda Peño en courant vers lui.

Rain pensa à combien son père lui avait manqué. Il pensa aux cicatrices qu'il avait cachées si longtemps. Elles venaient d'être révélées au grand jour. Ses choix passés lui semblèrent soudain plus clairs. Il était écorché vif. Dévoré par la peur. Et pourtant il continuait à avancer.

Ça le rendait plus fort. Ça répondait à sa question : il méritait qu'on reste pour lui.

– Oui, je vais bien, répondit-il à Peño.

9

LA PYRAMIDE

Il existe toujours un noir plus foncé.
Trouve-le, affronte-le et comprends que la nuit
finit toujours par passer.

✧ SAGICIEN - PROVERBE N° 25 ✧

Le lendemain matin, Rain entra dans le gymnase plus léger. Ça aurait dû être comme tous les jours. Le parquet craqua sous ses pieds, se plaignant à chacun de ses pas. L'air sentait la moisissure, la transpiration et la poussière ; les néons éclairaient à peine. Mais aujourd'hui, Fairwood était différent. Peut-être que tout était différent. La veille, Rain avait sorti la lettre de son sac, l'avait froissée et l'avait jetée.

– Quoi de neuf, mec ? demanda Big John en prenant un rebond. T'as l'air fatigué.

– C'est vrai, acquiesça Rain. J'ai pas beaucoup dormi. Mais… je sais pas, je me sens… plus réveillé que jamais.

– Bizarre.

– Comme tout ce qu'on vit en ce moment, non ?

– Pas faux.

Rain s'assit pour mettre ses chaussures. Aujourd'hui, il ne leva pas les yeux vers les fanions. Il en avait assez de les admirer en attendant d'ajouter le sien. Il regarda son sac. Plus de lettre. Plus de vieux souvenirs.

Juste une balle.

Rain se leva au moment où Rolabi passa à côté du banc pour entrer sur le terrain. Les autres joueurs se dépêchèrent de l'y rejoindre. Pour une fois, Rolabi n'avait pas avec lui sa mallette de médecin.

Les mains en prière, il examina les joueurs de ses yeux verts. Il s'arrêta sur Rain.

– Il nous reste deux jours d'entraînement. Et deux joueurs doivent encore attraper le globe. Une fois ce camp d'entraînement terminé, vous reprendrez vos trois séances hebdomadaires jusqu'au début de la saison. Nous allons revoir tout ce dont nous avons déjà parlé, encore et encore, jusqu'à ce que ça devienne une seconde nature. Dans votre temps libre, vous vous occuperez de votre esprit. Vous lirez, vous étudierez, vous apprendrez à voir. L'esprit et le corps sont indissociables. Si vous négligez l'un, l'autre ne suivra pas.

Le professeur tourna alors les talons et se dirigea vers les portes.

– Il n'y a pas d'entraînement aujourd'hui ? l'interrogea Peño.

– Oh, si. Mais vous n'avez pas besoin de moi.

– Qu'est-ce qu'on fait ? demanda Rain.

– Je vous laisse en décider, répondit Rolabi en jetant un regard par-dessus son épaule.

Les portes s'ouvrirent, poussées par le vent, et Rolabi sortit dans le soleil du matin. La routine. Mais ce qui suivit était plus surprenant. Les portes se refermèrent en claquant avant de disparaître complètement pour prendre l'apparence du reste du mur. Rain se sentit mal à l'aise. La seule issue pour sortir de Fairwood venait de s'effacer. L'équipe était prise au piège.

– Parfait, grommela Peño. Il veut juste s'assurer qu'on rentre pas chez nous avant l'heure.

– Pas sûr, rétorqua Twig en scrutant les lieux, inquiet.

À peine eut-il prononcé ces mots qu'un grondement remua le gymnase. On aurait dit qu'un dragon se réveillait. Le sol se mit à trembler et les deux murs les plus longs bougèrent. Non, ils se refermaient sur eux. Les deux murs glissaient l'un vers l'autre et l'équipe se retrouvait coincée entre les deux.

– Impossible, lâcha Vin.

– Impossible, possible, c'est très relatif, commenta Lab, sarcastique. On fait quoi ?

Les murs continuaient leur course sur le parquet, arrachant les fanions du plafond.

Rain tourna la tête vers la seule porte qui restait, celle des vestiaires. Il s'y précipita, mais au moment d'arriver devant, elle s'évanouit. En pestant, il frappa le mur.

– Et maintenant ?

– Peut-être qu'il faut qu'on marque des paniers ? suggéra Vin.

Les joueurs attrapèrent leurs balles et foncèrent sur le terrain, enchaînant les tirs en suspension, les double-pas et les trois-points. Ils étaient déjà en sueur, mais sans résultat. L'étau se resserrait.

– Ça sert à rien, lança Lab. On s'est déjà entraînés aux tirs il y a deux jours. Il ne nous ferait pas recommencer.

– Avec quoi est-ce qu'il pourrait finir ? murmura Rain.

Ils n'avaient plus aucune issue.

– Il faut arrêter les murs ! déclara Devon.

Rain l'avait à peine entendu de tout le stage, mais sa voix explosa soudain dans le gymnase. Il courut vers les gradins et poussa de toutes ses forces. En vain.

– Aidez-moi ! hurla-t-il.

L'équipe accourut. Les gradins formaient un bloc compact de dix mètres de long sur dix rangées. Ils dataient de si longtemps qu'ils étaient en acier et par conséquent incroyablement lourds. Même à dix, c'était un travail de titan, mais ils ne renoncèrent pas.

– Tournez-les sur le côté ! guida Rain. À trois ! Un… deux… trois !

L'équipe recommença. Rain poussait sans ménagement, ses pieds fermement ancrés dans le sol. Et ils réussirent juste à temps. Quand ils parvinrent enfin à faire pivoter les gradins, leurs extrémités se trouvaient à seulement quelques mètres des murs. Rain se plia en deux, ruisselant de transpiration.

Il regarda fasciné les murs atteindre les gradins, presque délicatement. Un grincement assourdissant de métal retentit alors et les rangées de sièges en métal commencèrent à se plier comme de la paille.

– On essaie les bancs ! cria Twig.

Rain en prit un par un bout, mais il sut tout de suite que ça ne suffirait pas.

– Professeur ! appela Peño. À l'aide ! Quelqu'un !

Il cogna avec ses poings les briques qui remplaçaient désormais les deux portes. Personne ne les entendrait de l'extérieur. Les murs étaient épais et solides, l'équipe était prise au piège et ne pouvait rien.

– Il nous a fait faire ces heures d'entraînement juste pour nous tuer à la fin ? se demanda Lab, bouleversé.

– Ça capte pas ! enragea Vin après avoir balancé par terre son portable.

Rain tourna sur lui-même, impuissant. Fairwood allait être pulvérisé. D'une certaine façon, c'était une bonne chose. Les fanions étaient partis, les bancs, tous ces vieux souvenirs…

Tout était détruit. Tout son monde éclatait, avec lui au centre.

Il avait peut-être pris trop de temps à découvrir ses cicatrices. Rain observa ses mains, attendant la fin. Pour une fois, il ne réfléchit pas à ce qu'il devait faire, à son avenir, à sauver sa famille de Bottom. Il pensa à ses dîners tard le soir avec sa mama. Il pensa à ses jeux de ballon dehors avec son frère, il pensa à rendre visite à sa grand-mère et se dit que ça faisait longtemps qu'il ne l'avait plus fait. C'est ce qu'il voulait maintenant, et plus rien n'avait d'importance.

– Regardez ! cria Devon, la tête levée.

Plein d'espoir, Rain suivit son regard vers le plafond… mais fut rapidement déçu. À six mètres au-dessus du terrain flottait le globe noir. Rain sentait déjà son souffle glacial sur ses bras.

– Timing parfait, ironisa Peño.

Les murs glissaient à présent sur le terrain. Ils allaient tous mourir d'ici quelques minutes.

– Quelqu'un pourra sortir ! leur rappela Twig. On disparaît, vous vous souvenez ?

– Ça marchera seulement pour ceux qui n'ont pas déjà attrapé le globe, répliqua Reggie. Pas pour les autres.

Lab et Peño échangèrent un regard à travers le gymnase. Les frères étaient les seuls à n'avoir pas encore attrapé le globe. Un des deux pouvait se sauver, mais pour ça il devait abandonner son frère. Rain pensa à Larry. L'aurait-il laissé derrière lui ? Sûrement pas. Comment allaient-ils pouvoir choisir ?

– Montez sur les gradins ! cria Lab.

L'équipe s'exécuta, escaladant les sièges qui formaient désormais un V inversé vers le plafond. Ils se hissèrent tous jusqu'au sommet de la structure en acier.

Lab leva les mains vers le globe.

– Il est trop loin ! se découragea-t-il.

Les murs se rapprochaient inexorablement, écrasant et ravageant tout sur leur passage. Les joueurs se dévisagèrent, désespérés, sentant qu'ils avaient encore échoué. Rain n'avait plus d'idées, plus d'inspiration. Il restait sur place, pétrifié.

Il était censé être le leader. Il était censé guider les autres. Mais il se rendit compte qu'il en était incapable. Il n'avait pas toutes les réponses. Parfois il avait peur, il était perdu, il avait besoin d'aide, besoin que ses coéquipiers prennent les commandes. Mais peut-être ne leur en avait-il jamais donné l'occasion. Il avait peut-être attendu trop longtemps.

Devon se mit alors à quatre pattes sur les sièges qui se tordaient encore.

– Vite ! Faites une pyramide !

Twig, A-Wall, Big John et Reggie l'imitèrent aussitôt. Rain les observa, comprenant qu'il n'était qu'un bloc, un moyen pour Lab et Peño d'atteindre le sommet. Il faisait partie de l'équipe et rien de plus. Il n'hésita pas. Il grimpa sur leurs dos, Jérôme et Vin à côté de lui. La base manquait de stabilité, la pyramide humaine vacilla mais tint bon. Rain grimaça quand Peño grimpa sur lui, enfonçant ses chaussures dans sa peau. Lab fit la même chose, de l'autre côté.

Rain ne pouvait pas voir ce qu'ils faisaient. Il se concentrait sur ses mains, sur la tâche à accomplir. S'il cédait, toute la pyramide s'effondrait. Ils espéraient tous que, si quelqu'un parvenait à attraper le globe, les murs s'immobiliseraient. Rain voulait croire qu'ils n'étaient pas condamnés. Mais peut-être que seul celui qui disparaîtrait vivrait et que les autres seraient comprimés. Peu importe, il devait jouer son rôle.

Il examina le gymnase. Les murs n'étaient plus qu'à trois mètres l'un de l'autre. Les gradins ne ressemblaient plus qu'à une masse d'acier broyée. Les paniers étaient tombés et leurs planches s'étaient brisées en mille morceaux sur le parquet.

C'est terminé, songea-t-il. *Le passé est parti.*

Il vit soudain Rolabi s'agenouiller devant lui, du feu dans les yeux.

– Regarde autour de toi. Qu'est-ce que tu vois ?

– La fin, murmura Rain.

Rolabi sourit.

– Moi, je vois le début.

Il s'évanouit dans l'air. Les murs étaient si proches que Rain pouvait presque les toucher. Il ferma les yeux.

– Un… deux… trois ! cria Peño.

Rain sentit une pression sur son dos et soudain plus rien. Les murs se figèrent brusquement et, dans un grondement sourd, ils repartirent dans l'autre sens.

– Badgers ! s'exclama Peño.

– Badgers ! répondit Rain à tue-tête.

Peño descendit du dos de ses coéquipiers et toute la pyramide s'écroula dans un enchevêtrement de rires et d'exclamations de joie. Alors que les murs s'écartaient, les gradins se redressaient et revenaient à leur place. Les fanions se recousurent tout seuls. Le verre brisé se répara pour former les planches. Fairwood était reconstruit.

Mais pas comme avant. Aux yeux de Rain, le gymnase était différent. Nouveau.

L'équipe échangea des tapes dans la main, des coups dans le dos et des soupirs de soulagement. Rain scruta les lieux, réfléchissant aux mots de Rolabi. Le début. Ça en avait tout l'air. Rain sourit.

– On se fait un match ? proposa Reggie. Maintenant que notre gymnase a repris son état normal.

– Allons-y, acquiesça Peño en se frappant la poitrine. Qui veut être dans l'équipe gagnante ?

– Je peux seulement prendre quatre joueurs, lança Big John.

Lab revint et l'équipe se divisa en titulaires et remplaçants pour commencer. Sans tigre, vision ni règles. Ils se lancèrent dans une partie de basket des rues, avec ruse, alley-oop de folie et trois-points sauvages. Ils éclataient de rire à chaque tentative ratée. Mais personne ne voulait perdre, alors ils donnèrent tout ce qu'ils avaient.

Pour la première fois, ils avaient l'impression d'être dix amis en train de jouer.

Quand ils furent épuisés, Rain reprit son sac pour rentrer chez lui. Il s'arrêta devant les portes, se rappelant la question qu'il avait lue sur le métal le deuxième jour. Il ne connaissait toujours pas la réponse.

– Comment un leader ouvre-t-il une porte ? murmura-t-il.

Secouant la tête, il sortit. Il n'en savait rien.

✧ 10 ✧

LA ROUTE

Tu es poussière d'étoile et lumière.
Dévoile-toi, sois-en fier.

✧ SAGICIEN - PROVERBE N° 45 ✧

Quand il rentra chez lui, après le match, Rain courut droit vers Larry pour le prendre dans ses bras. Larry vérifia que son grand frère n'avait pas de fièvre avant d'éclater de rire quand il frotta son poing sur sa tête. Rain resta avec lui jusqu'au retour de leur mama. Ils lui avaient préparé un dîner. Elle faillit en pleurer.

Ça ne fit pas de Rain un meilleur joueur de basket. Ça ne le rapprocha pas de ses rêves. Ça ne vida pas les rues de ses ordures, ni ne reconstruisit les bâtiments qui tombaient en ruine. Ça ne fit pas de Bottom un quartier moins dangereux. Mais Rain ne regarda plus les rues de la même façon quand il se rendit au gymnase. Il se demanda ce qui se cachait sous la crasse. Il se demanda si, avec un peu de soin, les plantes pousseraient. Si les gens aussi pouvaient repartir de zéro, tout recommencer.

Il ouvrit les portes, savourant l'odeur de l'huile sur les charnières. Il respira le parfum du parquet en cèdre fraîchement poli. L'équipe faisait déjà des paniers. Il se changea rapidement pour les rejoindre et commença à tirer au moment où Rolabi arriva.

Le professeur les réunit.

– À une exception près, vous avez tous attrapé le globe. Pour quoi ?

– Parce que vous nous avez dit de le faire, répondit Vin.

– Mais pour quoi ? continua Rolabi. Qu'est-ce que vous avez trouvé ?

– Nos peurs, murmura Reggie.

Rolabi hocha la tête, se tournant vers les fanions sur le mur nord.

– La seule chose qui peut réellement vous arrêter dans la vie, c'est la peur. Pour gagner, il faut vaincre ses peurs. Pour le basket… et pour tout.

– Mais… on a réussi, non ? demanda Big John.

– La peur ne se vainc pas si facilement, répondit Rolabi. Elle reviendra. Vous devez vous y préparer. Vous avez encore beaucoup de travail avant la saison. Aujourd'hui, nous allons revoir ce que nous avons abordé jusqu'ici.

Ils entendirent un grincement.

– Twig… tu connais l'exercice, lança Rolabi en fouillant dans son sac.

Il fit le tour du terrain, plaçant des cônes, des cerceaux, des boucliers et des balles. La lumière clignota et les ombres s'élevèrent derrière eux. Twig ouvrit la porte du vestiaire et Kallo, la tigresse, en sortit. Les neuf journées de leur entraînement se matérialisèrent devant leurs yeux.

Rain les regarda et vit plus. Il vit son avenir.

– En ligne, s'il vous plaît.

Rain et ses coéquipiers avancèrent jusqu'au centre du terrain.

– Commençons par le parcours des lancers francs. Nous ferons des tours de terrain jusqu'à ce que quelqu'un réussisse son tir. Ensuite, nous regarderons la marguerite pour voir si elle bouge. Nous essaierons de contourner Kallo, puis ce sera le moment d'utiliser les boucliers pour notre stratégie défensive. Nous passerons à l'offensive projecteur dans le noir avec une balle illuminée et nous jouerons contre nos défenseurs de l'ombre. Ensuite, nous ferons un parcours avec notre main faible. Et nous ferons des paniers jusqu'à la fin de la journée avant de répondre à une dernière énigme.

– Des trucs bizarres vont se produire ? demanda Vin.

– Des trucs bizarres ? répéta Rolabi.

– Non, rien.

L'exercice commença. Rain se tira des sables mouvants. Son équipe disparut, ainsi que sa main droite. Et les ombres défendirent avec hargne. Il transpira abondamment, mais continua à se battre. Les heures défilèrent au rythme des exercices qui s'enchaînaient. Son cœur battait furieusement. Ils s'accrochaient tous. Il sentit que toute sa tristesse et sa douleur s'échappaient par les pores de sa peau. Pour la première fois, il avait moins mal.

Et quand la voix familière chuchota à son oreille, il n'en chercha pas la source.

Il examina ses coéquipiers. Tous en nage, ils travaillaient dur. Ils luttaient. Comment ne l'avait-il pas vu avant ? Pourquoi pensait-il être le seul à faire de son mieux ? Il se demanda soudain ce qu'ils avaient vu. Où le globe les avait-il emmenés ? Quels secrets, quelles cicatrices cachaient-ils ? L'espace d'un instant, il les vit auréolés de lumière. Un éclat argenté éclairait le parquet. Il regarda ses mains et vit la même clarté.

– Le grana, murmura-t-il.

Le mot flotta un moment dans l'air et soudain la lumière se dissipa.

Rolabi siffla la fin de l'entraînement et les réunit de nouveau.

Les ombres disparurent, Kallo retourna dans les vestiaires et l'équipe se retrouva seule.

Alors que les joueurs discutaient, Rain partit prendre sa bouteille et la vida d'une traite. Il se sentait léger… comme si on avait retiré un poids de ses épaules. C'était si bon de courir, marquer, transpirer. Il entendit des rires et rejoignit les autres au moment où Rolabi partait vers les portes.

– Vous aviez dit qu'on aurait une dernière énigme… l'arrêta Rain.

– En effet. Chacun en aura une. Et au fait, bienvenue aux Badgers !

Une exclamation de joie lui répondit et toute l'équipe partit vers les bancs. Rain se mêla aux autres et, quand il s'assit, il inspecta la ligne.

– On se fait quelques lancers ? proposa-t-il. On pourrait aller à Hyde ?

– Partant, répondit Vin.

– Moi aussi, acquiesça Peño. Rain a besoin de se détendre… ça va, mec ?

– Oui, très bien, répondit Rain en riant.

Il se changea lentement, réfléchissant aux deux années qui venaient de s'écouler, et plus loin encore… Tout ce temps depuis le départ de son père. Il était fatigué d'être un électron libre. De se demander ce qu'il valait et de vouloir entendre la réponse d'un père qui n'était plus là. Il avait des gens autour de lui, une famille, des coéquipiers, des amis. C'était à eux qu'il devait prouver sa valeur.

Avec ceux qui avaient déjà rangé leurs affaires, il attendit les autres. Un pacte tacite était passé entre eux : ils ne sortiraient que quand ils seraient tous prêts.

Il repensa à tout ce qu'il avait vu et fait au cours des dix jours précédents. Il avait perdu une main, sa vue, presque sa vie. Il avait tout regagné. Et maintenant, c'était à lui de choisir la suite. Facile : il allait jouer.

Lab fut le dernier à refermer son sac. Toute l'équipe se leva avec lui et, ensemble, ils se dirigèrent vers les portes. Rain menait le groupe, mais il s'arrêta soudain. La question était de nouveau écrite sur les portes à l'encre argentée :

Comment un leader ouvre-t-il une porte ?

Rain sourit et poussa la porte.

Une fois dehors, il la maintint ouverte pour ses coéquipiers.

LIVRE 2

TWIG

1

LA MONTRE À GOUSSET

L'être humain est comme l'arbre :
sans racines solides, il ne peut pas grandir. Et s'épanouir.

✧ SAGICIEN - PROVERBE N° 13 ✧

Alfie posa la main sur la poignée froide en métal, hésita et jeta un regard derrière lui.

La voiture de son père était déjà partie. Le parking était vide. Il ne restait que quelques sacs plastiques emportés par le vent comme des boules d'herbe sauvage. En soupirant, Alfie se tourna vers les portes et tenta de se convaincre.

– Tu peux y arriver, se dit-il. Tu vas entrer et tout pulvériser.

Il se frotta le front.

– Pulvériser ? Qu'est-ce qui cloche chez moi ? Oh, voilà que je parle tout seul. Tout va bien.

Il prit une profonde inspiration et, pour se détendre, sautilla sur ses orteils en relâchant ses bras.

– Arrête de te parler, entre et fais ce que tu as à faire. Mais mieux que d'habitude.

Il tira une des portes rouillées et glissa dans la pénombre. Un silence inquiétant l'accueillit. Mais quand la porte claqua derrière lui, il vit Reggie qui levait la tête.

Il arrivait toujours le premier à l'entraînement. Alfie ne connaissait pas grand-chose sur lui, si ce n'est que ses parents étaient morts. Il avait aussi entendu dire que, pour venir ici, il avait une heure de trajet en bus. Et pourtant il était toujours là avant les autres, même ceux qui habitaient à côté.

Ils échangèrent un petit hochement de tête et Alfie se dirigea sur le banc le plus éloigné, le nez plissé de dégoût. Fairwood sentait le vinaigre de malt. Son grand-père en badigeonnait ses frites et ça rendait Alfie malade. Il s'écroula sur le banc, qui se plia mais résista.

– Hey, Twig, le salua Reggie.

Alfie s'efforça de ne pas réagir. Même Reggie l'appelait *Twig*. « La brindille ». Il aurait pourtant bien voulu se débarrasser de ce surnom. Reggie ne le disait pas méchamment, il le savait. C'était le gars le plus sympa de l'équipe. Lui aussi était élancé, avec de longs bras et de grandes mains, mais il n'était pas aussi maigre. Il avait la peau plus foncée que lui et des cheveux courts, presque ras. Une longue cicatrice blanche traversait son menton.

– Bonjour Reggie. Tu te sens bien ? Enfin, tu vas bien ? Enfin, ça va ?

Alfie se retint de lever les yeux au ciel, exaspéré par sa propre maladresse. Pourquoi ne pouvait-il pas avoir une conversation normale, tout simplement ?

– Bien, répondit Reggie en riant. Pressé de jouer. Et toi ?

– Ouais, murmura Alfie. Carrément.

Il sortit lentement ses nouvelles chaussures de son sac. Son père les lui avait achetées pour la saison et Alfie avait un peu honte de les porter. À laçage automatique, elles venaient de sortir sur le marché. Profitant que Reggie ne regardait pas dans sa direction, il se dépêcha de les enfiler et appuya sur le petit bouton sur le côté. Aussitôt, elles se serrèrent parfaitement sur ses pieds.

– Waouh ! lança Reggie.

Alfie rougit et les cacha sous le banc.

– Je viens de les avoir, répliqua-t-il, gêné.

Qu'il vienne des quartiers chics du nord ulcérait déjà assez certains garçons de l'équipe, il en était conscient. Bottom était divisé en quatre zones : le sud industriel, dont il ne restait plus que des dunes de sable et des usines désaffectées ; l'est et l'ouest, pauvres et gangrénés par la violence ; et le nord, où habitaient les riches. C'est là que vivait la famille d'Alfie.

Les chaussures de Reggie étaient minables et usées. On aurait même dit qu'il avait recollé la semelle.

Reggie se pencha pour regarder celles d'Alfie.

– Elles ont l'air top ! Tu vas voler cette année avec ça.

– On verra, répondit Alfie, un sourire gêné sur les lèvres. C'est pas les chaussures qui mettent la balle dans le panier.

– Celles-là, elles vont t'aider, crois-moi. Tu sais, les gars d'Argen, ils vont avoir les mêmes.

– C'est sûr, acquiesça Alfie. Tu… tu t'es beaucoup entraîné depuis la fin de la saison ?

– Tous les jours. J'ai fixé un vieux panier devant la maison. Enfin, c'est un pneu, à vrai dire. Sans planche ni filet. Pas super officiel, mais ça suffit. Enfin, j'espère. On verra.

– J'en suis sûr… Enfin, je suis sûr que tu t'es amélioré…

– Ouais, répondit Reggie en riant. Et toi ? Tu t'es entraîné ? Tu dois avoir des terrains sympas, près de chez toi.

– Oui. J'ai un panier.

Il aurait tant voulu s'intégrer dans l'équipe, mais il était vu comme le gosse de riches depuis le premier jour. Ils avaient bien une équipe de la ligue junior dans son quartier, les Blues, mais Freddy avait promis que les Badgers iraient loin, alors son père l'avait inscrit. Seulement personne ne voulait de lui ici. Et le pire, c'est qu'il avait affreusement mal joué la saison passée.

– T'as travaillé sur ton jeu ? demanda Reggie.

– Carrément. Renversements, tirs, ce genre de trucs. Et j'ai essayé de prendre du muscle aussi.

– Super ! Tu vas assurer cette année. Tu vas être un vrai bon pivot.

Alfie détourna les yeux. Il n'en avait pas du tout la carrure. S'il arrivait déjà à se débrouiller dans la raquette, ce serait bien…

Les portes s'ouvrirent et Peño apparut, son petit frère, Lab, le suivant à contrecœur, encore complètement ensommeillé. Peño scruta le gymnase, un grand sourire aux lèvres. Il ferma même les yeux un moment. Il savourait peut-être les odeurs qui donnaient à Alfie envie de vomir. Peño adorait Fairwood et il adorait le basket.

– Reggie, quoi de neuf, mec ? salua-t-il.

Alfie se fit tout petit sur l'autre banc. Avec son mètre quatre-vingt-quinze, ce n'était pas évident, même s'il ne devait pas peser plus de cinquante-cinq kilos, et encore, après un bon repas. Son corps frêle lui avait valu ce surnom qu'il détestait. D'abord, on l'avait appelé *Stick Man*, « bâtonnet ». Et ensuite *Twig*, « la brindille ». Ça voulait dire la même chose : maigrichon, faible, maladif.

Peño s'assit et se tourna vers lui.

– Twig, salua-t-il. Yo.

– Hey, Peño. Enfin… je veux dire… yo.

Réprimant un soupir, Alfie baissa les yeux vers ses mains.

Je peux y arriver, se dit-il, luttant contre sa nausée. *Faut juste que je joue.*

Ce matin, son père lui avait préparé des céréales complètes et des toasts. Son petit déjeuner pesait plus lourd que du ciment dans son ventre. Il avait toujours un goût de beurre de cacahouète au fond de la gorge. Est-ce qu'il allait se transformer en nougatine avec la chaleur ? Il contempla sa balle. Il était un des rares à avoir la sienne et en plus elle était neuve. Ça passerait pour de la vantardise s'il allait tirer quelques paniers ? On la lui prendrait ? Il valait peut-être mieux qu'il reste assis à attendre patiemment.

Les questions tournaient dans son esprit, mais quand les portes s'ouvrirent de nouveau, il ne pensa soudain plus à rien. Big John apparut avec Jérôme sur les talons. Twig se ratatina encore plus.

– Quoi de neuf, les gars ? demanda Big John en plaçant les mains autour de la bouche pour faire haut-parleur.

Alfie baissa les yeux. *Pitié, faites qu'il soit plus gentil, cette année. Pitié.*

Big John et Jérôme échangèrent des cris et des tapes dans la main avec le reste du groupe et ensuite Big John se tourna vers Alfie, l'air mauvais.

– La brindille est de retour, lâcha-t-il, stupéfait. T'en as pas eu assez l'année dernière ?

Alfie hocha la tête. *Laisse-moi tranquille, pitié, pitié, pitié.*

Comme d'habitude, ses prières ne furent pas exaucées.

– Allez, faut bien quelqu'un sur le banc, commenta Big John. Comme a dit Freddy, notre nouvelle recrue viendra renforcer l'intérieur. On va être costauds au poste bas, cette année, comme on n'aura plus Twig sur le parquet. Le nul des beaux quartiers.

Alfie sentit ses joues s'embraser. Même s'il était enfant unique, c'est dans ce gymnase, entouré de son équipe, qu'il se sentait le plus seul. Il savait qu'on ne voulait pas de lui, ici. Normal, il ne valait rien en basket. C'était un peureux, un bon à rien.

Ces pensées lui firent l'effet d'une chape de plomb sur ses épaules et le clouèrent sur son banc.

Rain arriva ensuite et Alfie l'observa avec envie. Tout le monde aimait Rain. Il réussissait tout avec une facilité déconcertante : tirs en douceur, prises serrées, grâce animale, économie de mouvement. C'était la star incontestée de l'équipe et la fierté de Freddy. La plupart du temps, Alfie devait juste poser des écrans pour Rain, bloquer un pivot ou prendre ses rebonds. Alfie aurait tout donné pour être comme lui. Pour avoir sa vie, ne serait-ce qu'un jour seulement.

– Tu as trouvé notre hymne pour la saison ? demanda Jérôme à Peño.

Big John marqua le rythme et Jérôme dribbla pour ajouter les percussions.

Un sourire aux lèvres, Peño commença son rap. Il dit quelque chose sur leur gymnase et sur des trophées et termina par :

Dren, surveille bien tes Badgers
Parce qu'on est… euh…

Il s'interrompit.

… grave des winners ?

Même Twig sourit. Peño n'arrivait décidément pas à trouver une rime satisfaisante. Refusant de se laisser atteindre par les moqueries, il se contenta de hausser les épaules. Il n'avait peut-être pas le talent de Rain, mais en tout cas il avait la même confiance en lui. En fait, ils semblaient tous sûrs d'eux, à part Alfie. Après avoir salué les autres, Rain se tourna vers le banc le plus éloigné.

– Hey, Twig, lâcha-t-il.

Alfie tenta de ne pas grimacer en entendant son surnom. Tout le monde dans l'équipe suivait Rain et, apparemment, lui aussi avait adopté la trouvaille de Big John. Ça collait à Alfie depuis un an, ça ne risquait sans doute pas de changer. Il leva la main pour le saluer, mais la rabaissa aussitôt, se sentant ridicule.

– Rain. Yo !

– T'as pas changé.

Aïe. Rain n'aurait pas pu trouver pire. En quelques mots, il venait de détruire plusieurs semaines de travail et de régimes contraignants. Tout ça pour rien. Alfie se gratta le bras, même si son père lui répétait sans arrêt d'arrêter cette manie. *Ce geste te fait passer pour un faible.* Il tenta de trouver quelque chose à dire. Il hésita.

– J'ai pris un peu plus d'un kilo, bredouilla-t-il enfin.

Il le regretta aussitôt. N'importe quoi. C'était la première chose qui lui était venue à l'esprit. Et pour être honnête, il avait dû faire beaucoup d'efforts pour ce maigre résultat. Gros repas, musculation, tonnes d'avocats et compléments alimentaires protéinés. Il avait tout essayé. Un kilo, c'était déjà ça. Mais le dire tout haut, c'était… pitoyable.

Big John éclata de rire.

– Un kilo ? Un kilo d'acné, plutôt ?

Twig baissa les yeux et se tritura les doigts pour ne pas se gratter de nouveau. Donc Big John avait remarqué l'état de sa peau. Pas étonnant. Il avait des boutons partout sur le visage. Il voulut se les arracher, mais l'idée lui donna un haut-le-cœur.

– Le gosse a dit qu'il avait pris un kilo, continua Big John. Ce type me tue !

Alfie se retint de se lever et de rentrer chez lui pour ne jamais revenir.

– Un kilo ! répéta Big John. Moi, j'ai pris un kilo *ce matin* !

Alfie se recroquevilla sur lui-même, se retenant de pleurer. Ses épaules s'affaissèrent. Il pensa à Freddy qui raconterait à son père qu'il avait pleuré pendant l'entraînement. La honte lui brûla davantage les yeux.

– Il t'en faut encore dix pour jouer dans la raquette, continua Big John. Je comprends même pas pourquoi t'es revenu. Ton père, il le paye combien, Freddy, pour que tu restes dans l'équipe ? Gosse de riches… C'est un secret pour personne comment t'es là.

Alfie sentit les larmes poindre. Affreux.

– Tu vas pas pleurer, maintenant ! se moqua Big John.

Alfie se précipita dans les vestiaires sans même réfléchir, des rires l'accompagnant jusqu'à la porte.

La pièce était crasseuse, ce qui expliquait pourquoi l'équipe se changeait toujours sur les bancs. Dans le fond s'alignaient plusieurs cabinets de toilette. Il choisit celui avec le lavabo fendu et le robinet qui fuyait constamment. Alfie se planta devant le miroir pour regarder les premières larmes couler sur son visage grêlé. Il mit les mains sous le filet tiède pour les passer ensuite dans ses cheveux. L'eau ruissela sur sa peau et il l'essuya en s'attardant sur sa joue. Ses yeux se posèrent sur son dernier bouton, gros et rouge, juste sous la pommette.

Il le pressa machinalement et prit du papier toilette pour retirer le pus qui en sortit. Les larmes menacèrent de se déverser encore.

– Quel minable, murmura-t-il à son reflet.

Le garçon chétif qu'il avait devant lui répéta l'insulte.

Alfie resta les mains sur le lavabo à se dévisager.

Tiens bon aujourd'hui, songea-t-il avant de sortir enfin des toilettes.

Les joueurs s'échauffaient pratiquement tous à présent, se partageant une ou deux balles. Il prit la sienne et partit seul à un bout du terrain.

A-Wall et Vin arrivèrent dans le gymnase peu de temps après et enfin Freddy avec le nouveau. Le propriétaire de l'équipe lui avait parlé de lui quand il l'avait appelé au sujet du stage de présaison, mais sans lui dire le poste qu'il occuperait. Maintenant, c'était évident.

Le gars était immense et hyper musclé. Il avait le corps d'un adulte. Alfie ressentit une pointe de jalousie. Il pouvait largement prendre sa place de pivot titulaire. Alfie ne pouvait pas rivaliser. Une vague de découragement l'emporta.

Son père serait tellement déçu.

– Les gars ! cria Freddy en entrant dans le gymnase. Tout le monde est arrivé ? Approchez. Je voudrais vous présenter Devon.

Alfie approcha, attendant que tout le monde passe devant lui, pour finalement se ranger derrière le cercle. Il pouvait voir au-dessus de leurs têtes de toute façon. Le nouveau le laissait perplexe. Devon taquinait le parquet du bout de sa chaussure, les épaules basses, les yeux rivés sur le sol. Alfie connaissait ces signes. Quelqu'un d'aussi immense pouvait-il vraiment être timide ? Impossible. Il avait tout ce que Twig voulait, principalement les muscles.

Freddy posa une main sur lui.

– Il n'est pas ici pour lire de la poésie, les gars. Devon joue ailier droit et c'est un sacré défenseur. Enfin, il le deviendra quand on l'aura formé. Il fera un beau duo avec Twig.

Alfie tenta de ne pas montrer sa surprise. Freddy comptait le garder parmi les titulaires, malgré sa première année catastrophique ? *Papa sera content*, songea-t-il simplement. Si Alfie ne gâchait pas tout avant le début de la saison, bien sûr.

– Il est où, le nouveau coach ? demanda Rain. Rolobo, c'est ça ?

Dès qu'il eut prononcé ces mots, les néons clignotèrent, s'éteignirent un instant et reprirent leur lueur grise habituelle, pareille à des rayons de soleil à travers des nuages d'orage. Alfie leva les yeux, un peu dégoûté par l'épaisse couche de poussière qui volait autour d'eux.

Les portes s'ouvrirent brusquement et il faillit tomber à la renverse. Des rafales soufflèrent.

– Un tsunami de saleté ! hurla Peño. Fuyez !

Alfie distingua une silhouette dans l'entrée. Un géant, plus grand encore que son père. Du haut de ses deux mètres quinze au moins, il dut se pencher pour passer. Il était d'une élégance rare : costume immaculé, mallette en cuir. Il rappela à Alfie son grand-père. En approchant, il consulta sa montre à gousset.

Ses yeux se posèrent sur Alfie quelques secondes à peine et ce dernier ressentit des frissons dans la nuque. Il avait l'impression que la montre grossissait, que son tic-tac devenait plus lent, et il aperçut quelque chose dans le verre. Un homme grand aux yeux humides. Il fronça les yeux. L'image disparut.

L'homme rangea la montre dans la poche de sa veste, laissant la chaîne pendre en dehors.

– Oh, lâcha Freddy en retirant la main de l'épaule de Devon. Vous êtes en avance…

– En avance, en retard, ce n'est qu'une question de perspective, répondit l'homme calmement.

Alfie l'examina de près. Est-ce que c'était un prof d'université ? Pourquoi s'habillait-il comme ça ? Il faisait déjà chaud dehors et dans le gymnase, et la température allait encore monter, mais l'homme n'avait pas l'air de transpirer, il semblait même parfaitement à l'aise. Il fixait l'équipe de ses yeux vert brillant, comme s'il les jaugeait l'un après l'autre.

Quand son regard se posa sur Alfie, le garçon recula.

Comment un arbre peut-il pousser quand la terre est empoisonnée ?

Alfie se tourna. Il n'y avait personne derrière lui et pourtant il avait entendu une voix.

– Bonjour ? murmura-t-il.

Reggie le regarda, intrigué.

– Hey, répondit-il, même s'ils s'étaient déjà parlé plus tôt.

Alfie se força à sourire, embarrassé. Il perdait la tête, maintenant ?

Rolabi congédia Freddy et les portes se refermèrent, le silence retombant dans le gymnase. Ils regardaient tous Rolabi, qui les examinait à tour de rôle. Dès qu'il arriva sur lui, Alfie détourna la tête. Fairwood n'avait jamais été aussi calme. *C'est comme flotter dans l'espace*, songea le garçon.

Et soudain, sans aucune présentation, Rolabi déplia un papier qu'il sortit de la poche intérieure de sa veste, ainsi qu'un splendide stylo en or.

– Je vais vous demander à tous une signature avant de commencer, annonça-t-il.

Ils s'exécutèrent, l'un après l'autre, dans une confusion relative, mais Alfie n'entendit pas les mots que ses coéquipiers échangèrent avec le nouveau coach. Il signa en dernier, prenant le contrat des mains de Reggie.

JE SOUSSIGNÉ ALFRED
« TWIG » ZETZ ACCEPTE PAR
LA PRÉSENTE D'APPRENDRE
DU Pr ROLABI SAGICIEN
LA NATURE DE
TOUTES CHOSES.

CE CONTRAT EST RÉGI PAR LES LOIS • QUI GOUVERNENT LE ROYAUME DE GRANITY. •

SIGNATURE

Alfie le relut deux fois. « Granity » ? Il avait déjà entendu ce nom… un vague souvenir… ça lui semblait étrangement familier. Mais en sentant le regard des autres sur lui, il se dépêcha de signer, toujours intrigué, pourtant. Comment connaissait-il ce nom ?

Rolabi reprit le papier, le lut attentivement et hocha la tête. Avant qu'Alfie ne fasse un pas, le contrat disparut avec un bruit humide, comme une bulle de savon qui explose.

– Quoi… mais où… comment ? murmura Alfie.

Le professeur ouvrit sa mallette de médecin et y fourra le bras jusqu'à l'épaule. Alfie n'en revenait pas. Elle n'était pas si profonde, pourtant ! Encore plus surprenant, des sons en sortirent : dérapages, collisions, grognements mécontents. *Je la perds vraiment*, songea-t-il.

Tu perds quoi ?

Cette voix profonde ressemblait énormément à celle de Rolabi.

Soudain, sans avertissement, le coach lança à Big John un ballon qui vint s'écraser sur sa joue. Alfie se mordit la lèvre pour ne pas rire.

– Ça fait mal ! se lamenta le garçon.

Alfie, lui, réussit à attraper la balle à temps.

Et le gymnase changea. L'équipe disparut.

Il fut entouré de miroirs déformants, comme ceux qu'on trouve dans les fêtes foraines. Certains lui renvoyèrent un reflet petit et trapu, sur d'autres il était si grand et maigre qu'il s'imagina passer entre les lattes du parquet. Sur l'un d'eux, son visage était recouvert d'acné, rouge et bourgeonnant ; quand il passa les doigts dessus, il vit des ongles longs et crochus, plus tranchants que des rasoirs. La panique l'envahit.

Il fit volte-face pour trouver un moyen de s'enfuir, mais se figea sur place.

Il aperçut un autre miroir, dans lequel il avait les épaules et les bras puissants et musclés, le visage lisse et net, les cheveux épais et non plus les mèches grasses qu'il n'arrivait pas à discipliner. Les cicatrices avaient disparu. Il était beau et stoïque. Il fit un pas vers ce garçon-là. Cet Alfie. Il remarqua alors que Rolabi se tenait entre les miroirs et le regardait.

– Hmm, intéressant, lâcha-t-il. Ce sera tout pour aujourd'hui. À demain.

Les miroirs furent aussitôt remplacés par ses coéquipiers qui avaient tous l'air aussi confus que lui. Rolabi se dirigeait vers les portes. Ne se préoccupant pas des autres joueurs, Alfie chercha le miroir qui montrait une meilleure version de lui, celle qu'aurait voulue son père. Celle qu'auraient voulue les Badgers. La version que lui aurait voulue.

– À quelle heure ? lança Peño.

Rolabi ne répondit pas. Les portes se refermèrent en claquant et Peño s'élança vers lui.

– On peut garder les balles ? cria-t-il en faisant un pas dehors. À quelle… Professeur ?

Rolabi avait disparu.

2

BÂTONNET

Qu'ils t'applaudissent ou qu'ils te huent, quelle importance ?
Le jeu continue.

✧ SAGICIEN - PROVERBE N° 44 ✧

Le lendemain matin, Alfie resta un moment les yeux rivés sur les portes, essayant de se résoudre à les tirer. Son père n'avait été d'aucune aide. Il lui avait juste dit qu'il arrivait aux esprits nerveux d'halluciner parfois. *Il faut juste que tu t'endurcisses un peu !* Alfie ne savait pas si c'était vrai, ni ce que « s'endurcir » voulait dire, mais il ne le lui demanda pas. Il ne contredisait jamais son père… jamais. Ça ne lui vaudrait qu'une leçon sur le respect, une punition ou juste quelques cris.

Sa mère ne le crut pas non plus et lui embrassa le front pour s'assurer qu'il n'avait pas de fièvre. Il aurait voulu en avoir pour que ça explique ses visions, mais non. Elle lui rappela, comme toujours, qu'il pouvait arrêter le basket s'il le voulait. Elle lui dit qu'il n'avait pas à recommencer une autre saison juste pour faire plaisir à son père. Mais elle ne comprenait pas : Alfie voulait jouer au basket.

Et c'est pour ça qu'il était revenu aujourd'hui, malgré ses visions et malgré le harcèlement dont il était victime.

Alfie ouvrit les portes et entra. Comme d'habitude, il n'y avait pour l'instant que Reggie.

Ouf ! Au moins ça. Même si ce n'était que pour quelque temps. Alfie avait décidé de ne pas mentionner les moqueries dans son récit de l'entraînement de la veille. Sa mère aurait demandé à contacter celle de Big John. Son père aurait dit que les vrais hommes ne se laissent pas déstabiliser par des mots. *Endurcis-toi. Deviens un homme.* C'était la réponse de son père pour tout. Les vrais hommes sont forts. Les vrais hommes ne sont jamais bouleversés. Les vrais hommes sont constitués de pierre et de fer.

Si c'était vrai, alors Alfie était encore plus loin du compte qu'il le pensait.

– Bonjour, salua-t-il en posant son sac à côté du banc le plus éloigné.

– Salut, Alfie, répondit Reggie. Prêt à recommencer ?

Alfie se força à sourire.

– Pas vraiment, dit-il avant de se diriger vers les vestiaires.

Il s'enferma dans un des cabinets et s'examina dans le miroir en prenant de grandes inspirations. Son torse se soulevait sous son maillot. Il inspecta ses doigts fins, son cou étroit, ses joues creuses. Son père lui disait qu'il devait prendre du muscle, mais son corps n'était pas bâti pour ça. Il était tout en longueur, comme un morceau de chewing-gum qu'on étire. S'il n'y avait eu que ça, à la limite, il aurait pu faire avec. Mais il était couvert d'acné. C'était tellement injuste. Et autour de ses boutons, on voyait les cicatrices et les marques qu'il se faisait à la peau.

Il passa un doigt sur sa joue, se demandant si Big John ferait une autre réflexion aujourd'hui. Parfois, quand il avait un nouveau bouton, il avait l'impression qu'on ne voyait plus que ça, comme si un projecteur l'éclairait directement. Sans réfléchir, il se mit à se gratter et se dépêcha de prendre du papier toilette pour éponger le sang qui coulait de l'égratignure. Est-ce qu'on pouvait vraiment être plus cassé que lui ? Il en doutait. Il se retint de pleurer et jeta le papier dans les toilettes.

– Tu peux y arriver, s'admonesta-t-il en agrippant le bord du lavabo. Aujourd'hui, ça ira mieux.

Quand il se sentit en état d'affronter les autres, il repartit s'asseoir sur le banc.

– Hey, Twig, le salua Lab, toujours aussi endormi.

– Salut, répondit Alfie.

Peño faisait des étirements.

– Tu transpires déjà ? s'étonna-t-il en regardant Alfie.

– Non, c'est de l'eau. Pour me réveiller un peu, tu vois ?

– Tu m'étonnes, compatit Lab.

– Eh, j'espère que t'as pu te reposer, lança Peño. Qui sait ce qu'il nous réserve aujourd'hui, ce Rolabi. T'as pensé quoi de lui ? demanda-t-il à Alfie.

Ce dernier aurait aimé lui raconter ce qu'il avait vu, mais ne voulait pas passer pour un dingue. Il avait déjà assez de mal à s'intégrer. Il haussa les épaules.

– J'en sais rien. Un peu bizarre, non ?

Peño hocha la tête, même si la réponse ne sembla pas le satisfaire.

– Ouais, grommela-t-il. Bizarre, c'est le moins qu'on puisse dire.

Reggie travaillait ses renversements à une extrémité du terrain. Alfie le rejoignit pour s'échauffer à sa place habituelle. Il tira des lancers francs, se dépêchant de prendre le rebond pour se repositionner sur la ligne, qu'il marque ou pas.

Reggie s'interrompit un instant pour le regarder.

– Tu bosses à fond le tir, hein ? commenta-t-il.

Alfie hocha la tête.

– Ouais. Mon père dit que c'est bon pour s'entretenir.

– Oui. Combien de fois t'arrivais sur la ligne l'an dernier ?

– Une ou deux fois par match…

– Exact. Tu peux travailler tes tirs, mais faut aussi pouvoir arriver sur la ligne.

– Je sais, répliqua Alfie sur la défensive.

– C'est pas un reproche, Twig, lança Reggie en souriant. C'est juste pour t'encourager.

– Ah oui ?

– Bien sûr.

Il se tourna et fit un tir en suspension.

– Joli, le félicita Alfie.

– Je me suis entraîné, répliqua Reggie, modeste. Il marche bien, ce pneu.

Alfie hésita, puis avança dans la raquette pour travailler ses déplacements dos au panier. Renversements, suivis d'un double-pas ; tirs en se retournant ; tirs avec la planche. Quand il n'y avait pas de défenseurs, pas de pression, pas de regards sur lui, il marquait facilement. Feinte à gauche, départ à droite. Un pas en arrière, course vers l'avant. Haut, bas, haut.

Il se murmurait les mouvements, la voix de son père tout le temps dans les oreilles :

– Fais semblant de tirer, baisse ton épaule, plus fort. Vas-y !

– Bien joué ! le complimenta Reggie.

Mais le reste de l'équipe arriva et, quand Alfie vit le regard méprisant de Big John sur lui, il retourna sur la ligne des lancers francs. C'était plus sûr. Des tirs faciles, pas de jugement.

Reggie secoua la tête en soupirant.

– Peut-être qu'il ne viendra pas, lança Lab depuis l'autre bout du terrain.

– Ou peut-être qu'il est déjà là.

Alfie se tourna vers la voix. Rolabi Sagicien mangeait une pomme dans les gradins. Il se leva, prit une dernière bouchée, et jeta le trognon qui traversa le terrain sur vingt mètres et atterrit dans la seule poubelle du gymnase. Alfie en resta stupéfait. Rolabi n'avait même pas visé.

– Joli tir, murmura Reggie.

Sa mallette à la main, Rolabi avança jusqu'au centre du terrain.

– Rangez vos ballons.

Alfie retourna vers le banc en courant et fourra sa balle dans son sac. Les autres couraient aussi. Incroyable quand on pensait qu'ils ne s'étaient jamais pressés pour rien l'année précédente, pendant les entraînements. Big John arpentait le gymnase comme une sorte de paon et Rain n'écoutait que lorsqu'il en avait envie. Mais aujourd'hui, il obéit sur-le-champ et revint en premier vers Rolabi.

L'équipe se réunit en cercle autour du coach géant.

Alfie n'avait jamais vu des yeux comme ceux de Rolabi : un vert décliné en différentes teintes, électrique, foncé, profond. Il se demanda comment il s'était fait ses cicatrices blanches sur le visage. Impossible que quelqu'un ait été assez fou pour se battre avec lui. Alfie pouvait parier que même son père ne faisait pas le poids devant Rolabi, et pourtant il n'avait jamais vu son père éviter de combattre qui que ce soit.

Alfie tenta de rassembler son courage. Son père avait beaucoup insisté. Il tenait à rencontrer Rolabi. Très vite.

– Euh… professeur Rolabi ? l'interpella-t-il d'une voix faible.

– Oui ?

Alfie se racla la gorge et produisit un son guttural digne d'un chat malade.

– Mon… euh… mon père voudrait savoir quand les parents peuvent venir vous rencontrer.

– Après la sélection, je rencontrerai les parents.

Alfie ouvrit la bouche et la referma aussitôt, perdu. Est-ce qu'il avait bien entendu ? *Sélection ?* Alfie pouvait encore se faire éliminer ? Son regard se posa sur Devon. C'était peut-être celui qui allait prendre sa place.

– Une sélection ? répéta Peño, qui apparemment avait eu la même idée. Mais l'équipe est déjà constituée !

– Elle l'était, corrigea Rolabi. Dans mon équipe, chacun doit gagner sa place.

Alfie déglutit. Il allait se faire renvoyer, c'était certain. Super, son père serait furieux…

Il se gratta le bras, sans y réfléchir, et grimaça en voyant la marque.

– Donc ils vont devoir attendre dix jours pour vous parler ? demanda Vin en fronçant les sourcils.

– Si c'est urgent, ils peuvent appeler le 76522472442436.

Alfie tâtonna son short à la recherche d'un stylo. Il se reprit aussitôt. Son short n'avait même pas de poche. Il hésita à aller chercher son portable dans son sac, mais il avait raté le numéro.

– Donc… 7… 8… ? Vous pouvez répéter ?

– Je suis sûr que ton papa le trouvera tout seul, se moqua Big John.

Alfie se crispa et détourna les yeux, les joues en feu. Pourquoi est-ce qu'il avait besoin d'attirer l'attention sur lui en posant des questions ? Ça ne lui avait jamais réussi. Il ferait mieux de se taire et de se contenter de jouer. C'est tout ce qu'on attendait de lui.

– Nous allons commencer par un match, lança Rolabi.

Alfie tenta de ne pas grimacer. Il détestait les matchs. Big John le baladait sur tout le terrain pendant que Rain marquait des milliers de paniers. Personne ne mettait en place de stratégie ni ne jouait en zone. Leur seule méthode était du jeu homme à homme et chacun n'en faisait qu'à sa tête. Heureusement, les matchs étaient en général réservés pour la fin des entraînements, du coup Alfie pouvait s'esquiver juste après pour cacher ses blessures et ses larmes. Mais commencer la journée avec un match ? Quel cauchemar ! Il se demanda s'il ne pouvait pas encore trouver une excuse pour partir.

– Le cinq majeur de l'an dernier contre les remplaçants. Devon jouera avec les deuxièmes.

Alfie entendit presque le « pour le moment » sous-entendu. Et le pire, c'est qu'il jouait contre Big John. Alfie grogna en venant se placer à côté de lui sur la ligne.

Les titulaires l'entourèrent : Rain, Peño, Lab et A-Wall.

– Prêt à te faire défoncer ? demanda Big John tout haut.

Alfie sentit un poids sur son estomac. Il n'était pas de taille. Une menace pareille ne donnerait pas envie de pleurer à un homme. Mais Alfie n'en était pas un. Il ne savait pas cacher ses émotions. Il ne savait pas comment être fort.

Cacher ses émotions n'est pas être fort.

Alfie tourna la tête dans la direction de la voix et réfléchit à ce qu'elle venait de lui dire.

Elle ressemblait presque à la voix dans sa tête.

Euh… quoi ? songea-t-il.

Rolabi lança la balle parfaitement droit et Alfie savait qu'il allait remporter la mise en jeu. Il avait deux têtes de plus que Big John et sautait mieux. Mais Big John avait d'autres plans. Il donna un coup de coude à son adversaire, qui se plia en deux. Big John passa alors la balle à Vin. Alfie craignit de vomir.

Il respira profondément et sentit l'air revenir dans ses poumons. Un mélange d'humiliation, de colère et de scrupules l'envahit. Big John esquissait un sourire dentifrice, fier de ce qu'il venait de faire. Et Alfie ne ferait rien pour se venger, malgré les leçons et les conseils de son père. Il était lâche, un minable gringalet.

Big John s'élança vers la raquette et Alfie le suivit, toujours la boule au ventre. Il se plaça entre Big John et le cercle, agitant les bras comme les gigantesques personnages gonflables devant les magasins de voitures. Big John baissa l'épaule et percuta Alfie dans le torse avant de lui planter une nouvelle fois son coude dans le ventre. Alfie ravala un cri de douleur.

– Tu vas pleurer, Twig ? se moqua Big John.

Alfie fit comme s'il n'avait rien entendu et s'efforça de parer les coups.

– Tu sais pas parler ? le provoqua Big John. Pitoyable. Qu'est-ce que tu fais là, bon sang ?

– Je… joue au basket.

– T'as rien à faire ici, gosse de riches. Retourne chez ton papa dans les beaux quartiers.

– Freddy m'a demandé de venir…

– Et il n'est plus là, siffla Big John. Eh, le nouveau, on inverse !

Big John partit sur l'autre poste et Alfie le suivit à contrecœur. Devon et A-Wall accoururent et Twig remarqua que Devon l'avait soigneusement contourné, évitant le contact. Il se tourna, les sourcils froncés.

Devon ne poussait pas et n'essayait pas de partir dans la raquette. Il se tenait immobile, un bras prêt à réceptionner une passe. Il ne disait pas un mot.

Pourquoi ne balade-t-il pas A-Wall ? se demanda Twig, perplexe.

Il vit que Reggie cherchait à faire une passe à Big John et il se souvint de ce que son père lui disait : « Mets une main devant ton adversaire pour l'empêcher de recevoir la balle. » Il se plaça devant lui.

– Attends que je casse cette brindille, plaisanta Big John.

Reggie lança la balle, mais Rain l'intercepta.

– Sérieusement ! s'énerva Big John. C'était quoi, cette passe ?

Alfie suivit alors Rain en contre-attaque, mais Big John lui fit un croche-patte. Alfie s'écroula, la joue contre le parquet. Il resta allongé sur place, sonné, vérifiant avec sa langue qu'il avait encore toutes ses dents. Big John se planta au-dessus de lui, un sourire méprisant aux lèvres, une lueur dans les yeux.

– Reste là, murmura-t-il.

Alfie était tenté de suivre son conseil, mais il avait peur qu'on le piétine, alors il se releva et retourna en défense. Big John le percuta exprès et Alfie se retrouva de nouveau à bout de souffle. Jérôme le dépassa et marqua.

– Bien joué, Twig, se moqua Big John. Tu fais honneur à ton surnom, y a pas à dire.

– Attrape ! cria Peño en envoyant le ballon dans le torse d'Alfie.

Alfie fit la remise en jeu et remonta le terrain, penaud. C'était toujours sa faute.

Avant même d'arriver dans la raquette adverse, il entendit quelqu'un crier. Décontenancé, il regarda derrière lui. Vin venait de faire un double-pas. Ils étaient menés 4-0 et Peño avait l'air enragé. Il perdait rarement la balle – il adorait répéter qu'il avait de la colle sur les mains.

– Je croyais que t'avais des prises de folie ? s'étonna Lab. On aurait dit les dribbles de Twig.

– Merci, lâcha Alfie faiblement.

L'attaque suivante, Peño parvint à atteindre le camp adverse, mais de justesse. Comme Rain, étrangement, ne cherchait pas à être démarqué, Alfie arriva dans la raquette et, à sa grande surprise, reçut la passe. Il feignit un tir depuis la ligne des lancers francs au moment où Big John passa à côté de lui pour propulser la balle hors du terrain. Alfie sourit et se prépara à dribbler pour un double-pas désormais ouvert. Mais il se figea. Un miroir avait été installé sous le panier.

Une espèce de squelette, avec des cheveux noirs hirsutes et des yeux marron humides, lui rendit son image. C'était Alfie à sept ou huit ans. Il tenait la balle dans la même position, prêt à la déposer dans le panier. Mais avant qu'il puisse le faire, d'autres garçons apparurent autour de lui.

– Il va pas tirer ! cria l'un d'eux. Il a peur.

– Trop chelou, le mec.

– Trouillard.

Alfie connaissait ces mots par cœur… il les avait tellement entendus. Son père apparut dans le miroir. Alfie pensa qu'il allait prendre sa défense.

– On ne se moque pas comme ça de mon fils. Tu me fais honte, Alfie.

Des dizaines de souvenirs lui revinrent à l'esprit. Son père qui le ramenait à la maison en voiture et lui disait que Rain est un vrai joueur. Son père qui lui demandait d'être plus comme son cousin Gérald, un gros dur, baraqué et méchant. Plus loin encore. Son père qui lui prenait son hippopotame en peluche parce qu'« il n'était plus un bébé ». Tout se bousculait dans sa tête. Il ne pouvait plus rien voir, ni faire, ni penser. La honte le dévorait encore.

Alfie rendit la balle à Peño, sans écouter les appels qui suivirent. Il partit à son poste, complètement ébranlé, et ne se démarqua plus. Il ne voulait plus toucher la balle. Il ne voulait plus être Alfred Zetz.

Il ne joua pratiquement plus jusqu'à la fin du match. Il prenait des coups de coude et se faisait bousculer, sans réagir. Rain s'énervait et, quand un rebond arriva par hasard dans les bras tendus d'Alfie, Rain s'élança en avant, Reggie sur ses talons. Alfie tourna la tête vers un éclat de lumière qui se réfléchissait sur le miroir.

– Twig ! Par ici ! cria Rain.

Sans réfléchir, Twig fit une passe lobée, heureux de se débarrasser de la balle.

– T'as peur de dribbler ? se moqua Big John.

Alfie lui adressa un regard mauvais et courut derrière Rain.

– T'as rien à dire ? demanda Big John. Tu sais que courir, c'est ça, parce que t'as les pétoches.

Alfie avait les joues en feu. Devant lui, Rain jouait bizarrement, presque au ralenti. Il s'arrêta soudain et tenta un trois-points qui retomba très loin du panier.

Rain ne prenait pas de risques pareils. Il lui arrivait quelque chose.

Qu'est-ce qu'il voyait, lui ? se demanda Alfie.

Maintenant tu poses les bonnes questions.

Alfie sursauta et se tourna vers le professeur qui venait d'entrer sur le terrain.

– Ce sera tout pour aujourd'hui, annonça-t-il.

– On ne fait pas d'exercices ? demanda Peño, surpris.

Comme toujours, Rolabi ne répondit pas. Avec une précision effrayante, la balle roula directement entre ses chaussures cirées et s'arrêta net. Rolabi la souleva et partit vers les gradins en la rangeant dans sa mallette. Il s'assit comme s'il attendait le bus, et aussitôt une explosion assourdissante retentit. La porte des vestiaires s'ouvrit en grand et percuta le mur. Un vent glacial souffla depuis les vestiaires et Alfie regarda, subjugué. Il n'y avait pourtant aucune fenêtre.

– Où… Comment… ? bredouilla Big John.

Alfie se retourna. Les gradins étaient vides, Rolabi avait disparu.

Alfie écouta les autres se disputer sur la magie et les sorciers. Ils se demandaient s'ils n'étaient pas en train de devenir fous. Un souvenir remonta alors à sa mémoire. Depuis la veille, il le sentait revenir dans son esprit. C'était une histoire qu'il avait lue il y a très longtemps, ou peut-être même qu'on la lui avait lue… une histoire pour enfants. Une histoire de magie qui s'appelait… pas *Grapa* mais ça y ressemblait. Il se rappela une montagne, et une île… et encore quelque chose. Le royaume de Granity. Il ouvrit de grands yeux. C'est pour ça qu'il avait tiqué en lisant le contrat.

Alfie avança jusqu'à son sac pour retirer ses chaussures et vit qu'on avait posé un papier dessus. C'était une carte blanc et bleu avec un *S* à côté d'un numéro, 76522472442436. Il la ramassa, se demandant quand Rolabi avait pu l'y placer. Alfie sortit sur le parking et composa le numéro. À sa grande surprise, il entendit la tonalité.

– Rolabi Sagicien…

– Bonjour, pro…

La voix grave continua. On aurait dit un message préenregistré.

– Ce numéro est réservé aux parents. Bonne soirée, Twig.

Alfie sursauta et raccrocha. Sidéré, il baissa les yeux sur son portable et se rappela une autre partie du conte pour enfants. Un mot en particulier. Un mot qu'il avait oublié depuis longtemps.

– Sagicien, murmura-t-il.

Ce n'était pas un nom de famille. C'était un titre.

Soudain pressé de rentrer chez lui, il téléphona à sa mère pour qu'elle vienne le chercher. Il fallait qu'il retrouve ce livre.

✧ 3 ✧

LA SUEUR QUI DISPARAÎT

Lire dans les pensées est un jeu :
cache-toi dans l'esprit des autres et ouvre les yeux.

✧ SAGICIEN - PROVERBE N° 29 ✧

Assis seul dans les vestiaires, Alfie respirait la puanteur, l'imaginant remonter dans ses narines telles deux limaces empoisonnées. Il s'était perché sur le banc en bois qui faisait le tour de la pièce, fixé au mur par des équerres en acier et marbré de taches de moisissure noires. Les murs, blancs à l'époque, étaient désormais jaunis à la suite de dégâts des eaux. Quelques crochets couleur rouille sortaient encore du carrelage au-dessus du banc. Alfie voulait être seul, et c'était l'endroit idéal pour l'être.

Il agrippait des deux mains un vieux livre corné : *Le Monde du grana*.

Il l'avait retrouvé enfoui tout au fond de son armoire et l'avait relu au moins dix fois pendant la nuit. Il s'agissait d'une île isolée dans l'océan et sur laquelle se dressait une montagne couverte de neige, le royaume de Granity. Elle était habitée d'enseignants qui parcouraient le monde pour délivrer le grana. Ils s'infiltraient dans les sociétés et en ressortaient comme des fantômes. On les appelait des « Sagiciens ». Dans l'histoire, une orpheline prénommée Pana, naufragée en mer, échoua sur l'île où elle reçut une formation pour devenir l'une d'eux. Elle voulait rester sur l'île et oublier sa vie d'avant, mais après avoir découvert les secrets du grana, elle comprit que c'était impossible. Le roman se terminait sur ces phrases : « Pana prit conscience que le grana avait toujours été présent. Et elle comprit qu'elle devrait retourner dans le monde pour en partager les leçons. Pana quitta donc le royaume, en tant que Sagicienne désormais. »

Alfie se rongea les ongles. Il avait apporté le livre pour le montrer aux autres, mais qui prendrait au sérieux cette histoire pour enfants ? Quelle idée ! Sa mère le lui lisait le soir, au lit. Il s'imagina Big John hilare. Il passa les doigts sur les illustrations de chaque page. Une jolie coupe dorée. Un château en pierres blanches. Une grande porte voûtée taillée dans la montagne et, à l'intérieur, une grotte ronde.

Il ferma le livre et le rangea dans son sac. Une coïncidence, rien de plus.

Et pourtant Rolabi n'était pas un coach comme les autres. Le père d'Alfie l'avait appelé la veille pour l'interroger sur les horaires d'entraînement. Il avait téléphoné depuis son bureau et, quand il était rentré à la maison, il semblait un peu… mal à l'aise. Il expliqua posément à Alfie que Rolabi était visiblement un bon coach. C'est tout. Il n'ajouta pas un seul mot. Alfie ne l'avait jamais vu si peu bavard.

C'était peut-être le grana, ça aussi.

Quand Alfie sortit ses baskets, une petite note en tomba.

« Cher Alfie, tu n'avais pas bonne mine au dîner ce soir. Tu as dit que ça allait, mais je m'inquiète pour toi. Le stage se passe bien ? Les autres garçons t'embêtent ? Tu peux venir me parler à toute heure du jour et de la nuit.

Je t'aime,

Maman. »

Alfie sentit tout de suite les larmes couler. Il se dépêcha de les chasser avec la paume de sa main. Il avait confiance en elle. Il savait qu'il pouvait lui parler de Rolabi et qu'elle l'écouterait. Seulement, après, elle rapporterait tout à son père. Il s'énerverait et lui crierait dessus que les lâches ne gagnent jamais. Qu'il devait se concentrer sur son jeu.

Alfie plia le petit mot et le remit dans son sac.

– Je peux pas sortir d'ici, dit-il tout bas, sa voix planant un instant dans la pièce vide.

Il avait l'impression que des poids en fer lui entravaient les membres et le retenaient attaché au banc. S'il restait assis là toute la journée, ses coéquipiers s'en ficheraient complètement. Ils ne s'en apercevraient sûrement même pas. Alfie s'adossa contre le mur, le regard rivé en face de lui. Il plissa les yeux.

Des mots étaient écrits sur le parpaing.

Il se leva pour aller lire le message, se demandant comment il avait fait pour ne pas le voir quand il s'était assis. L'écriture était particulièrement élégante et soignée, presque de la calligraphie :

Tu ne trouveras de courage qu'en affrontant tes peurs.

Alfie passa la main sur l'encre sèche, tout en réfléchissant au sens de cette phrase. Au bout d'un moment, il enfila ses chaussures. Des centaines, peut-être des milliers de personnes s'étaient assises dans ce vieux vestiaire et certaines avaient certainement eu peur. Peut-être même l'auteur de ce message. Ça ne les avait pas empêchées de se lever et de jouer au basket.

Alfie aussi en était capable. Il pouvait surmonter une nouvelle journée.

Quand il sortit, ils étaient déjà presque tous là et le banc de l'équipe hôte était rempli.

Alfie s'assit un peu plus loin, se préparant à recevoir les moqueries habituelles de Big John. Mais… rien. En fait, personne ne parlait. Il entendit à peine quelques murmures.

Alfie fouilla dans son sac pour en ressortir son livre. Leur coach était-il vraiment un Sagicien ? Tout ça pouvait-il être vrai ?

– Ça existe pas, la magie, contredit Lab en levant les yeux au ciel.

– Ah non ?

La voix venait de derrière eux. Alfie se retourna si vite qu'il tomba du banc. Ses coéquipiers étaient également tous par terre, les uns sur les autres. Rolabi partit vers le terrain, sa mallette de médecin à la main. Son autre bras ondulait sur le côté de son corps, tel le balancier de la pendule de son grand-père. Un geste hypnotisant.

– Si vous ne croyez pas en la magie, vous devriez sortir davantage, déclara-t-il.

Ses yeux se posèrent sur Alfie, qui de nouveau entendit le tic-tac de la montre à gousset.

Il est toujours temps de changer.

Alfie ne détourna pas la tête cette fois, il croisa le regard de Rolabi.

Il contemplait un Sagicien.

Le premier à découvrir la vérité. Mais seras-tu le premier à l'affronter ?

Comment dois-je faire pour l'affronter ? songea Alfie.

Tu dois travailler.

– Nous allons commencer par des tours de terrain.

Alfic se releva. Il se rendit compte que l'équipe était derrière lui et attendait son départ ; il se retrouvait dans la position inconfortable de meneur de peloton. Malgré le rythme lent qu'il avait imposé, au bout de cinq tours il transpirait abondamment. De grosses gouttes dégoulinaient sur son front et le long de son nez pointu, et rapidement il sentit un goût de sel sur ses lèvres.

– C'est l'heure des lancers francs, annonça Rolabi. Un par un. Dès qu'un joueur marquera, vous arrêterez de courir pour la journée. Mais si quelqu'un rate son tir, toute l'équipe repart pour cinq tours.

– À moi, se proposa Peño, haletant, en se plaçant sur la ligne.

Alfie se plia en deux, regardant la sueur couler par terre. Elle forma une flaque qui disparut brusquement comme si on avait retiré la bonde d'une baignoire. Il n'avait jamais vu le parquet réagir ainsi. Il regarda autour de lui. Les autres reprenaient aussi leur respiration et la transpiration qui coulait de leurs corps était aussitôt avalée par le sol. On aurait dit que Fairwood s'en abreuvait.

Il s'agenouilla pour toucher les lattes. Elles étaient rêches, le vernis, parti depuis longtemps, et des échardes pointaient un peu partout. Alfie avait l'impression que ses doigts séchaient à ce contact.

– C'était quoi, ce tir ? s'offusqua Lab.

Alfie leva les yeux. La balle s'éloignait en roulant et Peño semblait abattu.

– Cinq tours de plus, annonça Rolabi.

Alfie se redressa alors que tout le monde pestait et s'apprêta à repartir. Il ouvrit soudain de grands yeux.

Le sol était désormais incliné à quarante-cinq degrés, comme si on avait soulevé un côté du gymnase. Alfie sentit ses chaussures glisser en arrière. Il se pencha pour ne pas perdre l'équilibre.

– Repartez, ordonna Rolabi.

Un Sagicien, songea Alfie, émerveillé.

Es-tu prêt à trouver ton grana ?

Je... je ne sais pas, pensa-t-il.

Alors cours et découvre-le.

Alfie démarra. Il fut contraint d'allonger sa foulée et de se pencher en avant, se propulsant sur la pente, grâce à ses bras qui lui servaient de contrepoids. Il avançait les jambes à la manière d'un patineur et ses cuisses brûlaient affreusement. Il atteignit enfin le bout du terrain et, quand il se retourna, il s'immobilisa un instant, provoquant un carambolage. À présent, le sol descendait.

– Bon sang, lâcha-t-il.

Monte tout en haut. Redescends jusqu'en bas. Pars en quête de la vérité.

Alfie se pencha en arrière et fit de tout petits pas.

– Si je meurs, racontez mon histoire, geignit Big John.

– Celle où tu tombes dans un trou, ou celle où tu es victime d'une crise cardiaque ? demanda Vin.

– L'une des deux.

Quand ils terminèrent leurs cinq tours enrichis de différents obstacles, Rain s'avança pour tirer. Alfie était en nage. Il aurait pu essorer son short.

Heureusement, l'exercice allait s'arrêter grâce à Rain. Il ne manquait jamais de lancer franc.

Rain se plaça sur la ligne et Alfie anticipa ses mouvements à venir. Trois rebonds. Une inspiration. Tout comme d'habitude. Mais en tirant, il sursauta. La balle rebondit sur le cercle.

– Non ! lâcha Big John, à bout de souffle.

– Allez tous boire, ordonna Rolabi. Vous repartez bientôt pour cinq autres tours.

Alfie s'empara de sa bouteille, tandis que Rain partait s'enfermer dans les vestiaires. Il devait être contrarié d'avoir raté son tir. Alfie ne connaissait rien de lui, si ce n'est que sa vie semblait assez parfaite. Le meilleur joueur, le gars le plus cool, celui qui savait vraiment tirer. Tout lui venait facilement.

– C'était quoi ? murmura A-Wall.

– Aucune idée, répondit Peño. Mais je suis sûr que Rolabi le Relou y est pour quelque chose.

Alfie observa le professeur en buvant. Il se tenait pareil à une statue au centre du terrain, les yeux sur les fanions. Alfie pensa à une autre partie du livre :

« Et ils dirent à Pana que les Sagiciens sont plus vieux que les pierres. Certains vivent un millier d'années. Leur mission est la plus ancienne et la plus importante : rappeler au monde, à chacun, sa vraie valeur. »

– Le sol… il bouge, n'est-ce pas ?

Alfie se tourna vers la voix grave. C'était la première fois qu'il entendait Devon parler.

– Oui. Enfin… je crois.

– OK, ponctua Devon. C'était pour être sûr.

Ils repartirent. Comme précédemment, le gymnase se transforma à chaque tour et les tirs ratés commençaient à s'accumuler : Lab, Vin, Big John. Ils arrivaient à peine à courir à présent.

– Twig, lança Reggie à la fin des cinq tours suivants. À toi.

Alfie vit ses coéquipiers pliés en deux. Personne ne se portait volontaire, alors il prit une grande inspiration et s'avança sur le terrain. Ses jambes lui semblaient tendues comme des élastiques. Il respira de nouveau.

Du calme et ça passe crème, songea-t-il en dribblant et en épongeant sa sueur avec son maillot.

Il imita Rain. Trois rebonds, une inspiration. Il se prépara alors pour tirer.

Mais quand il souleva la balle, elle lui parut incroyablement lourde. Il vit alors qu'il tenait une boule de plomb noire, comme celle que les prisonniers traînent au bout d'une chaîne. Il rassembla toutes ses forces pour la porter, écartant les pieds pour mieux se positionner. Il avait l'impression que son corps s'enfonçait dans le sol. La mâchoire serrée, il ne relâcha pas ses efforts.

– Il est tellement faible, commenta Lab.

Il se tourna vers l'équipe, personne ne parlait, pourtant.

– Il peut même pas soulever la balle, dit Big John en riant.

– Elle est trop… lourde, se justifia Alfie.

– C'est embarrassant, déclara Rain. Son père doit avoir tellement honte de lui.

Mais leurs lèvres ne bougeaient pas. Ou peut-être que si. Il essaya de ne plus s'en préoccuper.

De nouveau, il souleva la balle, croulant sous son poids, et enfin il tira. Dès qu'elle s'éleva dans les airs, le boulet redevint un ballon de basket. Il dessina une trajectoire parfaite mais frappa la planche si fort qu'il revint sur Alfie avec la même force, manquant de peu de l'assommer. Alfie entendit les grognements de stupeur de ses coéquipiers. Quelle honte !

Abasourdi, il rejoignit le groupe et ils repartirent pour cinq tours. Alfie n'en pouvait plus, ses jambes menaçaient de l'abandonner. Heureusement, Reggie réussit son panier et tous l'acclamèrent, malgré leur fatigue.

– Pause, annonça Rolabi. Approchez avec vos bouteilles d'eau.

Alfie s'exécuta, repensant au poids de la balle. Il l'avait senti. C'était palpable, réel. De nouveau, il se rappela le livre. Pana avait compris que ce n'étaient pas les Sagiciens qui créaient la magie, ils utilisaient juste le grana présent en chacun de nous.

Une des leçons les plus importantes qu'elle avait apprises était qu'elle créait son propre monde.

Pas toi ?

Twig en lâcha sa bouteille et se pencha pour la ramasser.

Je sais pas encore faire, songea-t-il, penaud. *Ce dialogue dans ma tête, c'est le grana ?*

Comme tout le reste.

Il rejoignit ses coéquipiers assis autour de Rolabi qui sortait de sa mallette une fleur en pot. Une magnifique marguerite blanche qu'il plaça au centre du cercle. Alfie n'en avait vu d'aussi belles que dans les livres.

Tu veux voir le grana ?

Oui, songea Alfie, plein d'enthousiasme.

Alors regarde cette fleur pousser. Fais attention à chaque détail. Repère l'imperceptible.

Les sourcils froncés, Alfie observa la marguerite. Il replia les jambes sous lui et tenta de se concentrer. La première minute, il essaya vraiment d'y déceler quelque chose. Mais il ne voyait qu'une simple fleur.

Rapidement, des bruits le perturbèrent : le tic-tac de l'horloge, des soupirs de frustration, et le frottement des habits à mesure que les garçons s'impatientaient. Il s'efforçait de voir la marguerite pousser, mais en vain.

Pourquoi est-ce que tu te précipites ?

Mais non, pensa Alfie en levant les yeux vers Rolabi.

Tout ce que tu veux, c'est du changement. Un nouveau corps. Une nouvelle vie. Qu'est-ce que tu as fait pour avoir celle que tu as maintenant ?

Alfie détourna la tête. Quand il regarda de nouveau la fleur, elle avait flétri et il était seul dans le gymnase. Un frisson traversa son dos. La scène était-elle bien réelle ? Il tendit la main vers le pot pour toucher la marguerite. Elle tomba en poussière. Il l'observa, perdu, étonnamment triste. Elle était si belle.

– Quand on en veut plus, on oublie ce que l'on a déjà. Ce qui est ignoré fane et disparaît.

Alfie dévisagea Rolabi qui le dominait de toute sa hauteur.

– Je veux m'améliorer, protesta-t-il.

– Il est sage de faire pousser ce que tu as, répliqua le coach. Pas de devenir autre chose.

Alfie cligna des yeux. Il était de nouveau assis dans le cercle, parmi ses coéquipiers. Rolabi rangea la fleur dans sa mallette. Troublé, Alfie le contempla.

– Il nous reste une leçon pour aujourd'hui, annonça Rolabi.

Ses yeux verts se posèrent sur Alfie.

Il est temps que la brindille pousse.

Alfie se leva avec le reste de l'équipe. Rolabi avait commencé à installer un parcours dans le gymnase. Il jetait dans toutes les directions des cônes qui tombaient en un zigzag parfait. Il sortit ensuite des objets incroyablement grands de sa mallette : un cerceau sur un support métallique, des poteaux d'un mètre quatre-vingts de haut, et encore des cônes. Il y avait assez d'équipement pour remplir un grand camion. Et comme si ça ne suffisait pas, il ajouta trois ballons de basket qu'il aligna.

– Je vois bien ? murmura Reggie.

– Je sais plus, répondit Alfie.

Quand l'équipe se réunit devant les balles, Rolabi se tourna vers eux.

– Vous allez faire tout le circuit, expliqua-t-il. Un double-pas sur le premier panier et un trois-points sur le deuxième. Quand vous revenez, passez la balle au joueur suivant. Trois joueurs sur le terrain en même temps. C'est parti.

Rain se baissa pour prendre un ballon et poussa un hurlement glaçant. Il saisit son poignet, affolé, et laissa tomber la balle. Partout autour de lui, des cris de panique résonnèrent. Alfie se força à baisser les yeux.

Sa main droite avait disparu. Son poignet se terminait pas un moignon plat de la couleur de sa chair. Il n'en revenait pas. Il le tâta avec les doigts de la main gauche et ne sentit rien. Des exclamations d'effroi lui parvenaient, mais il ne les entendait pratiquement plus. Tout ce qui occupait son esprit désormais était son membre manquant.

– Je suis le seul à avoir perdu ma main ? demanda Lab.

– Je n'en ai plus non plus, répondit Alfie, sidéré.

Lab l'examina avant de s'adresser à Rolabi :

– C'est impossible.

– Possible, impossible, ce sont des notions hautement subjectives, répliqua Rolabi. Je vous attends.

Le silence s'installa alors dans le gymnase, interrompu çà et là par des gémissements et des jurons étouffés.

Rain s'empara alors du ballon avec la main gauche et s'élança dans le circuit. Tous le suivirent de mauvaise grâce. Alfie manqua son double-pas de loin et n'arriva même pas à dribbler entre les cônes. Il perdit la balle deux fois, mais fit une passe à un A-Wall hyper frustré avant de recevoir une passe de Jérôme. Quand il tenta de lancer la balle à travers le cerceau vertical, il le rata d'au moins trois mètres et fit un tir en suspension catastrophique. En prenant le rebond, honteux de sa piètre performance, il reçut une autre balle en pleine tête.

– Désolé, mec ! cria Lab.

Les excuses fusaient de toutes parts.

– Attention ! hurla Peño en frappant Vin avec une passe ratée.

– Tu crois que tu joues à la balle au prisonnier ? s'énerva Vin en se frottant la joue.

Ils continuèrent malgré tout. Alfie fut touché six fois, et même une fois sur le nez. Il réussit un tiers de ses doubles-pas avec la main gauche, mais pas un seul tir en suspension, ni une seule passe à travers le cerceau. Quelle humiliation ! Quand Rolabi siffla la fin de l'exercice,

Alfie s'écroula, épuisé. Il transpirait tellement que ses yeux le piquaient. Il arrivait à peine à les ouvrir.

– Vous pouvez nous rendre nos mains, maintenant ? demanda Rain.

– Demain, nous travaillerons notre défense, annonça le coach. Vous en aurez besoin.

Il ramassa alors sa mallette et se dirigea droit vers un mur.

– Il sait qu'il y a pas de porte, là ?

Les néons s'allumèrent comme des supernovas miniatures, baignant l'endroit d'une clarté blanche aveuglante. Alfie entendit des bruits, peut-être des vagues. Le hurlement d'un vent alpin. Il sentit l'odeur salée d'une brise venue de l'océan.

– Le royaume de Granity, murmura-t-il.

Les lumières clignotèrent. Rolabi était parti.

Alfie se redressa lentement, et le sol fit un bruit de succion. Quand il baissa les yeux, il vit qu'il était déjà parfaitement sec. Impossible ! Alfie s'agenouilla pour toucher les lattes. Elles s'écartèrent doucement et il passa un doigt dans l'espace.

Une image apparut devant lui. Des milliers de veines et d'artères argentées filaient sous ses pieds, grimpaient le long des murs et jusqu'au plafond. Elles pulsaient, battaient, avalaient la sueur.

Le gymnase semblait vivant.

– Un cœur, murmura-t-il.

L'image s'évanouit et Alfie se rendit compte qu'il venait de retomber par terre, sur les fesses. Les veines et les artères avaient disparu, mais il avait encore l'impression d'entendre des battements de cœur.

– Ça va ? lui demanda Reggie, le bras tendu pour le relever. Enfin, à part la main.

– Oui, répondit Alfie en acceptant son aide. Merci.

– Dingue, hein ? Tu vois la mienne pourtant, n'est-ce pas ?

– Oui, ça doit être une illusion pour une seule personne.

– Je comprends rien à tout ça, commenta Reggie. J'adorerais savoir ce qui se passe.

Alfie ouvrit la bouche pour parler du livre mais hésita. Il ne voulait pas qu'on se moque de lui, et même si Reggie était gentil, il s'agissait quand même d'un conte pour enfants. Il se contenta donc de hocher la tête et de sourire.

– Pareil.

Ils partirent ensemble vers le banc et Reggie l'examina.

– Comment est-ce que tu t'es fait ces cicatrices sur les joues ? Je voulais te le demander depuis un moment.

Alfie passa une main sur son visage. À force de se gratter la peau, il se l'était abîmée. Ça lui donnait l'allure d'un vieux soldat au visage grêlé. C'était hideux, il le savait, mais il ne pouvait pas s'en empêcher.

– Je suis né avec, mentit-il.

– Oh. J'avais l'impression que t'en avais de nouvelles…

– Non, répliqua Alfie plus sèchement qu'il ne l'aurait voulu.

Il détourna la tête.

Reggie fronça les sourcils, embarrassé.

– Désolé. Je voulais juste m'assurer que tu allais bien.

Alfie se rongea les ongles. Il ne pouvait pas perdre son seul ami dans l'équipe. Il ne voulait pas parler de ses cicatrices… mais il pouvait lui parler du livre. Peut-être que Reggie le verrait comme une preuve de confiance.

– Je peux te montrer quelque chose ? lui demanda-t-il.

– Quoi ?

Alfie s'assit sur le banc, regarda autour de lui pour s'assurer que tout le monde était occupé et sortit le livre de son sac avec la main gauche.

– *Le Monde du grana*, lut Reggie lentement.

Il prononçait chaque mot soigneusement.

– Je pense que ma grand-mère me le lisait quand j'étais petit. Ça me rappelle quelque chose. Pourquoi est-ce que tu…

– Lis-le, l'interrompit Alfie. Tu peux me l'emprunter ce soir si tu veux.

Intrigué, Reggie ouvrit le livre avec la main droite, sa main la plus faible. Sur la première page, une île et une montagne étaient dessinées.

Le livre commençait sur ces mots :

« Il était une fois, au royaume de Granity, plusieurs Sagiciens… »

– Oh ! lâcha Reggie. Je vois.

4

LA LONGUE MARCHE

Si tu as peur de la solitude, passe plus de temps seul.

✧ SAGICIEN - PROVERBE N° 23 ✧

Alfie vérifia que personne ne regardait. Avec sa main gauche, il pressa sur le bouton de chacune de ses chaussures, et elles se resserrèrent. Les autres se battaient tous avec leurs lacets, alors il ne voulait pas attirer l'attention. Il compatissait, en tout cas. Depuis l'entraînement de la veille, il avait failli avaler sa brosse à dents, faire tomber son verre de lait et il avait renoncé à l'idée de lire un livre. Incroyable comme il était maladroit avec sa main gauche. Un crochet de pirate aurait été plus utile.

Ses parents ne dirent rien. Ils voyaient toujours sa main droite. Alfie n'avait qu'à s'endurcir, c'est ce que son père disait toujours. Un rhume ? Tu dois t'endurcir. Des gamins qui l'embêtaient ? Tu dois t'endurcir.

Tu dois t'endurcir. Qu'est-ce que ça voulait dire ? Ne te plains pas ou n'attrape pas froid ? Ne pleure pas si on t'embête ou ne les laisse pas t'embêter ? C'était quoi, *être dur*, pour lui ?

– Quelle nuit, hein ? lança Reggie en s'écroulant sur le banc après quelques tours de terrain.

Ils étaient les premiers comme toujours, mais les autres commençaient à arriver.

– Ah, tiens.

Il sortit le livre de son sac pour le rendre à Alfie.

– Tu l'as lu combien de fois ? demanda Alfie sèchement.

– Une vingtaine. Je me suis pas mal identifié à Pana, tu sais ?

Alfie se frappa le front. Bien sûr. Reggie aussi était orphelin.

– Je n'avais même pas…

– T'inquiète, l'interrompit Reggie. Mais c'est dingue… tout est pareil !

– T'as vu ? Tu en as parlé avec ta grand-mère ?

– Non, elle me dirait que je suis fou. Elle est plutôt du genre classique, tu vois ?

– Je vois pas, non.

– Avec elle, on se plaint pas, on répond pas. Elle croit pas à la magie. Ni au grana.

Alfie hocha la tête et rangea le livre dans son sac.

– Mon père est pareil. Ça fait combien de temps que tu vis avec ta grand-mère ?

– Ça fera sept ans en octobre. Depuis que j'ai six ans.

Alfie hésita. Il ne devrait pas demander. Mais il voulait vraiment savoir.

Il n'avait jamais été très bon pour se retenir. C'était plus fort que lui.

– Tes… parents… ?

Reggie ne répondit pas tout de suite, et Alfie se dit qu'il avait été trop loin. Il préparait déjà des excuses dans sa tête. Il était tellement bête parfois.

– Je sais pas, lâcha enfin Reggie.

– Pardon ? demanda Alfie, incapable de s'en empêcher. Ils… sont partis ?

– Pas exactement.

Reggie laissa échapper un soupir, les yeux rivés sur ses mains comme s'il allait y trouver la réponse.

– Ils ont eu un accident de voiture.

– Je suis désolé, murmura Alfie.

Comment imaginer perdre ses parents ?

Reggie leva la tête vers lui.

– C'est ce que la police m'a dit, en tout cas. Mais je n'ai jamais vu leur voiture. Pas de photos. Rien.

Il s'interrompit.

– Ils étaient tous les deux reporters. Ils ont critiqué le président.

– Je ne savais pas, murmura Alfie.

Quoi ? Qu'est-ce que Reggie était en train de lui dire ? Que le gouvernement avait assassiné ses parents ? Il s'assura que personne ne les écoutait – ils s'échauffaient tous. Même penser une chose pareille était dangereux.

– Personne ne le sait dans l'équipe, déclara Reggie.

– Mais tu viens de me le dire.

– Ouais. Je te fais confiance, ça reste entre nous.

– Bien sûr, acquiesça Alfie. Et… je suis désolé.

– Moi aussi, murmura Reggie.

Les portes s'ouvrirent et Rain entra, un Freddy plus nerveux que jamais sur les talons. Alfie comprit tout de suite ce qui se passait : Freddy était venu renvoyer Rolabi Sagicien. Alfie avait vu Rain parler à voix basse à quelques joueurs la veille, mais sans l'inclure. Apparemment, la décision était prise.

– On risque de ne bientôt plus avoir à penser aux Sagiciens, commenta Reggie doucement.

– Ils t'ont demandé ton avis ?

– Bien sûr que non, répondit Reggie, amer.

Alfie écouta l'équipe se plaindre à Freddy, qui ne semblait rien croire de ce qu'ils lui racontaient : des mains coupées que tout le monde voyait, le sol du gymnase qui se transformait, des voix. Pourtant, il accepta de renvoyer Rolabi. Comme toujours, si Rain voulait quelque chose, Freddy s'exécutait.

Alfie aurait aimé protester et demander qu'on garde le nouveau coach, mais il n'essaya même pas et la honte l'envahit. Il était vraiment trop lâche. Son père le savait. L'équipe le savait. Et pire que tout, il le savait lui-même. Il se tut.

Freddy fit tourner son téléphone entre ses mains.

– Bon, il ne devrait plus tarder...

– Tu faisais partie de l'une de ces équipes, Frédéric ?

Alfie se tourna. Rolabi Sagicien se tenait sous les fanions multicolores.

– Quoi... ? Où est-ce que... ? bredouilla Freddy.

Rolabi avança vers eux. Freddy fit de son mieux, il fallait bien le reconnaître. Il prétendit même que la décision venait de lui.

Mais Rolabi ne bougea pas. Le silence envahit le gymnase quand le coach examina les joueurs, et, quand ses yeux se posèrent sur Alfie, ce fut le mot *courage* qu'il lut dans son regard. Alfie baissa la tête. Il avait voulu s'opposer à l'opinion des autres mais n'avait rien dit. Comme toujours. Alfie manquait de courage.

Détrompe-toi. Il faut du courage pour se connaître soi-même.

Les deux hommes se serrèrent la main et Freddy se figea. Alfie compta jusqu'à soixante avant qu'ils se séparent.

– Rolabi restera votre coach, déclara-t-il. J'ai... j'ai hâte que la saison commence. À plus tard.

Il prit aussitôt congé. Alfie se demanda ce que Freddy venait de voir.

L'avenir.

Rolabi attendit que les portes se referment avant de se tourner vers l'équipe comme si de rien n'était.

– Aujourd'hui, nous allons travailler la défense, annonça-t-il calmement. Avant de vous enseigner les zones et les stratégies, je vais d'abord apprendre à chacun d'entre vous à être un bon défenseur. Ce ne sont pas les mêmes leçons.

Il se tut et le silence fut brusquement brisé par des grincements. Alfie en chercha l'origine. Sûrement pas une souris. Un gros rat, peut-être ? Un chien errant ?

– Qu'est-ce qu'un bon défenseur doit faire en permanence ? demanda Rolabi.

Personne ne répondit. Ils avaient tous l'oreille tendue vers les bruits. Alfie vit alors que la porte des vestiaires tremblait sur ses charnières. Il y avait quelque chose de l'autre côté. Quelque chose de très gros.

Il recula d'un pas, pensant au livre. Des animaux vivaient parmi les Sagiciens : éléphants, lions, dragons, griffons. Rolabi en avait-il amené un avec lui ? Pourvu que oui ! Alfie adorerait voir une créature mythologique.

– Euh... bredouilla Peño. Bien se positionner ?

– Mais avant ça ?

– Parler ? répondit Vin.

Alfie regardait la porte. Qu'est-ce qui se cachait là ? Un lion ? Un basilic ? Un hippopotame ?

– Avant encore.

Le silence revint, toujours ponctué par des grattements insistants.

– *Se tenir prêt.* Il doit toujours être prêt. Un défenseur doit avoir une longueur d'avance sur ses attaquants. Il doit anticiper et prévoir. Il doit toujours être prêt à bouger.

Un autre crissement. La porte s'agitait violemment.

– Quelqu'un pourrait-il ouvrir la porte des vestiaires ? demanda Rolabi.

Personne ne bougea. Clairement, personne ne voulait s'y risquer. Ce n'était sans doute pas une très bonne idée. Et pourtant... Alfie sentit ses mains le démanger. Il pensa au message sur le mur des toilettes et à la honte qui l'avait envahi quand Rolabi l'avait regardé. Il pouvait peut-être se guérir de sa lâcheté. Ne serait-ce que pour un moment ? La porte trembla. Et lui aussi. Une voix lui criait de partir se cacher.

Le vrai courage, c'est celui des lâches.

Alfie en avait assez d'avoir peur. Il avait peur à l'entraînement, peur à l'école, peur à la maison. Alors que le reste de l'équipe reculait, il avança, le ventre noué.

– Qu'est-ce que tu fais ? lui demanda Peño, ahuri.

– Je veux voir ce que c'est, répondit-il.

La brindille plante ses racines.

Alfie attrapa la poignée. Le crissement s'arrêta. L'espace d'un instant, il n'entendit plus que le tic-tac lent et étrangement calme de la montre à gousset derrière lui. Il avait le temps de respirer.

Et quand il ouvrit enfin la porte, un tigre apparut.

Il partit droit vers Rolabi, se déplaçant avec une grâce remplie d'assurance et de puissance. À la grande satisfaction d'Alfie, Big John s'enfuit dans les gradins. Lui, en revanche, n'eut pas peur du tout. Le tigre était magnifique.

– Je vous présente Kallo, lança Rolabi. Elle a gentiment accepté de nous apporter son aide aujourd'hui.

Kallo se tourna et examina le groupe de ses yeux violets.

– C'est un Sagicien, murmura Reggie.

– Oui, acquiesça Alfie tout bas.

– Rain, appela Rolabi. Avance.

Le garçon ouvrit de grands yeux. Il réfléchit quelques secondes avant de se décider à obéir. Ses genoux flageolaient tellement qu'Alfie crut qu'il allait s'évanouir.

Rolabi fit rouler une balle jusqu'au centre du terrain.

– L'exercice est simple, expliqua-t-il posément. Prends la balle. Kallo joue en défense. À tour de rôle, vous attaquerez. Je veux que tout le monde note attentivement ce qui se passe.

– Quoi ? s'indigna Rain. Je m'approche pas de cette chose !

Kallo grogna, les yeux plissés.

– Kallo ne te fera aucun mal, assura Rolabi en passant une main sur le cou touffu du fauve. C'est le meilleur défenseur que j'aie eu l'occasion de voir dans ma carrière. Implacable et rapide.

Kallo se mit à faire les cent pas. Presque hypnotisé, Alfie observa ses mouvements fluides.

– Un vrai défenseur doit être un tigre. Le premier à ramasser la balle récupère sa main.

Rain restait sur place, incapable de bouger. Alfie s'attendait à ce qu'il refuse. Il craignait même qu'il quitte l'équipe. Sans lui, les Badgers n'avaient aucune chance. La saison serait terminée avant de commencer.

Le gymnase plongea dans un silence chargé de tension.

Rain tenta alors d'attraper la balle. Il était rapide, mais ça ne suffisait pas.

Kallo le percuta en pleine poitrine et Rain tomba en arrière. Le tigre le maintint au sol un instant avant de lui lécher le visage et recula pour faire de nouveau les cent pas devant la balle.

– Devon, appela Rolabi.

Le nouveau ne réussit pas mieux et reçut le même lot de consolation : un grand coup de langue sur la joue.

– Twig.

Alfie se rendit alors compte que Rolabi l'appelait par son surnom. Il fronça les sourcils. Ne savait-il pas qu'il le détestait ? C'était pire qu'une insulte. Ça voulait dire qu'il était maigre. Et faible.

Alfie avança, nerveusement. Il avait plus urgent à penser.

Les yeux de Kallo ne le quittaient pas. Les muscles de son corps ondulaient sous sa fourrure.

– Tu peux le faire, se murmura Alfie.

Il fit un pas à droite et tenta de se tourner vers la gauche. La feinte ne fonctionna pas. Kallo fut tout de suite sur lui. Il rit quand il lui lécha la tête avec sa grosse langue râpeuse. Le fauve retourna ensuite vers Rolabi.

Les joueurs se succédèrent et vint le tour de Big John.

Les bras croisés, il refusa d'y aller.

– Non, ce sera sans moi, lança-t-il. Je passe.

– Si tu refuses le combat, alors tu refuses la leçon, répliqua Rolabi.

– Exact.

Sans qu'il comprenne pourquoi, Alfie voulut intervenir. Il ne parlait jamais à Big John et c'était une stratégie qui avait fait ses preuves. Il aurait dû se réjouir du comportement froussard de son plus grand ennemi dans l'équipe.

Mais ce fut plus fort que lui, il n'écouta pas la voix de la sagesse.

– Ce n'est pas si affreux, il est vraiment doux.

– Toi, tu me parles pas, gronda Big John.

– Je voulais juste t'aider… assura Alfie en levant les mains.

Big John se tourna vers lui. Ses yeux d'ordinaire à peine plus gros que des billes étaient plissés en deux fentes débordant de haine. À ce point ? se demanda Alfie, choqué. Il savait que Big John ne l'aimait pas. C'était évident. Sûrement parce qu'il était réservé et timide et qu'ils jouaient sur le même poste. Ou peut-être parce qu'ils étaient de milieux sociaux si différents. Mais il ne s'agissait pas d'une simple mésentente. C'était de la haine pure et dure qu'il lisait dans le regard de Big John.

La haine naît de la peur.

J'ai peur, songea Alfie.

Alors c'est l'occasion de te montrer courageux.

Alfie prit une grande inspiration. Il avait affronté un tigre aujourd'hui. Il pouvait surmonter ça aussi.

– J'ai pas besoin de ton aide ! cria Big John d'une voix remplie de venin.

Alfie ne détourna pas la tête, contrairement à ce qu'il aurait fait jusque-là. En cas de conflit, il baissait toujours les yeux. Ici, à l'école, à la maison. Il ne regardait jamais droit devant lui. *Jamais.* Et rien ne changeait pour lui.

– Tu te prends pour un caïd, maintenant ? demanda Big John.

Alfie le vit serrer un poing de la taille d'une balle de base-ball. Big John tremblait, pressé de frapper. De *le* frapper. Mais Alfie ne bougea pas.

Il se représenta son père, toujours si furieux, si frustré. Alfie s'écrasait devant lui, s'excusait. Il se ratatinait comme un raisin sec. Mais aujourd'hui, il décida de s'affirmer et de regarder son père droit dans les yeux.

– C'était pas méchant, se défendit Alfie. T'avais l'air d'avoir besoin d'un coup de main.

Big John le frappa dans la poitrine et le propulsa dans les airs. Alfie tomba lourdement sur les fesses, une douleur aiguë remontant le long de son dos. Ses yeux s'embuèrent. Il roula sur le côté et se retint de pleurer.

Peño se précipita sur Big John et l'enlaça par-derrière.

– Arrête ça !

Le pivot continua à avancer vers Alfie, prêt à le frapper.

– J'ai pas besoin de ton aide ! Tu penses avoir toutes les réponses, hein ? Gosse de riches. Avec tes belles godasses, ton téléphone dernier cri… T'as rien à faire ici, t'as pas gagné ta place.

Il crachait chaque mot, tremblant de tout son corps. Jérôme et A-Wall accoururent et chacun l'attrapa par un bras pour le faire reculer. Les trois garçons s'accrochaient à lui, et pourtant Big John continuait à se débattre pour avancer.

Alfie se leva. Il n'avait pas gagné sa place ?

– De quoi tu parles ?

– Tu sais où je vais après l'entraînement ? hurla Big John en crachant. Travailler. J'ai deux boulots. Et on arrive quand même pas à payer les factures. T'as déjà passé une semaine dans le noir parce qu'on t'a coupé l'électricité ? T'as déjà raclé la moisissure sur ta bouffe parce que t'avais rien d'autre à manger ? T'as déjà ajouté des couvertures sur le dos de ta mère parce que tu pouvais pas te permettre de l'emmener chez le médecin ?

– Je…

– Le basket, c'est tout ce que j'ai ! Et tu me l'as pris !

Alfie remarqua que Big John était au bord des larmes et soudain il ne vit plus la petite brute. Il vit un garçon plein de colère et de douleur.

Qui aurait pu le lui reprocher ? La vie n'était peut-être pas rose pour Alfie, mais il n'avait jamais eu besoin de travailler pour subvenir à ses besoins. Il ne s'était jamais préoccupé des factures, des courses, des vêtements. Il ne s'était jamais demandé s'il aurait de la lumière en rentrant chez lui.

Big John, si. Alfie comprit qu'il s'était trompé depuis le début. Big John l'enviait.

– C'est Freddy qui a décidé qui fait partie du cinq de base. C'est juste de la stratégie…

Il essayait de rassurer Big John. De justifier la situation. Sans succès. Big John se rua sur lui, les poings levés, et Alfie sentit qu'il allait se faire écrabouiller.

En tout cas je ne mourrai pas en lâche, se consola-t-il.

Rolabi posa son immense main sur l'épaule de Big John. Ses doigts l'agrippèrent telles les mâchoires géantes d'une grue et le soulevèrent avec ses trois coéquipiers toujours agrippés à lui. A-Wall et Jérôme le lâchèrent aussitôt, mais Peño s'accrocha à son dos et tourna en même temps que lui quand Rolabi le fit pivoter pour lui faire face. Le coach ne semblait fournir aucun effort.

Alfie contempla Big John qui se balançait dans les airs et il n'éprouva qu'une sincère compassion.

Autrefois, il se serait peut-être régalé de la scène.

Rolabi déposa Big John au sol et Peño sauta de son dos. Tout le monde regardait, stupéfait.

– La peur génère la colère et la violence, déclara Rolabi. Elle prend les décisions à ta place. La peur de ne pas valoir assez. Elle te fait te tromper de cible. Mais j'apprécie l'honnêteté. Je pardonnerai une telle violence une seule fois.

– J'en ai assez ! gronda Big John. J'en ai ma claque de cet entraînement débile !

– Dix minutes dans les vestiaires, ordonna Rolabi.

– Quoi ? demanda Big John, sidéré.

– Va te regarder dix minutes dans le miroir des vestiaires. Pose-toi la bonne question, tu prendras ta décision après.

Big John hésita avant de se ruer dans les vestiaires en claquant la porte derrière lui.

– Aucun de vous n'a réussi à ramasser le ballon, dit Rolabi en caressant Kallo qui ronronna si fort que le parquet en trembla. Mais vous avez tous fait preuve de courage. C'est un bon début.

Leurs mains réapparurent. Alfie plia les doigts et sourit, tandis que les autres criaient de joie en se tapant dans les mains. Personne ne se tourna vers lui. Même s'il était content de retrouver sa main, il se sentit encore un peu plus seul.

– Pourquoi n'avez-vous pas réussi à passer Kallo ? demanda Rolabi, le tirant de ses pensées.

– Parce que c'est un tigre, répondit Peño.

Rolabi sourit.

– C'est-à-dire ?

– Elle est forte, hasarda Jérôme.

– Et imposante, ajouta Vin.

– Les deux sont vrais. On doit travailler sur nos forces et s'imposer dans le jeu. Quoi d'autre ?

Alfie contemplait toujours Kallo.

– Elle a des réflexes. Elle réagit rapidement.

– En effet. Comment sont tes réflexes à toi ?

Alfie réfléchit à la question. Il n'y avait jamais vraiment pensé.

– Bons… je pense.

À peine eut-il prononcé ces mots que Rolabi pointa son index vers Alfie et une petite tache noire flotta un instant dans les airs pour venir se fixer sur son front avant même qu'il puisse bouger.

– En fait, pas top, concéda le garçon, penaud.

– Tes réflexes peuvent s'améliorer. Ils sont en connexion directe avec ton cerveau. Une question de nerfs, de pleine conscience et de vigilance. Travaille-les. Entraîne ton cerveau à rester sur le qui-vive. Toujours.

Alfie sentit un courant d'air glacial. Il jeta un coup d'œil vers les portes. Elles étaient fermées, pourtant il faisait si froid.

– Quoi… Qu'est-ce que c'est ? demanda Peño.

Alfie suivit le regard de son coéquipier et se crispa. Une boule noire flottait au milieu du gymnase. On aurait dit une tache d'encre. Elle semblait liquide, remuant constamment.

De quoi as-tu peur ? murmura une voix profonde.

Alfie frissonna malgré lui.

– Quelque chose que vous feriez bien d'attraper, répondit Rolabi. C'est dans votre intérêt à tous !

Quand il se tourna, ses yeux lancèrent des éclairs.

– Celui qui s'en emparera deviendra beaucoup plus rapide. Mais ça ne durera pas. Et si personne n'y arrive, vous devrez faire des tours de terrain. Partez !

Alfie n'était pas sûr de vouloir l'attraper, en fait il voulait surtout s'enfuir, mais sans réfléchir il se mit également à sa poursuite. Et ce ne fut pas la course qu'il aurait pu imaginer.

Dès que le groupe s'approchait de la boule, elle repartait à une vitesse incroyable, se faufilant entre les joueurs tel un oiseau fou. Personne ne pouvait l'atteindre. Devon et A-Wall se percutèrent et Jérôme trébucha sur eux.

– Je me souvenais pas que le basket faisait aussi mal, grommela Jérôme, allongé par terre.

À un moment, la boule changea de direction pour voler droit vers la tête d'Alfie. Il fut si surpris qu'il l'esquiva en se jetant au sol sous les rires moqueurs de ses camarades. Il se redressa, gêné, et reprit la chasse. Ils couraient dans tous les sens, sans aucune réflexion, cédant à l'empressement et à la panique.

Quand la boule finit par flotter trop près de la gueule de Kallo, la tigresse la goba d'un seul coup.

– Un vrai défenseur, conclut Rolabi. Allez boire. Ensuite, vous ferez des tours de terrain et des lancers francs.

Alors que les autres partaient chercher leurs bouteilles, Alfie s'approcha lentement de Kallo. Il avait compris ce qui l'attirait chez elle : son assurance. Elle était contagieuse et il en voulait plus pour lui. Malgré sa nervosité, Alfie la caressa. La tigresse ronronna et fourra le museau dans sa paume.

– D'où vient-elle ? demanda-t-il à Rolabi.

– Un endroit reculé. Un endroit fait de neige et de sable.

– Une île ?

Le professeur sourit.

– Les histoires pour enfants détiennent souvent la vérité ultime.

– J'aimerais visiter cet endroit.

– C'est possible. Mais pour y parvenir, la route est semée d'embûches.

– Je n'ai pas peur, déclara Alfie, pas totalement convaincu lui-même.

– Bien sûr que si. Si tu n'avais pas peur, tu ne pourrais pas devenir plus fort.

– Je ne suis pas fort.

– Nous sommes tous forts, contredit Rolabi. Il le faut bien, la vie est dure. Seulement on oublie parfois qu'on l'est.

Alfie réussit à sourire et partit boire. Quand il posa sa bouteille, la porte des vestiaires s'ouvrit et Big John en sortit. Alfie se crispa, redoutant une nouvelle agression.

– Qu'a dit le garçon du miroir ?

– De rester, répondit Big John après une légère hésitation.

– Et ?

– Et désolé, dit-il tout bas en regardant Alfie.

La haine s'était dissipée, mais elle n'avait pas disparu des traits de Big John. Alfie ne se laissa plus impressionner. Il ne savait pas quoi faire pour que ça change, mais c'était un début pour comprendre pourquoi Big John en était habité.

– Le garçon du miroir est souvent plus sage que celui qui le regarde, déclara Rolabi. Mais c'est difficile à entendre.

Big John attrapa sa main droite et l'embrassa.

– Tours de terrain ! annonça Rolabi.

L'exercice commença et, comme d'habitude, tout le monde ratait ses tirs. L'équipe était déjà à bout de fatigue quand Alfie se porta volontaire. C'était le dernier à tenter sa chance avant Devon. Il avança vers la ligne des lancers francs et vit le miroir sous le panier. Le petit garçon nerveux était toujours là, entouré par des camarades qui se moquaient de lui. Son père approchait de la cour de récréation, sévère et en colère. Mais Alfie n'attendit pas qu'il arrive. Il se positionna et tira.

Swish.

Alfie poussa un soupir de soulagement et vit sa sueur disparaître sur le parquet.

– Demain, nous travaillerons la défense collective, déclara Rolabi. Reposez-vous bien d'ici là.

Avec Kallo, il se dirigea vers la sortie.

– Vous… vous partez avec le tigre ? bredouilla Peño.

Les portes s'ouvrirent et Rolabi sortit avec son fauve.

– Il devrait apprendre à dire au revoir, quand même, pesta Peño.

Épuisé, Alfie s'écroula sur le banc et commença à retirer ses chaussures.

– On s'est entraînés avec un tigre aujourd'hui, remarqua Peño.

Jérôme fut le premier à rire. Et soudain, tout le monde l'imita, même Alfie. C'était tellement ridicule qu'il n'y avait rien d'autre à faire.

– Un petit rap, Peño ? demanda Jérôme.

Peño se leva et commença à danser, agitant la main droite pour donner la mesure. Il inventa une nouvelle chanson qu'il conclut en se qualifiant de roi. Alfie rit. C'était la première fois qu'il riait à Fairwood. Et pourtant ça faisait un an qu'il jouait là. Cet endroit n'avait représenté pour lui jusque-là que pression, cruauté et échecs. Aujourd'hui, pour une fois, il avait été question de force.

Il envoya à sa mère un texto pour qu'elle vienne le chercher et attendit sur le banc, adressant des regards furtifs à Big John qui ne dit pratiquement rien et partit sans un mot. Alfie se demanda s'il se rendait à un de ses petits boulots.

Après quelques minutes, Alfie ferma son sac et sortit, envahi d'une réelle fierté. Il avait affronté un tigre… et quelque chose qu'il redoutait plus encore. Il n'avait pas faibli. Alfie pensa à son père. Trouverait-il le même courage avec lui ? Alors qu'il franchissait les portes, Reggie le rejoignit, passant l'anse de son sac sur l'épaule.

– T'en penses quoi de notre Sagicien, maintenant ? demanda-t-il.

– Je suis content qu'il soit là, répondit Alfie.

⑤

UNE STRATÉGIE GAGNANTE

Ce que tu vois dans le miroir,
c'est toi seul qui décides d'y croire.

✧ SAGICIEN - PROVERBE N° 46 ✧

La matinée était déjà brûlante quand Alfie s'arrêta devant le gymnase. L'été à Bottom était connu pour ses vagues de chaleur sèche remplacées en quelques heures par un voile d'humidité, chassé aussi rapidement par des trombes d'eau glacée venant de l'est. Alfie aurait adoré qu'il pleuve, mais c'était plutôt une journée caniculaire qui s'annonçait. En soupirant, il examina les portes sur lesquelles la chaleur semblait onduler.

Elles avaient toujours été dans un état désastreux : la peinture verte couverte de moisissure s'écaillait et, en dessous, le métal gardait les stigmates des dizaines d'affiches collées les unes sur les autres, qui dataient du temps où le gouvernement s'embêtait encore à faire des campagnes électorales. Mais aujourd'hui, les portes avaient été repeintes en vert émeraude, et quand Alfie les tira, elles ne grincèrent pas.

À l'intérieur, il vit tout de suite le château.

En forme de pyramide, il avait de hauts murs en pierre, une rampe aux quatre coins et une tour au centre, dominée par un immense trophée. La coupe de la ligue junior, tous les jeunes joueurs de Dren l'auraient facilement reconnue. Alfie la contempla avec convoitise.

Il se rendit alors compte qu'il était seul dans le gymnase. Même Reggie n'était pas encore arrivé. Étonnant.

– Pourquoi est-ce que tu joues au basket ?

Il sursauta et laissa tomber son sac. Rolabi était appuyé contre le mur le plus proche des portes, les yeux rivés sur le château en pierre.

– C'est vous qui l'avez construit ? demanda Alfie.

– D'une certaine façon, répondit le coach. Alors ?

– Euh… parce que j'adore. C'est vraiment une passion.

– Pourquoi ? insista Rolabi en tournant la tête vers lui. Tes coéquipiers sont souvent cruels avec toi. Ton père te fait la leçon et te rabaisse. Tu ne dors pas avant les matchs, tu as peur.

Alfie allait lui demander comment il savait tout ça quand il se rappela que pratiquement rien de ce que faisait Rolabi n'avait de sens. Il réfléchit. Ce que le coach venait de dire était vrai. Et pourtant Alfie aimait le basket. Pourquoi ? Qu'est-ce qu'il aimait tant ? La réponse qui lui vint le surprit.

– J'aime faire partie d'une équipe, je pense. Même s'ils ne veulent pas de moi.

– C'est ce que tu crois ? Qu'ils ne veulent pas de toi ?

– Oui, répondit Alfie. Je l'ai compris dès le premier jour.

– Combien de matchs as-tu manqués ?

– Aucun.

– D'entraînements ?

– Aucun, répondit-il sans savoir où Rolabi voulait en venir.

– Il leur faudra ton courage sur cette route, Alfred Zetz, conclut gravement le coach.

– Je n'en ai pas beaucoup…

– Je ne suis pas de cet avis.

Alfie entendit un mouvement. Reggie s'étirait à côté du banc. Les yeux rivés sur le château, Rolabi semblait de nouveau plongé dans ses pensées. Comprenant que leur conversation était terminée, Alfie rejoignit son camarade, réfléchissant encore à la réponse qu'il venait de donner au coach. C'était vraiment l'équipe, le plus important pour lui, il le savait, mais il n'aurait su dire pourquoi.

Parce que tu as beaucoup à donner.

Cette remarque l'émut et il dut déglutir.

– Salut, mec, lança Reggie. Vous parliez de quoi ?

– De basket, je pense.

Reggie rit.

– Ouais… pareil.

Alfie examina le château, subjugué : les rampes, les remparts et la pierre solide. Il ne vit aucune marque sur le parquet, aucun outil ni aucun signe de sa construction.

– Et t'as vu ça ? commenta Reggie en désignant la forteresse.

– Ça va pas être facile de faire un match avec ça.

– Il y avait un château dans le livre, rappela Reggie.

– Je m'en souviens. J'imaginais pas qu'il allait l'apporter.

Reggie rit et se tordit la cheville pour étirer ses quadriceps.

– Hier soir, ma grand-mère m'a demandé comment se passaient les entraînements.

– Et ?

– Je lui ai dit qu'ils sont un peu étranges.

– Au minimum, commenta Alfie. Qu'est-ce qu'elle t'a dit ?

– Que les choses ne sont étranges que parce qu'on les comprend pas.

Alfie sourit et mit ses chaussures.

– C'est une femme intelligente.

– Pas faux. Peut-être un peu optimiste.

– Pourquoi ?

– Rien, lança Reggie après une petite hésitation.

– Quoi ? insista Alfie.

Reggie se gratta l'arrière du bras. Alfie connaissait bien ce geste.

– Elle pense que je pourrais jouer dans la ligue de Dren. Elle dit que j'ai le cœur pour ça, expliqua Reggie en soupirant. C'est plutôt drôle, vu que je fais même pas partie des titulaires. Je lui ai dit que je faisais de mon mieux, mais que ça arriverait pas.

– Y a pas de raison.

– Sérieux, s'énerva Reggie en montrant le gymnase. On est à Bottom. Il faut un sacré talent pour sortir d'ici. Rain en a. T'intègres pas la ligue de Dren quand t'es remplaçant.

Sa voix se cassa à la fin de sa phrase et il détourna les yeux.

– Tu as ce qu'il faut pour réussir, Reggie. Le cœur, surtout, et c'est ce qui compte le plus, lui assura Alfie.

Il vit que son ami avait les larmes aux yeux.

– Merci, Alfie.

Et Reggie s'élança sur le terrain pour s'échauffer, plus vite que nécessaire.

Alfie s'étira et les garçons arrivèrent les uns après les autres. Même Peño et Lab entrèrent dans le gymnase séparément. Chacun des joueurs sursautait quand Rolabi les interpellait. Le coach discutait avec eux brièvement. Ensuite ils se dirigeaient vers le banc avec le même air hagard qu'Alfie avait dû afficher après sa courte conversation avec le coach. Quand ils furent au complet, ils se réunirent devant le château.

Alfie examina les rampes, se demandant ce que serait l'exercice du jour.

– Aujourd'hui, nous allons travailler la défense collective, annonça Rolabi.

Il renversa le contenu de sa mallette au sol : cinq casques rouges et cinq casques bleus, ainsi que des boucliers de frappe. Quelque chose couina dans sa mallette, mais il la referma.

– Prenez chacun un casque et un bouclier, dit-il en montrant l'équipement. Serrez bien les casques.

Il ne donna pas plus de consignes. Alfie ramassa par conséquent un casque et un bouclier bleu, au hasard. Il vérifia ensuite avec qui il faisait équipe : Peño, Rain, Jérôme et Big John, qui le fixait avec des yeux remplis de dégoût, pour ne pas dire de haine.

Super, songea Alfie. *Je risque même de me faire dégager du château par mes propres coéquipiers si je ne fais pas attention.*

– C'est simple, commença Rolabi. Une équipe attaquera le château tandis que l'autre le défendra. Celle qui récupère le trophée le plus rapidement gagne. Les perdants feront des tours de terrain pendant que les vainqueurs s'entraîneront aux tirs. Les bleus en défense.

Sans surprise, Rain prit le contrôle de l'opération. Il conduisit les bleus vers la rampe la plus proche et Alfie posa une main sur les murs en passant à côté. Ils n'étaient pas du tout en pierre. C'était une sorte de caoutchouc ferme, comme les tapis que son père gardait dans son garage. Son bouclier faisait pile la largeur de la rampe, au centimètre près. C'était impossible de le contourner. Bloquer une attaque ne semblait pas si compliqué.

Une fois qu'ils eurent grimpé la rampe, Rain leur assigna à tous une entrée et prit le rôle de renfort pour venir au secours d'un joueur en danger.

– Et s'ils échangent et que je me retrouve contre Devon ? demanda Peño.

Alfie avait pensé la même chose. En fait, plus il y réfléchissait, plus le jeu lui semblait complexe. Comme il y avait cinq défenseurs et seulement quatre rampes pour accéder à l'intérieur du château, l'autre équipe pouvait choisir où ils attaquaient. Comment la défense pouvait-elle les arrêter s'ils décidaient de se lancer à deux ou même à trois ?

– Il faut communiquer, répondit Rain. Si quelqu'un arrive à passer, tu nous le cries tout de suite. Compris ?

Ils hochèrent tous la tête, mais quelque chose dans ce plan dérangeait toujours Alfie.

– On va se les faire, les gars ! s'exclama Peño.

Il était trop tard pour discuter. Alfie partit vers une des rampes et souleva son bouclier devant lui. Il n'était pas du tout à l'aise. Sa rampe se situait à l'arrière du château, face aux gradins. Il ne pourrait pas voir les rouges s'élancer. Cette attente le rendait terriblement nerveux.

Et si Devon choisissait sa rampe ? C'était sûrement ce qu'il allait faire.

– Commencez ! lança Rolabi.

Le mot résonna autour d'Alfie, rebondissant sur les murs et le plancher et retentissant dans le château. Et soudain, la scène changea.

Alfie recula, choqué de voir des douves se creuser autour de la forteresse. De l'eau saumâtre et noire jaillit alors pour les remplir. Le sol devant lui se transforma en un pont étroit juste devant sa rampe. Les murs du château étaient désormais en vraies pierres et Alfie ne portait plus son maillot mais une armure scintillante bordée d'un liseré bleu.

Bon sang, songea-t-il en se dandinant sur place. *Pitié, ne donnez pas à Big John une épée !*

– Chargez ! cria Lab sans qu'Alfie puisse le voir.

Mais il vit tout de suite les attaquants qui se ruaient sur lui… Reggie et Lab. Ils traversèrent le pont étroit, leurs bottes claquant sur le bois.

– À l'aide ! appela-t-il.

Il résista vaillamment à l'assaut en écartant les jambes sur toute la largeur de la rampe. Reggie poussait Lab dans le dos pour le faire progresser et, à deux, ils parvinrent à faire reculer Alfie. Ses pieds glissaient sur le sol.

Il regarda autour de lui, affolé. Ils n'allaient plus tarder à passer.

Mais il sentit quelqu'un derrière lui. Grâce à l'élan qu'il avait pris, Rain put leur faire descendre la pente vers les douves marécageuses. Reggie n'insista pas et laissa Lab se débrouiller seul. Il repartit en courant vers le pont pour monter sur une autre rampe.

– Continue à pousser, Twig ! cria Rain, en partant lui aussi.

Alfie se planta fermement sur ses jambes pour faire glisser Lab en arrière.

– Abandonne, Twig ! cria Lab, les dents serrées.

– Toi-même !

Pas top comme réplique, mais Alfie était inquiet.

– Tu pourras pas tenir, *Stick Man*, « Bâtonnet », le nargua Lab en poussant de plus belle.

Alfie rougit. Il détestait ce surnom encore plus que *Twig*.

– Je tiens parfaitement.

– Pas pour longtemps.

– C'est ce que tu crois, répondit Alfie, tentant de ne pas paraître essoufflé.

Il se prépara à un nouvel assaut, mais Lab tourna les talons pour repartir vers le pont et choisir une autre rampe. Alfie tomba en avant sur son bouclier et dégringola la rampe comme sur un toboggan. Il grogna.

Pas très gracieux, tout ça.

– A-Wall vient de partir ! hurla Big John.

– Lab aussi ! ajouta Alfie en se relevant.

– Aidez-moi ! appela Rain.

Alfie se dépêcha de remonter la rampe. Trop tard.

Rain et Jérôme étaient tous les deux allongés par terre, vaincus, et cinq rouges brandissaient fièrement le trophée. Ils avaient réussi à passer un défenseur et s'étaient tous rués dans l'ouverture. Rain était resté seul pour défendre la dernière rampe, mais qu'est-ce qu'il aurait pu faire contre toute une équipe ? Les attaquants avaient utilisé leur avantage.

De leur position, ils avaient pu repérer le maillon faible.

– Vous en faites pas, lâcha Rain à ses partenaires. On les battra au temps.

– Une minute et quarante-sept secondes, annonça la voix de Rolabi étrangement amplifiée. Aux bleus d'attaquer dans deux minutes !

– Allons-y, grommela Rain.

Alfie suivit le groupe abattu vers les douves. Il crut voir une forme verte qui nageait dans l'eau et se pressa de retourner de l'autre côté. Il ne faudrait surtout pas qu'il dérape pendant l'assaut.

De l'extérieur, la forteresse le subjugua. En pierre, mortier et bois, elle était surmontée de drapeaux cramoisis qui s'agitaient dans un vent imaginaire. On aurait dit une version miniature du château de Granity. Il s'imagina à la place de Pana, quand elle l'avait vu pour la première fois, alors qu'elle remontait la plage jonchée de débris. Il voulait le voir en vrai, lui aussi.

Les bleus se regroupèrent en cercle à côté des bancs et, une nouvelle fois, Rain mit en place la stratégie : comme les rouges, ils allaient attaquer certaines rampes à deux pour passer le défenseur. Alfie ne put contredire la logique de cette tactique – il n'y avait aucun moyen de bloquer l'attaque, la défense était trop éparpillée. Seulement, les défenseurs avaient compris le problème. Personne n'apparut en bas du château. Alfie vit une tête au premier étage. Peut-être plus.

Qu'est-ce qu'ils font là-haut ? se demanda-t-il.

– Commencez ! lança Rolabi.

– Ils ne sont pas encore placés ! cria Rain. Suivez-moi !

Les bleus chargèrent en une seule ligne derrière Rain. Peño poussait des cris de guerre en courant. Alors qu'ils grimpaient sur la rampe la plus proche, Alfie, à l'arrière, était stupéfait que les défenseurs aient tellement tardé à se préparer. Il se cogna alors à l'armure de Big John.

– Fais gaffe ! hurla-t-il.

– Désolé, s'excusa Alfie en regardant autour de lui. Qu'est-ce que… ? Oh.

Il vit tout de suite le problème. Devon gardait la dernière rampe. Et le reste de l'équipe était en soutien derrière lui, chaque bouclier sur le dos du joueur de devant. Alfie vit tout de suite le génie de leur plan. C'était la seule rampe qui comptait vraiment.

Rain ne se laissa pas impressionner.

– Poussez !

Ils attaquèrent tous ensemble, de toutes leurs forces. Alfie sentit ses bottes glisser sur la pierre. Il avait l'impression de pousser un mur. Les rouges étaient placés en hauteur, ils avaient l'ascendant… et Devon les maintenait sur place. Il était impossible de les contourner.

– Poussez plus fort ! insista Rain.

Une minute douloureuse passa. Rain refusait d'admettre la défaite. Admirable, mais idiot.

Ils étaient battus.

Ce fut alors au tour de Devon et du reste de l'équipe des rouges de pousser et ils projetèrent les attaquants au sol. Quatre joueurs atterrirent sur Alfie et il reçut des coups de coude et de genou sur toutes les parties de son corps. En grognant, il se tira de la pyramide humaine qu'ils formaient. Il avait reçu les fesses de Big John en plein dans la poitrine.

– Le temps a été dépassé. La victoire aux rouges, annonça Rolabi. Les rouges peuvent prendre des balles et s'entraîner aux tirs. Les bleus, tours de terrain.

Alfie laissa échapper un soupir et les bleus quittèrent le château. Il retira son casque et le jeta dans une pile avec les autres. Il se mit aussitôt à courir. Après ce qui lui sembla plus d'une heure, il réussit son lancer franc, mettant fin à son calvaire. Ce ne fut qu'une maigre consolation parce que, pendant tous leurs tours, ils durent regarder leurs adversaires du jour faire des paniers et jouer.

Alfie s'empara de sa bouteille et but en s'asseyant sur le banc. Ses pieds pesaient plus lourd que du plomb. Il arrivait à peine à les déplacer. Rolabi avança vers lui.

Tu savais que le plan était mauvais.

Alfie leva les yeux sur lui. En effet, il s'en était douté…

Tu as trop à donner pour rester muet.

Personne ne m'écoutera…

Parce qu'ils savent que tu ne t'écoutes pas toi-même. Affronte tes ténèbres.

Alfie fronça les sourcils. Il les sentait en lui.

La route approche.

Rolabi se dirigea alors vers le château et retira un bouchon d'une des pierres. La structure se dégonfla aussitôt pour devenir à peine plus grosse qu'un ballon de basket. Rolabi la rangea dans sa mallette. Ensuite, il se tourna vers l'équipe, des éclairs dans les yeux.

– Qu'est-ce qu'un défenseur doit faire en permanence ?

– Se tenir prêt, répondit Reggie.

– Et ça vaut pour toute l'équipe. Si vous n'êtes pas prêts, vous perdez votre temps.

Il partit alors vers les portes, sans leur adresser un regard de plus.

– C'est terminé pour aujourd'hui ? demanda Peño.

– Ça dépend de vous.

Les portes s'ouvrirent et Rolabi disparut. La lumière du matin se déversa dans le gymnase un instant seulement. Alfie sentit un frisson familier et désagréable sur les bras.

Immobile, il leva les yeux. Le globe était revenu.

Il flottait au centre du terrain tel un trou noir miniature. Alfie ne pouvait détourner son regard.

Il piqua un sprint. Au moment où il crut qu'il était à sa portée, le globe lui échappa. Le reste de l'équipe se joignit à la chasse. De nouveau, la panique s'empara du gymnase. Tout le monde criait, riait, se rentrait dedans. Rain finit par terre, Peño et Lab s'étaient percutés et Big John trébucha sur eux. Le globe était trop rusé.

Il disparut enfin dans un mur. Alfie s'écroula, déçu.

– Toujours partant pour un match ? demanda Peño à Rain.

– Non, je veux juste m'en aller, répondit-il, furieux.

Personne n'insista. Alfie s'assit et retira ses chaussures, dégoûté par la puanteur qui montait de son sac. Sa mère allait encore le badigeonner de lavande. Il ne faudrait surtout pas qu'il oublie de s'asseoir le plus loin possible de Big John, demain. Ce gars repérait l'odeur de la lavande à des kilomètres.

Alfie soupira, rangea ses chaussures et écrivit à sa mère pour qu'elle vienne le chercher.

– Sérieux ? demanda Reggie, presque en criant. Pourquoi tu dis ça ?

Alfie leva la tête. Reggie ne haussait jamais la voix.

– Parce qu'il a perdu, répondit A-Wall.

– Qu'est-ce que ça peut faire ? hurla Rain. C'était même pas du basket !

– Bien sûr que si ! répondit Reggie. C'était la base. Défendre comme il faut. Comme une équipe.

Rain se leva d'un bond.

– C'était un jeu débile. La défense, c'est arrêter la balle. Et tu gagnes en marquant des paniers. Et c'est en général moi qui marque. Et on est pas près de gagner si j'améliore pas mes tirs. C'est une grosse année pour moi.

– Tu veux dire pour *nous*, corrigea Lab, blessé.

– Ouais. Rain Adams et les West Bottom Badgers, ironisa-t-il.

Il sortit en trombe, laissant les portes claquer derrière lui, et les autres ne prononcèrent plus un mot. Alfie n'en revenait pas. Rain perdait rarement son calme. Alfie jeta un coup d'œil vers Reggie pour s'assurer qu'il allait bien, mais son coéquipier secouait juste la tête. Il se tourna alors vers les portes. Pourquoi Rain était-il si contrarié par cet exercice ?

Les joueurs sortirent progressivement du gymnase et Reggie s'approcha d'Alfie en tendant le poing pour lui dire au revoir.

– À demain, Twig.

Alfie cogna son poing en souriant. Personne ne l'avait jamais salué ainsi.

– Oui. Merci.

– Apparemment, t'as pas besoin d'avoir du cœur pour être l'espoir numéro un de l'équipe.

– Peut-être pas, répondit Alfie en haussant les épaules. Mais il t'en faut pour devenir plus qu'un espoir.

Reggie contempla son ami un instant avant de partir en riant.

– Twig le sage, lança-t-il par-dessus son épaule.

Jérôme et Big John furent les derniers à franchir les portes. Big John laissa Jérôme s'en aller et resta sur place. Alfie sentit son cœur s'arrêter. Il ne s'était jamais retrouvé seul avec Big John. Ce dernier attrapa son sac et se dirigea vers la porte.

Avant de revenir sur ses pas.

– Tu penses que tu seras encore titulaire ?

Alfie se figea. Et s'il fuyait ? Non. Ça, c'était l'ancien Alfie.

– Je sais pas, répondit-il.

Big John s'approcha de lui, les yeux plissés.

– Et tu crois que tu le mérites ? De commencer les matchs avant moi ? Ici, à Bottom ?

– Je sais pas.

L'autre se planta devant lui, le toisant des pieds à la tête.

– C'est bien le problème. Tu sais rien.

– Pourquoi tu t'en prends tout le temps à moi ? demanda Alfie. C'est pas à moi d'en décider, si je commence ou pas les matchs.

– Parce que t'as rien à faire là. T'es pas un vrai gosse de Bottom.

Alfie avait répété cette conversation dans sa tête un millier de fois depuis la veille. Il voulait qu'ils tissent un lien. Alfie était là pour jouer au basket, comme Big John. Il voulait qu'il le comprenne.

– J'habite à Bottom, moi aussi… commença Alfie.

– Les beaux quartiers, l'interrompit Big John. T'es un gosse de riches. Et ici, tu ne fais que prendre. Encore et encore. Tu sais où j'habite, Twig ? Dans le vrai Bottom.

Big John fit un pas de plus et Alfie sentit son souffle sur son visage.

– Je n'ai rien, ici, mec. Rien. Juste un ballon pour me sauver. Et tu es venu me le prendre.

– Je suis venu pour jouer au basket, le contredit Alfie. Je ne veux rien prendre.

– Mais c'est ce que tu fais. Et tant que t'as pas prouvé que tu mérites d'être ici, tu n'es rien.

– Alors je le prouverai, affirma Alfie calmement en soutenant le regard de son coéquipier.

Big John sembla déstabilisé. Il ouvrit la bouche, la referma et laissa échapper une sorte de rire.

– On verra. Va mettre un peu de viande sur ces os, mec. T'arriveras nulle part si tu restes une brindille.

Les portes se refermèrent derrière lui et les mots planèrent un instant dans l'air. Alfie se sentit soudain fatigué, faible. Son courage lui semblait bien loin, il avait puisé dans ses dernières ressources pour tenir tête à Big John.

Je pensais que je m'endurcissais, se lamenta-t-il. *C'est faux. Je fais juste semblant.*

Il se dirigea vers les portes. Son père le lui rappellerait également plus tard. Comme toujours.

Dans un éclair, les portes se soulevèrent, hors de la portée d'Alfie. Le sol pencha et se retrouva grêlé d'une centaine de sillons peu profonds. En hurlant, Alfie se jeta par terre tandis que tout le gymnase chancelait et tournait, comme si un géant s'était emparé du bâtiment pour jouer avec. Alfie glissa et parvint de justesse à se rattraper à un espace entre les lattes.

Le parquet s'était transformé en flanc de falaise.

– Au secours ! hurla-t-il. À l'aide ! Big John ! Professeur !

Aucune réponse. En s'agrippant au parquet, Alfie commença à remonter la pente vers les portes au-dessus de lui. Il jeta un coup d'œil par-dessus son épaule. Le sol en brique était désormais à trente mètres sous lui. Il pleurait à chaudes larmes.

– Pitié ! Quelqu'un !

Il se retenait avec la force du désespoir. Les secondes passaient, ses doigts faiblissaient.

– Quelqu'un !

Il ne résisterait plus longtemps. Personne ne venait, la chute était inévitable.

Il appuya le front contre le bois. Il fallait qu'il monte. Il devait au moins essayer. Il agita les pieds et finit par trouver un endroit pour glisser ses orteils. Il entama l'ascension.

Les sillons lui offraient des prises régulièrement espacées. Ses muscles brûlaient, ses doigts le torturaient. Mais il n'avait pas le choix, il devait continuer. Quand il atteignit enfin les portes, le gymnase se redressa et il se retrouva allongé, face contre terre. Il était épuisé, vidé.

On escalade des montagnes à chaque instant de la journée. Comment pourrions-nous être faibles ?

Alfie ne bougea pas, la joue posée sur les lattes en bois, trempée de sueur, de larmes et de morve. Il ne pouvait plus bouger un seul petit doigt. Il sourit. Pour la première fois de sa vie, il se sentit fort.

✧ 6 ✧

QUELQUE CHOSE À DIRE

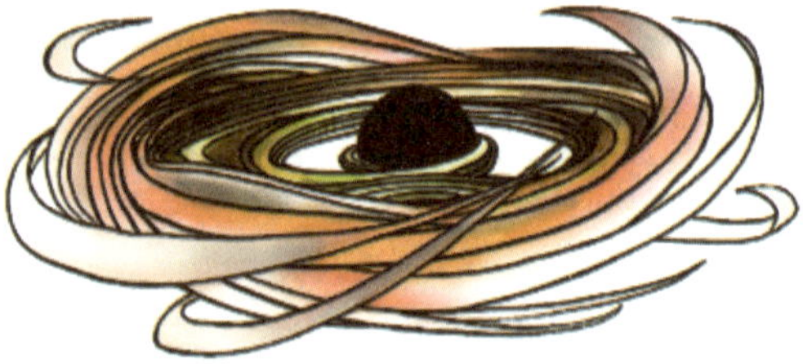

Même la plus forte des voix, un arbre n'abattra pas.

✧ SAGICIEN - PROVERBE N° 24 ✧

Alfie contemplait son visage émacié et cireux dans le miroir fendu. Il passa les doigts sur ses joues couvertes de cicatrices.

Il s'était senti fort la veille en quittant le gymnase, mais ça n'avait pas duré. Son père l'avait fait descendre dans son « musée personnel », une pièce dans la cave, remplie de trophées, rubans et médailles. Il avait joué à l'université et récolté plusieurs titres, mais n'était jamais allé plus loin. Il avait eu de mauvais entraîneurs, de mauvais coéquipiers. À part lui, tout le monde avait été mauvais.

Les doigts d'Alfie s'arrêtèrent sur un bouton. Il hésita à l'arracher avec son ongle. Pour se débarrasser non pas juste du bouton, mais de tout le reste. Pour regarder son reflet et crier : « C'est bon, je contrôle ! » Il résista, tenta de ne pas le faire. Mais il était trop faible, c'était plus fort que lui.

Il s'arrêta quand des mots apparurent sur le miroir, écrits à l'encre argentée, cette fois :

Le contrôle de soi commence pas à pas.

La phrase lui fit baisser la main. Il hocha la tête et sortit des vestiaires.

À l'écart des autres, Rain retirait ses chaussures. Quand ses yeux se posèrent sur son sac, l'espace d'un instant, ses traits se déformèrent. Il avait l'air… triste. Coupable, même. Alfie se demanda ce que Rain avait rangé là.

– Comment tu vas aujourd'hui ? lui demanda-t-il en s'asseyant à l'autre bout du banc.

Rain le regarda, étonné.

– Ça va. Et toi ?

– Un peu nerveux, je crois. Je sais pas à quoi m'attendre.

– Ouais, c'est de la folie, hein ? confirma Rain. Depuis quand tu parles, toi ?

– J'ai toujours parlé, répondit-il sur la défensive. Mais personne m'écoute, c'est tout.

Rain réfléchit un moment.

– Pourquoi tu m'évites pas comme le reste de l'équipe ?

Alfie se leva pour s'étirer et observa les autres.

– Je pense pas qu'ils t'évitent. T'étais énervé, hier. C'est pas grave, ça nous arrive à tous. À moi aussi… souvent.

– Je leur ai quand même dit que sans moi il y avait pas d'équipe, lui rappela Rain.

– Ben c'est normal, c'est ce qu'on a pas arrêté de te répéter.

Il partit vers le terrain en faisant rebondir la balle entre ses jambes. Pendant les matchs, il se l'interdisait pour suivre les consignes de Freddy : « Pas de dribble ! » « Pas de trois-points ! » Il devait se contenter d'attendre sous le panier pour prendre les rebonds. Il avait toujours trouvé ça un peu… étouffant.

Il réussit un trois-points et ne put s'empêcher de sourire.

– Voilà pour toi, Freddy, murmura-t-il.

– Approchez tous, ordonna une voix grave. Posez vos ballons.

Alfie consulta l'horloge. Neuf heures déjà. Rolabi était là.

Les deux garçons rejoignirent les autres et Alfie remarqua les regards noirs dirigés vers Rain. Étrangement, il se sentit sur la défensive. Rain n'était pas quelqu'un de méchant. Évidemment, il était un peu trop sûr de lui, mais il valait mieux ça que des complexes. Alfie se demanda même s'ils pourraient devenir amis, maintenant que Rain se trouvait isolé. Il s'approcha de lui pour lui témoigner son soutien.

– Aujourd'hui nous allons travailler l'attaque, annonça Rolabi. Nous commencerons par les passes. La base de toute attaque. Qu'est-ce que tous les grands passeurs ont en commun ?

Alfie n'en avait aucune idée. Il s'estimait assez doué pour ça, mais n'aurait su dire pourquoi. Il envoyait juste la balle où il fallait sans y réfléchir. En plus, s'il ne tirait pas, il ne risquait pas de rater des paniers. Autant privilégier les passes.

– La vision, répondit Peño.

– Très bien. Un bon passeur doit être rapide, agile et audacieux. Mais avant tout, il doit avoir une vision parfaite. Voir ce qui est et anticiper ce qui viendra. Il doit avoir une vision globale du terrain.

– On doit s'entraîner… à voir plus ? demanda Lab, intrigué.

– Exactement. Et le mieux pour commencer, c'est de ne rien voir du tout.

Le gymnase plongea dans le noir. Une obscurité totale sans lampadaire, sans clair de lune pour projeter des ombres grises sur le sol. On aurait dit que la lumière avait été entièrement effacée et ne reviendrait jamais. L'obscurité était presque pesante. Alfie en eut la chair de poule.

Dans le noir, il ne nous reste que nos peurs.

Alfie tressaillit. *Je n'ai jamais vu une telle obscurité.*

C'est bien de commencer ici, alors.

Alfie tenta de se calmer. Il entendit ses camarades respirer, bouger, chuchoter et même se disputer, affolés. Ils étaient toujours dans le gymnase, rien n'avait changé, mais il n'était pas tranquille. Il avait l'impression qu'on allait l'attaquer. Tous ses muscles étaient contractés.

Si tu te sens comme ça dans le noir, tu te sens aussi comme ça dans la lumière.

Soudain, des lumières orange scintillèrent. Alfie se tenait dans un long couloir voûté en béton et en pierre, les murs troués d'innombrables portes en acier. La lumière orange venait des extrémités du couloir, derrière et devant Alfie, mais il n'en voyait pas la source. Il se tourna brusquement.

– Professeur Rolabi ? appela-t-il, son cœur battant la chamade.

Sa voix résonna dans les deux directions. Qu'il regarde à droite ou à gauche, il voyait la même chose : un couloir qui s'étendait à perte de vue et des milliers de portes, toutes semblables, noires comme la nuit et avec une simple poignée en ébène. Il choisit une direction et s'y élança. Il courait si vite que déjà il transpirait à grosses gouttes.

Il s'arrêta, haletant, plié en deux.

– Prendre des risques est effrayant, déclara une voix profonde.

Alfie se redressa et vit Rolabi au-dessus de lui, sa tête frôlant le plafond.

– Où est-ce que je suis ? demanda Alfie.

– Tellement de portes et pourtant tu n'as pas essayé d'en ouvrir une seule. Pourquoi ?

Le garçon appuya les mains sur son ventre pour chasser un point de côté.

– Mais je ne sais pas ce qu'il y a derrière !

– Précisément, confirma Rolabi. Quand on redoute l'inconnu, on l'évite. On laisse nos peurs définir nos possibilités. On imagine que cette voie mène à l'échec, cette autre, à la solitude, celle-là, à un chagrin d'amour. Le monde devient cruel.

Perplexe, Alfie se tourna vers la porte la plus proche. Aucune indication. Inquiétante.

– Vas-y, le pressa Rolabi. Libère un autre tigre.

Aussitôt, Alfie tira la porte et franchit le seuil. La pièce était sombre, mais il sentit de la moisissure et de la poussière et entendit ses coéquipiers autour de lui et Rolabi qui expliquait l'exercice.

Ne suppose pas que l'obscurité cache des dangers.

Alfie réfléchit à ce que la voix venait de lui dire. Il se revit en train d'attendre que Big John le harcèle, que son père lui fasse la leçon, que l'acné envahisse son visage, de s'arracher ses boutons. Il s'attendait toujours au pire.

En fait, il était toujours dans le noir. Comment en sortir ?

Ouvre les portes.

– … S'ils arrivent de l'autre côté, ils gagnent, conclut Rolabi. Les perdants feront des tours de terrain.

– Vous aimez vraiment nous faire courir, grommela Big John.

– Ne jamais sous-estimer la valeur de la sueur, répliqua Rolabi. Elle engendre les plus grands changements.

Tiens, justement, Alfie s'était interrogé sur le mystère de la sueur qui disparaît dans le parquet et le cœur argenté qu'il y avait vu. Est-ce que Fairwood collectait leur transpiration ? Beurk ! Mais pourquoi ?

– Les titulaires contre les remplaçants de l'année dernière. Les titulaires commencent. Trouvez le ballon.

Ce ne fut pas une partie de plaisir. Alfie avançait comme un zombie, les bras tendus devant lui, sursautant chaque fois qu'il touchait un mur, les gradins ou un autre joueur tout aussi perdu que lui. Il finit par donner un coup de pied dans quelque chose qui rebondit loin devant lui.

– Il est là ! cria-t-il. Je viens de buter dedans.

– Je l'ai ! annonça Lab, provoquant un important remue-ménage. Je l'ai !

– Maintenant en place. Alignez-vous sous le panier.

L'opération prit encore quelques minutes. Alfie entendit les défenseurs se mettre également en position dans leur moitié de terrain.

Tout le monde parlait, râlait et se percutait, déstabilisé par l'obscurité. Ça allait être un désastre. Il tâtonna devant lui et toucha une épaule.

– Me touche pas ! cria A-Wall. Éloigne-toi de moi, fantôme !

Alfie faillit s'excuser, mais préféra se pencher.

– Bouh ! cria-t-il.

– Ah ! hurla A-Wall, terrorisé.

Alfie dut réprimer un éclat de rire.

– OK, je me lance ! cria Peño.

Alfie ne savait absolument pas où il allait.

Ce fut en effet un désastre. Non seulement son équipe perdit la balle, mais Alfie fonça droit vers un torse très large et termina sur les fesses pour la deuxième fois en trois jours. La douleur remonta le long de sa colonne vertébrale, alors qu'il avait encore mal depuis sa dernière chute. Il se roula par terre en grognant.

– Pardon, lâcha Devon.

– Pas de problème, répondit Alfie en se relevant lentement.

– On tourne ! ordonna Rolabi.

Les remplaçants n'arrivèrent même pas jusqu'à la ligne médiane.

– Hmm, lâcha Rolabi. Changeons un peu la donne.

Une sphère rougeoyante se matérialisa alors. Elle flottait à deux mètres du sol, ou peut-être qu'elle était posée sur les gradins. Quelqu'un la ramassa et elle rebondit dans le noir.

Le rayonnement les aida. Alfie réussit à rattraper la balle à la première tentative quand elle arriva sur lui, et il fit une passe à Lab. Mais quand ils arrivèrent en milieu de terrain et se mêlèrent aux autres joueurs, le jeu n'eut de nouveau plus aucun sens. C'était impossible de trouver ses coéquipiers et Alfie loba la balle directement dans les mains d'un Jérôme triomphant. Il le comprit d'ailleurs uniquement parce que Jérôme cria : « Volée ! »

– On tourne ! lança Rolabi.

Aucune des deux équipes ne parvint à passer la défense. Alfie était tombé trois fois déjà, mais il s'améliorait. Ses autres sens s'étaient adaptés et il se concentrait sur les voix et les respirations de ses camarades. Ils avaient tous leur propre tonalité, leurs inspirations, leur souffle en bout de course. C'était l'orchestre le plus étrange du monde.

Peño réussit enfin à traverser le terrain. Les néons se rallumèrent, aveuglants.

– Les titulaires remportent la victoire, annonça Rolabi. Pause, allez boire.

– Bien joué, les gars ! s'exclama Peño.

Il surprit Alfie en lui tapant dans la main.

– Merci, lâcha le garçon, gêné.

Rain se dirigeait déjà vers le banc le plus éloigné. Il avait l'impression d'être mis à l'écart, c'était évident. Alfie connaissait bien ce sentiment. Il s'assit à côté de lui et but toute sa bouteille.

– C'était dingue, hein ? commenta-t-il en s'essuyant le menton.

– Ouais, mais c'était rien comparé au tigre.

– Pas faux, acquiesça-t-il.

– Les perdants feront des tours de terrain à la fin de l'entraînement. Les gagnants décideront s'ils veulent courir avec eux.

Alfie jeta un regard aux remplaçants. Il avait compris que Rolabi essayait de créer un esprit d'équipe et de solidarité. Surtout pour Rain. Mais à voir l'air revêche de leur leader, ce ne serait pas pour aujourd'hui.

– Donc, pour résumer, en attaque, on doit apprendre à écouter, commenta Rolabi. Quoi d'autre ?

– Marquer ? dit Rain.

– Oui, au bout du compte, oui. Mais plus fondamental ?

– Parler ? tenta Alfie, réfléchissant à l'intérêt de l'exercice.

– Exactement. On parle en défense, mais on oublie de le faire en attaque. Twig, viens ici, s'il te plaît.

Une chape de plomb atterrit dans son ventre. Il posa sa bouteille et avança vers Rolabi, sentant tous les regards sur lui, ainsi que les yeux assassins de Big John.

– Je voudrais que tu t'adresses à l'équipe. Le plus sincèrement possible.

Alfie dévisagea le coach. Il ne s'était jamais retrouvé sous le feu des projecteurs devant l'équipe.

– Que je leur dise quoi par exemple ?

– N'importe quoi. Si vous ne pouvez pas vous montrer honnêtes les uns avec les autres, vous ne pouvez pas être une équipe.

Alfie détourna la tête en se mordillant la lèvre. Il avait beaucoup de choses à leur dire, bien sûr. Qu'il n'avait pas acheté sa place pour entrer dans les Badgers. Et que certaines nuits il ne trouvait pas le sommeil tellement il était nerveux à l'idée de venir à Fairwood. Il voulait leur dire que chaque fois qu'il entrait dans le gymnase son ventre se nouait et qu'il se retenait de vomir. Il voulait leur dire qu'il faisait de son mieux. Mais il ne le pouvait pas. Pas à eux.

– Euh… je… je trouve rien.

Le courage demande de la vulnérabilité. Ouvre une porte.

– Mais si. Je suis sûr que tu as plein de choses à leur dire. Prends la première qui te vient en tête.

– Mais… lâcha Alfie en se dandinant.

Laisse-les entrer.

Alfie décida de se jeter à l'eau.

– D'accord… euh… je me suis entraîné vraiment très dur, commença-t-il en s'efforçant de ne pas se gratter le bras. Vous savez, entre les deux saisons. Et j'essaie de toutes mes forces de m'améliorer. Je sais que certains d'entre vous ne voulaient pas que je revienne, mais je fais tout ce que je peux pour aider l'équipe. Je voulais que vous le sachiez, voilà.

Il se dépêcha de retourner s'asseoir, évitant de croiser les regards. Il s'attendait à ce que ses coéquipiers éclatent de rire ou fassent des blagues, mais personne ne dit rien, même pas Big John. Pas un seul bruit ne troublait le silence du gymnase.

– Jérôme, appela Rolabi.

Le garçon se planta devant l'équipe.

– J'aimerais tenter de nouvelles tactiques, cette année.

Beaucoup, comme lui, parlèrent basket, mais sans qu'Alfie retienne vraiment ce qu'ils avaient dit.

– Je vais devenir titulaire cette année et je vais casser la baraque, annonça Big John en regardant Alfie dans les yeux.

A-Wall fit une promesse :

– Cette année, je ferai en sorte de me faire moins exclure des matchs.

Ce furent les mots de Reggie qui marquèrent le plus Alfie.

– J'aimerais rendre certaines personnes fières, je suppose. Des gens qui ne sont plus là, mais qui me regardent peut-être. Et je fais de mon mieux, même si je ne joue pas tellement. C'est idiot, je sais, mais j'aimerais passer pro. Vous voyez ?

Il se dandinait d'un pied sur l'autre, mal à l'aise.

– C'est un rêve un peu fou, mais c'est ce que je veux.

Alfie lui sourit quand il revint sur le banc.

Rain parla en dernier et s'excusa. Après une discussion animée, tous semblèrent d'accord pour lui pardonner. Rain retourna dans le groupe, cogna son poing contre celui de Peño, et Alfie resta seul. Il esquissa un sourire triste. Il avait eu l'impression de se rapprocher de Rain, mais ça n'avait duré qu'une journée. Rien d'étonnant, il fallait bien se rendre à la raison.

– C'est l'heure du match, annonça Rolabi.

– Sans piège ? demanda Peño, méfiant.

– Nous allons juste travailler notre vision. Rain, Vin, Lab, A-Wall et Devon d'un côté.

Une composition surprenante qui impliquait qu'Alfie joue avec Big John, contre Rain. Et, pire encore, il devait marquer Devon. Il ne ferait pas le poids au rebond. Alfie se demanda si c'étaient les nouveaux titulaires et s'il n'en faisait plus partie comme il s'y attendait. Peut-être même qu'il ne serait pas sélectionné. Il jeta un coup d'œil vers Rolabi, mais le professeur regardait le terrain.

Alfie imagina la réaction de son père et tressaillit.

Tu ne prends pas assez de muscle ! lui hurlerait-il. *Je vais te faire un cocktail.*

Il sentait déjà le goût sur ses lèvres.

– On se concentre sur un acteur et on rate les autres à l'arrière-plan, disait Rolabi, la balle dans les mains. On regarde une carte du jeu alors qu'une deuxième est déjà sortie. On fixe la balle et on passe à côté du match.

Alfie examina Devon en soupirant. Ça allait faire mal.

– Notre champ de vision est tellement large et pourtant on choisit de ne rien voir. Quelle drôle de décision.

Et de nouveau Alfie ne vit plus rien. Ou plus précisément, il ne voyait plus ce qu'il avait devant lui. Il ne lui restait plus que sa vision périphérique. Comme s'il s'était mis les doigts devant les yeux et se forçait à regarder d'un côté ou de l'autre. Il entendit ses coéquipiers pousser des cris de panique. Ils se frottaient les yeux, tournaient sur eux-mêmes. On aurait dit des enfants qui essayaient de se donner le vertige. Alfie tenta de rester calme. C'était un test, et s'agiter ainsi n'apporterait rien.

Il avait une visibilité réduite, mais se servirait des champs qui lui restaient.

Tu deviens un expert pour maîtriser tes peurs. Quand affronteras-tu les plus profondes ?

Alfie sentit de nouveau le froid. Les ténèbres.

– Prêts à jouer ? demanda Rolabi.

– J'arrive plus à voir mon nez ! s'affola A-Wall.

– C'est tout ce qui t'inquiète ? grommela Vin.

Alfie aperçut un éclair orange quand Rolabi lança la balle. Il bondit pour la dévier, mais ne toucha que de l'air. Il rata sa réception et se retrouva à genoux. Quand il tenta de nouveau d'attraper le ballon, il l'entendit rebondir sur une chaussure. Devon grogna. Alfie lui avait donné un coup dans la jambe.

– S'il te plaît, me frappe pas, supplia-t-il en se relevant.

Il se tourna, essayant de retrouver la balle, et vit que Vin la ramassait. Alfie comprit qu'il devait retourner en défense. Il redescendit lentement le terrain, regardant à droite et à gauche pour se repérer. Devon avançait pour faire la contre-attaque et Alfie le suivit. Étrangement, il était bien plus sensible aux joueurs qui l'entouraient, sûrement parce qu'il ne pouvait pas voir où il allait. Il finit par arriver derrière Devon. Il posa une main sur son dos pour mieux suivre les mouvements de l'attaquant.

– Ça te va ?

– Bien sûr, répondit Devon. Je crois que t'as même pas à demander.

– Je voulais être poli.

Un cri retentit. Quand Alfie se tourna, Rain se ruait sur lui. D'instinct, il fit un pas sur le côté pour le bloquer, mais sans succès. Et au lieu de tirer comme il le faisait toujours, Rain fit une passe dans le coin à Lab qui réussit un trois-points.

– Allez, on la reprend ! lança Peño. Twig, t'es là ? Envoie-moi la balle.

Alfie s'exécuta et tenta de courir aussi vite que possible pour se démarquer. Tout le monde parlait et criait des ordres. Tout doucement, l'image du match prenait forme.

C'était comme un puzzle mental à reconstituer.

– Jérôme part à gauche.

– Je suis en haut de la raquette !

– Rain vient de couper !

Chaque pièce se dessinait dans le cerveau d'Alfie et s'organisait dans sa vision en éclairs successifs. Il ralentit et se montra plus patient. Il déplaçait l'image en même temps que lui-même.

Au moment de réceptionner la balle, il savait que Reggie était sur l'aile droite, parce que Rain l'avait crié. Il savait que Peño traversait le terrain et que Big John cherchait l'ouverture pour une passe derrière lui. Tout le monde se déplaçait bien plus lentement qu'à l'ordinaire.

Ils n'avaient pas le choix. Alfie fit une passe à Reggie et courut se placer, l'oreille tendue vers les indications. Il n'avait jamais été aussi attentif aux voix. Ça ne lui avait jamais semblé nécessaire. Mais dans les mots, on découvrait un autre jeu. Les intentions étaient révélées ; les stratégies, élaborées ; les dangers, annoncés.

La balle revint sur le meneur et Big John se positionna en haut de la raquette pour poser un écran. Alfie avait l'impression de jouer au ralenti. Dans les vrais matchs, il avait toujours un train de retard, il avait l'impression que ça bougeait dans tous les sens, il n'arrivait pas à reprendre son souffle et se sentait impuissant dans le tumulte ambiant.

À présent, il avait le temps de réfléchir.

Les décisions à prendre venaient facilement. Il posa un écran sur l'aile pour Jérôme. L'épaule en avant, son coéquipier put courir jusqu'au panier. Peño fit une passe décisive et Jérôme put facilement marquer.

– Super écran, Twig ! s'exclama Jérôme. C'est ce qui s'appelle bien jouer !

Alfie sourit. Freddy lui avait toujours dit de rester dans la raquette pour se préparer à prendre les rebonds. Mais ça n'avait plus aucun sens. Maintenant, il devait suivre le jeu. Et l'anticiper.

Le match continua ainsi. Les joueurs annonçaient où ils allaient et se le répétaient. Alfie se fiait à son instinct : il savait que Big John poserait un écran, ou que Jérôme dribblerait vers le centre et qu'il devrait couper la raquette pour recevoir la passe. Quand il avait la balle, il ne pensait pas systématiquement au meilleur moyen de s'en débarrasser. Il vérifiait ses options, celles qu'il voyait et celles qu'il entendait. Il se souvenait où couraient ses coéquipiers.

Le basket se joue sur trois cent soixante degrés. Lui n'avait jamais dépassé les cent quatre-vingts.

Quand il fit un renversement pour finir par un double-pas ouvert, sa vision revint entièrement. Cela se reproduisit chaque fois qu'il était démarqué, et alors il réussissait ses paniers. Mais pour les mauvais tirs, les tirs discutables ou les mauvais angles, il continuait à ne voir que sur les côtés.

Quand Rolabi siffla la fin du match, ils étaient tous trempés de sueur. Alfie n'aurait su dire combien de temps le match avait duré et ça lui était égal. Pour une fois, il avait eu l'impression de jouer dans une véritable équipe.

– Allez prendre vos bouteilles et retrouvez-moi au centre.

Quand Alfie recouvra sa vision normale, il ne put s'arrêter de sourire. Il avait toujours pensé que le basket n'était qu'une question de force, de physique et de talent, alors qu'en fait comprendre ce qui se passe sur le terrain est tout aussi important. Il n'avait jamais remarqué le jeu d'échecs mental présent dans ce sport.

Rolabi leur avait dit de ralentir le temps. Alfie avait considéré cette remarque au mieux comme un cliché vide. Mais plus maintenant.

– Qui a gagné ? demanda Peño quand ils se rassemblèrent devant le professeur.

– Personne, répondit Rolabi. Et tout le monde. Est-ce que vous jouez ainsi d'habitude ?

– Bien sûr que non, répondit Lab. On était au ralenti, là.

– La vitesse est relative. Pour les plus rapides, tout le monde se déplace au ralenti. Et sinon ?

– On… on parlait beaucoup. Plus que jamais, hasarda Alfie.

Moi aussi, se dit-il. Sans même réfléchir, il avait parlé tout le temps. D'habitude, il n'ouvrait pratiquement pas la bouche pendant les matchs. Pour cet exercice, il n'avait pas eu le choix.

– Exact. Autre chose ?

– On a couvert tout le terrain en attaque, intervint Peño en caressant sa moustache fine. Plus de passes autour de la raquette. Plus de déplacements.

Rolabi hocha la tête.

– Un choix naturel quand on ne voit pas devant soi. Et enfin ?

– On devait anticiper où les autres étaient et où ils devraient être. On devait prévoir le jeu.

– Absolument, confirma Rolabi. Il fallait voir plus que ce que nous permettent nos yeux. Maintenant, vous me devez des tours de terrain.

Les remplaçants se mirent en action et Alfie jeta un petit regard vers Rain, se demandant s'il saisirait l'occasion de prouver qu'il avait l'esprit d'équipe… mais non. Alfie voulait se joindre à eux, il trouvait que c'était ce qu'il aurait fallu faire, mais il ne voulait pas y aller seul. Il les regarda donc courir, déçu de lui-même.

Quel lâche, vraiment.

Heureusement, Reggie réussit un lancer franc directement après les cinq premiers tours et ils revinrent.

Rolabi sortit sa marguerite en pot.

– Encore ! se lamenta Peño.

– Eh oui ! confirma Rolabi. Si vous espérez gagner, il faut ralentir le temps.

Il partit aussitôt vers la sortie, sa mallette à la main.

– Tu emporteras la marguerite chez toi, ce soir, Peño. Prends-en bien soin, s'il te plaît. Arrose-la.

Peño scruta la fleur comme s'il avait peur qu'elle le mange dans son sommeil. Quand Rolabi arriva devant les portes, elles s'ouvrirent en grand et une bourrasque glacée s'engouffra dans le gymnase. Ainsi qu'un parfum de sel, se dit Alfie. Il le sentait sur ses lèvres. Il échangea un regard complice avec Reggie.

C'était l'odeur de la montagne au bord de la mer. Là où se rendait Rolabi.

Chez moi.

– Combien de temps on reste là ? demanda Rain.

Rolabi ne tourna pas la tête.

– Jusqu'à ce que vous voyiez quelque chose de nouveau.

Les portes se refermèrent avec fracas et Alfie frissonna dans le vent. Les autres discutèrent entre eux, tandis qu'Alfie et Reggie s'asseyaient devant la fleur.

– Je pense pas pouvoir m'y habituer, murmura Reggie.

– Tu crois… qu'il va là-bas ? demanda Alfie.

– Si c'est le cas, je veux y aller avec lui.

– Moi aussi, dit Alfie en riant.

La voix de Peño retentit plus forte que les autres :

– Ça va pas ?

– Non, Peño ! C'est Bottom, ici. Comment tu veux que ça aille ? Vous pouvez continuer avec ce barge, mais pour moi, c'est pas un jeu. Rappelez-vous où vous êtes.

Les yeux de Big John se posèrent sur Alfie et il grimaça.

– Je vais aller faire quelques heures sup au boulot.

Les portes claquèrent et le gymnase plongea dans le silence. Alfie sentit un poids dans son ventre.

Les joueurs s'éloignèrent de la fleur.

Rain, Vin, Lab, Jérôme, A-Wall et Peño prirent leurs ballons pour faire quelques paniers. En temps normal, Alfie les aurait suivis, mais pas cette fois. Il avait enfin compris la fleur.

Les détails lui avaient échappé. La petite boucle que formaient les pétales à leur extrémité. La teinte jaune vif au centre. Quand Alfie n'arrivait pas à ralentir et se rappeler chaque partie de la fleur, il passait à côté du tout.

Il resta donc assis avec Reggie et Devon. Les trois n'échangèrent pas un mot. En fond sonore, Alfie entendait des balles rebondir ou claquer sur le cercle. Il entendait des rires et des cris. Il ne s'en préoccupa pas. Il ne voyait bien sûr pas la fleur pousser, mais ça n'avait aucune importance. La marguerite captivait toute son attention.

À présent, les racines s'étendent.

Alfie avait complètement perdu la notion du temps quand il aperçut un mouvement du coin de l'œil. Il leva la tête. Le globe était revenu, droit au-dessus de la tête de Devon. Le silence se fit dans le gymnase.

Devon resta parfaitement immobile. Il ne leva même pas les yeux.

Alfie voulait dire quelque chose, mais il avait peur d'effrayer le globe et de le faire partir. Soudain, sans avertissement, Devon l'attrapa. Il sourit en sentant le liquide noir couler entre ses doigts tel du goudron.

Et il disparut. Alfie tomba en arrière, stupéfait, et des cris retentirent.

– Je vous avais dit que ça arriverait ! s'affolait Lab.

– Appelez la police ! hurla quelqu'un.

Alfie resta sur place, fixant des yeux l'endroit laissé vide par Devon.

– Tu l'as vu, toi aussi, n'est-ce pas ? demanda Reggie en se penchant vers lui.

– Oui.

– Qu'est-ce que tu veux que je dise à la police ? s'énerva Vin. Que mon coéquipier s'est évanoui dans les airs ?

Au milieu du vacarme, Alfie et Reggie restèrent impassibles, assis par terre.

– Tu penses qu'il est allé sur l'île ? interrogea Reggie.

– Peut-être. Mais cette chose avait l'air… terrible. Je vois pas comment elle aurait pu l'emmener là-bas.

– Espérons qu'il va bien.

– Oui, espérons.

Un bruit sec annonça le retour de Devon en plein milieu du terrain. Il avait les larmes aux yeux mais semblait en parfait état. Il passa l'anse de son sac sur son épaule et partit sans rien dire. Tout le monde le regarda, trop ahuri pour poser des questions. Ils quittèrent ensuite le gymnase les uns après les autres, clairement mal à l'aise.

Peño se dépêcha de ramasser la marguerite, grimaça et partit.

– Encore une journée de folie au stage de présaison, lança-t-il par-dessus son épaule.

Il ne resta bientôt plus qu'Alfie et Reggie. Ils se levèrent.

– C'était bizarre, conclut Reggie.

– En effet.

– Si le globe revient demain, tu essaieras de l'attraper ? demanda Reggie après une pause.

– Carrément, répondit Alfie sans hésiter.

– Moi aussi, acquiesça Reggie en riant.

Ils s'écroulèrent sur le banc pour changer de chaussures et examinèrent un instant le parquet du gymnase silencieux. Alfie se dit alors que personne ne le fermait après l'entraînement. Peut-être qu'il restait ouvert toute la nuit.

– Je peux te demander quelque chose ? lança Reggie.

Il se trémoussa un moment, gêné, avant de reprendre la parole.

– L'autre jour, quand je t'ai posé une question sur tes joues… t'étais fâché, après ?

– Non… bien sûr que non, répondit Alfie, mal à l'aise.

– Je m'en suis voulu le soir. Je voulais pas être indiscret…

– J'aurais pas dû te parler comme ça, l'interrompit Alfie. C'est un sujet… délicat.

– Je voulais juste m'assurer que tu allais bien.

Alfie croisa les mains sur ses genoux. Seuls ses parents connaissaient sa manie de s'arracher la peau. Sa mère avait essayé d'en parler avec lui, mais son père ne comprenait pas du tout. Il disait que les hommes se fichaient d'avoir de l'acné. Il lui avait juste dit d'arrêter de se mutiler. Et demandé de *s'endurcir*. Ça n'avait jamais été d'aucune aide. Mais Reggie s'était livré à Alfie. Il lui avait fait confiance. Peut-être qu'Alfie pouvait aussi.

– C'est… euh… c'est moi qui me fais ça, murmura-t-il.

– Oh ! lâcha Reggie, choqué. Mais… pourquoi ? Depuis quand ?

Alfie prit une profonde inspiration. Bonnes questions. Il se les posait tout le temps.

– Je sais pas quand j'ai commencé. C'est comme ça, c'est tout. Je grattais mes boutons, pour m'en débarrasser, et même si ça faisait qu'empirer les choses, j'ai continué. Sur le moment, je me sens mieux.

– C'est comme ça que t'as eu les cicatrices.

– Ouais, reconnut Alfie en détournant la tête. Je sais pas pourquoi je fais ça. J'imagine que… je suis malade.

– Tu en as parlé à tes parents ?

– Ils m'ont surpris en train de le faire, un soir. Mon père m'a dit que les hommes faisaient pas ce genre de choses.

– Je l'ai vu pendant les matchs, dit doucement Reggie. Il a l'air un peu… intense.

Alfie rit.

– C'est rien de le dire. Il veut que je devienne meilleur. Plus fort…

Reggie hocha la tête et regarda ses mains. Il les triturait sur ses genoux.

– J'ai eu quelques problèmes quand mes parents sont morts. Enfin… j'en ai toujours. Je dors pas beaucoup. J'arrive pas à me détendre la nuit, tu vois ? Je suis souvent… barbouillé aussi. Je crois que je m'inflige ça à moi-même. Je pense tellement à eux que je me rends triste et que mon estomac se tord. Je finis par vomir.

– Pourquoi tu te fais ça ?

– Pour sentir la douleur… la souffrance… je sais pas. Peut-être pour que le dehors ressemble au dedans.

Il poussa un soupir et regarda Alfie.

– Peut-être qu'on a tous les deux l'impression qu'on mérite d'avoir mal, tu vois ?

Alfie toucha ses boutons. Il sentit les bosses, les cicatrices.

– Tu mérites pas ça, assura-t-il.

– Toi non plus, répliqua Reggie. Peut-être qu'on pourrait se le rappeler de temps en temps.

Alfie sentit un poids dont il n'était même pas conscient quitter ses épaules.

– Ça marche.

Ils se tapèrent dans la main et Alfie mit ses chaussures en souriant. Il pensa à son père, et à Big John, et à tous les enfants qui le traitaient de faible. Il pensa à sa petite voix intérieure qui lui répétait qu'il ne valait rien, qu'il ne serait jamais fort. Cette petite voix, c'était le pire. Il les écoutait tous depuis bien trop longtemps.

✧ 7 ✧
LA CHAMBRE NOIRE

Ton identité, c'est à toi de la définir. Ne laisse personne te l'écrire.

✧ SAGICIEN - PROVERBE N° 5 ✧

Alfie était de nouveau dans les vestiaires. Il avait adopté l'endroit. Depuis quelque temps, le ménage était fait régulièrement. Par qui ? Il n'en avait aucune idée. La pièce était calme et c'était son refuge. Les autres, par habitude, se changeaient toujours sur les bancs.

Il réfléchissait à l'avenir. Il le faisait souvent. Son père voulait qu'Alfie le surpasse. Du moins, c'est ce qu'il disait, mais Alfie savait bien qu'il voulait juste une autre chance de se réaliser, pour lui-même. Il lui arrivait de passer des heures dans la cave à admirer ses vieux trophées, à les dépoussiérer, alors qu'il ne faisait jamais le ménage à la maison. Il avait connu un réel succès au lycée, mais ça ne lui suffisait pas.

Alfie craignait de ne même pas arriver à son niveau. Ça l'empêchait souvent de dormir la nuit. Ça lui coupait l'appétit pendant les repas. Son père ne le lâchait pas, toujours à le critiquer, le rabrouer, le pousser.

En soupirant, Alfie s'adossa contre le mur en brique, réconforté par ce contact solide. En fait, ce n'était pas à l'avenir qu'il pensait, mais à l'échec.

Voilà ce qui se trouvait derrière toutes ces portes fermées, dans son esprit en tout cas. Les différentes façons d'échouer.

Alors qu'il refermait son sac pour sortir des vestiaires, un mouvement attira son attention. Il se figea. Le globe était là. Et cette fois, il était revenu pour Alfie seulement, le garçon le comprit tout de suite.

Lentement, il se tourna vers lui.

Le globe flottait dans un coin de la pièce, à la hauteur de son regard. Alfie reposa son sac. Le globe ne bougea pas. Alfie non plus. Il prit une profonde inspiration pour se calmer.

Et soudain, il s'élança.

Il rata le globe. Tournant sur lui-même, il le chassa dans les vestiaires. Il courait, sautait, tendait les bras pour l'attraper. Prenant appui sur le banc qui faisait le tour des vestiaires, il bondit dans les airs pour tenter de retomber sur le globe, tel un aigle. Mais sans succès. Plus rapide, la boule noire le narguait. Les yeux plissés, Alfie continua la poursuite.

La sueur coulait déjà dans ses yeux. Il se préparait à se ruer de nouveau sur le globe, quand il repensa à la veille. Leur exercice de vision. Et surtout, comment ils avaient tout fait au ralenti.

Gagne du temps.

Il pensa à la fleur et respira profondément, relâchant la tension dans ses muscles. Le globe ondula telle une goutte de pluie suspendue dans l'air. Quand Alfie se remit en action, il le fit sans précipitation. Il anticipa les mouvements du globe, ainsi que ses propres réactions devant les taquineries de cette mystérieuse boule noire. Le globe l'évitait, mais Alfie ne dépensa pas tous ses efforts dans une chasse vaine. Il le suivait des yeux, lentement, méticuleusement. Il étudia ses trajectoires, découvrit une régularité. S'il s'élançait, le globe partait à gauche et encore à gauche, puis à droite. Gauche, gauche, droite.

Gauche, gauche, droite.

Alfie sourit. Il venait de tourner vers la droite.

Il chargea, feignant d'aller à droite, mais tendit en même temps la main vers la gauche. Le globe fonça directement dans sa paume et les vestiaires plongèrent dans le noir.

Alfie avait sous ses pieds un sol en béton qui s'étendait tout autour de lui, sans aucun mur pour le délimiter. L'endroit où il se trouvait n'avait pas de plafond non plus. Un courant d'air glacial s'engouffrait dans ses poumons et caressait sa peau. Où était-il ? Qu'est-ce qu'il faisait là ?

Pas de portes, pas de couloir. Cet endroit paraissait infini.

Quand il se tourna, il se retrouva face à un miroir. Son reflet le dévisageait : émacié et pâle, avec de gros boutons rouges sur les joues. Sa lèvre inférieure tremblait. Ses cheveux gras collaient à son front, lui donnant un air malade. Il avait les épaules affaissées, une posture abattue. Des mots s'affichèrent sur le miroir à l'encre argentée :

faible minable mauviette

Son reflet commença à les crier.

Alfie se couvrit aussitôt les oreilles, mais ses yeux restèrent rivés sur le miroir.

Son reflet changea. Son corps se remplit de muscles et de gras. Ses joues se lissèrent, sa mâchoire se renforça. Il avait des poils de barbe et des yeux sombres et durs. Ce n'était plus Alfie, c'était son père.

Comme toujours, ses yeux trahissaient une profonde déception, mais Alfie la lisait aussi sur ses lèvres sévères, dans ses bras croisés, et dans la façon dont il penchait toujours la tête. Dans ses mots sans chaleur. Tout en lui était prêt à lui répéter qu'il était faible.

– Je fais de mon mieux, se défendit Alfie en se ratatinant devant son père. Je fais de mon mieux.

– Une image puissante pour toi, ce miroir. Je me demande pourquoi.

Alfie sursauta. Rolabi se tenait à côté de lui.

– Je n'aime pas les miroirs, répondit Alfie doucement.

– Pourquoi ?

Alfie examina le visage de son père. Il était flou désormais, comme si de la pluie coulait sur le miroir. Alfie vit des larmes dans ses yeux. Il ne savait pas quand il avait commencé à pleurer.

– Parce que je ne m'aime pas.

– Quelle drôle d'idée. Ne pas s'aimer soi-même, alors qu'on est la seule personne qu'on connaît vraiment.

Alfie fronça les sourcils.

– Je vois les autres. Quand je compare, c'est évident. Je suis un loser. Je sais que vous, ou le gymnase, ou le grana, vous avez essayé de m'aider. Et j'ai réussi à me sentir fort par moments. Mais c'est une cause perdue. Regardez-moi : je suis faible.

– Tu vis dans un monde conçu par ton esprit. Tu es le maître de ce que tu perçois.

– Qu'est-ce que ça veut dire ? demanda Alfie, plus fort qu'il ne l'aurait voulu.

– C'est à toi de décider si tu es un loser. Tu peux changer d'avis.

Alfie montra le miroir où on ne distinguait pratiquement plus le visage de son père.

– Peu importe. Je ne suis pas comme lui.

– Nous nous trouvons à l'intérieur de tes peurs. C'est ce que tu redoutes ? De ne pas être comme lui ?

– Bien sûr. Je ne veux pas le décevoir.

– Regarde de plus près.

Alfie observa son reflet, et l'image se mit à changer de nouveau. Les cheveux courts de son père poussèrent et s'affinèrent et ses yeux noirs s'adoucirent. Le ventre fondit en même temps que les muscles et les pommettes se creusèrent. Alfie recula. Il se voyait, lui, à l'âge de son père, un air abattu sur le visage. Alfie fixa son reflet, horrifié et captivé.

– C'est… moi, là ? murmura-t-il.

– Si tu continues comme ça, oui.

Alfie sentit les larmes poindre de nouveau. Des larmes de culpabilité. Il voyait la vérité, maintenant.

– Je n'ai pas peur de ne pas être comme lui, lâcha-t-il.

– C'est quoi, alors ?

Alfie hésita. Ce qu'il s'apprêtait à dire avait le goût de la trahison.

– J'ai peur de devenir comme lui.

C'était vrai. Son père était resté coincé dans le passé, en colère et rongé par les regrets. Il hurlait sur Alfie et sur sa mère. Il partait au travail en détestant ce qu'il faisait. Alfie avait depuis longtemps cessé de l'admirer. Il lui en voulait. Et il avait même de la peine pour lui.

– Tu es ta propre personne, affirma Rolabi. Si tu passes tout ton temps à chasser l'ombre de quelqu'un d'autre, comment pourras-tu trouver ta propre lumière ?

Le reflet changea encore et Alfie vit son corps dégingandé. Il l'examina.

– J'ai de grands espoirs pour toi, Alfred Zetz. Il te faudra tout ton courage.

– J'ai toujours peur, chuchota Alfie.

– Pour l'instant.

L'obscurité disparut alors. Alfie était de nouveau dans les vestiaires, les yeux rivés sur ses mains vides. Il n'avait pas surmonté sa peur, il en était conscient. Mais il l'avait vue. Et il comprenait qu'il avait jusqu'à présent eu peur du mauvais monstre. Désormais, il devrait répondre à la seule vraie question :

Pourquoi ne s'aimait-il pas et comment faire pour que ça change ?

Il s'empara de son sac et retourna dans le gymnase. Depuis l'entrée, Rolabi lui fit un signe de la tête. Alfie lui répondit, prit sa balle et alla s'échauffer. Quand Rain arriva enfin, en dernier, Rolabi avança au centre du terrain.

– Approchez. Aujourd'hui, nous allons travailler les tirs.

Il sortit de sa mallette une balle ornée de la lettre *S*. Ses yeux se posèrent ensuite sur Devon.

– L'un d'entre vous a affronté les ténèbres. Le grana devient plus fort.

Il lança la balle à Devon et, à l'instant où ce dernier l'attrapa, le gymnase disparut.

Cette fois, Alfie ne se retrouva pas dans une chambre noire. Avec le reste de l'équipe, il était au sommet d'une montagne, si étroite qu'on aurait plutôt dit un arbre en pierre, qui s'élevait à une telle hauteur que des nuages flottaient bien plus bas, pareils à du coton. En face d'eux, sur une autre tour en pierre, il vit un panier de basket. Entre les deux, le vide et le froid. Rolabi n'était pas là.

Pendant que ses coéquipiers se disputaient, Alfie avança jusqu'au bord de la montagne. Le cœur battant, il tenta de réfléchir. Il n'existait pas d'endroit pareil dans tout Dren, il en était sûr. Autour d'eux, un voile nuageux s'étendait jusqu'à l'horizon sous un ciel bleu foncé. Le soleil projetait une lumière si pâle que des étoiles apparaissaient. Alfie avait l'impression qu'il lui suffirait de tendre la main pour les attraper.

Une explosion retentit alors, plus forte qu'un coup de tonnerre, et il faillit tomber dans le vide. Un morceau de rocher s'était détaché de la montagne et avait dégringolé vers les nuages. Alfie ne l'entendit pas atterrir. Des fissures se creusèrent sur le plateau, filant vers les joueurs telles des plantes grimpantes. Alfie jeta un regard vers le panier.

– On doit faire quelque chose, cria-t-il pour couvrir les cris de ses camarades.

Ils se tournèrent tous vers lui.

– Comme quoi ? demanda Vin.

Alfie repensa à ce que Rolabi avait dit.

– On doit s'entraîner aux tirs, non ? Il faut peut-être qu'on lance la balle.

Nouveau coup de tonnerre.

– Vas-y, toi, Rain ! demanda Reggie, et Devon lui passa la balle.

Un immense bloc de pierre se retrouva avalé par les nuages. L'équipe se resserra, formant un *U* étroit autour de Rain qui se préparait à tirer. Il tremblait furieusement, et Alfie sut tout de suite qu'il allait rater. La balle frappa le cercle et tomba entre les montagnes.

– C'est pas bon… commenta Alfie.

Aussitôt, la balle revint dans les mains de Vin. Il la fixa avec de grands yeux.

– Enchaîne ! le pressa Alfie.

Vin n'eut pas plus de succès que Rain. Les autres non plus. Personne ne marquait.

La balle arriva sur Alfie.

Quelqu'un doit ouvrir la porte.

Il avança, inspira profondément. Ses mains tremblaient. Il respira de nouveau pour se calmer. Il savait que la peur menait à l'échec. Mais il avait toujours peur quand il tirait… peur de rater, d'être bloqué, ou de se faire crier dessus. Il connaissait bien cette sensation.

Quelle différence, maintenant ? Aucune.

– Dépêche-toi ! cria Peño en entendant un autre craquement.

L'ancien Alfie aurait tiré tout de suite. Mais il résista à la tentation de se débarrasser de la balle et suivit son rituel habituel. Quelques rebonds, une inspiration et tir. Droit dans le mille !

– Joli, Twig ! le complimenta Reggie en lui donnant une tape dans le dos.

Alfie recula, étonné d'avoir été le premier à marquer. Mais ça ne suffit pas. Rien ne changea. Apparemment, tout le monde devait réussir un panier.

Les autres avaient toujours du mal. Rain rata de nouveau. Le plateau rétrécissait encore, il n'était pas plus grand que la chambre d'Alfie à présent. Devon rata de très loin. Pareil pour Lab. Et de nouveau Rain.

– Enfin, Rain ! s'impatienta Vin.

Ils continuaient à tourner encore et encore. Bientôt, il ne resta plus que Rain, Lab, Peño et Devon. Peño marqua et serra le poing. La montagne s'écroulait encore. Le temps était compté.

Alfie s'imagina chuter dans les nuages et fut pris de nausée. Rain rata de nouveau.

– Mais non ! hurla-t-il.

Devon rata. Lab marqua et son grand frère le prit dans ses bras. Un nouveau bloc de pierre s'effondra. Rain et Devon, les derniers à tirer, devaient se coller dos à dos pour ne pas tomber. Rain toucha le cercle.

– Non ! cria Vin.

La balle arriva dans les mains de Devon. Au moment où il la souleva, Alfie prit conscience qu'ils n'avaient pas abordé cet exercice comme une équipe. Se contenter de regarder et de s'énerver contre ceux qui rataient n'aidait personne.

Ce n'était pas un exercice de tir individuel. Sinon, pourquoi seraient-ils tous réunis ?

Il approcha de Devon, se faufilant entre les autres.

– Attends ! l'arrêta-t-il.

Devon le regarda, surpris, mais baissa la balle.

– Respire, conseilla Alfie, une main sur le coude de son coéquipier. Rentre ton bras. Oui… parfait. Et suis le mouvement vers le panier. Ton poignet doit se casser à la fin.

Il lui montra le geste.

– Comme si tu déposais la balle dans le panier.

Il n'en revenait pas. Il coachait un autre joueur ! Mais Devon l'écouta attentivement avant de tirer. La balle toucha le cercle, rebondit sur la planche et fila dans le panier. Devon éclata de rire et donna à Alfie une tape sur l'épaule… assez fort pour le propulser vers le bord. Sa chaussure dérapa et il sentit l'air en dessous.

Devon l'attrapa par le maillot et le ramena en sécurité.

– Désolé.

– Pas de problème, répondit Alfie en se forçant à sourire.

Rain s'avança. Un autre morceau de la montagne se détacha de la paroi. Il ne restait plus de temps. Le prochain rocher les entraînerait avec lui. La balle atterrit doucement dans les mains de Rain.

– Fais pleuvoir les paniers, Rain ! cria Peño.

Une grande fissure serpenta entre leurs pieds. La structure de la montagne était en train de céder.

– Dépêche-toi ! cria Jerôme.

Le sol trembla.

– Tire ! insista A-Wall.

– Reste calme, murmura Alfie.

Rain tira au moment où la dernière fente divisait le plateau. La montagne se sépara en deux et Alfie suivit des yeux la balle qui se dirigeait vers le panier. Il se demanda s'ils allaient tous mourir. Il agrippa le bras de Devon. La balle continua.

Swish.

Le panier trembla et la montagne disparut.

Ils étaient de retour à Fairwood. Tous les joueurs s'écroulèrent au sol, hilares et soulagés. Alfie resta debout, fier d'avoir accompli plus de choses aujourd'hui que dans toute sa vie. Rolabi les attendait patiemment.

Et maintenant, les arbres s'érigent vers le ciel.

– Bienvenue. Qu'est-ce qui fait un bon tireur ?

– Vous avez failli nous tuer ! hurla Vin.

– Twig, qu'en penses-tu ? interrogea Rolabi sans tenir compte de ce commentaire paniqué.

Alfie réfléchit.

– Il doit être en forme ?

– C'est essentiel, bien sûr. Mais ça ne suffit pas.

Tu connais la réponse. Qu'est-ce qui manque à un grand tireur ?

Alfie ne comprit pas la question. Il avait bien dit « manquer » ?

– Un bon tireur n'a pas peur, répondit Devon.

Alfie réprima un éclat de rire. Bien sûr !

– Les grands tireurs ne connaissent pas la peur. S'ils craignent de rater ou d'être bloqués ou de perdre, ils ne pourront pas tirer. Et même s'ils le font, ils se précipiteront. Ils permettront à la peur de faire bouger leurs coudes ou de transformer leurs doigts en pierre. Ils ne seront jamais de grands champions. Et comment se débarrasse-t-on de nos peurs ?

– On les affronte, répondit Devon.

– Oui, et ce qu'on redoute le plus, c'est de laisser tomber nos amis, de ne pas être à la hauteur, répliqua Rolabi. La clé du basket, c'est surmonter ses peurs. Si vous ne les affrontez pas, vous perdrez. Vous pouvez tirer mille fois, dix mille fois, vingt mille, si vous montez pour chaque panier au sommet d'une montagne qui s'écroule, vous deviendrez de grands tireurs.

Alfie comprit tout de suite. C'était au cœur de son jeu. La peur de perdre. De se faire humilier. C'est ce qui guidait ses décisions sur le terrain. Sans peur, il pourrait simplement *jouer*.

Rolabi partit vers le mur, sa mallette à la main. Dans un éclair, il disparut.

– On l'a échappé belle, commenta Alfie en direction de Reggie.

– Ouais. C'est dingue, tu sais… ce à quoi on pense à ce moment-là.

– Quoi ?

Reggie hésita et baissa la voix.

– Quand je tombais, j'ai pensé : *J'ai pas encore tout fait.*

– Et t'es là.

Ils se dirigèrent ensemble vers le banc. Ils étaient devenus amis, de vrais amis, sans même qu'Alfie ait besoin d'y réfléchir. Il avait passé tellement de temps à se demander comment se faire des amis. Et voilà, il suffisait de s'ouvrir.

– Tu l'as attrapé, n'est-ce pas ? demanda soudain Reggie. Tu as attrapé le globe.

– Comment tu le sais ? demanda Alfie, étonné.

– Tu étais différent sur la montagne. Un leader.

– Je ne suis pas un leader.

– C'est ce que j'ai vu, pourtant.

Alfie sourit, embarrassé, et tourna la tête. Rain partait vers un panier, sa balle sous le bras. Il semblait profondément concentré, presque en colère.

– Tu fais quoi, Rain ? demanda Peño.

Il se planta sur la ligne des lancers francs.

– Des tirs.

Il tira, récupéra le ballon et se replaça après chaque panier et chaque essai raté. Ils le rejoignirent tous. Même Alfie. Quand il tira, il pensa à l'avenir.

Son avenir.

8

L'OMBRE D'ALFIE

Si tu ne sais pas où est l'arrivée, continue juste à marcher.

✧ SAGICIEN - PROVERBE N° 38 ✧

Alfie souleva la balle au-dessus de son épaule, fit une feinte sur la gauche, un renversement et un tir en suspension. Il marqua et rattrapa la balle quand elle tomba. La sueur coulait sur son visage.

Il ne pouvait s'empêcher de ressentir une pointe de déception. La veille, il aurait voulu tenir tête à son père. Il s'était préparé, avait répété. Mais quand la porte s'était ouverte, il s'était dégonflé. Alfie avait suivi son père à la cave pour qu'il lui montre ses trophées et lui parle de régimes caloriques. Tout en écoutant ses récits, il s'était dit que la route était encore longue.

Pas grave. Accepter qu'il ait peur de finir comme lui était un bon début. Il savait contre quoi il se battait. Ça lui donnait l'espoir d'en venir à bout.

Les portes de Fairwood s'ouvrirent dans un courant d'air puissant et Alfie regarda, émerveillé, une tempête de neige recouvrir le gymnase d'un tapis de neige. Des silhouettes de trophées, de ballons de basket et de montagnes entourées de nuages se dessinèrent dans l'air. Une silhouette enneigée dribbla à côté de lui, esquivant un tigre, et soudain tout s'évanouit, se transformant en flocons qui fondirent aussitôt. Rolabi franchit les portes et elles claquèrent derrière lui.

– Il doit neiger dans le royaume de Granity, commenta Reggie, les yeux grands ouverts.

– On dirait.

– Tu veux toujours pas dire aux autres ce qu'on a appris dans ce livre ? demanda-t-il.

– Rolabi s'en occupe, répondit Alfie après un instant de réflexion.

– Il parle dans ta tête aussi ?

– Ouais.

– Ça me rassure, murmura Reggie.

L'équipe se rassembla devant Rolabi, qui examina tous ses joueurs.

– Pour l'instant, trois d'entre vous ont attrapé le globe, déclara-t-il, à la grande surprise d'Alfie. Je vois des changements. Les autres doivent être vigilants. Ils devront être prêts le moment venu.

Alfie se demanda qui était le troisième. Sûrement Rain.

– Aujourd'hui, nous nous concentrerons sur le jeu collectif en attaque. Vous avez travaillé les passes et la vision. Vous avez travaillé le tir. Mais le basket n'est pas un sport individuel, c'est un sport d'équipe. Même les plus grands joueurs ne peuvent pas gagner un match tout seuls.

Rolabi leva la tête et Alfie suivit son regard. Il fronça les sourcils.

Les néons avaient été dépoussiérés et les poutres usées venaient de recevoir une couche de peinture fraîche. Fairwood était plus beau de jour en jour. Alfie savait que la ville n'avait pas engagé de super concierge ni d'équipe de rénovation secrète. Ça semblait dingue, mais le gymnase se restaurait lui-même.

Il avait vu beaucoup de grana, bien sûr, mais là, c'était différent. Ces changements étaient concrets et permanents. Le grana ne provoquait pas juste des visions pour pimenter les exercices.

Cet aspect-là ne figurait pas dans le livre.

– Il est important de savoir qui défend sur nous à chaque instant, continuait Rolabi en regardant toujours les lumières. D'utiliser les avantages de la taille et de la vitesse dès qu'on le peut. Mais avant tout, il faut comprendre ce que veut dire « attaquer en équipe ». Par conséquent, éliminons ces avantages et créons des défenseurs parfaitement égaux.

Dès qu'il termina, la moitié des lumières s'éteignit. Les néons face à l'équipe éclairèrent plus fort et Alfie dut plisser les yeux pour ne pas être ébloui. Ils se seraient crus sur la scène d'un théâtre.

– Nous allons apprendre à attaquer comme un seul homme. Mais tout d'abord, il nous faut des défenseurs.

Alfie sentit soudain que quelqu'un le regardait par-derrière ou qu'une plume s'était posée sur sa nuque. Il se crispa, sur ses gardes.

Rain poussa un cri d'avertissement, et quand Alfie se tourna, il fut sidéré par ce qu'il vit. Son ombre était debout. Elle semblait se réveiller d'un long sommeil, s'étirait et sautillait sur place. C'était une réplique parfaite de lui : grande et mince. Elle était accompagnée par toute une équipe de joueurs de l'ombre. Alfie resta sans voix.

– Maman, murmura A-Wall.

– Je vous présente les défenseurs pour aujourd'hui, lança Rolabi. Vous les connaissez bien.

L'ombre d'Alfie lui serra la main. Alfie baissa les yeux, troublé, mais il ne voulait pas se montrer impoli.

– Enchanté… euh… ombre de moi.

Sa poignée de main était molle et faible… exactement comme celle d'Alfie, mais en beaucoup plus froide. Tout chez cette ombre était identique à lui-même. La posture, la nervosité… L'ombre repartit s'échauffer.

– En position, défenseurs ! demanda Rolabi.

Cinq ombres coururent vers le panier et s'organisèrent en défense, tandis que les titulaires partirent se placer derrière la ligne de touche en se tapant dans les mains. Alfie n'avait jamais rien vu d'aussi bizarre de toute sa vie.

– Vous saurez tout de suite qui vous marque, continua Rolabi. Mais ce n’est pas un match. Nous travaillons juste notre attaque. Vous tournerez régulièrement. Les titulaires commencent.

À moi de jouer, songea Alfie, nerveux.

– C’est parti, lança Peño.

Alors qu’Alfie se mettait à son poste, son ombre suivait chacun de ses pas, un bras tendu devant lui. L’équipe fit circuler le ballon sans trouver d’ouverture. Même Rain était bloqué. Alfie finit par attraper une passe dans la raquette, se tourna pour tirer et fut arrêté par son ombre.

– Merci. Je me fais humilier par ma propre ombre maintenant.

Elle lui donna une tape dans le dos pour le consoler.

– On tourne ! lança Rolabi.

Les remplaçants reçurent le même traitement. Les deux équipes se relayèrent pendant près d’une heure sans pratiquement jamais parvenir à marquer. Alfie s’était toujours servi de sa taille pour dominer son défenseur et, sans cet avantage, il était perdu. Comme tous ses coéquipiers.

– Pause, annonça Rolabi après une autre tentative infructueuse.

L’ombre d’Alfie tapota sur son poignet comme s’il portait une montre.

– J’imagine que tu n’es pas fatigué ? lui demanda Alfie.

L’ombre secoua la tête et fit une série de *jumping jacks* pour le prouver.

– Crâneur, grommela Alfie.

Il but une grande gorgée d’eau, trempant son maillot déjà humide de transpiration.

– Nos ombres nous écrasent, commenta Reggie en finissant sa bouteille.

– Je sais. Je suis pas sûr qu’on puisse le voir comme un bon point pour nous.

– J’en doute, en effet, confirma Reggie en riant.

Alfie se mêla à la conversation de l’équipe. Peño répondait à une question de Rolabi.

– Ben, on doit quand même se faire des passes…

– Votre stratégie offensive est la même que pour la plupart des équipes. Elle marche jusqu'à ce qu'elle ne marche plus. Pour le joueur le plus doué du monde, et pour lui seul, il y aura toujours une ouverture, déclara Rolabi. Les autres doivent créer l'ouverture. Et ils le font toujours avec l'aide de leur équipe.

– Mais… commença Peño.

– On défend en équipe, on attaque en équipe. On se parle, on élabore des stratégies, on regarde le parquet.

– Mais… tenta de nouveau Peño.

– On attaque comme un seul homme, unis. Et ça commence avec un simple projecteur. À vos postes, messieurs.

Alfie se mit en position et leva les mains pour recevoir la passe. Il voyait constamment une tête sans visage au-dessus de son épaule et en frissonnait. La situation empira encore.

Les lumières baissèrent, faisant grandir les ombres. Alfie ne réussissait pratiquement plus à approcher du panier. Ses coéquipiers se fondaient dans le noir et durent plisser les yeux pour y voir clair. Alfie n'aimait pas la tournure que prenait le match.

– Peño, passe la balle à Rain, demanda Rolabi.

Il hésita.

– Je le vois même pas ! On pourrait pas mettre un peu plus de lumière ?

– C'est ton seul espoir. Passe-lui la balle.

En soupirant, Peño s'exécuta. Dès que Rain attrapa la balle, l'obscurité se dissipa, mais uniquement sur lui, comme si un projecteur l'éclairait. Ses défenseurs reculèrent. Le temps qu'il décide comment attaquer, la lumière baissa.

– Twig ! appela-t-il.

Il feignit une passe au sol et loba la balle au-dessus des défenseurs. Alfie l'attrapa, luttant pour maintenir son ombre à distance. Le projecteur s'orienta alors sur lui.

– Les passes ! dit Alfie. Elles nous éclairent !

– Les options illuminent le terrain, acquiesça Rolabi. Quand tout le monde se déplace, l'obscurité recule.

Les options, songea Alfie. C'était entièrement différent.

Rain courut vers le coin, semant son défenseur, et même s'il n'avait pas la balle, un projecteur s'orienta sur lui aussitôt. Alfie lui fit la passe et Rain dribbla sur place. La lumière baissa de nouveau, alors Peño coupa le terrain pour se démarquer et la lumière se dirigea sur lui.

Tu dois te rendre disponible, comprit Alfie. *Tu t'illumines si tu as une ouverture.*

Alfie se déplaça pour poser un écran et se mit à courir. Une vive lumière blanche l'éclaira.

Pas le choix : bouge ou laisse-toi engloutir par l'obscurité. Alfie posa d'innombrables écrans, attrapa des balles et fit des passes décisives. Même quand il n'était pas directement dans l'action, il cherchait des moyens d'y entrer.

Quand il reçut une passe dans la raquette, il aperçut un éclair éblouissant au moment où Rain coupa le terrain derrière lui. Il comprit tout de suite que Rain était la meilleure option. Il fit la passe à l'aveuglette dans son dos et Rain marqua facilement.

– Jolie passe, Twig ! le félicita le leader de l'équipe, surpris.

Alfie sourit. Rain ne l'avait jamais complimenté avant ça.

– On continue ! lança Rolabi.

Malgré sa fatigue, Alfie prenait toujours autant de plaisir.

Il ne faisait pas seulement partie de l'attaque, il jouait un rôle-clé. La balle arrivait constamment dans la raquette. Il distribuait les passes basses, feintait les tirs et réalisait même des passes transversales au-dessus de la tête. Son ombre se montrait tenace, mais elle ne résistait pas à toutes les options que les coéquipiers d'Alfie offraient en attaque. À mesure que l'exercice avançait, l'avantage changea de camp et les attaquants marquaient plus qu'ils ne perdaient le ballon. Alfie ne sentait même plus son épuisement.

Il était *utile*.

Il passa la balle à Rain pour un double-pas facile et Rolabi entra sur le terrain.

– Ça suffit pour aujourd'hui. Asseyez-vous et regardez.

Il sortit de sa mallette la marguerite, qu'il posa par terre, avant de s'adresser aux ombres :

– Merci, messieurs.

Les néons s'allumèrent, chassant les ombres. Alfie s'assit devant la marguerite, les jambes tendues devant lui. Il avait mal partout, mais il était heureux.

– Qu'est-ce que vous avez vu pendant cet exercice ? demanda Rolabi.

– Du mouvement, répondit Reggie.

– Et ?

– Une équipe, murmura Alfie, fièrement.

Il adorait ce mot. Particulièrement.

– Oui. Nous sommes une équipe aux deux extrémités du terrain. Si on utilise l'offensive projecteur, on devient plus efficace.

Le professeur se tut et Alfie se concentra sur la fleur. Il observa les tiges et les pétales. Il ne repéra aucun mouvement, comme d'habitude, et le tic-tac de l'horloge sembla ralentir. Il ne remua pas. Au contraire, il se réjouit de ce moment de calme. Seulement, il finit par remarquer que le gymnase était étrangement silencieux. Aucun bruit de vêtements froissés ni de respiration. Il leva la tête et comprit. Le globe était de retour.

Alfie comprit tout de suite qu'il n'était pas revenu pour lui.

Il avait trouvé sa chambre noire, c'était aux autres d'attraper le globe, désormais.

– Le revoilà, murmura Lab.

L'équipe se rua dessus, à l'exception d'Alfie, de Devon et de Jérôme. Les trois garçons échangèrent un petit hochement de tête. Alfie se demanda ce qu'ils avaient trouvé dans leur chambre noire. Pour la première fois, il prit conscience qu'ils avaient tous peur de quelque chose.

Même si ça semblait évident, Alfie avait toujours cru qu'il était le seul lâche, le seul qui devait lutter contre ses démons.

Après un renversement astucieux, Rain attrapa le globe et disparut. Qu'est-ce qu'il allait trouver ? Rain n'avait sûrement pas peur de grand-chose. Il avait une vie parfaite.

Tout le monde mène ses propres combats. Tu prends des risques si tu espères avoir la vie des autres.

Mais pour certains, c'est plus facile, non ? songea Alfie.

Les seuls critères sont ceux que tu t'imposes.

Rolabi sortit mais ses mots restèrent. Alfie songea à la saison précédente. Il avait passé tellement de temps à se dire qu'il était le seul à avoir des problèmes qu'il ne s'était pas préoccupé des autres. Il n'avait jamais cherché à aider personne. Reggie l'orphelin, Big John et ses deux petits boulots.

Qui autour de lui attendait encore désespérément qu'on le remarque ?

C'est la question que tout bon leader doit se poser.

9

LA PREMIÈRE PIERRE

Personne ne gagne seul.
Ceux qui l'oublient échouent.

✧ SAGICIEN - PROVERBE N° 9 ✧

Le lendemain matin, Reggie et Alfie buvaient en silence sur le banc le plus éloigné du terrain. Après quelques paniers, ils étaient revenus faire une pause. Alfie avait une bouteille neuve et Reggie, une gourde dont le dessin avait été effacé depuis longtemps déjà.

Le reste de l'équipe s'échauffait et ils étaient tranquilles.

– Je peux te demander quelque chose ? lança Reggie.

– Bien sûr.

– Qu'est-ce que tu as vu ? Dans… cet endroit ?

Alfie le regarda. Reggie n'avait pratiquement rien dit pendant leur échauffement, ce qui n'avait rien d'extraordinaire, mais aujourd'hui il avait l'air différent. Il avait les mains sur les genoux, et les yeux perdus dans le vide. Il avait pleuré.

– Tu as attrapé le globe ?

– Ce matin, confirma Reggie. Quand j'étais seul.

Alfie ne réagit pas tout de suite. Il n'était pas prêt pour entrer dans les détails. Le serait-il jamais ? Mais ce n'était pas le problème. S'il ne se trompait pas, Reggie venait de faire une expérience similaire à la sienne.

– J'ai vu mes peurs, dit-il enfin. Il a fallu que je les affronte.

Reggie hocha la tête doucement.

– Et… il y avait des gens ?

– Oui. Enfin, une personne. Et toi ?

Les yeux de Reggie brillaient. Une larme coula sur sa joue. Il ne l'essuya pas.

– Je voulais rester là-bas, chuchota-t-il.

Alors il les avait vus. Alfie n'imaginait pas la douleur de revoir ses parents, d'entendre leurs voix et d'avoir à leur dire au revoir, encore une fois. Son père était dur, parfois cruel, mais il était là. Il eut de la peine pour Reggie. De la pitié.

Personne n'a besoin de pitié. C'est de la compréhension qu'il lui faut.

– T'es sûr que c'est pas déjà ce que tu fais ? demanda Alfie. Moi, je vivais dans ma chambre noire.

Reggie ferma les yeux un moment. Sûrement pour les revoir.

– Tu dois avoir raison. C'est juste… que je ne voulais pas le reconnaître.

– Moi non plus. Personne, je pense.

Reggie s'essuya les yeux.

– Tu crois qu'ils sont quelque part là-haut ? Et qu'ils nous regardent ?

– J'en suis certain.

Reggie tendit le poing et Alfie le cogna, phalanges contre phalanges.

– Mon frère, lâcha Reggie entre ses larmes.

– Oui, t'es mon frère, répondit Alfie.

Reggie rit et se leva en secouant la tête.

– Tu déchires, Twig.

Des pas résonnèrent sur le parquet. Rolabi entrait sur le terrain.

– Il nous reste deux jours d'entraînement. Et deux joueurs doivent encore attraper le globe.

Alfie regarda autour de lui, curieux de savoir qui ne s'en était pas encore emparé. Il examina Big John, se demandant à quoi ressemblait sa chambre noire. Et soudain, Rolabi les surprit tous en se dirigeant vers la sortie.

– Il n'y a pas d'entraînement aujourd'hui ? demanda Peño.

– Oh, si. Mais vous n'avez pas besoin de moi.

– Qu'est-ce qu'on fait ? demanda Rain.

– Je vous laisse en décider.

Il avança dans le courant d'air glacial et disparut. Les portes se refermèrent en claquant, mais cette fois elles s'effacèrent complètement de la surface du mur, ne laissant que des parpaings jaunes à leur place.

La seule issue de Fairwood n'existait plus.

– Parfait, grommela Peño. Il veut juste s'assurer qu'on rentre pas chez nous avant l'heure.

– Pas sûr, rétorqua Alfie, méfiant.

Un grondement insistant résonna alors dans le gymnase. On aurait dit un vieux moteur qui démarrait. Alfie pensa aux artères argentées qui couraient sous le sol et jusqu'au plafond. Le cœur qui pulsait. Si le gymnase était vraiment vivant… est-ce qu'il pouvait aussi bouger ?

Et soudain les murs avancèrent sur l'équipe. Le gymnase se refermait sur eux.

– Impossible, murmura Vin.

– Impossible, possible, c'est très relatif, se moqua Lab. On fait quoi ?

Alfie resta pétrifié, alors que les murs entraînaient avec eux les gradins, la porte des vestiaires et tout ce qu'ils trouvaient sur leur chemin. Ils se déplaçaient avec une régularité et une force implacables. Il tenta de réfléchir. C'était sûrement une nouvelle épreuve… mais pour tester quoi ? Leur capacité à ne pas paniquer ?

Mais comment faire autrement ? Rain frappait les murs avec ses poings, Vin s'efforçait de marquer des paniers. Les autres le rejoignirent, enchaînant doubles-pas, trois-points et lancers francs. Rien ne fonctionnait. Les murs continuaient leur progression avec la lenteur impitoyable des marées. Alfie se voyait déjà écrasé par le gymnase et eut du mal à se débarrasser de l'image.

Ils avaient travaillé la défense collective, l'attaque en équipe, les tirs, les passes et même le cardio.

Que restait-il en basket ?

Devon s'élança vers les gradins en acier et tenta de tirer sur un côté.

– Aidez-moi ! cria-t-il.

Ils se précipitèrent vers lui pour écarter l'immense structure du mur. Le tout devait peser au moins trois tonnes. Ensemble, ils parvinrent à la déplacer, et Alfie crut sentir tous les muscles de son corps s'embraser. Son épaule contre celle de Big John, il poussait les gradins de toutes ses forces.

– Tournez-les sur le côté ! cria Rain. À trois ! Un… deux… trois !

Ils réussirent à placer les gradins à quelques centimètres des deux murs qui continuaient malgré tout à avancer. Impuissants, les joueurs attendaient de voir ce qui allait se passer.

Dans un bruit assourdissant, les murs percutèrent les extrémités de la structure en acier. Ils ne ralentirent même pas. Le centre des gradins s'éleva en une voûte grinçante.

– On essaie les bancs ! cria Alfie, désespéré.

Il savait que ça ne servirait à rien, mais il ne pouvait pas rester sans rien faire. Avec Rain, ils placèrent les bancs en travers du gymnase, mais on aurait dit des cure-dents devant un étau géant. Les gradins continuaient à se tordre, et pourtant ils étaient bien plus solides que les bancs en bois.

– Rolabi ! appela Peño. À l'aide ! Quelqu'un !

Vin avait pris son portable, mais il le jeta par terre au comble de la frustration.

– Ça capte pas !

Alfie pensa à ses parents et son estomac se noua à l'idée de ne plus jamais les revoir. Son père avait beau être dur et exigeant, il était aussi protecteur. Alfie, son fils unique, était la première personne que son père avait envie de voir quand il rentrait du travail. Ce dernier était toujours partant pour l'emmener faire des courses, l'entraîner ou aller voir un match avec lui. Et sa mère ne voulait même pas qu'il s'inscrive à Fairwood. Elle avait eu peur de la pression que ça représentait. Elle lui avait dit qu'il n'était pas obligé. Comment la police leur annoncerait-elle... cette catastrophe ? Ils seraient dévastés.

– Regardez ! cria quelqu'un.

Alfie se tourna, cherchant du regard une porte cachée. Mais à la place, il vit le globe. Les murs avaient déjà atteint les lignes du terrain. D'ici quelques minutes, ils allaient les écraser. Le globe ne pourrait pas les sauver. Ou... pas tous. Mais il sauverait au moins l'un d'eux.

– Quelqu'un pourra sortir ! leur rappela Alfie. On disparaît, vous vous souvenez ?

– Ça marchera seulement pour ceux qui n'ont pas déjà attrapé le globe, répliqua Reggie. Pas pour les autres.

Lab et Peño échangèrent un regard à travers le gymnase. Alfie comprit qu'aucun des deux frères n'avait encore attrapé le globe.

– Montez sur les gradins ! cria Lab.

Ils s'y précipitèrent tous. L'ascension ne fut pas facile sur l'acier tordu, mais rapidement ils se retrouvèrent tout en haut. Alfie tendit les bras, mais le globe était encore trop loin. Personne ne pouvait l'attraper à cette distance. Lab et Peño n'avaient aucune chance. Alfie se découragea. C'était terminé, le globe était la seule solution.

Mais Devon n'était pas prêt à baisser les bras. Il s'agenouilla sur les gradins en acier.

– Vite ! hurla-t-il de sa voix grave qui couvrit les autres bruits. Faites une pyramide !

Alfie ne prit même pas le temps de réfléchir. Il se baissa aussitôt à côté de Devon. A-Wall, Big John et Reggie firent pareil pour former une base solide. Rain, Jérôme et Vin grimpèrent sur eux et constituèrent le deuxième niveau. La pyramide trembla, mais Alfie tint bon, les dents serrées. Lab et Peño les escaladèrent, plantant leurs chaussures sur leurs camarades en s'efforçant de garder l'équilibre. Alfie réprima un cri de douleur quand le poids sur son dos augmenta.

Il savait qu'ils étaient peut-être tous condamnés, et pourtant c'était la bonne décision. S'ils pouvaient sauver au moins un des leurs, il fallait le tenter.

Dans le miroir, il n'avait vu qu'un lâche. Seulement maintenant, il se sacrifiait.

Et ça ne l'attristait pas.

En bas de la pyramide, tout était silencieux. Alfie se sentit enveloppé d'un étrange calme. Les murs se refermaient.

– Dépêchez-vous ! cria Rain. Attrapez-le !

Les murs se touchaient presque. Alfie ferma les yeux.

– Un… deux… trois ! lança Peño.

Alfie crut entendre un hurlement de douleur. Il ouvrit les yeux au moment où les murs s'immobilisaient et repartaient en sens inverse, laissant sur leur passage des débris écrabouillés.

– Badgers ! cria Peño en haut de la pyramide.

Toute l'équipe se mit à applaudir et se réjouir.

– Badgers ! répondit Alfie.

Les autres descendirent de son dos, se rattrapant avec les mains et les genoux avant d'aider leurs coéquipiers à se remettre debout. Quand il leva la tête, Alfie constata que Lab avait attrapé le globe. Il devait savoir que Peño ne serait jamais parti sans lui.

Ils se prirent tous dans les bras. Hilares, ils se tapaient dans les mains. Personne ne tentait de cacher ses larmes. Les gradins se baissèrent et l'équipe put en descendre facilement. Les éclats de verre des planches se reconstituèrent pour former les paniers, et les bancs furent reconstruits dans un tourbillon de bois. Les fanions recousus se retrouvèrent suspendus au plafond. Le gymnase était restauré, plus neuf qu'avant. Alfie savait qu'il y était à sa place.

Il se tourna vers Devon.

– Tu nous as sauvés.

Devon sourit, gêné.

– J'ai juste fait ce que je pensais être le mieux.

– Non, contredit Alfie. Tu as gardé ton sang-froid. Tu savais que tu risquais de ne pas en réchapper, mais tu l'as quand même fait. Ça prouve un sacré cœur, mec, on a de la chance de t'avoir.

Devon le regarda un instant, avant de détourner la tête en se mordillant la lèvre.

Tu as ouvert une porte pour quelqu'un d'autre. Continue à travailler, tu dois les préparer.

Pourquoi ? se demanda Alfie, intrigué. *Le stage de présaison est pratiquement terminé.*

Et maintenant le vrai match approche.

✧ 10 ✧

LE MIROIR CASSÉ

Nous sommes faits de millions de questions.
Une seule personne connaît les solutions.

✧ SAGICIEN - PROVERBE N° 47 ✧

Alfie regarda par la vitre, côté passager. Le ciel était couvert pour ce dernier jour de stage de présaison. Nuages et pollution. Les rayons du soleil qui filtraient étaient presque marron et l'air stagnait sans un souffle de vent. Le trajet s'était fait dans le silence total.

– Tu n'es pas bavard aujourd'hui, remarqua le père d'Alfie en lui lançant un regard.

– C'est vrai.

– Quelque chose ne va pas ? Tu ne parles pas beaucoup depuis le début du stage.

Ils se garèrent devant le gymnase.

– Je me sens différent, je sais pas.

– En mieux ?

– Oui. Je pense que ce sera une bonne année.

– Hmm. Tu dois t'affirmer devant les autres…

– J'ai compris, lança Alfie en sortant de la voiture. À ce soir.

Il referma la portière et se dirigea vers le gymnase, un sourire aux lèvres. Reggie l'attendait déjà à l'intérieur, comme toujours, seul sur le banc le plus éloigné, les yeux rivés sur le terrain. Alfie s'assit à côté de lui.

– Ça va, frère ? le salua Reggie.

– Prêt à jouer.

– Ouais, moi aussi. J'ai réfléchi à tout ça. Tu crois que c'est pour quoi ?

– Quoi donc ?

Reggie montra le gymnase.

– Ça. La venue de Rolabi. Pourquoi chez nous ? Pourquoi les Badgers ?

Alfie mit ses chaussures. Il s'était posé la même question, bien sûr. Il avait relu le livre et s'était rendu compte qu'il était passé trop rapidement sur une des phrases-clés.

Il le sortit de son sac pour l'ouvrir à la page d'un dessin : une belle femme, très grande, avec une mallette en cuir à la main, entrait dans du feu.

– Lis ce passage, demanda Alfie.

Reggie prit le livre.

– « Les Sagiciens se rendent souvent là où on a le plus besoin d'eux, et quand il est déjà tard. » Aïe, ce n'est pas encourageant.

– Non.

Reggie passa les doigts sur le dessin.

– Tu penses qu'il va nous arriver un malheur ?

– Le reste du conte le laisse entendre, répondit Alfie. Rolabi a dit quelque chose…

– « Et maintenant le vrai match approche », murmura Reggie.

– Voilà.

Reggie lui rendit le livre, jeta un coup d'œil vers la porte et se pencha vers Alfie.

– On a jamais entendu parler du grana avant l'arrivée de Rolabi. C'est pas pour rien, dit-il tout bas.

– Pardon ?

– Qui s'est débarrassé de tous les Sagiciens de Dren, à ton avis ?

Les garçons arrivaient les uns après les autres, mais ils allaient directement se changer, sans se préoccuper des deux amis. De leur côté du gymnase, Alfie et Reggie étaient tranquilles. Alfie avait la chair de poule. Il se pencha vers Reggie.

– Le président Talin ?

– Mes parents m'ont laissé quelque chose, expliqua Reggie. Je crois savoir ce qui se prépare.

Alfie s'approcha encore. Soudain, les portes du gymnase s'ouvrirent, poussées par les rafales glaciales habituelles. Reggie et Alfie tombèrent du banc. Alfie resta par terre un instant avant d'éclater de rire. Également amusé, Reggie se releva et aida Alfie à se rasseoir sur le banc.

– Ça va, les gars ? demanda Peño, étonné.

– Oui, répondit Alfie. Pas de problème.

Reggie prononça en silence « une autre fois » dans sa direction. Alfie hocha la tête et ils prirent leurs balles pour aller s'échauffer. Alfie s'entraîna aux trois-points, à traverser la raquette depuis les deux ailes, à ses déplacements et à ses tirs avec la planche. Ils se relayèrent pour poser des écrans et se passer la balle. Ils furent vite trempés de sueur, mais continuèrent dans la bonne humeur.

Rolabi arriva à neuf heures précises et les appela au centre du terrain. Il portait son costume habituel, ses chaussures en cuir cirées et la même montre à gousset. Ses yeux envoyaient des éclairs vert émeraude.

– À une exception près, vous avez tous attrapé le globe. Pour quoi ?

– Parce que vous nous avez dit de le faire, répondit Vin.

– Mais pour quoi ? continua Rolabi. Qu'est-ce que vous avez trouvé ?

– Nos peurs, répondit Reggie à côté d'Alfie.

Alfie hocha la tête. Il ne se serait jamais imaginé partir à la recherche de ses peurs. Il se disait qu'elles étaient évidentes, tout autour de lui, tous les jours. Une réaction inévitable à des problèmes extérieurs qu'il ne pouvait pas contrôler. Mais ces problèmes étaient bien plus profonds. Des portes qu'il gardait fermées, des endroits qu'il évitait.

Et sans qu'il s'en rende compte, ses peurs façonnaient sa vie.

– La seule chose qui peut réellement vous arrêter dans la vie, c'est la peur. Pour gagner, il faut vaincre ses peurs. Pour le basket… et pour tout.

– Mais… on a réussi, non ? demanda Big John.

– La peur ne se vainc pas si facilement, répondit Rolabi. Elle reviendra. Vous devez vous y préparer.

Il ouvrit sa mallette et plongea la main à l'intérieur.

– Vous avez encore beaucoup de travail avant la saison. Aujourd'hui, nous allons revoir ce que nous avons abordé jusqu'ici.

Alfie entendit un grincement qui parvenait des vestiaires.

– Twig… tu connais l'exercice.

Alfie libéra Kallo et lui caressa le cou. Rolabi disposait des obstacles sur le terrain, composant un parcours élaboré. Les néons clignotèrent, la moitié s'éteignit et l'équipe de l'ombre apparut sur le parquet.

Alfie salua la sienne. Elle lui donna une tape dans l'épaule et partit se placer en défense.

Ils commencèrent alors l'exercice. Ou plutôt, les exercices. Alfie tentait encore et encore de dépasser son ombre. Il fut bloqué par Kallo. Il grimpa des pentes raides, glissa sur un sol qui s'affaissait, sauta par-dessus des fossés, monta des escaliers sans fin. Il perdit sa main et rata d'innombrables passes et tirs.

Et pourtant, il continua à se battre jusqu'à ce que son maillot et son short soient bons à essorer.

Après le cinquième tour de terrain, il dut faire la passe à travers le cerceau vertical. Jusque-là, il n'avait jamais visé dans la cible. Sa main droite manquant, il devait tirer avec la gauche.

Il prit une profonde inspiration pour se calmer.

Le cerceau disparut, remplacé par un miroir sur pied. Alfie se retrouva devant son reflet, et de nouveau il changea. Son père apparut. L'image se brouilla et fut remplacée par l'ancienne version de lui-même : triste, perdu et déçu. C'était le futur qu'il avait redouté. La révélation de cette chambre noire… qu'il devienne son père. Qu'il ne soit jamais satisfait de lui-même. Le gymnase plongea dans le silence. Il était seul devant son reflet.

Son regard se posa sur les yeux marron et il lança la balle de toutes ses forces.

Le miroir se brisa en mille morceaux. Les éclats se répandirent sur le parquet qui les avala. Alfie revit le cerceau et sa balle à côté. Il la prit et se remit à courir.

Il n'y a qu'une seule personne qui puisse reconstruire ce miroir. Prends ton temps.

Quand l'exercice se termina enfin, les ombres s'évanouirent avec le retour de la lumière et Kallo retourna dans les vestiaires. Alfie prit sa bouteille pour rejoindre l'équipe autour de Rolabi.

– On a fini ? demanda Jérôme.

– Encore une chose.

– Les murs vont essayer de nous écrabouiller ? demanda A-Wall, méfiant.

– Tu penses qu'ils l'auraient fait ? demanda Alfie.

– Ça en avait tout l'air, répondit Vin.

– Moi, je crois pas. Fairwood nous est très reconnaissant de tout le travail qu'on a accompli, assura Alfie.

Tous les joueurs se tournèrent vers lui, perplexes.

– Il pense que ce bâtiment est une personne ? interrogea Jérôme.

– C'est clair, répliqua Vin. Qu'est-ce que tu racontes ?

Alfie jeta un coup d'œil à Rolabi.

Vas-y.

– Je suis sûr que vous avez remarqué tous les changements qui se sont produits ici, dit Alfie en montrant le gymnase.

– Et alors ? le pressa Jérôme.

– C'est grâce à nous, déclara Alfie.

– Twig a perdu la tête, grommela Big John. Si jamais il en avait une au départ.

– Comment ça, c'est grâce à nous ? demanda A-Wall. J'ai rien fait, moi.

– Bien sûr que si. La sueur. Personne n'a remarqué quelque chose d'étrange ?

– Elle coulait dans le sol, intervint Reggie. Oui, j'ai vu aussi.

– Exactement, confirma Alfie, enthousiaste. Ça a commencé dès le premier jour. Le parquet a tout avalé comme une éponge. Le lendemain, les fanions étaient refaits à neuf. Et tous les jours, les réparations se sont succédé.

Il avait fini par rassembler toutes les pièces du puzzle la veille, dans la soirée. Rolabi avait dit que la sueur engendrait les plus grands changements. Il parlait au sens propre, pour une fois. Fairwood absorbait leur sueur pour alimenter son grand cœur et remettre le bâtiment sur pied. Tout ce dont ce gymnase avait eu besoin jusque-là, c'était du travail et de l'investissement.

– Donc Fairwood est vivant… hasarda Reggie.

– Je sais pas, mais il a quand même essayé de nous manger, plaisanta Alfie.

Ils le dévisagèrent tous. Il se demanda s'ils allaient se moquer de lui ou penser qu'il était fou, ou juste l'ignorer complètement. Et soudain, Vin éclata de rire. Reggie et Jérôme l'imitèrent et bientôt ce fut l'hilarité générale. Même Big John souriait.

– Twig qui fait des blagues, commenta Peño en hochant la tête. Et puis quoi encore ?

Il commença le *beatbox*.

L'entraînement touche à sa fin
C'est parti pour cinq tours de terrain
Mettre des champions sur des fanions
Le calme avant les célébrations
Peño se prépare sagement
À vos applaudissements
Il voulait faire rimer « Badgers »
Mais les mots n'ont pas de valeur
La balle, c'est tout ce qui compte
Plus question d'avoir honte
Le trophée sera bientôt le leur.

Tout le monde rit et Peño dut taper dans toutes les mains. Alfie se joignit aux félicitations. Big John se jeta dans la mêlée et percuta Alfie, mais, avant qu'il ne tombe, il l'attrapa par le maillot.

Ils échangèrent un regard, et Big John le lâcha en souriant.

– Je veux ma place de titulaire, Alfie, le mit-il en garde.

– Normal, répliqua Alfie en souriant. Et tu peux m'appeler Twig. Chaque joueur des West Bottom Badgers a besoin de son surnom.

– D'accord, Twig, acquiesça Big John, rayonnant.

Sa mallette de médecin à la main, Rolabi se dirigea vers les portes.

– Vous aviez dit qu'on aurait une dernière énigme… l'arrêta Rain.

– En effet. Chacun en aura une. Et au fait, bienvenue aux Badgers !

Des cris de joie retentirent dans le gymnase au moment où Rolabi disparut dans la lumière du jour avant que les portes se refermèrent derrière lui. Des conversations débutèrent de tous les côtés. Alfie et Reggie partirent vers le banc.

– Tu penses qu'on pourrait remporter le trophée ? demanda Reggie.

– Tout est possible, répondit Alfie en haussant les épaules.

Ils s'assirent et contemplèrent le terrain, heureux d'entendre des rires.

– Ça va être une sacrée saison, lança Alfie.

– Carrément. Qui sait ce qui nous attend ?

– Oui, faut juste qu'on soit prêts.

– T'es pas le même Twig qu'au début du stage, tu sais ?

– J'ai planté mes racines, répliqua Alfie en souriant.

Reggie rit et secoua la tête.

– Tu connais ton énigme ?

– Non, répondit Alfie.

Il y réfléchit en mettant ses chaussures. Au moment de les ranger dans son sac, il vit un petit bout de papier de la taille d'une carte de visite. Dessus, à l'encre argentée, il lut :

Comment maîtriser le miroir ?

Alfie resta un instant intrigué. Tant de ses problèmes venaient du miroir ! Pas juste son aspect physique, mais tout ce qu'il représentait. L'image qu'il avait de lui.

Il sourit et remit la carte dans son sac.

– En apprenant à s'aimer, murmura-t-il.

Et il comprit que ça commençait par accepter son surnom. Il avait toujours détesté *Twig* parce que ça voulait dire « maigre », « faible », « inadapté ». Mais c'était lui qui avait fait ces liens.

Il suffisait qu'il en décide autrement. Il pouvait encore grandir – voilà le sens qu'il lui donnerait à présent.

Twig et Reggie finirent de se changer et attendirent les autres. Apparemment, tout le monde s'attendait, aujourd'hui. Quand Lab, le dernier joueur à être prêt, se leva, ils l'imitèrent tous et partirent vers les portes.

En marchant, Twig vit les sillons argentés sous ses pas qui faisaient battre le cœur de Fairwood.

– Vous venez lundi soir pour l'entraînement ? demanda Reggie.

– Bien sûr, répondit Lab. Et toi ?

– Je le manquerai pour rien au monde.

Rain sortit le premier, se tourna et garda la porte ouverte pour les autres. Le soleil se déversa dans le gymnase.

Et pour la première fois, les West Bottom Badgers quittèrent le gymnase ensemble.

LIVRE 3

CASH

1

LE NOUVEAU VISAGE

Quand on cultive les regrets,
le futur devient le passé.

✧ SAGICIEN - PROVERBE N° 39 ✧

Devon hésitait à partir en courant. Les portes du gymnase étaient ouvertes, mais rien ne l'obligeait à les franchir, il pouvait toujours rentrer chez lui. Il pouvait rebrousser chemin sur le trottoir craquelé et inondé de soleil. Il lui suffisait d'enjamber quelques clôtures défoncées, traverser des allées infestées de mauvaises herbes et longer des rangées de maisons vétustes qui tombaient en décrépitude, leurs bardeaux s'écaillant tel un serpent qui mue, leurs briques partant en poussière. Des maisons comme la sienne dans un dédale sans fin.

Il serait bien, chez lui. Il n'aurait pas à affronter le monde extérieur.

Mais c'est toute l'idée, non ? songea-t-il. *Un nouveau départ.*

Freddy fit un signe à Devon pour qu'il le suive. Le garçon jeta un dernier regard à la route derrière le parking et entra.

Un air humide chargé de poussière le prit aussitôt à la gorge. Son estomac pesait des tonnes.

Pourquoi je m'inflige ça ? se demanda-t-il pour la centième fois de la matinée.

Il avait besoin de changement. Ça lui avait paru très clair, dans sa chambre au milieu de ses livres et de ses posters de la ligue de basket professionnelle de Dren. Il s'y voyait déjà. Mais c'était chez lui. La nuit. Seul. Tout était différent ce matin, quand il avait dû monter dans la voiture.

– On y est, mec ! lança joyeusement Freddy. Le complexe sportif de Fairwood.

Ce n'était pas ce qui intéressait Devon. Il se concentra sur les joueurs qui s'échauffaient, riaient, s'amusaient entre eux. Il essaya de se détendre, mais comment faire quand les battements de son cœur étaient tout ce qu'il entendait ? Sa grand-mère l'avait prévenu que rencontrer l'équipe serait sûrement une « expérience anxiogène ». Elle ne lui avait pas expliqué qu'il aurait du mal à respirer et que son petit déjeuner remonterait.

– Les gars ! appela Freddy. Tout le monde est arrivé ? Approchez. Je voudrais vous présenter Devon.

Devon observa le groupe. Freddy lui avait donné une photo de l'équipe quelques semaines plus tôt avec la liste des noms et des surnoms. Devon l'avait soigneusement étudiée. Il fit aussitôt correspondre les images avec les visages devant lui. Le joueur vedette, Rain, le toisait avec un regard satisfait. Il le prenait pour un cheval dans une vente aux enchères, ou quoi ? Devon sentit sa gorge se serrer.

– Ça va, le géant ? lui demanda Rain.

Devon aurait dû répondre, bien sûr. Il avait répété ce moment pendant des heures, mais tout était effacé à présent. Ça faisait si longtemps qu'il n'avait plus rencontré autant d'inconnus. Des années.

– Ça va.

Pitoyable.

– Parle plus fort, mec ! demanda Big John.

Devon sentit le feu monter à ses joues.

– C'est pas un bavard, lança Freddy. Mais c'est un sacré gaillard.

– Carrément, confirma Peño. Un vrai clydesdale.

Devon tressaillit. Pourvu que personne n'ait remarqué. Des mots lui revinrent en mémoire, il voulait les bloquer : *animal, voyou, dangereux*. Son cœur battait si fort. L'entendaient-ils eux aussi ?

– Tu viens d'où ? demanda Lab. Je t'ai jamais vu au collège, et t'es le genre de gars qu'on remarque.

Devon s'arma de courage pour répondre.

– Je fais l'école à la maison.

– L'école à la maison ? répéta Peño, sidéré. C'est dingue ! Mon père, il veut même pas de moi à la maison *après* l'école.

– On le comprend, dit Big John en riant, avant de s'adresser à ses coéquipiers. En tout cas… ce gosse, il a des muscles… je savais même pas qu'ils existaient.

Embarrassé, Devon se frotta le bras. Il avait toujours été grand, mais ses muscles s'étaient développés récemment. Il s'entraînait dans la cave avec son père. C'était son seul moyen de se défouler, en plus du panier dans leur allée.

– Il est pas là pour nous lire de la poésie, les gars, affirma Freddy. Devon est un ailier fort et un grand défenseur. Enfin, il le deviendra grâce à nous. Il fera un bon duo avec Twig.

Devon gardait les yeux rivés sur le parquet, attendant avec impatience qu'ils arrêtent de parler de lui. Il fallait juste qu'il tienne bon aujourd'hui. Ensuite, il dirait à ses parents et à sa grand-mère que ça ne collait pas. Ils seraient déçus, mais ils s'attendaient sûrement à ce qu'il abandonne. Lui aussi. Une partie de lui savait que ce projet était voué à l'échec depuis le début.

Qu'est-ce que tu es venu trouver ?

La voix était grave et profonde. Devon leva la tête. Personne n'avait parlé, et ça ne venait pas de dehors. C'était comme si quelqu'un s'était adressé à lui à l'intérieur de son cerveau.

Les lumières s'éteignirent soudain en clignotant et le gymnase plongea dans le noir. Devon sursauta quand les portes s'ouvrirent en grand, poussées par un courant d'air glacial. Il se couvrit le visage avec un bras. Une immense silhouette apparut, cachant la lumière du jour comme une éclipse. Le vent cessa quand elle franchit enfin le seuil.

C'était un homme gigantesque. Il portait un costume, des chaussures cirées et un nœud papillon rouge. Mais ses yeux d'un vert fluorescent extraordinaire étaient bien plus étranges encore. Ils se posaient telle une paire de projecteurs sur tous les joueurs, les pétrifiant les uns après les autres.

Quand ils arrivèrent sur Devon, ils lancèrent des éclairs verts éblouissants.

Qui a construit cette cage ? tonna dans sa tête la voix profonde.

Devon recula malgré lui, trébuchant presque sur Freddy. Il comprit sans l'ombre d'un doute que la voix provenait de ce colosse et cela le terrorisa encore plus.

– Vous êtes en avance… lança Freddy.

– En avance, en retard, ce n'est qu'une question de perspective.

La voix était majestueusement contrôlée. Chaque mot semblait avoir un poids, comme si jamais rien de plus important n'avait été dit. Hypnotique, presque.

Devon regarda l'homme approcher. Il le surplombait même lui. On aurait dit que ses pieds flottaient au-dessus du sol et il se dégageait de lui un parfum de… sel ? Il inspira, stupéfait. Sa grand-mère préparait des moules dès qu'on en trouvait au marché ; elles n'étaient pas particulièrement fraîches, vu qu'ils habitaient loin de l'océan, mais elle les cuisinait dans de la saumure. C'est l'odeur que lui évoquait cet inconnu, mais en plus frais. Comme si elle était charriée par une brise légère.

Devon se secoua. Il avait la fâcheuse tendance à rêvasser et ça le reprenait. L'homme se présenta : Rolabi Sagicien, leur nouveau coach. Sans attendre, il congédia Freddy, qui hésita une seconde avant de quitter le gymnase précipitamment.

Devon n'y comprenait rien. Le propriétaire extravagant des Badgers lui avait expliqué qu'il était le responsable ici. Apparemment, il avait oublié de le dire au coach. Plus personne ne parla. Devon n'avait pas l'habitude d'un tel silence. Il y avait toujours du bruit chez lui : sa grand-mère cuisinait et lui faisait l'école, ses parents sortaient et rentraient, et Keya, sa petite sœur, tirait sur des aliens. À cet instant, il savoura le vide absolu.

Soudain, sans un mot, Rolabi tira une feuille de la poche intérieure de sa veste.

– Je vais vous demander à tous une signature avant de commencer, annonça-t-il.

Quand ce fut à son tour, Devon lut le contrat en entier.

S

JE SOUSSIGNÉ DEVON JACKSON
ACCEPTE PAR
LA PRÉSENTE D'APPRENDRE
DU Pr ROLABI SAGICIEN
LA NATURE DE
TOUTES CHOSES.

CE CONTRAT EST RÉGI PAR LES LOIS QUI GOUVERNENT LE ROYAUME DE GRANITY.

SIGNATURE

« Le royaume de Granity ». Ce nom lui disait quelque chose, mais il n'aurait su dire quoi… une conversation qu'il avait eue enfant, ou peut-être quelque chose dans un livre. Il lisait beaucoup d'histoires fantastiques, avec des chevaliers et des châteaux, alors pourquoi pas.

Il sentit soudain des regards sur lui, dont celui de Rolabi. Il se dépêcha donc de signer et se rangea dans le groupe.

Twig fut le dernier à signer, et le papier disparut quand il le rendit à Rolabi.

– Quoi… mais où… comment ? murmura Twig.

Stupéfait, Devon contempla la main vide du professeur qui semblait parfaitement impassible. Rolabi fouilla alors dans sa mallette, enfonçant le bras de plus en plus profondément.

– Tenez ! Un par personne.

Il lança un ballon de basket à Big John, le touchant au visage.

Il en distribua quatre autres si rapidement qu'ils apparurent comme un éclair orange, et Devon attrapa le cinquième juste avant qu'il ne percute son front. Quand il baissa le ballon, il ouvrit de grands yeux. Le gymnase était rempli de monde. Des centaines de gens. Ils occupaient tous les gradins et le terrain, s'entassant les uns contre les autres. Jeunes et vieux, pauvres et plus pauvres encore. Tout Bottom était réuni là. Ils avançaient sur lui, leurs yeux remplis de haine.

– Il est dangereux !

– Renvoyez-le chez lui !

– Je n'en veux pas à côté de mes garçons !

– Pars d'ici, petit !

Devon tourna sur lui-même, au comble de l'humiliation. Il savait que ça arriverait.

Il savait qu'ils ne voudraient pas de lui ici.

– Va-t'en, sale monstre ! hurla une petite fille qui semblait avoir à peine six ans.

À mesure que l'étau se resserrait, la panique montait en lui. Leurs voix cruelles résonnaient plus fort encore. La foule menaçait de devenir violente. Il leva les poings pour se protéger, mais il ne pouvait rien contre un tel nombre. Ils allaient le tuer.

Il baissa les bras. Il n'allait pas se battre. Il attendit qu'ils soient tous sur lui.

Et soudain, il vit un homme le regarder, à l'écart de la cohue. Rolabi Sagicien.

Les voix se turent immédiatement.

– Hmm, intéressant, lâcha Rolabi. Ce sera tout pour aujourd'hui. À demain.

Les gens avaient disparu. Il ne restait que les membres de l'équipe. Devon sentit ses jambes trembler. Où est-ce qu'ils étaient tous passés ? Son cœur battait de plus belle. Rolabi se dirigeait vers la sortie.

– À quelle heure ? demanda Peño.

Le professeur ne s'arrêta pas. Quand il arriva devant les portes, elles s'ouvrirent, poussées par le même vent glacé, et dès qu'il les eut franchies, elles se refermèrent, tel le portail d'une forteresse.

– On peut garder les balles ? cria Peño en courant vers les portes. À quelle… Professeur ?

Rolabi était parti.

2

UNE PROMESSE

Nous redoutons ce qui est différent,
par crainte de ne pas l'être suffisamment.

✧ SAGICIEN - PROVERBE N° 19 ✧

– Tu es sûr que tu ne veux pas que j'entre avec toi ? demanda sa grand-mère, le coude posé sur la vitre ouverte de sa voiture, les yeux rivés sur le gymnase.

C'était une grosse femme à la carrure imposante, comme tout le monde dans la famille de Devon. Et à soixante-dix ans, elle n'avait qu'une légère ébauche de rides au coin des yeux.

– J'aimerais rencontrer ce Rollybolly.

Devon se tourna, réprimant un soupir.

– Non, mamie. Merci. Et c'est Rolabi.

– Pareil. Allez, va te faire des amis, ordonna-t-elle en agitant l'index. Parle aux gens !

– D'accord.

– Menteur, lâcha-t-elle sèchement. Tu crois que je suis née de la dernière pluie ?

– Bien sûr que non…

– Ah, je suis vieille, c'est ça ?

Elle montra le gymnase.

– Va placer quelques paniers.

– Ça se dit pas, mamie…

– Alors marquer quelques balles !

Elle redémarra, ses longues mains agrippant le volant de toutes leurs forces. La petite sœur de Devon était assise à l'arrière avec un casque cabossé des Space Voyagers. Elle refusait de quitter la maison sans, prétextant que les aliens pouvaient attaquer à tout moment. Keya fit semblant de tirer sur Devon quand la voiture quitta le parking. Devon afficha un sourire forcé. C'était lui le grand frère, après tout. Mais dès qu'elles tournèrent à l'angle de la rue, dans un nuage de fumée et avec un bruit d'essieu prêt à se décrocher, son courage fondit comme neige au soleil.

Quand il était parti du gymnase la veille, il s'était dit qu'il ne reviendrait pas. À la maison, malgré leur déception, ses parents ne lui avaient mis aucune pression : c'était à lui de prendre la décision. Et pourtant, il était là, pour tenir la promesse qu'il s'était faite : il s'accrocherait dix jours. Dis jours pour être un garçon heureux comme les autres.

Parce que te promettre d'être normal est parfaitement normal, songea-t-il, maussade.

C'était Freddy qui l'avait convaincu. Il l'avait vu jouer avec son père dans leur allée, s'était garé et lui avait tout de suite demandé de rejoindre les Badgers. Ça faisait quatre ans que Devon ne faisait plus de sport collectif. Quatre ans qu'il ne côtoyait plus d'autres enfants. Mais il avait accepté. Il savait que sa famille voulait qu'il sorte un peu de la maison. Ils avaient depuis longtemps renoncé à l'idée de l'envoyer à l'école. Ils n'espéraient plus qu'il intégrerait une équipe ou même qu'il se fasse un seul ami. Son père avait fixé le panier pour qu'il invite des gens de son âge. Sa mère l'emmenait se promener, toujours à proximité des voisins, d'un terrain de sport ou d'une cour de récréation. Sa grand-mère lui faisait la classe de façon sérieuse et compétente, mais elle lui répétait dix fois par jour qu'elle ne pouvait pas lui apprendre à redevenir un enfant.

Alors pour eux, il avait décidé de se lancer. Il s'était fait une promesse.

T'auras pas besoin de parler, s'était-il dit. *Tu joues, juste, et ça ira bien.*

Il tira les portes dans un grincement désagréable et pénétra dans le gymnase. La matinée était un peu plus fraîche que la veille, le soleil se cachant derrière un fin voile de nuages, mais sur Fairwood la chute des températures n'avait aucun effet. Le bâtiment avait son propre écosystème, humide et étouffant. Devon laissa les portes se refermer derrière lui, et elles claquèrent si fort qu'il eut peur de voir le montant se détacher du mur. Le vieux gymnase grogna et se remit en place avec bruit.

Devon crut entendre quelqu'un râler.

T'es revenu ? Tu m'as fait perdre dix dollars, hier, vaurien. Tu m'as rapporté une serpillière ?

Ce n'était pas la même voix que la veille. Elle était vieille et rauque.

Bien sûr que non ! Les gosses, de nos jours, ils savent que jouer.

La plupart des membres de l'équipe s'entraînaient déjà sur le terrain. Il avait revu leurs surnoms dans la soirée : apparemment personne ne s'appelait par son vrai nom. Devon se demanda ce qu'ils allaient lui choisir : Monstre, Géant, Bœuf ? Comme toujours…

Personne ne lui adressa la parole quand il se dirigea vers le banc, les yeux rivés sur ses chaussures pointure 47. Il s'assit et regarda devant lui les gradins qui occupaient toute la longueur du mur, tel un accordéon métallique. Sur dix rangées, ils étaient séparés par trois allées étroites. Des rambardes bordaient les deux extrémités et par endroits elles étaient cassées et pendaient piteusement. Devon imagina les tribunes noires de spectateurs. Ils seraient tous là à le pointer du doigt et à rire de lui.

Ou ils seraient peut-être juste terrorisés.

Du sac de son père, qui avait auparavant appartenu à son grand-père, Devon sortit ses nouvelles chaussures. Il les laça lentement… avec amour. Ses parents les lui avaient achetées pour le camp d'entraînement qui précédait la saison. Elles étaient blanches et neuves. Il leur avait dit et redit que ce n'était pas nécessaire, mais ils étaient si heureux qu'il entre dans une équipe qu'ils avaient insisté. Même sa grand-mère avait approuvé, alors qu'elle était plutôt économe.

Devon essayait de ne pas penser qu'elles avaient coûté près d'un mois de loyer et que ses parents avaient fait des heures sup pour les lui payer. Sa mère était infirmière dans le seul hôpital de Bottom et son père travaillait dans une des gravières de la région. De bons emplois pour Bottom, et pourtant ils avaient du mal à boucler les fins de mois. Quel gâchis, s'il quittait l'équipe maintenant ! L'intégrer lui demanderait des efforts, c'est sûr, mais il allait tenir.

Rain s'assit et le regarda.

– Hey, ça va, mec ? le salua-t-il.

Devon ne répondit pas tout de suite. Ça avait été un désastre la dernière fois que le leader des Badgers lui avait parlé.

– Bien, dit-il, décidé à faire simple.

Rain poussa un soupir et se pencha pour lacer ses chaussures.

– Super.

Devon se leva avant de devoir discuter avec quelqu'un. La balle que lui avait donnée Rolabi était dans son sac, mais il ne la prit pas. Déjà parce qu'il ne voulait pas avoir d'autres visions, mais surtout parce qu'il n'osait pas tirer devant tout le monde.

Pour l'instant, personne ne savait qu'il était absolument nul en attaque et il avait bien l'intention qu'on ne le découvre pas. Il avait beau s'entraîner, rien n'y faisait.

Devon courut autour du terrain en relâchant ses bras pour se détendre. Il regarda les autres s'échauffer. Rain marquait panier après panier. Devon tenta de comprendre comment son corps imprimait un seul mouvement fluide, chaque articulation, chaque muscle travaillant à l'unisson. C'était comme si une ligne courbe se dessinait dans l'air entre son poignet et le panier.

Les tirs en extension de Devon étaient toujours ridicules et maladroits, son corps, toujours affreusement encombrant.

Le corps reflète l'esprit.

Devon tressaillit et regarda autour de lui.

– Professeur Rolabi ? murmura-t-il.

– Peut-être qu'il est déjà là.

Il fit un bond en entendant sa voix résonner dans le gymnase. Rolabi mangeait une pomme sur les gradins. Il n'avait pas changé d'un pouce, exactement pareil que la veille. Même costume, même nœud papillon, mêmes chaussures cirées.

Il se mit à glisser jusqu'au centre du terrain.

– Rangez vos ballons.

Devon n'avait pas pris sa balle. Il partit donc directement vers le professeur tandis que les autres couraient vers leurs sacs.

– Tu es revenu, commenta Rolabi.

– Je… oui, répondit Devon, crispé.

– J'ai gagné mon pari. Tu sais ce que j'apprécie le plus chez quelqu'un ?

– Euh… non.

– Le courage de tenir ses promesses.

Devon le dévisagea, ouvrant la bouche et la refermant sans un son. Comment était-il au courant ? Il avait fait le serment trois jours plus tôt, seul devant le miroir, les mains sur le lavabo. Il avait murmuré chaque mot. Dix jours pour essayer. Même ses parents ne le savaient pas.

Une coïncidence ?

– Je suis content que tu sois de retour, se réjouit Rolabi. Encore neuf jours.

Devon pâlit, incapable de parler.

Les joueurs se réunirent alors autour de l'entraîneur.

– Euh… professeur Rolabi ? l'interpella Twig d'une voix faible.

Devon l'examina. Il était grand, peut-être un mètre quatre-vingt-quinze, mais plus fin que le poignet de Devon, presque squelettique, avec un visage émacié et couvert de boutons et de cicatrices. Il levait la main comme dans une salle de classe.

– Oui ?

– Mon… euh… mon père voudrait savoir quand les parents peuvent venir vous rencontrer.

– Après la sélection, je rencontrerai les parents.

Devon ne comprenait pas. Une sélection ? Freddy lui avait assuré qu'il entrait dans l'équipe sur-le-champ. Le camp d'entraînement présaison le terrorisait tellement qu'il n'avait même pas réfléchi à une sélection. Il était trop piètre attaquant pour intégrer une équipe de basket.

Il allait se faire renvoyer. C'était certain, et c'était mieux pour tout le monde, y compris lui. Il n'avait rien à faire ici. Pourtant, il avait peur d'être rejeté et de ne pas être à la hauteur. Étonnant.

Si tu veux vraiment ta cage, elle t'attend.

Devon étudia le professeur. C'était sa voix. Aucun doute.

Quelle cage ? songea-t-il.

Celle que tu t'es construite. Pourquoi est-ce que tu as fait ça ?

Devon tourna la tête. Il ferma les yeux, sentit ses joues s'embraser. Des images et des sons s'insinuèrent dans son esprit, des volutes de fumée qui montaient d'un feu invisible. Il les chassa. Il les repoussa dans le coffre qu'il avait installé dans son cerveau. Qu'ils y restent, c'était leur place.

Et toi, tu pars t'enfermer avec.

– Nous allons commencer par un match, lança Rolabi.

Devon tenta de ne pas trahir sa déception. Il aurait préféré des exercices physiques pour montrer ses qualités athlétiques. S'il était contraint de tirer, c'était l'humiliation assurée. Et s'il se faisait renvoyer dès le deuxième jour ? Et s'ils se moquaient tous de lui ?

Il regarda les autres, et sa gorge se serra. En essayant de déglutir, il se provoqua une quinte de toux. La honte !

La veille, il avait avoué à sa grand-mère combien ce stage le rendait nerveux… il en était presque malade.

– L'anxiété est susceptible, Devon, lui avait-elle expliqué. Elle pèse sur tes os comme un poids mort et plus tu lui demandes de partir, plus elle s'installe. Tu as peur d'être angoissé, et alors un cercle vicieux se met en place (je l'ai vu chez ton grand-père, qu'il repose en paix). Ne perds pas ton temps à lui demander de partir. Si tu ne lui demandes plus son opinion, elle arrêtera de te demander la tienne.

Il s'efforçait de garder ces conseils en tête. Laisse l'anxiété où elle est. Joue ton meilleur jeu. Une action à la fois.

Tu penses être nerveux ? demanda une voix grincheuse. *Moi, je suis une pile électrique géante.*

Devon regarda autour de lui. *Les bâtiments ne parlent pas*, se rappela-t-il.

Ce sont les humains qui n'écoutent pas, répliqua la voix.

– Le cinq majeur de l'an dernier contre les remplaçants, poursuivit Rolabi. Devon jouera avec les deuxièmes.

Devon tenta de se remémorer qui étaient les remplaçants. Sûrement ceux qui le regardaient avec un air satisfait : Reggie, Vin, Jérôme et Big John.

Twig et Big John s'avancèrent pour l'entre-deux. Devon devait défendre sur A-Wall.

Tu joues ce match, c'est tout, songea Devon pour calmer ses nerfs.

Il jouait pratiquement tous les soirs dans la rue avec son père, mais c'était différent de se retrouver sur un vrai terrain. Il sentait la pression. Pas autant de temps pour réfléchir. Des gars couraient dans tous les sens, des cris, des collisions. Il décida de faire attention, il n'allait pas commencer le camp d'entraînement en blessant quelqu'un.

Il suivit A-Wall avec précaution. C'était un garçon trapu avec des dreadlocks et des taches de rousseur sous les yeux. Il mâchonnait un cure-dent massacré.

– T'es le nouvel ailier fort, alors, commenta A-Wall en l'examinant. T'es grand.

– Euh… oui.

– A-Wall, se présenta-t-il en tendant la main. On m'appelle comme ça parce que quand je m'énerve je frappe les murs. Mais seulement pendant les matchs, jamais avec mon équipe. Enfin, quelquefois seulement. Rarement. Ça reste entre nous.

Devon lui serra la main.

– Oh. Devon. C'est… juste mon nom.

– Super. Je crois que j'ai déjà vu un chien qui s'appelait Devon. Un chien errant. Il avait des puces, je pense.

Devon se demanda s'il plaisantait, mais A-Wall avait l'air tout à fait sérieux.

– Sympa, murmura Devon.

– C'est ton équipe qui a la balle, mec.

Devon vit alors que Vin dribblait ; il se précipita vers la ligne de lancer franc pour se démarquer, A-Wall sur les talons. Il se planta fermement sur ses pieds. A-Wall se mit en position pour le déloger. Devon resta à sa place.

– Autant essayer de déplacer un mur, commenta A-Wall. Et je sais de quoi je parle.

A-Wall faisait de son mieux. Devon eut de la peine pour lui quand il le vit ruisseler de sueur. Il le laissa le pousser. Il ne voulait pas le rendre nerveux. Et encore moins lui faire peur.

– Le nouveau : tourne !

Big John courait vers lui en lui faisant signe de bouger. Devon partit rapidement de l'autre côté de la raquette, veillant à ne pas bousculer Twig qui avait l'air vraiment fragile. A-Wall retenait Devon avec les deux bras, comme s'il dirigeait un traîneau.

– Je fais plein de fautes, lança-t-il sur le ton de la conversation. Devon, hein ? Tu pourrais être D-Wall.

– Je… euh… pourquoi ?

– Devon… fort comme un mur. Pas difficile à comprendre, si ?

Rain avait volé le ballon, mais il tenta un trois-points qu'il rata de loin.

Devon repartit dans la raquette. Ses coéquipiers, Vin, Jérôme et Reggie, faisaient circuler la balle et soudain Reggie lui fit la passe. Devon attrapa la balle et regarda derrière lui. A-Wall s'était reculé, de crainte sans doute de recevoir le coude de Devon dans la mâchoire. Devon était ouvert pour tirer. Il se tourna vers le panier et se prépara à shooter.

« Prends ton temps », disait toujours son père, en général juste avant que Devon rate son tir.

Il se concentra sur le panier, se souvint de rentrer son coude, puis il ouvrit grand les yeux.

Le cercle n'était pas plus grand qu'une pièce de monnaie. La planche n'avait pas changé, la balle non plus, c'était juste le cercle qui était *minuscule*. Devon n'aurait pas pu passer son index à travers. Il n'en revenait pas. Impossible qu'il marque dans ces conditions.

Découragé, il fit une passe à Vin.

– T'aurais dû tirer, mec, gronda Vin, furieux.

Devon voulut lui montrer le cercle, mais il avait repris sa taille normale. Il l'avait imaginé ? Dingue.

Ouais, affirma la voix bourrue. *T'es givré, tu ferais bien de nettoyer tout ça.*

– Qui êtes-vous ? demanda Devon.

Ta conscience, répondit la voix, sarcastique. *Alors arrête de me piétiner, balourd.*

Le match ne s'améliora pas vraiment. Devon avait remarqué que tous les joueurs avaient des comportements étranges. Ou alors, ils étaient tous très mauvais. A-Wall essayait de toucher quelque chose d'invisible et Reggie se mit à pleurer à un moment. Devon se retrouvait constamment avec un panier minuscule et un ballon trop grand. Comme, en plus, il ne voulait percuter personne et qu'il refusait de se battre pour prendre les rebonds, il ne servait à rien pour son équipe. Son refus de tirer tapa sur les nerfs de son meneur, Vin, qui n'arrêtait pas de crier « Mais tire, mec ! » ou « Qu'est-ce que tu fabriques, mon grand ? » ou encore « T'étais complètement démarqué, frère ! »

– T'es entré dans l'équipe pour jamais marquer ? lui demanda-t-il après une action ratée. Fais un effort, mec !

Devon ne savait pas quoi dire. Pour lui, le message était clair : *on ne veut pas de toi ici.* Devon voulait partir en courant. Mais il resta tout le match sans jamais tirer.

Après une étrange scène où Rain essayait toutes sortes de stratégies au ralenti, Rolabi entra sur le terrain. Il n'avait pas dit un mot de tout le match désastreux.

– Ce sera tout pour aujourd'hui, annonça-t-il.

– On fait pas d'exercices ? demanda Peño, outré.

Rolabi ne sembla pas l'entendre. Il remit le ballon dans sa mallette, s'assit dans les gradins et consulta sa montre. À cet instant, Devon entendit une explosion assourdissante. Il se tourna vers le mur du fond, et une rafale glaciale sortit des vestiaires. Et tout aussi brusquement, le vent se calma et la porte se referma.

– Où… Comment… ? bredouilla Big John.

Devon se tourna vers les gradins.

Rolabi avait de nouveau disparu de façon subite et inexpliquée.

Il ne dit jamais au revoir, lâcha la voix ronchonne. *Très impoli.*

Devon partit vers son sac en se frottant les tempes et en se demandant si le monde avait toujours été aussi absurde. Apparemment, il avait passé trop de temps seul. Peut-être que toutes ces visions et toutes ces illusions étaient le fruit de son anxiété. Sa grand-mère saurait sans doute répondre à cette question.

Il s'assit et sortit son vieux sac usé de sous le banc. Après les nouvelles chaussures, ses parents n'avaient pu se permettre un sac, mais il s'en fichait. C'était le sac de son grand-père. Il trouva une grande carte posée dessus, bleu et blanc avec un *S* en en-tête et un numéro. Rolabi avait donc laissé un moyen de le contacter. Grand-mère serait contente.

– Alors, le nouveau ? lança Peño en s'asseyant à côté de lui. L'école à la maison, c'est bon ? Et le ballon rond ?

– Tu vas pas nous faire un autre rap ! intervint Lab, exaspéré.

– Plus tard, peut-être, répondit Peño. Je veux faire connaissance. J'ai remarqué, par exemple, que t'aimes pas tirer. Ni prendre des rebonds. Ni pousser les adversaires. Et pourtant t'es immense. Je comprends pas.

Devon se força à sourire.

– Je… j'apprends à me familiariser avec l'équipe.

– Ça se comprend. Et puis c'était un jour bizarre. Moi, tu sais, d'habitude je sais dribbler… Mais, mec, joue grand. Ou au moins, montre que t'es fort. T'es bâti comme un bœuf. Un bœuf ! Montre que c'est pas du bluff…

– Arrête, par pitié, gémit Lab.

– Mon frère reconnaît pas mon génie, lâcha Peño avec un soupir dramatique. Alors ?

Vin reposa son portable. C'était apparemment le seul de l'équipe à en avoir un.

– Messagerie vocale. Il a dit que c'était un numéro réservé aux parents. Et le message s'est terminé par « bonne nuit, Vin », c'est flippant.

– C'est un sorcier, déclara Big John.

Ils débattirent de sorciers et magiciens et Peño tapota le genou de Devon.

– À demain, mec. Bouscule quelqu'un, OK ? Mais pas moi. Je suis trop beau.

Devon rit spontanément et Peño lui adressa un clin d'œil avant de se joindre au débat.

– Tu as vu une verrue sur son visage ? Et puis les sorciers se baladent pas en costume, débile !

– Tu connais combien de sorciers ? répliqua Big John.

– Déjà… ta mère…

Big John se rua sur un Peño hilare, qui prenait ses jambes à son cou. Devon regarda la course-poursuite dans le gymnase et rit à nouveau. Allez, une autre journée, il pouvait le faire.

✧ 3 ✧

LA MARGUERITE

La victoire, c'est d'abord y croire.

✧ SAGICIEN - PROVERBE N° 6 ✧

– Tu écoutes ce Rolabi, ordonna la grand-mère de Devon en agitant un doigt devant son visage. Et tu ne lui réponds pas.

Devon laissa échapper un soupir en sortant une jambe de la voiture. La veille, elle avait appelé au numéro que Rolabi avait laissé, et tous deux étaient restés en ligne pendant près d'une demi-heure. Ils avaient discuté comme de vieux amis d'enfance. Elle avait ensuite raconté à tous ceux qui voulaient bien l'entendre que Rolabi Sagicien était une bénédiction. Mais elle ne voulait rien leur dire d'autre.

– Je réponds jamais, grommela Devon avant de refermer la portière.

– Ne m'oblige pas à souligner l'ironie de cette réplique, jeune homme, rétorqua sa grand-mère.

Keya se pencha par la vitre ouverte et pointa sur Devon ses doigts en forme de pistolet.

– *Pan… pan… pan…*

– Arrête de tirer sur les gens ! la gronda la vieille dame. Je vais bientôt t'envoyer dans l'espace, petite.

– Super ! se réjouit Keya.

La grand-mère se massa l'arête du nez.

– Je suis à la retraite, je vous rappelle. Je suis censée me reposer. Tu parles !

Elle redémarra, laissant Devon sur le parking. La voiture tourna à l'angle de la route dans un bruit de ferraille inquiétant. Ils n'en avaient qu'une. Ses parents allaient au travail en bus pour la laisser à sa grand-mère. Par conséquent, ils devaient partir à l'aube, mais ils ne se plaignaient jamais, même quand ils rentraient tard la nuit.

Devon donna un coup de pied dans un sac plastique. Il vivait à Bottom depuis toujours, mais il était resté enfermé chez lui si longtemps qu'il avait presque oublié l'état des rues.

Il entra dans le gymnase. Rolabi n'était pas là, mais quelques gars se chaussaient déjà sur les bancs : Reggie, Peño, Lab et Twig.

– Hey, la brute ! plaisanta Peño.

Devon hocha la tête et s'assit.

– Pas un bavard, dit Peño, comme pour l'expliquer aux autres.

– On a remarqué, répliqua Vin.

Devon fouilla dans son sac en faisant mine de ne pas les entendre. Il mit ses chaussures et partit se dégourdir les jambes dans le gymnase pour s'éloigner d'eux. Sa grand-mère le sortait toujours de ses rêvasseries. C'était une prof sévère. Il n'avait pas de vacances d'été et elle ne lui avait accordé ces dix jours que dans le but qu'il se fasse des amis. Tout le monde dans sa famille voulait qu'il redevienne comme avant ce fameux jour. Ils voulaient qu'il oublie ce qui s'était passé.

Mais Devon ne pouvait pas revenir parler à ces garçons comme s'il était un ado normal. Il ne l'était pas.

Normal… un objectif commun et irréalisable.

Devon soupira intérieurement. Quand il se sentit plus détendu, il revint sur le banc. Il avait une balle, bien sûr, mais tout le monde discutait encore. Il n'allait pas tirer tout seul alors que les autres pouvaient le regarder. Alors il resta assis, les mains sur les genoux, et écouta ses coéquipiers parler de Rolabi.

– C'est de la magie, mec, affirmait Big John.

– Ça existe pas, la magie, contredit Lab en levant les yeux au ciel.

– Ah non ? demanda une voix derrière eux.

On aurait dit qu'un géant avait renversé le banc. Ils se retrouvèrent tous sans exception par terre, les uns sur les autres. Devon se cogna violemment le menton au sol.

– Si vous ne croyez pas en la magie, vous devriez sortir davantage, déclara Rolabi.

Devon se massa la mâchoire, craignant pour ses dents. Les autres grognaient encore.

– Nous allons commencer par des tours de terrain.

Les garçons se redressèrent et se mirent à courir. Ils avançaient au ralenti, et pourtant certains étaient déjà épuisés après quelques tours à peine. Big John chancelait presque. Devon se demanda s'ils avaient fait de l'endurance l'an passé. Ça n'en avait pas l'air.

– On va devoir faire combien de tours, tu penses ? demanda Vin.

– Aucune idée, répondit Jérôme. Toute la journée peut-être.

– Dis pas ça, lança Big John, à bout de souffle.

Après cinq tours, Rolabi reprit la parole.

– C'est l'heure des lancers francs, annonça-t-il. Un par un. Dès qu'un joueur marquera, vous arrêterez de courir pour la journée. Mais si quelqu'un rate son tir, toute l'équipe repart pour cinq tours.

Devon déglutit avec peine. Lui aussi devrait tirer ? Il était nullissime au lancer franc. Son père avait calculé sa moyenne : neuf pour cent de réussite.

– À moi, lança Peño, en se plaçant sur la ligne des lancers francs.

Les autres étaient pliés en deux, alors personne n'essaya de prendre sa place. Devon regarda autour de lui, stupéfait. Ils n'étaient vraiment pas en forme. Comment pouvaient-ils disputer un match entier ?

Peño réceptionna un ballon envoyé par Rolabi. Il se plaça avec une lenteur exagérée. Il dribbla plusieurs fois, respira profondément, leva les yeux et se figea.

Il semblait hésiter, tournant la tête entre Rolabi et le panier. Il grommela quelques mots incompréhensibles.

Quand Peño se décida à tirer, le ballon passa bien au-dessus de la planche.

Devon n'en revenait pas. C'était même pire que ce dont il était capable. Il trouverait peut-être sa place ici, après tout.

– Cinq tours de plus, annonça Rolabi.

Devon le sentit avant de le voir : un déséquilibre, comme s'il était attiré vers le bas. Il s'agenouilla, affolé, et constata que le gymnase penchait dangereusement d'un côté. Ils étaient désormais au pied d'une pente raide qui menait au mur d'en face. Incroyable ! Il plissa les yeux, mais rien ne changea.

Je pense que j'ai tiré *sur quelque chose*, lâcha la voix grincheuse. *J'ai dû enlever la barre de soutènement à gauche.*

– Je suis le seul à voir ça ? demanda Jérôme.

– Repartez ! ordonna Rolabi.

Après un moment de sidération, Twig partit le premier vers le haut de la « colline ». Le reste de l'équipe n'avait d'autre choix que de le suivre. Devon se hissait avec peine, s'aidant de ses mains pour ne pas glisser en arrière. Quand ils arrivèrent au bout du terrain, le sol se mit cette fois à descendre à un angle vertigineux.

– Je vous avais dit que c'était un sorcier, commenta Big John.

– J'avoue, reconnut Peño.

Au bas de la pente, Devon se retrouva devant un escalier. Perché sur une des immenses marches, Rolabi ne semblait pas remarquer les changements qui s'opéraient dans le gymnase. L'équipe se disputa, mais Devon commençait à s'amuser. Il dépassa chaque joueur, l'un après l'autre.

Avec sa sueur qui coulait sur sa peau, il avait l'impression de se débarrasser de ses soucis.

– Tu peux m'aider, le colosse ? demanda Peño qui, accroché à une des marches, était sur le point de glisser.

Devon lui tendit la main pour le rattraper.

– Si j'étais pas sur le point de me faire dessus, je te taperais volontiers dans la main, grommela Peño.

Devon rit et continua à monter. Le tour suivant ouvrait sur une vallée. Il accéléra ; devant lui, Twig était le seul à tenir la cadence. Il resta deuxième pour ne pas mener le convoi. Il sautait par-dessus des fossés et enjambait des obstacles, heureux de pouvoir se dépenser.

Il fut presque déçu de s'arrêter pour un nouveau lancer franc. Mais Rain rata son tir, hurla sur Rolabi et fonça dans les vestiaires. Visiblement, Rain n'aimait pas rater. Et pourtant, c'est ce qu'il faisait le plus.

– Allez tous boire, lança Rolabi. Vous repartez bientôt pour cinq autres tours.

Agenouillé, Devon siffla pratiquement toute sa bouteille d'une traite. Il passa une main par terre. C'était du parquet apparemment normal et pourtant… Qu'est-ce qui se passait ici ? C'était quoi, cet endroit ?

Est-ce qu'il oserait poser la question ? Il regarda Twig. Les mots se coincèrent dans sa gorge. Il toussota pour trouver le courage. C'était un bon exercice. Juste une petite question, rien de plus.

– Le sol… il a bougé, n'est-ce pas ?

– Ouais.

Devon détourna le regard, de peur de se concentrer sur les boutons de Twig.

– C'était pour être sûr.

Il en resta là, mais en secret il était ravi. Il venait de s'adresser à quelqu'un et avait même entamé une discussion. Presque. En tout cas, Twig était la première personne qu'il abordait en quatre ans. Sa grand-mère serait fière de lui. Il termina sa bouteille, atterré par ses propres pensées. Il avait un coach magique et un gymnase qui pouvait changer de forme, et lui, il s'émerveillait d'avoir échangé deux mots. Ses priorités étaient à revoir.

Rain sortit des vestiaires un peu calmé, et l'exercice reprit. Devon se débrouillait toujours aussi bien, restant juste derrière le premier. Enfin, après une trentaine de tours, Reggie réussit son lancer franc. La plupart des garçons étaient à bout de force.

– T'as travaillé l'endurance, hein ? demanda Peño en s'essuyant le visage. On dirait. Tu peux faire un développé couché avec mon frère et moi dans les bras, et ensuite faire une centaine de tours de terrain. Moi, même un sandwich, j'ai du mal à le soulever.

Il se tapota le ventre en grimaçant.

– Je pourrais t'emprunter quelques abdos ?

Devon rit. Il ne savait pas pourquoi, mais Peño le mettait à l'aise. C'était le plus petit de l'équipe : sa tête arrivait à peine à la poitrine de Devon. Il était trapu, un peu gras, même, et son sourire facile faisait bouger les sept poils de sa moustache.

– Pause, annonça Rolabi. Approchez avec vos bouteilles d'eau.

Ils s'assirent autour de leur coach qui sortit de sa mallette une marguerite en pot. Devon regarda, fasciné. Sa grand-mère aimait les fleurs et lui montrait régulièrement les photos de son ancien jardin. Mais les fleurs ne poussaient plus à Bottom. Personne ne savait vraiment pourquoi. Sa grand-mère disait que c'était à cause des pluies acides qui tombaient sur la région quand les usines étaient à leur apogée. Il n'avait jamais vu une marguerite en vrai et il était impatient de le raconter à son aïeule.

Rolabi ne donna aucune consigne. Il se concentrait simplement sur la fleur. Devon regardait tour à tour la marguerite et le professeur. Ils devaient peut-être juste imiter Rolabi. L'idée lui plaisait bien.

Peño était assis à côté de lui, les jambes tendues, une expression perplexe sur le visage.

– On doit faire quoi avec cette fleur ? interrogea-t-il.

– N'est-ce pas évident ?

Peño tenta de chercher la réponse dans la fleur.

– Non, conclut-il.

– On va la regarder grandir, expliqua Rolabi.

– Pourquoi ? demanda Lab, stupéfait.

– De petites choses, pratiquement imperceptibles, font la différence entre victoire et défaite.

Devon avait l'habitude d'avoir les yeux fixés sur rien en particulier, il allait exceller à cet exercice. Il s'installa confortablement. La fleur ne bougeait pas, mais il se concentra tout de même sur ses pétales, les mains sur les genoux, essayant de prendre de grandes inspirations comme sa grand-mère le lui avait appris quand il était angoissé. Elle disait que la respiration était l'ennemi de la panique. Il ferma les paupières pour se détendre.

Quand il sentit un regard sur lui, il ouvrit les yeux. Rolabi était assis de l'autre côté du pot, en tailleur, les mains sur les genoux. Tous les autres étaient partis.

– Pourquoi t'es-tu inscrit à ce camp d'entraînement ? demanda Rolabi.

Devon s'affola. Est-ce qu'il s'était endormi ?

– Je… je sais pas, hésita-t-il.

– Mais si.

Devon gigota d'embarras. Impossible de mentir au professeur.

– Je savais que mes parents voulaient que je le fasse. Pour… vous savez… me faire des amis.

– Ce qu'ils voulaient, ça ne m'intéresse pas. Qu'est-ce que tu veux, toi ?

Devon resta silencieux un long moment. Il n'était pas vraiment sûr de la réponse. Pourtant, entre tout ce qu'il voulait, il existait un dénominateur commun. Un problème qui reliait tous les autres.

– Je veux arrêter d'avoir peur, murmura-t-il.

– Peur de quoi ?

– Je ne sais même plus, répondit le garçon en détournant les yeux.

Étonnamment, Rolabi souriait.

– Les gens pensent que la peur concerne une chose en particulier. Les araignées, le vertige, parler en public. Pas toujours. Parfois, la peur, c'est l'obscurité elle-même. Il faut alors découvrir qui a éteint la lumière et pourquoi, et où est l'interrupteur.

– Comment on fait ça ? demanda Devon.

– C'est simple. On apprend à voir dans le noir.

Les autres réapparurent et Rolabi remit la marguerite dans sa mallette.

– Rangez vos bouteilles d'eau. Il nous reste une leçon pour aujourd'hui.

Devon courut vers le banc, sans quitter le professeur du regard. Il n'avait pas l'impression d'avoir rêvé leur conversation. Les contours de Rolabi n'étaient pas flous et Devon n'avait éprouvé aucune fatigue en revenant à la réalité. Ça ressemblait plus à sa vision du premier jour. Il frissonna en y repensant. Les visages terrorisés.

Rolabi installait un parcours d'obstacles, sortant de sa mallette des objets qu'il lançait au hasard, mais qui retombaient à des endroits bien précis. En quelques minutes, tout le circuit fut en place et, quand il eut fini, Rolabi posa trois balles au milieu du terrain.

Méfiants, les joueurs avancèrent.

– Vous allez faire tout le circuit, expliqua-t-il. Un double-pas sur le premier panier et un trois-points sur le deuxième. Quand vous revenez, passez la balle au joueur suivant. Trois joueurs sur le terrain en même temps. C'est parti.

Relativement simple. Devon n'adorait pas l'idée de devoir marquer des paniers, mais là, tout le monde serait trop occupé pour le regarder. Le premier double-pas, au moins, ça devrait aller. Seulement, tout à coup, Rain poussa des hurlements.

Il s'ensuivit un concert de cris et de lamentations. Quand Devon baissa les yeux, il comprit. Sa main gauche, la plus forte des deux, avait disparu. Son poignet se terminait désormais par un moignon parfaitement plat comme s'il n'avait jamais eu de main. Il passa les doigts sur sa peau.

– C'est quoi, ça ? cria Big John en tremblant.

– Un exercice d'équilibre. Commencez !

– Non ! hurla Lab en reculant. C'est trop, là ! Tout le reste… pourquoi pas… mais ça, c'est trop dingue !

Il partit vers le banc, se ravisa, revint vers Rolabi.

– Rendez-moi ma main, espèce de malade !

Devon sentit la nervosité monter. Comment allait-il le dire à ses parents ? Et à Keya ? Ils seraient dévastés. Il s'imagina la réaction de sa grand-mère : « Ça ne va pas te dispenser de faire tes devoirs, jeune homme ! » Bon… les trois autres seraient tristes pour lui.

– Prêts ?

Après une longue pause, Rain ramassa la balle avec sa main gauche et s'élança dans le circuit. Devon examina, incrédule, sa main manquante, avant d'aller se ranger. Déjà qu'il arrivait à peine à attaquer quand il avait ses deux mains… il n'avait aucune chance de marquer, là.

Quand il reçut la passe, il dribbla maladroitement jusqu'au panier. Il avait l'impression d'avoir un bâton à la place du bras droit. Et à partir de là, ça se compliqua encore. Il toucha le bas de la planche sur son double-pas. Il perdit la balle quatre fois entre les cônes. Quand il approcha du cerceau vertical, déjà honteux, il rata son tir de trois bons mètres. Sa main droite n'était pas juste plus faible, elle ne servait à rien.

Il revint enfin au départ et passa la balle à Reggie, au comble de l'embarras. Il avait fait pire qu'il aurait pu l'imaginer. Pas un seul panier, et ses passes étaient désastreuses. Au fil des heures, sa frustration grossit, ce qui rendait ses efforts de plus en plus vains. Il se précipitait, furieux contre lui-même, et tirait n'importe comment. Exaspéré d'échouer à tout, il prit un de ses rebonds et passa la balle au suivant, mais avec une telle force qu'il frappa Vin en pleine tête, manquant de peu de l'assommer complètement.

Devon se figea.

Ça se répétait. Un garçon à terre. Des gens qui hurlaient, qui pleuraient. Inévitable. C'était une grosse brute stupide, il le serait toujours.

Il sentit le poids de cette vérité l'étouffer. Il n'aurait pas dû venir. Il ne serait jamais un Badger.

Regretter, c'est une autre façon de s'apitoyer sur soi-même.

La voix de Rolabi le mit en colère. Qu'est-ce que son professeur connaissait de son passé ?

C'est la vérité, songea-t-il, furieux. *Si vous me connaissiez, vous comprendriez.*

Si tu te connaissais toi-même, tu comprendrais, toi aussi.

Devon décocha un regard mauvais au professeur. Il tremblait de tout son corps. Il pouvait toujours partir, oublier cette idée ridicule. Il ne voulait pas affronter son passé. Il ne voulait pas se souvenir de ce qu'il était. Il avait peut-être une cage, mais au moins il y était en sécurité. Il s'y cacherait pour toujours.

Les yeux verts de Rolabi se posèrent sur lui et le retinrent sur place. Le gymnase n'existait plus.

Des barreaux en fer s'érigèrent autour de Devon, se soulevant du sol vers le plafond. Ils se tordaient pour se refermer au-dessus de sa tête. Les lumières baissèrent. Seule une lueur orange pareille à un feu brillait dans la cage. Paniqué, Devon agrippa un barreau avec sa main droite.

– Eh ! hurla-t-il. Professeur ! Quelqu'un !

Il repéra une porte sur le côté de la cage. Il s'y élança et tira dessus, mais elle était verrouillée. Il trouva le cadenas et tenta de faire céder la serrure. En vain. Il était enfermé.

– Laissez-moi sortir !

L'obscurité l'enveloppa. Même la lueur orange s'éteignait. Il secoua de nouveau les barreaux, de toutes ses forces. L'épaule en avant, il se jeta sur la porte mais s'écroula par terre. Allongé, l'épaule endolorie, il regarda dans le noir.

– Pourquoi ne demandes-tu pas simplement au geôlier de te libérer ? l'interrogea Rolabi, soudain de l'autre côté de la porte.

Devon se leva.

– Professeur ! Oui, s'il vous plaît ! Libérez-moi !

– Qui a dit que c'était moi, le geôlier ?

Devon entendit un tintement. Un trousseau de clés pendait à son short. Il le détacha avec sa main tremblante. *Demande simplement au geôlier.*

– Quand est-ce que la sentence prendra fin ? l'interrogea Rolabi.

Il s'évanouit dans l'air, et Devon se retrouva à Fairwood, hors de la cage. Il scruta les lieux. Ses coéquipiers se disputaient. L'exercice s'était arrêté apparemment. Ébranlé, il contemplait sa main droite. Ça lui paraissait tellement irréel. Il avait senti les barreaux en acier, le froid.

Devon se frotta le front. La magie, ça n'existait pas. C'était impossible.

À qui le dis-tu ? lança la voix grincheuse.

– Je ne parle pas à un gymnase, répliqua-t-il en partant vers le banc.

Alors c'est à toi que tu parles. C'est moins fou, tu as raison.

Enragé, Devon s'écroula sur le banc. Il se remémora la journée. Il avait couru dans un gymnase qui se transformait à chaque tour de terrain, observé une marguerite, perdu sa main, terminé dans une cage, et maintenant il parlait avec un bâtiment. Il était venu à ce camp d'entraînement pour retrouver une vie normale. Pas facile, faut croire.

Devon changea de chaussures et de maillot et s'en alla directement, sans se soucier des autres. Il ne pouvait chasser la cage de son esprit. Il avait l'impression d'en toucher encore les barreaux. En arrivant devant les portes, il entendit de nouveau la voix bougonne.

Qu'est-ce que tu as fait de si mal, après tout ?

Devon s'arrêta, la main sur la poignée.

– Je suis sorti de ma cage, murmura-t-il.

Il fila avant que les premières larmes ne coulent.

4

LA BÊTE

Si tu t'inquiètes de ce qu'on pense de toi,
c'est que tu ne penses pas assez à toi.

✧ SAGICIEN - PROVERBE N° 32 ✧

Devon leva la main gauche pour dire au revoir, hésita en voyant son moignon et leva maladroitement la droite. Sa grand-mère le salua à son tour et repartit sans faire allusion à son amputation.

Un vieux sac en papier roula jusqu'à ses pieds et continua sa route vers une pile qui grossissait au centre du parking. Dans tout Bottom, des tas de détritus jonchaient les rues tels des récifs de corail se développant sur le béton. Avec le temps, les déchets avaient pourri et se décomposaient en une bouillie multicolore et nauséabonde. Ce n'était pas un phénomène propre à leur quartier : sa grand-mère lui avait raconté ce qui se passait dans le reste de Dren. Enfant, elle était sortie de Bottom, avant que ça devienne interdit. Elle avait même été à Argen.

Argen était une ville magnifique, avec ses rues blanches, ses larges boulevards bordés d'arbres. C'était le siège du gouvernement loyaliste du président Talin. Rien à voir avec Bottom. Sa grand-mère disait que le président Talin n'aimait pas Bottom, mais elle ne lui avait jamais expliqué pourquoi.

Pas étonnant, en fait. Bottom était une décharge publique.

Quand Devon entra dans le gymnase, son estomac se noua, comme toujours quand il était angoissé. Tous les soirs depuis le début du camp, il s'était dit que le lendemain, ce serait différent, qu'il parlerait et s'amuserait. Ses nouveaux coéquipiers ne le connaissaient pas, alors il pouvait bien devenir le boute-en-train du groupe, non ? Le petit malin ? Le gars cool et sûr de lui ?

Il pouvait être n'importe qui. Et pourtant il avait choisi de rester le même garçon taciturne et renfermé. Tous les matins, rebelote, il se taisait, il laissait la peur gagner. Il ne savait être qu'une brute timide et cassée.

Il s'assit au bout du banc et retira ses chaussures en écoutant les autres discuter.

Leurs conversations le firent se sentir plus seul encore.

– Je lui plais, c'est évident, mec.

– Mon frère n'a rien à faire… tu vois ? C'est moi qui fais toutes les corvées.

– Tu as vu le match des Aces ? Porter a assuré comme un malade. Il a enchaîné les trois-points.

Devon avait vu le match. Ils n'avaient qu'une seule télé et son père tenait toujours à voir les matchs avec lui quand il rentrait du travail. Devon aurait voulu en parler, mais les mots se coincèrent au bord de ses lèvres, et à cet instant Rain et Freddy ouvrirent les portes du gymnase. Devon sentit tout de suite le malaise. Freddy semblait prêt à tourner les talons et s'enfuir. Ses yeux bougeaient dans toutes les directions, comme s'il cherchait quelque chose… ou plutôt quelqu'un. Curieux. Qu'est-ce qu'il voulait ?

Ils saluèrent les garçons et Freddy alla droit au but.

– Rain m'a dit que ça n'allait pas avec Rolabi.

Devon regarda tour à tour le leader et son équipe. Il comprit immédiatement : ils voulaient faire renvoyer Rolabi. Les garçons accueillirent les annonces de Freddy avec un profond soulagement, sauf Twig et

Reggie qui semblaient aussi inquiets que Devon. Est-ce qu'ils avaient voté ? Mais quand ? Pourquoi est-ce que personne ne lui avait demandé son avis, à lui ?

Parce qu'ils veulent pas de toi ici, songea-t-il tristement.

– Tu faisais partie de l'une de ces équipes, Frédéric ?

Devon sursauta. Rolabi Sagicien observait les fanions, près du mur nord. Devon entendit des respirations accélérées et des jurons quand l'équipe se rendit compte qu'il était là depuis le début de leur conversation. Freddy pâlit et fit un grand pas en arrière.

– Quoi… ? Où est-ce que… ? balbutia Freddy.

– Je suppose que tu étais trop jeune, continua Rolabi, songeur. Ça fait tellement longtemps. Comment puis-je t'aider ?

– Est-ce que je pourrais vous parler en privé ?

Rolabi avança et se planta juste devant un Freddy pétrifié.

– Pourquoi en privé ? Je t'écoute.

Devon se tourna vers Freddy, mais il n'était plus là. Il n'y avait plus personne. Devon était assis seul.

– J'étais très grand moi-même quand j'étais enfant.

Rolabi était assis sur le banc à côté de lui.

– Je… j'imagine, répliqua Devon.

– Grand et large aussi. Fort. Ma mère disait que j'étais né d'une montagne.

C'était la première fois que Devon voyait Rolabi sourire. Ça rendait son visage plus doux. Les cicatrices sur ses joues s'effacèrent sur sa peau noire et des pattes-d'oie se creusèrent autour de ses yeux.

– À sept ans, je pouvais dunker. J'ai déchiré le panier à huit ans.

– C'est incroyable ! s'enthousiasma Devon.

– Oui, je sortais du lot, j'imagine. Mais je me suis toujours demandé quel était l'intérêt de la force.

– Dans quel sens ? l'interrogea Devon.

– Si on est plus forts que d'autres, ou en meilleure santé, ou plus intelligents… que fait-on de nos différences ?

– Je… je sais pas. On n'a rien de particulier à en faire.

– Ah, ponctua Rolabi en le regardant. C'est là que je ne suis pas d'accord. Je pense que c'est une obligation d'en faire quelque chose.

L'équipe revint alors, et Freddy et Rolabi se tenaient toujours face à face.

– Rolabi restera votre coach, déclara le premier. J'ai… j'ai hâte que la saison commence. À plus tard.

Et il sortit du gymnase. Les portes se refermèrent et le silence enveloppa les joueurs. Devon regarda autour de lui, guettant la réaction de ses coéquipiers. Il était content, lui, en tout cas. Rolabi n'avait pas des pratiques conventionnelles, mais il était là pour les aider et Devon avait bien besoin d'un petit coup de main.

– Aujourd'hui, nous allons travailler la défense, annonça-t-il. Avant de vous enseigner les zones et les stratégies, je vais d'abord apprendre à chacun de vous à être un bon défenseur. Ce ne sont pas les mêmes leçons.

Les questions se bousculaient dans l'esprit de Devon, mais un grincement interrompit ses pensées. Un grincement qui se répétait encore et encore à quelques secondes de distance, avec la régularité d'un métronome. Devon sentit les poils de ses bras se hérisser. Que se passait-il encore ?

– Qu'est-ce qu'un bon défenseur doit faire en permanence ? demanda Rolabi.

Le crissement se renforça. Twig regardait en direction des vestiaires. La porte tremblait sur ses charnières, il y avait quelque chose à l'intérieur. Quelque chose d'immense. Qui essayait de sortir. Un animal, peut-être.

Tout le monde parlait, mais Devon fixait la porte, intrigué.

– *Se tenir prêt*, répondit Rolabi. Il doit toujours être prêt. Un défenseur doit avoir une longueur d'avance sur ses attaquants. Il doit anticiper et prévoir. Il doit toujours être prêt à bouger.

– C'est quoi, ce bruit ? demanda enfin Rain.

– Quelqu'un pourrait-il ouvrir la porte des vestiaires ?

Ceux qui n'avaient pas encore repéré la source du bruit tournèrent la tête vers la porte. Elle bougeait à chaque nouveau grincement. Devon sentait les vibrations dans ses dents.

– Qu'est-ce qu'il y a là-dedans ? demanda Peño.

– Un ami, répondit Rolabi.

Personne n'osa se lever. Devon restait pétrifié, malgré sa curiosité, et aucun des joueurs ne semblait assez courageux pour obéir. Rolabi ne dit rien.

Au bout d'un moment, Twig s'avança vers les vestiaires. Il semblait pourtant être l'exclu du groupe, même si Devon lui contestait le titre. Il avait toujours l'air nerveux. Mais c'est bien lui qui posa une main tremblante sur la poignée.

Un tigre sortit alors de la pièce. Devon le regarda, émerveillé. Il n'avait jamais rien vu de si imposant, à part Rolabi. Musclé et agile, il marchait avec une grâce absolue.

– Je vous présente Kallo, annonça le coach. Elle a gentiment accepté de nous apporter son aide aujourd'hui.

Le fauve s'assit à côté de lui, heureux de se faire caresser derrière les oreilles.

– Rain, appela Rolabi. Avance.

Après quelques instants d'hésitation, le garçon s'exécuta.

– Oui ?

Rolabi fit rouler une balle jusqu'au centre du terrain.

– L'exercice est simple, expliqua-t-il posément. Prends la balle. Kallo joue en défense.

Sérieusement ? Devon dévisagea Rolabi. Est-ce qu'il venait de dire qu'ils devaient rivaliser avec un tigre ? C'était un animal magnifique, mais Devon avait entendu qu'avec ses griffes il était capable de perforer du métal. Devon voyait d'ailleurs leurs pointes dépasser sous ses pattes. Kallo montra les crocs dans ce qui ressemblait à un sourire.

Rain ne souriait pas du tout, lui. Ses genoux tremblaient, sa main gauche était vissée à sa taille. Devon le comprenait très bien. Il n'était pas sûr d'avoir le courage d'aller affronter Kallo.

Mais Rain se lança. Il fit une feinte avec son épaule vers la gauche et fonça à droite. Ça ne servit à rien. Kallo lui sauta dessus, lui lécha le visage et partit. Rain resta allongé par terre, choqué.

– Elle l'a tué ! s'écria Peño.

– Je vais bien, les rassura Rain. Elle ne m'a pas fait de mal.

– Devon.

Pourquoi lui ? Qu'est-ce qu'il avait fait ? Rolabi avait peut-être vu ses jambes trembler. Devon examina le tigre et tenta de rassembler son courage. Rain avait survécu, Devon n'allait pas refuser maintenant et passer pour un lâche devant toute l'équipe. Il prit une profonde inspiration et se leva.

Il tenta la tactique de Rain, inversée, d'abord droite, puis gauche, et un brouillard de fourrure orange et noir le mit aussitôt à terre. Allongé sur le dos, il se retrouva en face d'une paire d'yeux violets et intelligents. Kallo lui lécha la joue avec sa langue râpeuse.

– Merci, grommela-t-il.

Il se releva, gêné d'avoir été taclé aussi rapidement. Mais il ne resta pas embarrassé très longtemps. Personne n'approcha de la balle. Big John refusa même d'essayer, ce qui provoqua une violente dispute avec Twig. Rolabi dut intervenir. Big John se rua alors dans les vestiaires et claqua la porte si fort que des éclats de peinture s'arrachèrent du mur. Devon se dit qu'ils étaient tous beaucoup trop à fleur de peau.

Je l'aimais bien, cette peinture, déclara la voix grincheuse.

– Arrête de me parler, Fairwood, répliqua Devon. Gymnase. Ou je sais pas quel nom.

Bien sûr. Pourquoi est-ce que quelqu'un voudrait parler avec moi ?

Contrarié, Devon regarda le mur le plus proche.

– Tout le monde t'entend ?

C'est toi qui utilises le grana, petit. Dis-moi, toi, comment tu fais.

– Le… grana ?

Oh, mon garçon, Rolabi a encore du boulot !

La voix du professeur retentit alors.

– Aucun de vous n'a réussi à ramasser le ballon. Mais vous avez tous fait preuve de courage. C'est un bon début.

Devon sentit sa main gauche avant de la voir. Il l'examina avec soulagement, pliant et dépliant ses doigts. Sa main n'était ni raide ni douloureuse malgré sa journée d'absence. Les autres joueurs se réjouissaient et célébraient le retour de leur main, mais Devon resta à l'écart.

Ça n'avait pas toujours été aussi dur. À l'époque où il allait à l'école, il était timide, mais il avait quelques amis. Il faisait du basket et était le meilleur de sa classe en sport. Il jouait toujours avec les autres à la récréation. C'était un de ces jeux qui avait mis un terme à sa scolarisation. Une infime seconde qu'il se repassait dans la tête tous les jours depuis l'accident.

Recule. Respire. Combien de fois s'était-il répété ces mots ? Combien de fois se les était-il chuchotés dans le noir ?

Un mouvement attira son attention. Il se tourna et vit une boule qui flottait dans l'air. Plus sombre que la nuit, elle ondulait comme une goutte d'eau. Elle changeait constamment d'aspect, s'allongeant et pulsant pour redevenir une sphère. Devon était subjugué mais il avait étrangement froid et sa peau le picotait. Ce globe le mettait mal à l'aise, lui faisait peur même.

Il recula et faillit tomber. Il voyait quelque chose dans cette noirceur.

– Ah ! s'écria le professeur. Juste à temps.

– Quoi… Qu'est-ce que c'est ? demanda Peño sur un ton qui trahissait clairement sa nervosité.

– Quelque chose que vous feriez bien d'attraper, répondit Rolabi. C'est dans votre intérêt à tous ! Celui qui s'en emparera deviendra beaucoup plus rapide. Mais ça ne durera pas. Et si personne n'y arrive, vous devrez faire des tours de terrain. Partez !

Ils s'élancèrent tous vers le globe telle une meute de loups. Devon ne partit pas tout de suite, mais rapidement les cris et l'enthousiasme des autres le contaminèrent. Il se mêla à la poursuite désordonnée. Ils se montaient pratiquement les uns sur les autres. Le globe était incroyablement rapide. Il se faufilait entre les garçons comme une balle de pistolet, les narguant jusqu'à la dernière seconde pour finalement leur filer entre les doigts. Peño tomba. Jérôme se cogna le menton contre le parquet. Devon bondit et atterrit sur le ventre, se coupant la respiration.

– Par là ! cria Vin.

– Je l'ai ! annonça Lab, avant de s'effondrer bredouille.

– Attention ! avertit quelqu'un.

– Attrape-la !

– C'est quoi, ce truc ?

Personne ne parvint à l'atteindre. Le globe s'approcha de Kallo, qui l'avala d'un grand coup de mâchoire. La tigresse s'assit à côté de Rolabi et, de nouveau, il sembla à Devon qu'elle souriait.

– Un vrai défenseur, commenta Rolabi, admiratif. Allez boire. Ensuite, vous ferez des tours de terrain et des lancers francs.

Un chœur de soupirs s'éleva et les joueurs regagnèrent les bancs, abattus. En tout cas, ils finiraient tous ce camp d'entraînement en meilleure forme physique. Big John ressortit des vestiaires et ils commencèrent à courir.

Comme avant, le gymnase changeait à chaque tour de terrain : pentes, descentes, marches, vallées et, à un moment, un escalier en colimaçon sans fin qui donna mal au cœur à plusieurs d'entre eux.

Rain rata son tir, ainsi que Peño, Lab et Reggie. À mesure que l'équipe courait, Devon se faisait de plus en plus petit, espérant contre tout espoir qu'il n'aurait pas à tirer. Heureusement, juste avant lui, ce fut Twig qui s'avança sur la ligne des lancers francs et marqua. Combien de temps pourrait-il cacher cette faiblesse ? Que ferait-il quand il devrait tirer ? Cette pensée lui souleva le cœur plus que l'escalier interminable.

– Demain, nous travaillerons la défense collective, déclara Rolabi. Reposez-vous bien d'ici là.

Il prit sa mallette et se dirigea vers la sortie, Kallo à ses côtés.

– Vous… vous partez avec le tigre ? bredouilla Peño.

Les portes s'ouvrirent avec fracas, cognant les murs en parpaing de chaque côté, et Rolabi et le tigre sortirent dans la lumière du jour comme deux amis sur le point d'aller prendre un verre.

– Il devrait apprendre à dire au revoir, quand même, grommela Peño.

Les garçons partirent sur le banc. Devon dut tirer avec force sur ses chaussures trempées pour les retirer. On aurait dit qu'elles étaient collées à ses pieds. Quand il réussit enfin, il grimaça, dégoûté par l'odeur. Il devrait les laisser sur le porche ce soir, sinon sa grand-mère lui ferait une scène. Elle disait toujours : « Les odeurs corporelles sont parfaitement naturelles et parfaitement interdites en ma présence. »

A-Wall s'assit à côté de lui en s'essuyant le front.

– Ma mère me croira jamais si je lui dis qu'on avait un tigre à l'entraînement aujourd'hui, se lamenta-t-il. Hier soir, elle était là : « Écoute, chéri, ton gymnase ne change pas. C'est pour ton petit cerveau que je m'inquiéterais plutôt. » Sans parler de l'ascenseur, mec !

– Quel ascenseur ? demanda Devon, tout bas.

A-Wall le dévisagea.

– T'étais pas dedans ? T'as de la chance. J'ai failli en recracher mon muffin.

Intrigué, Devon referma son sac. Ils avaient donc tous des visions… mais pourquoi ? Si cette magie – ou ce *grana* – était réelle, pourquoi se manifestait-elle maintenant ? Ici, à Bottom ?

Si tu devais planter une graine, où la planterais-tu ?

Devon reconnut la voix de Rolabi. *Une graine pour quoi ?*

Le début.

– Tu nous fais un petit rap, Peño ? demanda Jérôme, sortant Devon de ses pensées.

Devon ne savait pas de quoi il était question, mais il n'eut pas à attendre longtemps. Peño commença à se dandiner, agitant une main devant lui, l'index tendu, et fit rimer les vers. Ils éclatèrent tous de rire quand il fit une pose dramatique en montrant les fanions.

Le silence revint petit à petit, puis ils partirent, les uns après les autres. Devon attendit qu'ils sortent tous. Il voulait profiter d'un petit moment de calme avant de rentrer chez lui. Rapidement il se retrouva dans un gymnase vide. Il avança sur le terrain, ses chaussettes laissant des marques de sueur sur le parquet pareilles à des empreintes sur le sable. Devon s'arrêta au centre du terrain. Il respira l'air chargé de moisissure et savoura la sensation du bois sous ses pieds.

– *Ce gosse est dangereux !* dit une voix familière et lointaine.

Devon se crispa et regarda autour de lui. Le gymnase était toujours vide.

– *C'était un accident*, justifia une femme.

Pas une femme… Sa mère.

– *Quel accident ?* répliqua la voix furieuse. *Il lui a donné une gifle !*

– *Ils l'insultaient…*

– *Mon fils est à l'hôpital !*

Devon fit volte-face. La voix résonnait partout dans le gymnase.

– *Devon n'est pas conscient de sa propre force…* déclara sa mère.

– *C'est une brute. On ne peut pas le laisser avec d'autres enfants.*

– *Qu'est-ce que vous voulez ?*

– *Qu'il quitte cette école.*

Devon ferma les yeux. La pression montait en lui. C'est lui qui avait fini par prendre la décision. La directrice l'avait exclu, mais pas renvoyé. Elle voulait lui donner une deuxième chance. Mais Devon en avait assez des commentaires, des murmures et des regards méfiants des parents qui déposaient leurs enfants à l'école. Devon, la grosse bête affreuse. Devon, la brute imprévisible.

Devon, l'animal.

Des larmes noyèrent ses joues. Après les quelques journées d'exclusion, il ne retourna pas à l'école. Plus les semaines passaient, plus il se confortait dans son isolement. Il ne voulait plus revoir les autres enfants. Après quelques mois, il ne voulait même plus sortir de la maison.

Devon ouvrit les yeux et s'affola.

Kallo était devant lui.

– Oh ! lâcha-t-il. Bonjour, Kallo…

La tigresse grogna et montra ses crocs. Devon recula.

– Hmm… Ça va ? demanda-t-il.

Le fauve se rua sur lui. Sans réfléchir, Devon le prit par le cou et tous deux roulèrent au sol. La tigresse approchait ses crocs de sa tête. Elle ne jouait plus. Paniqué, le garçon se servit de toute sa force pour le repousser. Les jambes pliées, il posa ses pieds trempés de sueur sur le torse de la bête et la propulsa dans les airs. Il se releva aussitôt, les poings levés.

Le tigre resta assis, haletant, et lui adressa un nouveau sourire.

On trouve beaucoup de noms pour ceux qui sont plus forts que nous.

Devon chercha Rolabi du regard. Il n'était pas là.

Mais ces noms ne nous définissent pas. Il ne faut jamais avoir honte de sa force.

Kallo était partie. Haletant, Devon resta un moment seul dans le gymnase, l'adrénaline fusant dans ses veines. De l'énergie pure, prête à être libérée. Il regarda ses mains.

Sois la bête.

5

LE TIGRE DEDANS

Le courage, c'est comprendre qu'il est normal d'avoir peur,
et accepter le prix de la sueur.

✧ SAGICIEN – PROVERBE N° 22 ✧

Le lendemain matin, quand Devon entra dans le gymnase, il se figea aussitôt, un sourire spontané aux lèvres. Un château occupait tout le périmètre du terrain. Pas un château gonflable. Un vrai château !

– Cool, murmura-t-il.

Il s'élevait du parquet comme si un immense arbre en pierre avait poussé dans la nuit. Une odeur de caoutchouc planait dans l'air, plus prégnante encore que le parfum de sel qui l'accompagnait. En inspectant la forteresse, Devon aperçut au sommet le trophée du championnat national junior. Jouer à un tel niveau n'avait jamais effleuré son esprit. Pas au cours des quatre dernières années en tout cas. Mais maintenant, l'idée le tentait bien.

Même si c'était un rêve impossible : aucune équipe de Bottom ne s'était jamais approchée de la victoire. D'un autre côté, est-ce qu'il aurait pu s'imaginer jouer avec les Badgers il y a quelques semaines à peine ?

Devon se rendit soudain compte qu'il n'entendait personne. Le gymnase était vide.

– Pourquoi joues-tu au basket ?

Appuyé contre le mur, Rolabi admirait le château. Devon examina les cicatrices qui couraient de ses joues à son menton, fines et longues, comme si elles avaient été faites par la pointe d'une épée, ou des griffes aiguisées.

– J'y jouais à l'école. Et maintenant, je joue avec mon père.

– Et tu aimes ce sport au point de sortir de la maison après tout ce temps. Pourquoi ?

Devon hésita. En effet, une partie de lui serait restée tapie chez lui pour toujours, mais la perspective de retrouver un vrai terrain avait été plus forte.

– Parce que c'est simple. C'est le seul endroit où je comprends ce que je dois faire.

Rolabi se tut un moment.

– Oui, les choses simples sont souvent les plus belles, reprit-il enfin en posant une main sur l'épaule de Devon. Tu devrais être fier d'avoir franchi ce pas. Va plus loin, maintenant.

– Comment ?

– Kallo te l'a montré hier soir.

Soudain, Devon entendit les voix de ses coéquipiers, réunis autour des bancs. Ils parlaient et riaient. Il jeta un dernier regard au coach avant d'aller mettre ses chaussures. Alors Rolabi voulait qu'il libère sa force. Mais s'il blessait quelqu'un ? Comment pouvait-il prendre ce risque ?

Les derniers joueurs arrivèrent, et chacun s'arrêta pour parler avec Rolabi. Quand tout le monde fut prêt, leur professeur les appela autour du château. Devon leva les yeux et passa une main sur les murs. Ils étaient lisses et en caoutchouc, ce qui expliquait l'odeur. Le parfum de sel venait sûrement de Rolabi. Il l'entourait toujours.

– Aujourd'hui, nous allons travailler la défense collective.

– Comme… les défenses de zone ? interrogea Peño en contemplant la forteresse.

– Chaque chose en son temps. Tout d'abord, vous devrez apprendre les bases.

Devon repensa aux forteresses des histoires que sa grand-mère lui lisait. Il les adorait. Il avait toujours les livres. Quand il était petit, il se voyait en chevalier. Grand et fort, mais aussi noble et posé. Sir Devon le Fort, un vrai héros.

Il entendit un bruit derrière lui. Du matériel bleu et rouge était éparpillé au sol.

– Prenez chacun un casque et un bouclier, demanda Rolabi. Serrez bien les casques.

Devon s'empara d'un casque rouge qu'il attacha sous son menton et d'un bouclier assorti, dur et encombrant, avec deux poignées à l'arrière. Il regarda les autres faire de même pour se séparer en deux équipes de couleur. Il était avec Reggie, Lab, A-Wall et Vin. Ils se demandaient sûrement s'il allait utiliser sa force ou s'il resterait invisible comme dans les matchs. Devon se posait la même question.

– C'est simple. Une équipe attaquera le château tandis que l'autre le défendra. Celle qui récupère le trophée le plus rapidement gagne. Les perdants feront des tours de terrain pendant que les vainqueurs s'entraîneront aux tirs.

– Comment est-ce que vous avez eu le trophée du championnat national ? l'interrogea Peño.

Devon vit le garçon ouvrir et refermer les poings, comme si ça le démangeait de le toucher.

– Je l'ai emprunté, répondit Rolabi. Les bleus en défense.

Devon se mordit la lèvre. Est-ce qu'il allait devoir… *frapper* ses adversaires ? Et s'il leur faisait vraiment mal ? C'était à ça que Rolabi le préparait ? Ce jeu lui était-il destiné à lui ?

– Venez ! lança Vin en guidant ses coéquipiers vers les bancs. Toi aussi, gentil géant.

Devon se força à sourire et suivit les autres, toujours aussi confus.

Il avait toujours été fort. Sa grand-mère lui racontait qu'à sa naissance elle avait pensé que l'hôpital l'avait échangé avec un bébé de quelques mois. Sa mère disait que les infirmières étaient désolées pour elle. Et ensuite, il n'avait pas arrêté de grandir. Son père était haltérophile et Devon commença rapidement à s'entraîner avec lui. Désormais, à douze ans, il en paraissait dix-huit. Ça aurait dû être une bonne chose, mais non.

Dès qu'ils comprenaient que Devon ne se défendrait pas, les autres enfants l'insultaient. Un jour, un coach de basket frustré l'avait traité de bœuf débile alors qu'il n'avait que sept ans et essayait d'apprendre la défense de zone. Le surnom lui était resté. Devon l'avait toujours détesté. Il n'était pas débile. Il avait des difficultés à l'école et apprendre à lire n'avait pas été facile, avec les mots qui se mélangeaient. Les problèmes s'étaient accumulés jusqu'à ce que tout explose…

Devon secoua la tête. Il devait se concentrer maintenant. Est-ce qu'il allait prendre le risque d'utiliser sa force ?

Les rouges se placèrent en cercle.

– C'est quoi, le plan ? demanda Vin.

– Chacun choisit une rampe et fonce, proposa A-Wall.

– Il y a quatre rampes et on est cinq, commenta Vin.

– Donc je joue pas, c'est ça ? demanda A-Wall en soupirant.

– Mais non, abruti, répliqua Vin. On peut se mettre à deux sur une rampe.

Reggie contempla le château.

– Ils choisiront sûrement un gars pour venir en renfort.

– Rain, sûrement, acquiesça Vin. Il faut que Devon écrase un de leurs joueurs. Enfin, s'il veut bien.

Vin se tourna vers lui, un sourcil levé, et Devon se dandina, au comble de l'embarras.

– Tant pis, lâcha Vin. J'avais oublié qu'il était aussi féroce qu'une mouche.

– Écoutez, intervint Reggie. On a l'avantage. On peut choisir l'endroit où on veut attaquer. On commence comme tu as dit, A-Wall. Tu attends de voir quelle cible tu prends. Mais si on voit que ça marche pas à deux, on s'y met à trois ou quatre sur une rampe. Ils n'auront pas le temps de réagir. On les repoussera et on récupérera le trophée, avec Devon en tête. Ça vous va ?

Il regarda Devon dans les yeux avec insistance. Devon réussit à hocher la tête.

– Commencez ! lança Rolabi, sa voix résonnant dans le gymnase.

Quand il se tourna vers le château, Devon ouvrit de grands yeux. Les vieilles histoires prenaient vie.

Ils avaient devant eux un château entouré de douves aux eaux saumâtres. Des ponts en bois reliaient chaque rampe et des drapeaux bleus en soie flottaient en haut des parapets. Devon se rendit soudain compte que même sa tenue avait changé. Il portait une armure en argent brillante bordée d'un liseré rouge et ses chaussures s'étaient transformées en bottes renforcées. Il passa une main sur l'acier et sourit.

Sir Devon le Fort, songea-t-il. *Le héros du royaume de Fairwood.*

Pour la première fois depuis des années, il voulait montrer sa force.

– Chargez ! cria Lab.

Devon s'élança vers Jérôme, son bouclier en avant. Devant son assaut, les yeux du garçon s'ouvrirent plus ronds que des soucoupes. Les deux adversaires se percutèrent avec un bruit étouffé de cuir dur.

Devon poussa avec ses jambes fermement plantées sur la rampe. Jérôme glissait en arrière rapidement.

– T'es... un... monstre, lança Jérôme, incapable de garder ses appuis. On te donne quoi à manger ?

Devon continuait d'avancer, ignorant ses insultes. L'autre, à perdre du terrain.

– J'ai besoin d'aide ! appela Jérôme.

Devon vit qu'il était déjà presque au premier niveau. Il aurait plus d'espace pour dépasser son adversaire et monter prendre le trophée.

Juste avant qu'ils arrivent en haut, Rain vint à la rescousse de Jérôme. Devon poussa plus fort, sans effet. À deux contre un, Devon commença à glisser en arrière, mais au milieu de la rampe, il parvint à se maintenir. Les muscles contractés dans leur protection en acier, il tenait bon.

– Deux contre moi ! cria Peño depuis une autre rampe. Je vais pas tenir !

– Rain… lâcha Jérôme.

– Tu vas y arriver, le rassura Rain avant de repartir.

Devon comprit qu'ils avaient l'ascendant désormais. Il poussa de plus belle.

– A-Wall vient de partir ! cria Big John quelque part sur le château.

– Lab aussi ! lança Twig.

Devon entendit des pas sur le pont derrière lui. Quand il tourna la tête, il vit que A-Wall et Lab étaient venus renforcer son attaque. Jérôme les vit aussi et pâlit.

– Oh non, murmura-t-il.

Les deux garçons se jetèrent sur le dos de Devon pour pousser avec lui. À trois, ils propulsèrent Jérôme sur le mur d'en face et se ruèrent vers la dernière rampe où Rain les attendait seul. Il leva son bouclier, tentant le tout pour le tout.

– Aidez-moi ! hurla-t-il.

Devon s'arrêta en voyant la terreur sur son visage. Mais c'était toute l'idée de l'exercice. Qu'il utilise sa force. C'est ce que Kallo lui avait montré. Devon baissa son bouclier et chargea, bousculant Rain pour conduire son équipe à la victoire. Avec une main, il souleva le trophée, sur lequel la lumière vint se refléter.

Sir Devon le Fort a gagné ! songea-t-il.

– Bien joué, géant ! le félicita Reggie en lui donnant une tape dans le dos.

– La bête ! cria Vin. Je savais que t'avais ça en toi !

Devon sourit, fier de lui.

– Une minute et quarante-sept secondes, annonça Rolabi. Aux bleus d'attaquer dans deux minutes !

Abattus, les bleus descendirent la rampe la plus proche pour se regrouper en cercle. Devon replaça le trophée en se demandant comment ils allaient empêcher les rouges de leur faire subir le même sort.

– Il nous faut un plan, déclara Lab.

– C'est compliqué pour la défense, confirma Vin. Devon et moi, on peut tous les deux prendre une rampe. Lab, Reggie et toi…

– Non, l'arrêta Reggie.

Tout le monde se tourna vers lui. Il regarda le château en riant.

– Qu'est-ce qu'il y a de drôle ? demanda Vin.

– C'est hyper simple en fait, assura Reggie. Les rampes ne sont là que pour brouiller les pistes.

– De quoi tu parles ? demanda Lab.

Reggie désigna le trophée.

– Tout ce qu'on a à faire, c'est protéger le trophée.

– Oui… lâcha Vin, perplexe.

– Il suffit de bloquer la dernière rampe. Et c'est tout.

– Bien sûr ! s'exclama Lab en sifflant.

– On la défend *ensemble*, affirma Reggie. Géant, tu vas devant.

Il tapota l'épaule de Devon et se plaça le plus près du trophée. Les uns après les autres, ils se positionnèrent entre Reggie et Devon, posant leur bouclier sur le dos du joueur devant eux. Devon se planta fermement sur le sol, pareil à un grand portail en fer, et attendit l'assaut, souriant intérieurement. Sir Devon le Fort aux avant-postes.

– Commencez !

Rapidement, Devon entendit le martèlement des bottes sur les rampes. Les bleus chargeaient vers le deuxième niveau avec un Rain triomphant à leur tête. Mais son sourire s'effaça dès qu'il vit Devon. Le reste de l'équipe vint le percuter par-derrière.

– Poussez ! ordonna-t-il alors.

Ils se ruèrent sur Devon, mais il résista facilement. Le plan était parfait. Les attaquants poussaient encore et encore de toutes leurs forces, mais ils ne pouvaient rien contre la force combinée des défenseurs. Quand ils finirent par faiblir, ce fut au tour de Devon de les repousser. L'équipe bleue s'écroula alors contre le mur en un tas désordonné.

– Le temps a été dépassé. La victoire aux rouges.

– La bête a encore frappé ! cria Lab, hilare, en secouant le bras de Devon.

Cette fois, Devon ne chercha plus à réprimer son sourire. Son armure disparut, remplacée par sa tenue habituelle, les douves s'asséchèrent, les pierres se changèrent en caoutchouc.

– Les rouges peuvent prendre des balles et s'entraîner aux tirs, annonça Rolabi. Les bleus, tours de terrain.

Alors que les garçons s'élançaient, Devon et les rouges attrapèrent leurs balles pour travailler leurs tirs. Comment oserait-il faire autre chose que des doubles-pas ? Il ne voulait pas gâcher la journée.

Alors qu'ils s'entraînaient, les bleus couraient autour d'eux. Il fallut à ces derniers près d'une heure pour marquer un panier. Quand ils s'écroulèrent enfin sur le banc, pour boire, Rolabi appela aussi les rouges.

Alors la bête a sorti la tête.

Devon examina le professeur. *Je... me suis laissé un peu emporter, peut-être,* songea-t-il.

Et tu les as emportés avec toi.

Une image du passé ressurgit, lui retournant l'estomac.

Les gens ne portent pas toujours des casques pour se protéger, se dit-il.

En une seconde, sa fierté et son esprit de compétition se transformèrent en effroi et en culpabilité. Devon avait manqué de discernement aujourd'hui. La situation aurait pu dégénérer. Il aurait pu blesser Rain et Jérôme. Il baissa les yeux vers ses mains. Il était vraiment dangereux.

Voilà que la cage revient.

– Qu'est-ce qu'un défenseur doit faire en permanence ? demanda Rolabi.

Devon n'en revenait pas, le château venait de se dégonfler sous ses yeux pour devenir à peine plus gros qu'un ballon de basket.

– Se tenir prêt, répondit Reggie.

– Et ça vaut pour toute l'équipe, précisa Rolabi. Si vous n'êtes pas prêts, vous perdez votre temps.

Il se dirigea alors vers les portes, sans leur adresser un regard de plus.

– C'est terminé pour aujourd'hui ? demanda Peño.

– Ça dépend de vous.

Les portes s'ouvrirent et Rolabi sortit. Une fois qu'elles se furent refermées, une bruine glacée continua à envelopper les joueurs. Le globe les attendait au milieu du terrain. Devon eut l'impression qu'il l'appelait. Il entendit une voix venue de très loin.

Animal. Dangereux. Bête.

Il frissonna et se retourna. Le gymnase était plus silencieux qu'une tombe.

Twig fut le premier à s'élancer. Il rata son objectif de loin et toute l'équipe le suivit. Devon se joignit également à eux, entraîné dans une chasse tumultueuse. Il parvint de justesse à éviter une collision avec Big John qui tomba tout de même. Le globe était taquin : au moment où on pensait l'avoir, il déviait sa trajectoire. C'était à rendre fou. Après dix minutes de chaos total, il fonça vers un mur et disparut.

Devon se frotta le coude, agacé.

– Toujours partant pour un match ? demanda Peño à Rain.

– Non, je veux juste m'en aller, répondit-il furieux.

Personne ne discuta. Les garçons parlèrent du globe, mais Devon s'assit sur le banc le plus éloigné, espérant que son coude ne le ferait plus souffrir le lendemain. Son bras droit était décidément trop faible. Il se demanda s'il parviendrait jamais à attraper le globe et s'il le voulait vraiment. À proximité de cet objet, il se sentait frigorifié et tout petit.

– Qu'est-ce que ça peut faire ? hurla Rain. C'était même pas du basket !

– Bien sûr que si ! répondit Reggie. C'était la base. Défendre comme il faut. Comme une équipe.

Rain était debout et tremblait de tout son corps.

C'est reparti pour une bagarre, songea Devon.

– C'est une grosse année pour moi.

– Tu veux dire pour *nous*, corrigea Lab.

– Ouais. Rain Adams et les West Bottom Badgers, ironisa Rain avant de sortir en trombe du gymnase.

Devon regarda les autres, se demandant s'il se comportait toujours comme ça. Il l'avait déjà vu au moins deux fois partir, furieux. Ce gars avait l'air plutôt égocentrique. Devon n'était pas très sûr de l'apprécier, mais Rain se fichait sûrement complètement de ce qu'il pensait de lui. Devon changea ses chaussures et son maillot et partit dans les vestiaires. En se lavant les mains, il examina son reflet. Il passa les doigts sur son crâne rasé, sur son nez large.

– On devrait peut-être le laisser rester à la maison pour le reste de l'année. Il sera plus en sécurité.

La voix de son père maintenant. Il ne le chercha pas. C'était juste un souvenir.

– Peut-être, oui, acquiesça sa mère. *Cette année seulement, alors. Ensuite, il retournera à l'école.*

– Parfait. Il a juste besoin de temps.

Du temps.

Quatre ans plus tard, il n'en manquait pas. Devon fronça les yeux en voyant des mots se former sur le mur derrière lui, écrits à l'encre argentée. Quand il regarda par-dessus son épaule, il ne vit rien sur le mur. Pourtant, les mots continuaient à apparaître dans son reflet. Il se pencha vers le miroir, s'efforçant de lire à l'envers. Son esprit déchiffra le message.

– « On ne… voit… que ce… qu'on… croit », lut-il lentement.

Il réfléchit un instant à cette phrase. Il voyait en général un monstre et un animal. Mais ce n'est pas ce qu'il avait vu aujourd'hui. Il se redressa et bomba le torse. De nouveau, il portait une armure brillante et affichait une expression déterminée. Un château se profilait au loin, sur une colline.

– Sir Devon le Fort, à votre service, murmura-t-il. Mais mes amis m'appellent « la Bête ».

Quand il entendit quelqu'un dans les vestiaires, il se dépêcha de sortir des toilettes.

– Tu te parlais à toi-même ? demanda Vin en allant dans une autre cabine.

– Euh… oui.

– Moi aussi, tout le temps, dit Vin en riant. Bien joué, aujourd'hui, géant. Fais pareil sur le terrain.

Devon partit récupérer son sac et pensa à ce qu'il venait de dire à son reflet.

– Mes *amis*… répéta-t-il.

Il quitta le gymnase en souriant.

✧ 6 ✧

LA CHAMBRE NOIRE

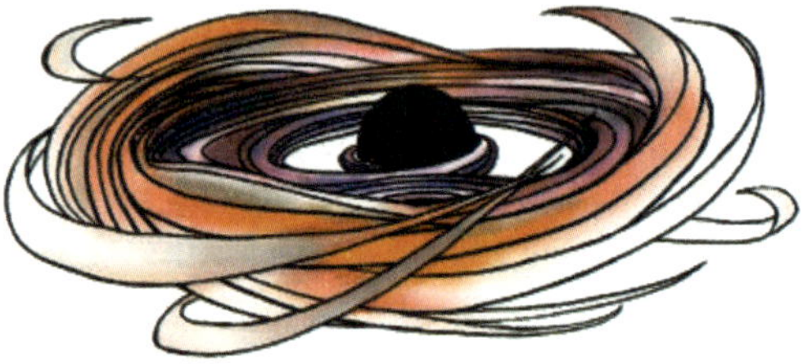

Tu ne sauras de quoi tu es capable
qu'en reconnaissant que tu es vulnérable.

✧ SAGICIEN - PROVERBE N° 17 ✧

Devon serra le ballon contre sa poitrine, les doigts écartés sur la surface en caoutchouc. Il se retourna, baissa l'épaule et s'élança vers le panier. Il passa un défenseur imaginaire. Une foule imaginaire l'acclama. Il prit le rebond et courut de l'autre côté de la raquette, prêt à recommencer.

Ça faisait bientôt une heure qu'il s'entraînait aux tirs. Il était arrivé vraiment tôt et pourtant il n'était pas le premier. Il se demanda si Reggie rentrait parfois chez lui. Il se prépara à une autre attaque.

– Approchez tous, lança une voix grave. Posez vos ballons.

Toute l'équipe était là et Rolabi se tenait au centre du terrain. Devon se dépêcha de ranger sa balle et vint retrouver les autres. Il sentit une tension palpable autour de Rain. Des regards mauvais, des murmures énervés.

– Aujourd'hui nous allons travailler l'attaque, annonça Rolabi. Nous commencerons par les passes. La base de toute attaque. Qu'est-ce que tous les grands passeurs ont en commun ?

Devon réfléchit. Les seules passes qu'il faisait, c'était à son père, dans la rue. Ça ne devait pas compter.

– La vision, répondit Peño.

– Très bien. Un bon passeur doit être rapide, agile et audacieux. Mais avant tout, il doit avoir une vision parfaite. Voir ce qui est et anticiper ce qui viendra. Il doit avoir une vision globale du terrain.

– On doit s'entraîner… à voir plus ? demanda Lab.

– Exactement. Et le mieux pour commencer, c'est de ne rien voir du tout.

Le gymnase plongea dans l'obscurité. Pas un seul rayon de soleil ne filtrait par les portes. Les yeux ouverts ou fermés, c'était pareil. Devon se rendit compte qu'il tremblait. Il n'aimait pas être dans le noir. Il avait passé trop de nuits à rester éveillé dans l'obscurité totale, se rejouant ses mauvais souvenirs.

– Eh, fais attention ! hurla Peño. C'est mon orteil !

– Comment tu veux que je marche pas dessus quand j'y vois rien du tout ? demanda Big John.

Devon se détendit. Il n'était pas seul cette fois. C'était différent.

– Qu'est-ce que tu caches dans le noir ?

– Professeur Rolabi ? demanda Devon en sursautant.

Il n'entendait plus les autres, plus de mouvements, plus de respirations, plus de murmures. De nouveau, il se sentit seul, même s'il savait que Rolabi n'était pas loin, d'après le léger parfum de sel qui flottait dans l'air.

– Qu'y as-tu caché ? répéta la voix profonde.

– Je comprends pas ce que vous…

– Es-tu prêt à l'affronter ?

La voix était incroyablement forte dans le noir. Elle faisait vibrer le sol, à côté des pieds de Devon.

– Affronter quoi ?

– Le cœur de la cage.

– Je… veux qu'elle disparaisse.

– Alors tu es prêt, déclara Rolabi. Commence par trouver ton propre centre.

Devon prit une profonde inspiration. Il ferma les yeux. Il avait l'impression que dès qu'il les ouvrirait, il trouverait la lumière. Quand il décidait lui-même d'être dans le noir, ça lui paraissait moins menaçant.

Il entendit de nouveau des bruits autour de lui. Des pieds sur le parquet, des mots chuchotés.

L'équipe était de retour.

– Les titulaires contre les remplaçants de l'année dernière. Les titulaires commencent. Trouvez le ballon.

Alors que les titulaires faisaient de leur mieux pour mettre la main sur la balle, en criant, en jurant, en se cognant, Devon suivit les voix de son équipe, espérant réussir à se placer au centre du terrain. Les paupières closes, il avait les bras tendus devant lui. Il percuta un camarade.

– Aïe ! cria Jérôme.

– Désolé, répondit Devon rapidement.

– C'est comme être giflé par un gros jambon, grommela Jérôme.

– Comment on peut se placer dans le noir ? demanda Big John.

– Faut se repérer avec les gradins, proposa Vin. En comptant les sièges.

– C'est ridicule, s'énerva Big John. Je déteste ces… Hey ! Qui vient de me frapper ?

– Désolé, s'excusa Reggie.

– On aurait pas dit un accident, pesta Big John.

Il leur fallut cinq bonnes minutes pour trouver ce qu'ils pensaient être le centre du terrain, et les titulaires mirent plus de temps encore à se ranger sous le panier. Devon ne savait même pas s'il regardait dans la bonne direction, mais il tendit les bras et tenta de suivre les voix.

– Vous vous souvenez quand on faisait juste des exercices de doubles-pas et des matchs ? plaisanta Vin.

– Vous vous souvenez qu'on a terminé derniers du championnat ? reprit Reggie. On était archi nuls.

– Et tu crois que ça va nous aider ? demanda Big John.

– Ça peut pas faire de mal.

– Dis ça à mon tibia, rétorqua Big John.

Les titulaires finirent par se lancer, à en croire les bruits qui venaient d'eux. Leurs cris et leurs pas s'approchèrent. Quand ils furent enfin au niveau des défenseurs, le brouhaha fut tel que Devon n'arrivait plus à distinguer les voix. Quelqu'un le percuta dans la poitrine. Les joueurs hurlaient pour avoir la balle. Quelqu'un rata une passe et la balle sortit du terrain.

– On tourne ! lança Rolabi.

Les remplaçants mirent cinq minutes à se placer sous le panier. Devon se cogna le nez sur le mur et Vin rata la première passe et perdit le ballon.

– Tout va bien jusque-là, commenta Jérôme, ironique.

– Hmm, lâcha Rolabi. Changeons un peu la donne.

Devon ouvrit les yeux. Une boule de lumière écarlate bougeait dans le noir. Il distingua autour de la sphère de petites lignes noires entre lesquelles rayonnait une légère lueur. Avec la balle illuminée, les titulaires avançaient plus vite, mais Jérôme rata une nouvelle passe.

– On tourne !

Le jeu changea de camp à plusieurs reprises, pendant des heures. Devon commençait à s'habituer à la sensation d'obscurité. Il n'avait jamais remarqué combien ses autres sens étaient utiles sur un terrain. Il savait que les pros parlaient beaucoup, mais il n'avait jamais pensé à écouter les déplacements des corps et les respirations. Il se servait de ses mains pour attraper la balle, mais jamais pour suivre ses adversaires comme avec des tentacules. Et il avait encore moins essayé de sentir les odeurs corporelles de l'équipe adverse. Il se serait bien passé d'ailleurs, à un moment, d'un relent de dessous de bras.

Les titulaires parvinrent enfin à traverser le terrain et les lumières s'allumèrent.

– Les titulaires remportent la victoire. Pause, allez boire.

Devon se dirigea vers le banc, aveuglé par les néons. Il se demanda ce que Rolabi avait voulu dire. Il était prêt à trouver son centre ? À affronter la cage ? Il la connaissait bien et, oui, il en avait les clés. Mais ça ne voulait pas dire qu'il pouvait les utiliser. Il but quelques gorgées d'eau en regardant les autres. Pourquoi ne pouvait-il pas être comme eux ? Rain et Twig et Lab, ils allaient tous bien. Ils n'avaient rien à craindre.

– Twig, viens ici, s'il te plaît, appela Rolabi.

Le garçon se planta à côté de l'impressionnant professeur. Même le plus grand joueur de l'équipe paraissait tout petit en comparaison.

– Je voudrais que tu t'adresses à l'équipe. Le plus sincèrement possible.

Devon n'aimait pas la tournure que prenait l'entraînement. Est-ce que le coach allait juste interroger Twig ? Rolabi dut insister pour avoir une réponse. Devon comprenait parfaitement pourquoi le pauvre garçon avait tellement de mal à s'exprimer.

Ce dernier parvint tout de même à prendre la parole.

– D'accord… euh… je me suis entraîné vraiment très dur. Vous savez, entre les deux saisons. Et j'essaie de toutes mes forces de m'améliorer. Je sais que certains d'entre vous ne voulaient pas que je revienne, mais je fais tout ce que je peux pour aider l'équipe. Je voulais que vous le sachiez, voilà.

Devon contempla ses cicatrices et ses boutons. Est-ce qu'il avait ses secrets, lui aussi ?

On a tous des secrets et des cicatrices. Seuls les imbéciles choisissent de ne pas les voir.

– Jérôme.

Rolabi les appela à tour de rôle et Devon devenait de plus en plus nerveux. Qu'est-ce qu'il allait dire ? Arriverait-il à prendre la parole en public ? Sa gorge devint toute sèche et il but encore quelques gorgées. Sa poitrine se serrait de plus en plus au fil des interventions.

« … je vais casser la baraque. »

« J'ai travaillé mes tirs en extension et je sais que je vais réussir plein de paniers cette année. »

« Je vais être titulaire cette saison. »

Des remarques d'ordre général, pour la puplart. Devon chercha quelque chose à dire. Il… ferait de son mieux ? Débile. Il n'avait toujours pas trouvé quand Rolabi l'appela. Il se posta devant ses coéquipiers, se triturant les méninges, et bredouilla la première chose qui lui vint à l'esprit.

– Je… veux un nouveau départ.

Ils le regardèrent tous, intrigués, alors Devon se dépêcha de retourner sur le banc. Pourquoi avait-il dit ça ? Il aurait dû dire « tirer dans le mille » ou « marquer ». Pourquoi « un nouveau départ » ? Il avait tellement honte.

Tu es au bon endroit pour ça. Mais il faut le mériter.

Comment ? se demanda Devon, mollement.

Dis-moi ce que tu dois faire de ta force.

Je ne sais pas. Il n'y comprenait rien.

Alors sois attentif.

– C'est l'heure du match, annonça Rolabi.

– Sans piège ? demanda Peño, méfiant.

– Nous allons juste travailler notre vision. Rain, Vin, Lab, A-Wall et Devon d'un côté.

Quelle surprise ! Devon jouait avec Rain maintenant ? Parce qu'il était titulaire ? Les deux pivots de l'année dernière, Twig et Big John, étaient dans la même équipe, il devait sans doute les marquer. Il s'approcha de Twig qui lui adressa un petit salut de la tête.

– Notre champ de vision est tellement large et pourtant on choisit de ne rien voir. Quelle drôle de décision.

Cette fois, les lumières ne s'éteignirent pas, mais Devon avait l'impression d'avoir un objet droit devant lui qui ne laissait que deux bandes visibles sur les côtés. Il avait beau tourner la tête, rien n'y faisait. Il se frotta les yeux, sans effet. Il poussa un soupir. Un nouveau test. Il fallait juste qu'il reste calme et qu'il joue.

Maintenant tu comprends.

Les autres ne semblaient pas le prendre aussi bien que lui.

– C'est pas cool ! hurla Lab.

– Je suis à moitié aveugle ! se lamenta A-Wall. Aux trois quarts, même !

Rolabi lança la balle et Devon sauta, sans rien voir. Il aperçut un point orange et un Twig perdu en redescendant. Ensuite il reçut un coup dans le menton et vit Twig qui tentait d'attraper la balle.

– Désolé, s'excusa Twig, penaud.

Vin s'empara de la balle et le match commença. Rapidement, Devon comprit le but de l'exercice. Il était pratiquement impossible de courir et de faire des passes droit devant eux. Le ballon devait circuler sur les côtés. Et le jeu devait ralentir pour que ce soit réalisable. Devon bougeait sans arrêt, pivotant sur lui-même pour garder tous les joueurs dans son champ de vision limité. Il devait compter sur ses coéquipiers pour prévenir de leurs déplacements, des passes à faire et à recevoir.

Il récitait dans sa tête des attaques : avance vers la balle, attrape-la, pèse des options, choisis la meilleure, recommence. C'était presque mathématique. Il calculait les probabilités chaque fois qu'il touchait le ballon. S'il s'apprêtait à tirer, il s'assurait que la voie était libre. On ne pouvait pas se permettre d'y aller au hasard, sinon on percutait quelque chose ou quelqu'un. C'était un nouveau style de jeu.

Il avait jusque-là pensé que le basket était un sport uniquement physique, une bataille de talent et de force. Mais c'était bien plus riche que ça si on ralentissait. Un jeu à l'intérieur d'un jeu à l'intérieur d'un jeu.

– Ça suffira, les arrêta Rolabi. Allez prendre vos bouteilles et retrouvez-moi au centre.

Devon recouvra sa vision normale. A-Wall le suivit vers leur coach en s'essuyant le visage. Ses dreadlocks étaient collées à son front, comme si elles avaient séché au soleil et s'étaient fanées.

– Les Badgers te plaisent pour l'instant ? demanda A-Wall.

– Euh, oui.

– Avant on avait pas autant de magie, c'est nouveau.

– Oui, je me disais aussi.

Il remarqua que A-Wall contemplait son torse.

– Et donc… tu fais beaucoup de pompes ? J'essaie de muscler mes pectoraux, expliqua-t-il en l'examinant.

Il bomba la poitrine et baissa les yeux, dépités.

– Pas terrible, hein ?

– Je… je sais pas. Tu pourrais faire des pompes.

– Je le savais. Tu veux voir mes bice…

– Maintenant, vous me devez des tours de terrain, déclara Rolabi.

Devon fut soulagé qu'ils doivent courir. Et ils n'eurent que cinq tours à faire, parce que Reggie marqua tout de suite.

Rolabi ouvrit sa mallette.

– Vous avez retrouvé votre vue, mais est-ce que vous savez vraiment regarder ? Nous devons réapprendre à voir.

Devon se dépêcha de rejoindre le groupe alors que Rolabi sortait la marguerite.

– Encore ! se lamenta Peño.

– Eh oui ! confirma Rolabi. Si vous espérez gagner, il faut ralentir le temps.

Rolabi partit vers la porte, sa mallette se balançant au bout de son bras.

– Tu emporteras la marguerite chez toi, ce soir, Peño. Prends-en bien soin, s'il te plaît. Arrose-la.

Peño déglutit.

– Combien de temps on reste là ? demanda Rain.

– Jusqu'à ce que vous voyiez quelque chose de nouveau, répondit le professeur.

Les portes se refermèrent en claquant.

Devon hésita avant de s'asseoir en tailleur. Les autres discutaient, mais il ne se laissa pas distraire par leurs voix. Il se concentra sur les pétales et essaya de les voir bouger. Ce n'était pas près d'arriver, bien sûr. Il l'avait compris dès la première fois. Regarder la fleur pousser signifiait simplement l'admirer. Ralentir le temps dans sa tête suffisamment pour que des phénomènes aussi imperceptibles que l'épanouissement d'une marguerite deviennent visibles. Quelle importance que ça n'arrive jamais ?

Pratiquement aucun autre joueur ne vint s'asseoir à côté de lui. Big John avait déjà quitté le gymnase et la plupart des garçons s'entraînaient aux tirs. Reggie et Twig étaient les seuls à respecter les consignes avec lui. Devon ne s'occupa pas d'eux.

Après un certain temps, il sentit l'atmosphère changer. Le silence envahit le gymnase. Le calme. Le froid.

Devon éprouva une profonde terreur. Il entendit des murmures et des voix étouffées. Twig et Reggie ne bougeaient pas, leurs yeux posés juste au-dessus de sa tête.

Il n'avait pas quitté la fleur des yeux. Il savait que c'était sa meilleure chance. Le globe était venu pour lui. Il contempla encore la marguerite une minute, dans l'espoir de tromper cette boule mystérieuse.

Il prit une dernière inspiration avant de passer à l'action.

Sans regarder, il leva brusquement la main et la sentit se refermer sur une substance visqueuse et froide. Devon vit alors la sève couler entre ses doigts. Et le gymnase disparut.

Il était assis sur un sol en béton, dans le noir. Lentement, il se redressa.

– Où suis-je ? bredouilla-t-il.

Il faisait froid et humide comme en plein hiver. L'air glacé s'insinuait jusque dans ses os, lui donnait la chair de poule. Devon regarda autour de lui. Il ne vit pas de cage, cette fois. Pas de clés. Une ombre apparut. La terreur le saisit.

Mais sa curiosité était plus forte. Il avança vers la silhouette imposante, son souffle dessinant des nuages devant lui.

Quand il s'approcha, il vit qu'il s'agissait d'une porte. Il la reconnut : c'était la porte de son ancienne école, en métal grinçant comme celle de

Fairwood. Sans qu'il s'y attende, il eut les larmes aux yeux. Cet endroit lui manquait. Ou peut-être que ce qui lui manquait, c'était le garçon qu'il avait été à l'époque où il fréquentait cet établissement. Avant que ça tourne mal. Spontanément, il poussa la porte et entra.

Une scène se jouait devant lui. Lui, plus jeune, déjà grand et large, dribblait sur un terrain pour faire un double-pas, écartant d'un coup d'épaule un enfant plus petit sur son passage. Le jeune Devon sourit en marquant. L'autre avait l'air furieux. Greg Nennitz. C'était *lui*.

– Je savais pas que ce gros lard pouvait mettre le ballon dans le panier ! hurla Greg. Eh, les gars, vous avez vu le gros lard marquer ? C'est un miracle !

– M'appelle pas comme ça, gronda le jeune Devon.

Recule, songea Devon. *Respire.*

Mais sa version de lui plus jeune ne l'écouta pas. Cela faisait déjà un an qu'il subissait commentaires, insultes, mauvaises blagues. Greg était toujours au centre des moqueries. Il disait aux filles que Devon était dangereux et elles restaient toutes à l'écart. Il disait aux garçons qu'il était stupide.

Et les enfants s'amusaient à le traiter de tous les noms.

– Sinon quoi ? demanda Greg. T'es trop débile pour faire quoi que ce soit. T'es un monstre.

Respire. Pars. Retourne jouer. Fais pas ça. Fais pas ça.

– Ferme-la ! cria le jeune Devon.

Greg prit la balle et dessina un rictus méchant sur son visage.

– Ta mère est une ogresse, c'est ça ? Beurk. Dégoûtant.

Devon ferma les yeux. Il avait fait tant d'efforts pour oublier. Il avait passé des heures à enfouir le souvenir, à le terrer tout au fond de son esprit pour qu'il ne remonte jamais à la surface. Pourquoi le voyait-il maintenant ? *Pourquoi ?*

Respire, implora-t-il à l'adresse du petit garçon qu'il avait été. *Pars. Cette fois, ne reste pas.*

– Parle pas de ma famille, répliqua le jeune Devon, menaçant.

– Quoi, je dis pas que ta maman est horrible ? demanda Greg en riant. Ou que ta grand-mère est une vache… ?

Devon avait refoulé sa réaction, son geste excessif. Ce n'était qu'un commentaire idiot… rien du tout, vraiment. Peut-être que c'était l'accumulation d'une année de harcèlement. Peut-être que c'étaient ses propres complexes sur son gabarit. En tout cas, le coup était parti.

Sous ses yeux horrifiés, le jeune Devon poussa Greg avec toute sa force – et il en avait, de la force. La tête du garçon percuta le sol avec un bruit affreux. Son corps se figea, ses paupières se fermèrent et du sang coula du coin de sa bouche. Les autres enfants hurlèrent. Le jeune Devon aussi. Il cria à l'aide, essuyant le sang avec son tee-shirt, appelant les profs, une ambulance, ses parents. Greg avait souffert d'un traumatisme crânien grave. Il était resté dans le coma pendant quelques jours et n'était pas revenu à l'école avant des mois.

Devon entendit que l'accident aurait pu être fatal.

À genoux, Devon suivit la scène. Comme dans ses souvenirs, Greg ne bougea pas pendant un temps infini. L'attaque avait été aussi violente qu'il se la rappelait. Il était vraiment un enfant dangereux. Il aurait pu le tuer… comme ça, dans un moment de rage. L'image se volatilisa dans un nuage de fumée, laissant Devon à sa honte.

– C'était vraiment mal, ce que tu as fait. Il t'avait provoqué, certes, mais tu n'aurais pas dû le pousser.

Rolabi approcha de lui, sortant de la brume.

– Mais si nous ne pouvons pas évoluer, alors qui sommes-nous ?

– Où est-ce qu'on est ? demanda Devon tout bas.

Ses yeux se remplirent de larmes, sa vision se brouilla.

– Pourquoi m'avez-vous amené ici ?

– C'est toi qui m'y as amené, corrigea Rolabi. Cet endroit est à toi.

– C'est quoi ?

– Tes traumatismes, répondit Rolabi. Tes cicatrices. Nous sommes à l'intérieur. Le globe contient des peurs, différentes pour chacun, bien sûr. Pas celles de tous les jours, celles qui sont faciles à voir. Des peurs bien plus profondes. C'est un endroit que peu de gens visitent. Le cœur de tes propres terreurs.

La fumée s'était dissipée. Il ne restait plus que le néant.

– Pourquoi est-ce que j'ai vu ça ?

– À toi de me le dire.

Devon réfléchit… il s'efforça de dompter la culpabilité qui le rongeait. Il connaissait bien la réponse.

– J'y pense beaucoup, murmura-t-il.

– C'est le jour où tout a changé pour toi. C'est le jour où tu as baissé les bras.

– Vous avez vu ce que j'ai fait, se défendit Devon.

– J'ai vu un garçon à bout, un garçon qui n'en pouvait plus et s'est laissé aller. Rien de plus.

– Ils ont dit que j'étais dangereux. Ils ne voulaient pas que je revienne.

– Il ne faut jamais écouter ceux qui parlent par peur. Pourquoi t'es-tu enfermé ?

– Parce que je les ai crus, répondit Devon après un instant.

– Et tu te punis depuis ce temps. Douter de soi est un mal envahissant qui prend la place de tout le reste. Il devient de l'anxiété. Il t'étouffe. Au bout d'un moment, tu as peur de toi plus que de tout le reste.

Devon regarda ses mains. Elles tremblaient. Il savait que ce que disait Rolabi était vrai.

– Qu'est-ce qui t'effraie ?

Devon hésita et détourna les yeux.

– Qu'ils aient raison, murmura-t-il. Que je sois une mauvaise personne. Que je sois dangereux, un animal, et tout ce qu'ils ont dit encore.

Il eut l'impression que la pièce tremblait.

– Tu sais, il n'y a que les bonnes personnes qui craignent d'être mauvaises. Mais si tu ne parviens pas à combattre cette peur, alors jamais tu n'atteindras ton vrai potentiel.

Rolabi posa une main sur l'épaule de Devon.

– Greg a fait un mauvais choix. Et toi aussi. Tu peux faire de toi un monstre pour le reste de ta vie, ou tu peux devenir plus que ça.

– Mais les autres enfants…

– Ils ont oublié. Même Greg. Le seul qui doit encore te pardonner, c'est toi.

Devon s'essuya le nez.

– Comment est-ce que je pourrai savoir… si je suis quelqu'un de bien ?

– Les gens qui t'aiment te le diront. Arrête de t'isoler, Devon. Apprends du passé. Construis un avenir. Lie de nouvelles amitiés, rends-les fortes, tu en auras besoin.

Rolabi retira sa main.

– La bonne nouvelle, c'est que tu as la force de le faire. Et je ne parle pas de tes biceps.

La lumière se déversa dans la pièce sombre et Devon se retrouva de nouveau à Fairwood. Il était entouré de cris, d'index tendus et de visages stupéfaits. Mais il n'en tint pas compte. Il n'avait pas envie de parler. Il s'empara de son sac et se dirigea vers les portes.

C'était vrai. Il s'était enfermé jusque-là. À l'intérieur de son ancienne école. Ses souvenirs étaient sa cage. Il avait peut-être attendu que quelqu'un l'invite à sortir, l'aide à casser les barreaux, lui dise qu'il était *bon*. Mais la cage s'ouvrait de l'intérieur. Personne d'autre que lui ne pouvait le libérer.

La peur était toujours là, avec la culpabilité, la honte et le doute. Au moins, maintenant, Devon en connaissait le noyau.

Ce n'était pas une victoire. C'était un début.

Le monstre avait un visage. Devon devait à présent découvrir s'il était assez fort pour le vaincre.

✧ 7 ✧

LE GRAND TIR

Si tu penses que quelqu'un est parfait, tu ne l'aideras jamais.

✧ SAGICIEN - PROVERBE N° 30 ✧

Le lendemain matin, Devon respira profondément en regardant les portes. Toute la nuit, il avait réfléchi à sa nouvelle attitude. C'était plus facile avant. Mais il fallait qu'il se jette à l'eau.

– T'as juste à demander à l'un d'eux comment il va, murmura-t-il. À un seul. Essaie.

– Tu les prends et tu tires, commenta une voix dans son dos.

Il sursauta. Sa grand-mère attendait sur le parking qu'il entre. Il avait complètement oublié qu'elles étaient encore là. Keya jouait avec une figurine sur le siège arrière, la lumière du jour filtrant à travers la pollution pour se refléter sur son casque. Sa grand-mère, elle, souriait, penchée sur la vitre ouverte.

– T'es encore là, lâcha Devon, embarrassé.

– Incroyable, hein ? répliqua-t-elle. À cet âge, ça tient du miracle. Viens ici.

Devon approcha de la voiture. La vieille dame se lécha le pouce et lui frotta le menton.

– Tu manges comme un barbare, dit-elle, la main sur sa joue. Je suis fière de toi.

– Quoi ?

Elle poussa un soupir, secoua gentiment le visage de son petit-fils et sourit tristement.

– Tu as encore une longue route devant toi. À ce soir.

Elle démarra enfin. Il suivit la voiture des yeux, se demandant ce qu'elle avait voulu dire par « longue route ». Savait-elle où son avenir le menait ?

Devon écarta la question pour entrer dans le gymnase. Twig et Reggie s'étiraient à côté des bancs. Devon leur lança un regard en marchant. Il s'était promis de poser une question, d'entamer une conversation. Ça le terrorisait, mais il fallait qu'il essaie.

Pas tout de suite, se dit-il.

Il mit ses chaussures et partit sur le terrain. Depuis six jours, il ne faisait que des doubles-pas ou évitait complètement de tirer. Mais il ne pourrait pas cacher cette faiblesse pour toujours. Il devrait à un moment ou à un autre jouer pour de vrai… si jamais il ne s'arrêtait pas après ce camp d'entraînement. Il se lança donc.

Tirs en extension, trois-points, lancers francs. Le ballon rebondissait sur le cercle, frappait la planche ou ne la touchait même pas. Mais il ne s'arrêta pas. Il continua au point que la balle glissait dans ses mains trempées de sueur. Il tira de toutes les positions jusqu'à ce qu'il marque enfin. Parfois, il devait s'y reprendre à dix ou vingt reprises. Mais chaque fois qu'il marquait un panier, il souriait et se rappelait exactement le geste. La sensation des doigts sur le caoutchouc, le saut sur le bout des pieds, la direction de son coude. Il tentait alors de reproduire le mouvement encore et encore. De grosses gouttes de transpiration ruisselaient sur son visage.

Peño arriva derrière lui, débordant d'enthousiasme, et entonna un rap.

Le gars, il enchaîne les tirs
À vrai dire, il pourrait faire pire
Les paniers commencent à tomber
Et lui, il arrête pas de transpirer.

– C'est un peu mieux que d'habitude, commenta Lab.

– J'ai impressionné mon frère ! s'exclama Peño en levant les mains au ciel.

– T'emballe pas, t'as quand même dit que les paniers *tombent*…

Devon rit et continua à s'entraîner.

– Approchez, lança Rolabi. Aujourd'hui, nous allons travailler les tirs.

Quelle coïncidence, songea Devon. Rolabi ne croyait sans doute pas à ce genre de hasard.

Tous les joueurs étaient arrivés. Il se dépêcha de rejoindre le groupe autour de Rolabi et resta un peu à l'écart. Le professeur les dévisageait tous, comme s'il cherchait quelque chose. Son regard finit par se poser sur Devon et il sourit.

– L'un d'entre vous a affronté les ténèbres. Le grana devient plus fort.

Rolabi lui lança une balle. Dès qu'il l'attrapa, le gymnase fondit comme la cire d'une bougie, remplacé par un ciel noir teinté de bleu dans lequel scintillaient des étoiles. Scrutant les alentours, Devon respira l'air froid et vivifiant. L'équipe se trouvait sur une cime en pierre, étroite et entourée d'un rebord irrégulier. Il fut stupéfait de voir des nuages en dessous d'eux. Une autre montagne leur faisait face, à trois mètres environ, et à son sommet il vit un panier.

Devon contempla la balle dans ses mains. Qu'est-ce que Rolabi avait voulu dire ? Avait-il entraîné l'équipe ici ? Et le *grana*… C'était le même mot que la voix grincheuse avait prononcé. Pourquoi lui semblait-il familier ?

Tu l'as toujours connu.

Qu'est-ce que c'est ? songea-t-il.

C'est ce qui façonne ton monde.

La conversation silencieuse fut interrompue par une explosion pareille à un coup de tonnerre. Les garçons hurlèrent en voyant un morceau de la montagne se détacher et sombrer dans les nuages. Des fissures menaçantes se dessinèrent sur le plateau. Devon comprit aussitôt ce qui se passait. La montagne était un sablier géant. Cette épreuve était chronométrée.

– On doit s'entraîner aux tirs, non ? lança Twig. Il faut peut-être qu'on lance la balle.

La montagne trembla et un nouveau bloc tomba dans le vide. Toute l'équipe se tourna vers Devon. Il regarda la balle et sentit sa gorge se serrer. Il devait vraiment tirer ?

– Vas-y, toi, Rain ! demanda Reggie.

Quel soulagement ! C'était la meilleure solution. Avec un peu de chance, un seul panier suffirait. Devon passa la balle à Rain et remarqua qu'il tremblait encore plus que lui. Il parvint à peine à attraper le ballon et un autre rocher se sépara du plateau. La montagne s'écroulait plus vite à présent.

Rain se mit en position, mais il était si nerveux qu'il rata son tir. La balle tomba dans le vide entre les deux montagnes. Devon se demanda ce qu'ils allaient faire, mais la réponse arriva vite : la balle revint, directement dans les mains de Vin.

– Enchaîne ! lui cria Twig.

Après chaque tentative, une main invisible leur renvoyait constamment la balle. Quand ce fut au tour de Devon, il tenta de rester calme, conscient qu'il n'avait aucune chance de viser juste s'il s'affolait. Mais il sentait tous les regards sur son dos. Il entendait la pierre se craqueler et les respirations courtes et nerveuses de ses coéquipiers.

Il rata son tir, provoquant un concert de grognements dépités. Devon recula. Seul Twig réussit du premier coup. Le deuxième tour débuta avec un tir loupé de Rain.

– J'ai le vertige, se lamenta A-Wall.

Devon rata à nouveau, envoyant la balle droit sur le cercle. Seuls quelques-uns marquèrent, cette fois, et ce fut de nouveau à Rain. À côté. Vin marqua. Lab rata, Peño aussi. Reggie réussit son tir. Un rocher se décrocha de la paroi. Devon rata encore, cette fois touchant l'arrière du cercle.

– On est morts, lâcha A-Wall.

Devon passa une main sur son visage, furieux et apeuré.

Où est le grana maintenant ? se demanda-t-il, à bout de patience.

Dans chaque tir raté.

Un autre morceau de roche dégringola. La balle revint. Rain tira trop à gauche.

– Enfin, Rain ! cria Vin.

Rain n'en revenait pas. Lab rata, Peño marqua. La balle de Devon tapa le devant du cercle et il faillit hurler de frustration. Il n'y arriverait jamais. Il n'avait rien à faire dans une équipe de basket, c'était un lâche, un raté, et il avait trop d'yeux braqués sur lui. Sa place était à la maison, tout seul. Rain rata une nouvelle fois.

– Mais non ! hurla-t-il à la montagne.

Lab marqua. Il ne restait plus que deux joueurs : Devon et Rain. Rain rata, Devon aussi. Bien évidemment. C'était une erreur, des efforts inutiles. Une tentative vaine. Il avait voulu se faire des amis, mais il décevait toujours tout le monde.

Devon les entendait murmurer dans son dos.

– Il n'y arrivera jamais.

– Qu'est-ce qu'on fait ?

– On va mourir, mec.

La culpabilité lui brûlait les entrailles. Ses yeux se remplirent de larmes.

Ça n'en vaut pas la peine. J'étais mieux tout seul. Je ne risquais pas de décevoir quelqu'un d'autre que moi.

Les barreaux reviennent.

Tant mieux, songea-t-il, en rage. *Laissez-moi tranquille !*

Pas de réponse.

Rain rata de nouveau. Un autre rocher tomba. Le plateau se rétrécissait rapidement. Ils n'avaient pratiquement plus de temps. La balle arriva dans les mains de Devon. La fureur remplaça l'humiliation. Il ne pouvait pas, et on ne devrait pas le forcer à le faire. Il n'aurait jamais dû entrer dans ces West Bottom Badgers de malheur. Il leva la balle rapidement, sans réfléchir, sans se concentrer, juste pour s'en débarrasser.

– Attends ! l'arrêta soudain Twig.

Il mit la main sur le bras de Devon qui lui adressa un regard intrigué.

– Respire, ajouta Twig, tout bas.

Devon suivit le conseil du garçon. Ses poumons se gonflèrent d'air froid. Il prit une nouvelle inspiration et encore une. Ses mains tremblaient déjà moins. Le feu brûlait encore.

– Rentre ton bras. Oui… parfait, continua Twig pour le guider. Et suis le mouvement vers le panier. Ton poignet doit se casser à la fin. Comme si tu accompagnais la balle dans le panier.

Devon écouta attentivement. Twig ne le traitait pas de raté. Il essayait juste de l'aider. Il se tourna vers le panier et respira profondément avant de tirer.

La balle toucha le devant du cercle, puis la planche et entra dans le panier. Une vague de bonheur emporta Devon. Il frappa Twig si fort dans l'épaule qu'il faillit le projeter dans les airs. D'un geste vif, il l'attrapa par le maillot pour le ramener sur la terre ferme.

– Pardon, murmura-t-il.

– Pas de problème, répondit Twig avec un sourire soulagé.

La balle revint sur Rain. Il s'approcha du bord de la falaise, devant le panier. Le plateau se craquela davantage, juste sous leurs pieds. Devon sentit sa joie d'avoir marqué se dissiper. La montagne allait s'effondrer d'une minute à l'autre.

– Fais pleuvoir les paniers, Rain ! cria Peño.

La fissure s'élargit.

– Dépêche-toi ! le pressa Jérôme.

La terre trembla. Devon retint sa respiration.

– Tire ! cria A-Wall.

La montagne céda au moment où Rain libéra la balle. Elle s'écroulait et Devon se sentit entraîné dans le vide. Il tenta de hurler, mais aucun son ne sortit de sa bouche. Il vit la balle se diriger vers le panier, volant sous les étoiles. Elle resta suspendue des heures dans l'air avant de passer à travers le cercle avec un frottement agréable.

Aussitôt, l'équipe se retrouva de retour à Fairwood et Devon se pencha pour reprendre sa respiration. Ils poussèrent tous des cris de joie, se tapant dans les mains ou s'agenouillant pour embrasser le parquet. Amusé, Rolabi attendait qu'ils terminent leur manifestation de réjouissance. Devon croisa son regard vert émeraude.

– Bienvenue. Qu'est-ce qui fait un bon tireur ?

Qu'as-tu trouvé ?

Devon essayait encore d'arrêter de trembler. *Je ne sais pas…*

Qu'est-ce que tu as perdu ?

– Pensez au *cœur* d'un bon tireur, déclara Rolabi. De quoi est-il dépourvu ?

Devon repensa à la montagne. Au moment où il avait fini par marquer. Qu'avait-il perdu à cet instant ? En quoi ce tir avait-il été différent des autres ? Qu'est-ce qu'il lui manquait ?

– De peur, répondit Devon, oubliant soudain sa timidité. Un bon tireur n'a pas peur.

– Les grands tireurs ne connaissent pas la peur, confirma Rolabi. S'ils craignent de rater ou d'être bloqués ou de perdre, ils ne pourront pas tirer. Et même s'ils le font, ils se précipiteront. Ils permettront à la peur de faire bouger leurs coudes ou de transformer leurs doigts en pierre. Ils ne seront jamais de grands champions. Et comment se débarrasse-t-on de nos peurs ?

Devon se rendit compte qu'il n'avait à aucun moment eu peur de la montagne. Il avait eu peur de tirer. De laisser tomber ses nouveaux camarades. D'être sous la lumière des projecteurs. L'exercice l'avait forcé à affronter tout ce qu'il évitait. Il le comprenait clairement, à présent. Sa peur était devenue une montagne, parce qu'il avait choisi de ne pas la regarder en face.

– On les affronte, répondit-il.

– Oui, et ce qu'on redoute le plus, c'est de laisser tomber nos amis, de ne pas être à la hauteur, répliqua Rolabi. La clé du basket, c'est surmonter ses peurs. Si vous ne les affrontez pas, vous perdrez. Vous pouvez tirer mille fois, dix mille fois, vingt mille, si vous montez pour chaque panier au sommet d'une montagne qui s'écroule, vous deviendrez de grands tireurs.

Devon jeta un coup d'œil au panier le plus proche et sourit. Derrière, il distingua des étoiles pâles.

– Ce sera tout pour aujourd'hui, conclut Rolabi.

Il partit vers le mur le plus proche, et dans un éclair blanc il disparut. Rain alla chercher sa balle et se planta devant la raquette.

– Tu fais quoi, Rain ? demanda Peño.

– Des tirs.

Devon vit la détermination dans les traits du leader des Badgers. Il se promettait de ne plus jamais être le dernier. Devon sourit. La star de l'équipe avait peut-être du cran après tout. Les autres l'imitèrent et se rangèrent derrière la ligne des lancers francs. Devon hésita, mais finit par les rejoindre. Ils tirèrent les uns après les autres et ce fut enfin à Devon.

Il respira profondément et tira, sans penser, pour une fois, à comment il allait rater.

8

LE PROJECTEUR

Réveille-toi avec un objectif, c'est la clé pour rester combatif.

✧ SAGICIEN – PROVERBE N° 40 ✧

Devon balaya du regard les vestiaires. Incroyable. Il n'y était entré que quelques fois pour utiliser les toilettes et avait trouvé l'endroit tellement sale et nauséabond qu'il avait eu peur de toucher quoi que ce soit. Maintenant, ils étaient étincelants de propreté. Le miroir n'était plus brisé et il brillait, même. Le lavabo blanc était nickel et le carrelage bleu ciel au sol n'avait pas une seule tache. Quelqu'un avait tout remis sur pied pendant la nuit.

Il se concentra un instant sur lui-même. Pas sur son apparence : personne, ici, ne s'en souciait, du moment qu'il savait jouer au basket. C'est ce qui lui plaisait à Fairwood. Il demanda à son reflet s'il serait fort, s'il se souviendrait de la montagne et de la chambre noire, pour essayer quelque chose de nouveau : une journée sans peur. Il était conscient qu'il risquait d'échouer, de rater quelques tirs, de faire des blagues lourdes, des commentaires sans intérêt. Il faudrait qu'il l'accepte.

S'il n'avait pas peur du résultat, il pouvait prendre ce risque.

– Tu vas sortir d'ici et te tirer de toutes les positions sur le terrain, se dit-il. Tu vas parler, aussi. Un « bonjour », ou un avertissement à tes coéquipiers. Tu vas essayer.

Le garçon dans le miroir répéta tout et Devon se dit qu'il avait l'air un peu plus courageux aujourd'hui.

Les enfants normaux ne se parlent sûrement pas dans le miroir, songea-t-il. Ils n'ont pas besoin de discours d'encouragement. Les enfants normaux n'ont pas à essayer d'être normaux. Les enfants normaux n'ont pas à se faire la promesse de parler. Devon poussa un soupir.

– Je sais, j'aurais préféré que ce soit plus simple, murmura-t-il à son reflet.

Peu importe ce que tu aurais préféré, dit une voix profonde. *Ce qui compte, c'est ton travail et tes efforts.*

Devon se demanda ce que ça voulait dire. Les souhaits et les rêves ne sont-ils pas essentiels ?

Le reflet changea soudain. Le miroir devint tout noir et attira Devon à lui. Le garçon hurla en tombant en avant pour se retrouver dans l'obscurité totale. Il regarda autour de lui. La lumière surgit, éclairant des tas de briques autour de Devon. Un amoncellement. Des pavés, du mortier et des outils dans un désordre sans nom.

Devon ramassa une brique, intrigué.

– Beaucoup de personnes se sont tenues entre ces briques.

Rolabi était face à lui, les mains croisées dans le dos.

– Pratiquement tout le monde, en fait.

Devon reposa la brique.

– Et pourquoi ?

Rolabi le contourna et désigna derrière le tas une étendue d'herbe verte et fraîche. Sans y penser, Devon s'y précipita et se mit à genoux. Il n'avait jamais vu de pelouse aussi magnifique en vrai. À Bottom, elle était jaune, fanée, empoisonnée.

– Ils restent là et rêvent d'une maison, répondit Rolabi.

– Et ils finissent par l'avoir ? demanda Devon, enthousiaste.

– Non, répondit Rolabi avec un sourire triste. Ils attendent et espèrent. Ils s'imaginent avoir un immense manoir. Ou des voitures somptueuses, des meilleurs amis, une famille aimante, plus d'argent…

– À partir de briques ? s'étonna Devon.

– Ou quelque chose du même genre, répliqua Rolabi.

À son tour, il ramassa une brique. Dans sa main, elle semblait toute petite.

– Ils sont au beau milieu de tout ce qu'ils veulent, mais ils continuent à espérer et rêver. Et bien sûr, rien ne se passe.

Devon passa une main sur les brins d'herbe. Ils caressèrent sa paume délicatement.

– Ils ne comprennent pas que chaque brique doit être posée. Qu'ils doivent démarrer dès maintenant ce qu'ils voudront dans un an, ou deux, ou dix. Qu'ils doivent poser les fondations, travailler dur et construire quelque chose de solide.

Devon se redressa.

– Mais comment savoir quoi construire ?

– C'est toi l'architecte. Visualise ce que tu souhaites. Mais ne te concentre pas que sur l'extérieur, la façade. Rappelle-toi qu'il faut des poutres, des poteaux, des murs épais. Si tu bâtis tes rêves sur de la paille, toute la structure va s'écrouler dès que le vent se lèvera.

Devon ramassa une nouvelle brique et l'observa.

– Vous ne parlez pas de briques au sens propre, n'est-ce pas ?

– Non, répondit Rolabi en riant. Ce sont des manifestations de gentillesse. Ce sont des moments de réflexion, des choix difficiles. Toutes les actions que tu fais. Utilise tout ça pour construire.

Rolabi posa sa brique et croisa le regard de Devon.

– C'est maintenant que ça commence. Tu vas avoir besoin de tes larges épaules pour en supporter le poids.

La pièce disparut. Devon était de nouveau dans les vestiaires. Il fut pris de vertige et dut s'agripper au lavabo pour retrouver son équilibre.

Les derniers mots de Rolabi tournaient dans sa tête comme une énigme, presque un avertissement. Il repensa aux briques. À la maison qui attendait d'être construite. Devon n'avait pas vu son avenir, mais Rolabi l'aidait à le trouver. À la dure. Pas à pas, en luttant et en se trompant. Tous les revers, tous les succès le guideraient vers des changements qui prendraient plus d'un jour à se mettre en place.

Étrangement, ça le rassura. Devon avait le temps d'y arriver.

Il sortit des vestiaires. Quelques gars étaient déjà dans le gymnase. Devon se racla la gorge, attrapa son ballon et salua d'un petit hochement de tête Peño, Lab et A-Wall.

Un bon début, se félicita-t-il.

Il se plaça sur la ligne des trois-points, hésita et tira. Il dépassa le panier d'au moins un mètre. En soupirant, il courut pour récupérer sa balle et recommencer. Encore raté.

Continue, s'ordonna-t-il, le ballon sous le bras.

– Euh… tu comptes marquer beaucoup de trois-points ? demanda Jérôme.

– Ça m'étonnerait, répondit Devon, piteux.

– Super, parce qu'on dirait plutôt que tu t'entraînes au lancer de poids, là.

Devon rougit et tenta des trois-points depuis le coin du terrain. Alors qu'il s'apprêtait à tirer, les portes s'ouvrirent violemment et de la neige s'engouffra à l'intérieur pour recouvrir tout le gymnase, formant des silhouettes et des visages, ainsi qu'une étendue de blancheur parfaite. Il admira les flocons qui virevoltaient dans le gymnase pour s'évanouir enfin dans l'air, tels des feux d'artifice qui s'éteignent.

Il sentit de nouveau l'odeur du sel, charriée par une brise fraîche.

Une montagne sur une île, se rappela-t-il soudain. Un endroit de grana.

Où avait-il entendu cette histoire ?

Rolabi entra et les portes se refermèrent derrière lui.

– Je rêve encore, là ? grommela Lab.

– Les rêves sont fugaces, répondit Rolabi. Un voile de fumée et ils sont partis. Le plus important, c'est de trouver leur cœur.

– J'ai des rêves, intervint Peño. C'est essentiel d'en avoir. C'est eux qui vous font avancer.

– Un rêve n'est rien sans la vision, nuança Rolabi en le regardant. Ne rêvez pas… aspirez. Trouvez les barreaux de l'échelle et montez. Et faites les bons choix. Si un rêve peut être atteint sans travail, sans sacrifice, c'est qu'il ne vaut rien. Il ne vous apportera aucune joie, aucune satisfaction. Vous ne l'aurez pas gagné, et par conséquent il n'est pas à vous. N'ayez pas de rêves futiles. La route vers vos rêves est pavée de difficultés.

Tu dois leur montrer les briques.

Devon fronça les sourcils. *Je ne leur parle…*

Qui a dit que tu devais parler ?

Rolabi posa sa mallette par terre et se tourna vers l'équipe.

– Rangez-vous en ligne devant moi, demanda-t-il. Pour l'instant, trois d'entre vous ont attrapé le globe.

Devon regarda les autres, surpris. Il pensait être le seul. Personne ne dit rien, mais selon lui Twig se tenait un peu plus droit que d'ordinaire. Ses épaules n'étaient pas voûtées et il s'était placé au centre du groupe.

– Je vois des changements. Les autres doivent être vigilants. Ils devront être prêts le moment venu. Aujourd'hui, nous nous concentrerons sur le jeu collectif en attaque. Vous avez travaillé les passes et la vision. Vous avez travaillé le tir. Mais le basket n'est pas un sport individuel, c'est un sport d'équipe.

Devon remarqua que beaucoup lançaient des regards à Rain. Ce matin la star de l'équipe semblait morose… presque triste. Peut-être que même Rain avait des secrets et des cicatrices cachées.

– Il est important de savoir qui défend sur nous à chaque instant. D'utiliser les avantages de la taille et de la vitesse dès qu'on le peut. Mais avant tout, il faut comprendre ce que veut dire « attaquer en équipe ». Par conséquent, éliminons ces avantages et créons des défenseurs parfaitement égaux.

La moitié des néons clignota et s'éteignit. Seuls ceux en face de l'équipe restèrent allumés, éclairant désormais le gymnase avec une intensité étrange. La lumière était presque aveuglante, Devon dut lever une main devant son visage pour ne pas être ébloui.

– Nous allons apprendre à attaquer comme un seul homme. Mais tout d'abord, il nous faut des défenseurs.

Devon sentit un regard sur lui. Il se tourna lentement, méfiant, et se figea sur place. Derrière lui, les néons brillants projetaient son ombre et celle-ci se levait. Il recula quand elle posa les mains sur le parquet et gonfla comme du pop-corn. Elle devint une réplique exacte de Devon, sans visage, mais avec la même tête carrée, les mêmes épaules larges et les mêmes bras musclés. Elle bougea et s'étira.

– Des momies, murmura A-Wall.

– Je vous présente les défenseurs pour aujourd'hui, lança Rolabi. Vous les connaissez bien.

Devon accepta de mauvaise grâce la poignée de main que lui proposait son ombre. Elle serra de toutes ses forces et Devon serra plus fort encore. L'espace d'un instant, ils rivalisèrent à force égale. Devon contracta les muscles de son bras. Ses doigts craquèrent. Son ombre finit par hocher la tête et se dégager.

– En position, défenseurs ! demanda Rolabi.

La moitié des ombres se plaça sous le panier pour former une zone défensive, tandis que les autres attendaient derrière la ligne de touche. L'ombre de Devon ne semblait pas ravie d'être remplaçant. Elle faisait les cent pas, sautillait et donnait des coups de poing dans l'air. Son ombre était… intense.

Devon partit sur le banc, soulagé de regarder les titulaires commencer.

Peño décocha un regard mauvais à Rolabi et dribbla.

– C'est parti, lança-t-il sans entrain.

Devon examina son ombre. Elle regardait l'exercice, impatiente, toujours en mouvement. Devon se frotta le nez. De plus en plus bizarre, ce camp d'entraînement. Au bout de trente secondes à peine, les titulaires cédèrent devant leurs défenseurs qui ne lâchaient rien. Leur tentative se conclut par un tir de Twig contré.

– On tourne ! lança Rolabi.

– OK, on peut y arriver, grommela Vin en prenant la balle.

Devon se dépêcha de se placer et fut aussitôt rejoint par son ombre qui ne le ménagea pas. Elle le poussait et le baladait, les bras tendus pour lui interdire le passage. Elle jouait la défense comme son père le lui avait appris, agressif et physique. Au début, Devon se laissa faire, mais il prit vite un coude dans la cage thoracique et la colère monta. Il planta ses pieds au sol et ne perdit plus un centimètre de terrain sous la pression de son ombre.

Quand il reçut enfin la balle, il tenta de se tourner vers le panier, mais son ombre le bloqua. Il n'avait aucune ouverture et dut faire une passe. Ça se reproduisit encore deux fois. Au comble de la frustration, Reggie tenta une attaque vers le panier, mais se fit voler la balle.

– On tourne !

Les titulaires ne firent pas mieux. Et de nouveau les remplaçants furent contrés. Ils se relayaient régulièrement, et rapidement Devon se sentit exaspéré et éreinté. Il était baladé autour de la raquette, ne trouvait aucune ouverture et se faisait voler la balle. Il était dominé.

– Allez boire ! lança Rolabi.

Devon siffla sa bouteille. Cet affrontement était épuisant. Il avait l'impression d'être dans un combat de lutte depuis plus d'une heure. Bien sûr, c'était une bonne stratégie. Son ombre le faisait tellement courir que lorsqu'il avait enfin la balle il était trop fatigué pour en faire quoi que ce soit. Chaque fois qu'elle le poussait, lui faisait perdre l'équilibre et le contrait, Devon perdait le fil du match et se vidait de son énergie.

Elle joue la défense comme tu en serais capable.

Devon tourna la tête vers Rolabi. Il parlait avec l'équipe, mais ses yeux étaient posés sur Devon.

J'ai besoin que tu sois le pilier au milieu de notre défense. La force inexorable.

Qu'est-ce que je dois faire ? se demanda Devon, méfiant.

Exactement ce que fait ton ombre. Applique-toi. Fatigue tes adversaires.

Mais...

Montre aux autres ce que c'est qu'être un tigre. En défense et en attaque.

Puis il s'adressa à tous :

– On attaque comme un seul homme, unis. Et ça commence avec un simple projecteur. À vos postes, messieurs.

Les titulaires repartirent, pas particulièrement ravis. Devon repensa aux mots de Rolabi : il pouvait devenir le pilier au centre de la défense. Le tigre. Il faudrait pour ça qu'il pousse ses adversaires, qu'il n'ait pas peur du corps-à-corps, qu'il bloque et qu'il contrôle la raquette. Une nouvelle fois, ça voulait dire être la bête.

C'est le moment.

L'exercice recommença, avec quelques changements cependant : la lumière baissa encore et les ombres grandirent, mais dès qu'un joueur était ouvert, un projecteur l'éclairait ; en revanche, s'il ne bougeait pas ou gardait la balle sans passer à l'action, il replongeait dans le noir. Il fallut une minute aux titulaires pour le comprendre, mais déjà ils coupaient le terrain et passaient la balle plus rapidement et de plus en plus de projecteurs s'allumaient.

– Bien sûr ! s'exclama Reggie. On met le feu au terrain.

– Je comprends rien, répliqua A-Wall.

– On doit être ouverts, expliqua-t-il en dessinant les mouvements dans l'air comme un peintre. Regarde Peño, il doit se démarquer.

Quand Peño s'élança sur l'aile pour recevoir la balle, le projecteur tomba sur lui.

– Maintenant, Rain, dit Reggie tout bas. Coupe la zone.

C'est ce que fit Rain, et il fut éclairé et reçut lui aussi une passe.

Devon contempla Reggie. Ses petits yeux se plissaient alors qu'il suivait toutes les actions et anticipait le mouvement suivant. Il criait aux joueurs ce qu'ils devaient faire, ou décrivait la configuration du match à ses coéquipiers sur le banc de touche. Et l'espace d'un moment, il sembla à Devon qu'un projecteur l'éclairait lui aussi.

Quand les remplaçants arrivèrent sur le terrain, Devon fit plus d'efforts que jamais. Terminée la stratégie de rester passif en attendant les rebonds. Il devait couper le terrain, se placer, poser des écrans pour les ailiers, même si ça l'entraînait en haut de la raquette ou sur la ligne des trois-points. Il devait se déplacer et se servir de son poids pour aider les autres à être ouverts.

Avec des ombres à la défense, aucun visage, aucune voix ne déclenchait de mauvais souvenirs ni de remords. Il posa des écrans agressifs et poussa ses adversaires sans scrupules. Des ombres venaient se cogner sur sa poitrine. Il donna des coups d'épaules aux autres pour dégager le terrain. Et grâce à lui, l'équipe put se déplacer autour de lui en utilisant l'espace. Il n'avait même pas besoin de toucher le ballon pour les aider. S'il s'occupait des défenseurs, les autres joueurs étaient démarqués et le projecteur tombait sur eux.

Maintenant, tu commences à voir.

Rapidement, toute l'équipe fut en nage. Mais grâce à leurs déplacements et leur communication, ils commençaient à marquer. À force de poser des écrans, Devon épuisait et frustrait son ombre.

Devon pensait que jouer dans une équipe serait comme jouer dans la rue. Sa taille l'avait fait entrer sur le terrain. Mais ce n'était pas ce qui le rendait efficace. Il devait utiliser sa carrure intelligemment, il devait anticiper chaque action. Et décider où mettre la pression, où ouvrir le terrain.

Après une heure, les Badgers marquaient désormais plus qu'ils n'étaient bloqués. Même Devon réussit quelques doubles-pas. Il prit en force des rebonds à son ombre et améliora sans cesse son positionnement. Il commençait à se dominer lui-même, mais uniquement grâce au soutien de ses coéquipiers.

Rolabi siffla la fin de l'exercice et posa la marguerite en pot au milieu du terrain.

– Asseyez-vous et regardez, dit-il à l'équipe avant de se tourner vers les ombres : Merci, messieurs.

La lumière revint et les ombres disparurent. Devon s'assit devant la fleur, les jambes tendues devant lui. Il était à bout de forces, mais se sentait étrangement satisfait. Il ne s'était montré ni méchant ni agressif. Il avait fait preuve d'une force tranquille, une force inexorable.

Ça, il pouvait le faire.

– Nous sommes une équipe aux deux extrémités du terrain. Si on utilise l'offensive projecteur, on devient plus efficaces. Suivez la lumière, invitez-la en vous et vous vaincrez les ténèbres.

– C'est du lourd pour du basket, grommela Big John.

– Et c'est parfait pour la vie. Pourquoi ne pas appliquer les mêmes valeurs à toute chose ?

Rolabi se tut et regarda la fleur. Devon l'imita. Rapidement, il remarqua un changement dans le gymnase. Le globe flottait au centre du terrain. Il n'entendit pas les murmures cette fois, ne sentit pas les frissons. La sphère n'était pas là pour lui. Il avait trouvé ses ténèbres.

– Le revoilà, murmura Lab.

Sept joueurs se levèrent d'un bond et chargèrent. Twig et Jérôme restèrent assis avec Devon. Ils échangèrent un regard et un hochement de tête. Aucun ne demanda ce que les autres avaient vu quand ils avaient attrapé le globe. Devon imaginait que la chambre noire était personnelle, qu'ils n'avaient pas à la partager.

– Séparons-nous ! cria Lab.

Il courait toujours après le globe. Les garçons rentraient toujours autant les uns dans les autres. La plupart se retrouvèrent au sol.

Big John se plia en deux, haletant.

– Je déteste cette chose, lâcha-t-il.

Enfin, le globe se figea, juste devant le visage de Rain, qui d'un mouvement rapide l'attrapa et disparut aussitôt.

Rolabi aussi était parti pendant la chasse. Et la fleur n'était plus là non plus. Devon se leva pour retourner sur le banc et Peño s'écroula à côté de lui.

– Lab et moi, on a parié, annonça-t-il. Pourquoi tu fais l'école à la maison ?

Devon regarda autour de lui. Les autres n'écoutaient pas.

Calme-toi et parle normalement, s'admonesta-t-il.

– Je… je préfère.

– Oh, ponctua Peño, manifestement déçu. Je pensais que c'étaient tes parents qui voulaient. Ça fait combien de temps ? Je connais personne qui va pas à l'école, tu vois ? C'est sympa ?

– C'est la quatrième année.

– Avant t'allais dans une école normale, comme tout le monde ?

– Ouais.

– Pourquoi t'as arrêté ? insista Peño, en se penchant vers Devon.

Devon hésita. Il ne voulait pas entrer dans les détails, mais il ne voulait pas mentir non plus.

– J'étais pas… adapté.

– Oh, lâcha de nouveau Peño, déçu. J'avais parié que tu t'étais fait renvoyer. Le prends pas mal, hein ?

Devon tira son sac de sous le banc. Peño ne le quittait pas des yeux.

– Mec, j'aurais voulu être comme toi, avoua-t-il. Tes bras sont plus épais que ma taille.

Devon gigota sur le banc, mal à l'aise.

– Parfois, je me trouve un peu… trop mastoc.

– Trop mastoc ? T'es sérieux, géant ? Tu sais comment les autres m'appellent ?

– Euh… non.

– Crevette, le P'tit, Bébé moustache…

Devon rit.

– Ouais, le dernier au moins n'est pas sur ma taille, concéda-t-il en caressant les quelques poils au-dessus de sa lèvre. Mais, tu vois, je laisse tomber personne. Alors quel est le problème ? Je suis petit et pourtant je les dépasse tous. T'es une bête, mon frère, profites-en. Utilise ça à ton avantage. Et si les gens te trouvent des petits noms, souris et envoie-les bouler.

Devon se frotta le bras, nerveux.

– Oui… t'as raison.

– Bien évidemment ! J'ai toujours raison. Tu vas vite le découvrir.

Brusquement, Peño se leva et se frappa le front.

– Eh ! Mais t'as pas de surnom !

– Je… euh, non, pas encore.

– C'est mon boulot, ça, lança Peño, contrarié. J'ai manqué à mes devoirs.

– T'en fais pas…

– Non, tu peux pas rester le seul sans surnom. Tu vois, Lab, il est paresseux, comme un labrador. Rain, il marque beaucoup, il « fait *pleuvoir* les paniers ». A-Wall, c'est… bref, A-Wall. Attends de le voir en match, c'est un malade. Jérôme, Reggie et Vin, ils se sont trouvé leurs propres noms avant que je puisse faire quoi que ce soit. C'est pour ça qu'ils craignent. Grave nuls. Big John, facile à comprendre. Rain m'a appelé « Peño » parce qu'il m'arrive de m'emporter. Je suis explosif comme du piment. Le jalapeño, tu vois ? Pas mal, franchement. Twig, ça veut dire « brindille », et bon, j'ai pas besoin de t'expliquer. Et toi… t'es immense. Une brute, une bête. Le Bison ?

Devon s'efforça de ne pas trahir son effroi, mais Peño le remarqua tout de même.

– Oublie, c'est nul. Trop évident. Big D ?

Devon secoua la tête et Peño acquiesça, les doigts sur sa moustache.

– Ouais, pas génial non plus. Tu sais quoi ? On va t'en donner un que tu vas devoir mériter.

– Quoi ?

– Cash. Comme du blé, du liquide, du fric. Chaque fois que t'as la balle dans la raquette, t'encaisses, parce que personne peut t'arrêter.

Devon éclata de rire et Peño frappa dans ses mains.

– Va pour Cash ! s'exclama-t-il. On va le faire, mec ! Tu vas tout empocher, jusqu'au titre.

Devon s'assit et changea de chaussures, son surnom sur les lèvres. Il n'était plus seul désormais. Ses coéquipiers l'avaient accepté. Il était officiellement un Badger.

– *Cash*, murmura-t-il. Ouais… ça me va.

9

LE GÉANT EN BAS

À quoi bon vouloir plus si ce que tu as, tu ne le vois pas ?

✧ SAGICIEN - PROVERBE N° 35 ✧

– Cash ! cria Peño.

Cash se tourna et Peño lui fit une passe en lob. Il l'attrapa au-dessus de sa tête et la garda en hauteur, comme Peño le lui avait appris. Dans un renversement rapide, il tira. La balle frappa la planche et glissa dans le panier.

– C'est ça, mon frère ! le félicita Peño en faisant mine d'ouvrir un livre de comptes. Encaissé !

Cash sourit et lui renvoya la balle. Le petit meneur avait insisté pour le faire travailler sur son jeu dans la raquette ; apparemment, il l'avait pris en affection. Cash ne s'en plaignait pas. Rain était le meilleur joueur, mais c'était vraiment Peño le leader de cette équipe. Le moteur.

Peño se mit à se trémousser, une main en avant.

Cash est une bête
Il marque toujours dans la raquette
Il fait peut-être l'école à la maison
Mais sur le terrain, c'est un…

– Attends, *maison… maison.*

Il fait peut-être l'école à la maison
Mais sur le terrain c'est un champion
C'est un gars vraiment musclé
Et il a toujours son trousseau de clés.

– Bon, j'ai déjà fait mieux, concéda-t-il en grimaçant.

– C'est vrai que là… répliqua Lab. Maintenant, est-ce que t'as déjà fait mieux, pas si sûr.

– Ferme-la.

Devon attrapa la balle pour travailler les tirs avec retournement.

– Pourquoi tu parles jamais, toi ? demanda Lab en faisant un double-pas.

Devon haussa les épaules. Il n'avait jamais vraiment adressé la parole à Lab et n'était pas aussi à l'aise avec lui qu'avec Peño. Lab semblait moins joyeux que son frère et carrément moins bavard.

– Ouais, parfois je me sens pareil, continua Lab. Et vu qu'il a rangé notre chambre toute la semaine, j'imagine qu'il a perdu notre pari. Merci de pas t'être fait renvoyer, ni enfermer chez toi par tes parents. Je savais que t'étais bien trop cool pour ça.

Devon sourit en s'entendant qualifier de « cool »… même si Peño n'était pas si loin de la vérité.

– Pas de quoi, répondit Devon.

Lab ouvrit la bouche, mais une autre voix résonna dans le gymnase.

– La vision peut représenter un danger.

Rolabi avançait sur le terrain. Pour la première fois en neuf jours, il n'avait pas sa mallette. Il s'arrêta sur la ligne médiane, les mains en prière.

– La question à se poser est : préférons-nous nous en détourner, ou sommes-nous prêts à l'affronter ?

L'équipe se réunit rapidement autour de lui et Devon se demanda de quoi Rolabi parlait. Pas rassurant, en tout cas. Reggie hochait la tête.

Savait-il quelque chose que le reste de l'équipe ignorait ? Devon repensa au projecteur qui avait éclairé Reggie la veille quand il regardait le jeu.

– Il nous reste deux jours d'entraînement, continua le professeur. Et deux joueurs doivent encore attraper le globe. Une fois ce camp d'entraînement terminé, vous reprendrez vos trois séances hebdomadaires jusqu'au début de la saison. Nous allons revoir tout ce dont nous avons déjà parlé, encore et encore, jusqu'à ce que ça devienne une seconde nature. Dans votre temps libre, vous vous occuperez de votre esprit. Vous lirez, vous étudierez, vous apprendrez à voir. L'esprit et le corps sont indissociables. Si vous négligez l'un, l'autre ne suivra pas. Ne vous arrêtez jamais.

– C'est les vacances d'été, riposta A-Wall. On n'est pas supposés étudier.

– Les esprits tenaces n'ont pas besoin de pause. À demain.

– Il n'y a pas d'entraînement aujourd'hui ? demanda Peño.

– Oh, si. Mais vous n'avez pas besoin de moi.

– Qu'est-ce qu'on fait ? demanda Rain.

– Je vous laisse en décider, répondit Rolabi en jetant un regard par-dessus son épaule.

Rolabi sortit par les portes ouvertes dans une violente rafale de vent. Mais cette fois quand elles se refermèrent, elles disparurent. Fairwood n'avait qu'une issue et elle n'existait plus. De gros parpaings jaunes avaient pris sa place, infranchissables.

Maintenant, je suis coincé avec vous ? grommela la voix grincheuse. *Oh… ça va être très drôle.*

Devon tressaillit. Il avait presque oublié cette autre voix.

Le gymnase trembla quand les deux murs sur la longueur commencèrent à glisser l'un vers l'autre tel un compacteur géant. Devon tourna sur lui-même, impuissant.

– Qu'est-ce que tu fais ?

C'est pas moi ! répondit la voix de Fairwood. *Mais ça fait du bien. Pas pour vous, j'imagine.*

– Tu peux l'arrêter ?

Non. Je crois que ça ne va que dans un sens. Ça va faire mal. Je vais devoir nettoyer après vous. J'avais vraiment besoin de ça !

Devon réfléchit. Quelle était la solution à cette épreuve ? Pas de fenêtre, de conduits ni de passage entre les briques. Impossible de fuir… il devait y avoir autre chose pour se sortir de ce mauvais pas. Un indice qu'ils ne voyaient pas.

– Peut-être qu'il faut qu'on marque des paniers ? suggéra Vin.

Devon n'y croyait pas trop, mais il suivit tout de même. Chaque joueur réussit son tir – Devon opta pour un double-pas pour prendre moins de risques – mais ça ne fit aucune différence. Le bruit était terrible : le grondement d'un moteur invisible, le crissement des gradins qui creusaient des sillons sur le parquet, les hurlements paniqués de l'équipe. Et à l'arrière-plan, la voix grincheuse se lamentait constamment.

Devon se rendit compte qu'il se rongeait les ongles rageusement et baissa la main. *Et maintenant ?*

– Ça sert à rien, lança Lab. On s'est déjà entraînés aux tirs il y a deux jours. Il ne nous ferait pas recommencer.

Devon essaya de réfléchir à ce qu'ils avaient à leur disposition. Des bancs, des sacs, les gradins… Oui, les gradins ! Peut-être que c'était tout simple, cette fois-ci. Peut-être qu'il leur fallait juste survivre.

– Il faut arrêter les murs ! cria-t-il.

Il courut vers les gradins, les attrapa par une extrémité et tira de toutes ses forces. Mais la structure en acier était bien trop lourde. Malgré ses efforts, elle ne bougea que de quelques centimètres. Il ne pouvait pas y arriver seul.

– Aidez-moi ! appela-t-il.

L'équipe s'exécuta aussitôt, tirant d'un côté, poussant de l'autre. Ensemble, ils parvinrent à faire pivoter les gradins avant que les murs se referment sur eux… mais de peu. Tous reculèrent pour contempler le résultat. Si cette tentative ne marchait pas, Devon savait que rien ne marcherait.

L'étau se resserrait, le grincement devenant insupportable. Et soudain les gradins se plièrent.

Devon perdit espoir en voyant le gymnase rétrécir. Les vieux fanions furent arrachés du plafond et déchirés. Les bancs furent pulvérisés. L'équipe allait se faire comprimer et écraser par le gymnase.

Les gradins se transformaient en une sculpture abstraite. C'était le sort qui leur était réservé à eux aussi. Devon pensa à ses parents, à sa sœur et à sa grand-mère. Que diraient-ils quand ils découvriraient son corps broyé ? Il avait fait tellement de progrès, il avait réussi à tisser des amitiés. C'était tellement injuste. Incompréhensible.

– Professeur ! hurla Peño en tapant sur les murs. À l'aide ! Quelqu'un !

Et soudain Devon aperçut un mouvement. Une boule noire flottait au-dessus d'eux. Les murs avaient largement dépassé les lignes du terrain et continuaient à avancer inexorablement. Il ne devait pas rester plus de quelques minutes à l'équipe pour vivre.

– Quelqu'un pourra sortir ! leur rappela Twig. On disparaît, vous vous souvenez ?

– Ça marchera seulement pour ceux qui n'ont pas déjà attrapé le globe, répliqua Reggie. Pas pour les autres.

– Montez sur les gradins ! cria Lab.

Devon escalada en premier la structure métallique, se hissant avec les mains et les pieds sur les sièges et les rambardes jusqu'au sommet. Ses chaussures glissaient sur l'acier, mais il ne s'arrêta pas, lançant le mouvement pour les autres. Et ils finirent tous par tenir en équilibre instable sur le point le plus élevé.

– Il est trop loin ! se découragea Lab en essayant d'attraper le globe.

Les murs n'étaient plus qu'à trois mètres d'écart. Des échardes et des bris de verre recouvraient le sol du gymnase. Le déjeuner d'un des joueurs était en bouillie sur le parquet. Tout avait été détruit. Devon repensa à la chambre noire et aux conseils de Rolabi :

Lie de nouvelles amitiés, rends-les fortes, tu en auras besoin.

Devon réfléchit aux briques. Des tas de briques. Il savait à quoi devrait ressembler sa maison : l'extérieur solide et simple, mais l'intérieur rempli d'amis, de coéquipiers et de famille. Si c'est ce qu'il voulait construire, il devait poser la première pierre maintenant. Il savait ce qu'il lui restait à faire. Il se mit à genoux sur les gradins.

– Vite ! cria-t-il aux autres. Faites une pyramide !

Ils comprirent rapidement. Twig, A-Wall, Big John et Reggie l'imitèrent. Ils rapprochèrent leurs épaules alors que l'acier continuait à se plier sous eux. Devon remarqua que des larmes coulaient sur les joues de A-Wall, mais il ne bougea pas quand les autres montèrent sur son dos. Jérôme, Rain et Vin constituèrent le deuxième niveau, et enfin Lab et Peño, le dernier.

Devon sentit le poids de tous ses camarades et grimaça. Les bancs étaient tellement déformés désormais que ses bras et ses jambes étaient entraînés vers le bas et il dut agripper les barres métalliques de toutes ses forces pour que la pyramide tienne. Tous les muscles de son corps tremblaient. Il serra les dents. Il ne lâchait rien.

– Dépêchez-vous ! cria Rain. Attrapez-le.

Devon n'entendit pas ce que se dirent Lab et Peño. Les murs n'étaient plus qu'à quelques centimètres et ils faisaient le bruit d'un train lancé à pleine allure. Mais Devon savait ce qu'il devait faire et il se concentrait pour y parvenir. Il voulut pleurer, mais les larmes ne venaient pas. Fermement ancré sur place, il maintenait ses coéquipiers sur lui. Se le dire lui fit du bien. Ses coéquipiers. Ses amis. La pression augmenta à mesure que les autres faiblissaient, mais il contracta les muscles davantage, le corps parfaitement rigide. Il devint le pilier de toute la structure. Les murs étaient assez proches pour se toucher. Il ferma les yeux.

Devon sentit une forte pression dans le dos et entendit ses coéquipiers hurler. Il ne comprit pas tout de suite s'il s'agissait de cris de joie ou de douleur. Quelqu'un avait dû sauter pour attraper le globe. Les secondes défilèrent.

Et les murs s'arrêtèrent. Une voix s'éleva dans le bruit :

– Badgers ! lança Peño.

Ils se mirent tous à célébrer leur victoire.

– Badgers ! cria à son tour Devon, alors que ses camarades descendaient de son dos.

Les murs reculèrent et les gradins se déplièrent. La pyramide humaine se sépara et Devon descendit des gradins en regardant, sidéré, Fairwood se reconstruire de cette dévastation. Les bancs en miettes se reformèrent, les fanions recousus retrouvèrent leur place au plafond, les portes réapparurent dans les murs. Mais rien n'était tel qu'avant. Tout était flambant neuf. Il sourit. Tout avait été rénové et reconstruit en plus beau.

– Tu nous as sauvés, lança Twig à Devon alors qu'ils se dirigeaient vers les bancs.

– J'ai juste fait ce que je pensais être le mieux.

– Non, contredit Twig. Tu as gardé ton sang-froid. Tu savais que tu risquais de ne pas en réchapper, mais tu l'as quand même fait. Ça prouve un sacré cœur, mec, on a de la chance de t'avoir.

Devon baissa la tête, sentant les larmes poindre. Il avait passé tellement de temps à se croire dangereux, une mauvaise personne, un animal à mettre en cage. Et entendre ces mots, entendre qu'il avait du cœur l'ébranla profondément. Il avait peut-être fait quelque chose de mal, mais il pouvait toujours faire le bien. Il pouvait être un pilier et c'était ce qu'il voulait par-dessus tout. Il se tourna vers Twig.

Du coin de son œil humide, il vit qu'il souriait. Il se rua vers les vestiaires, mais au moment de se regarder dans le miroir, il se figea. Qu'est-ce que ça pouvait faire si on le voyait pleurer ? C'était une bonne personne. Un coéquipier et un ami.

Et ça ne l'empêchait pas d'être aussi une bête. Le basket lui offrait cette chance.

La possibilité d'être un tigre.

Il sourit à son reflet et, l'espace d'une seconde, il crut voir des crocs. Il éclata de rire.

Vivement que la saison démarre !

✧ 10 ✧

LES WEST BOTTOM BADGERS

Tu veux prouver ta force ?
Baisse les poings et soutiens ceux qui en ont besoin.

✧ SAGICIEN - PROVERBE N° 43 ✧

Le lendemain matin, Cash attendit devant le gymnase que sa grand-mère parte pour en tirer les portes. Le ciel était couvert, et les températures, plus fraîches que la veille. Une brise soufflait sur le parking, annonçant l'arrivée de l'automne.

Devon allait terminer un camp d'entraînement de présaison de dix jours. Il avait tenu sa promesse. Dix jours pour tenter d'affronter le monde à nouveau. Il avait voulu redevenir l'ancien Devon, mais il s'était découvert différent, nouveau.

Il franchit le seuil et se figea. Le gymnase avait disparu. Il se trouvait dehors : pas de murs ni de plafond, juste des tas de briques sur un sol blanc, entourés de parterres de pelouse. Cash laissa les portes se refermer derrière lui.

Il remarqua quelques briques alignées sur l'herbe, comme pour commencer une fondation. C'était à peine le début d'un mur. Une vague de déception l'envahit. Il avait tellement changé pendant ces dix derniers jours, et c'est tout ce qu'il avait réussi à bâtir ?

– Le début, c'est la partie la plus difficile, lui dit Rolabi de l'autre côté de l'herbe aussi verte que ses yeux. Plus tu t'appliques, plus tu vas lentement.

– J'imagine… répliqua Devon. Je pensais avoir construit toute une fondation, hier.

– Si tu penses qu'on peut changer aussi rapidement, c'est l'effondrement assuré. Pour bâtir une maison solide, il faut réfléchir soigneusement à tous les paramètres. Des solutions alternatives, des garde-fous. Un million de petits détails essentiels. Si ta maison ne résiste pas à la première tempête, alors ça n'aura servi à rien. Et la tempête arrive.

Rolabi pointa l'index et Cash se tourna pour voir ce qu'il lui montrait. Des nuages noirs avançaient dans le ciel gris, poussés par le vent froid qui précédait un orage. Des voix retentirent, basses et profondes.

On doit les arrêter.

Ce garçon est dangereux.

– C'est quel genre de tempête ? murmura Cash.

– Le genre qui exige de la force. Et je ne parle pas de muscles.

Un visage apparut dans les nuages, étrangement familier.

– Je le connais…

– La tempête s'abattra sur tout le monde. Amis, famille.

Cash se crispa et fit face au professeur. Derrière Rolabi, le ciel s'était éclairci et plus de lumière encore brillait à l'horizon. On aurait dit que le soleil se levait au loin. Devon sentit un choc imminent.

– Ma famille est en danger ?

– Tout le monde le sera bientôt. Ta maison sera-t-elle prête ?

Cash leva les yeux vers les nuages. Il ferait n'importe quoi pour protéger sa famille. Si ça impliquait de prendre les bonnes décisions et de construire une maison solide, alors c'était à sa portée. Au moins, il savait sur quoi s'appuyer. Il prit une brique et la plaça sur le petit mur.

– Elle sera prête.

– Alors bienvenue dans l'équipe, dit Rolabi en souriant.

Devon se retrouva à Fairwood, juste sur le seuil du gymnase. Il plissa les yeux dans la lumière artificielle. Pratiquement tous les garçons se préparaient déjà ou s'échauffaient. Ceux qui se trouvaient encore sur le banc lui firent signe et Cash les rejoignit.

Peño accourut pour lui présenter son poing.

– Quoi de neuf, géant ? Tu rêvassais à la porte ou quoi ?

– Quelque chose comme ça, confirma Cash.

– Ouais, je te comprends. C'était de la folie, hier. Écoute ça…

– Oh non ! gémit Lab.

Peño fit mine de ne pas l'entendre.

Cash va tout empocher
Tous ici, on le sait
Plus grand qu'une maison
Plus silencieux qu'un bonbon
Il nous a tenus sur son dos
Cash pour nous, c'est le gros lot.

– Ça me plaît, dit Devon en riant.

– Quel gros lot ? demanda Vin.

– J'en sais rien, rétorqua Peño. C'était pour la rime.

– Approchez-vous, appela une voix grave.

Rolabi se tenait au centre du terrain. Il avait de nouveau sa mallette de médecin. L'équipe se rassembla autour de lui. Tout semblait s'enchaîner tranquillement. Pas de drame, pas de scène.

Cash se demanda si eux aussi avaient vu la tempête à l'horizon.

– À une exception près, vous avez tous attrapé le globe. Pour quoi ?

– Parce que vous nous avez dit de le faire, répondit Vin.

– Mais pour quoi ? continua Rolabi. Qu'est-ce que vous avez trouvé ?

– Nos peurs, répondit Reggie.

Devon hocha la tête. Pour tout le monde, l'expérience avait été similaire.

– La seule chose qui peut réellement vous arrêter dans la vie, c'est la peur. Pour gagner, il faut vaincre ses peurs. Pour le basket… et pour tout.

– Mais… on a réussi, non ? demanda Big John.

– La peur ne se vainc pas si facilement, répondit Rolabi. Elle reviendra. Vous devez vous y préparer.

Il ouvrit sa mallette et plongea la main à l'intérieur.

– Vous avez encore beaucoup de travail avant la saison. Aujourd'hui, nous allons revoir ce que nous avons abordé jusqu'ici.

Un grincement familier leur parvint soudain.

– Twig… tu connais l'exercice.

Alors que Twig se dépêchait d'aller ouvrir les vestiaires pour Kallo, Rolabi entreprit de mettre en place un nouveau parcours d'obstacles. Des objets volèrent de sa mallette au hasard pour tomber pile où il fallait. En même temps, les lumières s'éteignirent et l'équipe de l'ombre surgit.

– Génial, grommela Big John.

En quelques minutes, le terrain était prêt pour les différents exercices.

Tous les joueurs se placèrent en ligne derrière Rolabi, et Cash secoua les bras pour se détendre. Après les visions des derniers jours, il était prêt à s'entraîner dur. À transpirer.

– Commençons par le parcours des lancers francs. Nous ferons des tours de terrain jusqu'à ce que quelqu'un réussisse son tir. Ensuite, nous regarderons la marguerite pour voir si elle bouge. Nous essaierons de contourner Kallo, puis ce sera le moment d'utiliser les boucliers pour notre stratégie défensive. Nous passerons à l'offensive projecteur dans le noir avec une balle illuminée et nous jouerons contre nos défenseurs de l'ombre. Ensuite, nous ferons un parcours avec notre main faible. Et nous ferons des paniers jusqu'à la fin de la journée avant de répondre à une dernière énigme.

– Des trucs bizarres vont se produire ? demanda Vin.

– Des trucs bizarres ? répéta Rolabi.

– Non, rien.

L'exercice commença. Dix jours en un, plus intense que tout ce qu'ils avaient fait jusque-là. Des descentes, des montées, des ombres omniprésentes et une Kallo implacable. À chaque tour de terrain, Devon revoyait Greg qui le traitait de monstre. Il revoyait la tristesse et l'inquiétude de ses parents quand il refusait de sortir de sa chambre. Il passait d'une image à l'autre comme s'il courait à travers un brouillard épais.

Alors que Devon approchait du panier pour tirer, le sol s'érigea devant lui pour former un mur et se transforma en cage. Il hurla quand elle se referma sur lui, bloquant la lumière. Mais personne ne vint à son secours.

C'est toi qui as construit ça.

Il examina les barreaux. Ils lui entravaient la route depuis des années. Mais son équipe était là, il n'allait plus baisser les bras. Soudain, la colère l'emporta. Il ne chercha pas les clés. La mâchoire serrée, l'épaule basse, il chargea.

Il percuta les barreaux à la manière d'un bélier enragé et ils se fondirent dans le parquet, laissant Devon seul dans la raquette. Il tira, cassant son poignet à la fin du geste comme Twig le lui avait enseigné. La balle frappa le cercle et glissa dans le panier.

– Cash, c'est encaissé ! s'exclama Rain. Super, ce tir !

Devon sourit et partit récupérer sa balle.

Quand l'exercice se termina, les ombres disparurent et Kallo retourna dans le vestiaire.

Devon alla chercher sa bouteille, écoutant d'une oreille distraite les conversations de ses coéquipiers. Alors que l'eau coulait sur son menton, il repensa aux barreaux et aux années qu'il avait passées à les construire. Ça faisait beaucoup de bien de les détruire.

Donc tu restes, lâcha la voix grincheuse. *J'ai perdu un autre pari.*

– Tu devrais arrêter de parier contre moi, répliqua Cash.

Il entendit une sorte de rire sifflant et eut l'impression que tout le gymnase vibrait.

Ça me va.

Devon retourna vers les autres au moment où Rolabi partait vers les portes.

– Vous aviez dit qu'on aurait une dernière énigme… l'arrêta Rain.

– En effet. Chacun en aura une. Et au fait, bienvenue aux Badgers !

Une exclamation de joie lui répondit et les portes s'ouvrirent. La silhouette de Rolabi se dessina dans la lumière du jour. Les joueurs repartirent vers les bancs mais Cash ne les suivit pas tout de suite. Cette énigme l'intriguait.

– Que doit-on faire de notre force ? murmura-t-il en se rappelant la question de Rolabi.

Il ne s'agissait pas nécessairement de force physique. Ça pouvait être n'importe quoi. Que faire de sa force ? Il repensa aux dix derniers jours. Au tigre, au château, aux murs qui avaient failli les broyer. La réponse était évidente.

Il rit presque.

– On doit l'utiliser, répondit-il.

Alors au travail.

Cash changea ses chaussures et mit un tee-shirt propre. Quand ils furent tous prêts, ils se levèrent comme un seul homme pour quitter le gymnase. Rain poussa une porte et la maintint ouverte, laissant le soleil s'infiltrer à l'intérieur. Devon se rappela les nuages d'orage qui grossissaient et se rapprochaient. Il se demanda ce qui l'attendait, ce qui se cachait derrière le soleil. Quelle importance ? Il faisait partie d'une équipe désormais. Quoi qu'il arrive, il y ferait face avec eux.

Ils s'éloignèrent ensemble du gymnase. Devon sourit, au centre du groupe. Il était prêt à les soutenir.

LIVRE 4

PEÑO

TOUS SAUF UN

Un vrai leader reste en retrait,
pour pousser son équipe vers le sommet.

✧ SAGICIEN - PROVERBE N° 8 ✧

Peño tira les portes et s'arrêta à l'entrée du gymnase, les bras grands ouverts, les paupières closes, un sourire sur le visage. Il inspira profondément, se délectant du parfum de cèdre mêlé aux relents de transpiration.

Il était chez lui.

Fairwood était une vieille bâtisse, vétuste et décrépite, même. Mais c'était l'endroit préféré de Peño. Parce que rien, ici, ne changeait jamais. Les mêmes paniers en loques, la même peinture écaillée sur les murs en parpaing, le même parquet usé. Dehors, tout se dégradait progressivement, à différents stades de dévastation. Les immeubles tombaient en ruines, les voitures étaient abandonnées telles des tombes rouillées. Même les gens disparaissaient.

Le père de Rain était parti. Big John avait perdu son père et un grand frère. La mère de Peño… ça remontait à trois ans. Trois ans. Il avait l'impression que ça faisait une semaine à peine, peut-être un mois. Incroyable. Comment avait-il supporté de ne plus entendre sa voix pendant trois ans ?

– Pourquoi si tôt ? se lamenta Lab derrière lui en se frottant les yeux.

Plus jeune que Peño d'un an, Lab avait déjà près de dix centimètres de plus que son grand frère. Et il ne manquait pas de le lui rappeler dans au moins quatre-vingt-quinze pour cent de leurs conversations. Les deux garçons avaient des physiques opposés : Lab était long et fin, Peño, trapu et costaud ; Lab avait une tignasse indisciplinée, Peño se coupait les cheveux ras, grâce à une paire de ciseaux trouvée dans une poubelle. Mais ils avaient les mêmes yeux d'un marron profond, pareils à des amandes grillées. Seulement on ne le leur faisait plus jamais remarquer : c'étaient les yeux de leur mère, des yeux chargés de tant de souvenirs.

– C'est l'heure du basket, Lab. Jamais trop tôt.

Avançant vers le banc, il ajusta la sangle de son sac et adressa un sourire radieux à Reggie. Ici, il n'avait pas besoin de ressasser le passé. C'était ce qu'il y avait de plus merveilleux dans ce gymnase.

– Ça se discute, grommela Lab.

– Ce sera une grande année, Lab. Tout va changer.

– Tu vas grandir, c'est ça ?

– Ferme-la.

Peño frappa son poing sur celui de Reggie, s'assit sur un des bancs, puis se tourna vers Twig.

– Twig, le salua-t-il. Yo.

– Hey, Peño. Enfin… je veux dire… yo, bafouilla Twig, mal à l'aise.

Peño rit. Il aimait bien leur pivot titulaire, même si le voir jouer le frustrait profondément. Si Peño faisait sa taille, il serait la superstar des Badgers. Du haut de son mètre cinquante-cinq, il était le plus petit de l'équipe. Et il détestait être petit ! Ce n'était pas tout ce qui le rebutait chez lui, il y avait aussi son grand nez, ses taches de rousseur sous les yeux, et son ventre, toujours arrondi. Mais il aurait tout accepté volontiers pour quelques centimètres de plus. Lab l'avait surpris plusieurs fois dans leur cuisine, pendu à une poutre du plafond avec un sac lourd attaché aux pieds, ce qui lui faisait toujours atrocement mal aux doigts et rien de plus.

Peño sortit de son sac ses chaussures bien-aimées. Deux ans plus tôt, pour la première saison officielle des West Bottom Badgers, Freddy avait insisté pour qu'ils aient tous des baskets neuves. Pour les familles défavorisées de Bottom, et surtout de ce quartier pauvre de l'ouest de la ville, ça représentait un réel sacrifice. Ici, les gens se chaussaient dans les marchés aux puces ou les magasins d'occasion, mais le père de Peño avait économisé pour offrir à ses deux fils deux paires neuves. Peño avait failli s'évanouir en ouvrant la boîte. Il avait dormi avec, les premiers mois. Il les gardait encore au pied de son lit et les lavait tous les jours avec une vieille brosse à dents, même pendant les vacances. C'était ce qu'il avait de plus précieux, le seul objet vraiment à lui. Il les laçait lentement… délicatement.

Alors que ses coéquipiers arrivaient les uns après les autres, il s'étira. Ils reprenaient aujourd'hui après un mois d'interruption, ayant terminé la saison à la dernière place, pour la deuxième année consécutive. Ils avaient perdu sept matchs d'affilée et avaient fini en une apothéose désastreuse devant les East Bottom Badgers, leurs rivaux directs. Lio Nester, leur meneur titulaire, et Peño se livraient une guerre personnelle à chaque rencontre – insultes, fautes et bagarres. Peño n'aimait pas le reconnaître, mais Lio marquait en général plus que lui. En plus, il le traitait de « petit pet », ce qui n'arrangeait rien. Particulièrement exaspérant.

– Peño, c'est quoi, cette tête ? remarqua Lab.

– Rien. Pourquoi ?

– OK… petit pet.

Peño arracha la balle des mains de son frère. Les Badgers n'avaient qu'un seul ballon, mais dans un vide-grenier Peño en avait déniché un, qu'il avait nettoyé. Il était usé et lisse comme un vieux pneu, mais il faisait l'affaire. En dribblant, il résonnait sur le parquet à un rythme entêtant.

C'est mon année, songea-t-il. *Je vais devenir le meilleur meneur de Bottom.*

– Tu as trouvé notre hymne pour la saison ? interrogea Jérôme.

Peño sourit. Ça faisait une semaine qu'il y travaillait.

– Vous êtes pas prêts pour une telle démonstration de génie ! répondit-il avec un rictus espiègle.

– On n'est pas prêts, ça, c'est sûr ! confirma Lab.

– Marque la cadence, steup', demanda Peño à Big John en lançant la balle à Jérôme.

Il prit une profonde inspiration et tenta de se rappeler les paroles.

Les Badgers sont de retour
Et ils valent le détour
Même si not' gymnase, il craint
On n'a vraiment besoin de rien
On est là pour tout rafler
Les prix, les coupes, les trophées
Dren, surveille bien tes Badgers
Parce qu'on est… euh…

Il hésita, pestant intérieurement. Il avait perdu le fil et improvisait… mais pourquoi avait-il toujours besoin de finir par « Badgers » ?

… grave des winners ?

Tout le monde éclata de rire et Peño soupira. Il fallait vraiment qu'il trouve une meilleure rime pour le nom de leur équipe. Pourquoi Freddy avait-il choisi cet animal ? Peño avait lu des contes et des légendes sur les blaireaux dans les livres de sa mère. Il n'avait rien contre eux. Autrefois ils vivaient dans les prairies de Dren, à l'époque où la végétation y prospérait encore. S'ils étaient poussés dans leurs retranchements, ils pouvaient se montrer féroces, malgré leur petite taille. C'était l'animal idéal pour Peño, à vrai dire… s'il arrivait à trouver une bonne rime. N'importe quoi aurait été mieux.

Bon, peut-être pas n'importe quoi…

– « Des oufs de joueurs »… lança-t-il, réfléchissant toujours. « Grave des scoreurs. » Beurk !

Il s'élança vers le panier et toucha le bas du cercle. Heureusement personne ne l'avait regardé. Ses lacunes en attaque l'empêchaient de progresser. La balle quittait toujours ses mains trop rapidement. Il n'arrivait jamais à ralentir ses tirs, surtout pendant les matchs. Lio disait même qu'il défendait sur lui « par politesse ». Peño fronça les sourcils.

Les portes s'ouvrirent de nouveau et A-Wall entra avec Vin.

– Mec ! salua Peño en tapant dans la main de Vin.

C'était le meneur remplaçant, mais leur lutte pour la place de titulaire n'entravait pas leur amitié. En échec scolaire, A-Wall, l'ailier fort titulaire, avait décroché un petit boulot de balayeur dans une gravière. À Bottom, l'école était considérée comme un privilège : après trois examens ratés, on se faisait renvoyer définitivement et on devait chercher un emploi. Ce n'était pas si facile, mais la gravière embauchait toujours.

C'était là que le père de Peño travaillait… Et selon toutes probabilités, là aussi que Peño allait finir.

Il prit son rebond et dribbla en continuant son rap.

Les Badgers sont les plus pires
Les spectateurs sont morts de rire
Peño va tous les ébahir
Vous avez vu son tir ?

Il tenta un trois-points qui vola à quelques mètres au-dessus de la planche.

– Ouais, lâcha Lab en le rejoignant. J'ai vu.

Peño fit une passe à son frère qui rata à son tour un double-pas.

– Grand-mère ferait mieux, se moqua Peño.

– C'est parce qu'elle est plus grande que toi, rétorqua Lab.

Peño récupéra la balle et fila vers le panier en esquivant des défenseurs imaginaires.

– Maman disait que je serais le plus grand, affirma Peño. Je mets juste du temps à démarrer.

Il regretta tout de suite son commentaire. Lab avait blêmi. Il pinçait les lèvres, plissait les yeux. C'était toujours pareil. Lab n'aimait pas parler d'elle. Jamais. Peut-être même qu'il en était incapable.

– C'est ça, lâcha Lab doucement.

Peño ressentit une profonde tristesse pour son petit frère. Lui aussi, les souvenirs lui faisaient mal, bien sûr, mais pas autant. Peño pouvait parler de leur mère. Il en avait envie, même. Lab voulait juste oublier.

Trois ans, songea Peño. *Et il n'arrive toujours pas à accepter sa mort.*

– Mais bien sûr, pas besoin d'être grand quand on a du génie, ajouta-t-il pour détendre l'atmosphère.

Il bondit et prit le rebond de Lab, qui riait à présent. Ils jouèrent en un contre un, se poussant dans la raquette. Lab marquait plus, mais Peño ne lâchait rien en défense. La lutte était en général serrée, même si depuis un an Lab commençait à dominer Peño.

À ce moment-là, Freddy arriva avec le nouveau. L'ambitieux propriétaire de l'équipe les avait appelés quelques semaines plus tôt pour leur parler de Devon Jackson, sa prodigieuse recrue. Il leur avait dit que ce serait une présence imposante dans la raquette. Il n'avait pas menti.

Peño n'avait jamais vu de garçon de son âge aussi musclé. C'était comme si ses muscles avaient des muscles.

– Faut qu'il me donne son programme d'entraînement, murmura Peño, impressionné.

L'équipe se réunit lentement autour de Freddy et Devon. Peño n'en revenait pas. Il s'était toujours dit que Twig avait de la chance d'être si grand, mais ce gars-là, il avait tout pour réussir. S'il savait courir sans tomber, ce serait la star de l'équipe. Peño s'examina : ventre rebondi sous son tee-shirt, jambes courtes et épaisses, petites mains. Il n'avait rien pour lui, aucun avantage naturel. Comment pourrait-il rivaliser ?

– C'est pas un bavard, expliqua Freddy en tapant sur l'épaule de Devon. Mais c'est un sacré gaillard.

– Carrément, acquiesça Peño. Un vrai clydesdale.

– C'est qui ça, Clyde Sdale ? demanda A-Wall. Un basketteur ?

– C'est une race de cheval, expliqua Peño. Laisse tomber.

– Tu viens d'où ? demanda Lab. Je t'ai jamais vu au collège, et t'es le genre de gars qu'on remarque.

Devon se dandina d'un pied sur l'autre, visiblement mal à l'aise. Peño n'y croyait pas. Comment ce type-là pouvait-il être timide ? Si Peño avait été bâti comme lui, il aurait joué torse nu.

– Je fais l'école à la maison, répondit Devon au bout d'un moment.

– L'école à la maison ? répéta Peño en riant. C'est dingue ! Mon père, il veut même pas de moi à la maison *après* l'école.

– On le comprend, dit Big John. En tout cas… ce gosse, il a des muscles… je savais même pas qu'ils existaient.

– Les tiens, ils sont enfouis sous quelques couches de graisse, plaisanta Peño en lui tapotant le ventre. Mais comment on va pouvoir jouer avec lui s'il parle pas ? Je vais essayer de le mettre dans l'ambiance. Hey, Devon, comment tu appelles un chat qui…

Toute l'équipe le siffla.

– J'avais une bonne chute, cette fois, se défendit Peño.

– Sûrement, ironisa Vin.

Les lumières se mirent alors à clignoter. Peño leva les yeux, craignant que le système électrique de Fairwood ait fini par rendre l'âme. Le gymnase n'avait plus vu d'électricien depuis des siècles. Mais les néons éclairaient à présent plus fort.

Qu'est-ce c'est, pour toi, mener ?

Peño tressaillit et regarda autour de lui. La voix venait de nulle part.

Et se cacher dans le noir ?

Il se tourna sur lui-même. Freddy parlait encore, mais la voix que Peño entendait était différente… plus profonde.

C'est le moment.

Les lumières s'éteignirent soudain, plongeant le gymnase dans l'obscurité. Les portes d'entrée furent poussées par un vent puissant, même si d'ordinaire elles ne s'ouvraient que vers l'extérieur. Peño le savait bien, parce qu'il se trompait souvent en sortant. La rafale souffla sur le terrain, soulevant la poussière en un tourbillon déchaîné.

– Un tsunami de saleté ! hurla Peño en se cachant derrière Big John. Fuyez !

– Merci, lâcha son coéquipier.

Quand la bourrasque se calma, Peño vit un homme dans l'entrée. Immense et élégant, il portait une mallette semblable à celle des médecins. Mais ce furent surtout ses yeux qui attirèrent l'attention de Peño. Ils scintillaient d'une lueur verte éblouissante, pareille à des éclairs dans la brume. Ils se posèrent sur Peño et le transpercèrent.

Le garçon qui ne pouvait pas respirer, dit la voix.

Peño recula d'un pas. Son imagination lui jouait des tours. C'était son inconscient qui lui parlait.

Impossible. Tu ne l'as jamais laissé s'exprimer.

L'homme se présenta sous le nom de « Pr Rolabi Sagicien », et Freddy prit rapidement congé, confiant l'équipe à l'immense entraîneur. Les yeux de ce dernier revinrent sur Peño. Leur éclat vert avait pâli. Des images s'affichèrent dans l'esprit de Peño : un lit tout blanc, des doigts effilés, des nuits seul devant la gazinière à cuisiner pour se souvenir d'elle… Ses genoux tremblèrent et il faillit tomber.

– Ça va ? demanda Lab.

– Ouais, répondit Peño, sans conviction. J'arrive pas trop à digérer le petit déjeuner.

– Normal, on s'est terminé les spaghettis d'hier. Que tu avais préparés, en plus.

Peño lui décocha un regard noir et essaya de se ressaisir. Qu'est-ce qui lui arrivait ? Pourquoi ces images étaient-elles soudain apparues ? Il sentit un poids dans sa poitrine et sa gorge se noua. Il repoussa la terreur qui l'envahissait. C'étaient des pensées réservées pour la nuit.

Rolabi sortit un contrat.

– Je vais vous demander à tous une signature avant de commencer, annonça-t-il.

Quand ce fut au tour de Peño, il s'empara du document nerveusement. Deux détails avaient accéléré les battements de son cœur. D'abord, le papier était plus dur que de la pierre. Et ensuite, il n'y vit aucune signature alors que les garçons s'étaient passé la même feuille.

S

JE SOUSSIGNÉ CARLOS « PEÑO » JUAREZ ACCEPTE PAR LA PRÉSENTE D'APPRENDRE DU Pr ROLABI SAGICIEN LA NATURE DE TOUTES CHOSES.

CE CONTRAT EST RÉGI PAR LES LOIS QUI GOUVERNENT LE ROYAUME DE GRANITY.

SIGNATURE

– J'ai besoin de mon avocat pour ça, plaisanta Peño.

– Même dire bonjour à un avocat, tu peux pas te le permettre, lui rappela Lab.

– Pas faux, acquiesça Peño en signant. Et donc… le royaume de Granity, c'est une nouvelle association ? C'est un peu pompeux comme nom, vous trouvez pas ?

Il tendit le papier à Reggie et prit la voix grave d'un héraut médiéval :

– Le royaume de Granity exige de ses joueurs une tenue de rigueur : hauts-de-chausses et perruques bouclées.

Le professeur restait impassible.

– OK, OK, c'est du sérieux. Je respecte, murmura Peño.

Une fois que tous eurent signé, le coach ouvrit sa mallette. Des lumières vertes en jaillirent et Peño entendit du mouvement à l'intérieur. Ça gigotait beaucoup là-dedans. Il perçut même un puissant grincement.

– C'était un perroquet ? demanda-t-il en tentant de jeter un coup d'œil dans la mallette.

Sans avertissement, Rolabi lança une balle à Big John. La suivante arriva droit devant le nez de Peño, mais il parvint à l'attraper à temps. La pièce se mit alors à osciller, comme du béton sous une vague de chaleur, et brusquement Fairwood se remplit de spectateurs. Peño regarda autour de lui, subjugué. Il était en plein match, les gradins étaient noirs de fans, Reggie fonçait sur le terrain et Peño hurla quand il le traversa. Lorsqu'il aperçut son petit frère, il courut vers lui, soulagé.

– Eh, Lab ! C'est quoi, ça ?

Mais Lab continua tout droit sans s'arrêter. Et Rain aussi. Sur le banc, il vit quatre joueurs seulement : Vin, Big John, Jérôme et A-Wall. Devon, Twig, Rain, Lab et Reggie étaient sur le terrain. L'équipe était réduite à neuf. Il repéra son père dans les gradins. Il s'approcha de lui, mais sans parvenir à attirer son attention. Son père continuait à regarder le terrain.

– Papa ! Eh ! cria Peño en agitant les bras. Madame Roberts ? Quelqu'un ! Hé ho !

Il tenta d'attraper le bras de son père, mais sa main passa à travers comme si ce n'était qu'un écran de fumée.

Je ne suis pas ici, comprit-il alors. *Pas vraiment.* C'était une vision, ou peut-être un rêve. Peño tourna sur lui-même. Le match se poursuivait sans lui, tout semblait normal. Il n'était juste pas là. Il s'accroupit, les bras autour du corps, tandis que ses coéquipiers se battaient courageusement, sous les cris et les applaudissements de la foule. Personne ne remarquait son absence. Et tout le monde s'en fichait. Il sentit son estomac se tordre.

Et soudain, il vit le professeur le regarder depuis la ligne de touche.

– Hmm, intéressant. Ce sera tout pour aujourd'hui. À demain.

L'équipe se trouvait de nouveau dans un gymnase vide. Peño se redressa, sidéré. Ses coéquipiers lui parurent tout aussi déboussolés.

– À quelle heure ? demanda Peño par réflexe.

Rolabi ne répondit pas. Quand il approcha des portes, elles s'ouvrirent brusquement, poussées par une rafale de vent glacé qui s'engouffra sur le terrain. Le professeur sortit et elles se refermèrent derrière lui.

– On peut garder les balles ? cria Peño.

Il courut vers les portes, espérant une réponse, et sortit sur le parking.

– À quelle… Professeur ? cria-t-il en pivotant sur lui-même.

Rolabi était parti.

2
LA BONNE MANIÈRE

Confiance exagérée rime avec échec assuré.

✧ SAGICIEN - PROVERBE N° 27 ✧

Peño s'arrêta devant Fairwood et leva la tête vers le bâtiment rose. Il n'avait plus ressenti une telle nervosité depuis deux ans, quand il avait tenté d'intégrer les Badgers. Et à l'époque, c'était plus simple : il avait eu peur d'être recalé, et de devoir admirer son frère depuis les gradins. Il n'en avait pas dormi pendant les semaines qui avaient précédé le grand jour et avait failli vomir en arrivant devant le gymnase. Heureusement, ils avaient tous les deux été sélectionnés. Voir son nom sur la liste des joueurs avait été l'un des meilleurs moments de sa vie.

Aujourd'hui, il n'éprouvait pas la même terreur. Il avait peur de phénomènes qu'il ne pouvait ni expliquer ni comprendre. Des voix, des souvenirs… Peño examina ses mains. Elles tremblaient. Il les fourra rapidement dans ses poches avant que Lab ne s'en aperçoive.

Peño ne montrait pas sa peur. C'était le grand frère, il devait être fort. Les larmes, les doutes, ce n'était pas pour lui. Il faisait la cuisine, la vaisselle, le ménage. Tout pour rendre la vie plus facile à son frère et à son père. Pourtant, il savait bien ce qu'il ressentait. La dernière fois qu'il avait tremblé autant, c'était trois ans plus tôt, en touchant les doigts émaciés, inertes, froids par lesquels la vie s'échappait… Il chassa le souvenir, ce n'était pas le moment d'y penser. Ce n'était jamais le moment.

– Qu'est-ce que tu fais ? demanda Lab en le dévisageant.

– Rien, répondit Peño aussitôt.

– T'entres pas ? T'as peur ?

Peño soupira. Ils avaient tous les deux laissé entendre qu'il s'était passé des choses étranges durant l'entraînement de la veille, pourtant aucun des deux ne semblait vraiment prêt à l'admettre. À présent, ils se jaugeaient du regard, refusant d'être le premier à détourner les yeux.

– Pourquoi j'aurais peur ?

Lab haussa les épaules, mais il n'avait pas l'air beaucoup plus à l'aise.

– C'est ce que je constate, c'est tout. Allez, passe devant.

– Et pourquoi ce serait pas toi ?

– T'entres toujours en premier, rappela Lab. Tu fonces, même, en général.

– Il est temps que ça change, alors, petit frère.

Il se pencha et baissa la voix pour parler sur un ton de conspirateur :

– À moins que tu penses que ce n'est pas prudent d'entrer…

– Pas du tout, déclara Lab. Tu crois que j'ai peur d'un type chelou en costume ? Je te l'ai dit, pour moi, Rolabi est une sorte de magicien à deux balles qui veut impressionner ses joueurs le premier jour pour qu'ils se tiennent à carreau.

Il l'avait répété plus de cent fois, mais sans réussir à convaincre Peño. Des magiciens se produisaient dans les rues de Bottom, avec leurs cartes et leurs tours de passe-passe, mais ils faisaient surtout de la peine. La magie était une escroquerie, le dernier ressort des miséreux de Dren.

Ce que faisait Rolabi n'avait rien à voir. Les images et les visions, et la voix dans la tête de Peño, rien de tout ça ne paraissait faux. Au contraire, elles étaient bien réelles et étrangement familières et personnelles, comme si Peño était complice de ce qu'il voyait et entendait, ou même responsable.

Es-tu prêt à prendre la route ?

Peño regarda Lab, conscient que la question ne venait pas de son petit frère. C'était la même voix que la veille. *Sa* voix.

– D'accord, vas-y, alors, lança-t-il en lui montrant les portes.

– Comme tu veux… poule mouillée.

Peño fronça les sourcils. Il détestait cette insulte. Ils la détestaient tous les deux. Pendant leur enfance, Peño s'était cassé trois fois la clavicule et s'était foulé la cheville à plusieurs reprises pour ne pas être accusé de lâcheté. Et Lab s'était fracturé trois côtes en sautant de leur toit pour relever un défi.

Peño avait été puni et consigné pendant très longtemps après ça.

Il s'empara de la deuxième poignée.

– On ouvre en même temps, alors, si ça peut te rassurer.

– D'accord. Mais j'entre seul, j'ai pas besoin de toi.

– À trois ?

– À trois, confirma Lab après une courte pause.

Peño tourna la poignée.

– Un… deux… trois !

Ils tirèrent en même temps, reculant de quelques pas, comme pour parer des coups éventuels. Seul dans le gymnase, Reggie s'étirait à côté du banc. Il leva la tête vers eux.

– Parfait, lâcha Peño. Tu vois ? Rien de bizarre.

– Je te déteste, grommela Lab.

Ils se précipitèrent alors à l'intérieur, jouant des coudes pour être le premier.

– T'as quelque chose à me dire, petit frère ?

– Non et toi ?

– Tout va super bien.

Assis désormais sur le banc, ils se décochèrent un regard noir.

– Vous êtes encore en train de vous disputer ? demanda Reggie, amusé.

– Comme d'hab, répondit Peño.

Il sortit ses chaussures et les inspecta. Pas une seule marque, bien sûr. Il les avait nettoyées la veille en rentrant à la maison, même s'il ne les avait mises qu'une heure. Il avait passé plus de temps à les astiquer qu'à les porter, et à midi il s'était retrouvé désœuvré. Chez eux, ils n'avaient pas de quoi se payer de téléphone ou d'ordinateur, alors Peño et Lab s'occupaient en général avec des vieux livres, les quatre chaînes de leur télé et des tirs sur le mur de derrière de leur maison. Peño avait dessiné à la craie un petit carré que les deux frères s'entraînaient à viser. Ce n'était pas exactement comme un panier, mais ça leur faisait au moins un peu d'exercice. Lab disait toujours que Peño serait une star si le basket se jouait avec des carrés peints.

En s'efforçant de rester maître de lui, Peño sortit sa nouvelle balle de son sac. Il vérifia que personne ne le regardait et s'élança sur le terrain. Au moins, ils avaient gagné ça. C'était la meilleure chose qui leur soit arrivée la veille. Les Badgers n'avaient jamais eu leurs propres ballons. Et ceux-là étaient tout neufs, professionnels, magnifiques. Peño avait passé la moitié de la nuit à respirer le sien, jusqu'à ce que Lab menace de le passer par la fenêtre.

Alors qu'il dribblait, Peño sentait la peur se calmer. Il écoutait les rebonds du ballon et avançait en variant les mouvements : derrière le dos, entre les jambes, en marche arrière. Un pas, un dribble, un croisement de pieds, un pas. Il dansait désormais et s'accompagna de quelques vers :

Peño, Peño, Peño
C'est le gars qu'il vous faut
Donnez-lui juste un ballon
Et il fera sensation !

Peño grimaça. Il n'allait pas le chanter aux autres, celui-là. Ça faisait des années qu'il improvisait… avec plus ou moins de succès. Lab ne supportait pas ses raps, mais Peño était content de ses progrès. Du moins, il avait l'impression de progresser.

Lab le rejoignit vite et ils se mirent à jouer ensemble, à l'aise l'un avec l'autre. Tirs, rebonds, doubles-pas. Ils étaient rodés. Bien qu'ils aient à présent une balle chacun, ils continuaient à utiliser la même. L'habitude, sans doute. Lab tenta des trois-points à un rythme soutenu, et Peño lui faisait des passes précises.

– Mon frère, je suis fier…

– *Non !* gémit Lab en lui décochant un regard meurtrier. Et si tu faisais une pause pour aujourd'hui. Ou pour toujours, même.

– T'es jaloux, pauvre chou, ton grand frère il assure, pour toi, c'est trop dur…

Lab lui envoya la balle de toutes ses forces et Peño la rattrapa en riant. Il contourna son frère et réalisa un floater à une main. Il avait l'intention de souvent utiliser cette arme cette année. Il l'avait beaucoup travaillée sur leur mur en brique. Il prit ensuite un rebond en se jetant sur un tir raté de A-Wall qui ne marquait que lorsqu'il était sous le cercle.

– C'est mieux, la balle est restée dans le gymnase, ironisa Peño.

– T'as qu'à me faire de bonnes passes cette saison, quand je suis ouvert.

– T'inquiète, si t'es à moins de cinq centimètres du panier, la balle sera pour toi.

– Merci, répondit A-Wall sur un ton solennel.

Peño se frotta le front. A-Wall ne comprenait vraiment pas l'ironie.

Il se tourna vers le panier et se figea sur place. Des murs en brique l'entouraient de tous les côtés, s'élevant vers le ciel, très, très loin au-dessus de sa tête. Il était emprisonné à l'intérieur.

– Lab ? appela-t-il tout bas.

Peño s'approcha du mur le plus proche et passa les doigts sur la surface. Il était bien réel et infranchissable.

Il ne vit aucune fenêtre, aucune porte.

– Professeur ! cria-t-il. Professeur !

Il transpirait désormais à grosses gouttes. Il avait déjà connu la sensation d'être pris au piège, et, même si ce n'était que dans son imagination, la menace semblait identique. Sa respiration s'accéléra. Il ne devait surtout pas paniquer. De nouveau, il passa la main sur le mur, essayant de trouver une issue. À sa grande surprise, une brique se détacha et tomba sur le sol. La deuxième ne céda pas tout de suite. Il tira dessus de toutes ses forces et parvint à l'arracher des autres. De la lumière filtra à l'intérieur. Il se mit à tout démonter, brique après brique, créant une ouverture par laquelle se déversaient les rayons du soleil. Il percevait désormais Fairwood à travers la paroi en miettes. Ses tribunes, ses parpaings.

– Tu sais ce que veut dire être un leader, Peño ?

Il fit volte-face. Rolabi se tenait derrière lui.

– Où… ?

– Est-ce que tu le sais ?

Peño réfléchit un instant.

– Je… c'est faire en sorte qu'on vous suive, non ?

– Non. C'est souffrir en premier. Dormir en dernier. Travailler le plus dur, profiter moins. C'est voir les murs comme des portes. Chacun a sa façon de libérer son potentiel, celui qui construit laisse une clé pour les autres.

– Quelle clé ?

– Elle est en général cachée. La plupart des gens ne prennent pas la peine de la chercher. Mais un leader s'évertue à abattre les murs. Il pousse, il tire. Il donne et prend. Il fait surgir le potentiel en aidant les autres à s'échapper des cages dans lesquelles ils s'enferment. C'est un long processus. Difficile, périlleux, épuisant. Tout le monde n'a pas ce talent.

– C'est pas alléchant, murmura Peño.

– Sans leader, on n'a aucune chance. On n'a pas d'équipe.

Peño se raidit.

– On a besoin d'une équipe !

– Pourquoi ?

– J'adore cette équipe. J'ai besoin d'elle.

– Mais tu en as peur, également. Pourquoi ? Pourquoi as-tu si peur ?

Peño sentit un frisson le parcourir. Il déglutit.

– Je… je sais pas.

– Alors tu n'es pas prêt à devenir le leader.

Soudain, Peño se retrouva au centre du terrain avec les autres, réunis autour de Rolabi. Il se frotta les yeux, mais personne ne semblait étonné par son retour. Lab était comme toujours avachi à côté de lui.

Peño repensa aux murs. Qu'est-ce que Rolabi avait voulu lui dire ? Qu'est-ce qu'il devait faire maintenant ?

– Mon… euh… mon père voudrait savoir quand les parents peuvent venir vous rencontrer, demanda Twig.

Peño lança un coup d'œil à son frère. Chez eux, c'était toujours leur mère qui réglait leurs affaires. Leur père travaillait tard, et il avait même allongé ses horaires, à présent. Jamais il ne pouvait rencontrer leurs professeurs et leurs coachs. Comme ça manquait à Peño de rentrer à la maison pour la retrouver en train de chanter en cuisinant des plats qu'elle avait appris de sa mère à elle… des plats qu'elle n'avait pas eu le temps d'enseigner à son fils. Elle chantait tous les jours, pour les réveiller, pendant qu'elle faisait la cuisine, quand ils allaient se coucher. Depuis trois ans, la maison était plongée dans le silence. Plus personne ne chantait.

– Après la sélection, je rencontrerai les parents, répondit Rolabi.

Peño revint aussitôt au moment présent.

– Une sélection ? Mais l'équipe est déjà constituée !

– Elle l'était, corrigea Rolabi. Dans mon équipe, chacun doit gagner sa place.

Peño sentit son ventre se nouer. Il pouvait encore être éliminé ? Sa vieille terreur l'envahit de nouveau. Et si Lab restait et pas lui ? Et s'il était le seul à se faire éliminer ? Est-ce qu'ils le laisseraient tous partir sans broncher ?

– Si c'est urgent, ils peuvent appeler le 76522472442436.

Peño compta sur ses doigts.

– C'est pas un numéro de téléphone, ça…

Twig tapotait ses poches à la recherche d'un stylo.

– Donc… 7… 8… ? Vous pouvez répéter ?

– Nous allons commencer par un match, lança Rolabi. Le cinq majeur de l'an dernier contre les remplaçants.

Il avait insisté sur « de l'an dernier ». Peño l'avait bien entendu. Est-ce que Rolabi allait aussi modifier la composition de l'équipe ? Si Peño restait, il serait peut-être relégué au rang de remplaçant. Ce serait toujours mieux qu'être éliminé, mais à peine. Pourtant, il savait que ce serait son année. Sa chance de se mettre en avant et de prouver à tout le monde, y compris à lui-même, qu'il pouvait passer au niveau supérieur. Il examina Vin, nerveux.

Il lui parut un peu plus grand. Encore son imagination ?

Tous les joueurs se séparèrent rapidement, rejoignant leurs équipes respectives. Pour les titulaires, Peño était le meneur, Rain, l'arrière, Lab, l'ailier, A-Wall, l'ailier fort et Twig, le pivot. En face d'eux, aux mêmes postes : Vin, Reggie, Jérôme, Devon et Big John.

Twig et Big John s'avancèrent pour l'engagement.

– Je t'ai à l'œil, lança Vin à Peño en lui donnant un petit coup de coude. Devine qui sera le prochain meneur titulaire ?

Peño sourit pour cacher son inquiétude.

– Attrape-moi d'abord, plaisanta-t-il.

Les remplaçants remportèrent la mise en jeu et Peño partit rapidement à reculons.

– À vos postes ! cria-t-il.

Même s'il n'était pas aussi rapide que Peño, Vin était un bon joueur, fort et large, avec une bonne extension. Peño restait dans la raquette, un bras tendu pour le contrer. Il se déplaçait latéralement, le suivant à la trace. Ses tirs n'étaient pas encore à la hauteur, mais Peño pouvait contrer n'importe quel meneur en défense.

Dès la première minute, Jérôme mit un panier et les remplaçants menaient au score.

– On remonte ! s'énerva Peño.

Il reçut la passe et dribbla vers le panier. Vin le collait avec insistance, un pari dangereux, vu que Peño pouvait se dégager de n'importe qui et se démarquer facilement. Il fit mine de partir à gauche, son épaule en avant, mais partit en trombe à droite. Vin chancela, ne se retenant plus à rien, et Peño fonça droit devant lui… vers un mur invisible. Il recula, mais trop tard, et se cogna le nez. Il essaya de nouveau de passer et se fit mal. Il avait à présent les larmes aux yeux. Quand il tendit la main, il ne sentit aucune résistance.

– C'est quoi, ça ? demanda-t-il en se frottant le nez.

– Une défense serrée, répondit Vin, ravi.

– Je parlais pas de ça.

Il fit de nouveau semblant de partir à gauche et percuta encore une fois le mur invisible. Il n'avait plus le choix. Il dribbla avec sa main gauche, la plus faible… et heurta le torse de Vin. Son adversaire lui vola aussitôt la balle et fit un double-pas. Peño resta sur place. Est-ce qu'il perdait la tête ? Il avança vers la droite, tâtonna devant lui, mais ne trouva que l'air.

– Qu'est-ce que tu fabriques, Peño ? l'interrogea Lab en ramassant la balle.

Aucune idée, songea-t-il.

– T'as vu tes prises ? On aurait dit Twig en train de dribbler.

– Merci, grommela Twig.

Peño reçut la balle à l'engagement et tourna directement à droite, où il heurta de nouveau la paroi invisible. Il se retint de hurler. Mais comment expliquer ça aux autres ? Leur dire qu'un mur transparent s'érigeait devant lui, mais seulement quand il allait à droite ? Ils le prendraient pour un fou. Il se tut donc et la frustration grossit de minute en minute. Après une heure, les remplaçants menaient de quatre points et Peño était à bout de nerfs.

– C'est ridicule ! lâcha-t-il en secouant la tête. Sérieux, on perd face aux remplaçants !

Il se prépara à prendre la balle et s'immobilisa. Il était de nouveau seul.

– Pourquoi moi ? murmura-t-il.

Un chevalier apparut brusquement à côté de lui… et encore trois autres. Ils portaient tous des armures scintillantes en argent, leurs heaumes étaient fermés et des lances de trois mètres se dressaient de leurs poings gantés. Peño se plaça au centre du groupe, se sentant plus petit que jamais. Ils faisaient tous au moins trente centimètres de plus que lui.

– Euh… Bonjour ?

Un des chevaliers posa les yeux sur lui, lui fit un salut discret et détourna la tête. Peño suivit son regard. À l'autre bout du gymnase, une rangée de chevaliers se tenaient face à eux, vêtus d'armures en cuivre. Ils étaient dix, prêts au combat.

– Les mecs ? lâcha Peño.

– En marche ! ordonna un des chevaliers argentés.

Peño tenta de rester sur place, mais les chevaliers autour de lui l'entraînèrent avec eux vers la ligne opposée. Les battements de leurs pas s'accélérèrent. Les chevaliers au centre de la ligne avancèrent plus rapidement pour former une attaque en V. Les défenseurs les imitèrent. Peño voulait partir.

– Je pense qu'il y a une erreur…

Les combattants au centre de chaque ligne se percutèrent violemment avec un fracas de métal. Peño se baissa pour se faire le plus petit possible. Pendant ce temps, les chevaliers en armure de cuivre progressaient aux deux extrémités sans rencontrer d'opposition de la part de leurs adversaires. Rapidement, ils encerclèrent Peño et ses camarades argentés. Ils orientèrent alors leurs lances vers les dos exposés de leurs rivaux. Peño avait une lame aiguisée pointée directement entre les yeux.

Tous se figèrent.

– Et ainsi se termine la bataille, déclara une voix familière. Personne n'avait pensé à garder les flancs.

Peño se dégagea de la scène, se faufilant entre les corps immobiles, et découvrit Rolabi qui les regardait.

– Pourquoi est-ce que je suis en pleine guerre médiévale ? demanda-t-il en agitant une main devant le visage d'un chevalier en armure de cuivre.

– Une équipe sans remplaçants solides est une équipe incomplète. Elle est condamnée à une défaite rapide. Les remplaçants sont le plus souvent la vague qui remporte la victoire. Une équipe avance ensemble. Les titulaires, au centre de la formation, ne sont pas plus essentiels que ceux qui suivent. Vous devez tous fonctionner comme une seule et unique unité ou vous ne gagnerez jamais.

Peño examina les chevaliers encerclés derrière lui.

– Vous essayez de me dire que je suis rétrogradé ?

– Je te dis que ça n'a aucune importance.

– Alors qu'est-ce que je fais ?

– Assure-toi que tout le monde connaît son rôle dans l'équipe. Tout le monde doit être prêt. Une faiblesse, une fissure dans la ligne et c'est la fin de la bataille, expliqua Rolabi en pointant son index vers Peño. À toi de colmater les fissures.

Et il se dirigea vers les gradins, sa mallette à la main. Peño s'aperçut alors que les chevaliers étaient partis et, à leur place, l'équipe des Badgers s'était rassemblée autour du professeur. Il se demanda qui avait disparu, les chevaliers ou lui, et si ses camarades avaient vu la même chose que lui. Lab semblait troublé.

Rolabi s'assit sur un siège et se volatilisa. Tous, autour de Peño, étaient stupéfaits.

– Où… Comment… ? bredouilla Big John.

Bouche bée, Peño contempla les gradins vides.

– C'est pas cool, grommela-t-il.

Il réfléchit à ce qu'il venait de voir et aux recommandations de Rolabi. Qu'est-ce que son professeur attendait de lui ? Qu'il prépare les remplaçants ? Qu'il les encourage ?

– Donc… on est d'accord, notre coach, c'est un sorcier ? demanda Big John.

– Quoi ? T'as six ans ? se moqua Lab. Ça existe pas, les sorciers.

– C'étaient pas les magiciens, ton problème ? intervint Peño.

Voyant que Devon était allé s'asseoir sur un banc, Peño repensa à ce que Rolabi venait de lui dire. S'assurer que tout le monde connaissait son rôle dans l'équipe. S'assurer qu'ils soient tous prêts. Il se rappela que Devon n'avait pas sorti un seul mot en deux jours, et il avait remarqué que son jeu manquait de puissance. Il était bien trop timide, même. Rolabi voulait peut-être qu'il libère le potentiel chez des gars comme Devon. Il en était capable.

Peño s'assit à côté de lui et aperçut sur le sac de chaque joueur une grande carte avec un *S* en en-tête et un numéro.

– Alors, le nouveau ? lança Peño en s'asseyant à côté de lui. L'école à la maison, c'est bon ? Et le ballon rond ?

– Tu vas pas nous faire un autre rap ! s'exaspéra Lab.

– Plus tard, peut-être, répondit Peño. Je veux faire connaissance. J'ai remarqué, par exemple, que t'aimes pas tirer. Ni prendre des rebonds. Ni pousser les adversaires. Et pourtant t'es immense, je comprends pas.

Devon se gratta la nuque, visiblement mal à l'aise.

– Je… j'apprends à me familiariser avec l'équipe, se justifia-t-il.

Peño sentait bien sa gêne. Il était vraiment timide, ce gars-là. Mais l'équipe avait besoin d'une bête dans la raquette.

– Ça se comprend. Et puis c'était un jour bizarre. Moi, tu sais, d'habitude je sais dribbler… Mais, mec, joue grand. Ou au moins, montre que t'es fort. T'es bâti comme un bœuf. Un bœuf ! Montre que c'est pas du bluff…

– Arrête, par pitié, gémit Lab.

– Mon frère reconnaît pas mon génie, lâcha Peño avec un soupir dramatique. Alors ?

Vin avait pris son portable, la carte dans la main. Avec Twig, c'était le seul à avoir un téléphone. Twig habitait dans la banlieue riche, mais Vin venait du même quartier défavorisé que le reste des joueurs. Il n'avait raconté à personne comment il se l'était procuré et qui payait la facture.

– Alors ? demanda Peño en voyant Vin raccrocher.

– Messagerie vocale. Il a dit que c'était un numéro réservé aux parents. Et le message s'est terminé par « bonne nuit, Vin », c'est flippant.

– C'est un sorcier, déclara Big John.

– Tu veux dire un magicien, c'est ça ? le corrigea Vin.

– Ça n'existe pas ! insista Lab.

Peño tapota le genou de Devon.

– À demain, mec. Bouscule quelqu'un, OK ? Mais pas moi. Je suis trop beau.

Ça lui valut un éclat de rire et il retira ses chaussures, songeur. Préparer ses camarades à la bataille, c'était dans ses cordes. Mais lui, quelle serait sa place dans tout ça ? Comment pourrait-il quand même devenir une star ? C'était son objectif principal, cette année. Peño sentit un éclair de désapprobation.

Tu n'es pas encore prêt.

✧ 3 ✧

LE JEU DU DÉCOMPTE

Si ta route est facile, prends ton temps, prudemment.
Prends des forces et fais des provisions.
Des collines se profilent déjà à l'horizon.

✧ SAGICIEN - PROVERBE N° 37 ✧

Le lendemain, Peño se planta devant son frère, les bras croisés, pour lui bloquer le passage.

– Dernière chance, lança-t-il. Avoue que t'as vu quelque chose.

– Je l'ai déjà admis, répliqua Lab en levant les yeux au ciel. Mais rien de plus que des tours de passe-passe.

– Qu'est-ce que tu racontes ? T'as déjà vu un magicien faire des trucs pareils ?

– C'est précisément ce qu'ils font.

Peño fronça les sourcils. Ils ne parlaient que de ça depuis la veille au soir. Pour Lab, Rolabi Sagicien n'était qu'un simple prestidigitateur. C'était exaspérant. Peño voulait lui faire entendre raison.

– Mais les visions…

– Il nous hypnotise, justifia Lab en le contournant.

– Et le sac…

– Une mallette d'accessoires.

Peño serra les poings et se rua derrière lui.

– C'était vrai. Et tu le sais.

– Si t'es si sûr de toi, pourquoi t'en parles pas à papa ?

– Eh ben, parce que…

– Parce qu'il te croirait pas, compléta Lab pour son grand frère. Parce que la magie n'existe pas.

– Je ne parlais pas de magie.

– Alors de quoi ? s'impatienta Lab. Hein ?

Peño vit des plaques foncées se dessiner sur les joues de son frère. Sa mère avait un nom pour elles, « les taches de colère ». Elles s'étendaient de ses petits yeux à sa mâchoire serrée. *Et c'est moi qu'on appelle jalapeño*, songea Peño.

– C'est quoi, ton problème ? demanda-t-il. Pourquoi ne peux-tu pas reconnaître qu'il se passe des choses étranges ?

– Parce que c'est pas comme ça qu'il marche, le monde. Rolabi n'a rien de magique, Peño, désolé.

Peño attrapa Lab par le bras alors qu'il se dirigeait vers le gymnase.

– C'est à cause de maman ?

Son frère se dégagea brusquement.

– C'est à cause de rien.

– Moi aussi, elle me manque.

– Et tu l'as vue mourir, tout comme moi, cracha Lab en se détournant. C'était magique, ça aussi ?

Lab tira les portes et entra. Peño resta un instant sur place, la gorge sèche. Les souvenirs remontaient. Des lits blancs, un bip entêtant qui résonnait dans le couloir, des mains chaudes devenues froides. Une petite voix en lui était d'accord avec Lab. Il ne pouvait exister de magie à Bottom.

Peño suivit son frère dans le gymnase. L'atmosphère renfermée l'enveloppa comme un gant, mais sans lui apporter le réconfort habituel. Vin et Reggie se préparaient, il les salua et s'assit. Un silence étrange s'était installé à Fairwood. Il ne semblait pas facile à briser… Parler ou rire ne suffirait pas. Il recouvrait tout de son poids dévorant. Peño remua, mal à l'aise.

– Vos parents ont appelé Rolabi hier soir ? demanda-t-il.

– Ouais, grommela Vin. Ma mère l'a bien aimé.

– Ma grand-mère aussi, déclara Reggie. Et toi ?

Peño secoua la tête. Il détestait raconter aux autres combien son père devait travailler.

– Papa est rentré tard. Alors, il leur a dit quoi, Rolabi ?

– J'ai rien pu savoir, répondit Vin. Ma mère avait l'air envoûtée.

Le reste de l'équipe arrivait petit à petit, avec le même type d'histoire. Les parents avaient appelé, écouté, et n'avaient rien raconté. Peño n'arrêtait pas de penser à ce que Lab lui avait dit, au jour où leur mère était morte. Il aurait aimé qu'elle parle avec Rolabi, elle aussi. Il aurait aimé tant de choses…

– On parle comme si tout était normal, intervint Big John. Mais c'était pas normal ce qui s'est passé. C'est de la magie, mec !

– Ça existe pas, la magie, contredit Lab en levant les yeux au ciel.

– Ah non ?

L'éclat de voix surprit tellement Peño qu'il tomba face contre terre, et toute l'équipe s'écroula avec lui. Rolabi Sagicien les contemplait de derrière le banc.

– Si vous ne croyez pas en la magie, vous devriez sortir davantage, déclara-t-il.

Ses yeux se posèrent sur Peño.

As-tu trouvé les fissures ?

Sortez de mon esprit ! songea Peño.

– Nous allons commencer par des tours de terrain, annonça Rolabi d'une voix parfaitement calme.

Ils se mirent aussitôt à courir dans le gymnase, et malgré le rythme peu soutenu, plusieurs joueurs étaient déjà à bout de souffle, y compris Peño. Au bout de cinq tours, la sueur dégoulinait sur son visage. Il l'essuyait avec une manche déjà complètement trempée.

– C'est l'heure des lancers francs, les arrêta Rolabi.

Il n'avait pas bougé d'un pouce depuis leur départ, les suivant simplement du regard, telle une peinture à l'huile, comme celles qu'on trouvait chez le grand-père de Peño.

– Un par un. Dès qu'un joueur marquera, vous arrêterez de courir pour la journée. Mais si quelqu'un rate son tir, toute l'équipe repart pour cinq tours. En attendant le lancer, continuez à marcher.

Peño s'immobilisa, les mains sur les hanches. Il avait l'impression qu'on lui compressait la poitrine avec un étau. Il avança sur le terrain en s'essuyant encore une fois le front.

– À moi, lança-t-il en y mettant autant de bravade que son souffle le lui permettait.

Rolabi lui passa le ballon et Peño partit se placer tout doucement. Il voulait faire durer la pause au cas où il raterait son tir. Il dribbla sur la ligne avec les deux mains, respirant profondément. Il leva enfin la balle, mais s'arrêta net.

Le panier était à plus de quinze mètres au-dessus de lui et tout le gymnase avait doublé de taille. Il devait se tordre le cou pour voir les poutres au plafond. Les fanions étaient si haut qu'il ne pouvait plus lire le nom des différentes équipes. Pourtant ses camarades ne semblaient pas du tout perturbés.

– Quoi… comment est-ce que je… ? murmura-t-il.

N'est-ce pas ce que tu vois toujours ? Tu te crois trop petit pour marquer ?

– Tire, s'il te plaît, demanda Rolabi.

– C'est impossible… impossible.

Le grana le rendra possible.

J'ai décidé de vous ignorer aujourd'hui, voix magique. Rolabi sans doute, songea-t-il. *Et votre… « grana » ?*

Tu verras.

– Tire normalement et c'est tout, murmura-t-il pour lui-même.

Comment évaluer la distance ? Il arma son bras et tira à la façon d'un joueur de base-ball. Dès que la balle quitta sa main, le panier retourna à sa place habituelle et Peño vit son ballon voler plusieurs mètres au-dessus pour taper le mur, rebondir sur la planche, de nouveau sur le mur, et rouler piteusement vers un coin du gymnase.

– C'était quoi, ce tir ? s'offusqua Lab.

Peño se tourna vers ses coéquipiers.

– Je… j'en sais rien.

– Cinq tours de plus, annonça Rolabi.

Peño décocha au professeur un regard noir et se dépêcha de rejoindre les autres. Seulement quand il arriva sur la ligne, personne ne bougea. Il glissa en arrière et prit conscience avec horreur que le plancher s'était soulevé pour former une colline. Il se baissa pour garder l'équilibre.

– Repartez, ordonna Rolabi.

– Professeur, appela Vin, accroupi pour ne pas tomber. Le sol…

– Quand on est fatigués, le terrain peut nous sembler plus raide qu'une montagne à escalader, expliqua Rolabi.

– *C'est* une montagne ! s'exclama Peño.

– Ou une taupinière ? suggéra Rolabi. En tout cas, le jeu continue.

– J'ai mal au cerveau, se lamenta Peño, les mains sur le plancher.

– Allez, on court ! encouragea Reggie. On peut le faire !

Ils hésitèrent, mais finirent par s'élancer. Peño était le dernier. Si un joueur glissait, il l'entraînerait dans sa chute. Il gardait un œil sur Devon et Big John, prêt à s'écarter au cas où ils perdaient l'équilibre. Il ne voulait pas finir écrabouillé sous le poids de ces bulldozers. Quand il atteignit le sommet, l'équipe s'était de nouveau arrêtée. Ils étaient désormais devant une pente raide. Peño sentit son estomac se tordre. Il avait le vertige.

Ce n'était que le début. À chaque virage, de nouveaux obstacles apparaissaient : escaliers, haies, tapis de course, vallées glissantes. Après cinq tours, Peño transpirait tellement qu'il se voyait déjà transformé en bloc de sel. Heureusement, Rain se porta volontaire pour le lancer franc suivant. C'était le meilleur tireur de l'équipe avec un sang-froid à toute épreuve. Le calvaire allait enfin se terminer.

Peño s'appuya contre le mur.

– Lab ?

– Ouais… j'ai vu, grommela-t-il.

– T'y crois toujours pas ? demanda Peño sèchement.

Lab ne répondit pas.

Son frère rit et se tourna vers Rolabi qui restait toujours aussi impassible au centre du terrain, les mains croisées dans le dos, sa mallette à ses pieds. Peño vit quelque chose bouger derrière le professeur, une image floue, noyée dans le brouillard. Il y avait des gens là-bas.

La route ne sera pas facile.

Sa bouche était fermée, mais la voix résonna clairement dans la tête de Peño.

– C'est qui, eux ? demanda-t-il.

Un frisson glacé lui parcourut le dos. Il sentit une menace. Ces gens n'avaient pas du tout l'air amicaux.

L'équipe doit être prête. L'obscurité approche.

– Allez tous boire ! lança Rolabi.

Peño tressaillit et regarda autour de lui. Ses camarades allaient droit vers les bancs. Il les suivit, pas rassuré. Il avait cru reconnaître une des ombres. Un visage creux pareil à un squelette, qui passait tous les soirs aux nouvelles. Sûrement une coïncidence. Pourquoi le président se trouverait-il à Fairwood ? Il frémit.

Lab, Vin, Big John et Twig ratèrent tous leurs tirs. Peño se dit qu'il avait dû perdre au moins cinq kilos de sueur. Il avait les jambes plus dures que du béton. Reggie finit par marquer, même si le ballon roula d'abord sur le cercle pour passer à travers le panier à contrecœur. Quelques gars réussirent à le féliciter, mais Peño était plié en deux, épuisé.

– Pause, annonça Rolabi. Approchez avec vos bouteilles d'eau.

Peño se redressa.

– On aurait peut-être dû faire un peu de jogging pendant les vacances, grommela-t-il.

– Oh non, plus de jogging ! répliqua Big John. Par pitié !

Peño s'installa alors avec les autres en cercle autour de Rolabi Sagicien. Il tendit les jambes devant lui, comme des nouilles trop cuites, et soupira de soulagement, en s'appuyant sur une main. Rolabi fouilla un moment dans sa mallette et en sortit un pot en argile, qu'il posa par terre.

Peño n'y comprenait rien.

– On doit faire quoi avec cette fleur ? interrogea-t-il.

– N'est-ce pas évident ?

Peño tenta de chercher la réponse dans la fleur. Sans succès.

– Non, conclut-il.

– On va la regarder grandir.

Et puis quoi encore ?! songea-t-il. Regarder une fleur grandir ? Aucune fleur ne poussait à Bottom, et rien d'autre non plus d'ailleurs, et même si ça arrivait dans ce sol empoisonné, personne ne pourrait le voir. Sa mère cultivait un petit jardin d'herbes dans une boîte sur le porche de derrière. Elle s'en occupait avec soin, mais la pluie aussi était empoisonnée. Même la menthe, la plus coriace des herbes, finit par flétrir au bout d'une saison et ne repoussa jamais.

– Certaines choses ont besoin d'un monde nouveau pour changer, lui avait-elle expliqué en vidant ses plantes mortes dans un sac-poubelle.

Peño n'avait pas su comment l'interpréter. Il avait trouvé cette remarque d'une tristesse inouïe… le signe qu'il était coincé avec le monde dans lequel il avait débarqué. Ils étaient tous prisonniers de cette réalité.

Mais une personne ne peut-elle pas changer le monde ?

Peño jeta un coup d'œil à Rolabi. Était-ce ce que sa mère avait voulu lui dire ?

Il tenta de se concentrer sur la fleur. Mais rester assis plus de quelques minutes lui était difficile. À la maison, il avait toujours quelque chose à faire : la lessive, le dîner, la liste de courses, le ménage. Il détestait ne rien faire. Il prit une inspiration, s'étira et, accablé par l'ennui, chercha des rimes pour plus tard.

C'est quoi cette marguerite ?
Franchement, on a du mérite
Une autre lubie de notre coach
Ce gars est un… mince !

Les minutes passaient moins vite que des heures. Peño entendait à présent le tic-tac de l'horloge qui accompagnait sa propre respiration sur un rythme affreusement monotone. Il voulait partir en courant, hurler, rire. C'était peut-être pour ça qu'il était là. Tout était si silencieux, si calme. Il ne tiendrait plus très longtemps, ses mains le démangeaient. Il était sur le point d'abandonner quand Rolabi prit la parole.

– Quelle partie du corps bouge en premier ? Si vous êtes sur un adversaire et qu'il approche, quelle partie de son corps va bouger avant le reste ?

– Les pieds ? répondit automatiquement Peño, juste pour parler enfin.

– Les pieds sont trompeurs, répliqua Rolabi. Et ils ne bougent jamais en premier.

Peño se ratatina. Il le savait pourtant. Il n'avait pas réfléchi avant de parler… comme quand il ne réfléchissait pas avant de tirer. Pourquoi il faisait toujours ça ? Pourquoi tout lui semblait-il si *improvisé* ?

– Ce qu'il faut bouger en premier, c'est l'esprit. L'adversaire doit avant tout décider ce qu'il va faire.

– Donc on doit lire dans les pensées ? demanda Peño.

– Ce serait utile, mais non, vous devez *comprendre* l'esprit de votre adversaire.

– Quoi ? réagit Peño.

– C'est en anticipant leurs actions que vous battrez vos adversaires.

Peño perdait patience. Pourquoi Rolabi s'exprimait-il toujours en énigmes ?

– Et comment on fait ça ?

– C'est simple : il faut voir davantage. Et pour ça, il te faut plus de temps, dit Rolabi.

– Et comment on peut se procurer plus de temps ? s'enquit Rain.

Rolabi ramassa la marguerite et la remit dans sa mallette.

– En regardant la fleur pousser. Rangez vos bouteilles d'eau. Il nous reste une leçon pour aujourd'hui.

Peño se frotta les tempes, exaspéré. Il avait l'impression que son cerveau avait couru autant de tours de terrain que son corps. Personne ne parlait comme ça. Personne ne contemplait des fleurs en essayant de ralentir le temps.

C'est peut-être justement ça, le problème.

Vous pouvez pas parler tout haut comme un type normal ? songea Peño.

Rolabi installa un parcours d'obstacles et l'équipe se rangea en ligne. Assez simple jusque-là.

Et soudain la main de Peño disparut. Il regarda son poignet qui se terminait par un moignon.

– Il se passe quoi, maintenant ?... Où est... mais comment... ? murmura-t-il, horrifié.

Il ne ressentait aucune douleur. Aucune sensation. Comme s'il n'avait jamais eu de main droite.

Et la gauche, tu l'as ?

– C'est quoi, ça ? hurla Big John.

– Un exercice d'équilibre, répondit Rolabi. Commencez !

Lab sortit de la ligne en trombe. Peño reconnut l'expression sur son visage : joues marbrées, sourcils froncés en un *V* sévère, mains tremblantes. Il était hors de lui. Mais pourquoi ? Il avait encore ses deux mains, lui.

– Non ! hurla son frère. C'est trop, là ! Tout le reste... pourquoi pas... mais ça, c'est trop dingue !

Il se rua vers le banc et fit volte-face.

– Rendez-moi ma main, espèce de malade !

De quoi est-ce qu'il parlait ? Il ne lui manquait même pas un seul doigt !

– Si quelqu'un quitte l'entraînement sans une raison valable, il ne revient plus dans l'équipe, avertit Rolabi avec calme et fermeté.

Lab se tourna vers Peño. Ce dernier lut la peur sur le visage de son petit frère. Il aurait voulu le consoler, jouer son rôle d'aîné. Mais Lab avait encore sa main droite… En fait, Peño ne comprenait pas pourquoi ils se mettaient tous dans cet état : il était le seul à qui il ne restait qu'un moignon.

– Je vois ta main, assura Peño en la désignant avec son index gauche.

Lab souleva son bras droit, sidéré.

– Mais non ! Je suis le seul à l'avoir perdue !

Ce n'est qu'une illusion, comprit alors Peño. *On est les seuls à ne plus voir notre propre main.*

Il tenta de se calmer. La magie encore… ou « le grana », si Rolabi préférait l'appeler ainsi. Exactement comme les visions. Il arrêta de bercer son poignet.

– C'est impossible, lâcha Lab en secouant la tête.

– Possible, impossible, ce sont des notions hautement subjectives, répliqua Rolabi. Je vous attends.

Lab se tourna de nouveau vers Peño. Il avait visiblement besoin de soutien.

– Allez, viens jouer.

De mauvaise grâce, Lab obéit. Rain était le premier dans la file. Il ramassa le ballon de la main gauche et dribbla avec assurance. Après avoir décoché un regard noir à Rolabi, il réalisa un double-pas. Et au bout de trente secondes, ce fut le chaos total sur le terrain.

Peño avait toujours su que sa main gauche n'était pas aussi forte que la droite, mais maintenant il se rendait compte qu'elle ne servait à rien ! Il rata son double-pas, perdit la balle à plusieurs reprises entre les cônes, fonça droit sur un poteau et rata la passe à travers le cerceau d'au moins trois mètres, frappa A-Wall dans le dos, et manqua son tir largement. Quand il rendit la balle au joueur suivant dans la ligne, il visa si mal que Twig dut partir la chercher dans les gradins.

Il baissa les yeux vers sa main gauche, dégoûté. Comment avait-il pu autant négliger une de ses mains ?

Le silence s'installa soudain sur le gymnase. Son poignet le chatouilla. Il avait retrouvé sa main droite. Soulagé, il chercha Lab, mais Fairwood était vide.

– Encore ! lâcha-t-il en soupirant.

Un coup de tonnerre retentit alors. Quelques secondes plus tard, les portes s'ouvrirent et des torrents d'eau se déversèrent à l'intérieur, telle une rivière qui se libère de son barrage. Peño avait déjà les pieds noyés et l'eau montait rapidement.

– À l'aide ! hurla-t-il, complètement paniqué en se hissant sur la pointe des pieds. Professeur ?

Il s'efforça d'avancer contre le courant pour s'enfuir, mais c'était trop tard. Et soudain, le courant changea de direction. Il se tourna. Une porte s'était ouverte au fond du gymnase et de là aussi des flots déferlaient. Des images apparaissaient, fugaces, sur la surface de l'eau. Sa maison, son lit, son quartier. Des objets familiers. Des choses qu'il connaissait bien.

En partant vers l'arrière du gymnase, il jeta un regard par-dessus son épaule aux portes d'entrée. Des images se succédaient là aussi. Lui brandissant un trophée en granite noir, une allée sombre, des tirs ratés, des paniers. On aurait dit un clip. L'eau montait. Il revit le trophée.

– Il est si simple de se laisser porter par le courant, déclara une voix familière.

Peño sentit que l'eau le poussait vers la porte arrière. Il s'efforça de rester sur place et vit Rolabi tout près de lui, l'eau s'arrêtant juste devant son immense torse pour le contourner.

– C'est le choix de la facilité, continua le professeur. L'eau suit toujours le chemin de moindre résistance. On fait souvent pareil.

– Qu'est-ce qui se passe ? cria Peño alors que seule sa tête surnageait.

– Ne vois-tu pas l'incertitude devant toi ?

– Si, répondit Peño en essayant de garder la bouche hors de l'eau.

Il ne savait pas nager. Il frappa des bras et des jambes pour ne pas se noyer.

– La gloire et la douleur. Les deux. Ou une seule. Tu veux emprunter ce chemin ? Ce ne sera pas facile.

– Oui, c'est ce que je veux ! hurla Peño.

– Alors vas-y ! Nage !

Peño n'avait plus pied. Il partit vers l'entrée du gymnase, luttant de toutes ses forces contre le courant. Il battait des jambes, et ses bras brûlaient déjà d'effort. Il n'y arriverait pas, il n'était pas assez fort. Il abandonna.

Les flots l'emportèrent vers la porte de derrière qui l'engloutit.

Il était de nouveau seul au centre du terrain. La rivière avait disparu. Le sol n'était même pas mouillé.

– C'était pourtant ce que tu voulais, non ? Je t'ai bien entendu le dire.

– C'était… c'était trop dur, répliqua Peño, plié en deux, les mains sur les genoux.

– Maintenant tu sais pourquoi tu négliges ta main gauche. Il est si facile de suivre le chemin de moindre résistance. Même dans les petites décisions de tous les jours. On utilise sa main la plus forte, parce que c'est plus simple. On laisse l'eau nous emporter, pour tout. Montre à tes coéquipiers la route la plus difficile. Pousse-les.

– Comment ?

– Commence par toi, répondit Rolabi en souriant.

L'équipe réapparut, à bout de souffle et décomposée. Le parcours d'obstacles n'était plus là… et de nouveau Peño n'avait plus qu'un moignon au bout de son bras droit. Rolabi marchait tranquillement vers le mur en parpaing.

– Il sait qu'il n'y a pas de portes, n'est-ce pas ? murmura Peño.

Il plissa les yeux, ébloui par les néons qui rayonnèrent brutalement d'une lueur blanche aveuglante et s'éteignirent aussi rapidement, laissant les garçons dans le noir. Venue de nulle part, une rafale souffla dans le gymnase. Avant que quiconque ne puisse réagir, le vent se calma et la lumière revint. Rolabi était parti. Peño scruta le mur.

Lab avait raison, c'était trop. Peño avait failli se noyer et il avait perdu une main. Qui sait ce que le lendemain leur réservait ? Pour qui se prenait Rolabi ? D'où concluait-il qu'il cédait à la facilité ? Qu'est-ce qu'il connaissait de sa vie ? De quel droit l'accusait-il de baisser les bras ? Il ne le voyait pas se coucher tard et se lever aux aurores. Il ne le voyait pas préparer l'assiette de son père pendant qu'il dormait sur le canapé. Il ne le voyait pas laver ses vêtements à la main. Peño n'en pouvait plus. Il n'avait pas besoin d'être ainsi jugé et mis à l'épreuve. Il n'avait pas besoin qu'on doute de lui.

Il était peut-être temps de se débarrasser de ce Rolabi. Freddy pouvait encore le renvoyer.

Et un seul joueur pouvait le lui demander.

– OK, lança Peño. On devrait vraiment parler à Freddy. Rain ?

– Il est temps de le faire partir, acquiesça-t-il.

– Enfin ! lâcha Vin.

– Mais il vient de commencer… protesta Reggie.

Peño partit vers le banc, refusant de l'écouter. Il était à bout. La noyade lui avait paru si réelle ! Il tremblait encore de froid et de peur. Une partie de lui connaissait la raison de sa fureur. Il avait baissé les bras bien trop vite. Il avait laissé le courant l'emporter.

C'était lui, pourtant, le grand. Celui qui portait la famille. Celui sur lequel s'appuyait Lab. Mais était-ce vraiment la preuve de sa force ? Ou faisait-il juste semblant que tout allait bien pour ne pas affronter la vérité ? Il regarda ses mains : la gauche, si faible, qui manquait cruellement de coordination, et à droite, le moignon.

Commence par toi.

Sa main gauche tremblait.

Il existe différentes façons d'être un leader.

Laissez-moi tranquille, songea-t-il.

On peut commencer en admettant sa vulnérabilité.

4

LE COMBAT

Si tu t'élèves au-dessus du conflit, tu verras qui a besoin de ton appui.

✧ SAGICIEN - PROVERBE N° 20 ✧

Peño se battait avec ses lacets. Il n'avait jamais réfléchi qu'avec une seule main, lacer ses chaussures était une réelle épreuve. En fait, c'était même pratiquement impossible. Il s'apprêtait à serrer la boucle quand Lab, qui s'était déjà plaint toute la nuit, décida de recommencer.

– T'es gonflant, Peño !

La boucle se défit et Peño laissa échapper un soupir.

– On va les récupérer bientôt.

– Qu'est-ce que t'en sais ?

– Il l'a dit.

– Peño, on parle d'un dingue !

– Il est pas fou, c'est un magicien. Et de toute façon, Freddy vient aujourd'hui.

– Tu t'entends, là ? Tu veux qu'on renvoie le type qui a nos mains ?

– Quand il partira, nos mains reviendront.

Il se concentra sur ses chaussures. Il n'était pas ravi d'avoir une main en moins, mais, malgré la difficulté, il savait qu'il fallait en tirer une leçon. Maintenant qu'il était forcé d'utiliser sa main gauche, il comprenait que ça dépassait le cadre du basket. Manger, se laver, se brosser les dents, tout était plus dur. Comment pourrait-il jouer s'il ne pouvait même pas se brosser les dents ? C'était un petit mouvement anodin de la vie de tous les jours et pourtant…

Mais son frère n'arrêtait pas de se lamenter. Il renversa tout, presque exprès, et se plaignit à leur père épuisé, qui ne voyait pas le problème. Agaçant.

Peño n'en pouvait plus de l'attitude de Lab en général. Boudeur, cynique, renfrogné. Et ça ne faisait qu'empirer. Peño aussi avait perdu sa mère : pourquoi Lab ne pouvait-il pas s'endurcir un peu ?

La boucle glissa de nouveau. Peño soupira et s'adossa au banc en pensant à Rolabi. Il avait demandé qu'on le renvoie. Mais maintenant… il n'était plus si sûr que ce soit une bonne idée. La main, la rivière, toutes les visions, ce n'était pas le problème. Ce n'étaient que les pièces d'un puzzle beaucoup plus important. Rolabi leur montrait qu'ils passaient leur vie à se fixer des limites.

Et Peño ne supportait pas de l'admettre. L'idée le bouleversait profondément.

– Comment t'arrives à accepter tout ça sans broncher ? demanda sèchement son petit frère.

Peño se tourna vers lui.

– Qu'est-ce que tu veux que je fasse, Lab ? C'est de la magie.

– Ça n'existe pas !

– On dirait bien que si. Et c'est plutôt cool. À part les mains en moins. Tu trouves pas ?

– Tu parles comme un gosse de trois ans.

Peño bouillonnait intérieurement. Il ne se mettait pas souvent en colère, malgré son surnom. Il se considérait même comme le plus posé des deux frères. Enfin… en temps normal.

– Et toi, tu parles comme un vieux pleurnichard, rétorqua-t-il. Tu fais que te plaindre, dès le moment où tu te lèves. Après, tu traînes dans la maison, tu manges pas ce que je prépare, tu viens plus à Hyde, et on dirait que t'as plus envie de jouer au basket. C'est quoi, ton problème ?

Lab recula comme s'il venait de recevoir une gifle. L'espace d'un moment affreux, Peño craignit qu'il ne se mette à pleurer. Il se préparait à lui présenter des excuses, mais Lab s'énerva autant que Peño.

– J'ai aucun problème ! Si ce n'est que mon grand frère est un idiot, un crétin fini ! Fous-moi la paix, maintenant.

– Avec plaisir, répliqua Peño en glissant sur le banc.

Il n'y avait encore que Reggie, Twig et Devon dans le gymnase et ils baissaient les yeux, faisant mine de ne rien avoir entendu. Peño retourna à ses chaussures, les joues en feu. Il n'aurait pas dû dire tout ça. Mais il n'en pouvait plus de voir Lab traîner dans la maison de cette façon. Il n'en pouvait plus de devoir lutter tous les matins pour le sortir du lit. Son vrai petit frère lui manquait, celui avec lequel il avait grandi. Il abandonna un instant ses lacets, frappé par cette réflexion. C'était exactement ça. Son petit frère lui manquait. Comment était-ce possible ?

Maintenant tu te poses les questions d'un leader ?

Je ne suis pas un leader, songea Peño, contrarié.

Pas tant que tu ne nageras pas à contre-courant.

Arrêtez de m'embêter !

Il finit de lacer ses chaussures, très approximativement, et partit s'entraîner. En général, ça lui vidait l'esprit, mais pas aujourd'hui. Il n'arrivait pas du tout à marquer. Ni les trois-points, ni les lancers francs ni même les simples doubles-pas. Avec sa main gauche, il ne valait rien.

Il se rassit, exaspéré autant par Lab que par sa maladresse. Il tenta de sourire à son frère mais ne reçut pour seule réponse qu'un regard glacial.

Rain arriva en dernier avec Freddy. Le pauvre homme ne parvenait pas à cacher sa nervosité. Il avait les mains fourrées dans ses poches et avançait d'un pas lourd comme si on le traînait dans le bureau du directeur. C'était ce que Peño avait demandé, alors il fallait y aller.

Est-ce qu'il avait bien réfléchi ?

Il baissa les yeux vers son moignon. Est-ce qu'il laissait de nouveau le courant l'emporter ?

– Bonjour, les gars, salua Freddy. Comment ça va ?

– Mal, répondit Jérôme en montrant sa main droite, qui était posée sur son genou.

Visiblement perdu, Freddy suivit le regard du garçon.

– D'accord…

Peño remarqua que les yeux de Lab s'étaient embués. Il n'essayait plus de lacer ses chaussures et fixait simplement le mur en face de lui. Peño claqua les doigts devant son visage. Pas de réaction. Il essaya de comprendre ce que son frère contemplait et crut apercevoir une faible lumière et une ombre. Les formes bougeaient lentement, avec la fluidité de reflets sur l'eau. Il plissa les yeux pour mieux suivre les mouvements de kaléidoscope qui s'affichaient devant lui.

– Tu faisais partie de l'une de ces équipes, Frédéric ?

Peño sursauta. Rolabi admirait les fanions.

– Quoi… ? Où cst-ce que… ? bredouilla Freddy.

– Je suppose que tu étais trop jeune, continua Rolabi, songeur. Ça fait tellement longtemps.

Rolabi s'approcha de Freddy en trois immenses foulées.

– Comment puis-je t'aider ? demanda-t-il.

Il lui serra ensuite la main et se tourna droit vers Peño. Le gymnase disparut encore une fois.

Peño se tenait sur les rives boueuses d'un lac, niché dans une vallée et bordé de tous les côtés par des falaises et des montagnes enneigées. Il se baissa pour plonger la main dans l'eau froide. Il n'avait jamais rien vu de plus limpide de toute sa vie. Il pensa à la boîte de sa mère : si elle avait eu une eau pareille, ses plantes auraient pu pousser.

Et peut-être que sa mère serait encore là.

– Tu le vois ? Le bateau ?

Peño leva la tête. Une barque mouillait au centre du lac. En bois brut, elle n'était pas équipée de rames. Peño avait l'impression qu'elle coulait.

– Il a une fuite, confirma Rolabi, songeur. Pratiquement imperceptible, à moins d'être à l'intérieur.

Peño se redressa.

– Freddy n'a pas… ?

– Non, il ne me renvoie pas. Nous avons encore trop de travail à accomplir.

– Oh. Je suis désolé.

– Ça te contrarie ou ça te soulage ? demanda Rolabi.

– Les deux, je pense, dit Peño tout bas.

Il se sentit soudain terriblement gêné. Pas parce qu'il avait voulu se débarrasser de Rolabi, mais pour les raisons qui l'avaient poussé à le vouloir. Parce qu'il avait peur. Honteux, il regarda le bateau qui sombrait.

– L'honnêteté est la première étape pour surmonter ses peurs, déclara Rolabi, satisfait.

Peño aperçut un mouvement.

– Il y a quelqu'un dans le bateau ?

– Oui.

– Qui ?

– Tu dois le découvrir seul. Mais dépêche-toi.

Fairwood se matérialisa autour de Peño. Les portes se refermaient. Freddy était parti et l'équipe s'était rassemblée autour de Rolabi, mal à l'aise. Lab était sorti de ses rêveries.

Peño se demanda ce qu'il avait manqué. Est-ce que Rolabi avait demandé à Freddy de sortir ? Est-ce que c'était lui sur le bateau ?

– Aujourd'hui, nous allons travailler la défense, annonça-t-il calmement. Avant de vous enseigner les zones et les stratégies, je vais d'abord apprendre à chacun d'entre vous à être un bon défenseur. Ce ne sont pas les mêmes leçons.

Peño réfléchissait encore à ce que Rolabi lui avait dit au bord du lac quand il entendit un grattement strident. Fairwood était infesté de souris, il avait déjà entendu des grincements. Et chez lui aussi, il y en avait. Les souris étaient les rares animaux qui avaient survécu à Bottom.

Mais là, ce n'était pas une souris qui faisait un boucan pareil. Le bruit était bien plus fort et insistant, comme une scie sur du métal.

– Qu'est-ce qu'un bon défenseur doit faire en permanence ? demanda Rolabi, sans tenir compte du grincement.

– Euh… lâcha Peño, prenant la parole sans avoir réfléchi. Bien se positionner ?

Le crissement se renforçait encore.

– Mais avant ça ? demanda Rolabi.

Peño était en état d'alerte absolue. Le bruit était devenu si assourdissant qu'il n'arrivait plus à se concentrer.

– Parler ? proposa Vin.

– *Se tenir prêt,* répondit Rolabi. Il doit toujours être prêt. Un défenseur doit avoir une longueur d'avance sur ses attaquants. Il doit anticiper et prévoir. Il doit toujours être prêt à bouger.

Le bruit devenait infernal.

– C'est quoi ? demanda Rain.

– Quelqu'un pourrait-il ouvrir la porte des vestiaires ? demanda calmement Rolabi.

Peño fit volte-face. Le crissement venait en effet des vestiaires.

– Il y a quoi là-dedans ? murmura-t-il.

– Un ami.

Twig partit alors vers la porte.

– Qu'est-ce que tu fais ? s'étonna Peño.

– Je veux voir ce que c'est, répondit Twig.

Il hésita, prit une profonde inspiration et ouvrit.

– Cool, lâcha Peño tout bas.

Un énorme tigre avança dans le gymnase. Peño se cacha derrière A-Wall pour se protéger. Big John fit pire encore : il partit en courant à l'autre bout du terrain en gémissant. Mais le tigre resta impassible. Il passa devant l'équipe et s'assit aux pieds de Rolabi. Ses grands yeux pourpre et or scrutèrent tous les joueurs. Peño aurait juré que cette bête féroce venait de lui sourire.

– Je vous présente Kallo, lança Rolabi en passant une main dans l'épaisse fourrure.

Le tigre ronronna comme un gros chat.

– Elle a gentiment accepté de nous apporter son aide aujourd'hui.

– C'est pas un… ? bafouilla A-Wall.

– Un tigre, termina pour lui Peño. Une espèce éteinte depuis longtemps. Enfin, je le croyais. Un des prédateurs les plus puissants à avoir jamais vécu. Ils chassent à l'affût et peuvent faire des bonds de dix mètres sur leur proie.

– Parfait, ponctua A-Wall.

– Rain, appela Rolabi. Avance.

Affolé, Peño se tourna vers leur leader. Rolabi allait-il le donner comme en-cas à son compagnon à quatre pattes ? Est-ce qu'il voulait lui faire payer le fait qu'il avait failli se faire renvoyer ? Peño se rongea les ongles. C'était plutôt son idée, au départ. Il devait peut-être le dire.

– Oui ? demanda Rain.

Rolabi sortit de sa mallette une balle marquée du *S* bleu qu'ils connaissaient tous bien désormais. Il la fit rouler sur le plancher et elle s'arrêta pile au centre du terrain.

– J'aime pas trop la tournure que prennent les choses, commenta Peño.

– De la pâtée pour tigre, grommela Vin.

– L'exercice est simple, expliqua posément Rolabi. Prends la balle. Kallo joue en défense. À tour de rôle, vous attaquerez. Je veux que tout le monde note attentivement ce qui se passe.

Rain paraissait stupéfait.

– Quoi ? Je m'approche pas de cette chose !

Kallo prit un air vexé et Peño recula sans même s'en apercevoir.

– Il vaut peut-être mieux pas l'appeler « chose », suggéra-t-il.

Kallo commença à marcher le long de la ligne, exhibant sa puissante musculature. Elle se déplaçait avec grâce, ses pattes ne faisant absolument aucun bruit sur le plancher.

Bon sang, le tigre va massacrer Rain, songea Peño.

Rain était manifestement du même avis.

– Bon, j'ai compris, lâcha Rain, terrorisé. Je suis désolé qu'on ait demandé à Freddy de vous renvoyer.

– *On ?* s'offusqua Reggie.

– Ce n'est pas une punition, c'est un exercice, précisa Rolabi. Prends la balle.

– Mais…

– Un vrai défenseur doit être un tigre. Le premier à ramasser la balle récupère sa main.

Peño jeta un regard à Rolabi. Le professeur lui avait dit qu'il devrait mériter sa main. Respirant profondément, Peño tenta de rassembler son courage. C'était l'occasion.

Rain avança face à la tigresse. Il était visiblement tiraillé : il ne voulait pas passer pour un lâche, mais ne semblait pas ravi à l'idée de se faire dévorer. Pas facile. Seulement Rain était fier et Rolabi les avait prévenus que si quelqu'un quittait le gymnase sans raison, il ne faisait plus partie de l'équipe. Et il n'avait pas l'air du genre à faire des menaces en l'air.

Sans Rain, il n'y avait pas de Badgers. S'il partait, tout était terminé. Peño frissonna en pensant à une vie sans basket. Est-ce qu'il réussirait à intégrer une autre équipe ? Partir chez l'ennemi ne le réjouissait pas. Et s'il devait remplacer Lio ?

Vas-y, Rain, l'encouragea-t-il en silence. *Prends la balle.*

Comme s'il lisait dans les pensées de son coéquipier, Rain tenta sa chance. Il était rapide, mais Kallo, encore plus. Dans un éclair orange, la tigresse se retrouva au-dessus de lui, ses énormes coussinets sur les deux épaules du garçon. Rain ne bougeait pas, et une vague de culpabilité et de panique envahit Peño.

– Elle l'a tué ! hurla-t-il.

– Je vais bien, les rassura Rain en se relevant. Elle ne m'a pas fait de mal.

Quel soulagement !

– Joli cri, se moqua A-Wall.

– La ferme, rétorqua Peño.

– Devon, appela Rolabi.

Peño fut le quatrième à être appelé. Rain, Devon et Vin avaient survécu indemnes, alors il avança, mais il suait à grosses gouttes. Kallo le toisa comme s'il était une délicieuse gazelle en train de boire tranquillement au bord d'une rivière. En tout cas, c'était ce que ressentait Peño.

– Me mange pas, s'il te plaît, murmura-t-il. Je suis pas bon. J'adore les plats épicés.

Kallo sourit, révélant ses longs crocs.

– Bon, ça suffit pas, se parla Peño en sautillant sur la pointe des pieds pour se donner du courage. Tu ramasses la balle, tu récupères ta main. Pas difficile. Pas de problème, je pige le principe, je suis à la hauteur, je peux le faire…

– Vas-y alors, s'impatienta Vin.

Peño tenta une feinte classique, gauche, droite, gauche, mais ne parvint pas à tromper Kallo. Il sentit le choc et se retrouva en face d'une puissante dentition. Il ferma les yeux et sentit une langue lécher son visage, rugueuse et humide, avant que Kallo ne s'éloigne.

– Je suis mort ? chuchota-t-il.

– Pas encore, répondit Rolabi, ne lui offrant qu'une maigre consolation.

Après lui, son frère subit le même traitement. Peño éclata de rire en voyant le dégoût sur son visage. Tant pis pour lui, il n'avait qu'à pas être aussi grincheux tout à l'heure.

– Comme si t'avais fait mieux ! lança Lab.

– Carrément. Et je tremblais pas comme une feuille.

– Les feuilles tremblent pas, déclara Lab en croisant les bras.

– C'est une expression toute faite, riposta Peño.

– C'est toi, l'expression toute faite, répliqua Lab.

– Grandis un peu.

– Pour quoi ? Pour devenir un raté comme toi ?

– J'ai qu'un an de plus que toi, tu sais ?

– Et trois de moins en basket.

Lab avait réussi à lui faire mal. Peño lui décocha un regard noir, sentant ses joues s'embraser. Ils pouvaient plaisanter sur le sujet, mais quand Lab devenait sérieux, c'était différent. Surtout parce que c'était vrai. Lab avait un plus grand potentiel. Il était plus grand, mieux bâti, et avait toutes ses chances pour passer au niveau supérieur. Pour Peño, ce serait bien plus difficile et ça l'empêchait souvent de dormir.

Kallo continuait à renverser les joueurs, les uns après les autres. Quand arriva le tour de Big John, le gros dur de l'équipe refusa tout net de participer. Malgré les encouragements de tous les joueurs, il croisa les bras et resta sur place. Malheureusement, Twig décida d'intervenir. Très mauvaise idée.

– Je voulais juste t'aider…

Peño se frotta le front. C'était vraiment le moment que Twig choisissait pour parler ? Il ne voyait pas que Big John était assez tendu comme ça ? Il serrait pourtant le poing et sa poitrine se soulevait dangereusement. L'embrouille garantie.

– Du calme, les mecs, intervint Peño. Vous êtes dans la même équipe, n'oubliez pas.

– Tu te prends pour un caïd, maintenant ? explosa Big John.

– C'était pas méchant, se défendit Twig. T'avais l'air d'avoir besoin d'un coup de main.

C'était le mot de trop. Big John se précipita sur Twig qui tomba lourdement sur les fesses. Il avança vers le garçon à terre, prêt à lui faire regretter de lui avoir adressé la parole. Peño resta un moment pétrifié. Il était le plus petit joueur de l'équipe, certainement pas le mieux équipé pour intervenir. Mais Rolabi lui avait demandé d'aider ses coéquipiers, et laisser Twig se faire transformer en bouillie n'était sûrement pas ce qu'il avait en tête. Il prit une grande inspiration et sauta sur le dos de Big John, l'enveloppant avec les deux bras et les deux jambes, ce qui n'arrêta en rien le colosse.

– Arrête ça ! cria-t-il.

A-Wall et Jérôme attrapèrent chacun un bras de Big John qui enrageait tellement qu'il tremblait de tout son corps. Peño essaya de resserrer son emprise, mais Big John ne semblait pas plus gêné par son poids que par un sac à dos.

– Tu sais où je vais après l'entraînement ? hurla Big John en crachant. Travailler. J'ai deux boulots. Et on arrive quand même pas à payer les factures. T'as déjà passé une semaine dans le noir parce qu'on t'a coupé l'électricité ?

La plupart des garçons de l'équipe étaient pauvres, mais Peño pensait que seul A-Wall travaillait. Et malgré tous leurs problèmes d'argent à eux, son père avait toujours réussi à payer les factures d'électricité. Il se disait qu'ils en bavaient autant que les autres. Il s'était trompé.

– Je…

– Le basket, c'est tout ce que j'ai ! cria Big John. Et tu me l'as pris !

Big John allait pleurer. Peño ne l'avait encore jamais vu dans cet état.

– C'est Freddy qui a décidé qui fait partie du cinq de base, déclara Twig. C'est juste de la stratégie…

Big John se rua vers lui. Peño ne pouvait plus l'arrêter, même avec l'aide de A-Wall et Jérôme.

– Twig, sauve-toi ! cria-t-il.

Big John s'approchait, mais fut brutalement stoppé dans son élan. Une immense main l'attrapa par l'épaule et souleva les quatre garçons plus facilement qu'une grue sur un chantier. A-Wall et Jérôme tombèrent aussitôt, mais Peño fut si surpris qu'il continua à s'accrocher au dos de son camarade. Rolabi les tourna tous les deux vers lui.

– Sais-tu pourquoi tu es en colère ? demanda-t-il à Big John.

Celui-ci tenta de se débattre, en vain.

– Alors ? insista Rolabi.

– Parce qu'il m'a pris ma place ! hurla Big John.

– Parce que tu as peur, corrigea Rolabi.

Le coach reposa Big John au sol et Peño descendit de son dos, soulagé. Il s'épousseta les épaules et gonfla le torse, conscient des railleries de ses coéquipiers.

– Quel idiot, lança Lab tout bas.

– Tu veux dire « héros » ?

– La peur génère la colère et la violence, continua Rolabi. Elle prend les décisions à ta place. La peur de ne pas valoir assez. Elle te fait te tromper de cible. Mais j'apprécie l'honnêteté. Je pardonnerai une telle violence une seule fois.

– J'en ai assez ! gronda Big John. J'en ai ma claque de cet entraînement débile !

– Tu connais les conséquences.

Big John prit son sac.

– J'en ai rien à cirer.

– Dix minutes dans les vestiaires.

Big John hésita et se tourna vers Rolabi.

– Quoi ?

– Va te regarder dix minutes dans le miroir des vestiaires. Pose-toi la bonne question, tu prendras ta décision après.

Big John semblait prêt à répliquer, mais il se rua dans les vestiaires en claquant la porte si fort derrière lui que le mur remua. Mauvaise journée pour cette pauvre porte, après les griffes de Kallo.

Peño la contempla quelques secondes, ne faisant pas attention aux conversations autour de lui. Il ne savait pas que Big John travaillait, qu'on lui coupait l'électricité. Il ne savait rien de lui. Il se disait juste que son coéquipier était un vrai dur. Mais il avait senti sa voix se casser, son corps trembler. Il l'avait entendu dire à Twig qu'il lui avait tout pris. Il le comprenait, bien sûr. Il venait du pire quartier de Bottom, sa famille n'avait pas un sou, il pensait sûrement qu'il pourrait la sortir de son trou grâce au basket, et Twig était arrivé et lui avait raflé son poste de titulaire. C'est pour ça qu'il le détestait tant. Incroyable. Qu'est-ce qui avait encore échappé à Peño ?

Continue à casser le mur.

Peño baissa les yeux. Sa main était revenue. Il la porta à son cœur. Le gymnase se remplit de cris de joie et de soulagement. Il cogna son poing contre celui de Vin.

– Ma douce main droite ! la cajola-t-il. Ne me quitte plus jamais.

– Pourquoi n'avez-vous pas réussi à passer Kallo ? demanda Rolabi, le tirant de ses pensées.

– Parce que c'est un tigre, grommela Peño.

Pliant et dépliant les doigts, il croisa le regard de son frère, à l'autre bout du gymnase. Lab se détourna aussitôt.

Rolabi ajouta quelque chose sur les réflexes et, alors que Twig se vantait des siens, une petite tache noire apparut sur son front.

– C'est naturel, les réflexes, intervint Peño. On naît avec.

– On naît aussi avec des jambes, mais on doit apprendre à courir, répondit Rolabi en se tournant vers lui. Tes réflexes peuvent s'améliorer. Ils sont en connexion directe avec ton cerveau. Une question de nerfs, de pleine conscience et de vigilance. Travaille-les. Entraîne ton cerveau à rester sur le qui-vive. Toujours.

– Il l'est ! Je m'inquiète plus pour eux, dit Peño en montrant ses coéquipiers.

Il eut à peine le temps de voir l'index de Rolabi viser son front que la même tache noire apparut entre ses deux yeux.

– Je retire ce que je viens de dire.

– C'est quoi ? demanda brusquement Jérôme.

Peño suivit son regard et se raidit. Son sang se glaça dans ses veines. Un globe noir flottait au milieu du gymnase. Il changeait de forme comme s'il s'agissait d'une tache d'huile dans de l'eau.

– Quoi… Qu'est-ce que c'est ? murmura Peño.

– Quelque chose que vous feriez bien d'attraper, répondit Rolabi. C'est dans votre intérêt à tous ! Celui qui s'en emparera deviendra beaucoup plus rapide. Mais ça ne durera pas. Et si personne n'y arrive, vous devrez faire des tours de terrain. Partez !

Peño s'élança avec le reste de ses camarades. Le globe s'amusait à tourner autour des joueurs. Il les narguait en s'approchant tout près d'eux. Deux fois de suite, Peño pensa l'avoir, mais il ne parvenait pas à refermer les doigts dessus. Alors que tous les garçons se bousculaient, trébuchaient et poussaient des cris de frustration, Kallo ouvrit la gueule et avala le globe tout rond. Elle esquissa un nouveau sourire.

– Un vrai défenseur, conclut Rolabi. Allez boire. Ensuite, vous ferez des tours de terrain et des lancers francs.

– J'adore, ironisa Peño.

Le plancher changea de nouveau de forme à chaque tour. Peño rata son lancer franc, sursautant quand une voix dans son oreille murmura : *Tu te souviens, Peño, de ce qui est arrivé à cet enfant ?* Ils continuèrent jusqu'à ce que Twig réussisse enfin son panier.

Peño se plia en deux.

– C'est pas cool, lâcha-t-il à bout de souffle, les mains sur les genoux.

– C'est un début, répliqua Rolabi.

– Un début ? répéta Lab, outré. J'en peux plus, moi !

– Demain, nous travaillerons la défense collective, déclara Rolabi. Reposez-vous bien d'ici là.

Il se dirigea vers la sortie, Kallo à ses côtés.

– Vous… vous partez avec le tigre ? bredouilla Peño.

Comme toujours, Rolabi l'ignora. Les portes s'ouvrirent, poussées par une rafale glacée, et géant et fauve sortirent dans le soleil. Peño aurait juré les entendre discuter.

– Il devrait apprendre à dire au revoir, quand même, pesta-t-il.

Il partit s'asseoir. En délaçant ses chaussures, avec les deux mains enfin. Il secoua la tête.

– On s'est entraînés avec un tigre aujourd'hui, lâcha-t-il.

Jérôme fut le premier à rire et contamina tous les autres. Peño en avait mal aux côtes. Leur camp d'entraînement était tellement ridicule, invraisemblable, étrange qu'il avait l'impression d'être capable de n'importe quoi. Il jeta un regard à Lab qui boudait toujours.

– Tu nous fais un petit rap, Peño ? demanda Jérôme, hilare.

Peño se gratta le crâne et réfléchit.

Évite juste "Badger", se rappela-t-il, avant de se lancer.

On est venus jouer à la balle
Mais là, c'est clair, on cale
Notre coach, il est fou
Il sait pas qu'on est des mous
Après même pas deux tours
Big John est cuit comme un petit-four
Des tigres nous apprennent la défense
Twig, il aura jamais aucune chance
Et malgré tout ça
Peño assure, c'est lui le roi.

Il termina par une révérence et tous les joueurs éclatèrent de nouveau de rire.

Peño rangea ses chaussures dans son sac tandis que son frère marchait déjà vers la sortie. Il se raidit. C'était la première fois que Lab partait sans l'attendre. C'était presque impensable, Peño n'en revenait pas. Ce n'était clairement pas une dispute ordinaire.

Mais pourquoi ? Parce que Peño lui avait reproché de se plaindre ? Et alors ?

En poussant les portes, Lab regarda par-dessus son épaule. Malgré la mine consternée de son grand frère, il s'en alla. Peño resta assis, décomposé. Et soudain, il se représenta le petit lac dans lequel sombrait la barque.

– Lab, murmura-t-il.

5

LA FAÇON DE PERDRE

Si tu veux gagner,
transforme tes faiblesses en qualités.

✧ SAGICIEN – PROVERBE N° 11 ✧

Sur le chemin du gymnase, Peño jeta un coup d'œil à son frère qui marchait quelques pas derrière lui, une expression renfrognée sur le visage. Ils ne s'étaient plus adressé la parole depuis la veille. Pas simple dans leur minuscule chambre. Peño avait voulu s'excuser, il avait pensé au bateau, mais Lab ne lui avait pas rendu la tâche aisée avec ses regards mauvais et ses insultes murmurées dans sa barbe.

« … carrément pas cool les cheveux ras. »

« … super moustache… »

« … ces raps… affreux… il ronfle toute la nuit… »

Peño avait abandonné. Il n'avait pas réveillé Lab pour la première fois en trois ans, et Lab avait failli se lever en retard pour l'entraînement. Il n'avait pas pu prendre son petit déjeuner, ni la courte douche froide que leur permettait leur petit chauffe-eau. Les cheveux en bataille, il avait l'air épuisé.

Tu l'as bien mérité, songea Peño. *Tu vas peut-être commencer à être un peu reconnaissant.*

Même si ce n'était sûrement pas ce que Lab ressentait à cet instant. Il cherchait plutôt le bon moment pour faire un croche-patte à son grand frère.

Peño entra dans le gymnase et laissa les portes se refermer derrière lui. Elles firent trembler le fragile chambranle et il s'étonna de trouver Fairwood vide. Enfin, si on peut dire.

Un immense château occupait une grande partie de l'espace.

Hauts de trois mètres, ses murs gris étaient en pierres usées. Aux quatre coins, des rampes menaient au niveau supérieur. Et une dernière montait vers une tour au centre de la structure. Au sommet trônait fièrement le trophée du championnat national junior. Peño se tendit. Il connaissait bien cette coupe. Toutes les nuits, il admirait sa photo ; il l'avait découpée dans un magazine et la gardait sur sa table de chevet.

– C'est quoi pour toi le basket, Peño ?

Il poussa un cri de surprise. Rolabi l'attendait à côté des portes.

– Oh là… vous m'avez fait peur. Où sont les autres ? Pourquoi est-ce qu'il y a un château au milieu du terrain ?

– C'est quoi pour toi le basket ? répéta Rolabi. Ce sport, c'est quoi pour toi ?

Peño leva les yeux vers le professeur.

– Absolument tout.

– Pourquoi ?

– Je… je sais pas. J'aime ça. Depuis toujours.

– Qu'est-ce que tu préfères dans ce jeu ?

Peño réfléchit. Sans savoir pourquoi, ses yeux se posèrent sur le banc et il s'étonna de le voir si étrangement vide sans ses coéquipiers. Ça répondait à la question de Rolabi.

– L'amitié.

– C'est une bonne raison, commenta Rolabi en suivant son regard. Rappelle-le à tes camarades et la route changera.

– Quelle route ?

– Celle sur laquelle tu te trouves. Mais pour l'emprunter, tu dois trouver ta force.

– Je *suis* fort.

– Non, le contredit Rolabi. Tu oublies ce que les plus forts gardent toujours en tête.

– Quoi ?

– Que parfois c'est normal d'être faible.

Un mouvement attira l'attention de Peño et il vit Reggie.

– Où est mon frère ?

– C'est le prochain.

En secouant la tête, Peño partit se chausser. De quoi parlait Rolabi cette fois ? Pourquoi quelqu'un de fort serait-il parfois faible ? Ça n'avait aucun sens. S'il baissait sa garde, il risquait de laisser tomber son frère, son père, et sa mère de là où elle veillait sur lui. Il devait se montrer toujours fort.

Lab entra juste après lui et s'entretint également avec le professeur. Peño le scrutait avec insistance, mais son petit frère lui tournait le dos. Pourquoi était-il tellement en colère ? Peño ne savait même pas de quoi il devrait s'excuser. En tant qu'aîné, il faisait tout pour Lab.

Quand l'équipe fut au complet, Rolabi les convoqua devant le château.

– Aujourd'hui, nous allons travailler la défense collective, annonça Rolabi.

– Comme… les défenses de zone ? interrogea Peño en contemplant le trophée.

Magnifique, tout en granite noir incrusté d'une bordure d'or, il rayonnait en haut de la forteresse. Le nom des vainqueurs était gravé sur les côtés. Pas de « West Bottom Badgers ».

– Chaque chose en son temps. Tout d'abord, vous devrez apprendre les bases.

– Piller un château, par exemple ? plaisanta Peño.

Rolabi souleva sa mallette et la renversa brusquement. Des casques et des boucliers en mousse s'en déversèrent, la moitié bleus, l'autre rouges.

– Prenez chacun un casque et un bouclier, expliqua Rolabi. Serrez bien les casques.

Peño ramassa un casque bleu et Lab s'empressa d'en prendre un rouge. Le jeu avait commencé, apparemment. Peño s'empara d'un bouclier bleu et soutint le regard grave de son petit frère. Il s'imagina le frapper avec cette arme lourde et rigide.

Ça va lui remettre les idées en place, songea-t-il.

Son sourire s'effaça quand il vit Devon prendre un bouclier rouge. Il avait également contre lui A-Wall, Reggie et Vin. Une équipe de costauds, à l'exception de Vin, qui était tout de même plus grand que lui. Les bleus ne faisaient pas le poids. Rain et Jérôme étaient tous les deux minces et Twig… c'était une brindille. Leur seul élément de taille était Big John, mais il manquait d'équilibre. D'un autre côté, Devon ne semblait pas vouloir utiliser sa force. Peño espérait que ça changerait… mais pas aujourd'hui. Il faudrait qu'il lui en touche deux mots plus tard.

– C'est simple, commença Rolabi, la main tendue vers la forteresse qui les dominait. Une équipe attaquera le château tandis que l'autre le défendra. Celle qui récupère le trophée le plus rapidement gagne. Les perdants feront des tours de terrain pendant que les vainqueurs s'entraîneront aux tirs.

– Comment est-ce que vous avez eu le trophée du championnat national ? l'interrogea Peño, impatient de toucher le granite noir.

– Je l'ai emprunté, répondit Rolabi. Les bleus en défense.

– Donc… on se pousse avec ces boucliers ? demanda Lab. Logiquement, ce sont les plus forts qui gagnent, non ?

– Bonne question, ponctua Rolabi sans répondre. Vous avez deux minutes pour élaborer une stratégie.

Rain les guida vers la rampe la plus proche et Peño examina le château. Avec ses murs hauts et lisses, le seul moyen d'accéder au trophée était de passer par les rampes.

Il écouta Rain expliquer son plan.

– Et s'ils échangent et que je me retrouve contre Devon ? demanda-t-il ensuite.

– Il faut communiquer, répondit Rain, sûr de lui.

Peño hocha la tête, mais il n'était pas convaincu.

– J'ai aucune envie de refaire des tours de terrain pendant deux heures. Faut qu'on gagne, affirma Rain.

– On va se les faire, les gars ! s'exclama Peño.

Il se posta devant une des rampes et roula les épaules pour les détendre. Il entendit des pas derrière lui. Rain était tout près. Apparemment, il avait choisi de le couvrir en premier, sûrement parce qu'il était le plus petit joueur de l'équipe.

– Ça va être la folie, grommela Peño. Mais c'est génial.

– Exact, murmura Rain. On défend un château.

– Avec des armures, ça aurait été le top.

– Commencez ! lança Rolabi.

Sous ses pieds, la rampe se transforma en bois solide. Autour de la forteresse, des douves se creusèrent et se remplirent d'une eau fétide. Le plancher des deux côtés de la fosse se rejoignit et quatre ponts menaient désormais vers les rampes bordées de murs en vraies pierres. Des drapeaux bleus flottaient en haut du château malgré l'absence de vent et même les vêtements de Peño changèrent pour devenir une armure en acier avec un liseré bleu. Il n'en revenait pas.

– Peño...

– Ouais, j'ai vu... répondit ce dernier, sidéré. Il fallait vraiment que j'ouvre ma grande bouche.

– Chargez ! hurla Lab, un bras tendu, à l'image des guerriers du Moyen Âge.

Les rouges se séparèrent comme ils s'y étaient attendus et Vin fonça droit sur Peño et Rain, ses bottes claquant sur le pont. Peño se baissa au moment où il le percuta de plein fouet. Il recula légèrement, mais planta fermement ses pieds dans le sol. Malgré sa petite taille, il était très fort et avait des jambes puissantes. Il savait qu'il pouvait contrer Vin tout seul.

– Bonne chance ! lui lança Rain, du même avis.

Vin poussa plus fort et les deux meneurs se retrouvèrent embarqués dans une lutte équilibrée. Par-dessus son bouclier, Peño adressa un sourire victorieux à Vin.

– Tu perds ton temps, mec.

– C'est ce qu'on va voir !

Vin insista. Des cris résonnaient autour d'eux, mais Peño se concentrait sur sa rampe. Il ne pouvait qu'espérer que les autres faisaient de même. Des pas annoncèrent soudain Reggie, qui traversait le pont pour venir en renfort à Vin.

– Oh oh, grommela Peño.

Reggie joignit ses efforts à ceux de Vin en le poussant dans le dos. Peño sentait qu'il remontait la rampe.

– Deux contre moi ! cria-t-il en résistant de son mieux. Je vais pas tenir !

Ses bottes n'avaient plus prise sur le bois et il glissait en arrière, malgré tous ses efforts. Les battements de son cœur tambourinaient dans ses oreilles. Rain arriva juste avant que ses adversaires ne passent et il parvint à les arrêter.

– Pousse ! cria Rain en s'appuyant contre le dos de son coéquipier.

Ils inversèrent le mouvement et Peño afficha un sourire triomphant quand Vin et Reggie perdirent toute leur avance. Les attaquants n'avaient aucune chance.

– Rain ! appela Jérôme à bout de souffle. J'ai besoin de toi…

– A-Wall vient de partir ! avertit une voix.

– Lab aussi ! ajouta une autre.

Peño comprit que c'était une très mauvaise nouvelle avant même de voir la mine réjouie de Reggie.

– Les gars… lâcha Jérôme faiblement.

Peño se tourna au moment où Rain repartait en courant et se figea net.

– Oh non ! murmura-t-il.

Peño ne put rien faire. Rain fut propulsé en arrière par la puissance jointe de Devon, A-Wall et Lab. Au même moment, Vin et Reggie reprirent leur offensive, renversant Peño sur leur passage. Ils suivirent alors les autres vers la rampe finale et le trophée tant convoité.

Peño resta allongé sur le dos, épuisé. C'était exactement le scénario qu'il avait redouté : en se liant, les rouges les avaient facilement dominés. Une stratégie évidente à laquelle les bleus ne s'étaient pas préparés du tout. En soupirant, il se releva doucement.

– Une minute et quarante-sept secondes, annonça Rolabi, sa voix portant dans tout le gymnase comme s'il utilisait un haut-parleur. Aux bleus d'attaquer dans deux minutes !

– Allons-y, acquiesça Rain en traversant un pont vers les bancs.

Peño le suivit, peu rassuré de passer au-dessus de l'eau. Il crut y voir des yeux jaunes qui le fixaient.

– Ne plonge pas, hein ? grommela-t-il en direction de Big John.

– J'en avais pas l'intention.

Ils se regroupèrent et mirent en place un plan rapide. Pour les attaquants, cet exercice était un jeu d'enfant. Peño se voyait déjà brandir le trophée.

– On l'aura en trente secondes ! s'enthousiasma-t-il. Les bleus, à trois, lança-t-il en tendant le bras. Un… deux… trois… bleus !

Ils levèrent tous le poing et se séparèrent en une ligne offensive. Peño brûlait d'impatience. Apparemment Lab n'avait pas osé attaquer son grand frère, mais Peño se ferait un plaisir de l'assommer. Il se ruerait droit sur sa rampe.

Seulement, alors que les bleus approchaient du château, ils ne virent aucun défenseur à leurs postes.

– Ils ont pas réussi à décider qui mettre où ! déclara Peño, hilare.

– Commencez ! lança Rolabi.

– Ils ne sont pas encore placés ! cria Rain. Suivez-moi !

Peño courut juste derrière leur leader, prêt à annoncer leur victoire. Mais soudain, Rain s'arrêta net. Peño lui rentra dedans, se cognant le nez sur l'acier de son armure. Les larmes aux yeux, il vit Devon devant la dernière rampe, son bouclier en avant. Les autres rouges se tenaient derrière lui, bloquant l'accès au trophée.

– Mais… bredouilla-t-il sur un ton abattu.

Il comprit alors ce que leurs adversaires étaient en train de faire.

– Poussez ! ordonna Rain.

Les bleus forcèrent encore et encore, mais sans résultat. Peño était écrasé entre les défenseurs et ses propres coéquipiers. Les minutes défilaient et ils ne progressaient pas d'un pouce. Rain refusait de s'avouer vaincu.

Devon finit par les projeter en bas de la rampe. Rain atterrit sur le ventre de Peño, lui coupant la respiration. Peño sentit un genou s'enfoncer dans sa cuisse. Des taches apparurent dans son champ de vision, pareilles à des soleils miniatures. Encore une défaite cinglante.

– Le temps a été dépassé, annonça Rolabi. La victoire aux rouges.

Lab s'empara du trophée et le souleva au-dessus de sa tête triomphalement. Peño se redressa et regarda son frère radieux. C'était son rêve à lui, de remporter ce trophée : il s'était si souvent endormi en imaginant cet instant. Mais Lab lui volait la vedette, il le remplaçait dans son propre rêve. Et si c'était prémonitoire ? Peño ne tiendrait jamais ce trophée dans ses mains. Il était trop petit, trop lent, ses tirs n'étaient pas assez bons. *Il* n'était pas assez bon.

Cette pensée envahit son esprit tel un brouillard noir et il descendit la rampe, découragé.

– Les rouges peuvent prendre des balles et s'entraîner aux tirs, lança Rolabi. Les bleus, tours de terrain.

Quand Peño traversa le pont, les douves s'asséchèrent et le plancher se reforma. Il jeta son casque et son bouclier au sol, écœuré, et se mit à courir. Il fallut près d'une heure pour que quelqu'un réussisse enfin son panier. Peño s'écroula sur le banc, s'essuyant le front.

– Quel était le sens de cet exercice ? demanda Rolabi.

– Nous apprendre la défense collective, grommela Peño.

– Oui. Les rouges ont joué en équipe. Pas les bleus.

Peño s'essuya de nouveau le visage et but un peu. Lab et lui remplissaient leurs bouteilles au robinet. Chez eux, l'eau était jaune avec un goût affreux d'œuf pourri, mais ils n'avaient pas le choix. À Fairwood, ce n'était pas vraiment mieux. Tout Bottom avait le même problème. Peño siffla la dernière goutte au moment où Rolabi retira un bouchon sur le côté du château. De l'air s'en échappa et toute la structure s'écroula petit à petit. Peño faillit s'étouffer. C'était un château *gonflable* ?

En un clin d'œil, il ne fut pas plus gros qu'un ballon de basket. Du caoutchouc gris replié sur lui-même. Rolabi le ramassa et le rangea dans sa mallette.

– Qu'est-ce qu'un défenseur doit faire en permanence ? demanda-t-il.

– Se tenir prêt, répondit Reggie.

– Et ça vaut pour toute l'équipe. Si vous n'êtes pas prêts, vous perdez votre temps.

Il partit alors vers les portes.

– C'est terminé pour aujourd'hui ? demanda Peño.

Il était épuisé, même s'il n'était pas encore midi.

– Ça dépend de vous.

Leur coach sortit et les portes se refermèrent sur lui, ébranlant tout le gymnase. Rain proposa de fairc un match, mais des cris envahirent soudain le terrain : le globe était revenu. Peño sentit aussitôt un frisson s'immiscer jusque dans ses os.

– On fait quoi ? demanda-t-il tout bas.

– Rolabi a dit qu'on devait l'attraper, suggéra A-Wall. Il a dit que ça nous rendrait plus rapides.

Aussitôt, Twig se précipita sur le globe et toute l'équipe le suivit. Malgré leurs efforts, le globe leur échappa encore. Peño percuta Lab et ils atterrirent tous les deux sur les fesses, furieux.

– Tu peux pas faire attention ? gronda Lab.

– Et toi, alors ?

Peño se releva au moment où le globe fonçait vers le mur pour disparaître.

– Toujours partant pour un match ? demanda-t-il à Rain en se frottant l'épaule.

– Non, je veux juste m'en aller, répondit ce dernier, hors de lui.

Peño n'insista pas. Il s'assit et délaça ses chaussures, sans se préoccuper de la conversation qui démarrait. Il n'avait pas réussi à attraper le globe, pas réussi à remporter le trophée, il avait perdu le premier match. Rolabi voulait qu'il devienne le leader ? Mais il n'arrivait à rien ! Comment guider les autres ? Rain était bien meilleur que lui. Lab aussi. Même Vin sans doute.

Il allait être éliminé. Comme il l'avait toujours craint.

Il enfila ses chaussures de ville, ferma son sac usé et sortit. À mi-chemin sur le parking, il entendit les portes s'ouvrir et Lab le rejoignit.

– Qu'est-ce que tu veux ? lui demanda Peño sur un ton belliqueux.

– Pourquoi t'es si contrarié ? demanda Lab. Je croyais qu'on avait pas le droit.

– C'est pas pareil ! Toi, t'es triste depuis *trois ans*.

– Et pourquoi, à ton avis, génie ?

– Moi aussi, je l'ai perdue, répliqua Peño en avançant plus vite. C'était ma mère, à moi aussi.

Il prononça exprès le mot qui ferait le plus mal à Lab. Leurs regards se croisèrent. Peño vit la couleur quitter le visage de son frère. Cette fois, il ne détourna pas les yeux. Pourquoi Lab aurait-il le monopole de la douleur ? Pourquoi lui seul avait-il le droit d'être triste ? Pourquoi Peño devait-il s'occuper de la maison, s'occuper de son petit frère et toujours se montrer fort ? Ce n'était pas juste.

– Tu as tourné la page, l'attaqua Lab. T'as toujours été plus à fond que moi dans le basket…

Peño le bouscula violemment et Lab partit en arrière, parvenant à peine à garder l'équilibre. Dès qu'il se rattrapa, il se rua sur Peño et tous les deux tombèrent lourdement sur le béton. Peño en eut le souffle coupé, mais rapidement il roula sur lui-même pour se dégager. Ils se bagarrèrent pendant un moment, écrasant les détritus sur le trottoir.

– Tu crois pas… qu'elle me manque… ? cria Peño en tentant de faire une cravate à son frère.

Lab lui donna un coup de genou dans le ventre pour ne pas se laisser étrangler.

– Tu… n'es pas… triste, lâcha-t-il à bout de souffle. Tout… va… bien. Arrête ! Tu… Je vais te démolir… Arrête !

Ils roulèrent encore et cette fois Peño passa au-dessus et bloqua son petit frère à terre. Haletant et en nage, il maintenait les deux mains de Lab sur le béton en signe de victoire.

– Elle me manque chaque seconde de la journée. T'es complètement aveugle si tu le vois pas.

Lab essaya de le renverser, mais il était coincé.

– Lâche-moi !

– T'as jamais pensé que je le montre pas justement pour t'épargner ? Que je fais ça pour vous protéger, papa et toi ? T'es trop bête pour y avoir pensé, c'est ça ? Et peut-être que je fais tout à la maison pour vous rendre la vie plus facile ? Ça non plus, ça t'est pas venu à l'esprit ?

Il hurlait à présent et Lab le regardait, immobile.

– Parfois, j'ai l'impression que je peux plus respirer, confia Peño tout bas. Que je vais mourir. Mais t'as jamais remarqué non plus, n'est-ce pas ? Au moins, toi, tu peux espérer. Moi, j'ai même pas ça.

– De quoi tu parles… ?

– T'as ta chance de réussir, pas moi. Moi, je suis le type solide, le pilier qui regarde les autres réussir.

Il se leva et se frotta rapidement les yeux.

– Je devrais te donner une bonne raclée, mais je le fais pas… pour elle.

Il partit en trombe. Arrivé à l'angle du parking, il regarda derrière lui. Lab était toujours allongé au sol. Peño hésita à retourner voir s'il allait bien. C'était lui le grand frère. Le plus fort des deux. Il devait s'occuper de Lab. Mais il ne se sentait pas fort, il était fatigué d'essayer de soutenir son père et Lab alors que personne ne faisait ça pour lui.

Il détourna la tête et le laissa sur place.

✧ 6 ✧

AVEUGLE

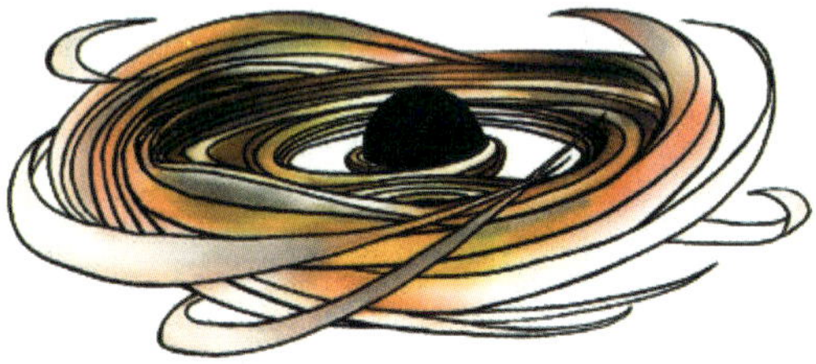

Ton roman sera plus beau
si l'auteur aime son héros.

✧ SAGICIEN - PROVERBE N° 26 ✧

Peño revint en courant vers le banc pour boire une gorgée d'eau. Il mettait tout son cœur à l'échauffement aujourd'hui, et même s'il faisait tout pour que personne ne le remarque, il travaillait essentiellement sa main gauche. Il s'était promis de ne plus jamais se laisser humilier par son inefficacité. Du coup, il enchaînait les tirs ratés avec une régularité de métronome et suait déjà abondamment.

La soirée de la veille avait été épouvantable. Lab et Peño ne s'étaient pas adressé la parole, ni même regardés. Ils s'évitaient comme la peste. Peño avait préparé le dîner, pois chiches et lamelles de poulet dans des tortillas, mais Lab s'était couché sans manger.

Pas si étonnant que ça. Pas facile de réussir un plat savoureux quand on s'approvisionne dans un vieil entrepôt qui vend tous les produits périmés de Dren, mais Peño faisait de son mieux. Avant de mourir, sa mère travaillait à plein temps, faisait à manger et s'occupait de ses deux garçons, alors il ne pouvait pas vraiment se plaindre. C'était seulement maintenant qu'il comprenait l'ampleur de la tâche, surtout que les derniers mois de sa vie, elle avait continué courageusement, malgré la maladie qui la rongeait et qu'elle leur avait cachée. Il écarta rapidement la vague de tristesse qu'il éprouva. Il avait déjà assez pleuré la veille. Il but et s'essuya la bouche en regardant au plafond.

– Je m'accroche, maman. Mais je ne sais pas quoi faire avec Lab.

Il lui parlait souvent, dès que Lab ne pouvait pas l'entendre. Il lui parlait en s'occupant de la maison, avant de se mettre au lit, et quand il lisait. Il prenait de ses nouvelles, lui disait qu'elle lui manquait, lui demandait des conseils pour Lab. Parfois c'était sous forme de prières, parfois, de conversations. Il en avait besoin, ça le soulageait de sa solitude.

Au moment de repartir s'entraîner, il remarqua Big John seul à l'autre bout du banc. Il mettait un temps infini à lacer ses chaussures et semblait exténué. Il avait les yeux gonflés soulignés d'épais cernes noir foncé.

– Hey, mec.

– Yo.

– Ça va ?

Big John leva la tête vers lui et, l'espace d'une seconde, Peño crut voir sa lèvre supérieure trembler. Mais Big John se ressaisit et sourit.

– Ouais. Fatigué, c'est tout.

– Je… euh… savais pas que tu avais deux petits boulots.

– J'ai fait quelques heures sup, répondit Big John, embarrassé. Suis rentré tard.

– Ta mère dit rien ? Elle est d'accord ?

Big John se leva.

– C'est elle qui me l'a demandé. Elle a perdu son travail.

– Oh.

Big John avait deux petites sœurs. Son père était mort depuis plusieurs années et son frère, récemment. Le premier, de maladie, le deuxième, à cause de la violence.

– Ouais, ponctua Big John, bourru. Elle va en retrouver un autre. C'est juste en attendant.

– Désolé, mec…

– Pas besoin de ça. Tout va bien. C'est pour ça que je suis ici. Faut que j'entre à l'université.

Big John partit sur le terrain et, attristé, Peño le suivit du regard. Même si, pour Lab et Peño, la vie n'était pas rose, Big John avait des problèmes autrement plus sérieux qu'eux. Il avait perdu deux êtres chers et tenait sur ses épaules toute sa famille.

Peño contempla ses camarades. Ils n'entreraient pas tous dans la ligue nationale. Rain, peut-être. Pour les autres, ce serait plus compliqué, impossible, même. Surtout pour lui. Il en était conscient et pourtant refusait de l'admettre. Ce n'était pas qu'une question de taille, ses tirs n'étaient pas bons non plus. Il jouait pratiquement toujours contre des meneurs bien meilleurs que lui.

Mais que pouvaient-ils espérer de mieux ? Il n'y avait pas d'avenir à Bottom. Si Peño ne perçait pas dans le basket, il resterait coincé là à faire le même travail éreintant que son père. Enfin, s'il avait la chance d'être embauché. Comment supporter un tel destin ? Il fallait qu'il réussisse ! Comme tous ici. Malgré les faibles probabilités. C'était essentiel, il devait y croire.

Il retourna sur le terrain, le plus loin possible de Lab. Il s'entraîna jusqu'à ce que Rolabi les réunisse autour de lui. Et soudain, il remarqua que tous ses coéquipiers évitaient Rain autant que lui évitait son petit frère. Qu'est-ce qui se passait ? Qu'est-ce qu'il avait raté ?

– Aujourd'hui nous allons travailler l'attaque, annonça Rolabi. Nous commencerons par les passes.

Tant mieux ! songea Peño. Il était très fier de ses passes.

– La base de toute attaque. Qu'est-ce que tous les grands passeurs ont en commun ?

– La vision, répondit Peño aussitôt.

Il avait bien étudié la question… Il regardait tous les matchs des pros à la télé, analysant chacune de leurs actions et se les rejouant dans la tête. Parfois il prenait des notes, ce qui amusait beaucoup Lab.

Ou alors il restait assis tout près du poste pour suivre les joueurs avec un doigt.

– Très bien. Un bon passeur doit être rapide, agile et audacieux. Mais avant tout, il doit avoir une vision parfaite. Voir ce qui est et anticiper ce qui viendra. Il doit avoir une vision globale du terrain.

– On doit s'entraîner… à voir plus ? demanda Lab, déconcerté.

– Exactement, répondit Rolabi simplement. Et le mieux pour commencer, c'est de ne rien voir du tout.

C'était reparti pour un truc de dingue ! Ils en étaient au sixième jour du camp d'entraînement et les leçons de Rolabi s'accompagnaient invariablement de phénomènes étranges. Mais Peño ne s'était pas attendu à devenir complètement aveugle. Il avait beau se frotter les yeux, l'obscurité restait totale.

– Eh, fais attention ! hurla-t-il. C'est mon orteil !

– Comment tu veux que je marche pas dessus quand j'y vois rien du tout ? demanda Big John.

– Et si tu bougeais pas ? T'es plus lourd qu'un éléphant.

– T'as un problème avec mon poids ?

Il leva les bras pour parer d'éventuels coups, incapable de dire d'où venaient les voix qu'il entendait. Partout autour de lui, ça criait, ça respirait fort et ça jurait.

– En quoi ça aide notre vision ? cria Lab, presque hystérique.

– Il ne s'agit pas que de votre vision, commenta Rolabi, sa voix encore plus imposante sans lumière. Tout ne dépend pas uniquement de notre vue. Nous pouvons entendre ce qui se passe, nous pouvons le sentir, nous pouvons le prédire. Si vous parvenez à faire tout ça, vos yeux ne sont qu'un bonus.

Quelqu'un commença à dribbler. Peño se concentra sur le bruit et sentit les vibrations familières sous ses pieds. Ces battements le calmaient. Il respira profondément l'air humide et renfermé du gymnase. Fairwood ! Même dans le noir, il connaissait cet endroit par cœur.

– Le jeu est simple. Les attaquants commencent à un bout du terrain et l'autre équipe attend au milieu. Les attaquants se font des passes en remontant le terrain. Ils n'ont pas le droit de dribbler, seulement des passes. S'ils arrivent de l'autre côté, ils gagnent. Les perdants feront des tours de terrain.

– On voit rien, commenta Peño en agitant les mains. C'est impossible.

– Vous vous concentrez trop sur ce qui est impossible, répliqua Rolabi.

Quelque chose de dur et caoutchouteux cogna le front de Peño.

– C'est pas cool, ça, professeur. Vous auriez pu me casser le nez. Ça aurait été la fin de ma carrière de top model, ma famille ne l'aurait pas supporté.

– Et tu poses pour quoi ? Des vêtements de bébés ? se moqua Big John. Des chaussures de poupées ?

– Sérieux, et tu te fais pousser la moustache pour ça ? ajouta Vin.

– Vous devenez hyper drôles dans le noir, rétorqua Peño en se touchant la lèvre supérieure, gêné.

– Les titulaires contre les remplaçants de l'année dernière. Les titulaires commencent. Trouvez le ballon.

Peño soupira. C'était à lui de s'y coller. Il tâtonna maladroitement pour éviter de percuter quelqu'un ou quelque chose. Malheureusement, il se cogna tout de même le genou contre le mur.

– Ma carrière est finie, grommela-t-il en tentant de chasser la douleur.

Il continua ses recherches, sursautant chaque fois qu'il touchait quelque chose. Lab réussit finalement à mettre la main sur la balle et à la donner à son frère et, après encore plusieurs minutes, ils se placèrent en ligne sous le panier. Les défenseurs étaient supposés les attendre à mi-terrain, mais Peño ne savait même pas s'ils étaient bien rangés. Rolabi ne leur donnait aucun indice.

– Bon, j'y vais, annonça Peño.

– On sait même pas où t'es, débile, l'arrêta Lab.

– C'est tout le problème, imbécile, répliqua Peño.

– Ça va être marrant, assura Twig.

– Ici ! cria Rain.

Peño fit quelques pas en direction de la voix avant de faire une passe basse dans l'espoir que le bruit guiderait Rain. La balle ne rebondit qu'une fois, il avait dû la rattraper.

– À qui maintenant ? demanda Rain.

– Ici ! répondit Lab.

Des crissements de chaussures se rapprochaient de Peño. Il y eut ensuite un rebond, un grognement de douleur, un autre rebond et plus rien.

– Un peu plus haut, gémit Lab d'une voix plus aiguë que d'ordinaire. Allez, on avance !

Ils progressèrent lentement sur le terrain, avec un peu de chance dans la bonne direction. S'ils avançaient assez lentement et se faisaient des passes courtes, ils devraient s'en sortir. Mais quand ils arrivèrent à mi-terrain, les voix des cinq titulaires se mêlèrent à celles de leurs adversaires. Des cris, des crissements de semelles et des avertissements rendaient le jeu impraticable. Peño se figea sur place, s'efforçant de faire le tri dans les indications qui lui arrivaient.

Quand il crut reconnaître la voix de Lab, il lui fit une passe. Il avait dû rater sa cible, parce qu'un bruit métallique retentit alors. La balle avait atterri dans les gradins.

– Mince, lâcha-t-il.

– On tourne ! lança Rolabi.

Les remplaçants mirent encore plus de temps à trouver la balle et la perdirent pratiquement tout de suite. Peño se réjouit en secret : à cet exercice, il brillerait certainement plus que Vin. Il fallait qu'il prouve qu'il méritait d'être titulaire.

Et pourquoi ? murmura la voix dans son oreille.

Peño faillit tomber en arrière.

– Qui a dit ça ?

– Qui a dit quoi ? demanda Lab. Tout le monde parle, mec. Tu as la balle ?

– Je suis là ! cria A-Wall.

– Je t'ai pas appelé, répondit Lab, j'ai parlé de la balle.

– Hmm, lâcha Rolabi. Changeons un peu la donne.

Une lumière orange sphérique apparut. Quand il s'en approcha, Peño comprit que le ballon rayonnait de l'intérieur. Il le ramassa prudemment, mais il n'était pas chaud. Et, encore plus étrange, la lueur ne passait pas entre ses doigts quand il l'eut dans les mains.

– C'est bizarre, commenta-t-il en dribblant.

Il suivit la voix de ses coéquipiers jusqu'au mur et se tourna vers les défenseurs, en espérant qu'ils étaient bien là où il les pensait. Il ne s'était jamais trouvé dans l'obscurité totale. Même la nuit, sa chambre était éclairée par la lune ou les lampadaires dehors, ainsi que par la petite veilleuse de Lab.

Pour lui, c'était une expérience nouvelle. L'équipe essayait de fonctionner sans aucune visibilité. Ils devaient se déplacer, faire des passes et jouer dans le noir. Ça semblait ridicule… et pourtant ça lui plaisait d'utiliser ses autres sens. Il les oubliait sur le terrain en général. Pour lui, le basket était un jeu visuel.

– Vous êtes prêts ? demanda Peño. C'est parti !

La balle éclairée changeait tout. C'était bien plus facile pour eux… mais aussi pour les défenseurs. Rapidement, l'un d'entre eux intercepta une passe de Peño.

– Volée ! cria Jérôme, tout fier.

– Jolie passe, ironisa Lab.

– Je vois pas à qui je l'envoie, se justifia Peño, qu'est-ce que tu veux ?

– Un peu de clairvoyance.

– La prochaine fois, je te la mets dans la tête.

– Si tu savais viser…

– Avec la grosse tête que t'as, ça devrait pas me poser de problème.

Il leva les poings pour se battre et cogna une surface molle.

– Aïe ! cria Vin. Qui a fait ça ?

Peño ne dit rien et s'éloigna rapidement.

Il se sentait de plus en plus à l'aise. En temps normal, déjà, il parlait beaucoup. Dans le noir, il devenait clairement le leader de son équipe. Il décrivait tout ce qu'il faisait et l'exigeait des autres également. Même Twig s'y mettait petit à petit. Peño se demanda s'ils garderaient cette bonne habitude une fois la lumière revenue.

Enfin, après que Rain réussit à briser la défense et à recevoir la balle, Peño traversa le terrain aussi vite qu'il pouvait en agitant la main.

– Ici, Rain ! Je suis démarqué… je pense !

La balle fusa dans l'air, telle une météorite dans l'atmosphère, et Peño l'attrapa, prêt à renvoyer le ballon au joueur suivant. Mais les néons clignotèrent et se rallumèrent. Il était arrivé au bout du terrain. Ils avaient réussi !

– Les titulaires remportent la victoire, annonça Rolabi. Pause, allez boire.

– *Yes!* s'écria Peño en donnant une tape dans la main de tous ses coéquipiers, à part Lab qui l'évitait toujours, et Rain qui était parti directement s'asseoir seul sur le banc. Qu'est-ce qui lui prend ? demanda-t-il à A-Wall.

– Hier, il a dit que l'équipe, c'était lui, répondit A-Wall en haussant les épaules.

– Oh. Parfait.

Au fil des jours, l'équipe semblait de moins en moins liée. Pendant qu'ils buvaient, Rolabi demanda à tous les joueurs de s'exprimer honnêtement devant les autres. La plupart des déclarations étaient assez banales : ce qu'ils voulaient améliorer, leurs objectifs pour la saison, les remplaçants qui voulaient passer titulaires.

Quand ce fut au tour de Peño, il avança au centre du terrain et se tourna vers ses camarades.

– Cette année, on va remporter le championnat national, les gars. Retenez bien ce que je vous dis.

– Comment ? demanda Rolabi.

– Ben… en gagnant tous les matchs ?

– Intéressant, réagit le professeur, qui ne semblait pourtant pas du tout intéressé.

Peño revint s'asseoir, un peu abattu. Rolabi attendait sûrement de lui un peu plus de profondeur, mais Peño voulait simplement jouer au basket. Gagner, ça voulait dire davantage de matchs, davantage de voyages, davantage de basket. C'était ce qui lui importait. Plus ils gagnaient, plus ils jouaient. Il se fichait de la gloire, de la célébrité. Pour lui, le championnat national junior, c'était une longue série de matchs. Jouer au basket tous les jours, il ne demandait rien de plus.

Rain fut le dernier à passer et il s'excusa. L'équipe le regarda sans bouger.

Un leader doit toujours faire le premier pas.

Peño soupira et tendit son poing vers Rain.

– C'est bon, frère. On oublie.

Ils acquiescèrent tous en silence.

– C'est l'heure du match, annonça Rolabi.

– Sans piège ? demanda Peño, méfiant.

– Nous allons juste travailler notre vision. Rain, Vin, Lab, A-Wall et Devon d'un côté.

Peño se figea. Il ne jouait pas avec Rain et Lab ? C'était pourtant toujours titulaires contre remplaçants. Est-ce qu'il venait de nommer les nouveaux titulaires ? Vin à sa place, Devon à celle de Twig ? Peño était relégué sur le banc ? Qu'est-ce qu'il avait fait de mal ? Il chercha le regard du professeur, mais quand ses yeux verts se posèrent sur lui, Rolabi ne dit rien.

Ne faites pas ça, songea-t-il, désespéré. *Ne me rétrogradez pas !*

Rolabi prit une balle dans sa mallette.

– On se concentre sur un acteur et on rate les autres à l'arrière-plan, dit Rolabi. On regarde une carte du jeu alors qu'une deuxième est déjà sortie. On fixe la balle et on passe à côté du match.

Twig et Devon se préparèrent pour l'entre-deux. Maintenant que Big John était dans la même équipe que Twig, il prendrait sans doute le poste d'ailier fort pour lui laisser celui de pivot. De mauvaise grâce, Peño se positionna derrière eux, se demandant comment faire pour regagner sa place. C'était peut-être à cause de sa taille ? Ou de sa main gauche ? Il savait qu'il aurait pu être plus en forme. Il passa une main sur son ventre rond. Peut-être qu'un petit jogging après l'entraînement, ou s'il rentrait chez lui en courant… Il devait mériter sa place dans l'équipe et il commencerait dès maintenant.

– Notre champ de vision est tellement large et pourtant on choisit de ne rien voir. Quelle drôle de décision.

Et Peño redevint aveugle. Mais pas comme la première fois. Il ne voyait simplement plus rien devant lui. Seule sa vision périphérique fonctionnait. Il avait l'impression que le monde avait été réduit de moitié. Il tenta de rester calme. C'était un autre test, rien de plus. Il allait devoir s'améliorer dans ce domaine aussi. Pour retrouver ses repères, il tourna la tête prudemment. Malgré la sensation affreusement déconcertante, il y voyait de plus en plus clair. Il fallait juste bouger la tête en permanence.

Il en était capable.

– Je vois plus rien ! s'écria Big John. Enfin… presque !

– Prêts à jouer ? demanda Rolabi.

– Juste pour être sûr, tout le monde a l'impression que c'est la main du coach qui nous parle ? interrogea Peño.

– Oui, répondit Jérôme.

Parfait, dans ce cas, il était plus facile d'élaborer un plan. La tête légèrement tournée sur le côté, Peño ramassa la balle. Rolabi voulait qu'il avance à contre-courant. C'était le moment de nager.

La balle s'éleva, sortant de son champ de vision, et le match commença. Twig frappa la jambe de Devon, mais Vin réussit à récupérer le ballon. Il le prit à deux mains et tourna la tête dans tous les sens, comme un coq effrayé. Alors qu'il dribblait vers le panier, Peño le suivait de près en tentant de ne pas le perdre du regard. Pour se guider, il se servait également de ses mains.

– Posez des écrans ! cria Peño. Dites qui est autour de vous !

Vin tenta une échappée sur la gauche, mais Peño ne se laissa pas avoir. Il entendit le crissement de ses chaussures et le changement de trajectoire de la balle avant de voir quoi que ce soit. Il sentit même du bout des doigts comment Vin avançait son épaule. Empêché d'arriver jusqu'au panier, Vin fit une passe à Rain sur l'aile.

– T'es seul ! lança Peño à Reggie pour le prévenir qu'il n'avait pas d'écran à craindre.

Rain s'élança vers le panier, prenant l'ascendant dans le coin sur Reggie. Mais contrairement à son habitude, au lieu de tirer, il fit une passe à Lab qui était ouvert dans l'autre coin.

– Couvrez l'aile ! hurla Peño en cherchant Jérôme.

Il arriva trop tard. Lab attrapa le ballon et marqua.

– J'ai réussi à voir ! Bien joué, Rain.

– Quoi ? Tu vois bien ? s'étonna Peño.

– Plus maintenant, grommela Lab. Seulement quand j'ai tiré.

Peño n'y comprenait plus rien. Il décida de ne pas y penser. Ils perdaient déjà devant les nouveaux titulaires. Twig lui envoya la remise en jeu et il remonta le terrain. Tournant la tête constamment, Peño repérait les silhouettes de ses coéquipiers et tentait de se rappeler leurs positions. Il se sentait comme un général d'armée qui situait méticuleusement ses troupes sur une carte. Il s'arrêta en haut de la raquette et envoya Jérôme vers le panier.

– Moi aussi, je vois ! cria ce dernier en ratant son double-pas. Dommage.

Peño pesta en retournant en défense, mais avant même que son équipe puisse s'organiser, A-Wall réussit un double-pas. Peño se mordit la lèvre. Ils se faisaient largement dominer. Il n'était pas à la hauteur.

Il redoubla d'énergie, se battant sur chaque balle. Il posait une main sur tous les adversaires, parlait sans arrêt et tendait l'oreille vers tous les bruits qui lui parvenaient. Il connaissait la position de tous ses coéquipiers. Comme il ne voyait pas bien, il devait visualiser le jeu. Ce n'était pas parfait, mais petit à petit le terrain s'afficha précisément dans sa tête comme une toile d'araignée. Des fils reliaient chaque joueur. Un mouvement à un endroit créait des ondes partout ailleurs et il devait les remonter jusqu'au centre du jeu.

Il comprit alors qu'en étant démarqué on recouvrait sa vue intégrale. Quand le tir était contesté, on restait à moitié aveugle et, en général, on le ratait. Ainsi, il fallait vraiment faire les passes aux joueurs ouverts. Si Peño faisait tourner le ballon assez rapidement, il trouvait pratiquement toujours une option. Il fallait chercher les vraies ouvertures.

– Pause. Buvez un coup, lança Rolabi.

Peño s'exécuta aussitôt.

– Tu t'amuses ? lui demanda Vin.

– Ça va, répondit Peño. Même si ça devient fatigant de danser autour de toi.

Vin rit.

– T'aimes bien les remplaçants, lui dit-il.

– Ben non, ce sont les titulaires, eux, maintenant, puisque je joue avec eux.

L'exercice reprit, et Peño finit très fort. Il ne marqua que quelques paniers mais entraîna son équipe derrière lui pour obtenir un match relativement équilibré. Il parla sans arrêt, donna des instructions et encouragea ses camarades à toutes les étapes. Il comprit que l'important n'était pas de gagner la partie mais de garder la balle le plus longtemps. Chaque seconde comptait et c'est ce qu'il aimait surtout. Plus encore que le résultat.

Il aimait le combat.

C'est comme ça que tu deviendras leur leader.

– Ça suffira, les arrêta Rolabi. Allez prendre vos bouteilles et retrouvez-moi au centre.

Peño recouvra sa vision complète. Il secoua la tête pour s'ébrouer.

– Qui a gagné ? demanda-t-il.

– Personne, répondit Rolabi. Et tout le monde. Est-ce que vous jouez ainsi d'habitude ?

– Bien sûr que non, répondit Lab en riant. On était au ralenti, là.

– La vitesse est relative. Pour les plus rapides, tout le monde se déplace au ralenti. Et sinon ?

– On… on parlait beaucoup. Plus que jamais, hasarda Twig.

– Exact. Autre chose ?

– On a couvert tout le terrain en attaque, intervint Peño en analysant le jeu.

Pour élargir les options, il lui fallait maintenant ouvrir sur l'extérieur, là où les joueurs étaient plus souvent démarqués. Il ne fallait surtout pas se contenter de passer toujours directement par le centre.

– Plus de passes autour de la raquette. Plus de déplacements.

Rolabi hocha la tête.

– Un choix naturel quand on ne voit pas devant soi. Et enfin ?

Après un court silence, Rain prit la parole :

– On devait anticiper où les autres étaient et où ils devraient être. On devait prévoir le jeu.

– Absolument, confirma Rolabi. Il fallait voir plus que ce que nous permettent nos yeux. Maintenant, vous me devez des tours de terrain.

Peño sourit en voyant les remplaçants démarrer, Vin à leur tête. Il avait réussi à le dominer dans un exercice au moins. Mais la punition ne dura pas longtemps : ils réussirent leur lancer franc après les cinq premiers tours. Peño décocha un regard noir à Vin.

– Quelle chance, lâcha-t-il.

– Quel talent, corrigea Vin.

Rolabi ouvrit sa mallette.

– Vous avez retrouvé votre vue, mais est-ce que vous savez vraiment regarder ? Nous devons réapprendre à voir.

Il sortit sa marguerite en pot et la posa au centre du cercle.

– Encore ! se lamenta Peño.

– Eh oui ! confirma Rolabi. Si vous espérez gagner, il faut ralentir le temps.

Rolabi se dirigea vers les portes et Peño regarda tour à tour le professeur et la fleur.

– Vous partez ? lui demanda-t-il.

– Tu emporteras la marguerite chez toi, ce soir, Peño. Prends-en bien soin, s'il te plaît. Arrose-la.

Stupéfait, Peño se tourna vers la marguerite. Il devait s'en occuper ? Elle allait sans doute tenter de le manger au milieu de la nuit. Il l'enfermerait dans son placard, à la maison... mais il l'arroserait avant. Rolabi avait l'air d'y tenir.

Les portes s'ouvrirent et le vent s'engouffra dans le gymnase.

– Combien de temps on reste là ? demanda Rain.

Rolabi ne se tourna pas vers eux.

– Jusqu'à ce que vous voyiez quelque chose de nouveau.

Il disparut dans la lumière de l'après-midi.

– Vous croyez qu'il parlait au sens propre ?

– Qui sait ? répliqua Vin. Au moins, j'ai pas à l'emporter chez moi.

– Merci, lâcha Peño.

Big John se leva et fila vers le banc.

– Tu vas où ? demanda Jérôme.

– Je contemple pas une stupide fleur si j'en ai pas absolument besoin. Je me tire.

– Ça va pas ? s'inquiéta Peño.

Comme s'il ne l'avait pas entendu, Big John avança vers la sortie mais soudain se tourna pour répondre :

– Non, Peño ! C'est Bottom, ici. Comment tu veux que ça aille ? Vous pouvez continuer avec ce barge, mais pour moi, c'est pas un jeu.

Rappelez-vous où vous êtes. Je vais aller faire quelques heures sup au boulot.

Et il se rua dehors. Un silence lugubre s'installa dans le gymnase.

Rain prit sa balle, abandonnant l'exercice de la fleur. Peño hésita. Malgré les leçons du jour sur la vision, il ne comprenait toujours pas ce que Rolabi attendait d'eux avec cette marguerite. Ils ne pouvaient pas ralentir le temps, mais ils pouvaient le gâcher. Peño se leva pour s'entraîner aux tirs.

Tous les autres ne les suivirent pas. Devon, Twig et Reggie restèrent assis à contempler la fleur.

– Je me demande si on pourra jamais… commença Lab.

– Regardez ! l'interrompit Peño.

Il avait senti un frisson familier remonter le long de ses bras et en avait tout de suite compris la cause. L'étrange globe était revenu… et cette fois il flottait directement au-dessus de la tête de Devon, qui ne bougea pourtant pas d'un pouce. Assis par terre, il ne quittait pas la fleur des yeux.

Peño voulait le prévenir, mais les mots se coincèrent dans sa gorge. Tout le monde regardait le globe à présent. Devon savait sûrement qu'il était là. Et pourtant, il était toujours immobile.

Les secondes semblaient durer une éternité.

Et soudain, sans crier garer, Devon tendit le bras et attrapa le globe dans sa grande main. Il sourit victorieusement, alors que la substance noire gluante coulait sur ses doigts… et il disparut.

– C'est pas bon, murmura Peño, sidéré.

Le temps reprit son cours habituel. Des voix retentirent, les gars commençaient à quitter le gymnase et Peño baissa les yeux vers la marguerite. Il se rappela qu'il devait l'emporter. Il la contempla un moment, bloquant tous les sons autour de lui. L'espace d'un instant, il crut la voir frémir.

Il y a toujours le temps.

Il pensa à ses tirs précipités, il pensa à sa peur d'être trop petit, de ne pas avoir de talent. Il pensa à ses terreurs plus sombres et plus profondes. Était-ce juste une question de temps ? Devon réapparut, mais ça ne suffit pas à déconcentrer Peño. Il approcha lentement de la fleur, la ramassa et sentit une nouvelle vague de frissons sur ses bras et ses jambes. Et soudain, il vit davantage.

Une lumière blanche argentée dans ses mains, la fleur, le gymnase.

– Qu'est-ce qui se passe ? demanda-t-il à personne en particulier.

Es-tu prêt à utiliser le grana, Peño ?

Il regarda de nouveau la fleur, coinça le pot sous son bras et ouvrit de grands yeux émerveillés.

– Oui, murmura-t-il.

Et qu'est-ce que les plus forts gardent toujours en tête ?

Peño jeta un coup d'œil à son frère.

– Que parfois on est faibles.

✧ 7 ✧

SUR LA MONTAGNE

Il pourra arriver que tu sois fatigué. Laisse la nuit tomber,
tes paupières se fermer. Mais ne renonce jamais.
Marche jusqu'à ce que l'obscurité ne soit plus qu'un souvenir vibrant
et que tu deviennes le soleil à l'horizon du voyageur suivant.

✧ SAGICIEN – PROVERBE N° 50 ✧

Peño glissa les mains sous le filet d'eau froide pour se les passer sur le visage. Il se contempla ensuite dans le miroir, tandis que les premiers ballons rebondissaient sur le sol du gymnase.

Il avait réussi à emporter la marguerite chez lui en un seul morceau. Il l'avait posée sur le bord de sa fenêtre et arrosée soigneusement sans tenir compte des moqueries de Lab. Trois jours de silence pesant. Et pour quelle raison ? Parce que son frère était meilleur que lui ?

Où courent-ils tous ?

Peño fit volte-face en s'essuyant rapidement avec son bras.

– Qui a dit ça ?

C'est étrange de toujours suivre les autres quand on affirme qu'on veut prendre les devants.

J'ai juste besoin des outils, songea Peño. *Le matériel nécessaire pour travailler.*

Tu as tout ce qu'il te faut.

Pour quoi ? se demanda Peño. *Pour vivre à Bottom le restant de mes jours ?*

Aucune réponse. En soupirant, Peño agrippa le lavabo. Il devait arrêter ça. Arrêter l'autoapitoiement. Ce n'était pas son genre. S'il continuait comme ça, tout s'écroulerait. Certains pouvaient peut-être se permettre d'être faibles, mais pas lui.

– Tu joues comme tu sais le faire, aujourd'hui, murmura-t-il.

Il sortit des vestiaires et eut tout juste le temps de faire quelques tirs avant l'arrivée de Rolabi, dans un brouillard pareil à une vague d'air chaud sur du béton un jour de canicule. Les yeux verts transperçants du coach se posèrent directement sur lui.

Au loin, Peño vit un lac limpide et un bateau en bois.

Il sombrait toujours.

– Il ne me parle plus, grommela Peño.

Alors exprime-toi sans mots.

Rolabi avança sur le terrain.

– Approchez. Aujourd'hui, nous allons travailler les tirs.

Peño prit rapidement la fleur qu'il avait laissée sur le banc en arrivant et la rendit au professeur. Rolabi la rangea dans sa mallette et l'y regarda.

– Mieux que quand je te l'ai laissée.

– Vous pensez... hésita Peño... que je pourrais la rapporter chez moi... une autre fois encore ?

– Tiens, lui dit son coach en sortant de la poche de sa veste une graine bleu-vert. Plante-la. Arrose-la. Soigne-la. Ces graines poussent n'importe où, même à Bottom.

Peño la prit en tremblant.

– Merci. Elle... Ma mère...

– Elle veillera dessus. Et toi, grandis.

Peño sourit et courut ranger la graine dans son sac alors que les autres se rassemblaient autour de Rolabi. Il la plaça avec précaution dans sa serviette de rechange et courut rejoindre ses coéquipiers, qui semblaient pour l'instant chacun isolé dans son propre monde.

– L'un d'entre vous a affronté les ténèbres. Le grana devient plus fort.

Rolabi lança une balle à Devon, et dès que le joueur l'attrapa, le gymnase se transforma en un ciel étoilé. Peño scruta les alentours. Ils se trouvaient au sommet d'une immense montagne comme il n'en avait jamais vu. La surface sous leurs pieds était un bloc de pierre, à peine plus large que la pièce principale dans la maison de Peño. Et autour de ses bords irréguliers, la falaise descendait dans les nuages.

Peño recula rapidement, pris de vertige.

Il n'était pas à l'aise en hauteur et cette montagne paraissait particulièrement instable. Impossible que quelque chose d'aussi haut et fin tienne debout très longtemps. Il aperçut une autre montagne identique en face de la leur, sur laquelle se dressait un panier pareil à un drapeau planté par des alpinistes.

– C'est quoi maintenant ? demanda Lab, sa question revenant en écho autour du groupe.

– Une montagne, répondit Peño en s'enveloppant le torse de ses deux bras.

Le vent ne soufflait pas, mais il faisait un froid mordant.

– Merci, répliqua Lab sèchement.

Peño se sentit étrangement attiré par le vide. Il craignit que son petit déjeuner ne refasse surface.

– On fait quoi ? demanda Jérôme. On descend ?

– T'es sérieux ? demanda Vin. On doit être à plus de mille mètres de la surface du sol !

Peño tremblait de tout son corps. Il prit une inspiration.

Trouve ton centre.

Les mots résonnèrent dans son esprit. Peño s'y accrocha. Sa respiration se calma.

L'aigle n'a pas peur de tomber.

– C'est trop, là ! lâcha Lab.

– Tu l'as déjà dit la dernière fois.

– Et tu m'as pas écouté !

Un craquement déchira l'air. Il venait de l'intérieur de la montagne. Le sol vibra. Peño avait vu juste : à cet instant, un gros bloc de pierre se détacha pour dégringoler dans les nuages.

– On doit faire quelque chose ! lança Twig, bien plus calme que Peño.

– Comme quoi ? demanda Vin.

– On doit s'entraîner aux tirs, non ? Il faut peut-être qu'on lance la balle.

Un autre craquement retentit. La paroi rocheuse continuait à se fissurer.

– Vas-y, toi, Rain ! le pressa Reggie.

Une nouvelle explosion et Peño attrapa le poignet de Lab. Pour une fois, il n'essaya pas de se montrer fort et oublia son rôle de grand frère. Il voulait juste qu'ils restent ensemble, qu'ils ne soient pas séparés, quoi qu'il arrive. Un autre rocher s'arracha de la falaise.

Le plateau rétrécissait à vue d'œil. Peño déglutit et se tourna vers Rain.

Avec un peu de chance, un seul panier suffirait, mais il n'eut pas l'occasion de le découvrir. Rain était pris de tels tremblements que son tir frappa le cercle sans entrer dans le panier.

– Super, le plan… grommela Peño.

Et la balle revint pour atterrir dans les mains de Vin. Peño se demanda ce que ça voulait dire.

– Enchaîne ! lui cria Twig.

C'était une catastrophe. Ils rataient tous leur lancer. Twig fut le premier à réussir, mais la balle revint tout de même. Apparemment, ils devraient tous marquer. Quand ce fut au tour de Peño, il contempla la balle, les sourcils froncés.

Il était à trois mètres du bord mais n'osait pas s'en approcher. Il dut tenter un trois-points, mais sans succès.

– Super tir, grommela-t-il alors que la balle disparaissait dans les nuages. Au suivant, vite !

– Il ne faut pas se précipiter ! protesta Vin.

Peño refusait de l'admettre, mais il savait que Vin avait raison.

Rain rata de nouveau, incapable de se calmer. Vin réussit, ainsi que Jérôme, mais Lab envoya la balle bien trop haut. Peño ne parvint à toucher que l'arrière du cercle. Il se rongeait désormais les ongles. Et s'il était le seul qui ne marquait pas ? Et si l'équipe perdait à cause de lui ?

– Concentrez-vous ! lança Jérôme, affolé.

Rain rata encore une fois, toujours pris d'un tremblement incontrôlable.

– Enfin, Rain ! cria Vin.

Le tir de Lab fut trop court, et Peño sentit la terre bouger sous ses pieds quand il reçut le ballon. C'était une course contre la montre. Il avança cette fois tout au bord. Quand il regarda en bas, sa tête se mit à tourner, alors il se concentra sur le panier uniquement.

L'aigle ne voit que la proie.

Il respira profondément et dribbla sur la surface cabossée pour se laisser habiter par les vibrations. Elles le calmaient. Il se focalisa sur le rythme. *Boum, boum, boum*… Il murmura quelques vers :

Peño, l'oiseau de proie
Faut qu'il garde son sang-froid
La montagne peut bien s'écrouler
Lui, il va marquer.

Ses yeux ne quittèrent pas le panier. *Swish !*

– *Yes!* cria-t-il, victorieusement.

Mais sa joie fut de courte durée. Rain rata, et Devon après lui. C'était au tour de Lab. Malgré leur dispute, Peño se sentit obligé de lui donner quelques conseils. Sur la montagne, c'était idiot de ne pas se parler. Cela pourrait leur coûter une chute de plusieurs mètres.

– Tu vas l'avoir, murmura Peño. Détends-toi. C'est juste un lancer franc.

Lab tourna la tête vers lui, prit un moment et s'orienta vers le panier. Ses épaules se décontractèrent, ses doigts cessèrent de trembler. Et il marqua. Un nouveau craquement. Le plateau ne faisait plus que la surface de la cuisine de Peño. Bientôt il ne resterait rien de la montagne. La mort les attendait en bas. Peño l'avait déjà vue de tout près.

Il se souvint de la nuit qu'il avait passée au pied de son lit. Elle était affreusement amaigrie. Sa peau marron avait pris une teinte beige délavée, presque grise. Le cancer la dévorait. Il se rappela ses doigts froids dans sa main.

– Promets-moi de veiller sur ton frère.

– Je te le promets, avait-il murmuré.

Je ne laisserai rien lui arriver, songea-t-il. *Je te l'ai promis.*

Devon réussit son tir et brandit fièrement son immense poing. Il ne restait plus que Rain. Un autre morceau de la montagne se détacha et les joueurs se tenaient désormais épaule contre épaule, complètement terrorisés. Ils n'avaient plus de marge, encore un craquement et c'en serait terminé.

– On est morts, lâcha Vin.

– Plus qu'un, rappela Lab.

La balle arriva dans les mains de Rain.

– Fais pleuvoir les paniers, Rain ! lui cria Peño.

C'est ce qu'il lui disait toujours, et maintenant la phrase revenait en écho autour d'eux. Une nouvelle explosion sous leurs pieds. Sans réfléchir, Peño serra le bras de son frère qui ne réagit pas.

– Dépêche-toi ! le pressa Jérôme.

Peño sentit le sol remuer sous ses pieds. Il échangea un regard terrorisé avec son frère.

– Tire ! cria A-Wall.

La balle s'éleva et la montagne s'écroula. Peño se sentit attiré vers l'arrière et entendit ses coéquipiers hurler. Il glissa du plateau, agrippant toujours d'une main le poignet de son frère. Ce lien au moins le consolait. Incapable d'émettre un son, il regarda la balle tournoyer dans l'air.

Elle fila droit dans le panier. Peño baissa les yeux sur le plancher du gymnase. Il tomba à genoux pour embrasser le sol, sans se soucier de la poussière et de la crasse.

– Il est si pourri et si merveilleux ! commenta-t-il.

Rolabi les regardait. Peño aurait dû lui en vouloir, le grana avait failli les tuer. Mais le soulagement était bien plus grand et, surtout, il était fier de ce qu'ils venaient d'accomplir. Ils avaient tous marqué malgré la pression. C'était une question de vie ou de mort.

Et ils avaient réussi.

Lab se tourna vers lui et ils se dévisagèrent un long moment. Aucun des deux ne parla. Après cette expérience, Peño ne se souciait plus de ce qu'il lui avait dit, il ne se souciait plus de leur dispute. Peu importe qui avait le plus peur, qui faisait le mieux son deuil. Il aimait son petit frère et c'était tout ce qui comptait.

– La clé du basket, c'est surmonter ses peurs, expliqua Rolabi. Si vous ne les affrontez pas, vous perdrez. Vous pouvez tirer mille fois, dix mille fois, vingt mille, si vous montez pour chaque panier au sommet d'une montagne qui s'écroule, vous deviendrez de grands tireurs.

Peño réfléchit à ces mots. Il se précipitait toujours pour tout. Pourquoi ? Parce qu'il avait peur d'être bloqué et de se ridiculiser. Mais l'humiliation n'était rien à côté d'une montagne qui s'effondre.

– Ce sera tout pour aujourd'hui, annonça le professeur. Demain, nous aurons une journée intéressante.

– Et là, ça l'était pas ? demanda Lab, ahuri.

Rolabi se tourna et partit en direction du mur. Il disparut dans un éclair, ne laissant que des parpaings jaunes derrière lui. À contrecœur, Peño se releva enfin.

– On a failli y rester, commenta Lab.

– C'est de la folie, confirma A-Wall. Et demain, on aura une *journée intéressante* ?!

– Tu fais quoi, Rain ? demanda alors Peño, intrigué.

– Des tirs.

Peño sourit et secoua la tête. Rain avait bien l'intention de ne plus jamais être le dernier à marquer, Peño l'avait bien compris. Il était arrogant, peut-être, mais il travaillait vraiment dur pour être le meilleur. Peño décida d'en faire autant. Il prit sa balle et se dirigea vers le panier, s'arrêtant sur la ligne des trois-points en inspirant profondément. Pour une fois, il prit tout son temps.

Il se représenta la montagne, la chute dans le vide, et tira comme si c'était sa dernière chance.

L'équipe s'entraîna encore une heure. Quand la fatigue les arrêta, Peño prit son sac et sortit seul, mais Lab le rattrapa aussitôt et lui donna un petit coup avec son épaule.

– Tu marches avec moi, aujourd'hui ? demanda Peño.

– Ouais… vaut mieux pas que tu rentres seul.

– Pourquoi ?

– T'es petit, les gens risquent de pas te voir par-dessus leur capot.

– La ferme, lança Peño en riant.

– Qui a dit ça ? demanda Lab en faisant mine de chercher sur le trottoir d'où venait la voix.

Peño lui donna un coup de poing dans le bras et continua à marcher.

– T'as vraiment du mal… à respirer parfois ? l'interrogea Lab.

Peño hésita. Il avait oublié qu'il avait dit ça. C'était la première fois qu'il l'avait confié à quelqu'un. Il n'en avait jamais parlé, ni à son père, ni à Lab. Sa poitrine se resserra et sa tête se mit à tourner. Il eut le souffle coupé comme s'il plongeait dans l'eau froide. C'était son secret. Sa faiblesse.

Il se rappela ce que Rolabi lui avait dit sur les leaders.

– Ouais. J'ai… des crises d'angoisse.

Lab hocha la tête, alors qu'ils tournaient à l'angle de la rue.

– Ça m'arrive aussi.

– Tu peux me le dire si tu veux, quand ça te prend, proposa Peño.

– Toi aussi.

Peño lui donna une petite tape sur l'épaule.

– On va s'en sortir, frérot.

– Je sais. Et sinon, est-ce qu'on parle de la montagne ?

Peño éclata de rire. Ils parlèrent de Rain et des trophées, et du château en plein milieu du gymnase. Aucun des deux ne s'excusa pour leur dispute. Et ce n'était pas nécessaire. Pour une fois, ils en avaient tous les deux dit assez.

8

SEUL

Si tu n'aimes pas la solitude, apprends à t'aimer.

✧ SAGICIEN – PROVERBE N° 4 ✧

Le lendemain, les deux frères arrivèrent ensemble. Ils traversèrent le parking en marchant sur les lignes blanches délavées. Le mois de juillet battait son plein et une chaleur moite enveloppait le vieux quartier minier. Le brouillard allait bientôt recouvrir le ciel, mais pour l'instant le soleil brillait fièrement.

Peño se sentait mieux aujourd'hui. En rentrant la veille, il avait mis un peu de terre dans une vieille tasse où il avait planté la graine et l'avait posée sur le bord de sa fenêtre. Ensuite, avec Lab, il s'était entraîné aux tirs sur leur mur pendant au moins trois heures pour se défouler de toute la tension qu'ils avaient ressentie sur la montagne. Il avait préparé un grand dîner et ils avaient attendu leur père pour manger avec lui. Sans dispute, sans mauvais souvenirs. Juste des éclats de rire. Bien sûr, ça ne pouvait pas durer.

– Tu plais pas aux filles, Peño, lâcha Lab en levant les yeux au ciel.

– Qu'est-ce que t'en sais ?

– Raconte-moi, alors.

– Mêle-toi de tes affaires.

– Tes excuses bidon pour fréquenter personne, c'est précisément mes affaires.

– Tu vas pas commencer, lâcha Peño en se retournant. T'as aucune vie sociale, toi.

– J'ai des amis, moi, protesta Lab, les oreilles en feu. Et tu sais que je plais aux filles.

– Quelles filles ? demanda Peño en riant.

– Je peux pas toutes te les citer.

– Les personnages dans les livres, ça compte pas.

Peño ouvrit les portes du gymnase. Reggie, A-Wall et Twig étaient déjà là.

– T'es pas sorti une seule fois cet été, lui rappela-t-il.

– J'étais occupé.

– À quoi ? Assume, Lab, t'es un ermite.

– J'aime bien être seul, parfois, confirma Lab. C'est un crime ?

– C'est toi, le crime.

– Hilarant.

Ils s'assirent sur le banc et retirèrent leurs chaussures. Peño bâilla en s'étirant.

– J'ai bien vu Peño bâiller ? s'étonna Reggie. C'est nouveau.

– On s'est couchés tard, se justifia-t-il. Pour dîner avec notre père.

– Vous avez mangé quoi ?

– Ce que sait faire Peño : viande coriace et riz en bouillie, répondit Lab.

– En fait, c'était un délicieux rôti de porc avec du riz et des haricots. Le porc était peut-être un peu… dur. Et le riz, un peu collant. Peu importe les haricots. Mais avec la sauce, que j'ai faite moi-même, et un peu d'amour, c'était succulent. Notre père a dit que c'était inspiré.

– Il avait travaillé seize heures avant de se mettre à table, précisa Lab. T'imagines, son jugement était un peu faussé.

– Vous voyez ce que je dois endurer, lâcha Peño avec un soupir exagéré.

Reggie rit et partit s'entraîner. Peño le suivit rapidement et, ensemble, ils enchaînèrent trois-points, tirs en extension et doubles-pas. Rain arriva le dernier, à bout de souffle.

– Panne d'oreiller ? lui demanda Peño.

– Qu'est-ce qui te fait dire ça ? répondit Rain, sarcastique.

Alors que le leader de l'équipe finissait de lacer ses chaussures, les portes s'ouvrirent en grand. Mais cette fois, ce ne fut pas une simple rafale de vent qui les poussa : une tempête de neige forma dans le gymnase des silhouettes et des visages de basketteurs en pleine action. Au milieu du terrain, les figures blanches se séparèrent en flocons qui fondirent en touchant le sol. Un silence abasourdi accueillit alors l'arrivée de Rolabi.

– Faut vraiment que je travaille mes entrées, commenta Peño.

– Je rêve encore, là ? demanda Lab, à côté de lui.

Rolabi se planta au centre du terrain.

– Les rêves sont fugaces. Un voile de fumée et ils sont partis. Le plus important, c'est de trouver leur cœur.

– Il est trop tôt pour de la philosophie, professeur, se plaignit Big John en se frottant les tempes.

– J'ai des rêves, intervint Peño. C'est essentiel d'en avoir. C'est eux qui vous font avancer.

– Un rêve n'est rien sans la vision, nuança Rolabi. Ne rêvez pas… aspirez. Trouvez les barreaux de l'échelle et montez. Et faites les bons choix. Si un rêve peut être atteint sans travail, sans sacrifice, c'est qu'il ne vaut rien. Il ne vous apportera aucune joie, aucune satisfaction. Vous ne l'aurez pas gagné, et par conséquent il n'est pas à vous. N'ayez pas de rêves futiles. La route vers vos rêves est pavée de difficultés.

– Je suis prêt, murmura Peño.

Pas encore.

– Rangez-vous en ligne devant moi, demanda Rolabi. Pour l'instant, trois d'entre vous ont attrapé le globe.

Trois ? Peño jeta un regard à son frère qui fit non de la tête.

– Il est important de savoir qui défend sur nous à chaque instant, continua Rolabi, les yeux au plafond. D'utiliser les avantages de la taille et de la vitesse dès qu'on le peut. Mais avant tout, il faut comprendre ce que veut dire « attaquer en équipe ». Par conséquent, éliminons ces avantages et créons des défenseurs parfaitement égaux.

Les néons situés derrière les joueurs s'éteignirent, ne laissant qu'un faible éclairage dans le gymnase.

– Nous allons apprendre à attaquer comme un seul homme. Mais tout d'abord, il nous faut des défenseurs.

Rain poussa un hurlement et Peño se retourna aussitôt. Son ombre, apparue au moment de l'extinction de la moitié des lumières, se dressa sur ses pieds. Elle sautilla et agita les doigts. C'était sa copie identique, même taille, même forme. Elle le dévisagea, visiblement aussi surprise que lui de le découvrir là.

– C'est pas cool, commenta-t-il.

– Je vous présente les défenseurs pour aujourd'hui, lança Rolabi. Vous les connaissez bien.

L'ombre de Peño s'avança, la main tendue. Peño fit un grand pas en arrière. Elle s'impatienta, tapotant une montre imaginaire sur son poignet. Peño se décida à avancer et l'ombre lui serra la main énergiquement.

– En position, défenseurs ! demanda Rolabi.

Cinq ombres se placèrent sur le terrain, tandis que les cinq autres attendaient sur le banc.

– Vous saurez tout de suite qui vous marque, continua Rolabi. Mais ce n'est pas un match. Nous travaillons juste notre attaque. Vous tournerez régulièrement. Les titulaires commencent.

Rolabi lança la balle à Peño. Même s'il était ravi d'être encore titulaire, pour l'instant le garçon aurait préféré que Vin commence à affronter ces défenseurs effrayants.

– C'est parti, lâcha-t-il, résigné.

Il dribbla jusqu'à la ligne et son ombre, penchée en avant, le suivit, les bras devant lui, la foulée rapide. Elle jouait en défense, exactement comme Peño, qui s'était toujours enorgueilli de son positionnement.

– Tu peux aussi parler ? lui demanda-t-il.

L'ombre secoua la tête.

– Ben oui, pas de bouche, remarqua Peño. Rain !

L'attaque des Badgers était assez simple : Peño faisait des passes à Rain sur l'aile droite, et ce dernier tirait un trois-points ou courait droit vers le panier. S'il se retrouvait bloqué, ils recommençaient le même schéma. Mais c'était quand ils en avaient l'occasion. En général, ils marquaient grâce aux rebonds ou aux reprises des tirs ratés de Rain.

Rain réceptionna le ballon et fila vers le panier… mais son ombre était constamment sur lui. Il tenta une feinte pour enchaîner sur un tir en extension. Son ombre sauta en même temps que lui, le bras levé. Entravé dans tous ses mouvements, Rain rendit la balle à Peño, qui la passa à Lab pour un résultat identique.

– Essaie au poste bas ! cria Lab.

Peño attrapa le ballon et le protégea de son corps, mais prit un violent coup de son adversaire.

– Attention !

L'ombre haussa les épaules et joua plus violemment encore. Peño dut recourir à deux feintes pour faire une passe à Twig, qui eut le courage de tenter un double-pas, mais fut impitoyablement contré.

– Nos ombres sont meilleures que nous en défense, lança Lab, dépité, en direction des remplaçants au moment de tourner.

– Et ils aiment pousser à la faute, grommela Peño.

Son ombre fit semblant de jouer du violon.

Les remplaçants obtinrent le même résultat piteux et les titulaires revinrent de nouveau sur le terrain.

Peño passa la balle à Rain, mais son ombre l'intercepta et donna une tape dans la main de l'ombre de Rain. Elle tourna ensuite autour de Peño comme un paon en rut.

– C'est bon, tu l'as volée une fois, lâcha Peño, pas de quoi te la ramener.

Son ombre hocha la tête, navrée, et tendit la main. Quand Peño voulut la serrer, son ombre la retira aussitôt pour la passer dans des cheveux invisibles.

L'ombre de Rain éclata de rire sans bruit et celle de Peño donna une tape dans le dos de son créateur.

– La honte, se moqua Jérôme depuis le banc de touche.

– J'aimerais bien t'y voir, répliqua Peño.

Ils tournèrent pendant une heure, mais sans s'améliorer. Peño se fit voler la balle six fois et contrer deux fois. Son ombre lui rentrait dedans sans ménagement, Peño n'avait jamais vu une défense aussi agressive. Chaque tir raté déclenchait des manifestations de liesse, des danses, des poings levés. Les ombres les dominaient largement.

– Elles me tapent sur le système, déclara Peño en voyant son ombre et celle de Lab se cogner la poitrine en signe de complicité.

– Carrément, acquiesça Lab.

– Pause ! annonça Rolabi, amusé.

Peño siffla toute sa bouteille. Il se démenait du mieux qu'il le pouvait, mais en vain. Son ombre était trop forte en défense. Il n'arrivait pas à se dépasser lui-même… vraiment ironique.

– Pourquoi est-ce que vous perdez ? demanda Rolabi.

– Parce qu'on joue contre des ombres magiques, répondit Peño.

– Vous jouez contre des versions plus concentrées de vous-mêmes, corrigea Rolabi.

Peño ne trouva rien à répliquer.

– On joue en un contre un, lança Rain. Je n'y avais jamais pensé avant, mais c'est évident. Notre plan, c'est de passer la balle au gars qui a le plus de chances de marquer, et c'est tout. Là, c'est impossible parce que ces… choses savent comment on joue.

– Précisément, acquiesça Rolabi.

– Mais c'est comme ça qu'on joue au basket ! protesta Peño. On passe, on bloque et, au bout du compte, on donne surtout le ballon à celui qui peut marquer ! C'est le basket, même chez les pros !

– C'est souvent vrai. Mais est-on vraiment cinq personnes seules qui jouent contre cinq autres ? Si oui, alors pourquoi ne pas s'entraîner seul ? Pourquoi s'embêter à se réunir ?

Peño se gratta le bras.

– Ben, on doit quand même se faire des passes…

– Votre stratégie offensive est la même que pour la plupart des équipes. Elle marche jusqu'à ce qu'elle ne marche plus. Pour le joueur le plus doué du monde, et pour lui seul, il y aura toujours une ouverture. Les autres doivent créer l'ouverture. Et ils le font toujours avec l'aide de leur équipe.

– Mais… commença Peño.

– On défend en équipe, on attaque en équipe. On se parle, on élabore des stratégies, on regarde le parquet.

– Mais… tenta de nouveau Peño.

– On attaque comme un seul homme, unis. Et ça commence avec un simple projecteur. À vos postes, messieurs.

Peño soupira et partit se placer. Son ombre se pencha devant lui, une main en avant.

– T'es relou, tu sais ?

Mais qui projette l'ombre ?

Peño décocha un regard mauvais à Rolabi et, à cet instant, il ne resta plus que trois rangées de néons encore allumées, qui avaient aussi baissé d'intensité.

– Peño, passe la balle à Rain, demanda Rolabi.

Peño hésita.

– Je le vois même pas. On peut pas allumer un peu plus de lumière ?

– Avec un peu de chance, c'est ce qui arrivera. Fais-lui la passe.

Peño s'exécuta, les yeux plissés pour y voir plus clair. Un faisceau de lumière éclaira alors Rain et son ombre recula, lui cédant la place. Seulement quand Rain se mit à dribbler, l'obscurité redescendit sur lui.

– C'est quoi, maintenant ? se demanda Rain, méfiant.

Peño se posait la même question. Il remarqua que son ombre grossissait.

– Vraiment parfait, grommela-t-il.

– Twig ! cria Rain en faisant un lob vers le pivot.

Twig fut à son tour éclairé par un rayon blanc.

– Les passes ! comprit-il. Elles nous éclairent !

– Les options illuminent le terrain, confirma Rolabi. Quand tout le monde se déplace, l'obscurité recule.

Les options, se répéta Peño. *Ça veut dire « se démarquer ».*

Quand Peño courut réceptionner la balle, le projecteur se dirigea vers lui. Son ombre retrouva alors sa taille normale. Il reçut la passe et Rain traversa la zone. Toujours éclairé, Peño lui envoya la balle. Mais dès qu'il se plaça à son poste habituel, il retomba dans le noir.

On ne me voit pas quand je suis immobile, comprit-il. *Et je ne les vois pas non plus.*

A-Wall arriva à toute vitesse dans la raquette.

– Il faut qu'on bouge tout le temps ! cria Peño.

Et c'est ce qu'il fit. Peño n'avait jamais autant couru de toute sa vie. Il se retrouva sur l'aile, dans le coin, et même sous le panier, afin de rester dans la lumière et tenir son ombre à distance. Il s'était toujours retrouvé tellement coincé dans son poste qu'il n'imaginait même pas qu'il pouvait quitter le haut de la raquette. À présent, c'était une nécessité absolue, il fallait qu'il s'implique davantage dans le jeu. Il jouait maintenant des coudes dans la raquette, repoussant son ombre avec fougue.

Il comprenait à présent l'offensive projecteur. Les meilleures options étaient les plus illuminées, ce qui simplifiait les choix. Il suffisait de suivre la lumière. Il prit soudain conscience que pour se démarquer, il fallait avoir une vision d'ensemble. S'il se ruait sur le panier, la défense se refermait sur lui et il était cuit. Maintenant, quand le projecteur se dirigeait sur A-Wall et Twig, il leur faisait une passe avec rebond pour leur offrir un double-pas facile.

Il utilisait également les autres à son avantage. Il évita des écrans et enchaîna les feintes. Son ombre tombait sans arrêt sur Twig et A-Wall. Elle commençait à s'agacer, agitant les bras vers ses coéquipiers. Mais ce qui faisait la vraie différence, c'était la parole.

Peño n'avait jamais entendu les Badgers parler autant. Même Twig avertissait quand il posait des écrans, se déplaçait ou tirait. Le match était autant joué que décrit.

Rolabi finit par entrer sur le terrain avec sa fleur.

– Ça suffit pour aujourd'hui. Asseyez-vous et regardez. Merci, messieurs, ajouta-t-il à l'adresse des ombres.

Peño s'assit devant la fleur pour la regarder et, pour une fois, il ne sentit pas le besoin de bouger. Tellement concentré, il ne remarqua pas qu'un silence assourdissant avait envahi le gymnase. Le globe était revenu, à trois mètres à peine de lui. Il se trémoussa, mal à l'aise.

– Le revoilà, lâcha Lab.

Vin s'élança en premier, puis Lab et ensuite Peño. Ce dernier tenta précipitamment d'attraper le mystérieux objet et rata de loin, perdant l'équilibre dans le même temps. Il se tourna. Devon, Twig et Jérôme étaient restés assis en tailleur à observer la marguerite.

Alors, ce sont eux.

Il se rua sur le globe et tomba face contre terre.

– Aïe, grommela-t-il.

Le globe s'arrêta devant Rain qui s'en approcha tout doucement. Et soudain, il tourna rapidement sur les talons au moment où la boule s'éloignait et il l'attrapa avec sa main droite. Il sourit avant de disparaître.

Peño vit alors Devon qui repartait vers le banc. La veille, avec Lab, ils avaient parlé du nouveau… ils avaient fait quelques paris sur lui. C'était le moment de vérifier.

– Lab et moi, on a parié, lui annonça-t-il. Pourquoi tu fais l'école à la maison ?

– Je… je préfère, bredouilla Devon.

– Oh, ponctua Peño, manifestement déçu. Je pensais que c'étaient tes parents qui voulaient. Ça fait combien de temps ? Je connais personne qui va pas à l'école, tu vois ? C'est sympa, non ?

– C'est la quatrième année.

– Avant t'allais dans une école normale, comme tout le monde ? s'enquit Peño.

– Ouais.

Bon, songea Peño. *Je peux encore gagner le deuxième pari.*

– Pourquoi t'as arrêté ?

– J'étais pas... adapté.

– Oh, lâcha de nouveau Peño, déçu. J'avais parié que tu t'étais fait renvoyer. Le prends pas mal, hein ?

Devon dominait Peño de sa carrure impressionnante. Son corps n'avait pas un gramme de gras.

– Mec, j'aurais voulu être comme toi, avoua Peño. Tes bras sont plus épais que ma taille.

– Parfois, je me trouve un peu... trop mastoc, confia Devon en se frottant le bras.

– Trop mastoc ? T'es sérieux, géant ? Tu sais comment les autres m'appellent ?

– Euh... non.

– Crevette, le P'tit, Bébé moustache...

Devon rit. Peño se félicita de son effet.

– Ouais, le dernier au moins n'est pas sur ma taille, concéda-t-il en caressant les quelques poils au-dessus de sa lèvre. Mais, tu vois, je laisse tomber personne. Alors quel est le problème ? Je suis petit et pourtant je les dépasse tous. T'es une bête, mon frère. Profites-en. Utilise ça à ton avantage. Et si les gens te trouvent des petits noms, souris et envoie-les bouler.

Devon se força à sourire.

– Oui... t'as raison.

– Bien évidemment ! J'ai toujours raison. Tu vas vite le découvrir.

Brusquement, Peño se leva et se frappa le front. Bien sûr qu'il ne parlait jamais : Peño ne l'avait pas encore baptisé.

– Eh ! Mais t'as pas de surnom !

– Je… euh, non. Pas encore.

– C'est mon boulot, ça, lança Peño, contrarié. J'ai manqué à mes devoirs.

– T'en fais pas…

Peño réfléchit. Il devait trouver un truc bien, qui mettrait Devon sur les rails. Ce géant était visiblement super timide, alors il avait besoin d'un peu de peps. Un surnom qui déchire. Peño parla tout haut en essayant de trouver ce qui conviendrait le mieux. Il énuméra les surnoms auxquels il avait pensé, dans l'espoir que l'un d'eux collerait.

– Et toi… t'es immense. Une brute, une bête. Le Bison ?

Le sourire de Devon s'assombrit et Peño sentit que ça ne lui plaisait pas.

– Oublie, c'est nul. Trop évident. Big D ?

Devon prit un air abattu.

Pas un truc sur sa taille, débile, se gronda Peño. *Il a besoin de reprendre confiance.*

Mais bien sûr !

– Tu sais quoi ? On va t'en donner un que tu vas devoir mériter.

– Quoi ?

– Cash. Comme du blé, du liquide, du fric. Chaque fois que t'as la balle dans la raquette, t'encaisses, parce que personne peut t'arrêter.

Devon éclata d'un rire sincère.

– Va pour Cash ! s'exclama Peño. On va le faire, mec ! Tu vas tout empocher, jusqu'au titre.

Il lui tapa dans la main et partit retrouver Rain qui venait de réapparaître. Il voulait savoir ce qui lui était arrivé.

Il entendit une petite voix derrière lui.

– *Cash*. Ouais… ça me va.

Peño sourit. Avec un peu de chance, Cash se sentirait un peu plus à sa place parmi eux. Peño l'aiderait à se montrer plus agressif et à devenir la bête de l'équipe. Avec du temps et de la patience, il y parviendrait. Motiver les troupes, il en était capable, il le savait.

– Ça va ? demanda-t-il à Rain.

– Ouais, hésita ce dernier. Ça va.

Et il partit sur le banc, visiblement sonné. Peño décida de ne pas insister. Il n'avait pas à savoir.

Mais il pouvait toujours lui redonner le moral.

Rain, notre meilleur joueur
C'est lui qui va marquer tout à l'heure
Même s'il est de super mauvaise humeur
Que dans les épinards, il a plus de beurre
Quand le match va commencer
Il va direct s'élancer
Il va encore nous impressionner
Rain, le basket, chez lui, c'est inné.

Rain secoua la tête en riant.

– T'es sûr que ça va ? demanda Peño en levant un pouce.

– Sûr, répondit Rain en lui faisant un check.

Peño enfila ses chaussures, quelques mots résonnant dans sa tête : *là où tu as le plus peur d'aller*. Il n'avait aucune idée de ce que ça voulait dire, mais il n'allait sûrement pas tarder à l'apprendre.

9
STIMULATION

Il ne sert à rien de craindre ce qu'on ne peut contrôler.
Mais maîtriser ses peurs, c'est la clé.

✧ SAGICIEN – PROVERBE N° 49 ✧

Peño ne dormit pas bien. Il rêva d'une barque qui sombrait, d'une route qui se perdait dans le brouillard, d'une montagne qui s'écroulait. Il avait peut-être eu du mal à digérer le dîner. Il avait préparé des pâtes tellement insipides que Lab n'avait même pas eu le cœur de s'en moquer. Il sentait qu'il passait à côté de quelque chose. Lab le réveilla, pour la première fois de leur vie, et ils se pressèrent d'arriver à l'entraînement.

Une fois dans le gymnase, Peño décida de jouer avec Cash pour améliorer son jeu. Quand il fut dans la raquette, Peño lui envoya une balle en lob. Le géant la réceptionna et marqua. Son visage se fendit d'un grand sourire.

– C'est ça, mon frère ! le félicita Peño. Encaissé ! ajouta-t-il en faisant mine d'ouvrir un livre de comptes.

Devon lui rendit la balle et Peño se lança dans un nouveau rap :

Cash est une bête
Il marque toujours dans la raquette
Il fait peut-être l'école à la maison

Mais sur le terrain, c'est un champion
C'est un gars vraiment musclé
Et il a toujours son trousseau de clés.

– Bon, j'ai déjà fait mieux, concéda-t-il en grimaçant.

– C'est vrai que là… répliqua Lab. Maintenant, est-ce que t'as déjà fait mieux, pas si sûr.

– Ferme-la.

Peño dribbla jusqu'à la ligne de touche, imaginant des spectateurs dans les gradins. Il avait hâte que les vrais matchs commencent. L'excitation d'entrer sur le terrain, devant des adversaires ; les cris, les applaudissements… Son père qui les encourageait, chaque fois qu'il pouvait venir. Peño ferma les yeux. Il entendait presque les voix dans ses oreilles.

– Il nous reste deux jours d'entraînement, annonça Rolabi. Et deux joueurs doivent encore attraper le globe.

Après quelques recommandations, le coach se dirigea vers les portes, laissant l'équipe dans la confusion la plus totale.

– Il n'y a pas d'entraînement aujourd'hui ? demanda Peño.

– Oh, si. Mais vous n'avez pas besoin de moi.

– Qu'est-ce qu'on fait ? demanda Rain.

– Je vous laisse en décider, répondit Rolabi en jetant un regard par-dessus son épaule.

Les portes s'ouvrirent, poussées par le vent, et quand Rolabi sortit dans le soleil du matin, elles se refermèrent en claquant avant de disparaître complètement, comme avalées par le mur. Rain se sentit mal à l'aise. La seule issue pour sortir de Fairwood venait de s'effacer. Ils étaient pris au piège à l'intérieur du gymnase.

– Parfait, grommela Peño. Il veut juste s'assurer qu'on rentre pas chez nous avant l'heure.

– Pas sûr, rétorqua Twig.

Au même instant, un grincement assourdissant retentit. Peño se couvrit les oreilles et regarda avec horreur deux murs glisser vers eux.

– Impossible, lâcha Vin.

– Impossible, possible, c'est très relatif, commenta Lab, sarcastique. On fait quoi ?

Peño lâcha son ballon alors que les gradins étaient poussés par les murs.

– Peut-être qu'il faut qu'on marque des paniers ? suggéra Vin.

Ils attrapèrent tous une balle et se mirent en action. Peño inscrivit un lancer franc et même un trois-points, mais après plusieurs essais car le bruit des murs l'empêchait de se concentrer. Ils marquèrent tous au moins un panier, et pourtant rien n'arrêtait la progression des murs.

– Ça sert à rien, lança Lab. On s'est déjà entraînés aux tirs il y a deux jours. Il ne nous ferait pas recommencer.

Peño tenta de réfléchir, malgré la panique. Quoi encore ? Qu'est-ce qu'ils devaient encore travailler ? Cash courut vers les gradins et les attrapa par une extrémité pour les éloigner du mur.

– Aidez-moi ! hurla-t-il.

L'équipe accourut et, ensemble, ils déplacèrent la structure métallique. Le père de Peño lui avait dit que ces sièges avaient été mis en place en même temps que le gymnase et, à en croire la rouille qui les recouvrait, on n'y avait manifestement pas touché depuis.

– Tournez-les sur le côté ! guida Rain. À trois ! Un… deux… trois !

Juste à temps, ils les positionnèrent entre les deux murs. Peño faillit s'écrouler. Personne ne dit rien quand les gradins commencèrent à se tordre sous la pression de cet étau géant.

– Ça marche pas ! s'affola-t-il.

Les gradins sont pourtant en acier, songea-t-il.

Encore une fois, il s'était trompé. La structure se pliait irrémédiablement, le centre se soulevant tel un *V* inversé.

Le cœur de Peño tambourinait violemment dans sa poitrine. Il courut vers l'endroit où s'étaient trouvées les portes, mais ne sentit sous ses doigts que les parpaings.

– Professeur ! appela-t-il. À l'aide ! Quelqu'un !

Personne ne répondit.

– Regardez ! cria Devon en désignant la sphère qui était apparue.

– Timing parfait, ironisa Peño.

– Quelqu'un pourra sortir ! leur rappela Twig. On disparaît, vous vous souvenez ?

– Ça marchera seulement pour ceux qui n'ont pas déjà attrapé le globe, répliqua Reggie. Pas pour les autres.

Peño savait qu'il ne restait que Lab et lui, et, sans réfléchir, il se tourna vers son petit frère. Lab le regarda sans comprendre. Et si l'un d'eux seulement en réchappait ? Peño plissa les yeux.

Ce serait Lab.

– Montez sur les gradins ! cria Lab.

C'était la dernière solution. Peño escalada l'acier vers le sommet qui s'élevait sous la pression des murs. Les accoudoirs et les sièges étaient gluants de tous les sodas renversés, et Peño poussa, tira et encouragea les joueurs autour de lui. Quand ils arrivèrent tous en haut, Lab tendit les bras pour attraper le globe.

Trop loin encore. Il restait au moins cinq mètres pour qu'il l'atteigne.

Peño se tourna vers les murs. C'en était fini des Badgers. Il se mit à trembler. Tout ça pour rien : la montagne, les ombres. Ils avaient travaillé tellement dur, et au bout du compte ils allaient se faire broyer. Abattu, il dévisagea son frère.

Leurs regards se croisèrent, mais ils n'échangèrent pas un mot.

Et soudain, Devon s'agenouilla, coinçant les pieds contre les bancs et s'agrippant fermement au métal.

– Vite ! Faites une pyramide !

Ce n'était plus le moment de protester. Twig, A-Wall, Big John et Reggie se placèrent à côté de lui pour former une base instable. Rain, Jérôme et Vin grimpèrent sur eux, pas particulièrement rassurés. C'était au tour de Peño et Lab. Ils montèrent au sommet de la pyramide en se tenant par la main. Peño enfonça ses chaussures dans le dos de ses camarades, et personne ne se plaignit. Au sommet, ils se retinrent l'un à l'autre pour ne pas tomber.

De nouveau, ils se regardèrent, avant de lever la tête vers le globe. Encore trois mètres. Même Lab ne pouvait pas le toucher sans aide. Heureusement, Peño était là pour lui.

Il se croisa les doigts pour lui faire la courte échelle.

– À trois…

– Peño, on s'est même pas mis d'accord… protesta Lab.

– Discute pas.

– Mais…

– N'espère même pas que je t'abandonne ici.

Les yeux de Lab se remplirent de larmes. Peño voulait le prendre dans ses bras, mais il fallait faire vite. Quoi qu'il se passe, il allait sauver son petit frère.

– Moi non plus, je ne peux pas t'abandonner, dit Lab en larmes.

– Tout ira bien ! insista Peño. Allez, utilise tes centimètres en plus et saute ! À trois !

– Peño…

– Un… deux… trois !

Lab s'exécuta. Peño le poussa de toutes ses forces, tendant les jambes pour projeter son petit frère dans les airs. Le temps ralentit. Et les doigts de Lab se refermèrent sur le globe. Il disparut. Peño sourit sans même regarder autour de lui. Les murs n'avaient plus d'importance. Lab était en sécurité et c'est tout ce qui comptait. Les murs s'écartèrent alors.

– Badgers ! hurla Peño en brandissant le poing.

– Badgers ! répondirent les autres.

Il descendit de la pyramide et aida ses coéquipiers. Des cris de joie et des rires de soulagement accompagnèrent le recul des murs. Le gymnase était dévasté, mais il ne resta pas longtemps dans cet état.

Les gradins se redressèrent et se remirent à leur place. Les planches se reconstituèrent, le verre tourbillonnant dans l'air telles des petites galaxies. Les bancs, qui n'étaient plus que des copeaux de bois, reprirent leur forme. Et même les fanions furent recousus. Le gymnase semblait plus neuf qu'avant la destruction. Plus propre, rafraîchi.

Peño eut l'impression de se retrouver dans le Fairwood de l'époque où les West Bottom Badgers étaient une bonne équipe. Il se demanda s'ils pourraient ajouter des fanions aux anciens. Il s'imagina en train d'en suspendre un et sourit.

– Beau lancer, complimenta Rain.

– C'est grâce aux muscles du géant, déclara Peño en tapant dans la main de Devon. Vous croyez qu'il est où, mon frère ?

Lab réapparut alors, et Peño l'inspecta sous toutes les coutures avant de le prendre dans ses bras.

– Qu'est-ce que t'as vu ? l'interrogea Rain.

– L'avenir, répondit Lab en le regardant.

– Alors ? demanda Peño doucement.

– On l'affrontera ensemble, murmura Lab.

Peño lui donna une nouvelle accolade et sentit les larmes poindre. Le globe revint, plus petit, dans l'attente que quelqu'un l'attrape. Peño se dégagea enfin de son étreinte et prit le visage de son petit frère à deux mains.

– Est-ce que la barque flotte ?

Lab ouvrit de grands yeux.

– Elle flotte, dit-il en hochant la tête.

Ce fut pour Peño comme si un poids quittait ses épaules… un poids dont il n'avait même pas eu conscience.

Maintenant, tu es prêt. La route t'attend.

Vers quoi ? se demanda-t-il.

Quelle importance ?

Peño réfléchit un moment.

– Non, aucune importance, murmura-t-il.

✧ 10 ✧

LA CHAMBRE NOIRE

Un leader,
c'est dans les plus durs combats
qu'il montre sa valeur.

✧ SAGICIEN – PROVERBE N° 3 ✧

Le lendemain, Peño sortit son ballon et le contempla, songeur. Assis sur le banc avec Lab, il regardait Reggie et Twig s'échauffer. Personne n'était encore là à part eux.

– Dernier jour, lâcha Peño, étrangement triste de faire ce constat. Un stage de folie, hein ?

– C'est passé vite, répondit Lab.

Peño tenta de se rappeler la première journée, avant l'arrivée de Rolabi.

– Tout semblait plus simple, avant que ça commence, commenta-t-il.

– Oui, mais je préfère comme ça.

Peño jeta un coup d'œil à son petit frère. Il avait décidé de ne lui mettre aucune pression. Il lui promit juste qu'il serait toujours disponible pour l'écouter, sans jugement ni conséquence. Mais Lab l'avait aidé à préparer le repas et Peño l'avait même surpris avec un portrait de leur mère dans les mains. Quelque chose avait changé pour lui. Un mur s'était écroulé.

– Maman me manque, déclara soudain Lab.

– Tu as dit le mot.

– Oui. Il est temps, non ? Qu'est-ce qu'elle dirait de tout ça, tu penses ? demanda Lab en montrant le gymnase.

– Elle dirait qu'elle te filerait bien une ou deux raclées cette année, répondit Peño après une courte réflexion.

Lab rit en lui donnant un petit coup d'épaule et Peño ébouriffa les cheveux de son petit frère avant de s'étirer.

– Tu vas faire à manger plus souvent ? demanda-t-il.

– Si on veut survivre, je ferais bien de m'y mettre, oui.

Ils partirent s'échauffer. Peño avait changé ses habitudes. Avant, il tirait depuis le haut de la raquette et partait toujours de là. Il voyait désormais qu'il s'était trop limité. Il tenta des trois-points depuis les coins et travailla ses positionnements et ses traversées du terrain avant de tirer. Il ne marqua pas toujours, rarement, même. Mais il ne se découragea pas.

Tout en s'entraînant, il vit que Lab enchaînait les paniers avec une régularité de métronome. Il vit que Rain faisait des dunks. Il savait qu'ils étaient meilleurs que lui. Malgré tous ses efforts et sa progression, il était encore à la traîne. Il sentit un frisson le parcourir. La dure réalité.

– Approchez-vous, appela une voix grave. À une exception près, vous avez tous attrapé le globe. Pour quoi ?

Peño savait qu'il était le dernier. Mais pour lui, il ne s'agissait pas d'une course. Il ne regrettait pas sa décision de la veille. Être le dernier lui allait très bien.

– Parce que vous nous avez dit de le faire, répondit Vin.

– Mais pour quoi ? continua Rolabi. Qu'est-ce que vous avez trouvé ?

– Nos peurs, murmura Reggie.

Rolabi hocha la tête, se tournant vers les fanions sur le mur nord.

– La seule chose qui peut réellement vous arrêter dans la vie, c'est la peur. Pour gagner, il faut vaincre ses peurs. Pour le basket… et pour tout.

– Mais… on a réussi, non ? demanda Big John.

– La peur ne se vainc pas si facilement, répondit Rolabi. Elle reviendra. Vous devez vous y préparer. Vous avez encore beaucoup de travail avant la saison. Aujourd'hui, nous allons revoir ce que nous avons abordé jusqu'ici.

Ils entendirent un grincement provenant des vestiaires.

– Twig… tu connais l'exercice, lança Rolabi en fouillant dans sa mallette.

Il installa le parcours d'obstacles. Kallo revint, ainsi que les ombres. Rolabi lança des casques et des boucliers. Tous les souvenirs de la semaine éparpillés sur le terrain.

– En ligne, s'il vous plaît. Commençons par le parcours des lancers francs. Nous ferons des tours de terrain jusqu'à ce que quelqu'un réussisse son tir. Ensuite, nous regarderons la marguerite pour voir si elle bouge. Nous essaierons de contourner Kallo, puis ce sera le moment d'utiliser les boucliers pour notre stratégie défensive. Nous passerons à l'offensive projecteur dans le noir avec une balle illuminée et nous jouerons contre nos défenseurs de l'ombre. Ensuite, nous ferons un parcours avec notre main faible. Et nous ferons des paniers jusqu'à la fin de la journée avant de répondre à une dernière énigme.

– Des trucs bizarres vont se produire ? demanda Vin.

– Des trucs bizarres ? répéta Rolabi.

– Non, rien.

Peño commença l'exercice. Il n'avait jamais travaillé aussi dur de toute sa vie, affrontant toutes les épreuves de la semaine. Il fit de son mieux avec sa main en moins, rampa sous Kallo, combattit courageusement son ombre exaspérante, rata les tirs les uns après les autres. Il transpirait à grosses gouttes. Ses jambes brûlaient. Il alla jusqu'au bout de ses forces et finit par s'arrêter. Le globe flottait devant lui. Il respira profondément.

– Plus que toi et moi, hein ?

– Attrape-le, Peño ! lança Vin.

Peño s'élança, mais pas au hasard, cette fois. Il anticipa la réaction du globe. Il utilisa tout ce qui l'entourait. Coinçant la boule dans un coin, lui interdisant toute issue, il bondit dans l'air et agrippa à une main, triomphalement, le liquide noir dégoulinant. Et soudain, Fairwood disparut.

Il se trouvait sur une surface en béton, sans rien autour de lui.

– Eh ! appela-t-il. Professeur Rolabi ?

Il tourna lentement sur lui-même. Pas de murs, pas de plafond, juste l'obscurité partout et un air mordant, qu'il reconnut bien.

– Peño ? retentit une voix familière.

Il fit volte-face et vit Rain, mais en plus vieux. La vingtaine, peut-être. Il portait des vêtements chers, une boucle d'oreille en diamant, une chaîne en or et une montre de luxe.

Il éloigna son portable de son oreille.

– C'est toi ?

– Oui, bien sûr, répondit Peño en courant vers lui. Comment t'es arrivé ici ? T'as l'air plus vieux.

– Moi ? demanda Rain en riant. C'est à peine si je te reconnais. Comment ça va pour toi ?

Peño baissa les yeux. Il avait un pantalon tout simple, un polo vert et une grosse bedaine qui ressortait de sa ceinture. Ses chaussures étaient sales et usées, la vitre de sa montre, fendue. Il se tâta le visage et trouva une moustache épaisse, un front ridé, des poches sous les yeux.

– Qu'est-ce que ça veut dire ? l'interrogea Peño. Combien de temps… a passé ?

– Près de dix ans, répondit Rain en souriant. Dingue ! J'ai gagné deux titres déjà, comme tu sais. Ça bouge bien. Je suis content de passer vous revoir… enfin, c'est sympa, dit-il en riant. C'est un trou ici. Pas étonnant que Lab veuille pas revenir.

– Lab…

Des scènes commencèrent à se dérouler derrière Rain, comme projetées sur un écran géant. Lab était plus vieux, lui aussi, et il jouait dans la ligue nationale. Peño le vit soulever le trophée. Des fans hurlaient. Dans les gradins, leur père l'applaudissait, rayonnant. Rain aussi était là. Lab et lui étaient dans la même équipe. Peño recula lentement.

– Je voulais jouer… murmura-t-il.

– Non, contredit Rain. Tu voulais arriver à notre niveau. Mais c'était pas pour toi, mec. On peut pas tous réussir. Tu le savais. Allez, à plus. Viens nous voir jouer, je peux t'avoir des billets.

Son portable sonna, il répondit.

– Sérieux ? lança-t-il en éclatant de rire. Rien n'a changé. C'est triste.

Puis il s'évanouit dans l'air. Toute l'équipe entourait Peño désormais, sa famille aussi. Sa mère avait l'air en pleine santé, heureuse. Peño eut les larmes aux yeux. Mais quand il s'approchait d'eux, ils se volatilisaient. Peño tomba à genoux et sanglota.

– S'il vous plaît, revenez. Je vous en supplie.

– Ce n'est pas à cause de toi, tu sais, s'ils partent ?

Peño regarda derrière lui. Rolabi l'observait, un peu à l'écart du cercle constitué par les amis et la famille.

– Laissez-moi sortir, je vous en supplie.

– Tu nous as amenés ici, répondit calmement Rolabi. Ce n'est pas moi, c'est toi qui les as tous réunis.

– Je le regrette. Comment je m'en vais, maintenant ?

– Est-ce que tu sais où tu es ?

Peño regarda autour de lui. Il sentit le froid sur sa peau. Il examina les visages impatients.

– À l'intérieur de mes peurs.

– Très bien. Tes peurs les plus profondes. Dans cette pièce, tout est planté, tout pousse.

– Mais je ne comprends pas.

– Pourquoi ces gens sont-ils tous là ? Quelle est ta plus grande peur, Carlos Juarez ?

Peño contempla sa mère, son frère, ses coéquipiers. Il les imaginait disparaître chaque fois qu'il approchait d'eux. Il repensa au jour où il avait dit au revoir à sa mère.

– De ne pas pouvoir les rattraper.

– Mais pourquoi as-tu si peur ?

Peño hésita.

– J'ai peur… j'ai peur de rester à la traîne.

Les mots résonnèrent un moment autour de lui. Tout le monde dans le cercle acquiesça, comme pour confirmer sa théorie. Il n'était à la hauteur pour personne. Ils allaient le laisser derrière eux et avancer sans lui.

– Elle a l'air d'être une femme incroyable. On a tous nos propres moyens de supporter le deuil.

– Mon frère…

– Lab a refoulé sa tristesse, alors elle a commencé à le consumer. Elle lui a fait douter de sa propre valeur. Il s'est senti moins que rien, comme s'il décevait tout le monde.

– Je sais.

– Et toi ?

Peño observa l'image de sa mère.

– C'est la première fois que quelqu'un m'a quitté. J'ai essayé de l'accepter, mais avec le sentiment que ça se reproduirait tout le temps. Que tout le monde finirait par avancer sans moi.

– Et c'est ce qui risque de t'arriver.

– Mais vous avez dit que j'étais destiné à devenir un leader, murmura Peño.

– Tu es un leader, Peño. Mais ça ne veut pas dire que tu dois être aux avant-postes pour mener.

– Je veux devenir un pro. Je veux partir avec Rain et Lab.

– Ils réussiront peut-être. Pas sûr. Toi aussi. Ou pas. Ce n'est pas la question.

– Alors c'est quoi ?

– Où que tu ailles, il faut que tu sois présent. Ton chemin t'appartient. Si tu fais la course contre tout le monde, tu perdras. Si tu fais la course contre ton frère, tu le laisseras tomber… et toi aussi. Pareil avec Rain. Regarde.

Peño se tourna. Un millier d'images s'affichaient devant ses yeux. Il vit Rain lire un papier chiffonné et pleurer. Il vit Twig courbé devant le miroir de sa salle de bains, découragé, et Reggie regarder de vieilles photos dans la pénombre de sa chambre. Il vit Big John sangloter dans sa chambre, terrorisé, et Vin maquiller un hématome, et A-Wall dormir à même le sol dans une maison vétuste. Il vit… la douleur.

– Si tu ériges les gens sur un piédestal si haut que tu ne peux plus voir leurs défauts, leurs faiblesses, tu ne peux pas les aider.

Rolabi posa une main sur son épaule.

– Arrête de courir après tout le monde, Peño. Tu es un leader. Si tu aides les autres à atteindre la ligne d'arrivée, tu te ficheras de la franchir avec eux ou pas. Et alors, seulement, tu gagneras la course.

Les yeux de Peño se remplirent de larmes.

– Je ne jouerai jamais en professionnel, n'est-ce pas ?

– Je ne sais pas. Mais si c'est ton unique objectif dans la vie, c'est que tu as oublié ta vie. Sois un grand joueur, Peño. Mais sois une meilleure personne encore.

– On peut y aller, je crois, annonça le garçon.

– Je suis du même avis.

Peño revint soudain dans le gymnase, entouré de ses coéquipiers. Le parcours d'obstacles avait disparu et Rolabi se tenait devant eux.

Lab s'avança pour taper dans la main de son frère.

– Ça va, frérot ?

– Parfaitement, frérot.

– Donc le gymnase est vivant… disait Reggie.

– Je sais pas, mais il a quand même essayé de nous manger, plaisanta Twig.

Toute l'équipe éclata de rire.

– Twig qui fait des blagues, commenta Peño en hochant la tête. Et quoi encore ?

Il se lança dans une nouvelle improvisation.

L'entraînement touche à sa fin
C'est parti pour cinq tours de terrain
Mettre des champions sur des fanions
Le calme avant les célébrations
Peño se prépare sagement
À vos applaudissements
Il voulait faire rimer « Badger »
Mais les mots n'ont pas de valeur
La balle, c'est tout ce qui compte
Plus question d'avoir honte
Le trophée sera bientôt le leur.

Ils applaudirent tous et se rapprochèrent de Peño pour le bousculer et lui taper dans le dos.

Rolabi ramassa sa mallette et partit vers les portes.

– Vous aviez dit qu'on aurait une dernière énigme… l'arrêta Rain.

– En effet. Chacun en aura une. Et au fait, bienvenue aux Badgers !

Tandis que les autres célébraient la fin du camp d'entraînement, Peño réfléchit à l'énigme en changeant de chaussures. Que restait-il encore ? Autour de lui, les gars discutaient tranquillement. Peño remarqua que Cash parlait et que Twig et Reggie étaient ensemble sur le banc le plus éloigné. Pour une fois, on aurait dit une vraie équipe.

Il était impatient que la saison commence.

Quand ils finirent de se changer, ils s'attendirent pour partir. Peño resta assis jusqu'à ce que son frère ferme son sac. Comme toujours, Lab était le dernier prêt. Ils se levèrent tous pour se diriger vers la sortie.

Une question que Rolabi lui avait posée revint à l'esprit de Peño : quel était l'endroit dont il avait le plus peur ? Il connaissait la réponse désormais : *la dernière place*, celle qu'il avait toujours. Comme avec le globe. La place de celui qu'on pouvait facilement oublier.

Mais peut-être Rolabi avait-il raison. C'était la place de Peño. Et c'est de là qu'il mènerait les autres. Après tout, il fallait bien que quelqu'un les pousse.

Quand ils arrivèrent au niveau des portes, Rain passa devant et les maintint ouvertes. Peño attendit que tout le monde passe. Avant de sortir, il jeta un dernier regard à Fairwood, sourit et éteignit les lumières.

Il quitta le gymnase en dernier, après s'être assuré qu'ils ne laissaient personne derrière eux.

LIVRE 5

LAB

1

PARESSEUX

Les jugements ne valent vraiment que s'ils sont bienveillants.

✧ SAGICIEN – PROVERBE N° 33 ✧

Méfiant, Lab resta un moment sur le pas de la porte. Il avait un mauvais pressentiment. Il avait déjà été à Fairwood un bon millier de fois. Il en connaissait chaque coin et recoin, la moindre tache, toutes les odeurs et les fissures. Là, c'était différent. Il sentait comme un changement dans l'air. Le sel avait remplacé la puanteur de la transpiration, et l'humidité étouffante avait laissé place à un froid mordant.

Ses yeux s'ajustèrent à l'éclairage et le gymnase prit forme. Les paniers aux deux extrémités du terrain, la silhouette de son frère, les bras ouverts, ravi d'être de retour. Lab scruta les lieux, à l'affût des changements. Comme toujours, Reggie et Twig étaient déjà là. Il ne repéra rien d'inhabituel. Sûrement son imagination qui lui avait joué des tours, ou le manque de sommeil. Peño l'avait réveillé aux aurores et il avait mal dormi, comme toujours.

En soupirant, il suivit son frère à l'intérieur.

– Pourquoi si tôt ? demanda-t-il en se frottant les yeux.

Lab n'était pas du matin. Contrairement à Peño. C'est lui qui réveillait son petit frère, rangeait leurs sacs et préparait le petit déjeuner.

En gros, tout ce qu'elle faisait, *elle*, avant. *Elle*. Rien que ce pronom lui retournait l'estomac. Même dans l'intimité de son esprit, il ne pouvait plus dire que ça. *Elle*, et c'est tout. Et les images déferlaient. Les odeurs. La terre de ses tentatives de jardinage, les bougies à la cannelle qu'elle faisait brûler dans le salon… Elle les confectionnait elle-même pour « adoucir l'espace ». Il chassa ces pensées. Comme tous les jours, il compactait et écartait les souvenirs. Toutes les heures de la journée, parfois à chaque minute. Il refoulait tout, le plus loin possible, espérant que rien ne referait jamais surface.

– C'est l'heure du basket, Lab. Jamais trop tôt.

– Ça se discute.

– Ce sera une grande année, Lab. Tout va changer.

– Tu vas grandir, c'est ça ?

– Ferme-la.

Ils s'assirent sur le banc de l'équipe hôte et Lab jeta un regard vers Reggie et Twig : toujours les premiers à arriver, un remplaçant et un nul.

– Reggie, salua Peño. Quoi de neuf, mec ?

– Prêt pour la saison, répondit Reggie. Comme d'hab.

Comme d'hab, oui, songea Lab en examinant, dépité, le terrain miteux. Les céréales du matin lui pesaient encore sur l'estomac.

Il sortit ses baskets qui puaient plus encore que Fairwood. Son sac était resté dans le placard depuis la fin de la saison précédente. Un vrai bouillon de culture là-dedans. Peño s'approcha.

– Touche pas à mes chaussures, le gronda aussitôt Lab.

– Papa a économisé au moins six mois pour nous les offrir…

– Elles marchent encore très bien, affirma Lab.

– Elles sentent plus mauvais qu'un chat mort.

– T'as un problème, toi.

Lab fit ses lacets et bâilla en s'étirant. Son père avait travaillé dur, c'est vrai, pour les leur payer. Sans jamais se plaindre. Il était mineur dans la gravière du sud-est, l'ancienne zone industrielle de la ville. Il avait toujours eu des horaires de folie, mais depuis qu'*elle* était partie, c'était encore pire. Douze heures par jour… quatorze… vingt. Certaines nuits, il ne dormait pratiquement pas.

Il arrivait que Lab regarde son père s'écrouler sur le canapé. Il ressemblait beaucoup à Peño, petit et trapu, mais avec les joues burinées par le soleil et les mains calleuses. Le voir ainsi, endormi dans ses vêtements crasseux, brisait le cœur de Lab. Quand son père se réveillait, il repartait directement au travail. Et malgré tout, leur famille avait du mal à s'en sortir. Lab regarda ses propres mains. Douces et fines, elles ignoraient ce qu'était le dur labeur.

Je pourrais l'aider, se dit-il, rongé par le remords.

Son père ne le lui permettrait jamais. Peño et Lab avaient failli se faire renvoyer de l'école, et à Bottom, on ne vous donne pas de seconde chance. Le vieil homme avait laissé éclater sa colère. Lab ne l'avait jamais vu aussi enragé. Il leur avait dit qu'il travaillait pour qu'ils puissent étudier, jouer au basket et quitter cet endroit de malheur.

Et je l'emmènerai avec moi, songea Lab. *Il le mérite. Il mérite tout.*

Les portes du gymnase s'ouvrirent en grand. Lab poussa un soupir. Big John et Jérôme. Fini le calme. Personne au monde ne faisait plus de bruit que Big John. On aurait dit une sorte d'animateur radio incapable de prendre une pause.

– Quoi de neuf, les gars ? hurla-t-il, sa voix résonnant sur les murs du gymnase.

De nouveau les portes s'ouvrirent, la lumière du jour éclairant un instant le nuage de poussière qui volait en permanence dans la salle. Lab se serait cru dans une boule à neige ou sous un ciel de nuit dégagé. Amusé, il examina les minuscules particules qui dansaient autour de lui. Le firmament de Fairwood.

– Rain ! Le Faiseur de pluie ! appela Big John, les deux mains autour de la bouche.

Peño se dirigea vers le terrain, en dribblant entre ses jambes à une vitesse fulgurante. Son grand frère avait de bonnes prises, mais ses tirs laissaient à désirer.

– Tu as trouvé notre hymne pour la saison ? interrogea Jérôme.

Oh non ! Peño se prenait pour un rappeur, mais il était très mauvais. Au fond de lui, Lab savait que ce n'était pas seulement pour ça qu'il détestait les impros de son frère. Peño s'y était mis juste après *sa* mort. *Elle* chantait tout le temps, en partant au travail, autour de la table, en les couchant. Peño pensait peut-être que la maison était trop silencieuse. Ou peut-être qu'il avait hérité de son goût pour la musique.

Mais pour Lab, c'était un rappel de plus. Il n'arrivait pas à encourager Peño dans cette voie.

– Vous êtes pas prêts pour une telle démonstration de génie ! répondit Peño avec un rictus espiègle.

– On n'est pas prêts, ça, c'est sûr ! confirma son petit frère.

– *Poum, tche, da, doum, tche, padapoum, tche, da, doum…* chanta Big John.

– Arrête ! supplia Lab.

Jérôme dribbla en s'efforçant de rester en rythme avec son camarade.

– J'aurais dû rester au lit, se lamenta Lab.

Peño sourit et se jeta à l'eau, enchaînant vers ridicules et rimes foireuses. Lab secoua la tête. Ça faisait deux ans que Peño cherchait à faire rimer « Badger ».

– Fallait s'y attendre, commenta Lab.

Il s'en voulut tout de suite. Il n'avait pas à se montrer si méchant. Pourquoi cette colère parfois ? Juste les souvenirs ? Ou peut-être la jalousie ?

Peño avait hérité de *son* amour pour la musique. Il avait une part d'*elle* en lui. Et Lab, qu'avait-il ?

Il se leva, remuant les bras pour se détendre et arrêter de penser. Maintenant qu'il était là et à peu près réveillé, il était prêt à jouer. Il ne connaissait aucun son plus beau que le *swish* de la balle à travers le panier. Peño lui fit une passe et Lab tenta un double-pas. Raté.

– Grand-mère ferait mieux, se moqua Peño.

– C'est parce qu'elle est plus grande que toi, rétorqua Lab.

– Maman disait que je serais le plus grand, affirma Peño. Je mets juste du temps à démarrer.

Le mot le fit suffoquer. Il lui paralysa les muscles. Il lui retourna l'estomac. *Maman.* C'était comme plonger la tête dans de l'eau glacée, un coup de couteau, une balle dans le crâne.

– C'est ça, murmura-t-il.

Il partit vers le panier. Freddy le complimentait toujours sur ses qualités d'attaquant. Lab était le deuxième meilleur marqueur de l'équipe et celui qui réussissait le plus de trois-points. S'il parvenait à avoir plus souvent le ballon, il serait vraiment brillant, mais ce n'était pas facile avec Rain. Lab espérait que le nouvel entraîneur les mélangerait un peu en attaque. Les Badgers avaient besoin de plus de déplacements, de plus d'échanges, pas toujours Rain.

Freddy arriva le dernier, accompagné de la nouvelle recrue. *Il a douze ans, lui ?* s'étonna Lab.

C'était un colosse. Pour une fois, Freddy n'avait pas exagéré quand il leur avait promis une surprise de taille. S'il s'agissait réellement d'un ado, ce serait un sacré atout pour l'équipe. Lab approcha pour se présenter.

Malgré sa carrure, le nouveau semblait particulièrement mal à l'aise. La peau marron clair, le crâne rasé, il gardait les lèvres pincées pareilles à une cicatrice au milieu du visage. Il fixait le plancher de ses grands yeux marron foncé.

– Tu viens d'où ? demanda Lab. Je t'ai jamais vu au collège, et t'es le genre de gars qu'on remarque.

Devon hésita.

– Je fais l'école à la maison.

– L'école à la maison ? répéta Peño, sidéré. C'est dingue ! Mon père, il veut même pas de moi à la maison *après* l'école.

Lab rit. Il n'avait pas tort. Il les envoyait toujours faire leurs devoirs, aider des voisins âgés, ou n'importe quoi d'autre pour ne pas qu'ils restent désœuvrés. Il ne savait pas qu'on pouvait aussi se reposer. Et comme lui, Peño s'affairait constamment, cuisine, ménage, entraînement. Lab était l'intrus à la maison.

Il essaya de repousser cette idée, mais trop tard. Un souvenir le prit de court. Il se revit, blotti contre *elle* tandis qu'elle lui chantait une berceuse. Il se rappela certains des passages de la chanson : des enseignants sur une île, une coupe en or pur. Elle passait une main dans ses cheveux, tirant sur une boucle.

– Mon petit sauvage, murmurait-elle.

Lab sentit les larmes poindre. Il effaça les images et les émotions. Pourquoi la voyait-il toujours ? Pourquoi ne pouvait-il pas *l'*oublier ? Comment faisait Peño ? Comment son père et lui continuaient-ils à vivre comme si de rien n'était ? *L'*aimaient-ils moins ?

La lumière clignotante au-dessus de sa tête le ramena brutalement au moment présent. Les portes furent poussées par une rafale puissante accompagnée d'un grondement sourd. Même quand le vent cessa de souffler, les portes restèrent coincées contre le mur. Une immense ombre se dessina sur le sol pour révéler un véritable géant. Le nouvel entraîneur, sûrement. Grand et élégant, il devait avoir la soixantaine, à en croire ses cheveux poivre et sel. Des rides et des cicatrices se creusaient dans sa peau marron, mais rien sur son visage n'égalait l'intensité de ses deux yeux d'un vert éblouissant. Son regard se posa sur Lab.

Où as-tu enfoui tous tes souvenirs ?

Lab vit une image apparaître dans les yeux du coach. Un lac. Un bateau. Et plus rien, juste le vert brillant et infini. Il tenta de lutter contre la vague de nervosité qui l'envahissait. Décidément, il n'arrivait pas à se réveiller ce matin.

Freddy sortit précipitamment, laissant le nouveau coach se présenter à l'équipe. Professeur Rolabi. Il examinait tour à tour chaque joueur comme s'il lisait quelque chose sur leur front. Lab n'avait jamais entendu un silence aussi assourdissant.

Rolabi sortit ensuite de sa veste un papier qu'il déplia soigneusement.

– Je vais vous demander à tous une signature avant de commencer, annonça-t-il.

Quand le contrat arriva dans les mains de Lab, il le prit, intrigué.

S

JE SOUSSIGNÉ JAVI « LAB »
JUAREZ ACCEPTE PAR
LA PRÉSENTE D'APPRENDRE
DU PR ROLABI SAGICIEN
LA NATURE DE
TOUTES CHOSES.

CE CONTRAT EST RÉGI PAR LES LOIS • QUI GOUVERNENT LE ROYAUME DE GRANITY.

SIGNATURE

– Le royaume de Granity ? murmura-t-il.

Ce nom lui disait quelque chose, mais il n'aurait su dire quoi. Il se contenta de signer. Au moment de tendre le document à son frère, il constata, stupéfait, que les noms de ceux qui avaient signé avant lui ne figuraient pas sur la feuille. Il jeta un regard à Peño. Puis il relut le contrat, sur lequel il était désormais écrit : « Je soussigné Carlos "Peño" Juarez »…

Un bruit retentit, comme les roues d'un engrenage qui se mettent en place. Leur nouveau coach était un magicien des rues. Lab n'avait rien vu dans ses yeux, ce n'était qu'un numéro d'hypnose. Même si ce genre de pratique n'était pas particulièrement populaire à Dren, il n'était pas rare de croiser à Bottom des mendiants tentant de gagner quelques sous avec des tours de passe-passe. Rolabi savait y faire. Lab se retint d'éclater de rire.

Il devait être vraiment fatigué pour s'être laissé prendre.

Twig signa en dernier et, quand il rendit le contrat à Rolabi, le papier se volatilisa dans l'air. Lab sourit. Quel artiste ! Mais quel besoin Freddy avait-il eu d'employer un prestidigitateur ?

Sans doute qu'il l'avait hypnotisé, lui aussi.

Lab devrait rester sur ses gardes.

– Quoi… mais où… comment ? lâcha Twig.

– Il gobe tout, lui ! lança Lab en direction de son frère qui ouvrait de grands yeux.

Toi aussi, apparemment, songea Lab, exaspéré.

Rolabi enfonça le bras jusqu'au coude dans sa mallette de médecin. Il fallait bien le reconnaître, il était excellent. Le tour de la feuille n'était pas mal non plus, sans parler des bourrasques pour annoncer son arrivée. Pourquoi pas ? C'était amusant. Lab croisa les bras, un rictus aux lèvres. Lui au moins, il était assez intelligent pour ne pas se laisser berner.

Sans avertissement, Rolabi envoya à Big John une balle qui le frappa à la tête. Peño eut tout juste le temps de réceptionner la sienne ; il se redressa alors, le regard vide. Lab agita une main devant le visage de son frère, mais il ne la remarqua même pas.

– Peño ? murmura-t-il.

Une lueur orange apparut dans son champ de vision et Lab attrapa sa balle marquée d'un *S* bleu. Aussitôt le gymnase se transforma. Les gradins débordaient de spectateurs. Lab y vit son père et les familles de ses coéquipiers. Il repéra même ses camarades de classe. Confus, il les salua, timidement. Sa main resta suspendue dans l'air un instant. Il tremblait. Car tout devant, il vit sa mère. Elle portait le châle en soie aux motifs fleuris, hérité de sa mère à elle. C'était son préféré. Elle l'avait attaché négligemment et il tombait joliment sur ses épaules. Lab resta pétrifié, le souffle court. Sa chevelure noire, épaisse et magnifique avait repoussé. Ses yeux pétillaient, toute trace d'épuisement envolée.

Les jambes de Lab ne le portaient plus et il tomba à genoux. Il parvint à se relever, malgré le vertige qui le submergeait, et avança vers elle. Comment pouvait-elle se trouver là ? Elle était morte.

– Mama ? appela-t-il d'une voix tremblante. Mama ?

Elle était debout à présent, avec le reste de la foule. Dans un même mouvement, tous se tournèrent vers l'horloge sur le mur. Lab ne s'arrêtait pas d'avancer, malgré les joueurs qui se matérialisaient autour de lui. Ils ne l'intéressaient pas. Tout ce qui l'intéressait, c'était *elle*. Il devait lui parler.

– Mama… comment est-ce que… qu'est-ce que… ? murmura-t-il.

– Tire ! cria une voix.

Sa mère le regarda droit dans les yeux.

– Vas-y ! renchérit-elle.

Lab baissa les yeux vers la balle dans sa main. Il se tourna vers l'horloge. La sirène allait retentir : trois… deux…

Entouré de défenseurs, il tenta désespérément de faire une passe, mais sans trouver aucun coéquipier. Les spectateurs hurlaient. Il fit volte-face vers sa mère, paniqué.

– Non, mama, je ne peux pas…

Un…

– Tire ! tonna-t-elle.

Lab se tourna vers le panier, souleva la balle et se figea. Il ne pouvait pas tirer. Ses muscles refusaient de lui obéir, paralysés par la pression. Il sentit les larmes poindre, bouleversé d'avoir échoué. Et tout à coup, les spectateurs le huèrent. Ses coéquipiers les imitèrent et même son père le siffla. C'en était trop. Il tourna sur lui-même en sanglots.

– T'as tout gâché, lui assena Peño. T'es un raté, Lab.

Le tollé s'intensifia et Lab évita de peu une bouteille que quelqu'un avait jetée sur lui.

– Je n'ai rien fait ! protesta-t-il. Je n'ai jamais dit que je ferais quoi que ce soit. Mama !

– T'es tellement nul, le gronda Peño en s'approchant encore. On l'a tous vu, tu nous laisses tomber.

– Mais… lâcha Lab, essayant de contourner son grand frère pour rejoindre sa mère. Attends !

Son image se brouillait déjà.

– Mama ! appela-t-il à tue-tête.

– Allez, barre-toi d'ici, continuait Peño. Y a pas de place dans cette équipe pour un raté comme toi. Fous le camp, on sera mieux sans toi, *frère*.

Lab sentit les larmes couler sur son menton. Il n'avait pas mérité la pression de ce dernier tir. Il avait tout fait pour l'éviter. Il savait qu'il n'en serait pas capable, que ça l'étoufferait. Et soudain, il remarqua qu'un homme l'observait en silence, derrière l'équipe. Rolabi Sagicien.

– Hmm, intéressant. Ce sera tout pour aujourd'hui. À demain.

La foule disparut et Lab se retrouva au milieu de ses camarades, tous perdus dans leurs pensées.

Lab scruta les coins vides du gymnase.

– Mama… murmura-t-il.

– À quelle heure ? demanda Peño au professeur.

Rolabi se dirigeait vers les portes, qui s'ouvrirent en grand. Il sortit dans la lumière du jour.

Peño tenta de le rattraper, mais les portes s'étaient refermées derrière le coach.

– On peut garder les balles ? cria-t-il en faisant un pas dehors. À quelle… Professeur ?

Rolabi n'était déjà plus là.

2

TRUCS ET ASTUCES

La victoire est une coupe vide,
remplis-la de travail, d'efforts et d'une humanité solide.

✧ SAGICIEN - PROVERBE N° 21 ✧

Lab regarda son frère se planter devant les portes de Fairwood. Peño était clairement nerveux, mais Lab ne lui passa pas devant. Il se sentait épuisé. Chaque fois qu'il clignait des yeux, il *la* voyait derrière ses paupières closes. Comme la veille, elle le huait et le sifflait.

De nouveau, il l'avait déçue. Prévisible.

Assis à l'extérieur de la chambre, entre deux murs blancs, il se demandait quoi faire. Des murmures lui parvenaient. Fallait-il entrer ? Non… il devait rester dans le couloir. C'était plus facile dehors. Il devait faire semblant que tout allait bien, que tout était normal. Pourquoi n'était-il pas allé lui dire adieu ?

Mama…

Lab repoussa les images, les souvenirs le plus profondément possible. Comment Rolabi avait-il pu lui jouer un tour aussi cruel ? Lab n'avait pratiquement rien pu avaler au dîner et, quand son père était rentré du travail autour de minuit, il l'avait trouvé assis sur le canapé. Le vieil homme avait posé une main calleuse sur l'épaule de son fils, laissant une marque de poussière grise sur son tee-shirt.

– Ça va ? lui avait-il demandé.

– Ouais, avait-il menti, comme il le faisait toujours.

S'il répétait que tout allait bien, peut-être finirait-il par s'en convaincre lui-même.

Lab se frotta le visage pour revenir au présent. Il avait surtout besoin de faire quelques paniers, maintenant. Peño fixait toujours de son regard préoccupé les doubles portes vertes.

– Qu'est-ce que tu fais ?

Il aurait voulu que Peño lui parle de ce qu'il avait vécu la veille. Il aurait voulu lui raconter, lui parler de ses visions. Mais c'était trop ridicule. Juste un tour de passe-passe, des rêvasseries, un souvenir récurrent qui refusait de le lâcher. Lab se demandait pourquoi Freddy avait chargé un magicien de les entraîner, mais il n'allait pas se laisser avoir.

Pourtant, il aurait été content de se confier à son grand frère.

– Rien, répondit Peño sur la défensive.

– T'entres pas ? T'as peur ?

Peño se tourna vers lui, ses épais sourcils se rejoignant dans une grimace excédée. Il se retenait de dire quelque chose, c'était évident. Lab lisait le doute dans ses yeux. En dormant, Peño avait sursauté à plusieurs reprises et son frère l'avait même entendu murmurer : « Je suis là… »

Ils se mirent à se disputer. Lab avait parfois l'impression qu'ils ne faisaient que ça depuis l'instant où ils avaient prononcé leurs premiers mots. Ils trouvaient tous les prétextes possibles : les tâches domestiques, l'heure du coucher, l'école… Peño était plus têtu qu'un mur en brique.

– D'accord, vas-y, alors, lança finalement Peño en lui montrant les portes.

– Comme tu veux… poule mouillée, répliqua Lab en prenant une poignée.

Aussitôt, Peño agrippa l'autre.

– On ouvre en même temps, alors, si ça peut te rassurer.

– D'accord. Mais j'entre seul, j'ai pas besoin de toi.

– À trois ?

– À trois, confirma Lab après une courte pause.

Peño tourna la poignée.

– Un… deux… trois !

Ensemble, ils tirèrent les portes et reculèrent. Après un moment, ils échangèrent un regard et inspectèrent les lieux. À côté du banc, Reggie s'étirait tout seul. Il lança un coup d'œil intrigué aux deux frères. Aussitôt Peño et Lab se redressèrent et coururent vers le banc.

Lab s'assit et ouvrit son sac. Comme toujours, Peño lui avait préparé une bouteille d'eau et une barre de céréales, ainsi qu'une serviette propre, même si, comme toutes celles qu'ils avaient, elle était usée et rapée. Il avait également nettoyé ses chaussures. Sérieusement ?! Il avait dû le faire à l'aube.

Il les sortit de son sac, et crut sentir le regard de sa nouvelle balle sur lui. Lab l'examina, perplexe. N'importe quoi ! Elle n'avait rien de magique. La magie, ça n'existait pas. De tout ce que Peño et Lab avaient vu dans leur vie, rien n'avait jamais été magique. Ils l'avaient vue mourir, ils avaient vu leur père travailler comme un forcené depuis, ils avaient vu des voisins victimes de la violence, comme Elvin dans leur rue, tué quelques mois plus tôt. Ils avaient vu leur dernier grand-parent, Mamie Juarez, devenir de plus en plus malade dans une maison de retraite sordide. Rien de tout ça n'avait été plaisant. Rien de tout ça n'avait rimé avec espoir.

Écœuré, Lab comprit pourquoi Rolabi Sagicien le mettait tellement en colère. S'il existait de la magie quelque part dans ce monde, ce n'était certainement pas à Bottom. Il souleva la balle, et rien ne se passa.

– Évidemment, grommela-t-il.

Ce qui s'était passé la veille n'était qu'un leurre, une illusion.

Il rejoignit Peño au coin de la ligne des trois-points. Lab avait une technique inhabituelle que Freddy avait tenté de corriger : il avait les mains et les pieds presque parallèles. Mais comme il marquait, Freddy avait abandonné. Enfin, il marquait assez souvent.

Son tir ricocha de la planche aux gradins et il courut derrière la balle. En la ramassant, il remarqua que des moutons de poussière s'accumulaient sous les sièges, au milieu d'agglomérats de pop-corn, de canettes de soda, d'emballages de barres chocolatées et d'encore toutes sortes de détritus. Le métal des gradins était rouillé, témoignage d'années d'usure.

– Cet endroit mériterait d'être brûlé, lança Lab avec une moue de dégoût.

– C'est pas trop son truc, la ponctualité, à ce Rolabi, commenta Rain.

– Peut-être qu'il ne viendra pas, hasarda Lab en retournant vers ses coéquipiers.

– Ou peut-être qu'il est déjà là.

Lab sursauta. La voix avait retenti derrière lui. Il se tourna lentement. Rolabi Sagicien était installé dans les gradins. Comment était-ce possible ? Lab en venait, il l'y aurait vu.

Encore un tour, se rappela-t-il. *Il veut juste te faire peur.*

– Rangez vos ballons.

En cinq pas seulement, le coach arriva au centre du terrain tandis que les joueurs couraient tous vers leurs sacs. Délibérément, Lab marcha d'un pas lent, refusant d'obéir avec la même précipitation que les autres. Il n'allait pas se laisser intimider par un prestidigitateur. Il arriva en dernier dans le groupe, les bras croisés. Les yeux perçants de Rolabi se posèrent sur lui.

Où partent tous les souvenirs ?

Sors de ma tête, songea Lab en fermant les yeux. *Ce n'est pas réel !*

La voix se tut.

Et voilà, prends ça, se réjouit Lab, satisfait du résultat.

Mais quand il ouvrit les paupières, il se retrouva seul dans un long couloir blanc. Il reconnut l'endroit, le papier peint jauni s'écaillant au niveau du plafond. Les carreaux usés au sol qui sentaient l'eau de Javel.

Même les vieilles chaises en métal, il les reconnut. Il les détestait.

– Non… murmura-t-il.

Une porte s'ouvrit sur un lit blanc défait, dans lequel une femme était allongée.

– Laissez-moi sortir d'ici ! hurla-t-il. Professeur !

Quand il recula, il se rendit compte qu'il était désormais dans une barque en bois. Des éclaboussures giclèrent sur les murs de l'hôpital et le bateau fila sur une eau d'un bleu turquoise, dans un lac entouré de montagnes. Lab trébucha et tomba lourdement dans une flaque au fond de l'embarcation. La panique l'envahit.

La barque se remplissait lentement d'eau.

Lab poussa un cri et tenta de chercher d'où venait la fuite. Il n'arrivait pas à en trouver la source. Il s'agenouilla. L'eau ne cessait de monter.

C'est toi qui as provoqué cette fuite.

La voix venait de partout et de nulle part.

– Où est-ce que je suis ? demanda Lab tout bas.

À toi de me le dire. Tu es à l'origine de cet endroit. Il est fort.

– Qui est fort ?

Pas de réponse.

– Qu'est-ce qui est fort ? insista Lab.

Il était de nouveau dans le gymnase. L'équipe s'était divisée en deux autour d'un engagement. Derrière Twig, les titulaires attendaient l'entre-deux.

– Où… comment… ? bredouilla-t-il.

– Tu joues ? demanda Jérôme en le dévisageant.

Lab hésita et hocha la tête, cherchant à se ressaisir.

– Ouais.

Il se plaça à côté de Jérôme, qui le remplaçait au poste d'ailier pendant la saison. Rapide et agile, Jérôme devait faire la taille de Lab, peut-être quelques centimètres de plus avec ses dreadlocks. Il avait aussi un large front qui lui donnait un sacré avantage pour les coups de tête. Lors d'une collision accidentelle, l'année passée, Lab avait vu des étoiles.

– T'as pas l'air bien, commenta Jérôme.

– J'ai pas beaucoup dormi.

– Tu m'étonnes, compatit Jérôme. C'est la folie ici.

– T'as vu des trucs étranges ? demanda Lab.

– Des tonnes.

Big John remporta la mise en jeu et Lab suivit Jérôme en défense.

– T'as vu quoi ? l'interrogea Lab.

– Des trucs que j'espère ne jamais revoir.

Lab sentit qu'il ne voulait pas en dire plus. Libre à lui. Une main devant lui, les yeux sur le ballon, Lab ne serrait pas particulièrement Jérôme, qui rata sa feinte vers le coin.

Vin fit une passe à Reggie, de l'autre côté. Sans surprise, Rain vola la balle et traversa le terrain tout seul. Le reste de l'équipe fonça derrière lui, mais sans Lab. Il laissa Jérôme partir et l'attendit en défense, un œil sur Rolabi. Lab avait vu le lit d'hôpital, les affreuses chaises inoubliables. Comment est-ce que ça pouvait être des tours de magie ? Comment Rolabi connaissait-il cet endroit ?

Maintenant tu poses les bonnes questions, déclara la voix grave.

Lab réfléchit. Personne d'autre que lui-même ne se souvenait assez bien de ces chaises pour les recréer dans son esprit. Peño n'aurait pas pu lui mettre une telle image dans la tête. Lab l'avait-il convoquée tout seul ?

Il se mit en position pour contrer une nouvelle attaque des remplaçants, mais Jérôme marqua facilement. Il pesta. Il avait mal évalué ses déplacements et s'était laissé déborder. Lab remonta le terrain et s'aperçut que Peño n'arrivait même plus à dribbler, il était malmené par la défense adverse. Lab le regarda s'embourber et percuter le torse de Vin, qui partit avec la balle pour réaliser un double-pas gagnant.

– Qu'est-ce que tu fabriques, Peño ? s'agaça Lab.

– Rien. J'ai perdu la balle, c'est tout. Occupe-toi de ton jeu, OK ?

– T'as vu tes prises ? demanda Lab. On aurait dit Twig en train de dribbler.

– Merci, grommela Twig.

Pourquoi était-il si méchant maintenant ? Twig n'avait sûrement pas besoin qu'on lui sape encore sa confiance en lui.

Peño remonta le terrain péniblement et Lab décida de passer à l'action. Il fit semblant de partir vers le panier, faisant perdre l'équilibre à Jérôme, et appela la balle. Rain semblait toujours aussi perdu de l'autre côté. Peño fit donc la passe à Lab qui se tourna pour un trois-points.

– Je pensais que t'étais bon, commenta une voix.

Lab hésita. Un vieillard aux cheveux blancs coupés ras et au regard dur était apparu à côté de lui, une écritoire à pince à la main. Il portait un blouson d'aviateur vert brodé du logo d'une équipe universitaire que Lab aimait beaucoup. Il griffonna sur un papier.

– Qui êtes-vous ? demanda Lab, intrigué.

– Javi « Lab » Juarez, répondit l'homme en continuant à écrire. Un Rain en moins bien. Aucun avenir.

– Mais je n'ai pas… bredouilla Lab.

– Un vrai gâchis, poursuivit l'homme en tournant la page, décidé. Quelle déception.

Lab sentit le feu monter à ses joues. Il était le seul à voir cet énergumène ? Une autre illusion ?

Jérôme s'élança sur Lab et tendit la main pour bloquer son tir. Et l'homme se concentra sur lui, bien plus intéressé. Décontenancé, Lab repassa la balle à son frère et la vision se volatilisa dans l'air. Lab se frotta les yeux. Il imaginait des choses, maintenant.

Mais d'autres découvreurs de talents apparaissaient chaque fois qu'il avait la balle. Ils prenaient des notes en soupirant. Un des hommes traita Lab de « mendiant de Bottom ». Lab tenta d'autres paniers, mais sans jamais réussir à marquer. Il finit par éviter le ballon. Les inconnus venaient toujours.

– Pire que son frère.

– Son père doit avoir honte.

– … devrait se trouver un travail.

– Rien de bon ne sort de Bottom.

Le professeur avança enfin sur le terrain.

– Ce sera tout pour aujourd'hui, annonça-t-il.

Peño fronça les sourcils.

– On fait pas d'exercices ? demanda-t-il.

Rolabi reprit la balle avant de retourner sur les gradins pour s'installer sur un des sièges du bas. Il consulta sa montre. À cet instant, la porte des vestiaires s'ouvrit violemment, poussée par une bourrasque glaciale. Lab tenta de comprendre d'où pouvait venir cette rafale de vent en l'absence de fenêtres. Il ne trouvait plus aucune explication sensée. Quand il se tourna vers le professeur, il était déjà parti et la porte des vestiaires s'était refermée. Le silence enveloppa le gymnase.

– Donc… on est d'accord, notre coach, c'est un sorcier ? demanda Big John.

Lab se frotta le front. Trop, c'est trop ! C'était impossible ! *Impossible. Combien de temps pourras-tu te mentir ?*

Cette fois, il aurait juré reconnaître sa propre voix.

– Quoi ? T'as six ans ? se moqua-t-il. Ça existe pas, les sorciers.

– Et qui a dit ça ? s'énerva Big John.

– Mais tout le monde ! Les lois de la physique, et de la logique. Ça te parle pas, tout ça, je sais.

– Parce que t'as pas raté… commença Vin.

– Mon frère a vraiment besoin de raconter toute ma vie ? gronda Lab.

Il suivit Peño vers le banc et s'assit lourdement en buvant les dernières gorgées d'eau de sa bouteille. Amère, jaune, avec un goût de soufre. Le couloir blanc réapparut dans son esprit. Les chaises en métal. Pourquoi les revoyait-il après si longtemps ? Il avait tout fait pour les oublier, pour tout oublier. Ça faisait trois ans maintenant. Pourquoi les souvenirs ne s'effaçaient-ils pas enfin ?

Il jeta ses chaussures dans son sac et le ferma sans plus entendre la discussion qui faisait rage.

– Ce Rolabi est trop chelou, hein ? lança Jérôme alors que Lab se relevait.

– Ouais, et c'est pas le seul ici, grommela Lab.

✧ 3 ✧

LA GOUTTE DE TROP

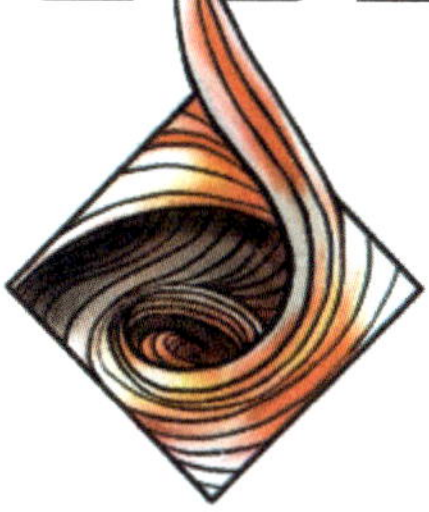

La colère, c'est ton esprit qui te dit stop, respire et tempère.

✧ SAGICIEN – PROVERBE N° 15 ✧

Lab aurait aimé être encore au lit. Peño avait dû l'en arracher ce matin, non sans peine. Sa nuit avait encore été une longue série de questions auxquelles il ne voulait pas répondre. Pourquoi n'était-il pas entré dans la chambre ? Pourquoi les avait-*elle* quittés ? Pourquoi plus rien n'avait-il le même goût depuis ? Les questions tournaient en boucle dans sa tête et rendaient ses nuits pénibles, les matins, pires encore.

Au fond de lui, Lab savait que ces visions ne se manifestaient pas par magie. Ce n'était sans doute même pas Rolabi qui les provoquait. Elles étaient bien réelles et tangibles. Ça le mettait encore plus en colère. Si la magie existait, alors elle ne servait à rien. Pourquoi la magie n'offrait-elle pas à son père un meilleur emploi ? Pourquoi ne les aidait-elle pas à mieux manger ? Pourquoi n'avait-elle pas pu *la* sauver ? Lab scruta les taudis qui maculaient le paysage urbain, les usines qui polluaient l'air. Pourquoi la magie ne pouvait-elle pas réparer cet endroit ? Si la magie existait bel et bien, quelle cruauté ! Et si elle était en lui, alors c'est lui qui était cruel.

Il faisait déjà chaud, comme toujours en juillet à Bottom, et une brise poisseuse soufflait sur le parking. Lab en avait tellement assez de tout ça ! Le brouillard et la pollution, les passants qui fouillaient dans les poubelles. Il en avait assez de voir son avenir gravé partout autour de lui.

Pourquoi vous n'arrangez pas ça, Rolabi ? songea-t-il, furieux. Il donna un coup de pied dans un gobelet sur le trottoir et grimaça de dégoût quand du café éclaboussa sa chaussure.

Peño était d'aussi mauvaise humeur que lui. Les deux frères s'étaient disputés au sujet de la magie, de Rolabi et de tous les sujets possibles jusque tard dans la nuit. Tout comme Lab, Peño croyait que les visions et la magie étaient bien réelles. Seulement Lab refusait de le concéder, ce qui exaspérait son grand frère. Il insistait encore ce matin.

– C'est quoi, ton problème ? demanda-t-il. Pourquoi ne peux-tu pas reconnaître qu'il se passe des choses étranges ?

Lab serra les dents. Il ne pouvait pas juste le lâcher un peu ?

– Parce que c'est pas comme ça qu'il marche, le monde. Rolabi n'a rien de magique, Peño, désolé.

Lab saisit la poignée de la porte. Il n'en pouvait plus. Il voulait juste entrer dans le gymnase et jouer au basket.

– C'est à cause de maman ? demanda Peño en l'attrapant par le bras

Lab tressaillit en entendant ce mot. Peño l'appelait « maman », lui, « mama ». C'est comme ça qu'il avait dit tout bébé et il n'avait jamais changé après. La question le mit hors de lui. Bien sûr que c'était à cause de mama ! Tout le problème était là. Comment Peño ne le comprenait-il pas ? Ne ressentait-il pas la même douleur ? Lab se dégagea brusquement.

– C'est à cause de rien.

– Moi aussi, elle me manque.

Sûrement pas autant qu'à lui. Chaque minute de chaque heure. Chaque seconde.

– Et tu l'as vue mourir, tout comme moi, cracha Lab sèchement. C'était magique, ça aussi ?

Il se rua vers un banc. Pour chasser les larmes qu'il sentait poindre, il se frotta les yeux avec un bras. Il avait encore tellement mal ! Son estomac se noua et la bile remonta dans sa gorge. Pourquoi Peño avait-il eu besoin de parler d'*elle* ? Et si on le laissait un peu tranquille ?

Sans douleur, on ne grandit pas.

Allez-vous-en ! songea-t-il.

Il s'assit sans saluer personne et retira ses chaussures. Il entendit ses camarades disserter sur le numéro de téléphone de Rolabi et sur le coup de fil de leurs parents. La conversation empira encore son humeur. Son père n'avait pas pu appeler, il était rentré à la maison après minuit, éreinté, les dents noircies par la poussière tourbillonnante de la gravière. Lab se dépêcha de lacer ses baskets et de fermer son sac.

Quand il se leva, il resta figé sur place.

– Encore… murmura-t-il.

Le gymnase était vide. Un écran blanc se dressait devant lui sur son trépied en métal. Sur le banc à côté de Lab était posé un vieux projecteur de cinéma. Le garçon l'examina, perdu, ne voyant ni bobine de film ni câble. Rolabi était assis tout près, les mains croisées sur les genoux.

– Pourquoi est-ce que vous faites ça ? demanda Lab.

– Quoi ?

– C'est quoi, ce truc ? Une autre vision ? Une autre leçon insupportable ?

– Lequel de tes coéquipiers a la meilleure vie, selon toi ? Qui est le plus heureux ?

– Quoi ?

– Réfléchis. Tu n'as pas l'air d'apprécier ta vie, alors avec qui échangerais-tu ?

Lab lui décocha un regard noir. S'il jouait le jeu, peut-être Rolabi lui permettrait-il plus rapidement de retourner s'entraîner. Ses camarades… Il avait l'embarras du choix. Plus talentueux, plus grands. Et soudain, il se demanda ce que l'argent pouvait accomplir. De l'argent pour s'acheter un téléphone portable et des chaussures qui se lacent toutes seules, et une belle maison avec un panier dehors.

De l'argent pour voir un docteur. De l'argent pour que son père puisse se reposer un peu.

– Twig, je dirais. Sa famille est riche.

Rolabi sortit un film de sa poche. Lab vit qu'il était écrit « Twig » sur la tranche.

– Mets-le, demanda Rolabi en montrant le projecteur. Tu places la bobine ici et tu appuies sur le bouton blanc.

De mauvaise grâce, Lab s'exécuta. Le projecteur s'alluma en vibrant. Une image granuleuse s'afficha sur l'écran.

– C'est quoi… ?

– Ce que tu voulais, répondit Rolabi calmement. Ton choix d'une meilleure vie.

Twig apparut devant un miroir dans une pièce que Lab ne reconnut pas. Sûrement la salle de bains chez son coéquipier. Placards immaculés, lavabo tout neuf. Comme l'avait imaginé Lab. Mais Twig pleurait à chaudes larmes. Il toucha ses joues, d'abord délicatement, mais finit par se pincer et arracher ses boutons.

– Mais… lâcha Lab. Qu'est-ce qu'il fait ?

– Regarde.

Lab vit du sang couler sur le visage de Twig. Plus de larmes encore. Et la scène changea. Le père de Twig lui criait dessus, lui faisait la morale et l'obligeait à admirer des étagères entières de trophées luisants. Il vit Twig pleurer seul dans une chambre noire, ses doigts fins sur ses joues où se mêlaient larmes, sang et morve. Il vit la douleur. Lab se détourna, bouleversé.

– Comment vous êtes-vous procuré cet enregistrement ? murmura Lab. Comment savez-vous tout ça ?

– Nous avons tous une histoire. Si tu prends le temps de t'intéresser aux autres, tu la découvriras.

– Je… je ne savais pas.

– Tu n'as pas cherché à savoir.

– C'est juste un gars de l'équipe. Montrez-moi Vin, alors. Son père dirige une boutique de prêteur sur gages.

Rolabi tendit à Lab une autre bobine avec laquelle il remplaça la première. Un deuxième film démarra, aussi granuleux que le premier. Des images se succédèrent rapidement. Vin chahuté par ses camarades dans une salle de classe. Vin dans un parking la nuit, tabassé par un garçon plus âgé. Vin cachant les hématomes sur sa peau. Vin en train de vomir son dîner. Vin attendant ses grands frères. Vin volant un portable dans le magasin de son père…

– Arrêtez ça ! hurla Lab. Pourquoi vous me montrez ça ?

– Parce que tu te sentais seul.

Lab laissa échapper un gloussement moqueur.

– Super. On a tous nos galères, qu'est-ce que ça peut faire ? Je me sens bien mieux maintenant.

– Ne souhaite pas la vie des autres, lança Rolabi. Chacun lutte ici-bas.

– Vous essayez quoi, là ? De me saper définitivement le moral ?

Étonnamment, Rolabi rit.

– Ce n'est pas la première fois qu'on me le dit.

– Comment vous faites tout ça ? demanda Lab en faisant un geste vers le gymnase vide. Comment ça marche ?

– C'est toi qui nous as amenés ici. Ton grana.

– Mon quoi ?

– Une énergie. Elle naît des émotions, des expériences personnelles qui nous rendent humains. Elle ne demande qu'à s'exprimer, et alors elle met en lumière précisément ce qu'il est important de voir.

– Vous venez de l'inventer, ce mot, non ?

– Et pourtant tu sais très bien que tu as créé ce couloir blanc. Tu crées tes propres peurs.

Lab détourna le regard. Il s'en était en effet douté. Avait-il vraiment utilisé le « grana » ?

– Je suis pas convaincu, répliqua-t-il tout de même.

– Tu préfères que je l'appelle « magie » ?

– Ça existe pas, la magie.

Il revint soudain dans le gymnase. Ses coéquipiers le regardaient tous.

– Ah non ? demanda une voix grave.

Dans sa précipitation pour découvrir qui avait parlé, Lab tomba du banc. Le reste de l'équipe se retrouva aussi par terre, les uns sur les autres.

– Si vous ne croyez pas en la magie, vous devriez sortir davantage, déclara Rolabi, une lueur dans les yeux. Nous allons commencer par des tours de terrain.

Lab se rangea sur la ligne en pestant.

– C'est l'heure des lancers francs, annonça leur coach. Un par un. Dès qu'un joueur marquera, vous arrêterez de courir pour la journée. Mais si quelqu'un rate son tir, toute l'équipe repart pour cinq tours.

Après les cinq premiers tours, Peño s'avança en soufflant plus fort que s'il gonflait un ballon de baudruche.

– À moi, lança-t-il.

Lab ne protesta pas. Il était à bout de forces. Visiblement, ils avaient tous besoin d'améliorer leur endurance. Il regarda son grand frère tirer, stupéfait de voir la balle passer largement au-dessus de la planche. Incroyable !

– C'était quoi, ce tir ? s'offusqua Lab.

Peño se tourna lentement vers ses coéquipiers.

– Je… j'en sais rien.

– Cinq tours de plus, annonça Rolabi.

Lab fronça les sourcils. Peño n'était pas leur meilleur tireur, mais pas le pire non plus. Et de toute façon, personne n'était aussi mauvais que ça ! Peño avait dû voir quelque chose. Alors, il pouvait utiliser le grana, lui aussi ? Lab se demanda si les autres aussi avaient des visions et ce qu'elles leur montraient.

Il examina Twig et Vin. Pour eux, il avait une petite idée sur la question.

– Euh… lâcha A-Wall.

Lab se tourna, ahuri. L'équipe ne s'était pas remise à courir parce que le gymnase s'était incliné et qu'ils devaient désormais gravir une côte à quarante-cinq degrés. Lab sentit qu'il glissait en arrière. Il s'accrocha à A-Wall pour ne pas tomber.

– C'est… impossible, lâcha-t-il, hors d'haleine.

Cette fois, il n'était pas seul. Tous les joueurs étaient dans la même situation improbable.

Rolabi, au centre du terrain, avait les pieds fermement plantés au sol.

– Repartez !

Ils se remirent à courir. À chaque nouveau tour, Lab était de plus en plus déboussolé. Des vallées, des escaliers et des haies se matérialisaient de nulle part. Ses jambes brûlaient des efforts qu'il déployait, mais c'est avant tout son esprit qui travaillait, forcé à s'adapter à une toute nouvelle réalité.

Les murs changeaient, le sol bougeait. Plus rien autour de lui n'avait de consistance.

C'était la preuve de ce qu'il avait soupçonné jusque-là. Il bouillonnait de colère. Si le grana pouvait tout modifier si facilement, alors pourquoi Bottom était-il toujours dans cet état ? Pourquoi ses habitants vivaient-ils dans une telle misère ? Pourquoi est-ce que les gens mouraient ?

Au moment où il fit un pas de plus, le plancher disparut sous ses pieds. Il tomba dans le vide en hurlant pendant ce qui lui parut un temps infini. Quand il s'arrêta enfin, il parvint tant bien que mal à se réceptionner.

– Autrefois, je me posais les mêmes questions, déclara Rolabi en sortant de l'obscurité.

Lab ne voyait ni sol, ni plafond, ni murs, et pourtant ils se tenaient debout face à face.

– Quand j'étais jeune, je connaissais le grana. Mais je voyais des endroits comme Bottom et je ne comprenais pas pourquoi ils existaient.

Pris de nausée, Lab se pencha en avant.

– C'est pas cool, bredouilla-t-il.

Rolabi fit un large geste de la main et des bâtiments apparurent tels des champignons. Sous ses pieds, un trottoir en béton gris s'étendit, jonché de déchets. Des voitures rouillées engorgeaient les rues, un ciel couvert de nuages et de pollution le dominait. Et des gens circulaient dans tous les sens, ou se vautraient par terre. Ils se regroupaient dans des allées sombres. Lab connaissait tout ça.

– Mon quartier…

– Regarde tes mains, demanda Rolabi.

Lab obéit. Une lumière argentée les traversait. Il poussa un cri de surprise quand l'éclat remonta le long de ses bras. Un flot de sang dans un réseau de veines et d'artères. Et au centre de son corps, il vit l'obscurité totale.

– Le grana n'existe pas dans les immeubles, Lab. Ni dans les voitures. Il vit dans les êtres humains.

Rolabi se tourna vers la ville. Les voitures et les bâtiments plongèrent dans le noir, mais les gens s'illuminèrent. Chacun devint un point de lumière scintillant dans la morosité ambiante.

– Il est en eux, dit-il doucement.

– Qu'est-ce que ça veut dire ? demanda Lab, une main argentée tendue devant lui.

– Les gens meurent parce qu'il le faut. Mais ils ont la vie qu'ils ont parce qu'ils ont détérioré leur propre grana. Les riches trahissent les pauvres, les forts marchent sur les faibles. Et pourtant tous ont le pouvoir de faire mieux, de changer les choses. C'est ce qu'ils ont choisi. Ils l'ont bâti ainsi.

Il désigna le point sombre chez Lab.

– Je te l'ai dit : le grana naît de tes émotions. Quand c'est l'amertume et l'aigreur qui dominent, alors le grana s'assombrit.

Rolabi fit un pas vers Lab. Dans ses yeux, une lueur verte pétillait.

– Si ce que tu vois dehors ne te plaît pas, alors change-le. Si nous changeons notre perspective, notre paysage émotionnel, alors le vrai monde se transformera aussi. C'est ainsi qu'on peut tout réparer.

– Je suis un enfant. Je ne peux rien faire, se défendit Lab en soutenant le regard du professeur.

– On verra.

Lab se retrouva de nouveau sur la ligne, son équipe pliée en deux autour de lui.

– Tu tires, Lab ? lui demanda A-Wall en le montrant du doigt.

Lab examina ses coéquipiers avant de regarder de nouveau ses mains. Elles étaient comme avant : peau marron parsemée de quelques grains de beauté, doigts lisses pas abîmés. Il s'éclaircit la voix et se redressa.

– D'accord.

Il réceptionna le ballon que lui envoyait Rolabi et partit lentement vers le filet, essayant de reprendre son souffle. Il voyait toujours devant lui les pulsations argentées et les yeux féroces. Les mots de Rolabi résonnèrent dans ses oreilles.

Changer les choses.

Lab repoussa cette idée pour se concentrer sur son tir. Il dribbla et leva la tête vers le panier, nerveux. Le cercle l'attendait. En inspirant profondément, il leva la balle. Et soudain, un homme apparut devant lui.

Il avait une barbe épaisse avec des morceaux de nourriture coincés dedans. Lab vit même un os de poulet. Il avait les cheveux longs en bataille et des vêtements en loques. Un ventre rond sortait de son pantalon qui ne tenait qu'avec une corde usée. L'homme sourit, laissant apparaître des dents pareilles à des grains de maïs sur un épi, jaunes et tachés de marron. Mais les yeux étaient les mêmes. Lab les reconnut tout de suite : c'étaient les siens.

– Tu ne réussiras jamais, lança le clochard, le même sourire aux lèvres que Lab adressait parfois à Peño. Tu vas tous les décevoir. Ta place est à Bottom.

Lab poussa un cri et tira sans viser. La balle rebondit sur le métal sans tomber dans le panier, et l'homme se volatilisa. Pas n'importe quel homme. Lab lui-même, tel qu'il serait dans le futur, seul et à la rue.

Ton vœu se réalisera peut-être. Personne à décevoir.

Lab tremblait sur la ligne des lancers francs. Il revint en silence vers l'équipe, essayant de chasser de ses pensées le visage flétri de l'homme. Le groupe repartit pour cinq tours, et Lab se força à les suivre.

Vin, Big John et Twig ratèrent également leurs tirs. Et chaque fois l'équipe faisait cinq tours de terrain agrémentés d'obstacles en tous genres. Lab tenait à peine debout, ses jambes pesaient comme du plomb et sa tête surnageait. Reggie finit par marquer et ceux qui en avaient encore la force le félicitèrent.

– Pause, annonça Rolabi. Approchez avec vos bouteilles d'eau.

Lab s'assit en cercle avec ses camarades, l'image du clochard toujours gravée dans son cerveau. S'il créait ses visions lui-même, comme le disait Rolabi, pourquoi ne voyait-il que des horreurs ? Où étaient les victoires et les trophées, et son père allongé dans un hamac au bord de la plage ? Pourquoi Lab s'imposait-il ces cauchemars ?

Le grana émerge de tes peurs, de tes besoins. Tu dois affronter les ténèbres avant d'espérer pouvoir les comprendre.

Je n'en ai pas envie ! protesta Lab intérieurement.

Alors, tu choisis ce qui te semble évident.

Lab se frotta les tempes. C'était étrange de communiquer à travers les pensées : il devait pour ça se concentrer et mettre en mots apaisés tout le bruit qui en général grondait dans son esprit. Incroyable que ça lui vienne si facilement. Le grana coulait-il vraiment en lui ? Et pourquoi le découvrir maintenant ? Comment Rolabi avait-il fait pour libérer en lui ce potentiel ?

Tu apprendras.

Rolabi sortit une fleur en pot de sa mallette et l'observa, songeur.

Avec une fleur ? songea Lab, perplexe.

Il n'existe rien de mieux pour ça.

Lab laissa échapper un soupir et s'installa par terre. Il se détendit. Pour lui, ça ne posait pas de problème, ce n'était pas comme pour Peño qui ne pouvait pas rester en place. Son grand frère trépignait déjà. Lui, au contraire, le silence ne le dérangeait pas. Souvent, la nuit, dans son lit, le regard rivé sur le plafond, il faisait des ombres avec ses mains dans la lumière de la veilleuse, pendant que Peño ronflait de l'autre côté de la chambre.

Deux fois, son père avait retiré la veilleuse, et deux fois, Lab avait paniqué dans le noir.

– De quoi est-ce que t'as si peur ? lui avait demandé le vieil homme. La nuit, c'est le meilleur moment de la journée.

– On ne voit rien, avait répliqué Lab.

– Et alors ?

– Tu ne sais pas ce qui va te tomber dessus.

– Alors tu as peur de la vie, c'est ça, ton problème.

Mais quand il retourna dans sa chambre, après cet échange, la veilleuse était dans la prise et son père ne tenta plus de la retirer.

Malgré cette lumière rassurante, rester immobile et réfléchir n'était pas toujours agréable. Parfois, la nuit, l'esprit de Lab visitait des endroits où il ne voulait pas se trouver, et revivait des souvenirs qu'il aurait préféré oublier. À présent, ils revenaient même dans la journée, alors Lab essayait de se concentrer sur le basket.

... Lab va vers l'extérieur, il prend la balle, l'heure tourne... Tire ! Tire ! La balle colle à ses mains. Il ne peut pas tirer. Les fans se déchaînent. Tire... tire... tire !

Il chassa l'image. Le silence s'éternisa et Lab commença à se sentir impatient. À en croire le mouvement de ses doigts, Peño semblait à bout.

– Quelle partie du corps bouge en premier ? les interrogea soudain Rolabi.

Quel rapport avec cette fleur ? se demanda Lab, excédé.

Le rapport, c'est le temps.

On perd notre temps, oui, songea Lab.

Bien au contraire, on l'allonge.

Lab croisa les bras, contrarié. Il se parlait dans sa tête, il contemplait une fleur. Il faisait tout ce que Rolabi lui demandait, et ce qu'il obtenait en échange, c'étaient des bouts de réponses mystérieuses, des leçons de morale et des jugements. Vraiment pas juste.

Alors change les règles.

Arrête ! songea-t-il d'une voix qui même dans sa tête sonnait stridente.

– Et comment on peut se procurer plus de temps ? s'enquit Rain.

– En regardant la fleur pousser. Rangez vos bouteilles d'eau. Il nous reste une leçon pour aujourd'hui.

Rolabi fit le tour du terrain en y jetant des objets au hasard. Avec tout ce matériel, il aurait pu remplir la remorque d'un camion. Après quelques minutes seulement, un parcours d'obstacles occupait le gymnase. Lab n'avait jamais vu autant d'équipement et tout était parfaitement neuf.

D'où est-ce qu'il venait, ce Rolabi ? Où est-ce qu'il allait après l'entraînement ?

Le royaume de Granity, se rappela-t-il.

Ce nom lui disait quelque chose. Une berceuse que lui chantait sa mère mais qu'il avait oubliée. Il fit des efforts pour s'en souvenir. Elle parlait d'un endroit nommé Granity. Et d'une coupe… capable de réparer quelque chose. Il tenta de retrouver les paroles. « Ils venaient d'une contrée fort éloignée et, pour faire régner la paix, ils jouaient… »

La voix douce et gracile inonda sa tête, lui faisant venir les larmes aux yeux.

Lab fut tiré de ses pensées par Rolabi qui expliqua l'exercice, puis siffla le coup d'envoi.

Rain se pencha pour ramasser la balle. Il attrapa alors brusquement son poignet et poussa des hurlements. Comme des dominos, les joueurs l'imitèrent l'un après l'autre. Lab finit lui aussi par baisser les yeux vers ses mains. La droite avait disparu.

– C'est quoi, ça ? cria Big John

– Un exercice d'équilibre, répondit Rolabi sans perdre son calme. Commencez.

Lab avait franchi sa limite. Le gymnase, le grana, les visions… Il était déjà plus tendu qu'une corde de guitare, et maintenant il perdait une main ! Rolabi lui volait une part de lui-même alors qu'il avait déjà si peu à donner. De rage, il sortit du groupe.

– Non ! hurla-t-il. C'est trop, là ! Tout le reste… pourquoi pas… mais ça, c'est trop dingue ! Rendez-moi ma main, espèce de malade !

– Si quelqu'un quitte l'entraînement sans une raison valable, il ne revient plus dans l'équipe, mit en garde Rolabi sur un ton comme toujours parfaitement calme.

Les mots restèrent pourtant suspendus dans l'air et, malgré la colère qui le submergeait et pulsait dans ses oreilles, Lab comprit tout de suite la menace. Pas une menace, non, une certitude. Il se tourna.

Peño le suivrait, c'était sûr.

– Je vois ta main, assura son grand frère.

– Mais non ! Je suis le seul à l'avoir perdue !

Ses coéquipiers avaient encore leurs deux mains. Et pourtant, ils agrippaient tous leur poignet, le serraient contre leur poitrine. Lab examina la scène. Une illusion et rien de plus.

Il en avait le vertige. Ils créaient eux-mêmes leurs propres images. C'est ce que Rolabi lui avait expliqué. Ce qui voulait dire… que cette amputation était nécessaire. Mais pourquoi ?

– C'est impossible, lâcha-t-il, les jambes flageolantes.

Pour quelle raison auraient-ils besoin de perdre une main ?

Tu commences enfin à voir.

– Possible, impossible, ce sont des notions hautement subjectives, répliqua Rolabi. Je vous attends.

– Allez, viens jouer, l'appela Peño.

Lab regardait tous ses camarades, tour à tour. Puis ses yeux s'arrêtèrent sur Rolabi.

Si tu pars, tout restera pareil.

Ça me va comme ça, songea Lab.

Tu en es sûr ?

Lab se détourna. Il pensa à son père, à leur maison délabrée. À la sensation de vide qui ne le quittait plus. À son envie de bonheur. Aux souvenirs qui refusaient de s'effacer, aux nombres de fois où il s'était demandé si ça valait vraiment la peine de continuer, de s'accrocher. Le froid en lui s'intensifia, il en eut la chair de poule.

Ce serait plus facile d'abandonner, songea-t-il.

En effet. Et c'est pour ça que ce n'est pas la solution.

Lab refoula ses larmes. Il inspecta la main qui lui restait. Il voulait jouer au basket, c'était vital, c'était sa seule raison de vivre. Il retourna sur la ligne.

Maintenant, la route commence.

Il fut le dernier à s'élancer et, quand il arriva devant le premier panier, tout le monde autour de lui criait de frustration. Il ne se débrouilla pas mieux que ses camarades. Il manquait de coordination avec sa main gauche, même si elle était plus forte que celle de Peño. Il rata des doubles-pas, perdit la balle dans les cônes, rattrapa très peu de passes et envoya la balle bien au-dessus du panier. Il se rassura en se disant que ce n'était qu'un mauvais début, mais au tour suivant il fit pareil. Il faillit même assommer A-Wall avec un tir bien trop fort directement sur sa tête. Pour toute l'équipe, l'exercice fut une réelle catastrophe. Quand Rolabi siffla la fin, les garçons n'en pouvaient plus. Lab était en nage.

– Vous pouvez nous rendre nos mains, maintenant ? supplia Rain.

– Demain, nous travaillerons notre défense, annonça le coach. Vous en aurez besoin.

– Quoi… on les récupère pas ce soir ? s'indigna Lab. Professeur ?

Rolabi partait déjà vers le mur le plus proche. Lab voulut le prévenir qu'il se trompait de direction, quand les lumières clignotèrent et s'éteignirent. Du vent souffla violemment et Lab examina le mur au moment où les néons se rallumèrent. Rolabi avait disparu et le calme était revenu dans le gymnase.

– OK, lança Peño. On devrait vraiment parler à Freddy. Rain ?

– Il est temps de le faire partir, acquiesça celui-ci.

Lab les dévisagea, surpris. Faire partir Rolabi ? C'était bien ce qu'il voulait lui aussi… non ? S'ils se débarrassaient de Rolabi, ils se débarrassaient de cette histoire de grana. Tout redeviendrait normal, comme il le réclamait. Il scruta le gymnase. Tellement vieux et vétuste…

L'espace d'un instant, il vit une lumière argentée courir entre ses coéquipiers, les reliant les uns aux autres. En un clin d'œil, l'image était partie.

Lab se dirigea vers le banc en passant sa main gauche dans ses cheveux longs. Avec la transpiration, il imaginait bien qu'ils se dressaient sur son crâne, lui donnant des allures de fou. Au bout de son moignon, un éclat argenté dessinait une main parfaite. En soupirant, il donna un coup de pied dans ses chaussures.

– Alors, tu penses toujours que c'est pas de la magie ? lui demanda Vin en s'asseyant à côté de lui.

Lab leva la tête. Il se rappela le film qu'il avait vu dans une de ses visions. Le harcèlement dont il était victime, la nervosité de ses frères, le vol dans le magasin de son père. Vin aussi avait des problèmes. Lab n'était plus si sûr qu'il aurait échangé sa vie contre la sienne. Ni contre celle de Twig.

– C'est de la magie, c'est sûr, déclara Lab avant de marquer une pause. Tu sais, si t'as des trucs à partager, à raconter, on est là. Tu peux venir me parler à moi, ou à Peño. Ou à n'importe qui de l'équipe.

– Ben oui, je sais, répliqua Vin, perplexe. Pourquoi ?

– Comme ça. Et je parle pas d'une main en moins.

Vin rit et un murmure résonna dans la tête de Lab.

Et dans le noir, une lumière scintilla au loin.

4

LE GLOBE

Si tu te retrouves au fond du trou,
aide les autres avant tout,
et tu en verras le bout.

✧ SAGICIEN - PROVERBE N° 14 ✧

Abattu, sur le banc de l'équipe hôte, Lab regardait l'endroit où s'était autrefois trouvée sa main droite. Il ne supportait toujours pas la vue de ce moignon. Il avait eu la confirmation que tout le monde, sauf lui, voyait encore sa main. La veille, Lab avait attendu que son père rentre du travail, après minuit encore une fois, pour manger avec lui les restes d'un ragoût. Il s'était ostensiblement servi de sa main gauche, laissant son bras droit sur la table. Avalant son repas comme un affamé, son père lui avait posé des questions sur son entraînement sans mentionner une seule fois son infirmité.

– Génial, avait grommelé Lab. Mais je pense que les autres veulent faire renvoyer Rolabi.

– Pourquoi ? s'était étonné son père avant d'enfourner une nouvelle bouchée.

Lab avait voulu tout lui dire, mais comment ? Son père était vraiment la dernière personne susceptible de croire en la magie. Il dirait à Lab de dormir plus, manger mieux ou faire plus de devoirs. Les devoirs, c'était sa réponse à tout, même pendant l'été.

– Conflit de personnalités, avait répondu Lab tout bas.

– De personnalités ? Quel rapport avec le basket ?

– Quand les gens s'entendent bien, c'est toujours mieux.

– Ce qui aide, c'est quand les gens font leur boulot. Les affinités, ça vient après.

Ils terminèrent leur repas et allèrent se coucher. Lab ne parvint à s'endormir qu'aux petites heures du matin, alors que la lumière du jour filtrait déjà dans la chambre. Il eut l'impression que Peño l'avait réveillé au moment où il avait enfin trouvé le sommeil. Encore vaseux, il se leva et se brossa les dents, s'habilla et mangea ses flocons d'avoine avec la main gauche. C'était d'autant plus pénible et agaçant que Peño semblait y prendre plaisir, lui. Il n'arrêtait pas de se réjouir du défi que ça représentait. Il disait que c'était l'occasion de renforcer leur côté le plus faible. N'importe quoi ! Et quand Lab se rappela qu'il créait lui-même sa propre réalité, ça ne fit que décupler sa frustration.

Assis sur le banc du gymnase, les deux garçons essayaient à présent de lacer leurs baskets à une main. Lab se redressa, excédé.

– T'es gonflant, Peño ! murmura-t-il en décochant un regard mauvais à son grand frère.

Peño ne se débrouillait pas mieux que Lab avec ses lacets.

– On va les récupérer bientôt.

– Qu'est-ce que t'en sais ?

– Il l'a dit.

– Peño, on parle d'un dingue !

– Il est pas fou, c'est un magicien. Et de toute façon, Freddy vient aujourd'hui.

– Tu t'entends, là ? Tu veux qu'on renvoie le type qui a nos mains ?

– Quand il partira, nos mains reviendront.

– Comment t'arrives à accepter tout ça sans broncher ? demanda Lab sèchement.

Peño se tourna vers lui en soupirant.

– Qu'est-ce que tu veux que je fasse, Lab ? C'est de la magie.

– Ça n'existe pas !

– On dirait bien que si. Et c'est plutôt cool. À part les mains en moins. Tu trouves pas ?

Cool ? Manifestement, Peño n'avait pas subi les mêmes visions. Il ne l'avait pas vue. Lab avait fait l'expérience du vrai grana, celui que lui avait décrit Rolabi. La peur, les questions et l'obscurité. C'était à ça que se résumait cette « magie ».

– Tu parles comme un gosse de trois ans, lâcha Lab.

– Et toi, tu parles comme un vieux pleurnichard, rétorqua Peño. Tu fais que te plaindre, dès le moment où tu te lèves. Après, tu traînes dans la maison, tu manges pas ce que je prépare, tu viens plus à Hyde, et on dirait que t'as plus envie de jouer au basket. C'est quoi, ton problème ?

Lab le dévisagea. Son frère et lui se chamaillaient et se taquinaient tout le temps, mais jamais comme ça. Peño sortait enfin ce qu'il avait vraiment sur le cœur. Il avait peut-être raison. Lab se sentait tellement malheureux, parfois.

Mais ce n'était pas son choix de réagir comme ça. Peño le comprenait-il au moins ? Avait-il oublié qu'*elle* était morte ? Avait-il oublié où ils habitaient ? De nouveau, Lab dut ravaler ses larmes. Pour ne pas s'effondrer, il laissa éclater sa colère.

– J'ai aucun problème ! Si ce n'est que mon grand frère est un idiot, un crétin fini ! Fous-moi la paix, maintenant.

– Avec plaisir, répliqua Peño en glissant sur le banc.

Lab recommença à se battre avec ses lacets. Avec une seule main, c'était déjà assez compliqué comme ça, mais quand en plus cette main tremblait de rage, ça devenait vraiment impossible.

Peño, quant à lui, réussit et s'éloigna. Tout lui était plus facile. Il avait tourné la page et allait de l'avant, il faisait comme si tout allait bien. Lab en était incapable. Il n'y arriverait peut-être jamais. Peut-être qu'il aurait toujours aussi mal.

Où est-ce que tu ranges toute cette douleur ?

Lab se tourna vers le mur du fond pour que personne ne voie son émotion. Il ferma les paupières, respirant profondément pour ne pas pleurer, et quand il les ouvrit, il se retrouva assis dans une barque. Il sombrait comme la première fois. Plus froide que de la glace, l'eau lui arrivait désormais aux chevilles. Il n'essaya même pas de se servir du seau qu'il vit dans l'embarcation pour la vider. À quoi bon ? L'eau monterait de nouveau. Il ne trouvait pas la fuite. Impuissant, il vit ses chevilles disparaître sous le liquide et se mit à trembler. Un mouvement attira son attention. Depuis la rive, quelqu'un l'observait. Il reconnut aisément la silhouette.

– Peño… murmura-t-il.

– L'eau est froide.

Il se tourna et vit Rolabi assis derrière lui dans la vieille barque.

– Oui, confirma Lab doucement.

– Aucune importance, n'est-ce pas ? De toute façon, tu n'as pas l'intention de nager ?

– La rive est trop loin…

– C'est toi qui as construit le lac, lui rappela Rolabi. Le bateau, la fuite. Tu as tout construit.

Lab contempla le lac sans pouvoir en voir le fond.

– Je commence à comprendre. Mais je n'avais pas le choix. J'ai atterri dans ce bateau quand *elle* est morte. Et depuis je fais de mon mieux. Je vais à l'école, aux entraînements de basket.

– Étrange, ponctua Rolabi. Au début, tu étais le plus résistant au grana. Le plus furieux. Tes eaux sont les plus profondes. Et pourtant, tu y retournes sans cesse. Tu crées ces mondes encore et encore.

Le professeur dévisagea Lab de ses yeux perçants.

– Qu'est-ce que tu ressens ? Pourquoi veux-tu baisser les bras ?

– C'est trop lourd, murmura Lab. Tout pèse des tonnes.

– Et alors, la barque coule, compatit Rolabi en hochant la tête. Ça n'ira pas en s'arrangeant.

– Quoi ?

– Ta route. Elle sera semée d'embûches. Plus encore qu'avant.

– C'est supposé me rassurer ? ironisa Lab.

Rolabi se pencha, une lueur dans le regard.

– Non. Je te dis de trouver la fuite.

– Comment ?

– En découvrant l'endroit caché.

Le lac disparut. Lab était revenu sur le banc, l'équipe autour de lui. Freddy et Rolabi se serraient la main. Lab n'avait même pas vu Freddy entrer.

– Rolabi restera votre coach, déclara-t-il. J'ai… j'ai hâte que la saison commence. À plus tard.

Sans rien ajouter, Freddy sortit du gymnase.

– Il l'a refait ! grommela Vin.

– Aujourd'hui, nous allons travailler la défense, annonça Rolabi. Avant de vous enseigner les zones et les stratégies, je vais d'abord apprendre à chacun d'entre vous à être un bon défenseur. Ce ne sont pas les mêmes leçons.

Un grattement frénétique l'interrompit. Lab en eut la chair de poule.

– Qu'est-ce qu'un bon défenseur doit faire en permanence ? demanda Rolabi.

Lab l'écoutait à peine. Il s'attendait à voir d'une minute à l'autre une créature affreuse se jeter sur eux. Il regardait autour de lui, au comble de la nervosité, oubliant le lac et Peño. Encore le grana ? C'est lui qui inventait ça ? Il tenta de penser à quelque chose d'agréable, comme des fans en liesse dans les gradins, mais le bruit ne s'arrêtait pas. Il était même plus persistant qu'au début. Lab ne comprenait toujours pas comment fonctionnait le grana.

– Tu veux en voir plus ? demanda alors Rolabi en se tournant brusquement vers lui.

– Oui, répondit Lab, s'apercevant qu'il était de nouveau seul.

Le gymnase plongea dans le noir. Lab se retrouva au pied d'une montagne qui s'élevait au-dessus de lui, dans les nuages. L'air salé de l'océan charriait le doux parfum des pins. Inspectant les lieux lentement, Lab vit un château niché sur une des pentes. D'autres paroles de la chanson lui revinrent à l'esprit. La neige et le sable. Il crut percevoir la voix au loin.

– Le royaume de Granity, murmura-t-il.

– Les habitants de Dren n'en ont gardé le souvenir que dans les livres et les chansons, confirma Rolabi en se postant à côté de lui. Le refuge des derniers Sagiciens.

– Alors ce n'est pas un nom de famille, comprit Lab. C'est un titre.

– Exactement. Les Sagiciens ont été chassés de Dren, il y a bien longtemps.

– Pourquoi ?

– À cause du grana.

Rolabi claqua des doigts et Lab et lui atterrirent dans une grotte. La chaleur y était étouffante. Une rivière de lave courait à leurs pieds. Lab avait vu des dessins de volcans dans des albums, mais rien n'aurait pu le préparer à ce spectacle : de la roche liquide pourpre et orange en mouvement.

– Où… ?

– Le grana est lié à nos émotions, nos sentiments, notre morale. Il peut provoquer des changements extraordinaires. Il peut tailler comme l'eau, construire comme la pierre. Nous en avons tous en nous en quantité égale. Nous avons tous le même potentiel.

– Et… Dren n'aime pas ça ? hasarda Lab.

– Non. Comme beaucoup d'autres villes. Et ton gouvernement en a interdit toute évocation. Avant ta naissance, le président Talin a expulsé tous les Sagiciens. Il a étouffé leur nation et les a privés de leurs libertés. Mais il ne comprend pas le grana. Je vais te poser une question : si tu voulais déplacer ce magma, en dévier le flot, que ferais-tu ?

Lab examina la lave et un souffle chaud lui lécha le visage. Il regarda autour de lui pour trouver une réponse. La grotte était immense avec des stalactites qui pendaient telles des dents irrégulières. À part ça, il ne vit que quelques rochers le long des parois raides.

Il réfléchit. Impossible de toucher le magma, et il ne pouvait pas non plus lui demander poliment de changer de route. En empilant des rochers, il pourrait créer un canal, il y en avait largement assez. Mais ça lui demanderait des heures de travail éreintant.

– Exactement, le félicita Rolabi, même si Lab n'avait pas encore exposé son idée. C'est le seul moyen. Pour canaliser cette énergie dans la direction que tu veux prendre, tu dois bâtir une route, pas à pas. Si tu laisses des fissures, le magma s'échappera. Si tu faiblis, tu n'atteindras pas ton but.

– Alors le grana… coule, et nous, on doit le rediriger ?

– Oui. En travaillant. Pas à pas. Et quand tu auras réussi à construire un paysage émotionnel sans fissures, tu lui permettras de passer.

– Quelles sont mes fissures ?

– La peur. De quoi ? Toi seul peux le découvrir.

Lab observa la rivière de lave.

– Le président Talin sait-il que vous êtes à Dren ?

– Pas encore, répondit Rolabi en souriant.

Le gymnase réapparut alors, et Lab vit tout de suite un énorme tigre sortir des vestiaires. Il recula, horrifié, mais le fauve passa à côté de lui et s'assit.

– Je vous présente Kallo, lança Rolabi. Elle a gentiment accepté de nous apporter son aide aujourd'hui.

Majestueuse, la tigresse les inspecta, le menton levé.

Qui la crée, elle ? se demanda Lab, nerveux.

Personne. J'ai juste amené une amie.

– Rain, appela Rolabi. Avance.

Le garçon ne bougea pas. Son regard se posait tour à tour sur Rolabi, le tigre et les portes. Lab crut tout d'abord qu'il allait partir mais, à sa grande surprise, Rain s'exécuta.

– Oui ? murmura-t-il.

– L'exercice est simple, expliqua posément Rolabi. Prends la balle. Kallo joue en défense. À tour de rôle, vous attaquerez. Je veux que tout le monde note attentivement ce qui se passe.

Lab dévisagea le professeur, sidéré. Ils devaient vraiment feinter un tigre ? Kallo se leva et fit les cent pas, ses griffes claquant bruyamment sur le parquet. On aurait dit des lames de rasoir. Lab lança un coup d'œil à son frère. Il était encore fâché contre lui, mais il ne voulait tout de même pas le voir dévoré par un tigre. Savait-il que Rolabi était un Sagicien chassé de Dren ?

Cette pensée éveilla en lui une série de questions : si Rolabi avait été expulsé, pourquoi revenir chez les Badgers ? Et pourquoi un Sagicien avait-il accepté de les entraîner ? Que ferait le président Talin s'il le découvrait ?

– Le premier à ramasser la balle récupère sa main.

– Ça veut dire que les autres ne la reverront pas ? s'indigna Lab.

L'as-tu gagnée ?

Disons que je suis né avec, songea Lab, sarcastique.

Alors, non.

Hésitant, Rain fit un pas prudent. Après une feinte à gauche, il fila sur la droite, les épaules en avant, et si rapidement qu'il aurait pu passer la plupat des meilleurs défenseurs. Mais Kallo ne se laissa pas duper. Elle le cogna dans la poitrine et le fit tomber avant de montrer ses crocs meurtriers.

– On fait quoi ? demanda A-Wall tout bas.

– On hurle et on fuit le plus vite possible, répondit Vin.

Mais Kallo se contenta de lécher le visage de Rain avant de reculer.

– Devon, appela Rolabi.

Devon ne s'en sortit pas mieux. Quand arriva le tour de Lab, il avança avec aplomb pour ne pas passer pour un lâche. Peño n'avait pas eu plus de succès que ses camarades et Lab avait éclaté de rire. Alors maintenant, il ne pouvait pas se permettre de montrer des signes de faiblesse. Kallo suivit ses mouvements, l'air satisfait. Lab avait l'impression que le fauve se moquait de lui.

– C'est quoi, le but ? s'enquit-il.

– Il y en a tellement, répondit Rolabi. Et la réponse est différente pour chacun.

– C'était une question rhétorique.

– Et tu as obtenu une réponse rhétorique, répliqua Rolabi, un petit sourire aux lèvres.

Lab tenta une double feinte, gauche, droite, gauche, penché en avant pour se faire plus petit. Son stratagème ne fonctionna pas. Directement, Kallo le plaqua au sol, une patte sur son torse. Son haleine caressa le visage de Lab, chaude et poisseuse. Ensuite, le fauve lui lécha la joue avec sa langue râpeuse, et repartit pour attendre le prochain joueur. Peño était hilare.

– Comme si t'avais fait mieux ! lança Lab.

– Carrément. Et je tremblais pas comme une feuille.

– Les feuilles tremblent pas, déclara Lab en croisant les bras.

– C'est une expression toute faite, riposta Peño.

– C'est toi, l'expression toute faite, répliqua Lab, conscient que sa répartie n'avait aucun sens.

– Grandis un peu, lâcha Peño, exaspéré.

Lab ne supportait plus de l'entendre dire ça. Comme s'il était tellement plus âgé et plus intelligent.

– Pour quoi ? Pour devenir un raté comme toi ?

– J'ai qu'un an de plus que toi, tu sais ?

– Et trois de moins en basket.

Peño lui tourna le dos et Lab soupira, abattu. Il ne se sentit pas mieux.

Une fois que tout le monde fut passé, à l'exception de Big John, qui refusa catégoriquement de participer, tenta de frapper Twig, se battit avec la moitié de l'équipe et fut envoyé dans les vestiaires par Rolabi, Kallo retourna auprès du coach et s'assit à ses pieds.

– Aucun de vous n'a réussi à ramasser le ballon. Mais vous avez tous fait preuve de courage. C'est un bon début.

– *Yes!* s'exclama A-Wall.

La main droite de Lab revint. Il la porta contre son cœur.

Le courage rapporte toujours des récompenses.

Lab fronça les sourcils en direction du coach. *Je n'ai pas besoin de courage,* songea-t-il. *Je veux juste oublier.*

Alors, c'est la faiblesse que tu cherches.

Bien envoyé. Était-ce vraiment ce qu'il voulait ? Pas étonnant alors qu'il se sente si faible.

Un courant glacé lui traversa soudain le corps. Il n'avait jamais eu aussi froid de toute sa vie. Sa peau se couvrit de chair de poule comme la surface d'un ballon de basket.

– C'est quoi ? demanda Jérôme.

Lab suivit son regard. Un globe noir flottait au centre du terrain. La source du froid, comprit tout de suite Lab. Plus noir que l'espace, le globe ondulait dans l'air. Il sut que quelque chose de très mauvais s'y cachait, quelque chose de pourtant intimement familier.

– Ah ! s'écria le coach. Juste à temps.

– Quoi… Qu'est-ce que c'est ? demanda Peño sur un ton qui trahissait clairement sa nervosité.

– Quelque chose que vous feriez bien d'attraper, répondit Rolabi. C'est dans votre intérêt à tous ! Celui qui s'en emparera deviendra beaucoup plus rapide. Mais ça ne durera pas. Et si personne n'y arrive, vous devrez faire des tours de terrain. Partez !

Sa voix retentit comme un coup de feu. Lab se précipita malgré lui. Il avait l'impression qu'une force invisible l'attirait irrémédiablement. Il voulait plus que tout attraper cet objet mystérieux. C'était comme s'il était happé par lui.

Mais le globe ne se laissait pas facilement attraper.

Il filait entre les joueurs comme une balle de ping-pong. Lab se jeta dessus, mais il lui échappa. Il n'aurait su dire s'il était déçu ou soulagé.

Tout le monde s'était laissé entraîner dans la course. Ils couraient, sautaient et se percutaient. Le globe parvint à passer entre toutes les mains tendues. Impossible de l'attraper !

Quand il s'approcha un peu trop près de Kallo, la tigresse bondit et l'avala tout rond avant de s'asseoir de nouveau, satisfaite.

– Un vrai défenseur, commenta Rolabi, admiratif. Allez boire. Ensuite, vous ferez des tours de terrain et des lancers francs.

Un concert de grognements accueillit l'annonce du coach.

Lab avait l'estomac noué. Pourquoi avait-il poursuivi ce globe ? Une énergie négative s'en dégageait. Ça ne l'avait pas empêché de s'élancer à sa poursuite comme les autres. En soupirant, il s'assit sur le banc.

Après une courte pause, il se sentit un peu mieux, et l'équipe repartit pour plusieurs tours de collines et d'escaliers, de pentes raides et de vallées. Twig réussit son lancer franc, après quarante-cinq tours. Lab avait raté sa tentative quand il avait vu la barque s'enfoncer dans le lac.

– C'est un début, commenta Rolabi en tapotant Kallo sur la tête.

– Un début ? répéta Lab, trempé de sueur. J'en peux plus, moi !

– Demain, nous travaillerons la défense collective, déclara Rolabi. Reposez-vous bien d'ici là.

Il prit sa mallette et se dirigea vers la sortie, Kallo à ses côtés.

– Vous… vous partez avec le tigre ? bredouilla Peño.

Les portes s'ouvrirent, poussées par le même vent glacial, et le professeur disparut dans la lumière du jour.

Lab s'écroula sur le banc, frottant ses cuisses endolories. Il était épuisé, comme tous les autres. Big John s'essuyait le visage avec une serviette, incapable de parler.

– On s'est entraînés avec un tigre aujourd'hui, remarqua Peño.

Le silence envahit le gymnase et tout à coup Jérôme éclata de rire. Rapidement, tous les garçons l'imitèrent. Lab refusa de se joindre à eux, par principe.

Maintenant que l'entraînement était terminé, il se rappela les mots enragés de Peño. Il lui reprochait d'être triste. Et alors ? Il ne devrait pas ?

Il aurait dû tourner la page, comme son grand frère ? Pourquoi est-ce que Lab était le seul à souffrir ? Ce n'était pas juste que Peño soit le seul à être heureux dans leur famille. Et pourtant… Lab voulait que Peño et son père soient heureux, bien sûr. Il était perdu, complètement dérouté. Est-ce qu'il se sentirait moins coupable si sa famille était heureuse, ou malheureuse ?

– Un petit rap, Peño ? demanda Jérôme.

Peño se balança aussitôt, bercé par une musique intérieure. Lab changea de tee-shirt et se leva pour partir. En huit ans de basket, ce serait la première fois qu'il quitterait le gymnase sans Peño. Il poussa les portes et jeta un regard en arrière. Peño semblait blessé et Lab hésita à l'attendre.

Mais il se souvint que Peño lui reprochait d'être triste. De rester en deuil trop longtemps. Si Peño voulait oublier, s'il voulait faire comme si tout allait bien, alors qu'il le fasse seul.

Les yeux plissés, il sortit, laissant les portes rouillées se refermer derrière lui.

⑤

PETIT FRÈRE

Chaque rancune est un poids
à traîner derrière soi.

✧ SAGICIEN – PROVERBE N° 10 ✧

Lab et Peño se rendirent séparément au gymnase, le lendemain matin. Ils ne s'étaient pas adressé la parole de la soirée. Quand on partage la même chambre, les mêmes repas, et qu'on a un seul écran de télé avec quatre chaînes, ça demande pas mal d'efforts… et beaucoup de regards de travers, de grommellements et de silences pesants.

Pour la quatrième nuit consécutive, Lab avait à peine dormi. Ses cauchemars avaient empiré, depuis qu'il l'avait vue. Leur rencontre dans le gymnase l'avait bouleversé bien plus que la photo d'*elle* que Peño exposait encore sur la cheminée, et que Lab s'arrangeait pour ne jamais regarder.

Dans sa vision, il aurait pu la toucher, *lui* parler, et il n'en avait pas eu l'occasion. C'était rageant ! Il en aurait bien parlé à Peño, s'il n'était pas encore tellement furieux contre lui. Son frère aurait dû être de son côté.

Il ne parlait pas non plus à son père. Le vieil homme était trop occupé, trop fatigué. Lab était seul, il se sentait seul, même au milieu des gens.

Peño ne l'avait pas réveillé, ce matin, et il s'était levé juste à temps pour l'entraînement. Il s'était brossé les dents en moins d'une minute pour chasser son haleine de spaghettis de la veille. Peño ne lui avait pas non plus préparé ses affaires. Il n'avait ni bouteille d'eau, ni serviette, ni barre de céréales. Son sac sentait Fairwood par une journée de canicule. Peño marchait devant lui et laissa les portes se refermer au visage de son petit frère. *Tellement immature*, songea Lab.

Quand il entra dans le gymnase, il se figea. Peño n'était pas là. Lab était le premier arrivé et un immense château occupait pratiquement tout l'espace.

– C'est quoi pour toi le basket, Lab ? demanda une voix familière.

Il sursauta. Rolabi était appuyé contre le mur. Lab n'en pouvait plus de fatigue et de mauvaise humeur. Et tout ça à cause de leur nouveau coach.

– Pardon ? Où est mon frère ?

– C'est quoi le basket pour toi ?

Lab se frotta les yeux.

– On peut pas arrêter avec ces questions débiles ?

– Seulement si tu abandonnes.

– C'était quoi, la question ?

– Pourquoi joues-tu au basket ?

– Aucune idée, grommela Lab, mal à l'aise. Parce que ça me plaît.

– Pourquoi ?

Lab bouillonnait.

– J'aime ça. Qu'est-ce que vous voulez de plus ?

– La vérité.

Lab réfléchit. Pourquoi jouait-il au basket ? Le savait-il ? Pas juste parce que Peño y jouait en tout cas. Il l'aurait fait même sans son grand frère. Et il ne jouait pas non plus pour sortir de Bottom. Il savait bien que les chances que ça marche étaient plus que faibles.

– Je joue parce que… je me sens mieux ici.

– En quoi est-ce que le basket te fait te sentir mieux ?

– Je me sens plus libre, murmura-t-il en regardant le terrain. Ou plus léger, peut-être. Je sais pas.

Il ne comprenait pas lui-même, mais Rolabi hocha la tête, convaincu.

– Tu laisses tes ténèbres à la porte, compatit Rolabi, tout bas.

– C'est devenu important… après.

– J'imagine. Et ça l'est resté. Mais pourquoi laisser les ténèbres à la porte ? Elles t'attendent à la fin de l'entraînement. Pourquoi ne pas les détruire pour aller et venir en paix ?

– Où est mon frère ? demanda Lab en se tournant.

– Il met ses chaussures, je pense.

Lab vit Peño sur le banc, avec Reggie et Twig. Il ne les y avait pas vus quand il était arrivé.

– Parfois, il faut juste vivre avec ses ténèbres, murmura Lab.

– Seulement si tu le choisis.

Lab secoua la tête et courut rejoindre les autres. Peño se redressa pour lui parler, mais se rappela qu'ils étaient fâchés. Lab se chaussa en silence, se répétant pour lui-même sa réponse. Se sentait-il vraiment plus léger quand il jouait au basket ? Il n'y avait jamais pensé en ces termes avant. Mais c'était tout à fait ça : il avait besoin de bouger, de courir. Il avait besoin de la liberté d'un objectif simple. Il avait besoin de faire partie d'une équipe, pour ne plus être uniquement Javi Juarez, ce garçon abîmé par la vie.

Quand les joueurs furent au complet, ils se réunirent tous devant la forteresse.

– Aujourd'hui, nous allons travailler la défense collective, annonça Rolabi.

Il renversa au sol le contenu de sa mallette : une montagne de casques et de boucliers de boxe rouges et bleus.

– Prenez chacun un casque et un bouclier. Serrez bien les casques.

Lab attendit que Peño ramasse un équipement bleu pour en prendre un rouge. Même s'il ne connaissait pas encore l'exercice que leur réservait Rolabi, il se dit que ce serait une bonne occasion de se défouler sur son grand frère. En s'emparant d'un bouclier assorti, il examina son équipe, satisfait. Il avait avec lui Reggie et Vin, plus A-Wall et Devon, les deux colosses.

– C'est simple, commença Rolabi, la main tendue vers la forteresse qui les dominait. Une équipe attaquera le château tandis que l'autre le défendra. Celle qui récupère le trophée le plus rapidement gagne. Les perdants feront des tours de terrain pendant que les vainqueurs s'entraîneront aux tirs. Les bleus en défense.

– Donc… on se pousse avec ces boucliers ? demanda Lab. Logiquement, ce sont les plus forts qui gagnent, non ?

– Bonne question, ponctua Rolabi. Vous avez deux minutes pour élaborer une stratégie.

Lab partit avec les rouges vers les bancs. Impatient de commencer, il jeta un regard rapide à la forteresse. L'exercice lui plaisait déjà. Peño adorait les livres sur les animaux, mais Lab préférait largement les romans fantastiques et les histoires d'aventures. *Elle* les lui lisait régulièrement, alors il n'avait plus réussi à les ouvrir depuis, mais il les gardait sous son lit, le seul endroit de la maison où il avait un peu d'intimité. En plus de ses livres, c'est là qu'il rangeait aussi une photo, une bouteille de parfum presque vide et un lacet de chaussure.

Il contempla le château, écoutant le plan à moitié. Peño se souvenait-il seulement de cette journée ? Aucune importance. C'était sa faute, s'ils se disputaient. Peño l'avait traité de pleurnichard.

– On va les pousser et on remportera le trophée avec Devon aux avant-postes, termina Reggie.

– Je vais écrabouiller mon frère, lança Lab, excité.

Il tendit la main en premier pour leur salut, ce qu'il ne faisait jamais.

– Les rouges, à trois. Un, deux, trois… *Rouges !*

Ils levèrent le bras en même temps et crièrent avec lui.

– Commencez ! lança Rolabi.

Sa voix fit vibrer le parquet sous leurs pieds. Lab regarda, stupéfait, le sol autour du château se transformer en douves. De l'eau y monta rapidement. Des planches étroites apparurent au-dessus du fossé pour mener à chaque rampe. Et le château lui-même changea : il n'était désormais plus en caoutchouc, mais en pierres solides, surmonté de drapeaux bleus aux quatre coins.

Lab se rendit compte qu'il était vêtu comme un chevalier avec une armure argentée bordée d'un liseré rouge et que son bouclier était maintenant en cuir à l'effigie des Badgers.

Il oublia tout le reste, un grand sourire aux lèvres.

– Chargez ! hurla-t-il, le poing en avant.

Lab hésita à se ruer sur son frère, mais Vin se dirigeait déjà vers lui. Lab contourna donc la forteresse pour attaquer Twig, qui attendait l'offensive nerveusement. La cible parfaite. Lab lui rentra dedans violemment, et leurs boucliers se percutèrent avec un bruit étouffé.

Lab n'avait pas remarqué que Reggie l'avait suivi, mais rapidement il sentit un bouclier dans son dos. Sous leur pression conjointe, Twig remontait déjà la rampe.

– Il est cuit, gronda Reggie.

– Laisse tomber ! ordonna Lab.

À cet instant, alors qu'ils étaient sur le point d'arriver en haut de la rampe, Rain vint en renfort à Twig, se servant de sa position en hauteur sur la pente pour les faire redescendre. Lab serra les dents.

Ils perdaient du terrain !

– À plus tard, lança Reggie en partant vers un autre défenseur.

– Continue à pousser, Twig ! encouragea Rain en s'en allant à son tour.

– Abandonne, Twig ! cria Lab, les dents serrées.

– Toi-même !

– Tu pourras pas tenir, *Stick Man*, « Bâtonnet ».

Twig grimaça, à peine visible au-dessus de son bouclier.

– Je tiens parfaitement.

– Pas pour longtemps.

– C'est ce que tu crois.

Lab ne pourrait pas le dépasser, Twig résistait comme il fallait. Peu importe, il trouverait une autre ouverture. Il se replia vers le pont et aperçut Devon qui faisait reculer Jérôme sur la rampe. A-Wall arrivait en soutien. Lab sourit. C'en était terminé pour les bleus.

Il se joignit à l'assaut, plaquant son bouclier sur le dos de Devon. Jérôme vola en arrière. Devon, Lab et A-Wall se ruèrent dans le château. Rain apparut alors, mais se ratatina.

– Aidez-moi ! cria-t-il.

Les trois garçons attaquèrent Rain qui ne put résister davantage que Jérôme. Lab et son équipe grimpèrent sur la dernière rampe et Devon souleva d'une main le trophée en granite. Les gravures dorées scintillèrent dans la lumière.

– Les rouges ! cria Lab.

Il triomphait de voir Peño lever des yeux désolés vers eux.

– Une minute et quarante-sept secondes, annonça la voix de Rolabi étrangement amplifiée. Aux bleus d'attaquer dans deux minutes !

Les deux équipes se réunirent chacune de son côté. Lab regarda la tour. Comment éviter qu'il leur arrive la même déconvenue ?

– Il nous faut un plan, déclara-t-il.

Vin hocha la tête.

– C'est compliqué pour la défense. Devon et moi, on peut tous les deux prendre une rampe. Lab, Reggie et toi…

– Non, l'interrompit Reggie en riant.

– Qu'est-ce qu'il y a de drôle ? demanda Vin.

– C'est hyper simple en fait. Les rampes ne sont là que pour brouiller les pistes.

– De quoi tu parles ? l'interrogea Lab.

– Tout ce qu'on a à faire, c'est protéger le trophée.

– Bien sûr ! acquiesça Lab en sifflant.

Il examina le trophée. Reggie avait raison. Il était au bout de la dernière rampe. S'ils se mettaient tous au même endroit, devant le seul passage, les bleus n'auraient aucun moyen de les contourner. Ils se rangèrent en une ligne compacte sur la dernière rampe. Lab se retrouva derrière Devon qui gardait l'entrée avec un rictus de vainqueur. Il attendit l'attaque avec impatience, l'adrénaline fusant dans ses veines. Il ne se rappelait pas avoir été déjà aussi enthousiaste de toute sa vie. Les souvenirs déferlèrent. De très bons souvenirs, cette fois. Les vacances. Les week-ends quand ses parents ne travaillaient pas. Ils jouaient aux cartes ou préparaient les repas ensemble, et son père regardait même la télé avec eux pendant quelques heures.

Il se rendit compte que ça faisait bien longtemps qu'il n'avait plus ressenti une telle excitation. Incroyable !

– Commencez ! lança de nouveau Rolabi.

Lab entendit des cris et le martèlement des bottes de leurs adversaires. Il se planta fermement sur la rampe, prêt à accueillir les bleus, Rain à leur tête. Ils arrivèrent au pas de course et s'arrêtèrent net. Lab vit sur leur visage l'instant où ils comprirent.

– Poussez ! hurla Rain.

Les bleus obéirent, mais sans aucun espoir de faire reculer toute une équipe en haut de la rampe. Lab appuya de toutes ses forces sur le dos de Devon. Les deux équipes luttèrent pendant une bonne minute, chaque joueur au comble de la tension.

– Vous glissez !

– Allez, continuez à pousser !

– Ça sert à rien !

La pression finit par se relâcher et une vague de soulagement envahit Lab qui laissa ses muscles se détendre. Les attaquants ne tenaient plus. Devon le sentit. Sans avertissement, il les repoussa violemment et les bleus dégringolèrent en bas de la rampe.

– Le temps a été dépassé. La victoire aux rouges.

Ils poussèrent un hurlement de joie. Lab tenta de soulever le trophée à une main comme Devon, mais il était trop lourd et il dut jeter son bouclier pour le saisir à deux mains. Il le brandit au-dessus de sa tête, triomphant. Quand son regard se posa sur Peño, il vit que son frère était au bord des larmes.

Pris de remords, il baissa alors la coupe et la passa à Reggie. Le dos courbé, Peño se dirigeait vers le banc. Lab ne l'avait jamais vu si déprimé.

– Les rouges peuvent prendre des balles et s'entraîner aux tirs, annonça Rolabi. Les bleus, tours de terrain.

L'équipe victorieuse sortit de la forteresse et jeta en tas casques et boucliers. Lab tenta de croiser le regard de son frère qui refusait de lever les yeux vers lui. Sa réaction le mit de nouveau en colère. Maintenant Peño se permettait d'être contrarié ? N'importe quoi. Tout ça parce qu'il avait perdu un exercice ? Ce n'était pas vraiment de la tristesse.

Ruminant cette idée, il s'entraîna aux tirs, tandis que les bleus faisaient leurs tours de terrain, durant presque une heure avant que l'un d'eux marque enfin.

Les deux équipes se réunirent ensuite sur les bancs pour boire. Lab n'avait pas de bouteille aujourd'hui, alors, mort de soif, il se contenta de regarder les autres se désaltérer. Lab examina Peño qui avait la tête baissée. Malgré lui, il se demanda pourquoi il avait l'air si abattu. Pourquoi prenait-il cette défaite tellement à cœur ? Ce n'était même pas un vrai match de basket. Et pourtant, on aurait dit qu'il se retenait encore de pleurer.

Rolabi s'approcha du château et en retira un bouchon noir. La structure se dégonfla jusqu'à devenir à peine plus grosse qu'un ballon de basket. Lab ne fut même pas surpris.

– Qu'est-ce qu'un défenseur doit faire en permanence ? demanda Rolabi.

– Se tenir prêt, répondit Reggie.

– Et ça vaut pour toute l'équipe. Si vous n'êtes pas prêts, vous perdez votre temps, conclut Rolabi.

Il partit vers les portes. Il avait dû ranger l'équipement, mais Lab ne l'avait pas vu faire. Il se demanda si Rolabi retournait vraiment au royaume de Granity chaque soir.

– C'est terminé pour aujourd'hui ? demanda Peño.

– Ça dépend de vous.

Les portes se refermèrent et aussitôt le globe apparut au centre du terrain. Lab en eut de nouveau la chair de poule.

Le silence s'installa dans le gymnase. Personne ne bougea.

– On fait quoi ? demanda Peño tout bas.

– Rolabi a dit qu'on devait l'attraper, suggéra A-Wall. Il a dit que ça nous rendrait plus rapides.

La réponse suffit à Twig pour s'élancer. A-Wall le suivit et le reste de l'équipe après lui. Lab se mit à courir en dernier. Il se sentait tiraillé entre sa peur du globe et l'envie incompréhensible de l'attraper. Mais c'était perdu d'avance. Le globe ne leur laissait aucune chance. C'était comme chasser une ombre avec une lampe torche. Lab et Peño se percutèrent, ce qui ne les aida pas à se réconcilier. Le globe vola alors vers un mur et disparut.

Ils n'y arriveraient jamais.

– Toujours partant pour un match ? demanda Peño à Rain.

– Non, je veux juste m'en aller.

Ils retournèrent tous vers les bancs. Lab s'écroula, à bout de forces. Rapidement, une dispute éclata entre Rain et Reggie, à la grande surprise de Lab. Rain n'avait visiblement pas apprécié l'exercice.

– C'était un jeu débile. La défense, c'est arrêter la balle. Et tu gagnes en marquant des paniers.

Rain se leva, tremblant de rage.

– Et c'est en général moi qui marque. Et on est pas prêts de gagner si j'améliore pas mes tirs. C'est une grosse année pour moi.

– Tu veux dire pour *nous*, corrigea Lab.

– Ouais. Rain Adams et les West Bottom Badgers, ironisa Rain.

Il laissa les portes se refermer derrière lui. Lab secoua la tête. Rain était tellement arrogant. *Son* équipe, *son* attaque. Lab aurait pu marquer autant que lui s'il en avait eu l'occasion. Mais en voyant Peño partir en silence vers la sortie, il n'y pensa plus. Il enragea.

Il changea aussitôt de maillot et se précipita derrière lui.

– Qu'est-ce que tu veux ? demanda Peño sur un ton belliqueux.

– Pourquoi t'es si contrarié ? demanda Lab. Je croyais qu'on avait pas le droit.

Sa voix menaça de se casser. Il avait une boule dans la gorge et se sentait au bord des larmes. Son grand frère aurait dû être la personne qui le comprenait le mieux.

– C'est pas pareil ! Toi, t'es triste depuis *trois ans*.

Trois ans déjà ! Il n'en revenait pas.

– Et pourquoi, à ton avis, génie ?

– Moi aussi, je l'ai perdue, répliqua Peño en avançant plus vite. C'était ma mère, à moi aussi.

Lab serra les poings. Pourquoi Peño avait-il eu besoin de dire ça ? Il savait combien ce mot lui faisait mal. Il faisait tout pour le blesser, pour enfoncer le couteau et élargir la plaie. Des larmes brillèrent dans ses yeux, des larmes de colère, de culpabilité, de trahison.

Il passa à l'attaque :

– Tu as tourné la page. T'as toujours été plus à fond que moi dans le basket…

Sans que Lab anticipe le coup, Peño le cogna dans la poitrine avec les deux mains. Lab se retint en agrippant son grand frère. Tous deux tombèrent lourdement sur le trottoir, Peño heurtant le sol en premier. Lab sentit que la chute lui avait coupé le souffle, mais Peño était costaud et il put tout de suite trouver la force de se battre. Ils roulèrent sur des déchets. Des odeurs de pourriture les assaillirent. Ils se battaient avec rage et Peño finit par étrangler son frère avec un bras sous la gorge.

– Arrête ! hurla Lab.

Il tenta de se dégager, mais Peño fut plus rapide et reprit le dessus, le plaquant à terre. Lab se débattait, en vain.

– Elle me manque chaque seconde de la journée. T'es complètement aveugle si tu le vois pas.

– Lâche-moi !

– T'as jamais pensé que je le montre pas justement pour t'épargner ? tonna Peño.

Lab se figea. Peño criait rarement. Il ne perdait pratiquement jamais son sang-froid.

– Que je fais ça pour vous protéger, papa et toi ? T'es trop bête pour y avoir pensé, c'est ça ? Et peut-être que je fais tout à la maison pour vous rendre la vie plus facile ? Ça non plus, ça t'est pas venu à l'esprit ?

Lab le dévisageait, stupéfait.

– Parfois, j'ai l'impression que je peux plus respirer, confia Peño tout bas. Que je vais mourir. Mais t'as jamais remarqué non plus, n'est-ce pas ? Au moins, toi, tu peux espérer. Moi, j'ai même pas ça.

– De quoi tu parles… ? demanda Lab, consterné.

– T'as ta chance de réussir, pas moi ! Moi, je suis le type solide, le pilier qui regarde les autres réussir.

Peño se leva, laissant Lab à terre. Qu'est-ce qu'il venait de dire ? Une chance de réussir ? Quel rapport avec leur dispute ? Et pourquoi ne pouvait-il pas respirer ? C'était la tristesse ? L'angoisse ? Lab n'y comprenait rien. Peño était fort. Tout glissait sur lui sans vraiment l'atteindre. Mais là, il tremblait et les larmes inondaient son visage. Il disait la vérité.

– Je devrais te donner une bonne raclée, mais je le fais pas… pour elle.

Il partit en trombe. Lab resta allongé sur le trottoir crasseux, toujours trop sonné pour se lever. Des nuages jaunes flottaient au-dessus de sa tête, chargés de pollution, et il les observa, abasourdi. Peño souffrait.

Et il ne l'avait jamais remarqué. Il n'avait jamais demandé. Il ne s'en était jamais préoccupé. La colère se calma et il ne resta que la culpabilité.

– C'est ici que tu fais la sieste ? plaisanta Reggie.

Il tendit le bras et Lab accepta son aide. Reggie l'examina.

– Vous vous êtes battus, Peño et toi ? demanda-t-il, étonné.

Lab hocha la tête et s'éloigna, embarrassé.

– Moi aussi, j'ai plein de mauvais jours, dit Reggie tout bas en le suivant. Quand je pense à mes parents.

Lab s'arrêta et le regarda. Il savait que les deux parents de Reggie étaient morts dans un accident de voiture, des années plus tôt, et qu'il était élevé par sa grand-mère. Mais c'était la première fois qu'il lui en parlait.

– Tu fais quoi, alors, quand ça t'arrive ? demanda Lab.

Reggie sourit timidement en levant la tête vers le ciel jaune.

– Je leur parle. Je regarde des photos. Parfois je les imagine dans une autre pièce. Je veux surtout qu'ils soient fiers de moi, je pense.

Lab ravala ses larmes.

– Ça te fait pas mal de penser à eux ?

– Si, concéda Reggie. Mais ça me ferait plus mal encore de les oublier.

Lab le dévisagea, avant de se remettre en marche.

– T'as peut-être raison.

– Lab ?

– Ouais ?

– Ne laisse pas ta dispute avec Peño aller trop loin. Vous allez devoir vous serrer les coudes. Comme nous tous.

Lab perçut un avertissement dans sa voix.

– Pourquoi ?

En soupirant, Reggie se tourna dans l'autre direction pour rentrer chez lui.

– Parce que tout va changer.

Lab le regarda s'éloigner en se demandant ce qu'il savait.

✧ 6 ✧

LES TÉNÈBRES INTÉRIEURES

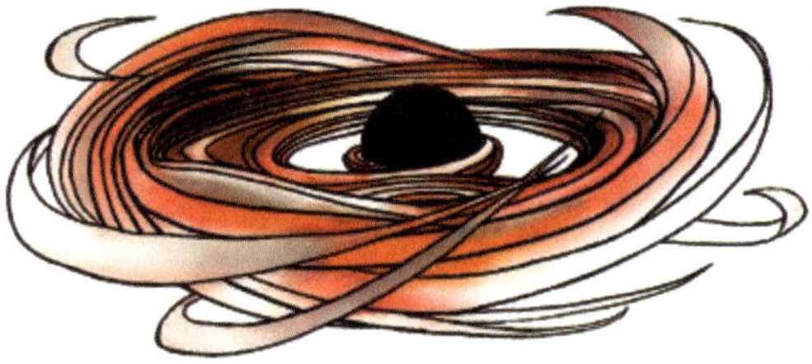

Ce n'est pas d'un bond que tu atteins l'arrivée,
mais avec un millier de petits pas légers.

✧ SAGICIEN - PROVERBE N° 48 ✧

Lab souleva la balle à hauteur d'épaules, fit une feinte sur la gauche et pivota sur la droite pour un trois-points depuis le coin. Il sauta, les jambes et les orteils tendus et alignés vers la cible. Tout droit de haut en bas. Dès que la balle quitta ses doigts, il sut qu'il avait marqué. *Swish.*

Il attendit des applaudissements, mais rien. Évidemment. Il ne parlait plus à Peño. Il regarda de l'autre côté du terrain, où son grand frère faisait des tirs avec Twig et Reggie. Lab était rentré chez lui, convaincu qu'il suivrait le conseil de Reggie, surtout après l'aveu de Peño, qui lui aussi souffrait. Lab avait voulu s'excuser, parler de ce qu'ils éprouvaient. Mais dès qu'il vit son grand frère, il repensa à leur dispute et à comment il l'avait humilié en le plaquant au sol sur le parking. Il se dit que Peño lui cachait ses sentiments depuis trop longtemps. À se montrer toujours si fort, il lui donnait à lui l'impression d'être faible. Ça lui avait ôté l'envie d'aller vers lui. Ce matin, Lab s'était réveillé seul et avait préparé ses affaires. De nouveau, ils s'étaient rendus au gymnase séparément.

Lab ramassa la balle. Comment pourraient-ils se réconcilier, maintenant ? Devraient-ils s'excuser de leurs manières différentes de faire le deuil ? En soupirant, il se tourna pour un nouveau tir. Plus rien n'avait de sens. Au moment où il s'élança, une voix les appela.

– Approchez tous, ordonna Rolabi de sa voix grave et impérieuse. Posez vos ballons.

Lab sursauta et s'exécuta, adressant une grimace à Rolabi qui les attendait au centre du terrain. Il s'approcha ensuite du groupe, le plus loin possible de Peño et de Rain. Il n'avait pas oublié le commentaire de leur leader. Rien d'étonnant, finalement. Rain montrait enfin son vrai visage : c'était un loup solitaire qui n'avait aucune envie de se mêler à l'équipe. Il était trop imbu de lui-même pour ça et Lab en avait assez de jouer son faire-valoir sans jamais attirer l'attention sur lui.

– Aujourd'hui nous allons travailler l'attaque, annonça Rolabi.

– Enfin, lâcha Rain en souriant.

Lab lui adressa un regard mauvais. Rain ne semblait même pas embarrassé de ce qu'il avait dit la veille. Et s'ils le laissaient jouer seul ? Et s'ils arrêtaient simplement de lui faire des passes, de prendre ses rebonds et de poser des écrans pour lui ?

Rain ne serait plus une telle star, songea Lab, maussade.

Pourquoi tu as toujours besoin de te comparer ?

Quoi ? demanda-t-il dans sa tête en regardant Rolabi.

Qui est le plus riche. Qui est le plus rapide. Qui est le meilleur. Toujours quelqu'un d'autre.

Lab fronça les sourcils. *Certains ont plus de chance. C'est pas ma faute.*

Tu n'as le temps de vivre que ta propre vie. Pas celle des autres.

Lab détourna les yeux. Il se rappelait les films, bien sûr. Et peut-être que tout le monde avait des problèmes, en effet. Mais il ne voulait pas de leurs vies. Il voulait juste que la sienne soit meilleure, plus heureuse.

Alors occupe-toi de toi.

– Qu'est-ce que tous les grands passeurs ont en commun ?

– La vision, répondit Peño, sûr de lui.

– Très bien. Un bon passeur doit être rapide, agile et audacieux. Mais avant tout, il doit avoir une vision parfaite. Voir ce qui est et anticiper ce qui viendra. Il doit avoir une vision globale du terrain.

De nouveau, Lab ne suivait pas.

– On doit s'entraîner… à voir plus ?

– Exactement. Et le mieux pour commencer, c'est de ne rien voir du tout.

Et soudain, Lab devint aveugle. Il eut beau fermer les yeux et les rouvrir, ça ne s'arrangea pas. Il se frotta les paupières. Sa respiration s'accélérait. Il n'avait jamais aimé l'obscurité. Pour lui, c'était synonyme de cauchemar, d'images du passé.

Il se mit à transpirer. Sa poitrine se contracta. Il entendit les autres s'affoler. Il tourna sur lui-même pour éviter tous les dangers inconnus qui se cachaient dans le noir.

– En quoi ça aide notre vision ? demanda-t-il, au bord de l'hystérie.

– Les titulaires contre les remplaçants de l'année dernière. Les titulaires commencent. Trouvez le ballon.

Les voix autour de Lab se turent. L'air se rafraîchit brusquement et il frissonna. Bientôt, il n'entendit plus que sa respiration paniquée. Il tendit les mains devant lui.

– Peño ? murmura-t-il.

– Pour être un Sagicien, on doit rester une journée entière dans l'obscurité totale.

Lab tourna la tête vers la voix.

– Professeur, où suis-je ? Allumez la lumière.

Il avait chaud et l'impression de suffoquer.

– Notre esprit façonne l'obscurité. Quand on ne voit plus rien, on choisit notre décor.

– Professeur…

– Beaucoup choisissent la peur, les doutes. Mais si tu arrives à te mouvoir facilement dans le noir, si tu peux y trouver la paix, alors imagine avec quelle aisance tu pourras avancer dans la lumière. Pourquoi ne vois-tu que des dangers ?

Lab se concentra sur la source présumée des mots qui lui parvenaient.

– Je… n'en sais rien.

– Mais si. Et si tu vois des horreurs effrayantes dans le noir, elles restent avec toi dans la lumière. Elles déterminent tes décisions. Elles t'empêchent d'accepter qui tu es.

– Et je suis quoi ? interrogea Lab sur un ton agressif.

– Ce que tu choisis d'être.

Lab tenta de se détendre. Il s'obligea à prendre des inspirations plus longues.

– C'est moi qui crée tout ça, encore une fois ?

– Tu rends l'expérience terrorisante. Transforme-la en lumière éclatante.

Les voix de ses coéquipiers revinrent alors. Ils cherchaient la balle. Hésitant, Lab fit comme eux, prudemment. Il tendait les bras devant lui, persuadé qu'il allait percuter un mur. Une partie de lui voulait se mettre en boule par terre. Mais il repensa aux mots de Rolabi et se fit violence.

– Elle est là ! cria Twig. Je viens de buter dedans.

Lab l'entendit rebondir à côté de lui.

– Je l'ai ! annonça-t-il en suivant le bruit avant de se pencher pour mettre la main sur la surface en caoutchouc. Je l'ai !

– Maintenant en place, lança Rolabi. Alignez-vous sous le panier.

Ce ne fut pas plus facile. Quand Lab et ses camarades se placèrent sur ce qu'ils espéraient être la ligne du fond, les défenseurs annoncèrent qu'ils étaient probablement au centre du terrain.

– Bon, j'y vais, annonça Peño.

– Ici ! appela Rain. À qui maintenant ?

Lab accourut vers la voix.

– Ici !

Il agita en vain les mains, et la balle vint le frapper entre les jambes. Il l'attrapa et se plia en deux de douleur.

– Un peu plus haut, gémit-il. Allez, on avance !

Ils progressaient lentement, mais sans nouvel incident. Lab commençait à se dire que l'exercice n'était pas si difficile quand ils arrivèrent à mi-terrain et que tout se compliqua. Les défenseurs les attendaient là pour leur voler le ballon. Les instructions se croisaient désormais, ainsi que les crissements des chaussures au sol. Lab perdit le fil du jeu. Quand Peño lui fit une passe, il ne l'attrapa pas et la balle partit dans les gradins avec fracas.

– On tourne !

Lab attendit alors que les remplaçants trouvent la balle et se placent. Il se sentait déjà un peu moins vulnérable dans le noir. Il entendait les autres, sentait leur présence et visualisait de mieux en mieux le terrain. A-Wall passa à côté de lui, Rain lançait des ordres, Peño respirait bruyamment, et Lab percevait même le bruit que faisait Twig en se rongeant les ongles. Les remplaçants perdirent la balle au bout de vingt secondes.

– Hmm, lâcha Rolabi. Changeons un peu la donne.

Le ballon s'éclaira de l'intérieur, projetant une lueur étrange. Quelqu'un le ramassa et, subjugué, Lab le regarda flotter dans l'air.

– C'est bizarre, commenta Peño. Vous êtes prêts ? C'est parti !

La balle illuminée changeait tout. Lab l'attrapa avec plus d'assurance et les passes devinrent plus fiables. Ils ne parvinrent tout de même pas à franchir la ligne de défense. Peño cria qu'il allait lancer la balle, mais l'autre équipe l'intercepta.

– Volée ! cria Jérôme.

– Jolie passe, ironisa Lab.

Ils ne se parlaient toujours pas, mais dans le noir c'était plus facile de se moquer.

– Je vois pas à qui je l'envoie, se justifia Peño, qu'est-ce que tu veux ?

– Un peu de clairvoyance.

– La prochaine fois, je te la mets dans la tête.

Leurs réparties étaient teintées d'une pointe d'amusement, comme dans leurs disputes habituelles.

– Si tu savais viser…

– Avec la grosse tête que t'as, ça devrait pas me poser de problème.

Lab réprima un rire. C'était agréable de pouvoir plaisanter avec son frère comme avant. Il se demanda s'ils en seraient capables une fois les néons rallumés.

Ils reprirent l'exercice, les équipes tournant régulièrement, et Lab se sentit plus en phase avec l'obscurité. Les heures défilèrent. Il prit plusieurs coups de coude et percuta sans arrêt ses adversaires et ses coéquipiers, mais pour l'instant il ne voyait aucun monstre.

Rain finit par passer la défense. Il traversa le terrain, reçut la balle de Lab et la passa à Peño. La lumière revint. Peño se tenait sous le panier.

– Les titulaires remportent la victoire, annonça Rolabi. Pause, allez boire.

Les garçons se tapèrent dans la main, mais Peño et Lab s'évitèrent. Apparemment ce ne serait pas aussi simple pour eux de se réconcilier. Déçu, Lab partit seul vers le banc. Il vida sa bouteille et dévora sa barre de céréales. Il avait fait bien attention de ne rien oublier, ce matin. La veille, il avait trop souffert.

– Les perdants feront des tours de terrain à la fin de l'entraînement, reprit Rolabi. Les gagnants décideront s'ils veulent courir avec eux. Donc, pour résumer, en attaque, on doit apprendre à écouter. Quoi d'autre ?

Qu'as-tu vu dans le noir ?

Rien, songea Lab sèchement.

Tu en es sûr ?

Lab réfléchit. *Je… j'ai découvert que ce n'est pas aussi effrayant que je croyais.*

Ça ne l'est pas, en effet, généralement.

– Twig, viens ici, s'il te plaît, appela Rolabi.

Pas du tout rassuré, Twig obéit.

– Je voudrais que tu t'adresses à l'équipe. Le plus sincèrement possible.

– Que je leur dise quoi par exemple ? demanda Twig.

– N'importe quoi. Si vous ne pouvez pas vous montrer honnêtes les uns avec les autres, vous ne pouvez pas être une équipe.

Twig hésita en se grattant le bras. Lab se rappela le film qu'il avait vu sur lui. Il s'arrachait la peau au point de se faire des cicatrices sur les joues. Son père lui hurlait dessus, lui mettait la pression.

– D'accord… euh… je me suis entraîné vraiment très dur. Vous savez, entre les deux saisons. Et j'essaie de toutes mes forces de m'améliorer. Je sais que certains d'entre vous ne voulaient pas que je revienne, mais je fais tout ce que je peux pour aider l'équipe. Je voulais que vous le sachiez, voilà.

Lab sentit son estomac se nouer. Avait-il déjà félicité Twig ? Ou l'avait-il même encouragé ? Avait-il déjà pris de ses nouvelles ? Lui avait-il demandé comment il allait ? Pas une seule fois. Trop occupé par sa propre solitude, il n'avait jamais remarqué que Twig aussi pouvait se sentir seul. Et qui encore dans cette équipe ?

– Jérôme, appela Rolabi.

Ils passèrent l'un après l'autre et ce fut rapidement au tour de Lab. Il marcha vers Rolabi en cherchant quelque chose à dire. Il ne voulait rien partager en particulier avec ses coéquipiers.

Pense à ton jeu, alors. Pas à pas.

– Euh… eh ben… j'espère qu'on va tout gagner ?

– C'est une question ? demanda Rolabi.

– Non, répliqua Lab sur la défensive. OK… bon… je vais travailler ma défense, cette année. Je sais que vous me trouvez nul, mais je vais m'appliquer et je vais progresser.

– Très bien, ponctua Rolabi.

Le travail. C'est la seule façon d'avancer.

Rain passa en dernier, plus mal à l'aise que jamais. Lab lui décocha un regard meurtrier.

– Je suis désolé, commença-t-il en se dandinant sur place, ses mains cherchant des poches inexistantes. Pour hier. Je n'aurais pas dû dire que j'étais l'équipe.

– C'est ce que tu penses ? demanda Vin.

Lab se posait la même question. Ses excuses ne sonnaient pas sincères. En regardant leur leader argumenter avec les autres joueurs, Lab s'énerva. Rain se fichait complètement d'eux.

– Le leader doit soutenir son équipe, lui rappela Vin.

– C'est ce que je fais, pour que vous deveniez meilleurs ! assura Rain.

– Non, l'interrompit Lab, tu veux juste marquer assez de paniers pour nous traîner derrière toi.

Rain le fusilla du regard, mais Lab ne détourna pas les yeux.

– Et alors ? Qu'est-ce que vous voulez de moi ?

– Que tu fasses partie des Badgers, répondit Lab. Que ce soit pas Rain Adams et les Badgers.

– D'accord, ça marche. C'est bon, maintenant ? lança Rain en soupirant.

Peño réagit le premier et accepta les excuses de Rain, et petit à petit les autres le suivirent. De mauvaise grâce, Lab hocha également la tête. Il était en partie jaloux de lui, il en était bien conscient. Il aurait voulu qu'on le remarque, lui aussi.

Lab ne recevait jamais aucune louange. Être le deuxième meilleur chez les Badgers, c'était comme être le plus mauvais.

Tenteras-tu le dernier panier, juste avant le buzzer ?

Lab détourna le regard. Pas faux. Comment la star de l'équipe pourrait refuser le dernier panier ?

– C'est l'heure du match, annonça-t-il.

– Sans piège ? demanda Peño.

– Nous allons juste travailler notre vision. Rain, Vin, Lab, A-Wall et Devon d'un côté.

Lab examina sa nouvelle équipe. Il s'entraînait d'ordinaire contre les remplaçants. Mais maintenant, titulaires et remplaçants étaient mélangés. Rain ne pouvait pas être rétrogradé. Alors ça voulait dire que Peño l'était ? Il vit l'inquiétude sur le visage de son grand frère. Peño vivait pour les Badgers. S'il passait remplaçant, il serait effondré. Lab en fut profondément peiné. Il ne pouvait pas s'imaginer commencer un match pendant que son frère le regardait depuis le banc.

Rolabi leva une balle pour l'entre-deux.

– Les humains se laissent facilement distraire. On se concentre sur un acteur et on rate les autres à l'arrière-plan. On regarde une carte du jeu alors qu'une deuxième est déjà sortie. On fixe la balle et on passe à côté du match.

Twig et Devon s'avancèrent.

De quoi il parle maintenant ? se demanda Lab, de plus en plus inquiet.

– Notre champ de vision est tellement large et pourtant on choisit de ne rien voir. Quelle drôle de décision.

Aucun tigre n'apparut. Les lumières ne s'éteignirent pas, mais ça aurait été préférable. Lab ne voyait plus rien devant lui. Il ne lui restait que sa vision périphérique, comme si on avait mis un rideau sur le reste. Il se frotta les yeux avec rage, mais sans résultat.

Rolabi lança la balle.

– C'est pas cool ! pesta Lab.

Si c'est ce que tu crois, alors tu as raison.

Lab tenta de se calmer. C'était le grana, rien de plus. Son grana. Il repensa à la rivière de lave et au moyen de la faire dévier. Il avait le contrôle. Il devait juste rester maître de lui-même et rediriger le flux.

Il repéra son nouveau meneur, Vin, avec la balle, et courut vers le panier, tournant la tête de droite à gauche pour voir le terrain. Il s'arrêta au coin, conscient qu'il était ouvert. Tout le monde bougeait très lentement. Rain attrapa une passe, coupa vers le panier, mais ralentit devant les défenseurs. En temps normal, il aurait forcé le passage pour tirer, mais aujourd'hui il rendit le ballon à Lab. Jérôme était encore dans la raquette, Lab était démarqué. À sa grande surprise, sa vision n'était plus bloquée.

– Je vois tout ! cria-t-il.

Il tira et marqua.

– Bien joué ! dit-il à Rain.

De nouveau, il ne voyait plus que sur les côtés.

– Tu voyais… vraiment tout ? demanda Peño.

– C'est fini, répondit Lab, frustré. C'était juste quand j'ai tiré.

Lab retourna en défense et arriva bien avant Jérôme. Quand il faisait complètement noir, il s'était appuyé sur les sons pour se positionner. Il fallait qu'il recommence, mais il voyait aussi ce qui se passait autour de lui, et plus juste devant lui, comme il le faisait d'habitude. Il était particulièrement conscient de tout ce que les autres faisaient, d'où ils étaient, et de qui était démarqué. Ils se déplaçaient avec une lenteur étonnante, mais ils jouaient intelligemment.

Dès qu'il était démarqué, sa vision revenait. Mais quand il forçait des tirs, il n'y voyait plus clair. Il devait donc constamment se déplacer. Le match continua jusqu'à ce que son maillot colle à son corps comme une deuxième peau. Ils avaient joué des heures.

– Ça suffira, les arrêta Rolabi. Allez prendre vos bouteilles et retrouvez-moi au centre.

Tous recouvrèrent leur vision complète. Après une rapide discussion sur l'exercice, Rolabi envoya les remplaçants faire des tours de terrain. Lab se demanda si certains titulaires allaient se joindre à eux, comme l'avait suggéré leur coach. Peut-être Rain, après l'incident de la veille. Mais Rain ne bougea pas, et aucun des autres non plus. Quand les remplaçants finirent leurs tours, toute l'équipe s'assit autour de la fleur que Rolabi avait sortie de sa mallette. Lab gémit.

– Encore ! se lamenta Peño.

– Eh oui ! confirma Rolabi. Si vous espérez gagner, il faut ralentir le temps.

Rolabi se dirigea vers les portes.

– Vous partez ? demanda Peño.

– Tu emporteras la marguerite chez toi, ce soir, Peño. Prends-en bien soin, s'il te plaît. Arrose-la.

Lab se tourna vers la fleur. Ils devaient emporter chez eux un des accessoires de Rolabi, maintenant ? Il échangea un regard préoccupé avec son frère, leur dispute momentanément oubliée, alors que les portes s'ouvrirent, poussées par le vent. Mais Peño se dépêcha de baisser les yeux. Lab fit de même.

– Combien de temps on reste là ? cria Rain.

Rolabi ne s'arrêta pas.

– Jusqu'à ce que vous voyiez quelque chose de nouveau.

Les portes se refermèrent, secouant tout le gymnase et faisant pleuvoir de la poussière sur leurs têtes.

– Il parlait au sens propre, vous pensez ? demanda Peño.

– Qui sait ? demanda Vin. Au moins, j'ai pas à l'emporter chez moi.

– Merci, lança Peño.

– Tu vas où ? demanda Jérôme.

Lab vit alors Big John qui ramassait son sac.

– Je contemple pas une stupide fleur si j'en ai pas absolument besoin. Je me tire.

– Ça va pas ? s'inquiéta Peño.

Big John se tourna vers lui.

– Non, Peño ! C'est Bottom, ici. Comment tu veux que ça aille ? Vous pouvez continuer avec ce barge, mais pour moi, c'est pas un jeu. Rappelez-vous où vous êtes. Je vais aller faire quelques heures sup au boulot.

Il sortit et Lab regarda son frère. Big John avait raison : pourquoi regarder une marguerite si Rolabi n'était plus là ? Lab prit sa balle pour s'entraîner aux tirs. Quelque chose de vraiment important. Les autres suivirent presque tous, sauf Devon, Reggie et Twig.

Comme venue de l'extérieur, une pointe de déception envahit Lab.

Je pensais que tu voulais en apprendre plus sur le grana.

Je veux avant tout en apprendre plus sur le basket, songea-t-il.

C'est la même chose.

Lab ne se laissa pas convaincre et enchaîna les trois-points depuis le coin.

– Je me demande si on pourra jamais… commença-t-il.

– Regardez ! lança Peño.

Le globe flottait au-dessus de la tête de Devon. Lab se figea, parcouru du frisson habituel. Devon ne bougea pas et personne ne l'avertit, mais il savait. Après ce qui sembla des heures à Lab, en un geste fulgurant, Devon attrapa le globe. Le liquide noir coula entre ses doigts et il disparut. Lab recula d'un pas. Devon n'était plus là.

Où est-il passé ?

L'endroit où tu iras quand tu seras prêt.

Où ça ? se demanda Lab, nerveusement.

L'endroit caché.

✧ 7 ✧

LE TIR DU SIÈCLE

Si tu cours après le bonheur, souffrir te fera peur.
Cours plutôt après un but, c'est le secret des vainqueurs.

✧ SAGICIEN – PROVERBE N° 16 ✧

Lab regarda Devon rater un nouveau tir. Le vingtième au moins. Et chaque fois, il ramassait la balle, retournait au même endroit et essayait encore.

Il était réapparu la veille une minute environ après s'être volatilisé. Depuis, Lab se demandait où il était allé, ou, plus précisément, à quoi ressemblait cet endroit caché. Qu'est-ce que le nouveau y avait découvert ? Est-ce que lui aussi devrait s'y rendre ? L'idée l'effrayait plus que tout. Il ignorait combien de souvenirs il avait refoulés au cours des trois dernières années.

Mais il sentait que tout devenait de plus en plus lourd. Se lever le matin était un calvaire et s'endormir la nuit était plus pénible encore.

La veille, assis sur le canapé, Lab avait vu son père rentrer du travail, le visage crasseux de poussière et de transpiration.

– Tu dors pas beaucoup en ce moment, hein ? demanda-t-il en s'écroulant à côté de son fils.

– Non.

Le vieil homme retira ses bottes et posa les pieds sur la table basse.

– Tu penses à elle ?

Lab s'évertuait à ne pas regarder la photo sur la cheminée. Elle leur souriait, heureuse, pleine de vie… totalement inconsciente de ce qui allait lui arriver. Lab voulait retirer ce portrait, mais Peño s'entêtait à le garder là.

– Oui, répondit Lab.

Son père soupira et s'essuya le visage, laissant des marques dans la saleté.

– Ce n'est pas ce qu'elle voudrait.

– Elle voudrait pas non plus être morte.

Ils se turent un moment.

– Ça me prend aussi, confia alors le vieil homme.

– Et qu'est-ce que tu fais quand ça arrive ?

Son père le dévisagea.

– Je me rappelle les bons moments, et je vais de l'avant.

– Et si je n'y arrive pas, moi, à aller de l'avant ?

– T'as pas le choix. C'est ce qui va se passer, que tu l'acceptes ou non.

Il se leva et tapota l'épaule de Lab.

– Ta mère voulait ce qu'il y a de mieux pour toi. Va le gagner. Rends-la fière de toi.

Fière ? Comment le pourrait-il ? Rien que penser à *elle* lui faisait atrocement mal.

– Approchez, appela Rolabi, arrachant Lab à ses souvenirs.

Il sursauta et lâcha sa balle. Comme d'habitude, il n'avait pas entendu le professeur arriver.

– Aujourd'hui, nous allons travailler les tirs, poursuivit Rolabi.

Puis ses yeux se posèrent sur Devon.

– L'un d'entre vous a affronté les ténèbres. Le grana devient plus fort.

Au moment où Lab rejoignit le groupe, le professeur envoya un ballon au colosse et Fairwood disparut. Le parquet se transforma en pierre. Les murs laissèrent leur place à un paysage complètement ouvert sur un parterre de nuages. L'équipe se trouvait sur une montagne si étroite qu'on aurait plutôt dit un immense tronc d'arbre. Une seconde tour s'élevait à trois mètres d'eux, et au sommet était accroché un panier de basket.

Le soleil et les étoiles brillaient de concert dans le ciel immense. Ils étaient à plus de mille mètres de hauteur.

Lab se tourna vers son frère qui tremblait.

– C'est quoi maintenant ? demanda-t-il, son souffle se dessinant dans l'air.

– Une montagne, répondit Peño, frigorifié.

Lab savait que son frère n'aimait pas l'altitude. Le pauvre regardait partout autour de lui. Il avait l'air encore plus petit que d'habitude.

– On fait quoi ? demanda Jérôme. On descend ?

L'air glacé s'engouffrait sous le maillot de Lab. C'était le grana, une nouvelle fois, il en était convaincu. Mais était-ce le sien ou celui de Devon ? Cet endroit ne représentait rien pour Lab… ou du moins, il ne voyait pas quoi. Il examina les nuages par-dessus le bord de la falaise et se vit tomber dans le vide. C'était ce qui l'attendait.

Un craquement terrifiant traversa le sol. Lab poussa un hurlement quand un immense rocher s'arracha du reste de la montagne derrière l'équipe. Il roula sur la paroi pour disparaître dans les nuages.

D'autres explosions identiques retentirent alors.

– Il faut peut-être qu'on lance la balle, suggéra Twig.

Un autre morceau de roche se détacha. Lab approcha de Peño. Des bateaux qui coulaient, des montagnes qui s'écroulaient. Pourquoi tout s'effondrait ? À cause de ses peurs ?

Tout ce que tu vois est façonné par ton esprit.

Il pensa à Bottom, à sa pauvreté déprimante. Sa saleté. Sa désintégration régulière et inévitable. Il n'imaginait jamais comment régler les problèmes, mais plutôt comment vivre ailleurs. La ville était-elle aussi horrible qu'il la voyait ? Se concentrait-il uniquement sur ses mauvais côtés… par choix ?

Ta chambre noire approche.

Je n'en veux pas ! hurla-t-il dans sa tête.

Rain rata son tir et la balle revint sur Vin. Lab transpirait à grosses gouttes. Malgré le froid, il mourait de chaud. Les questions se bousculaient dans son esprit. Les ténèbres qui l'enveloppaient, était-ce lui qui les créait ? La montagne se cassa encore.

Professeur, sortez-nous de là ! songea-t-il.

Et pourquoi tu ne le ferais pas toi-même ?

– Enchaîne ! pressa Twig.

Quand Lab reçut la balle, seul Twig avait marqué. Lab tenta de prendre une profonde inspiration, sans succès. L'air se coinça dans sa gorge et, quand il regarda le vide entre lui et le panier, sa tête se mit à tourner. Il se ressaisit, grimaça en entendant un autre craquement et tira. La balle frappa le cercle et tomba vers les nuages en contrebas. Lab se demanda si ce serait bientôt à son tour de tomber.

Seulement si tu le décides.

Le temps s'accéléra. Lab regardait tour à tour les rochers qui dégringolaient sur la paroi de la montagne et les mains tremblantes de son grand frère. Encore un tir raté. Rain ne parvint pas à marquer, pour la troisième fois. Devon rata aussi. Lab aussi et il se retint de hurler de frustration. Son esprit s'emplit de nouvelles voix.

– *Tu vas abandonner.*

– *Tu es tellement décevant.*

– *Ce sera ta faute !*

Pourquoi as-tu si peur de la pression ?

J'en sais rien !

Peño parvint à se maîtriser assez longtemps pour marquer et il brandit son poing en l'air. Rain et Devon échouèrent. La balle revint sur Lab.

– Tu vas l'avoir, murmura Peño. Détends-toi. C'est juste un lancer franc.

Lab lut le désespoir et la peur dans ses yeux.

Retire ce poids de tes épaules.

Lab tressaillit quand la voix profonde couvrit toutes les autres. L'image de la barque s'afficha dans son esprit, plus limpide que de l'eau de source. Il se laissait écraser par la peur de perdre, il en était conscient. La peur de décevoir ses coéquipiers, son frère. La peur de ne pas être à la hauteur.

Respire. Oublie-les.

Comment ? se demanda-t-il faiblement.

Concentre-toi sur les détails. La pierre, le panier, tes poumons qui se gonflent et se dégonflent.

Lab prit le temps de respirer profondément. Son rythme cardiaque ralentit et il s'approcha du bord. Il se focalisa sur le panier, sur l'alignement de ses ortcils et sur le placement de ses doigts sur le caoutchouc. L'espace d'un moment, le calme l'habita. Il tira et marqua.

C'est pour cela qu'on observe la fleur.

Tout au bord de la montagne, Lab reprit son souffle.

Une autre explosion et Devon marqua à son tour. L'équipe se resserra.

– Plus qu'un, murmura Lab en jetant un coup d'œil à Rain.

La balle arriva dans les mains de leur leader, qui tremblait de tout son corps.

– Fais pleuvoir les paniers, Rain ! cria Peño.

La montagne frémit sous leurs pieds. Ils n'avaient plus de place.

– Dépêche-toi ! s'affola Jérôme.

Le sol remua de plus belle.

– Tire ! cria A-Wall.

Et la montagne s'écroula au moment où Rain lâcha la balle. L'équipe partit en arrière, s'éloignant du panier. Lab se sentait attiré par le vide. Peño lui attrapa le poignet, ses ongles s'enfonçant dans sa peau, mais Lab continuait à regarder le ballon voler. Il avançait à une lenteur exaspérante.

Alors que Lab avait l'impression de flotter, tout comme la balle, celle-ci traversa le filet.

La montagne disparut, ainsi que le panier seul sur sa cime rocheuse. Les Badgers étaient de retour à Fairwood. Lab se plia en deux, tandis que Peño, à quatre pattes, embrassait le parquet.

– T'es dégoûtant, lança Lab en réprimant un éclat de rire.

Il se rappela la main de Peño sur son bras. Le premier instinct de son frère, le protéger. Toujours.

– Bienvenue. Qu'est-ce qui fait un bon tireur ?

– Vous avez failli nous tuer ! hurla Vin.

Lab croisa le regard de Rolabi. Dans ses pupilles dilatées, il vit une vraie montagne, magnifique et massive.

Elle a été reconstruite. Tu es pratiquement prêt pour la chambre noire.

Qu'est-ce que j'y trouverai ?

Tu es le seul à le savoir.

– Pensez au *cœur* d'un bon tireur, déclara Rolabi. De quoi est-il dépourvu ?

– De peur, répondit Devon, oubliant soudain sa timidité. Un bon tireur n'a pas peur.

– Les grands tireurs ne connaissent pas la peur, confirma Rolabi. S'ils craignent de rater ou d'être bloqués ou de perdre, ils ne pourront pas tirer. Et même s'ils le font, ils se précipiteront. Ils permettront à la peur de faire bouger leurs coudes ou de transformer leurs doigts en pierre. Ils ne seront jamais de grands champions. Et comment se débarrasse-t-on de nos peurs ?

– On les affronte, répondit Devon.

– Oui, et ce qu'on redoute le plus, c'est de laisser tomber nos amis.

Lab examina Rolabi et réfléchit à ce qu'il venait de dire. Il crut entendre le compte à rebours jusqu'au buzzer…

– Ce sera tout pour aujourd'hui, conclut Rolabi. Demain, nous aurons une journée intéressante.

– Et là, ça l'était pas ? demanda Lab, ahuri.

Rolabi partit vers le mur le plus proche. De nouveau, il ne se préoccupa pas de savoir où étaient les portes, et de nouveau, il disparut dans un éclair.

– Tu fais quoi, Rain ? demanda Peño.

Rain se plaçait sur la ligne des lancers francs.

– Des tirs.

Tous les autres hésitèrent quelques secondes, avant de l'imiter et de former deux lignes de chaque côté du terrain. Lab enchaîna les tirs jusqu'à ce qu'il ne sente plus que ses jambes et ses bras, et ne voie plus que le panier et la balle. L'équipe s'entraîna pendant des heures, avant de partir se changer. Alors que Lab remettait ses chaussures, Peño était déjà devant les portes, mais il jeta un coup d'œil à son petit frère avant de sortir. Lab courut le rejoindre. Il en avait assez d'être fâché avec lui. Quand on tombe d'une montagne, ce genre de dispute n'a plus aucun sens. Et Peño, à cet instant, était passé à autre chose, lui aussi.

Sur le parking, Lab le rejoignit. Il voulut s'excuser, ou le remercier pour son geste sur la montagne, mais ne trouva pas les mots.

– Tu marches avec moi, aujourd'hui ? demanda Peño.

Ils étaient frères, et Lab voulait retrouver leur complicité.

– Ouais… vaut mieux pas que tu rentres seul.

– Pourquoi ?

– T'es petit, les gens risquent de pas te voir par-dessus leur capot.

Peño éclata de rire.

– La ferme, lança-t-il.

– Qui a dit ça ? demanda Lab en tentant de repérer sur le trottoir d'où venait la voix.

Ils marchèrent en silence pendant un moment. Une voiture cracha sa fumée noire en passant à côté d'eux. Lab repensa à leur bagarre et à ce que Peño lui avait dit. Sa difficulté à respirer. Sa solitude. Il comprit qu'il n'avait pas été assez présent pour son frère. Mais ça pouvait changer.

– T'as vraiment du mal… à respirer parfois ?

– Ouais. J'ai… des crises d'angoisse.

Lab hocha la tête, alors qu'ils tournaient à l'angle de la rue.

– Ça m'arrive aussi.

– Tu peux me le dire si tu veux, quand ça te prend, proposa Peño.

Lab ravala ses larmes. C'était ce qu'il avait attendu. Qu'on lui dise qu'il n'était pas seul. Quelqu'un avec qui parler. Cette personne était là depuis le début, à ses côtés.

– Toi aussi.

Lab savait désormais qu'il pouvait lui parler et ça faisait toute la différence.

8
LE VÉRITABLE ENNEMI

C'est dans l'adversité qu'on apprend la solidarité.

✧ SAGICIEN - PROVERBE N° 28 ✧

La neige envahit le gymnase. Des silhouettes blanches dribblèrent autour de Lab, sous les applaudissements d'un public imaginaire. La scène finit par se disperser en flocons qui fondirent au centre du terrain, sans laisser aucune goutte d'eau.

– Je rêve toujours, là ? chuchota Lab.

Rolabi entra dans le gymnase silencieux et s'arrêta au milieu du terrain, les mains croisées. Lab était tellement subjugué par ce qu'il venait de voir qu'il n'entendit pas la réponse de Rolabi.

– Rangez-vous en ligne devant moi, demanda Rolabi. Pour l'instant, trois d'entre vous ont attrapé le globe. Je vois des changements. Les autres doivent être vigilants. Ils devront être prêts le moment venu.

Trois ? s'étonna Lab en échangeant un regard avec son frère. Mais qui ?

Il scruta ses coéquipiers, se demandant s'ils cachaient tous quelque chose. Comment était-il possible que tout le monde ait un secret ? Comment était-il possible qu'ils soient tous terrorisés ?

Parce qu'ils sont humains.

– Aujourd'hui, nous nous concentrerons sur le jeu collectif en attaque. Vous avez travaillé les passes et la vision. Vous avez travaillé le tir. Mais le basket n'est pas un sport individuel, c'est un sport d'équipe. Même les plus grands joueurs ne peuvent pas gagner un match tout seuls.

Il leva les yeux vers les poutres et Lab suivit son regard, intrigué. Le plafond n'était pas comme dans son souvenir. Il avait été repeint. Les néons ne clignotaient plus et avaient été dégagés de leur épaisse couche de poussière. Lab se tourna. Même les gradins semblaient refaits à neuf. Freddy avait peut-être engagé quelqu'un pour restaurer le gymnase.

La moitié des lumières s'éteignit. Lab rit intérieurement. Fairwood était toujours aussi pourri. Seuls les néons en face de l'équipe étaient restés allumés et brillaient même plus fort. Ébloui, Lab plissa les yeux.

– Nous allons apprendre à attaquer comme un seul homme. Mais tout d'abord, il nous faut des défenseurs.

Lab entendit un cri et vit que des formes noires se soulevaient du parquet. Il recula, horrifié à la vue de son ombre qui se secouait et sautillait sur place. La silhouette terrifiante s'échauffait comme si de rien n'était.

– C'est pas cool, murmura Peño.

– Je vous présente les défenseurs pour aujourd'hui, lança Rolabi. Vous les connaissez bien.

L'ombre de Lab tendit la main. Comme il ne réagissait pas, elle insista. Lab finit par obtempérer et l'ombre hocha la tête, satisfaite, avant de reprendre son échauffement.

– Plus chelou encore que tout le reste, commenta Peño.

– Il me manque, le tigre, répliqua Lab.

– En position, défenseurs ! demanda Rolabi, et cinq ombres se placèrent sur le terrain.

Lab se frotta les yeux. Il avait vu beaucoup de choses étranges au cours des huit derniers jours, mais là c'était le pompon. Les contours parfaits de tous les joueurs les suivaient à la trace, courant, s'étirant et sautant à côté d'eux.

– À vos postes ! lança Peño à contrecœur.

Lab partit sur l'aile gauche et son ombre glissa sur le sol juste devant lui. Elle restait penchée et regroupée, une main devant elle.

– Du calme, on n'a même pas encore commencé.

L'ombre secoua la tête.

– Tu parles pas beaucoup, toi, hein ?

Même réaction. Lab se rendit alors compte qu'il s'adressait à son ombre. Il se massa les tempes.

– Rain ! appela Peño en faisant une passe comme à chaque début d'attaque.

Comme toujours, Rain tenta une feinte avant de couper vers le panier, mais son ombre le bloqua à la perfection. La balle revint vers Lab qui fit un pas de côté pour se créer une ouverture, mais son ombre ne se laissa pas piéger par la feinte. Elle était tout le temps sur lui, une main en avant pour parer toute échappée. Lab protégeait la balle pour éviter de se la faire voler.

– Essaie au poste bas, cria-t-il en faisant une passe à son frère.

Peño réussit à envoyer la balle à Twig qui, contrairement à son habitude, fit un double-pas et rata son tir.

– On tourne ! lança Rolabi.

– Nos ombres sont meilleures que nous en défense, grommela Lab.

Son ombre confirma d'un signe de la tête et Lab lui adressa un regard exaspéré.

Les titulaires laissèrent leur place aux remplaçants.

La balle leur fut volée presque immédiatement. Deux ombres se tapèrent dans la main et celle de Lab lui ébouriffa même les cheveux.

– Eh ! Arrête ça tout de suite, ombre de moi !

Ils revinrent sur le terrain. Lab réussit un tir, mais il se fit bloquer six fois et voler la balle à trois reprises. Son ombre devenait de plus en plus arrogante à chaque action réussie et elle célébra un arrêt avec celle de Peño.

– Elles sont agaçantes, se lamenta ce dernier.

– J'ai remarqué, acquiesça Lab.

Alors que les titulaires buvaient sur le banc, Rolabi s'approcha d'eux.

– Comment est ta défense, Lab ?

Il regarda autour de lui. Il était seul sur le terrain.

– Pas mal… répondit-il, mal à l'aise.

– Ce n'est pas ce qu'on m'a dit.

Lab sentit ses joues s'enflammer.

– J'aime jouer à ma façon, c'est tout. J'aime la défense homme à homme.

– Ah, je vois. Mais ce n'est pas ce que tu joues. Toi, tu défends uniquement sur ton joueur.

– Quelle différence ?

– Tu penses que tu dois seulement bloquer ton adversaire attitré. « Mon adversaire n'a pas marqué », « Mon adversaire n'a pas pris le rebond ». Mais la vraie défense homme à homme implique que *personne* ne passe quand tu défends.

Rolabi fit un pas vers lui.

– Si tu veux être titulaire dans cette équipe, tu dois défendre comme un tigre.

Lab se ratatina.

– Je… je vais essayer.

– Bien. Pour le moment, revenons à l'attaque. En position, s'il vous plaît !

L'équipe était revenue, les ombres attendant que les titulaires démarrent. Lab avança vers l'aile et son ombre le rejoignit aussitôt. Les lumières baissèrent.

– Peño, passe la balle à Rain, demanda Rolabi.

L'ombre de Lab ne le lâchait pas, les bras levés. Lab recula, exaspéré, mais sans parvenir à se dégager.

Peño obéit et aussitôt une lumière blanche éclaira Rain. L'ombre de Lab avança encore, lui bloquant l'accès vers Rain et vers le panier. Des doigts froids le frôlèrent.

Tu as créé cette ombre.

Et alors ? se demanda Lab en levant les yeux vers Rolabi.

Tu l'as créée pour savoir comment jouer la défense. Mais tu te retiens.

Enragé, Lab se tourna vers son ombre. En effet, il ne jouait pas la défense comme elle… mais n'était-ce pas une perte d'énergie pour l'attaque ? N'était-il pas plus important de réussir des trois-points depuis le coin ?

Comme pour lui répondre, son ombre le serra de plus près.

– Voyons ce dont tu es capable, la défia Lab.

Il avait compris qu'un projecteur s'orientait sur les joueurs démarqués, alors il feignit de courir vers la raquette, pour reculer rapidement, la main levée pour demander la passe. C'était en général son déplacement préféré. La lumière tomba sur lui, mais moins forte que pour les autres.

Pas assez bien, se dit-il.

Lab coupa vers le coin et appela la balle, son ombre à ses trousses. Cette fois, le projecteur brillait largement.

Rain lui envoya la balle et Lab dribbla une fois avant de la relancer à A-Wall dans la raquette. Lab s'arrêta, mais alors que A-Wall se détournait de lui pour tenter de marquer, la lumière baissa de nouveau. A-Wall ne le voyait plus et le défenseur s'interposa.

En temps normal, Lab aurait attendu là. Mais ce n'était clairement pas la bonne option.

Il revint vers le haut de la raquette, passant dans le champ de vision de A-Wall, et réceptionna une nouvelle passe. Son ombre revint rapidement sur lui, grossissant régulièrement. Lab fut donc contraint de lancer la balle et de traverser de nouveau vers le coin opposé. Il se mit à courir de la raquette vers l'aile et vers le coin en un triangle irrégulier. Ce n'était pas qu'une question de positionnement, il devait également aider ses coéquipiers. Quand Lab passa la balle à Twig, il partit aussitôt vers le coin pour lui donner la possibilité de la lui rendre. Il posait des écrans et esquivait le défenseur pour créer l'ouverture. Il réussit cinq trois-points depuis le coin en une heure et son ombre ne se montrait plus aussi provocante qu'au début.

– Alors, ombre de moi ? lui demanda-t-il en se tapant le torse.

La silhouette sans visage le regarda et Lab se tut aussitôt.

Après un nouveau double-pas réussi de Rain, Rolabi avança sur le terrain avec la marguerite.

– Ça suffit pour aujourd'hui. Asseyez-vous et regardez. Merci, messieurs, ajouta-t-il à l'attention des ombres.

Les lumières revinrent, effaçant les ombres. Sa bouteille à la main, Lab s'assit en tailleur devant la marguerite, heureux de faire une pause. Il s'était tellement concentré pendant l'exercice qu'il ne s'était même pas rendu compte de sa fatigue. Il songea alors qu'il s'était trop longtemps retiré du jeu pour ne s'occuper que de la balle.

Et qu'est-ce qu'il avait fait pour l'avoir ?

– Si on utilise l'offensive projecteur, on devient plus efficaces, expliqua Rolabi. Suivez la lumière, invitez-la en vous et vous vaincrez les ténèbres.

– C'est du lourd pour du basket, commenta Big John.

– Et c'est parfait pour la vie. Pourquoi ne pas appliquer les mêmes valeurs à toute chose ?

Il se tourna vers la fleur. Lab ne comprenait toujours pas comment ils étaient supposés la voir pousser. Mais la pause était bienvenue. Soudain le gymnase plongea dans le silence et la tension… Plus personne ne respirait. Lab sentit tout de suite que le globe était revenu.

– Le revoilà, grommela-t-il.

Vin fut le premier à se lever, rapidement suivi de Lab. Il remarqua que Twig, Devon et Jérôme ne bougeaient pas. C'étaient les trois à l'avoir déjà attrapé. Ils avaient tous affronté leur chambre noire. Qu'y avaient-ils trouvé ? Que gardaient-ils enfoui ?

En avançant, Lab attendit de voir où se dirigeait le globe.

– Séparez-vous ! cria-t-il.

Il se jeta sur le mystérieux objet, mais le rata quand il passa juste sous son nez. Rain n'eut pas plus de succès et, en agitant les bras, il cogna même Vin dans le torse. Lab regarda Peño s'élancer pour rien et la boule noire se plaça alors juste devant Rain.

Le garçon était prêt. Il fit une feinte, tourna sur lui-même et attrapa le globe. Il disparut aussitôt.

– C'est pas un jeu pour les gros, se lamenta Big John.

– T'es pas gros, t'es gras, corrigea Peño.

– Oui, c'est ça.

Lab se frotta l'intérieur de la cuisse. Il s'était blessé pendant la poursuite. En sifflant sa bouteille, il chercha Rolabi du regard. Le professeur était déjà parti. Lab s'écroula sur le banc et se massa les jambes. Vin s'assit à côté de lui, grognon.

– J'en ai marre de ce globe, pesta-t-il.

– Pareil, renchérit Lab au moment où Rain réapparut.

Ils retirèrent leurs chaussures et restèrent assis un moment pour reprendre leur souffle.

– Eh, lança Vin doucement. Tu sais, ce que t'as dit l'autre jour… Que je pouvais compter sur toi si j'avais besoin de quelque chose ?

– Oui.

Vin se gratta la nuque, mal à l'aise.

– Je me demandais si toi et Peño aussi, s'il veut, ça vous dirait de venir jouer au basket avec moi dans le parc ?

– À côté de chez toi ? s'étonna Lab. Pourquoi pas ici ?

– Ben, quand j'y vais pour m'entraîner, il y a des gars qui s'en prennent à moi. Ils font des trucs débiles…

– Je viendrai, l'interrompit Lab. Peño aussi. Quand tu veux.

Vin le dévisagea, étonné. Il s'éclaircit la voix en hochant la tête.

– Merci.

Il se mit à ranger ses affaires, et Lab aurait parié qu'il s'était essuyé les yeux d'un geste rapide de l'épaule.

Ceux qui souffrent le plus sont toujours ceux qui ont le plus à donner.

Lab sentit sa gorge se serrer. *Pourquoi personne ne m'aide ?* se demanda-t-il.

Parce que tu as décidé que tu n'en valais pas la peine.

Lab ferma les yeux. Il était prêt pour la chambre noire.

9

LA CHAMBRE NOIRE

Si tu te charges trop,
comment aideras-tu les autres à porter leur fardeau ?

✧ SAGICIEN - PROVERBE N° 42 ✧

Lab se plia en deux, à bout de souffle. Il avait un point de côté et ses cheveux collaient à son front. Il s'était échauffé avec une fougue nouvelle. Tir, rebond, tir, rebond. Il y avait mis tellement de cœur que même Peño avait fini par lui demander s'il allait bien.

Et non, il n'allait pas bien. Il n'avait pas bien dormi. Ce n'était pas nouveau, mais cette nuit, il n'avait pas fermé l'œil une seule seconde. Il était terrorisé par sa chambre noire, par ce qu'il allait y trouver. Peut-être bien que tout le monde avait quelque chose à cacher, mais lui, il n'en dormait pas et ça le rendait malade tout le temps. Il se détestait. Cette soudaine prise de conscience l'étonna. Il détestait celui qu'il était devenu.

Et maintenant, il essayait de tout évacuer par la sueur, d'expulser la douleur pour se tenir prêt.

Comment pourrait-il l'être ? Comment se préparer à affronter ces souvenirs ?

– Il nous reste deux jours d'entraînement, annonça Rolabi en le contournant sur le terrain.

Il s'était matérialisé dans le gymnase sans aucun avertissement.

– Et deux joueurs doivent encore attraper le globe.

Lab se raidit. *Seulement deux ?* Quand les autres l'avaient-ils attrapé ? Il se tourna vers Peño, qui semblait aussi intrigué que lui. Ils étaient visiblement les deux derniers. Est-ce que ça voulait dire quelque chose ?

Était-ce parce qu'ils avaient le plus de problèmes à affronter ?

– Une fois ce camp d'entraînement terminé, vous reprendrez vos trois séances hebdomadaires jusqu'au début de la saison, continuait Rolabi. Nous allons revoir tout ce dont nous avons déjà parlé, encore et encore, jusqu'à ce que ça devienne une seconde nature. Dans votre temps libre, vous vous occuperez de votre esprit. Vous lirez, vous étudierez, vous apprendrez à voir. L'esprit et le corps sont indissociables. Si vous négligez l'un, l'autre ne suivra pas. Ne vous arrêtez jamais.

– C'est les vacances d'été, riposta A-Wall. On n'est pas supposés étudier.

– Les esprits tenaces n'ont pas besoin de pause. À demain.

– Il n'y a pas d'entraînement aujourd'hui ? l'interrogea Peño.

– Oh, si. Mais vous n'avez pas besoin de moi.

– Qu'est-ce qu'on fait ? demanda Rain.

– Je vous laisse en décider, répondit Rolabi en regardant par-dessus son épaule.

Il passa les portes qui s'effacèrent aussitôt, emprisonnant l'équipe à l'intérieur du gymnase. La seule issue venait de disparaître. Lab scruta les lieux nerveusement.

– Parfait, grommela Peño. Il veut juste s'assurer qu'on rentre pas chez nous avant l'heure.

– Pas sûr, murmura Twig.

Il avait raison. Un grondement retentit, devenant si assourdissant que Lab dut se couvrir les oreilles. Les murs les plus longs remuèrent et avancèrent, se resserrant sur l'équipe tel un étau géant. Ils glissaient irrémédiablement sur le sol.

– Impossible, lâcha Vin.

– Impossible, possible, c'est très relatif, commenta Lab, sarcastique. On fait quoi ?

– Les vestiaires ! cria Rain.

Il courut vers la porte qui se volatilisa avant qu'il puisse mettre la main sur la poignée. Il frappa le mur, au comble de la frustration.

– Et maintenant ?

– Peut-être qu'il faut qu'on marque des paniers ? suggéra Vin.

Pourquoi pas ? Mais ça ne fonctionna pas. Lab avait beau marquer des trois-points et réussir des doubles-pas, les murs continuaient leur progression. Toute l'équipe l'imita avec plus ou moins de succès, mais rien n'y faisait. Les murs poussaient déjà les gradins jusque sur le terrain. Le gymnase formait désormais un couloir, comme dans les souvenirs de Lab. Même peinture blanche, même journée de cauchemar. Il suffoquait.

– Ça sert à rien, lança Lab. On s'est déjà entraînés aux tirs il y a deux jours. Il ne nous ferait pas recommencer.

– Qu'est-ce qui reste ? demanda A-Wall. On a fait l'attaque et la défense.

Lab tourna sur lui-même. Il était à court d'idées. Il ne restait rien.

– Il faut arrêter les murs ! déclara soudain Devon.

Il se précipita vers les gradins et les poussa de toutes ses forces.

– Aidez-moi ! hurla-t-il.

Lab se dépêcha de le rejoindre. Les gradins formaient une structure d'acier géante qui devait peser des tonnes. Lab les poussa jusqu'à ce que tout son corps soit en feu.

– Tournez-les sur le côté ! guida Rain. À trois ! Un... deux... trois !

Ils réussirent, mais malgré tout les murs continuaient à avancer, tordant le métal comme s'il ne s'agissait que d'une fine feuille de papier.

– Ça marche pas ! cria Peño.

Lab regarda dans toutes les directions. C'était un vrai couloir maintenant. Il s'attendait presque à voir des chaises collées contre les parpaings et à sentir l'odeur âcre des produits d'entretien, dans les cris et les bips des machines. Sans réfléchir, il se couvrit les oreilles avec les mains.

Il n'arrivait pas à y croire. Qu'est-ce qu'ils faisaient de travers ? Rolabi disait qu'ils fabriquaient leur propre grana. Mais pourquoi est-ce que l'équipe s'infligerait une catastrophe pareille ? Est-ce que c'était lui ? Pour recréer le couloir ? Quel était le but de tout ça ? Il s'agenouilla, les mains toujours sur les oreilles. Ça devait avoir un sens. Cette destruction ne pouvait être gratuite. Alors quoi ?

– Regardez ! lança Devon en pointant le doigt au-dessus de lui.

Lab n'eut pas besoin de lever les yeux… il sentait le globe. Un éclair d'espoir l'anima : Peño pourrait peut-être l'attraper à temps et se sauver d'ici. Seulement, quand il finit par regarder en l'air, il vit que la boule noire flottait à plus de six mètres au-dessus du sol. Impossible de l'atteindre !

– Quelqu'un pourra sortir ! cria Twig. On disparaît, vous vous souvenez ?

– Ça marchera seulement pour ceux qui ne l'ont pas déjà attrapé, répliqua Reggie. Pas pour les autres.

Lab et Peño échangèrent un regard à travers le gymnase, et Lab se tourna vers les gradins qui se soulevaient telle une arche vers le globe.

– Montez sur les gradins ! cria Lab.

Ils s'entraidèrent pour se hisser jusqu'au sommet. L'ascension fut périlleuse et glissante, mais ils purent tous tenir sur les sièges les plus élevés.

Lab tendit la main désespérément vers le globe, pressé de quitter le couloir. En vain. La boule noire était toujours hors d'atteinte, et ils n'avaient plus de temps. Lab chercha l'appui de son frère et lut la terreur dans ses yeux.

Il regarda tour à tour les murs et le globe. Même avec les quelques centimètres de plus que les gradins allaient prendre en se pliant, ça ne suffirait pas. Les garçons allaient se faire aplatir par la structure métallique avant même que les murs ne les écrabouillent. Leur entreprise était vouée à l'échec. Après tout ce qu'ils avaient traversé, ils avaient dû passer à côté de la leçon.

Et soudain, Devon s'accroupit, ses mains agrippant fermement le métal tordu.

– Vite ! Faites une pyramide !

Les joueurs les plus costauds s'installèrent à côté de lui pour former la base, ensuite Rain, Jérôme et Vin constituèrent le deuxième étage, parvenant à se stabiliser sur les dos tremblants de leurs camarades. Lab et Peño montèrent enfin sur eux.

Non sans mal, les deux garçons se hissèrent au sommet en s'entraidant. Ils se tenaient à quelques centimètres à peine l'un de l'autre. Lab comprit tout de suite qu'aucun des deux n'avait l'intention d'attraper le globe. Peut-être pourtant que si quelqu'un le prenait, ils seraient tous épargnés. Ou peut-être juste celui qui s'en saisirait.

Comment pouvait-il prendre ce risque ?

– Dépêchez-vous ! cria Rain. Attrapez-le !

Peño entrecroisa alors ses doigts pour faire la courte échelle à son frère.

– À trois…

– Peño, on s'est même pas mis d'accord… protesta Lab.

Peño lui décocha un regard mauvais. Lab reconnut tout de suite cet air obstiné.

– Discute pas.

– Mais…

– N'espère même pas que je t'abandonne ici.

Lab le dévisagea. Il comprit que son frère ne tenterait pas d'attraper le globe en premier. Jamais Peño ne le laisserait là.

– Moi non plus, je ne peux pas t'abandonner, dit Lab en larmes.

– Tout ira bien ! insista Peño. Allez, utilise tes centimètres en plus et saute !

Les murs avançaient, Lab pouvait presque les toucher.

– Peño…

– Un… deux… trois !

Lab posa un pied dans les mains de son grand frère et bondit avec toute sa puissance, le visage noyé de larmes. Il sentit l'impulsion que lui donnait Peño et il vola au-dessus de l'épave d'acier, conscient que s'il ratait le globe il les condamnait tous.

Ses doigts se refermèrent sur la boule noire et il disparut.

Il se tenait à présent dans une pièce vide. Le sol en béton s'étendait autour de lui, avalé par l'obscurité. Il scruta les lieux, inquiet. Étrangement, il avait l'impression de connaître cet endroit. Il n'aurait su dire comment. Il se mit en marche, un projecteur accompagnant chacun de ses pas. Une voix pressante l'appela.

– Prends tes affaires, Lab…

– Qu'est-ce qui se passe ? demanda une voix ensommeillée.

– Ta mère… dépêche-toi.

Des images apparurent dans le noir. Deux garçons et leur père qui entrent dans leur voiture rouillée. Une voiture qui fonce dans la nuit. Ils traversent en courant un couloir blanc comme celui auquel il venait d'échapper. Ça s'agite dans tous les sens. Des pleurs. L'image devint soudain nette. Lab, plus jeune, assis sur une chaise en métal tandis que Peño et leur père attendent à son chevet. Mama. Mama est là.

Lab passa la tête par la porte ouverte. Peño lui entoure les mains avec les siennes. Les infirmières tournent autour d'eux, frénétiques. Sa mama gît dans le lit, la tête penchée sur le côté, les yeux fermés. Plus de pouls, plus de battements de cœur. Peño sanglote.

Lab, plus jeune, se lève enfin dans le couloir et entre dans la chambre.

– Mama, appelle-t-il, les yeux noyés de larmes.

Il n'avait pas été avec elle quand elle était morte. Il était resté dehors, incapable d'affronter la douleur de sa mère. Il l'avait abandonnée, tout à la fin. Sa mama.

Le jeune Lab se jette sur les jambes de sa mère. Son père le prend par les épaules et Peño aussi.

Lab tomba à genoux en regardant la scène. L'hôpital se brouilla et des millions d'images défilèrent telles des photos flottant dans l'obscurité. Toutes les secondes qu'il avait passées avec sa mama. Les chansons et les histoires, les balades dans la rue, son écharpe blanche volant au vent. Les photos tourbillonnaient, flocons légers dans une boule à neige. Il hurla en se couvrant les oreilles. C'en était trop. Il se trouvait dans l'endroit où il avait tout enfoui.

Le sol trembla, les flocons disparurent et il retourna dans ses souvenirs. Lab se vit assis seul sur son lit, les yeux rivés sur ses mains. Il évitait ses amis, grignotait à peine son dîner avant de partir dans sa chambre s'isoler et respirer les dernières gouttes de son parfum. Des mots résonnèrent au loin, articulés par ses lèvres, prononcés avec sa voix : *Je les ai tous laissés tomber.*

De l'eau froide se déversa sur le sol, monta jusqu'à ses genoux.

Il avait été terrorisé de venir là, mais tout était si familier. Il n'avait pas bougé de là depuis trois ans. Lab vivait dans cet endroit caché. Si souvent, il se réveillait malade, sans aucune envie de se lever. Si souvent, il n'avait envie de s'endormir que pour se libérer quelques heures de son esprit. Il n'avait plus d'énergie. Son sourire s'était effacé. Il assista à cette descente aux enfers, scène après scène.

– Je veux que ça cesse, murmura-t-il.

– Non, répliqua une voix. Tu veux ne plus avoir mal, c'est différent.

– Qu'est-ce que je dois faire ?

– Tu as choisi de vivre ici, affirma Rolabi. Pourquoi ?

Lab réfléchit un instant avant de répondre.

– À cause… à cause de ma mère.

– C'était le point de départ. La perte d'un être cher est un puissant catalyseur, en bien ou en mal. Mais tu as créé ta chambre noire pour une raison. Tu y caches des choses. Tu t'y caches. Pourquoi ?

D'autres scènes s'affichèrent dans son esprit. Davantage de jours, davantage de nuits, solitaire. Davantage de culpabilité et davantage de honte.

– Parce que je n'arrivais pas à supporter les souvenirs.

– Non, c'est plus que ça. Pourquoi refuses-tu le dernier tir, Lab ?

Lab le dévisagea, intrigué.

– Quel rapport avec… ?

– Quand le buzzer retentit, tu ne veux pas tirer. Pourquoi ?

Lab repensa à la vision qu'il avait eue le premier jour du camp. Il avait alors la balle dans les mains, sa mère lui disait de tirer… La colère des spectateurs… C'était vrai. Il était terrorisé par le dernier tir.

– Parce que j'ai l'impression de décevoir tout le monde, murmura-t-il. Ma mama… on était si proches. Elle avait besoin de moi. Mais je n'étais pas là.

Il fut secoué par un sanglot.

– Elle est morte alors que je n'étais pas là.

– Quand on souffre, on veut se sentir responsable. On veut reprendre le contrôle.

– Je l'ai laissée tomber ! cria Lab. Vous l'avez bien vu ! Elle…

– Savait que tu l'aimais. Tu étais tout entier avec elle, dans cette chambre ou pas. Et c'est encore le cas maintenant.

Lab s'effondra, la tête dans les mains.

– Quel est le cœur de cet endroit ? demanda Rolabi. Qu'est-ce qui te fait si peur ?

Lab se tut un moment.

– J'ai peur… de toujours décevoir.

– Mais la peur ne fait que grandir quand on ne l'affronte pas. Ce que tu repousses revient toujours quand tu n'es pas prêt. En enfouissant tes peurs, tu abandonnes tout contrôle sur elles.

– Comment puis-je changer… ? commença Lab en reniflant.

– Pas à pas. Ne te réveille pas en t'attendant à être heureux tous les jours. Réveille-toi, conscient que tes peurs peuvent revenir. Accepte qu'elles fassent partie de toi, et avec le temps elles perdront le pouvoir de te faire du mal. Prends la route la plus rude.

Il posa une main sur l'épaule de Lab.

– Tout le monde a besoin d'aide. Ne culpabilise pas d'en demander. N'en aie pas honte. Tout ce poids que tu portes en toi te plombe.

Lab se remit à pleurer. Rolabi posa une main ferme sur son dos, attendant qu'il se calme.

Le corps du garçon était tout entier secoué de sanglots. Les larmes coulaient à flots.

– Qu'as-tu vu dans toutes ces images ? demanda Rolabi. Qui as-tu vraiment laissé tomber ?

Lab baissa les mains. Un des souvenirs s'était figé dans son esprit, comme s'il avait appuyé sur pause.

Il se vit allongé dans son lit, les yeux rivés sur le plafond. Il se vit en train de regarder Peño et ses camarades depuis la fenêtre de leur chambre, se demandant pourquoi il ne voulait pas les rejoindre. Il évitait les derniers tirs. Il se repliait en défense pour ne pas être battu.

– Moi-même, murmura-t-il.

– Quand on vit dans sa chambre noire, c'est inévitable, affirma Rolabi. Tu n'es pas seul, Lab. Je suis là. Ton père est là. Tes coéquipiers sont là. Et ton frère aussi.

Il fit pivoter Lab vers lui.

– La route est longue pour revenir de là où tu t'es enfermé. Mais tu peux commencer à marcher dès maintenant.

Lab s'essuya les yeux. Il avait construit cet endroit pour y être seul. Pour s'y cacher. Mais ça fonctionnait trop bien : il s'y noyait. Il était en train de devenir ses peurs. Pourrait-il en sortir pour toujours ? Le détruire définitivement ? En tout cas, il ne le supportait plus.

– On peut y aller, déclara Lab.

La chambre noire disparut et Lab se retrouva de nouveau à Fairwood. Peño l'examina attentivement et fronça les sourcils en voyant qu'il avait pleuré. Puis il le prit dans ses bras pour le serrer tout contre lui.

– Ça va ?

– Oui, je crois.

– Qu'est-ce que t'as vu ? l'interrogea Rain.

Lab se tourna vers lui. Il pensa à ses souvenirs, aux photos qui volaient autour de lui, qui lui rappelaient sa douleur, sa culpabilité et tout ce qu'il avait perdu. Mais ce n'était pas tout ce qu'il avait vu.

Il avait vu le moyen d'aller de l'avant. Et pour ça, il devait commencer par sortir de cette chambre noire.

– L'avenir, répondit Lab en le regardant.

10

POUR ALLER DE L'AVANT

Le plus important, c'est la route que tu prends.

SAGICIEN – PROVERBE N° 1

Lab s'examinait dans le miroir, les cheveux mouillés, lissés en arrière, tombant dans sa nuque. Quelques gouttes d'eau coulaient sur son visage. Il pensait à la soirée de la veille. Il avait aidé Peño à préparer le repas, rangé son sac et fait son lit. Ce n'était pas grand-chose… mais ça faisait la différence. Des petits pas vers un ailleurs qu'il pourrait contrôler.

Mais surtout, il regarda *son* portrait. Le cadre n'avait jamais bougé de la cheminée, mais Lab s'était arrangé pour l'ignorer. L'éviter. La nuit dernière, il l'avait pris et contemplé. Et il s'était souvenu.

Il avait trouvé d'autres photos, dans des tiroirs ou des placards. Il plaça sur sa table de chevet celle qu'il cachait sous son lit, celle où sa mère le tenait dans ses bras alors qu'il n'était qu'un bébé. Une autre dans son sac. Et il s'endormit avec une autre encore dans la main. Il avait laissé les souvenirs déferler sur lui jusqu'à se sentir mieux. Il n'y était pas parvenu. La culpabilité et la douleur étaient toujours là, mais il n'essaya pas de les repousser. Il comprenait désormais qu'il s'était menti en pensant pouvoir y arriver.

Il n'avait pas le pouvoir d'oublier, et il n'en avait plus envie.

Il passa une main sur son visage. Il avait les mêmes pommettes saillantes qu'*elle*, la même couleur d'yeux, marron clair. Lab savait qu'il aurait toujours mal. Mais ce n'était pas le problème. Le problème, c'était ce qu'il faisait de la douleur. Ce ne serait pas facile, mais il voulait voir ce qui ressortirait du feu.

Quand il se tourna vers la porte, il vit plusieurs mots écrits sur le mur à l'encre argentée.

Quelle est la première chose que tu fais
quand tu sors d'un trou ?

Il lut plusieurs fois la question. Il avait une petite idée de ce qu'était le trou, mais qu'était-il supposé faire maintenant ? Était-ce une énigme ? Les mots s'effacèrent petit à petit sous ses yeux. Il y réfléchirait plus tard. Peut-être que la réponse s'imposerait naturellement à lui dans la journée. Il avait le temps.

En sortant des vestiaires, il s'installa sur le banc à côté de Peño. Ils changèrent de chaussures en discutant et plaisantant, et partirent ensemble s'échauffer. Entre deux tirs, Lab vit la lumière argentée courir le long de ses veines en pulsant. Subjugué, il examina ses mains scintillantes.

Tu as fait un autre pas.

Vraiment ?

La vulnérabilité. Quand nos peurs sont libérées et qu'on les affronte, le grana s'accompagne toujours de vulnérabilité.

Qu'est-ce que je dois faire ?

Prépare-toi pour la route que tu vas emprunter.

– Approchez-vous, appela Rolabi depuis le centre du terrain.

Lab posa sa balle et arriva en courant.

– À une exception près, vous avez tous attrapé le globe. Pour quoi ?

Lab regarda son grand frère, le dernier du groupe à devoir attraper le globe. Il se demanda ce que Peño devrait affronter. Qu'avait provoqué chez lui la mort de leur mère ? Que cachait-il dans cet endroit secret ?

– Parce que vous nous avez dit de le faire, répondit Vin, perplexe.

– Mais pour quoi ? continua Rolabi. Qu'est-ce que vous avez trouvé ?

– Nos peurs, murmura Reggie.

– La seule chose qui puisse réellement vous arrêter dans la vie, c'est la peur. Pour gagner, il faut vaincre ses peurs. Pour le basket… et pour tout.

– Mais… on a réussi, non ? demanda Big John.

– La peur ne se vainc pas si facilement, répondit Rolabi. Elle reviendra. Vous devez vous y préparer. Vous avez encore beaucoup de travail avant la saison. Aujourd'hui, nous allons revoir ce que nous avons abordé jusqu'ici.

Lab entendit un grincement derrière lui.

– Twig… tu connais l'exercice, lança Rolabi en fouillant dans sa mallette.

Puis il installa un nouveau parcours d'obstacles, fait de cônes, de poteaux, et y ajouta des casques et des boucliers des deux côtés d'une ligne. Il plaça une balle en haut des deux raquettes, et Lab crut apercevoir des nuages derrière les planches, comme ceux qui avaient entouré la montagne. Les lumières clignotèrent et les ombres des joueurs se dressèrent.

Lab se rappela qu'au début du camp il avait refusé de croire en la magie. À présent, il souriait en regardant les ombres s'étirer, Kallo tourner en rond dans le gymnase et les accessoires sortir par dizaines de la mallette de Rolabi. Il se demanda ce dont était encore capable le grana.

Ils viendront le découvrir.

Qui ? songea-t-il.

Le gymnase plongea dans l'obscurité. Lab voyait à peine les silhouettes grises de ses camarades. Un projecteur se dirigea alors sur lui, repoussant les ombres dans les coins. L'une d'elles bougea et une forme se dégagea. Elle avança vers la lumière. Les traits de son visage apparurent, squelettiques, et ses yeux enfoncés dans leurs orbites restèrent dans l'ombre. Mais Lab reconnut le personnage.

Tout Dren le connaissait.

– Il n'y a pas de place pour le grana, ici, déclara le président Talin de sa voix rauque.

Son regard noir et glacial pétrifia Lab.

– Emportez-les ! ordonna-t-il.

Les ombres se refermèrent sur Lab, qui poussa un hurlement au moment où les néons se rallumèrent. Haletant, il examina Fairwood, immobile. Il repensa à ce que Rolabi lui avait dit sur les Sagiciens. Ils s'étaient fait expulser de Dren. Expulsés de tout le pays ! Le président Talin. Il ne voulait pas du grana. Et les Badgers s'en servaient.

Lab se tourna vers Rolabi. Le géant soutint son regard.

En effet, mais il doit tout de même revenir. Et vous en serez les détenteurs.

Pourquoi ?

Parce que vous en êtes capables. Et vous allez tout changer.

Lab jeta un coup d'œil à son frère. Il avait peur. Il était terrorisé.

Mais il était également prêt à changer les choses.

– En ligne, demanda Rolabi.

Ce fut l'entraînement le plus rude qu'ait jamais connu Lab. Ils réussirent un lancer franc après cinq tentatives infructueuses et vingt-cinq tours de terrain avant même de commencer. Le sol se transforma, Kallo se jeta sur eux, les ombres les serraient de près en défense. Lab affronta ses propres difficultés : des voix déçues, des souvenirs des dernières années, les huées d'une foule furieuse. Il redoubla d'efforts et les spectateurs se calmèrent.

Soudain, quand il fit un tir en extension, le gymnase se vida. Il ne restait plus que lui, le panier et des cris de tous les côtés. Un compte à rebours. *Trois… deux…*

Il sentit la pression familière. La peur de laisser tout le monde tomber, de décevoir. Mais il inspira profondément. Il avait encore une seconde, il l'étira dans son esprit. Il prit conscience de sa respiration, de la balle dans sa main, et chassa toute autre pensée de sa tête. Il n'y avait plus que le tir. Les voix s'étaient tues.

Le tireur qui maîtrise le temps ne craint plus l'instant.

Lab tira et marqua. Le gymnase revint. À bout de souffle, Lab eut l'impression d'avoir remporté un match. Les autres couraient autour de lui, relevant leurs propres défis. Du coin de l'œil, il vit Peño attraper le globe et disparaître.

Rolabi arrêta l'exercice et l'équipe se lança dans une discussion, que Lab suivit d'une oreille distraite. Il se demandait où était parti Peño. En tout cas, Lab serait là pour l'accueillir et en parler avec lui, s'il en avait besoin.

Peño réapparut alors.

– Ça va, frérot ?

– Parfaitement, frérot, répondit Peño en lui tapant dans la main.

L'équipe éclata soudain de rire, et Lab se joignit à eux. Il n'avait pas entendu la blague, mais il avait envie de rire. C'était comme s'il évacuait cette expérience improbable, ces phénomènes incroyables.

– Twig qui fait des blagues, commenta Peño. Et quoi encore ?

Il fit un peu de *beatbox* pour introduire une nouvelle improvisation.

– Oh non ! lâcha Lab en se frottant le front.

L'entraînement touche à sa fin
C'est parti pour cinq tours de terrain
Mettre des champions sur des fanions
Le calme avant les célébrations
Peño se prépare sagement
À vos applaudissements
Il voulait faire rimer « Badger »
Mais les mots n'ont pas de valeur
La balle, c'est tout ce qui compte
Plus question d'avoir honte
Le trophée sera bientôt le leur.

Lab contempla son frère, épaté.

Et tous les joueurs se réunirent autour de Peño pour le féliciter. Lab l'attrapa par les épaules et le secoua, mort de rire.

– Tu n'es plus le pire rappeur du monde !

– Eh ! s'offusqua Peño.

Rolabi s'empara de sa mallette et partit vers la sortie.

– Vous aviez dit qu'on aurait une dernière énigme… l'arrêta Rain.

– En effet. Chacun en aura une. Et au fait, bienvenue aux Badgers !

Il franchit les portes sous les exclamations de joie des joueurs. Puis tous s'assirent sur les bancs et se mirent à défaire leurs chaussures. Lab repensa à la question qu'il avait lue dans les vestiaires. La dernière énigme de Rolabi pour lui :

« Quelle est la première chose que tu fais quand tu sors d'un trou ? »

Lentement, il rangea ses baskets. S'étirer ? Chercher quelque chose à manger ? Profiter du soleil ? Non, rien de tout ça ne lui convenait.

Il examina de nouveau ses camarades. Vin, qui lui avait demandé de venir au parc avec lui pour le protéger des brutes qui le harcelaient. Big John et ses deux petits boulots. Peño… comment avait-il fait pour ne pas voir que son frère souffrait, lui aussi ? Lab s'imposait tant de douleur à lui-même, il s'isolait tellement qu'il ne voyait rien de ce que les autres traversaient.

Il savait ce que c'était de vivre accablé par la tristesse. Il s'était tapi dans ce trou. Et soudain, la réponse lui apparut dans toute sa clarté.

Il fallait avant tout se retourner et aider le suivant à en sortir.

Lab sourit. Il en était capable. Il saurait faire le prochain pas sur la route.

Quand l'équipe finit de se changer, ils se levèrent tous ensemble et partirent vers les portes. Rain passa en premier et maintint la porte ouverte, tandis que Peño laissait tout le monde sortir avant lui. Le soleil de l'après-midi rayonnait fièrement dans le ciel et Lab sourit, content de se retrouver dehors avec les autres. Il savait que le plus dur était encore à venir. Il savait que ce ne serait pas une saison comme les autres.

Mais il était avec son équipe et la lumière était revenue. Il était prêt à tout.

ÉPILOGUE

LA FIN DU DÉBUT

Personne ne parlait. Reggie sentit les gouttes de transpiration couler sur son front.

Les deux derniers mois avaient filé dans un brouillard de sueur. Ils avaient relevé des défis, réels et magiques, et la saison avait démarré. Un vendredi soir à Fairwood. Les gradins étaient noirs de monde. Il y avait même des spectateurs debout contre les murs.

– On est complets ce soir, annonça Rolabi.

– On a remarqué, répliqua Jérôme, les mains moites de nervosité.

– Pourquoi est-ce qu'ils sont si nombreux ? demanda Twig.

– Ce n'est pas facile de vivre à Bottom depuis quelque temps, répondit Rolabi. Ils ont besoin de basket.

Reggie hocha la tête. Tout avait changé. Le gouvernement les surveillait.

– Vous avez travaillé dur, poursuivit leur coach. Faites la même chose ce soir. La route vers le championnat est pavée de sueur, de douleur et de peur. Elle démarre aujourd'hui.

Reggie baissa les yeux vers ses mains tremblantes. Il se demanda si les autres savaient que la saison serait différente. S'ils étaient conscients que la route serait plus dure que jamais.

– Le moment est venu, continua Rolabi. Tout ce que nous avons appris, tout ce que nous avons répété, c'est pour que vous le mettiez en pratique ce soir. Ça commence ici. Alors je vais vous le demander : êtes-vous réellement prêts ?

Reggie serra les poings. Il était prêt. Plus prêt que jamais.

Rain se leva et tendit le bras au centre de la pièce, et rapidement dix mains tremblantes se posèrent les unes sur les autres. Reggie prit une profonde inspiration. Il rêvait de ce jour depuis des mois.

– Badgers, à trois ! cria Rain. Un… deux… trois… *Badgers !*

Rolabi sortit des vestiaires et les acclamations retentirent aussitôt. Reggie vit sa grand-mère et sa sœur qui lui faisaient signe depuis les gradins. Il sourit malgré sa tension.

Plus que tout, il devait les protéger.

– Reggie, appela Rolabi, attends.

En fronçant les sourcils, le garçon laissa les autres passer devant lui.

– Oui, coach ?

– Tu vas être beaucoup sur le terrain ce soir. Tu seras le premier remplaçant pour l'arrière.

– Mais Vin et Jérôme…

– Je leur ai parlé. Ils sont d'accord pour te laisser jouer à tous les postes.

Reggie resta un moment sans voix.

– Je… merci.

– Tu le mérites.

Reggie sourit et repartit, mais une énorme main l'arrêta.

– Tu sais ce que ça veut dire, n'est-ce pas ? Tu sais où mène cette route ?

– Oui, dit Reggie tout bas. Je pense que oui.

– Et tu as tout de même décidé de l'emprunter. Tes parents seraient fiers de toi.

Reggie sentit les larmes poindre, mais il hocha la tête et s'assit au bout du banc.

Twig avança dans le cercle central pour l'entre-deux. Reggie se rongeait les ongles. Son cœur battait la chamade.

L'arbitre siffla et lança la balle. Twig et le pivot adverse sautèrent pour la frapper. Deux mains s'élevèrent dans les airs, mais Twig fut plus rapide.

Le ballon fusa vers Peño. Le match commençait.

À SUIVRE AVEC REGGIE...

LES PROVERBES DES SAGICIENS

Le plus important, c'est la route que tu prends.

Sache reconnaître ta peur pour ne pas la croiser à toute heure.

Un leader, c'est dans les plus durs combats qu'il montre sa valeur.

Si tu n'aimes pas la solitude, apprends à t'aimer.

Ton identité, c'est à toi de la définir. Ne laisse personne te l'écrire.

La victoire, c'est d'abord y croire.

Souffrir pour devenir fort et grandir.

Un vrai leader reste en retrait, pour pousser son équipe vers le sommet.

Personne ne gagne seul. Ceux qui l'oublient échouent.

Chaque rancune est un poids à traîner derrière soi.

Si tu veux gagner, transforme tes faiblesses en qualités.

À tout instant de la journée, tu dois faire des choix. Tu les ignores ou tu les vois, libre à toi.

L'être humain est comme l'arbre : sans racines solides, il ne peut pas grandir. Et s'épanouir.

Si tu te retrouves au fond du trou, aide les autres avant tout, et tu en verras le bout.

La colère, c'est ton esprit qui te dit stop, respire et tempère.

Si tu cours après le bonheur, souffrir te fera peur. Cours plutôt après un but, c'est le secret des vainqueurs.

Tu ne sauras de quoi tu es capable qu'en reconnaissant que tu es vulnérable.

Si tes nuits te semblent vides, fais que tes journées soient remplies et splendides.

Nous redoutons ce qui est différent, par crainte de ne pas l'être suffisamment.

Si tu t'élèves au-dessus du conflit, tu verras qui a besoin de ton appui.

La victoire est une coupe vide, remplis-la de travail, d'efforts et d'une humanité solide.

Le courage, c'est comprendre qu'il est normal d'avoir peur, et accepter le prix de la sueur.

Si tu as peur de la solitude, passe plus de temps seul.

Même la plus forte des voix, un arbre n'abattra pas.

Il existe toujours un noir plus foncé. Trouve-le, affronte-le et comprends que la nuit finit toujours par passer.

Ton roman sera plus beau si l'auteur aime son héros.

Confiance exagérée rime avec échec assuré.

C'est dans l'adversité qu'on apprend la solidarité.

Lire dans les pensées est un jeu : cache-toi dans l'esprit des autres et ouvre les yeux.

Si tu penses que quelqu'un est parfait, tu ne l'aideras jamais.

Le passé est un cadeau, un murmure pur, un présent qui te rappelle qu'il existe un futur.

Si tu t'inquiètes de ce qu'on pense de toi, c'est que tu ne penses pas assez à toi.

Les jugements ne valent vraiment que s'ils sont bienveillants.

Le loup solitaire s'affame et se perd.

À quoi bon vouloir plus si ce que tu as, tu ne le vois pas ?

Regarde le ciel et décide de devenir montagne ou souris. Dans les deux cas, c'est ta vie, tu as raison, tu choisis.

Si ta route est facile, prends ton temps, prudemment. Prends des forces et fais des provisions. Des collines se profilent déjà à l'horizon.

Si tu ne sais pas où est l'arrivée, continue juste à marcher.

Quand on cultive les regrets, le futur devient le passé.

Réveille-toi avec un objectif, c'est la clé pour rester combatif.

Un champion est pareil à la marée : contrôle, puissance et, avant tout, régularité.

Si tu te charges trop, comment aideras-tu les autres à porter leur fardeau ?

Tu veux prouver ta force ? Baisse les poings et soutiens ceux qui en ont besoin.

Qu'ils t'applaudissent ou qu'ils te huent, quelle importance ? Le jeu continue.

Tu es poussière d'étoile et lumière. Dévoile-toi, sois-en fier.

Ce que tu vois dans le miroir, c'est toi seul qui décides d'y croire.

Nous sommes faits de millions de questions. Une seule personne connaît les solutions.

Ce n'est pas d'un bond que tu atteins l'arrivée, mais avec un millier de petits pas légers.

Il ne sert à rien de craindre ce qu'on ne peut contrôler. Mais maîtriser ses peurs, c'est la clé.

Il pourra arriver que tu sois fatigué. Laisse la nuit tomber, tes paupières se fermer. Mais ne renonce jamais. Marche jusqu'à ce que l'obscurité ne soit plus qu'un souvenir vibrant et que tu deviennes le soleil à l'horizon du voyageur suivant.

Composition
PRESS·PROD

Imprimé en Espagne
Dépôt légal : mars 2021
ISBN 978-2-7499-4546-0
LAF 3009A